STATE OF AFFAIRS – LIEBE IN GEFAHR

FIRST FAMILY, BAND 1

MARIE FORCE

ÜBER DAS BUCH

Gerade haben Lieutenant Sam Holland und ihr Mann Nick Cappuano noch mit Freunden und Familie Thanksgiving gefeiert, da finden sie sich plötzlich auf dem Weg ins Weiße Haus wieder: Präsident Nelson ist unerwartet verstorben, und Nick muss als sein Vizepräsident und Nachfolger so schnell wie möglich den Amtseid ablegen.

Trotz aller Turbulenzen, die der Übergang von der zweiten zur ersten Familie des Landes für den Holland/Cappuano-Haushalt mit sich bringt, steht für Sam doch vor allem die Frage im Vordergrund, wie sie als First Lady weiter ihrem geliebten Job als Chefin der Mordkommission der Washingtoner Polizei nachgehen kann. Und während Nick sich mit seiner ersten außenpolitischen Krise herumschlagen muss, bekommt Sam eine Mordermittlung auf den Tisch, die zudem mit einem fünfzehn Jahre alten Fall zusammenzuhängen scheint …

Für alle Familien, die, wie meine, vom Krebs berührt worden sind.
Wem viel anvertraut ist, von dem wird man umso mehr fordern.
Lukas 12,48

Impressum

Originaltitel: State of Affairs © 2021 HTJB, Inc.

Copyright für die deutsche Übersetzung: © 2021 Oliver Hoffmann

Lektorat: Ute-Christine Geiler, Birte Lilienthal, Agentur Libelli GmbH

Deutsche Erstausgabe

ISBN: 978-1952793790

Cover: Kristina Brinton

Buchdesign und Satz: E-book Formatting Fairies

KAPITEL 1

Nach dem Anruf, bei dem der Stabschef des Weißen Hauses die Bombe hatte platzen lassen, starrte Nick Cappuano seiner Frau Samantha eine volle Minute lang in die schönen blauen Augen und suchte bei ihr nach Ruhe inmitten des Chaos. Doch die fand er nicht. Stattdessen erkannte er bei ihr dieselbe Panik, die er auch empfand.

Man hatte Präsident David Nelson tot im Wohntrakt des Weißen Hauses aufgefunden. Das hieß, dass Nick selbst in Kürze der Präsident der Vereinigten Staaten von Amerika sein würde. Der Secret Service wartete darauf, ihn und Sam ins Weiße Haus zu bringen, damit er seinen Amtseid leisten konnte.

Noch vor fünf Minuten hatten sie im Bett gelegen und sich gegenseitig ihr Leid geklagt, weil sie sich an ihrem Thanksgiving-Festmahl überfressen hatten, und jetzt … jetzt musste er tief durchatmen, ruhig bleiben und tun, was er seiner Familie und seinem Land schuldig war. „Sag was."

Sam befeuchtete sich die Lippen und blickte ihn fassungslos an. „Ich … ich weiß nicht, was."

„Das wird schon. Wir beide … wir schaffen das. Es gibt nichts, was wir gemeinsam nicht hinkriegen."

Sie lachte, aber es klang leicht hysterisch. „Wenn Sie meinen, Mr President."

Mr President.

Sie war die Erste, die ihn so nannte, was auch genau so war, wie es sein sollte. Immerhin war sie der wichtigste Mensch in seinem Leben.

Er umschloss ihr schönes Gesicht mit den Händen und sah ihr in die Augen. „Bevor wir diesen Raum verlassen und die größte Bühne der Welt betreten, möchte ich dir sagen, dass dadurch nichts Grundlegendes anders wird. Dies – du und ich und unsere Familie – das wird sich nicht ändern. Das schwöre ich dir, Samantha."

Sie nickte und streckte die Arme nach ihm aus.

Er umarmte sie und hielt die Liebe seines Lebens fest, entschlossen, alles zu tun, um sie zu beruhigen, während er sich selbst alle Mühe geben musste, nicht durchzudrehen. Niemand brauchte einen Präsidenten, der die Nerven verlor.

Einen Präsidenten.

Das konnte nicht wirklich passieren. Trotzdem tat es das. David Nelson war tot. Nick fühlte sich nicht imstande, die letzten fünf Minuten zu verarbeiten.

Ohne Sam loszulassen, erklärte er: „Wir müssen jetzt aufstehen, uns anziehen und uns für Fotos, die bis ans Ende aller Tage in den Geschichtsbüchern zu sehen sein werden, präsentabel machen. Aber kein Druck oder so."

Wieder hatte Sams Lachen einen leicht hysterischen Unterton. „Ich … Wir sollten Leuten Bescheid geben. Zum Beispiel Graham, Terry, Celia, meinen Schwestern … deinem Vater."

Er schüttelte den Kopf. „Die werden es alle morgen früh erfahren. Im Augenblick müssen wir erst mal so schnell wie möglich ins Weiße Haus."

„Wir müssen Scotty mitnehmen. Er würde es uns nie verzeihen, wenn wir ihn hierließen."

„Einverstanden. Ich gehe ihn wecken und informiere Elijah, damit er weiß, dass er für die Kleinen zuständig ist." Aubrey und Alden, die Zwillinge, die Sam und Nick nach der Ermordung ihrer Eltern unlängst aufgenommen hatten, würden am Samstag ihren sechsten Geburtstag feiern. Es war richtig, sie bei ihrem älteren Bruder zu lassen, der über Thanksgiving aus Princeton heimgekommen war.

„Werden wir sie später holen dürfen?", fragte Sam.

„Natürlich, oder wir beauftragen den Secret Service damit. Keine Sorge. Wir klären das eins nach dem anderen."

Sam schaute sich in dem Schlafzimmer um, das ihr privater Zufluchtsort war, ihr Ruhepol im Chaos ihres verrückten Lebens.

„Wir werden *umziehen* müssen. Das hier wird nicht mehr unser Zuhause sein."

„Es wird immer unser Zuhause sein. Wir können jederzeit hierher zurück." Er löste sich von ihr, um sie auf die Stirn und die Lippen zu küssen. „Wir müssen los, Sam. Schaffst du das?"

Er beobachtete, wie sie tief einatmete, um die Kraft dafür rang, diesen gewaltigen nächsten Schritt auf ihrer Reise zu tun. „Ich werde dir jetzt beweisen, dass ich es ernst gemeint habe, als ich gesagt habe, dass es nichts gibt, was ich nicht für dich tun würde."

Lächelnd erwiderte er: „Ich liebe dich mehr als alles andere auf der Welt. Vergiss das nie."

„Dito."

Sie standen auf, und er zog sich ein T-Shirt und eine Pyjamahose an und griff nach dem Babyphon, das sie immer im Schlafzimmer hatten, damit sie es merkten, falls die Zwillinge aufwachten. Als Nick die Schlafzimmertür öffnete, um Scotty zu wecken, stand der Leiter seiner Personenschützer, Agent John Brantley junior, davor und wartete darauf, mit ihm sprechen zu können.

„Sir, wir sind bereit, Sie und Mrs Cappuano ins Weiße Haus zu bringen."

„Wir brauchen noch ein paar Minuten, um uns fertig zu machen. Ich wecke jetzt erst mal Scotty. Er wird dabei sein wollen. Dann muss ich Elijah ins Bild setzen."

„Jawohl, Sir."

„Wir beeilen uns." Nick betrat Scottys Zimmer und nahm auf der Bettkante Platz. „Scotty." Sanft rüttelte er seinen Sohn an der Schulter. Im Schein des Capitals-Nachtlichts sah er, wie sich dessen Lider hoben.

„Was ist los?"

„Präsident Nelson ist tot."

Scotty begriff sofort, was das bedeutete, und riss die Augen weit auf. „Heilige Scheiße."

„Das ist noch vorsichtig ausgedrückt. Der Secret Service will Mom und mich ins Weiße Haus bringen. Mom hat gemeint, du würdest uns niemals verzeihen, wenn wir dich nicht mitnähmen."

„Ja klar, ich will unbedingt dabei sein."

„Du musst dich beeilen."

„Arbeitsklamotten, nehme ich an?"

Nick nickte lächelnd zu ihrem Codewort für die Kleidung, die Scotty trug, wenn er Nick zu offiziellen Anlässen begleitete – Stoffhose, marineblauer Blazer, Oberhemd und Krawatte. Nick erhob sich und trat zur Tür.

„Dad?"

Er wandte sich wieder zu seinem Sohn um.

„Drehst du gerade durch?"

„Ich gebe mir alle Mühe, es nicht zu tun."

„Was ist mit Mom?"

„Der geht es genauso."

„Nehmen wir die Kleinen mit?"

„Die schlafen. Wir lassen sie besser erst mal mit Elijah hier. Ich glaube, es wäre sehr verwirrend und aufwühlend für sie, bis wir die Zeit hätten, ihnen zu erklären, was los ist."

„Stimmt."

Nick lächelte über seinen großartigen Sohn. „Dann werde ich mal Elijah Bescheid geben. Mach dich zügig fertig, okay?"

„Ich beeile mich, und für den Fall, dass ich es später vergesse: Ich bin unglaublich stolz auf dich, selbst wenn das alles am Anfang irgendwie seltsam sein wird."

Nick grinste. „Danke, Kumpel. Das bedeutet mir sehr viel. Wir schaffen das schon. Wie ich gerade zu Mom gesagt habe: Es wird sich nichts wirklich Wichtiges ändern. Solange wir alle zusammen sind, werden wir auch mit allem fertig."

„Ich schätze, das werden wir herausfinden. Danke, dass du mich geweckt hast. Mom hatte recht – ich hätte euch nie verziehen, wenn ihr mich hiergelassen hättet."

„Das dachten wir uns schon. Es ist wahrscheinlich ohnehin klar, aber du darfst darüber mit niemandem reden, bis das Weiße Haus eine offizielle Pressemitteilung veröffentlicht hat."

„Würde ich niemals."

„Danke. Bin gleich wieder da."

Nick ging ins zweite Obergeschoss hinauf, wo sie im Dachboden gegenüber dem Zimmer, in das sich Nick und Sam zurückzogen, wenn sie ungestört sein wollten, ein Schlafzimmer für Elijah eingerichtet hatten. Er klopfte an Elijahs geschlossene Tür.

„Herein."

Nick öffnete die Tür. Elijah lag auf dem Bett und sah sich auf seinem Laptop einen Film an.

„Was gibt's?", fragte er.

„Ich muss dir etwas erzählen, das du für dich behalten musst. Versprich es mir."

„Ja, klar."

„Präsident Nelson ist tot im Wohnbereich des Weißen Hauses aufgefunden worden. Sam, Scotty und ich fahren jetzt hin, damit ich dort den Amtseid leisten kann."

„Heilige Scheiße." Elijah setzte sich im Bett auf. „Ich, äh … Wow."

Nick reichte ihm das Babyphon. „Wir lassen die Zwillinge erst mal hier bei dir. Ich glaube, es würde sie ängstigen, wenn wir sie jetzt wecken würden, um sie mitzunehmen."

„Ja, das ist auf jeden Fall besser so. Ich rede mit ihnen, wenn sie aufstehen, und dann können wir uns die nächsten Schritte überlegen. Trotzdem … Mein Gott, Nick … Ich meine …"

„Glaub mir, ich weiß, was du sagen willst. Wie ich schon Sam und Scotty erklärt habe, es wird sich nichts Grundlegendes ändern, wir bleiben eine Familie. Du und die Zwillinge, ihr gehört dazu, und wir ziehen das gemeinsam durch. Versprochen."

Der junge Mann nickte, aber Nick entdeckte in seinem Gesicht den gleichen Argwohn, die gleiche Angst und Unsicherheit, die sie alle empfanden.

„Versuch, ein bisschen zu schlafen. Die nächsten Tage werden anstrengend werden."

„Äh, ja, klar", erwiderte Elijah lachend. „Allerdings sehe ich auch heute Nacht nicht viel Schlaf auf mich zukommen."

„Mach dir keine Sorgen."

„Ich werde es versuchen."

„Wir melden uns so bald wie möglich."

„Okay."

Nick war nicht sicher, was er sonst noch sagen konnte, um ihn zu beruhigen, also beließ er es dabei und kehrte ins Schlafzimmer zurück, wo Sam gerade in ein Handtuch gewickelt aus der Dusche kam.

„Ich beeile mich."

„Danke, Liebling." Nick duschte und rasierte sich, wobei er sorgfältig darauf achtete, sich in der Eile nicht zu schneiden. Seine Gedanken überschlugen sich, aber er konzentrierte sich nur auf die jeweils nächste Aufgabe. Duschen, rasieren, anziehen, ins Auto steigen, zum Weißen Haus fahren, den Eid leisten. Wenn er einfach eins nach dem anderen abarbeitete, würde er das alles hinkriegen.

Zumindest hoffte er das.

~

Heilige Scheiße, heilige Scheiße, heilige Scheiße. Das war der einzige Gedanke, der Sam in den ersten zehn Minuten nach dem Anruf, der ihr Leben für immer verändert hatte, durch den Kopf ging. Zum Glück hatte sie sich vor dem Festessen etwas ausführlicher um ihr Haar gekümmert und brauchte es eigentlich nur zu bürsten. Doch nachdem sie sich eine Minute lang damit abgemüht hatte, entschied sie sich für einen einfachen, eleganten Knoten. Ihre Hände zitterten ein wenig, als sie Make-up und Mascara auftrug. *Lieber Gott ...* Nick würde *Präsident* werden.

Erst kürzlich hatte er der Welt seine Entscheidung mitgeteilt, bei der nächsten Wahl nicht zu kandidieren. Sie war unfassbar erleichtert gewesen. Sam hatte nicht gewollt, dass er Präsident wurde, dass er sich der ständigen Beobachtung und dem Stress aussetzte, die mit dem wichtigsten Amt der Welt verbunden waren. Es hatte sie gefreut, dass er in drei Jahren, wenn seine Amtszeit als Vizepräsident endete, wieder Privatmann sein würde und sie zur „Normalität" zurückkehren würden, was immer das auch sein mochte.

Das hier durfte nicht wahr sein.

Aber es war wahr, und diese neue Entwicklung würde ihr gesamtes Leben wieder einmal auf den Kopf stellen. Sie hatte ihm geglaubt, als er gesagt hatte, es würde sich nichts wirklich Wichtiges verändern. Ihre Ehe war stabil, und sie waren ein großartiges Team.

Nur ...

Im Spiegel konnte sie ihn unter der Dusche stehen sehen, bemerkte die Anspannung in seinen Schultern, die sonst niemandem aufgefallen wäre. Ihr schon ... und als ihr die schwindelerregende Fülle der Folgen dieser neuen Entwicklung bewusst wurde, drohte deren Gewicht sie zu erdrücken.

Ja, natürlich war ihnen klar gewesen, dass diese Möglichkeit existierte, als Nick Vizepräsident geworden war, doch David Nelson war ein gesunder Mann in den Sechzigern gewesen, der noch Jahrzehnte vor sich gehabt hatte – zumindest hatten sie das geglaubt. Sie stützte sich auf die Marmorplatte der Frisierkommode, ließ den Kopf hängen und versuchte, so die Verspannungen in ihrem Nacken loszuwerden.

Nick hatte behauptet, es werde sich nichts Grundlegendes ändern, aber sie wussten beide, dass das nicht stimmte.

Die ständigen prüfenden Blicke, die Sicherheitsmaßnahmen, die Kritik, der Wahnsinn ... Panik stieg in ihr hoch. Was sollte sie tun? Man würde sie zwingen, ihre Karriere als Mordermittlerin aufzugeben, den Job, der ihr Leben war. Die Erkenntnis erfüllte sie mit einer tiefen Trauer, die den Kummer, mit dem sie seit dem Verlust ihres geliebten Vaters vor etwas mehr als einem Monat lebte, nur noch verstärkte. Was hätte sie nicht dafür gegeben, mit Skip Holland reden zu können!

Er hätte ihr geraten, sich zusammenzureißen und für Nick zu tun, was er bisher stets für sie getan hatte: ihn hundertprozentig zu unterstützen. Nicht weniger verdiente Nick von ihr, und er würde das auch von ihr bekommen, egal, was sie dafür opfern musste.

Dann war er da, legte ihr die Hände auf die Schultern, knetete die Verspannungen aus ihren Muskeln. Er küsste sie auf den Nacken, was ihr einen Schauer über den Rücken jagte. „Worüber auch immer du nachdenkst, hör damit auf. Du und ich, wir gehören zusammen, Babe, und so wird es bleiben."

Sam drehte sich um, schmiegte sich an ihn und atmete seinen frischen, sauberen Duft ein, der für sie gleichbedeutend mit Heimat war, fand nach dem aufwühlenden Anruf Trost im Vertrauten.

„Wir müssen wirklich aufbrechen", drängte er.

„Ich weiß." Sam gestattete sich noch eine Sekunde dafür, sich an ihr altes Leben zu klammern, dann ließ sie ihn zögernd los und eilte über den Flur, um sich in dem begehbaren Kleiderschrank, den er für sie eingerichtet hatte, anzuziehen. Als Vorbereitung auf Fotos, die für die Ewigkeit sein würden, und als Zeichen der Trauer über den Tod von Präsident Nelson entschied sie sich für ein schlichtes schwarzes Kleid, dazu ihren Diamantverlobungsring und die Halskette mit dem Diamantanhänger in Schlüsselform, die ihr Nick zur Hochzeit geschenkt hatte.

Sie warf einen raschen Blick in den Ganzkörperspiegel auf der Innenseite der Tür und beschloss, dass sie gut genug für Fotos aussah, die in die Geschichtsbücher Eingang finden würden. Schnell schlüpfte sie in die schwarzen Louboutins mit den unverwechselbaren roten Sohlen, Nicks Weihnachtsgeschenk aus dem Vorjahr, strich sich mit feuchten Händen über ihren Rock, um ihn zu glätten, und versuchte, nur an die nächsten paar Stunden zu denken.

Sie holte tief Luft und atmete langsam wieder aus, entschlossen, für Nick da zu sein, wie er es immer für sie war. Bisher hatte sich vieles in ihrem gemeinsamen Leben um sie gedreht – um ihren Beruf, ihre Familie, ihre Bedürfnisse. Jetzt ging es um Nick, und sie war entschlossen, ihn in jeder Weise in der Rolle zu unterstützen, die sein Leben definieren würde – genau wie ihres, ob ihr das gefiel oder nicht.

„Du schaffst das", versicherte sie ihrem Spiegelbild. „Für ihn. Du wirst es für ihn schaffen."

Es klopfte leise.

Sam öffnete die Tür, und er stand vor ihr, in einem marineblauen Anzug, einem weißen Hemd und mit weinroter Krawatte, eine amerikanische Flagge am Revers. Er wirkte unglaublich attraktiv, sexy, kompetent, wenn auch im Moment leicht überfordert. Dem Rest der Welt würde er sich gleich als der ruhige, kühle, konzentrierte Mann präsentieren, zu dem er unter Druck immer wurde. Nur sie würde wissen, was er wirklich empfand.

„Du siehst toll aus", flüsterte er, denn ihm war klar, dass die Augen und Ohren des Secret Service nie weit entfernt waren.

„Witzig, das habe ich auch gerade über dich gedacht." Sie legte die Hände auf sein Revers und schaute zu ihm auf. „Ist Scotty bereit?"

Er nickte.

„Du auch?"

„So bereit, wie ich nur sein kann."

Sie strich ihm über die Arme, nahm seine Hände und drückte sie. „Dann lass uns gehen."

„Ich möchte vorher nur noch anmerken: Das hattest du dir sicher anders vorgestellt."

Sie hob sich auf die Zehenspitzen und küsste ihn. „Ich habe mir vorgestellt, mit dir zusammen zu sein, komme, was da wolle."

„Aber das …"

„Das wird sich als unser bisher größtes Abenteuer erweisen." Sie war nicht sicher, ob sie das selbst glaubte, *er* musste es jedoch glauben. „Ich liebe dich und bin an deiner Seite. Immer."

„Mehr muss ich nicht wissen."

„Also los."

KAPITEL 2

Unten trafen sie sich mit Scotty, zogen ihre Mäntel an und folgten den Secret-Service-Mitarbeitern zur Tür hinaus. Sam war sich nicht sicher, wie Brant, der Leiter von Nicks Personenschützern, so schnell zu ihnen gelangt war, nachdem er an Thanksgiving freigehabt hatte. Wahrscheinlich hatte er vor ihnen von Präsident Nelsons Tod erfahren. Über logistische Fragen nachzudenken war besser, als über die unzähligen Möglichkeiten zu grübeln, wie sich ihr Leben jetzt für immer verändern würde. Ihr Magen schmerzte wie vor Jahren, als sie noch dauergestresst und nach Cola light süchtig gewesen war.

Die Limousine, die normalerweise Nelson transportierte, stand am Straßenrand, und vor und hinter ihr befand sich eine große Anzahl anderer Fahrzeuge. Dieses erhöhte Sicherheitsaufkommen war ein weiterer Beweis dafür, dass sich alles geändert hatte.

Auf der Rampe, die von ihrem Haus auf den Bürgersteig führte, fiel ihr ein, dass sie eine Bibel brauchen würden. „Nick", sagte sie, „ich sollte die Familienbibel der Hollands holen."

„Gute Idee."

Er hatte bei seiner Vereidigung als Senator und als er den Eid als Vizepräsident abgelegt hatte, die Familienbibel der O'Connors benutzt.

„Kann ich Celia einweihen?"

„Ja, aber bitte sie, es für sich zu behalten, bis es offiziell bekannt gegeben ist."

„In Ordnung." Sam wandte sich nach links, in die Richtung des Hauses ihres verstorbenen Vaters, das drei Türen weiter lag.

„Mrs Cappuano", hielt Brant sie auf. „Wo wollen Sie hin?"

„Ich hole unsere Familienbibel."

Brant nickte einem von den weiblichen Bodyguards zu und bedeutete der Frau damit, Sam zu folgen.

Sam hätte ihn am liebsten daran erinnert, dass sie nicht offiziell unter Personenschutz stand, doch diesen Kampf würde sie in den nächsten Tagen ausfechten. Sie eilte die Rampe zu Celias Haustür hinauf und klopfte an. Einige Sekunden später ging das Außenlicht an, und jemand sperrte von innen auf.

Celia, die einen Bademantel trug, schien überrascht, Sam zu sehen. „Komm rein." Sie zog die Tür auf. „Wieso bist du so spät noch unterwegs – und noch dazu so tadellos zurechtgemacht?"

„Ich werde dir etwas verraten, das du unter keinen Umständen weitersagen darfst."

„Nur zu …"

„Präsident Nelson ist tot."

Celia keuchte. „Was? Wann ist er gestorben?"

„Man hat ihn vor Kurzem tot aufgefunden."

Celias Augen weiteten sich, als ihr klar wurde, was das hieß. „Das bedeutet … Ach du lieber Gott, Sam."

„Genau. Ich hatte gehofft, ich könnte mir die Familienbibel der Hollands leihen."

„Natürlich. Weißt du, wo sie ist?"

„Neulich stand sie noch im Regal in Dads Zimmer. Hast du was dagegen, wenn ich rasch hochgehe und nachschaue?"

„Mein Haus ist dein Haus. Das weißt du doch."

Sam küsste Celia auf die Wange. „Danke."

Sie lief die Treppe hinauf in das Zimmer, das ihrem Vater gehört hatte, ehe er aufgrund einer Schussverletzung im Dienst vier Jahre querschnittsgelähmt gewesen war. Das letzte Mal, dass sie hier gewesen war, kurz nach seinem Tod im Oktober, hatten sie und ihr Partner Detective Freddie Cruz nach der Umhängetasche gesucht, die Skip immer bei der Arbeit getragen hatte. Seither war sie nicht mehr dort gewesen, und als sie die Schwelle überschritt und den schwachen Duft des Polo-Aftershaves wahrnahm, das Skip immer benutzt hatte, überrollte sie ein Tsunami von Erinnerungen.

Oh, wie sehr sie ihn vermisste.

Sie entdeckte die Bibel in dem kleinen Bücherregal, in dem sich auch zahlreiche Bände über Ermittlungstechniken sowie Krimis befanden, drückte sie an ihre Brust und gönnte sich an diesem Ort, der Skips privates Heiligtum gewesen war, einen kleinen Moment der Zwiesprache.

„Dad, falls du mich hören kannst – Nick, den Kindern und mir stehen verrückte Zeiten bevor. Halt ein Auge auf uns, ja? Tu, was du kannst, um auf ihn aufzupassen, und gib mir einen Tipp, wie ich mit alldem fertigwerden soll. Ich bin für jeden Hinweis dankbar. Du fehlst mir jeden Tag, in jeder Minute, aber so schlimm wie gerade war es noch nie."

Da sie wusste, dass Nick auf sie wartete und außerdem die Zeit drängte, verließ sie das Zimmer und eilte wieder nach unten.

„Ich bin froh, dass du sie gefunden hast", erklärte Celia. „Bitte lass mich wissen, was ich für dich, Nick oder die Kinder tun kann. Wenn ihr etwas braucht, bin ich da."

Sam legte die Bibel ab und umarmte Celia. „Ich habe solche Angst." Sie konnte an einer Hand abzählen, wie oft sie diese Worte in ihrem Erwachsenenleben laut ausgesprochen hatte. Sie war an sich nicht der ängstliche Typ, doch das hier …

„Das kann ich mir vorstellen", erwiderte Celia. „Aber wenn jemand das schafft, dann ihr. Ich habe da vollstes Vertrauen zu euch."

„Danke. Genau das musste ich jetzt hören. Ich melde mich später."

„Mach das. In der Zwischenzeit bete ich für dich und Nick. Unser Land hat Glück, euch beide zu haben."

Sam nahm die Bibel wieder zur Hand. „Hör nicht auf, mir das zu sagen, okay?"

„Ich werde es wiederholen, wann immer es nötig ist."

„Celia, ich hab dich lieb."

„Ich dich auch."

Sam ging nach draußen und die Rampe hinunter zum Bürgersteig, wo die Secret-Service-Agentin auf sie wartete. Mit ihr im Schlepptau hastete Sam zu der Limousine und setzte sich neben Nick auf den Rücksitz. Scotty saß ihnen gegenüber und hatte die Stirn ebenso nervös gerunzelt wie Sam.

Nick nahm ihre Hand. „Ich habe Scotty gerade erzählt, dass die Limousine des Präsidenten als ‚The Beast' bekannt ist."

„Warum eigentlich?", fragte Scotty.

„Weil sie schwer gepanzert ist und allen möglichen Gefahren trotzen kann, sogar einer Bombe."

„Wow." Scotty sah aus dem Fenster. „Kann es sein, dass die Autokolonne viel länger ist als früher?"

„Ja. Der Präsident wird besser bewacht als jeder andere."

„Nennt der Secret Service sein Auto auch ‚die Bestie'?"

Nick schüttelte den Kopf. „Das Codewort für den Wagen des Präsidenten ist ‚Postkutsche'."

„Ah, okay."

„Dieser Wagen verfügt über viele der gleichen Notfalleinbauten, wie ich sie auch bei Moms Auto habe vornehmen lassen, als ich es aus Sicherheitsgründen habe umrüsten lassen", sagte Nick. „Ich habe sie sogar bei derselben Werkstatt in Auftrag gegeben. Wie in ihrem könnten wir in diesem Auto tagelang überleben, falls das je nötig werden sollte."

„Hoffen wir, dass wir das nie müssen." Sam konnte den Gedanken nicht ertragen, dass Nick in einer solchen Gefahr schweben könnte. „Vielleicht kannst du deinen Vater anrufen. Er sollte das nicht aus den Nachrichten erfahren."

„Das habe ich auch gerade gedacht." Nick holte sein Handy hervor und wählte die Nummer seines Vaters, wobei er es auf Lautsprecher stellte, damit Sam und Scotty mithören konnten.

„Hey", meldete sich Leo. „Haben wir uns nicht vorhin erst gesehen?"

„Doch. Ich sitze hier mit Sam und Scotty im Auto, und wir haben Neuigkeiten, aber sie sind streng vertraulich."

„Klar … Ist alles in Ordnung?"

„Präsident Nelson ist heute Abend verstorben. Wir sind auf dem Weg ins Weiße Haus, wo ich meinen Amtseid ablegen werde."

„O Gott, Nicky. Wow. Wie geht es dir?"

„Äh, kann ich die Frage später beantworten?"

Leo lachte.

„Ich wollte nicht, dass ihr es zuerst in den Nachrichten hört."

„Danke für den Anruf, und … Ich weiß nicht, was ich sagen soll, mein Sohn."

„Geht mir genauso. Wir sind auch ziemlich sprachlos."

„Weißt du, was mit Nelson passiert ist?"

„Noch nicht."

„Wenn wir irgendetwas tun können, egal was, ruft einfach an."

„Werden wir. Danke, Dad."

„Ich bin so stolz auf dich, Nicky. So unfassbar stolz."

„Danke. Wir melden uns, sobald wir können."

„Pass auf dich auf, mein Sohn. Das gilt für euch genauso, Sam und Scotty. Wir lieben euch."

„Danke, Leo", erwiderte Sam. „Wir euch auch."

Nick beendete das Gespräch und steckte sein Handy wieder ein. Auf der kurzen Fahrt zur Pennsylvania Avenue hielt er Sams Hand.

Das Gefühl seiner Finger, die ihre umschlossen, beruhigte sie, während seine Worte von vorhin in ihrem Kopf widerhallten. *Es wird sich nichts ändern … Das Wichtigste sind wir und unsere Familie … Es gibt nichts, was wir gemeinsam nicht hinkriegen.*

Eine Frage brannte ihr auf der Zunge – *Was ist mit meinem Job?* –, aber sie wusste, dass dies nicht der richtige Zeitpunkt dafür war, sie zu stellen. Eins nach dem anderen. So mussten sie an diese Herausforderung herangehen, und wenn sie eine Minute Luft hatten, würde sie das mit Nick besprechen. Soweit sie wusste, hatte noch keine Präsidentengattin in der Geschichte außerhalb des Weißen Hauses gearbeitet, während ihr Mann im Amt gewesen war.

Ihr Fall war jedoch etwas Besonderes, da die meisten Präsidentenfamilien von außerhalb nach Washington D. C. umzogen. Sam arbeitete direkt in Washington, sodass kein Umzug nötig war. Aus diesem Grund hoffte sie, dass sie eine Lösung finden würden, die es ihr ermöglichte, weiterhin ihren geliebten Beruf auszuüben. Nick hatte im Augenblick genug um die Ohren, und sie wollte ihm nicht noch mehr Sorgen bereiten, aber sie hatte keinen Zweifel daran, dass diese Frage eher früher als später Thema sein würde.

Ihr Handy klingelte. Es war Dani Carlucci, eine von den Detectives der Nachtschicht, was Sam daran erinnerte, dass sich ihr Leben zwar gerade schlagartig veränderte, das bei der Polizei jedoch niemand wusste. Sam zeigte Nick die Anruferkennung auf ihrem Handy. „Was dagegen, wenn ich den annehme?"

„Natürlich nicht. Nur zu."

„Hey. Was gibt's?"

„Tut mir leid, dass ich an Thanksgiving störe, Lieutenant, aber ich wollte Bescheid sagen, dass Gigi im Krankenhaus liegt." Carlucci hatte Sam unlängst gestanden, dass sie befürchtete, ihre Partnerin, Detective Giselle „Gigi" Dominguez, lebe in einer gewaltgeprägten Beziehung.

„Was ist passiert?"

„Streit mit ihrem Freund."

„O Gott. Geht es ihr gut?"

„Er hat sie ziemlich zugerichtet. Die größten Sorgen bereiten uns im Moment eine Gehirnerschütterung und ein möglicher Milzriss."

Sam schloss die Augen und holte tief Luft. „Ist er in Gewahrsam?"

„Noch nicht. Wir fahnden nach ihm." Carlucci klang gestresst und wütend. „Ich hätte eingreifen sollen."

„Du hast es versucht. Sie hat dir gesagt, du sollst dich raushalten."

„Trotzdem … Ich hätte nicht auf sie hören dürfen. Entschuldige nochmals, dass ich dich gestört habe. Ich dachte, das würdest du wissen wollen."

„Definitiv. In welchem Krankenhaus ist sie?"

„GW."

„Hör zu, ich würde eigentlich vorbeikommen, aber ich bin gerade leider anderweitig beschäftigt." Sie blickte zu Nick, dessen Lippen sich bei dieser gewaltigen Untertreibung zu einem angedeuteten Lächeln verzogen. „Bitte halt mich auf dem Laufenden, okay?"

„Natürlich. Danke."

Noch lange nachdem Dani aufgelegt hatte, starrte Sam das Handy in ihrer Hand an, hin- und hergerissen zwischen im Widerstreit liegenden Bedürfnissen. Zu jeder anderen Zeit wäre sie bereits auf dem Weg ins George Washington University Hospital gewesen, um zu sehen, was sie tun konnte, um ihrer verletzten Kollegin zu helfen und Gigis Partnerin davon abzuhalten, sich zu Dummheiten hinreißen zu lassen. Doch das war im Moment nicht möglich.

„Was ist los?", fragte Nick.

„Gigi Dominguez' Freund hat sie zusammengeschlagen. Sie hat eine Gehirnerschütterung und möglicherweise einen Milzriss." Sam wusste, Nick hatte Verständnis dafür, dass sie in einem solchen Moment bei ihren Beamtinnen sein wollte. Also handelte sie schnell, um ihn davon abzuhalten, an etwas anderes zu denken als an die gewaltige Aufgabe, die vor ihm lag. Sie klappte ihr Handy auf und rief Gonzo an.

Nach dem vierten Klingeln nahm er ab. „Hey", meldete er sich. „Was gibt's?"

Sam tat es wirklich leid, dass sie ihrem Sergeant gleich die Hochzeitsnacht ruinieren würde, aber er war ihr Stellvertreter, und sie wollte, dass Carlucci sich auf ihre Freundin und Partnerin konzentrierte und nicht auf die Suche nach deren Lebensgefährten. Sie machte sich auch Sorgen darüber, was Carlucci dem Typen möglicherweise antun würde. „Du musst mir einen großen Gefallen tun."

„Okay …"

„Dominguez hatte Ärger mit ihrem Freund, und heute Nacht ist es zu einer tätlichen Auseinandersetzung zwischen den beiden gekommen. Sie ist mit einer Gehirnerschütterung und anderen Verletzungen im GW. Ich kann aus Gründen, die du sehr bald erfahren wirst, momentan nicht zu ihr."

„Ernsthaft, Sam?"

„Ja, das ist mein voller Ernst. Carlucci steht kurz davor, auszurasten, weil sie geahnt hat, dass sich etwas zusammenbraut, und nicht eingegriffen hat. Ich bin wegen beiden in Sorge. Hör zu, ich würde dich nie darum bitten, schon gar nicht in dieser speziellen Nacht, wenn es nicht wirklich nötig wäre."

„Ja, ich weiß", seufzte er. „Ich fahre so schnell wie möglich hin."

„Danke, Gonzo."

„Du schuldest mir was."

„Ja, das ist mir klar, und ich werde dir das nie vergessen."

„Ja, ja."

„Halt mich auf dem Laufenden."

„In Ordnung."

Sie klappte das Handy wieder zu, zufrieden, alles unter den gegebenen Umständen Mögliche getan zu haben. Es war viel verlangt, Gonzo in seiner Hochzeitsnacht aus dem Bett zu zerren, aber er musste sich darum kümmern, denn ihr waren die Hände gebunden.

„Tut mir leid, dass du jetzt nicht bei ihnen sein kannst", sagte Nick.

„Alles gut. Ich bin da, wo ich hingehöre."

„Trotzdem …"

„Schon okay." Wenn sie nicht selbst da sein konnte, war Gonzo der bestmögliche Ersatz. Er würde aufpassen, dass Carlucci nicht Amok lief, und alle Hebel in Bewegung setzen, damit unter Hochdruck nach dem Typen gefahndet wurde, der Dominguez verletzt hatte.

So wird es von jetzt an sein, dachte Sam und blickte aus dem Fenster, während die Limousine durch verlassene Straßen fuhr, die in wenigen Stunden mit Autos verstopft sein würden. *Ständig widerstreitende Anforderungen.*

Innerhalb weniger Minuten erreichten sie einen der Eingänge

des Weißen Hauses, wo Nelsons Stabschef Tom Hanigan und Derek Kavanaugh, Nicks enger Freund und Nelsons stellvertretender Stabschef, sie begrüßten.

Was würde jetzt, da Nelson tot war, aus Derek und dem Rest des Stabs des verstorbenen Präsidenten werden? Sie erinnerte sich, dass Nick nach Senator John O'Connors Tod gesagt hatte, das Schicksal der Mitarbeiter von Politikern hänge ganz von deren Chefs ab. Durch Johns Ermordung hatte Nick seinen besten Freund und seinen Job als dessen Stabschef verloren.

Hanigan schüttelte Nick die Hand. „Danke, dass Sie gekommen sind."

„Mein herzliches Beileid."

Hanigan und Nelson waren alte Freunde aus South Dakota gewesen.

„Danke. Das ist gelinde gesagt ein Schock. Ich habe ihn noch gesehen, zwei Stunden bevor der Butler ihn gefunden hat."

„Wissen Sie, was passiert ist?", fragte Nick.

Hanigan schüttelte den Kopf. „Für das medizinische Personal war es nicht sofort ersichtlich, aber es gab keine Anzeichen für Fremdeinwirkung. Sie glauben, dass der Tod schnell eingetreten ist, wodurch auch immer."

„Ich würde ja fragen, wie es dir geht, doch ich kann es mir denken", meinte Derek zu Sam, während sie Hanigan und Nick ins Haus folgten. Scotty bildete das Schlusslicht dieser kleinen Prozession ins Weiße Haus, wo Nick gleich seinen Amtseid ablegen würde.

Surreal.

Sam blickte ihren Freund an. „Gerade habe ich mich noch darüber beklagt, dass ich mich bei unserem Thanksgiving-Dinner überfressen habe, und in der nächsten Minute ..."

„Ich habe mit Maeve ein Spiel gespielt, während meine Eltern sich einen Film angeschaut haben, als Tom angerufen hat. Ich bin sofort rübergekommen, nachdem ich gehört hatte, was passiert war."

„Danke. Es bedeutet uns sehr viel, einen Freund hierzuhaben."

„Es ist so schockierend. Gestern habe ich Nelson noch gesehen."

„Man weiß nie, was passieren wird."

„Nein, wirklich nicht", seufzte er und dachte dabei wahrscheinlich an seine verstorbene Frau Victoria, die vor fast eineinhalb Jahren ermordet worden war.

Sam reichte Scotty die Hand, um ihn mitzunehmen, während

man sie tiefer in den Regierungssitz hineinführte, der von nun an ihr Zuhause sein würde. Es würde wahrscheinlich noch Wochen dauern, bis Sam die Ereignisse dieses Abends verarbeitet hatte. Sie fragte sich, wie viel Zeit vergehen würde, bis der Schock nachließ und sie tatsächlich in der Wirklichkeit ankam.

In drei Tagen musste sie wieder zur Arbeit. Würde man ihr das erlauben? Alles andere war für sie undenkbar.

Immer eins nach dem anderen, ermahnte sie sich. *Immer eins nach dem anderen.*

Man brachte sie in den East Room und bot ihnen Erfrischungen an.

„Für mich nichts, danke", lehnte Nick ab, warf Sam und Scotty aber einen Blick zu.

„Kann ich eine Cola haben, bitte?", fragte Scotty den Butler im Frack.

„Natürlich."

„Ich bin Scotty Cappuano." Er reichte dem älteren Afroamerikaner die Hand. „Freut mich, Sie kennenzulernen."

Der Mann war sichtlich angetan von den tadellosen Manieren des Jungen und sagte: „Ich bin LeRoy Chastain, einer der Butler des Weißen Hauses, und es ist mir ebenfalls ein Vergnügen, deine Bekanntschaft zu machen, junger Mann."

„Das ist meine Mutter Sam."

LeRoy schüttelte ihr ebenfalls die Hand. „Freut mich sehr, Ma'am."

Sam hätte ihn gern darauf hingewiesen, dass er sie nicht „Ma'am" zu nennen brauchte, aber sie wusste, dass das sinnlos war. „Das beruht ganz auf Gegenseitigkeit, LeRoy."

„Kann ich Ihnen etwas bringen, Ma'am?"

„Nein, danke."

LeRoy nickte und ging Scottys Getränk holen.

„So kann man sich auch eine weitere Cola erschleichen", sagte Sam. „Ich werde Anweisung geben, dass du nur eine pro Tag kriegst."

„Es muss doch auch Vorteile haben, der Sohn des Präsidenten zu sein. Ich meine, wenn man sein Leben schon umgeben von Geheimdienstmitarbeitern verbringen muss, sollte man am Ende eines langen Tages wenigstens eine Cola trinken dürfen."

Derek versuchte, sein Lachen mit einem Husten zu kaschieren.

„Eines Tages wird er dem Supreme Court angehören“, meinte Sam.

„Allerdings nur, wenn ich in der achten Klasse nicht an Algebra scheitere“, schränkte Scotty ein.

„Wir warten auf Mrs Nelson“, erklärte Hanigan. „Sie ist auf dem Weg von Pierre hierher.“ Die Nelsons hatten getrennt gelebt, seit seine Affäre mit einer Wahlkampfhelferin publik geworden war. „Wir fanden es wichtig, sie dabeizuhaben, wenn Sie den Amtseid ablegen. Sie wird in zwei Stunden eintreffen.“

Also würden sie warten müssen. *Na toll ...* Sam war nicht gerade der geduldigste Mensch.

LeRoy kehrte mit einer großen eisgekühlten Cola für Scotty, einem Krug mit Eiswasser und Gläsern sowie einem Tablett mit Käse, Crackern, Weintrauben und Keksen zurück.

Vielleicht hatte es doch Vorteile, im Weißen Haus zu leben.

„Danke, LeRoy“, sagte Sam.

„Sehr gern, Ma'am. Wenn wir sonst noch irgendetwas für Sie tun können, lassen Sie es uns bitte wissen. Ich werde ganz in der Nähe sein.“

„Das ist sehr nett von Ihnen.“

„Unsere Aufgabe ist es, uns um Sie und Ihre Familie zu kümmern.“

Sie würden *Personal* haben. Sam hatte keine Ahnung, was sie davon halten sollte. Allein der Gedanke daran war ihr äußerst unangenehm, da sie aus einfacheren Verhältnissen stammte und ihre Eltern ihre Töchter dazu erzogen hatten, Hausarbeiten zu erledigen, und ihnen beigebracht hatten, für sich selbst zu sorgen.

Hanigan bat um ein Gespräch mit Derek, was Sam, Nick und Scotty etwas Zeit für sich verschaffte.

Nick legte den Arm um Sam und küsste sie auf die Schläfe. „Wie geht es dir?“

„Einfach wundervoll, und dir?“

„Noch wundervoller.“

Scotty lachte. „Ihr seid so komisch, selbst im Weißen Haus.“ Er nahm sich einen weiteren Käsewürfel und einen Cracker sowie eine Handvoll Weintrauben. „Es ist ziemlich cool, dass wir jederzeit Snacks und lauter andere Sachen kriegen können.“

„Du wirst dir deine Snacks gefälligst selbst holen“, erklärte Nick, „und dich nicht vom Personal des Weißen Hauses bedienen lassen.“

„Warum müssen Eltern einem immer jeden Spaß verderben?“

„Das ist unsere Aufgabe", erwiderte Sam.

„Was bedeutet das hier eigentlich für unser Hundeprojekt?", fragte Scotty. „Ich habe bald Geburtstag, und Weihnachten ist auch nicht mehr fern, und beides wären ideale Gelegenheiten, mir einen Hund zu schenken. Auf dem Weg hierher habe ich ein bisschen gegoogelt. Wusstet ihr, dass die meisten Präsidenten und ihre Familien mindestens einen Hund hatten? Viele von ihnen hatten sogar zwei. Wir sollten versuchen, die Tradition zu wahren, und uns zwei Hunde anschaffen. Die Augen der Geschichte ruhen auf euch."

„Dieses Kind ist einfach zu viel für mich", meinte Sam zu Nick. „Du hast ihn gefunden und angeschleppt. Jetzt kümmere dich bitte auch um ihn, ja?"

Nick und Scotty lachten.

„Ich weiß, dies ist weder der richtige Zeitpunkt noch der richtige Ort", räumte Scotty ein. „Tut mir leid."

„Die Sache ist noch in der Schwebe", antwortete Nick. „Wir müssen erst ein paar Dinge klären, dann sehen wir weiter, okay?"

„Schon gut." Scotty hob die Hände. „Es muss sich ja auch nicht immer alles um mich drehen."

„Danke für die humoristische Einlage", bemerkte Nick.

Ein paar Minuten später kam Hanigan zurück. „Mr Vice President, auf ein Wort."

„Die Pflicht ruft", seufzte Nick. „Ich bin gleich wieder da. Und nicht, dass ihr euch einfach davonmacht, während ich nicht hinschaue."

„Keine Sorge, wir gehen hier nicht weg", versprach Sam.

„Ich verlasse mich darauf." Nick verabschiedete sich lächelnd von ihnen, dann verschwand er mit Hanigan, um sich um das Schicksal der freien Welt zu kümmern.

„Er dreht gerade fast durch, oder?", erkundigte sich Scotty bei Sam.

„Unter Druck wirkt er immer gelassen und ruhig, aber innerlich muss er einen Nervenzusammenbruch haben. Verständlicherweise."

„Ist es ein Problem, dass er gerade erst verkündet hat, dass er das Amt nicht will?"

„Vermutlich schon." Sam war bereits jetzt erschöpft von den Kämpfen, die sie noch nicht einmal ausgefochten hatten. „Doch wenn jemand mit so etwas fertigwird, dann dein Vater. Er spielt dieses Spiel schon sein ganzes Erwachsenenleben lang. Dein Dad weiß, welche Fäden er ziehen muss und wie man Dinge regelt."

„Das stimmt. Er wird einen Weg finden, es als etwas Positives hinzustellen, dass er gerade gesagt hat, er wolle das Amt nicht." Scotty musterte sie misstrauisch. „Drehst du auch fast durch und tust nur so ruhig?"

„Was? Ich und durchdrehen? Niemals."

„Ja, klar … Was wird aus deinem Job?"

Es war typisch für ihn, dass er ihre größte Sorge neben dem Verlust der Privatsphäre, der ständigen Beobachtung durch andere und Sicherheitsbedenken direkt ansprach. „Ganz ehrlich, ich weiß es nicht."

„Aber du wirst darum kämpfen, ihn behalten zu dürfen, oder?"

Sie sah ihn an und bemerkte den besorgten Ausdruck in seinem lieben Gesicht. „O ja."

KAPITEL 3

Hanigan begleitete Nick ins Büro des Stabschefs im Westflügel, wo Nelsons Nationale Sicherheitsberaterin Teresa Howard sie erwartete.

Sie erhob sich und schüttelte Nick die Hand. „Mr Vice President, wurden Sie gestern über die Lage im Iran unterrichtet?"

„Ja."

„Ich habe Präsident Nelson vorhin über die neuesten Entwicklungen informiert." Teresa trug ihm die detaillierte Analyse eines Nachrichtenaustauschs vor, den US-Spionagedienste abgefangen hatten. „Wir glauben, sie planen in den nächsten sieben bis zehn Tagen einen Atomwaffentest. Präsident Nelson hat Außenminister Ruskin autorisiert, morgen aufzubrechen, um die Lage zu klären. Wir müssen wissen, ob Sie an diesem Plan festhalten wollen."

Das entscheide jetzt ich, dachte Nick – ob der US-Außenminister in den Iran reiste, um eine für die USA und den Rest der Welt potenziell gefährliche Situation zu entschärfen. „Wie genau lauteten Präsident Nelsons Anweisungen für den Minister?"

Teresa ging die Liste der Bedenken und Forderungen durch, die der Minister übermitteln sollte.

„Wie sieht es mit Sanktionen aus?", erkundigte sich Nick.

„Die nächste Möglichkeit, wenn wir mit Diplomatie nicht weiterkommen", antwortete Teresa.

Nick nickte. „Teilen Sie ihm mit, die Reise steht."

Hanigan nahm das Telefon, um Nicks Anweisung weiterzugeben.

„Wenn ich Ihnen den Übergang irgendwie erleichtern kann, stehe ich Ihnen zur Verfügung, Sir", sagte Teresa.

„Danke, Teresa."

Sie schüttelte ihm die Hand und verließ den Raum.

Es würde auch seine Entscheidung sein, ob er Nelsons Mitarbeiterinnen und Mitarbeiter, sein Kabinett und seinen Beraterstab behalten oder seine eigenen Leute einsetzen wollte. Er würde allen die Möglichkeit geben, ihren Hut zu nehmen, wenn sie das wollten, und sich danach neu aufstellen. Nelsons Team war dem alten Präsidenten gegenüber loyal, nicht ihm gegenüber. Er wollte nicht, dass jemand für ihn arbeitete, der das nicht wünschte oder der es nicht schaffte, diese Loyalität auf ihn zu übertragen.

Nachdem Hanigan aufgelegt hatte, erklärte er: „Alles klar. Ruskin bricht wie geplant morgen früh auf."

„Ich würde gern Terry anrufen und ins Bild setzen." Damit meinte Nick seinen Stabschef Terry O'Connor. „Spricht etwas dagegen?"

„Nicht dass ich wüsste, aber Sie müssten ihn natürlich darauf hinweisen, dass er Stillschweigen bewahren muss, bis wir die offizielle Pressemitteilung fertig haben. Wir arbeiten mit Hochdruck daran, Mrs Nelson herzuschaffen und Sie den Eid leisten zu lassen. Danach veröffentlichen wir das Video von Ihrem Amtseid zusammen mit der Information über Präsident Nelsons Tod. Ich muss Ihnen ja nicht sagen, wie wichtig es ist, dass wir diesen Ablauf steuern und nichts durchsickert. Dankenswerterweise ist die Medienpräsenz heute Abend aufgrund des Feiertags gering."

Nick war natürlich klar, wie unerlässlich es war, dass sie die Kontrolle über die Geschichte behielten. „Ich würde trotzdem gern Terry und meinen Kommunikationschef Trevor Donnelly anrufen."

„Mr Vice President, Sie sind der Boss. Sie können jeden anrufen, auf dessen Diskretion Sie sich verlassen können."

„Ich würde beiden mein Leben anvertrauen."

„Sie können gerne mein Büro benutzen."

„Ich gehe rüber in mein eigenes, trotzdem danke." Nick verließ Hanigans Büro und traf vor der Tür Brant, der wie immer auf ihn wartete. „Tut mir leid, dass ich Ihnen den Feiertag kaputtmache, Brant."

„In meinem Beruf gibt es keine Feiertage, Sir."

Nick mochte den ernsten jungen Mann, der seine Personenschützer befehligte, und betrachtete ihn als Freund. „Was für eine Nacht."

„In der Tat, Sir."

Gemeinsam begaben sie sich zum Büro des Vizepräsidenten. Nick fühlte sich nicht berechtigt, das Oval Office zu nutzen, solange er den Amtseid nicht geleistet und das Personal keine Gelegenheit gehabt hatte, Präsident Nelsons persönliche Sachen wegzuräumen.

„Ich bleibe noch ein paar Minuten hier, dann kehre ich in den East Room zurück, zu Sam und Scotty."

„Jawohl, Sir."

Nick betrat sein Büro und schloss die Tür hinter sich. Als erste Amtshandlung griff er nach seinem Handy und schickte Sam eine SMS. *Bin gleich wieder da.*

Uns geht es gut, erwiderte sie. *Lass dir Zeit.*

Sie war so ruhig. So unnatürlich ruhig, dass er es nur als Schockzustand auslegen konnte. Wahrscheinlich überschlugen sich auch in ihrem Kopf die Szenarien, Details und Sorgen. So viele Sorgen.

Er nahm den Hörer des Telefons auf seinem Schreibtisch ab und wählte die Nummer von Terry, der beim zweiten Klingeln abnahm.

„Mr Vice President." Nick hatte ihn schon oft gebeten, ihn mit dem Vornamen anzusprechen, aber Terry schien den Titel zu mögen. „Ich hoffe, du hattest ein schönes Thanksgiving."

„Ja, bis mich vor etwa einer Stunde Hanigan angerufen hat, um mir mitzuteilen, dass Präsident Nelson verstorben ist."

„Was?"

Nick hörte beinahe, wie sich Terry aufsetzte, und konnte sich sein schockiertes Gesicht lebhaft vorstellen. „Du hast richtig gehört."

„Was ist passiert?"

„Das weiß noch niemand, aber Hanigan hat gesagt, auf den ersten Blick habe nichts auf Fremdeinwirkung hingewiesen. Ich gehe davon aus, dass eine Autopsie vorgenommen wird, die uns hoffentlich einige Antworten liefert. Sam, Scotty und ich warten im Weißen Haus darauf, dass Mrs Nelson aus South Dakota eintrifft, damit ich den Amtseid leisten kann."

„Ich bin gleich da."

„Das hab ich mir gedacht. Und ich muss ja wohl nicht eigens erwähnen …"

„Ich werde kein Wort sagen. Zu niemandem."

„Danke. Bringst du Trevor mit?"

„Kann ich machen. Mr Vice President … Nick …“

„Ich weiß. Sehen wir uns gleich?“

„Schon unterwegs.“

Nick war erleichtert, zu wissen, dass seine Vertrauten zum Weißen Haus unterwegs waren, um ihm in den nächsten paar Stunden zur Seite zu stehen. Nachdem er sich darum gekümmert hatte, wollte er jetzt dringend zu Sam und Scotty zurück. Auf dem Weg zur Bürotür kam ihm ein Gedanke, der ihn zum Schreibtisch zurückkehren und erneut einen Anruf tätigen ließ, diesmal bei Sams Stabschefin Lilia Van Nostrand. Da er ihre Nummer nicht hatte, bat er die Telefonzentrale des Weißen Hauses, die Verbindung für ihn herzustellen.

„Nick“, meldete sich Lilia. „Ist alles in Ordnung?“

„Tut mir leid, dich am Feiertag zu stören, Lilia.“

„Gar kein Problem.“

„Ich bedaure außerdem, dir mitteilen zu müssen, dass Präsident Nelson heute Abend verstorben ist.“

„O mein Gott. Was ist passiert?“

„Das wissen wir noch nicht. Mrs Nelson ist auf dem Weg von South Dakota hierher, und sobald sie vor Ort ist, werde ich den Amtseid leisten. Ich dachte, es würde Sam vielleicht helfen, wenn du hier sein könntest, falls sich das irgendwie einrichten lässt.“

„Ich bin in einer halben Stunde da.“

„Vielen Dank.“

„Danke, dass du mich angerufen hast.“

„Wenn Harry bei dir ist, bring ihn bitte mit.“ Lilia war mit Nicks engem Freund Dr. Harry Flynn zusammen.

„Mach ich.“

„Wir sehen uns hier.“

Nick fühlte sich schon tausendmal wohler, nachdem er nun wusste, dass Sams vertraute Beraterin in dieser anstrengenden Übergangsphase bei ihr sein würde. Dafür zu sorgen, dass sich jemand um sie kümmerte, gehörte zu seinen wichtigsten Aufgaben für die kommenden Tage und Wochen. Der Verlust ihres Vaters hatte ihre Welt unlängst schon schwer erschüttert. Diese neue Entwicklung könnte sie am Ende endgültig überfordern.

Er dachte an sie, als er das Büro verließ und zu ihr zurückkehrte, entschlossen, ihre Familie so gut wie möglich durch diese turbulenten Tage zu führen. Sie würden sich von ihm leiten lassen, und er würde ihnen nichts als ruhige, kühle Gelassenheit zeigen, auch wenn er innerlich zitterte.

~

Mrs Nelson traf kurz nach Mitternacht in einem Marinehelikopter ein, der sie auf der Joint Base Andrews in Maryland abgeholt hatte und auf dem südlichen Rasen des Weißen Hauses absetzte. Ihre Töchter Amanda, Camille und Collette begleiteten sie, die Mienen aller vier Frauen waren von Schock und Trauer gezeichnet.

Sam und Nick erwarteten sie im Weißen Haus.

Nick ging Mrs Nelson entgegen. „Unser herzliches Beileid."

Sam und Nick umarmten sie.

Mit einem Gefühl der Unwirklichkeit und voller Anteilnahme für die Familie des verstorbenen Präsidenten beteiligte sich Sam an der Begrüßungszeremonie. Derek hatte gemeint, das Bild der Präsidentenwitwe, die neben dem neuen Amtsinhaber stand, werde dem Land und der Welt die Gewissheit geben, dass ein reibungsloser Übergang der Macht stattgefunden hatte.

„Danke", sagte Gloria und tupfte sich die Augen mit einem Taschentuch trocken, das Collette ihr gereicht hatte.

„Unser Beileid zum Tod Ihres Vaters", wandte sich Nick an die drei Töchter.

„Weiß man schon, was passiert ist?", fragte Camille.

„Ich habe noch nichts gehört", antwortete Nick, „aber im Interesse der nationalen Sicherheit wird eine Autopsie stattfinden."

„Ja, wir müssen Bescheid wissen", pflichtete ihm Gloria bei. „Das Land hat ein Anrecht auf diese Information."

„Wir kümmern uns um alles, Ma'am", versicherte ihr Hanigan.

„Oh, Tom." Gloria umarmte ihren alten Freund. „Sie müssen auch total geschockt sein."

„Das sind wir alle, Ma'am."

Hanigan, Derek und andere Mitarbeiter, die Sam nicht kannte, begleiteten sie zurück in den East Room, wo bereits der Oberste Bundesrichter Byron Riley wartete. Außerdem befanden sich dort Terry O'Connor, Lilia Van Nostrand und Dr. Harry Flynn.

Sam war überrascht, ihre Freundin und Beraterin zu sehen, und trat zu Lilia und Harry, um beide zu umarmen. „Danke, dass ihr hier seid."

„Dein Mann dachte, es wäre vielleicht hilfreich", sagte Lilia.

„Er ist der Beste, und du bist die Beste."

„Das wird schon alles."

Sam ließ ihre Freundin los, die ihr bereits eine so große Stütze gewesen war, als Nick noch Vizepräsident gewesen war.
„Versprochen?"

„Versprochen."

„Du schaffst das, Sam." Harry lächelte sie freundlich an, wodurch seine unwiderstehlichen Grübchen sichtbar wurden. „Ich weiß, so hattest du dir das nicht vorgestellt, aber du wirst das einfach toll machen. Daran habe ich keinen Zweifel."

Sam seufzte tief und sah die beiden mit weit aufgerissenen Augen an, was ihnen ein Lächeln entlockte. Vielleicht hätten sie sogar gelacht, wenn Mrs Nelson und ihre Töchter nicht im Raum gewesen wären. Doch angesichts ihres tragischen Verlustes war Heiterkeit unangebracht.

Nick streckte die Hand nach ihr aus. „Samantha?"

Eine Sekunde lang war sie wie erstarrt, konnte vor lauter Panik weder denken noch atmen oder sich bewegen. So war es ihr schon lange nicht mehr gegangen. Aber dann fand sein ernster Blick ihren und beruhigte und erdete sie auf eine Weise, wie es niemand sonst vermochte. Sie trat zu ihm und nahm seine Hand.

Der offizielle Fotograf des Weißen Hauses stellte sie auf, mit dem Obersten Richter Byron Riley in der Mitte, und Sam hielt Nick die Bibel, Scotty neben sich. Gloria Nelson und ihre Töchter standen rechts von ihnen. Ein Kamerateam zeichnete die Vereidigung für die beim Weißen Haus akkreditierten Pressevertreterinnen und -vertreter auf. Die Aufnahmen würden zusammen mit der Nachricht von Nelsons Tod nach einer sorgfältig geplanten Choreografie veröffentlicht werden.

„Heben Sie die rechte Hand, und sprechen Sie mir nach", sagte Riley. „Ich, Nicholas Domenic Cappuano, schwöre feierlich, dass ich das Amt des Präsidenten der Vereinigten Staaten getreulich ausführen und die Verfassung der Vereinigten Staaten nach besten Kräften wahren, schützen und verteidigen werde. So wahr mir Gott helfe."

Nachdem Nick den Amtseid wiederholt hatte, schüttelte Riley zuerst ihm und dann Sam und Scotty die Hand. „Gratuliere, Mr President, Mrs Cappuano, Mr Cappuano junior."

„Danke", antwortete Nick.

„Meine Gebete und besten Wünsche gelten jetzt, da Sie sich

dieser Herausforderung stellen, Ihnen und Ihrer Familie, Mr President", fügte Riley hinzu.

„Vielen Dank."

Nachdem der Richter sich zurückgezogen hatte, kamen Hanigan und Terry zu ihnen.

„Können wir jetzt die Pressemitteilung rausgeben?", fragte Hanigan.

Nick hatte den Text der Erklärung vor dem Amtseid abgesegnet, aber erst ihre Veröffentlichung würde dem Rest der Welt verkünden, dass die Vereinigten Staaten von Amerika einen neuen Präsidenten hatten. „Ja, bitte." Darin wurde für zwanzig Uhr Ostküstenzeit eine Rede an die Nation angekündigt. Außerdem wurde berichtet, dass man ihn bereits über mehrere anstehende Fragen in Kenntnis gesetzt und mit den vorläufigen Informationen versorgt hatte, die er als neuer Hüter der Nuklearwaffen der Nation benötigte.

„Ich würde jetzt gern Sam und Scotty heim ins Bett bringen, wenn nichts dagegenspricht."

„Da wäre noch eine Sache, die nicht bis morgen warten kann", wandte Hanigan ein. „Wir brauchen etwa fünfzehn Minuten. Möchten Sie Ihre Familie nach Hause bringen lassen, oder sollen sie hier warten?"

„Wir warten hier auf dich, Nick", sagte Sam zu ihrem Mann. „Lass dir Zeit."

„Er ist sofort wieder zurück", versprach Hanigan.

Hanigan führte Nick und Terry in den Westflügel und dort ins Oval Office. Ein uniformierter Mann mit einem großen schwarzen Koffer, der an eine überdimensionierte Aktentasche erinnerte, folgte ihnen in das Büro.

Der „Atomkoffer" war tatsächlich ein Metallaktenkoffer in einer schwarzen Lederhülle, der in Krisenzeiten, in denen der Präsident keinen Zugang zu seinen üblichen Kommunikationszentralen wie etwa dem Lagezentrum im Weißen Haus hatte, als mobile Kommandozentrale diente. Neben den Aktivierungscodes für die Atomwaffen enthielt er das sogenannte Black Book, ein Verzeichnis aller nuklearen und nichtnuklearen Angriffspläne, ein weiteres Buch, in dem geheime Standorte aufgelistet waren, sowie einen Ordner mit

Erläuterungen des Emergency Alert System, des nationalen Warnsystems der USA.

Nick war oft genug mit Nelson gereist, um den Atomkoffer zu kennen. Er würde sich in Zukunft immer in seiner Nähe befinden. Er hoffte und betete, dass er ihn niemals würde benutzen müssen.

„Mr President, ich bin Lieutenant Commander Juan Rodriguez von der United States Navy. Es ist mir eine Ehre, einer der Militäradjutanten zu sein, die abwechselnd für die Beaufsichtigung Ihres Notfallkoffers zuständig sind."

Nick, der jetzt auch Oberkommandant der Streitkräfte war, erwiderte den Salut des Mannes. „Danke, Commander."

Seit dem Anruf, mit dem ihn Hanigan über den Tod von Präsident Nelson informiert hatte, war Nick alles irgendwie total unwirklich vorgekommen. Für den Amtseid galt das noch mehr. Erst das hier – die Erkenntnis, dass er jetzt Oberbefehlshaber der US-Streitkräfte war – machte ihm seinen neuen Status bewusst.

Nachdem Hanigan, Derek und Lieutenant Commander Rodriguez ihm die nötigen Informationen zu den Nuklearcodes gegeben hatten, begleiteten sie ihn zurück in den East Room, zu Sam und Scotty.

„Morgen früh werden wir die nächsten Schritte angehen." Hanigan schüttelte Nick die Hand. „Das Protokoll sieht eigentlich vor, dass wir Sie und Ihre Familie jetzt im Blair House unterbringen, aber da Sie vor Ort wohnen und dort unter dem Schutz des Secret Service stehen, wurde beschlossen, dass Sie bis nach der Beerdigung weiter zu Hause wohnen können. Mrs Nelson wird etwas Zeit zum Packen benötigen."

„Natürlich", sagte Nick. „Wir respektieren all ihre Bedürfnisse."

Nick empfand große Erleichterung darüber, dass ihnen bis zum Umzug wenigstens noch ein paar Tage in der vertrauten Umgebung blieben.

„Wenn möglich, möchte ich für morgen eine Kabinettssitzung einberufen", wandte er sich an Hanigan und Terry.

„Wird erledigt, Sir", antwortete Hanigan.

„Schalten wir Außenminister Ruskin per Videokonferenz zu."

„Ich kümmere mich darum."

„Bitte halten Sie Terry über alles auf dem Laufenden, was wir für die Übergangsphase wissen müssen."

„Mach ich, Mr President", versprach Hanigan. „Wir sehen uns morgen früh?"

„Ich werde hier sein."

Hanigan schüttelte Nick die Hand. „Hervorragend."

Als der andere Mann sich entfernte, sagte Nick: „Tom."

Er wandte sich noch einmal um und hob die grauen Brauen. „Ja, Sir?"

„Ich wollte nur, dass Sie wissen … ich habe das alles auch erlebt. Ich war Stabschef eines hochrangigen Politikers, der in seiner Amtszeit gestorben ist. Ich war mit John O'Connor ebenfalls viele Jahre befreundet, genau wie Sie mit Präsident Nelson. Wenn ich irgendetwas für Sie tun kann, lassen Sie es mich bitte wissen."

Nicks Freundlichkeit schien Hanigan kurzzeitig seiner Sprache zu berauben. In einer Stadt voller Halsabschneider wie Washington war aufrichtige Freundlichkeit ein rares Gut. „Danke, Sir. Das weiß ich sehr zu schätzen. Bis morgen."

Ehe sie zusammen mit dem Secret Service aufbrachen, begaben sich Nick und Sam in den Red Room, um sich von Gloria und ihren Töchtern zu verabschieden.

„Bitte lassen Sie uns wissen, ob wir Sie bei der Planung der Beerdigung unterstützen oder sonst irgendwie behilflich sein können", bot ihr Nick an.

„Danke, Mr President."

„Nennen Sie mich Nick, bitte."

Mit bebendem Kinn nickte Gloria. „Nick. Sam, ich zeige Ihnen gerne den Wohnbereich und stehe Ihnen für Fragen zur Verfügung. Lassen Sie uns das für die nächsten Tage einplanen."

„Das ist sehr nett von Ihnen", antwortete Sam. „Danke."

„Ich war in diesem Haus lange glücklich", meinte Gloria mit einem Anflug von Wehmut. „Hoffentlich wird es Ihnen auch so gehen."

„Wir werden uns größte Mühe geben", versicherte ihr Nick.

„Aber opfern Sie nicht zu viel", warnte Gloria. „Wir haben diesen Fehler gemacht und einen hohen Preis dafür gezahlt." Mit todtraurigen Augen blickte sie sie an. „Hüten Sie sich davor."

„Komm, Mom." Collette legte den Arm um ihre Mutter. „Ich bringe dich hoch, ins Bett."

„Bis morgen", verabschiedete sich Nick. „Wenn wir etwas für Sie oder Ihre Familie tun können, zögern Sie nicht, es uns wissen zu lassen."

„Vielen Dank, Nick", sagte Gloria.

Nick winkte Scotty zu sich und bedeutete Brant, dass sie

aufbruchsbereit waren. Mit der üblichen Effizienz eskortierte man sie zur Limousine. Wieder saß Nick neben Sam, und Scotty saß den beiden gegenüber.

„Und dann war mein Vater plötzlich der mächtigste Mann auf Erden", strahlte Scotty. „Das ist verdammt noch mal einfach der Hammer."

„Freut mich, dass du das so siehst", erklärte Nick trocken. „Hoffen wir, dass du das auch noch findest, wenn dir an der Highschool auf Schritt und Tritt Bodyguards folgen."

„Die stören mich nicht. Ich nehme sie eigentlich kaum noch wahr."

„Bis du zum ersten Mal versuchst, unter den wachsamen Blicken deiner Personenschützer ein Mädchen zu küssen", neckte ihn Sam.

Scotty verzog das Gesicht. „Ich bin hier nicht derjenige, der ständig rumknutscht."

„*Noch* nicht", korrigierte Sam. „Wart's ab."

„Danke, dass ihr heute Nacht da wart", meinte Nick.

„Wo hätten wir denn sonst sein sollen, während du verdammt noch mal den Amtseid als Präsident leistest?", fragte Scotty.

„Das war jetzt zweimal ‚verdammt noch mal' in zwei Minuten", sagte Sam. „Das Fluchschwein harrt deiner Zahlungen."

„Das ist doch kein Fluchen. Wenn wir das zählen würden, wärst du längst pleite."

„Es ist also wirklich passiert", seufzte Nick, als der Adrenalinschub jäh nachließ.

Sam legte ihm lächelnd eine Hand aufs Bein. „Ist das nicht großartig? Ich schlafe mit dem Präsidenten."

„Eklig", warf Scotty ein.

„Daran ist überhaupt nichts Ekliges, Kumpel", widersprach Nick.

Scotty hielt sich die Hände über die Ohren und kniff die Augen zu. „Bringt es hinter euch, euer Kind schaut gerade nicht hin."

Nick nutzte die Gelegenheit, seine wunderbare Frau zu küssen. „Danke, dass du da drin nicht durchgedreht bist."

„Bin ich nicht? Ich bin mir da nicht so sicher."

„Du hast das super gemacht."

„Es war extrem sexy, zu sehen, wie du Hanigan herumkommandiert hast", unterrichtete sie ihn mit einem dramatischen kleinen Schauer, was ihn zum Lachen brachte.

„Ich weiß, wir haben viel zu besprechen …"

„Das erledigen wir morgen. Im Moment solltest du erst mal durchatmen."

Scotty, der keine Lust mehr hatte, die Augen vor ihren Küssen zu verschließen, beschäftigte sich mit seinem Handy. „Wollt ihr ein paar Kommentare aus dem Internet hören?"

„Nein!", riefen Sam und Nick im Chor.

„Er soll heute Nacht schlafen", meinte Sam. „Auch darüber können wir uns morgen Gedanken machen."

„Guter Plan", stimmte Nick zu.

Seine Schlaflosigkeit war ein grundsätzliches Problem. Nick fragte sich, ob er in den nächsten drei Jahren überhaupt irgendwann schlafen würde. *O Gott, drei Jahre ... Nicht drüber nachdenken, sonst war's das mit dem Schlaf, für sechsunddreißig Monate.*

Einige Minuten später fuhren sie vor ihrem Haus in der Ninth Street vor und wurden die Rampe hoch nach drinnen eskortiert. „Die Wachmannschaft scheint größer geworden zu sein", sagte Nick zu Brant.

„Das Personenschutzteam wurde verdreifacht, Sir."

„Können Sie irgendwann nach Hause?"

„Demnächst, Sir. Ich bin morgen früh wieder da, und der Direktor wird Sie in den nächsten Tagen treffen wollen. Man wird auch dienstältere Agenten für Ihren Personenschutz einsetzen."

„Moment mal, was? Dann werden nicht mehr Sie der Leiter meiner Personenschützer sein?"

„Wahrscheinlich nicht, Sir."

„Kommt überhaupt nicht infrage. Das biege ich ab."

Brant schenkte ihm sein seltenes Lächeln. „Wenn Sie meinen, Sir."

„Ich meine. Bis morgen. Gehen Sie heim. Schlafen Sie sich aus."

„Jawohl, Sir."

„So sexy energisch und bestimmend", flüsterte Sam und freute sich über Nicks verlegenes Erröten.

„Sei still, und schaff dich ins Bett. Ich folge dir gleich."

„Jawohl, Sir, Mr President."

Über sein leises Knurren lachte sie auf dem gesamten Weg nach oben.

KAPITEL 4

Nachdem er sich ein Glas Bourbon eingeschenkt hatte, stieg Nick die Treppe hinauf und bemerkte, dass Scottys Tür offen stand. Als er ins Zimmer schaute, sah er seinen Sohn mit nacktem Oberkörper und in einer Pyjamahose der D. C. Federals mitten im Raum stehen. Zum ersten Mal fiel ihm auf, dass Scottys Brust langsam breiter wurde und er die Konturen eines jungen Mannes annahm. Das ging alles viel zu schnell. „Alles klar, Kumpel?"

„Sobald ich ein T-Shirt gefunden habe. Ich habe vergessen, die Wäsche zusammenzulegen, die mir Shelby hingestellt hat, also hat sie sie versteckt."

Nick nahm sich vor, Shelby ein Kompliment für ihre passiv-aggressiven Erziehungsmethoden zu machen. „Das hat man davon, wenn man nicht tut, was einem aufgetragen wird."

„Ich weiß. Dann werde ich mir wohl die Eier abfrieren müssen."

„Deine Mutter würde sich so eine Ausdrucksweise verbitten."

„Deshalb benutze ich sie vor ihr ja auch nicht."

„Ich werde mal ausnahmsweise Gnade walten lassen und dir eins meiner T-Shirts leihen. Aber wenn dir Shelby das nächste Mal sagt, du sollst deine Klamotten zusammenlegen und wegräumen, dann passiert das auch, okay?"

„Jawohl, Sir, Mr President."

„Diesen Scheiß kannst du dir sparen."

„Einen Fünfer ins Fluchschwein!"

„Du hast mich provoziert. Ich bin gleich wieder da." Nick amüsierte sich unglaublich über den smarten, frechen Jungen, den er zwei Jahre zuvor in einem Kinderheim in Richmond kennengelernt hatte. Scott Dunlap Cappuano zu einem Teil seines Lebens mit Sam zu machen war eine der besten Entscheidungen gewesen, die er je getroffen hatte. Er schnappte sich eins seiner Lieblings-Harvard-T-Shirts und brachte es Scotty. „Dieses T-Shirt ist ein kostbares Andenken, und ich will es zurück – gewaschen, getrocknet und zusammengelegt. Verstanden?"

„Verstanden. Danke." Scotty streifte sich das Kleidungsstück über, das ihm viel zu groß war. „Ich schaffe es ohnehin nie nach Harvard. Wenn ich dieses T-Shirt klauen würde, wäre ich also voll der Poser."

„Sag das nicht. Wenn du motiviert genug bist, kannst du's durchaus schaffen. Nächstes Jahr kommst du auf die Highschool, und das ist ein Neustart. Für Harvard und andere Colleges ist nur wichtig, was du in diesen vier Jahren leistest. Wenn du richtig hart arbeitest, ist alles möglich."

„Hm, nun ja, gut zu wissen, dass man das Algebra-Pensum der achten Klasse nicht gegen mich verwenden wird."

„Nein, nur das der neunten."

„Immer musst du alles ruinieren. Aber", fügte er mit einem Grinsen hinzu, „freuen sich Colleges wie Harvard nicht über die Kinder von Präsidenten, weil die so viel gute Presse bringen? Die würden mich wahrscheinlich unabhängig von meiner Algebra-Note in der neunten Klasse aufnehmen."

Nick verdrehte die Augen. „Ich bin erst seit einer Stunde Präsident, und schon hängst du an meinen Rockschößen."

„Wie meinst du das? Was sind Rockschöße?"

„Das bedeutet im übertragenen Sinn, dass du dich hinten an meinem Jackett festhältst", erklärte Nick mit entsprechender Geste, „und quasi auf meinem Ticket mitreist."

„Irgendwas Gutes muss die Sache doch für mich haben", antwortete Scotty. „Wenn ich schon Mädchen vor den Augen von Secret-Service-Leuten küssen muss, kannst du mich wenigstens nach Harvard bringen."

Nick lachte und gab seinem Sohn eine sanfte Kopfnuss. „Ab ins Bett mit dir, und Licht aus. Es ist nach Mitternacht."

„Gute Nacht, Dad. Ich meine, Mr President. Sir."

„Halt die Klappe." Unter Scottys Gelächter verließ er das Zimmer und nickte Debra zu, der Leiterin der Personenschützer seines Sohnes, die auf dem Gang stand.

„Gratuliere, Mr President."

„Danke, Debra. Ich hoffe, es gibt Grund zur Gratulation …"

Begleitet von ihrem leisen Lachen stieg er die Stufen hoch, um kurz mit Eli zu sprechen.

„Ich wollte dich nur wissen lassen, dass wir wieder da sind", sagte Nick.

„Ist alles gut gelaufen?"

„So gut wie eben möglich, schätze ich."

„Ich habe das Video online angeschaut. Ihr habt super ausgesehen. Geht es dir gut?"

„Ich bin noch immer in einer Art Schockzustand, aber wir kommen schon klar. Ist hier alles in Ordnung?"

„Ja, ich war vor einer Stunde kurz bei den Zwillingen. Die schlafen tief und fest."

„Dann bis morgen früh. Schlaf ein bisschen."

„Sie auch, Mr President."

Nick lächelte über das freche Grinsen des jungen Mannes. „Nicht du auch noch."

„Sorry, ich konnte nicht widerstehen."

Amüsiert begab sich Nick wieder nach unten, betrat das Schlafzimmer, schloss die Tür hinter sich und lehnte sich dagegen.

„Was ist?", fragte Sam, die schon im Bett lag.

„Alle nennen mich plötzlich ‚Mr President'. Das ist total seltsam."

„Klingt doch fast genauso wie ‚Mr Vice President'."

„Trotzdem besteht da ein Riesenunterschied." Nick stieß sich von der Tür ab und betrat den begehbaren Kleiderschrank neben dem Badezimmer, um sich auszuziehen. Als er den Anzug aufhängte, den er zur Vereidigung getragen hatte, wurde ihm klar, dass dieser irgendwann im Smithsonian oder in seiner eigenen Präsidentenbibliothek in einer Vitrine hängen würde. Alles an ihm gehörte jetzt der Öffentlichkeit, selbst seine Kleidung. Nun ja, fast alles … Ein paar Dinge waren privat und würden es auch bleiben, vor allem seine Beziehung zu seiner Frau.

Er putzte sich die Zähne und ging in einer Schlafanzughose mit Feds-Logo, wie sie auch Scotty getragen hatte, zum Bett. Celia und Skip hatten sie ihm und Scotty im Vorjahr zu Weihnachten geschenkt.

„Unsere Handys stehen nicht still", teilte Sam ihm mit einem Blick zu seinem Mobiltelefon mit, das auf der Frisierkommode lag.

Nick griff danach und schaltete es aus. „Ich schätze, es hat sich herumgesprochen."

„Gonzo hat eine SMS geschrieben, mit dem Text: ‚Heilige Scheiße. Jetzt weiß ich, was du heute Nacht vorhattest. Bitte gratuliere Nick von uns und … Heilige Scheiße.'"

Nick lachte schnaubend. „Das ist eine ziemlich gute Zusammenfassung."

„Sollen wir den Fernseher einschalten?", fragte sie.

„Auf gar keinen Fall."

„Gute Antwort."

Er streckte die Arme nach ihr aus, und sie schmiegte sich an ihn, hüllte ihn ein in ihren unverwechselbaren Duft nach Lavendel und Vanille. Sie hatte die weichste, seidigste Haut und Kurven an allen entscheidenden Stellen. Ihr langes karamellfarbenes Haar kitzelte ihn in der Nase, bis sie den Kopf hob und ihn mit hellblauen Augen voller Fragen und Sorgen über die bedeutsamen Ereignisse dieses Abends anblickte.

„Wie geht es dir, Babe?", fragte sie.

„Äh, gut. Glaube ich. Und dir?"

„Auch. Glaube ich." Sie lachte leise. „Wir werden ein großartiges Präsidentenpaar abgeben. Wir sind uns nicht einmal mehr sicher, wie es uns geht."

„Wir werden ein unglaubliches Präsidentenpaar abgeben."

„Du scheinst dir da sehr sicher zu sein."

„Bin ich. Wir geben unser Bestes, mehr kann niemand verlangen."

„Nun, ich kann mich allerdings nicht ausschließlich darauf konzentrieren. Klar, ich werde tun, was ich kann. Aber unsere Ehe, unsere Kinder und dafür zu sorgen, dass sie mit dieser gewaltigen Veränderung in ihrem Leben klarkommen, das hat Vorrang. An nächster Stelle steht mein Beruf. Präsidentengattin zu sein folgt auf Prioritätsrang drei."

Nick erwiderte darauf nichts, vor allem weil er noch keine Vorstellung davon hatte, wie sie weiter Mörder jagen wollte, während er Präsident und sie First Lady war. Der Secret Service würde Einspruch erheben, und ein Teil von ihm konnte das nachvollziehen. Er wollte sie in Sicherheit und vor den Irren geschützt wissen, die versuchen würden, sie als Waffe gegen ihn zu verwenden. Aber er wollte auch, dass sie glücklich war, und ihm war klar, dass das nicht der Fall sein würde, wenn sie gezwungen wäre, ihren geliebten Beruf aufzugeben.

„Du sagst ja gar nichts.“

„Ich weiß nicht, was ich sagen soll. Zumindest noch nicht.“

„Du könntest sagen: ‚Natürlich hat das Priorität, Samantha. Warum sollte sich daran etwas ändern, bloß weil ich befördert worden bin?‘“

„Befördert“, wiederholte er mit einem Lachen. „Nennen wir das so?“

Sie setzte sich auf und wandte sich in die Decke gehüllt zu ihm um. „Genau das ist doch passiert. Du bist befördert worden und hast jetzt in der Stadt, in der ich zufällig ohnehin schon arbeite, einen noch wichtigeren Job. Wir ziehen nur innerhalb der Stadt um. Warum sollte sich sonst etwas ändern müssen?“

Er wusste, sie würden beide keinen Schlaf finden, bis sie dieses Gespräch geführt hatten. „War das eine rhetorische Frage?“

„Nein, und das weißt du genau. Du musst genauso für mich einstehen wie bei deiner Amtseinführung als Vizepräsident.“

„Weißt du, wenn ich könnte, wie ich wollte …“

„Aber das kannst du doch! Du bist verdammt noch mal der Präsident. Du kannst tun und lassen, was dir gefällt.“

„Innerhalb bestimmter Grenzen.“

„Genau! Sag mir nicht, ich kann nicht arbeiten, solange du Präsident bist. Das will ich nicht hören.“

„Okay, dann sage ich es nicht. Ich sage nur, wir müssen darüber nachdenken und einen Weg finden, wie das für uns beide funktionieren kann.“

„Was soll das denn heißen? Wieso muss es für dich funktionieren? Du wolltest dieses Amt überhaupt nicht. Du machst das jetzt für drei Jahre, bringst Nelsons Amtszeit zu Ende, und dann sehen wir weiter. Wieso ist es plötzlich wichtig, ob man dich anfeindet, weil deine Frau außerhalb des Weißen Hauses arbeitet?“

„Mir ist es völlig egal, ob mich jemand deswegen ‚anfeindet‘. Deine Sicherheit hingegen ist mir wichtiger als alles andere. Das ist eine ganz neue Situation, Sam, das weißt du genauso gut wie ich.“

„Was willst du damit sagen?“

„Dass ich Zeit zum Nachdenken brauche, erst mal tief durchatmen und das Ganze mit meinem Team erörtern muss, um einen Kompromiss zu finden, der für uns beide passt. Ich werde ehrlich zu dir sein: Das wird nicht einfach. Alle werden dagegen sein, dass du während meiner Amtszeit weiterarbeitest."

„Bist du denn damit einverstanden?", fragte sie in einem bedrückten Tonfall, der so untypisch für sie war, dass es ihm wehtat.

„Ich bin einverstanden, dass du weiterhin tust, was dich glücklich macht, solange deine Sicherheit gewährleistet ist. Wie wir das hinkriegen, müssen wir sehen."

„Du meinst den Secret Service."

„Unter anderem."

„Was denn noch?"

„Das weiß ich noch nicht!" Er war jetzt seit ungefähr neunzig Minuten Präsident, und schon stritten sie.

„Ich will dir sagen, was ich weiß: Ich freue mich für dich, weil du diese Gelegenheit erhältst, auch wenn ich traurig darüber bin, dass die Nelsons dafür ihren Ehemann und Vater verlieren mussten. Das hätte ich mir in einer Million Jahre nicht gewünscht, aber so ist es nun einmal, und ich war stolz, heute Nacht dabei zu sein, als du den Eid geleistet hast. Das amerikanische Volk hat unglaubliches Glück, dass es dich gibt. Das wissen sie vielleicht noch gar nicht, doch du wirst es ihnen zeigen. Ich bin bereit, dich dabei hundertprozentig zu unterstützen, selbst wenn ich mir für uns etwas anderes gewünscht habe. Allerdings erwarte ich im Gegenzug das Gleiche von dir."

„Das verstehe ich."

„Ja? Wirklich?"

„Absolut, Samantha. Nach all der Zeit weiß ich, was dich glücklich macht, und ich werde alles dafür tun, es dir zu ermöglichen."

„Alles, was in deiner beträchtlichen Macht steht?"

„Ja", seufzte er und streckte die Hand nach ihr aus. „Komm her. Ich will nicht streiten. Ich hasse es, wenn wir streiten."

„Das will ich auch nicht. Weißt du ja."

„Dann lassen wir es einfach, okay? Wir werden gemeinsam eine Lösung finden. Damit das klappt, müssen wir jedoch beide zu Kompromissen bereit sein."

„Ich bin in jeder Hinsicht kompromissbereit, außer bei meinem Beruf. Das ist nicht verhandelbar."

Nick war sich nicht sicher, was er darauf antworten sollte. Sie würde um ihrer eigenen Sicherheit willen Zugeständnisse machen müssen, aber das würde er ihr nicht hier und jetzt erklären. „Es wird ein Weilchen dauern, bis die Menschen sich daran gewöhnt haben, dass die Frau des Präsidenten außerhalb des Weißen Hauses arbeitet."

„Es gibt für alles ein erstes Mal, und ich würde gerne Geschichte schreiben, indem ich der Welt zeige, dass eine Frau ihren Mann unterstützen und gleichzeitig selbst Karriere machen kann."

„Fürs Protokoll: Ich habe kein Problem damit, dass du auch als First Lady weiterarbeitest."

„Na Gott sei Dank."

„Ich finde, Sarkasmus ist momentan nicht angebracht."

„Sarkasmus ist immer angebracht."

„Ich nehme deine Einstellung zur Kenntnis, genau wie deinen Sarkasmus. Wie immer werde ich für dich tun, was ich kann."

„Höre ich da ein ‚Aber'?"

„Manches liegt vielleicht nicht in meiner Macht, Sam. Man wird darauf bestehen, dass du Personenschutz vom Secret Service erhältst, auch wenn das eigentlich keine Vorschrift ist."

„In diesem Punkt bin ich möglicherweise zu gewissen Zugeständnissen bereit."

„Na schau. Mein kleines Mädchen wird erwachsen."

Sie verpasste ihm einen Rippenstoß, was er mit einem Lachen quittierte. „So schrecklich war es gar nicht, dass die mir die letzten Wochen auf Schritt und Tritt gefolgt sind. Wenn das alles ist – damit könnte ich leben. Aber ich fahre weiterhin selbst."

Er streichelte ihren Arm. „Wir werden die Details noch klären."

Sie seufzte tief, entspannte sich und schmiegte sich an ihn. „Danke."

„Für dich tue ich alles, Babe."

„Ich hab irgendwie immer noch das Gefühl, als wäre ich im falschen Film. Hast du wirklich gerade im Weißen Haus den Amtseid als Präsident geleistet?"

„Ja."

„Das verleiht dem Begriff ‚Schwarzer Freitag' eine ganz neue Bedeutung."

„Oder?", sagte er lachend. „Was für ein Drecksmist. Weißt du, wie die Schlagzeilen morgen früh lauten werden?"

„Wie denn?"

„Nelson tot, Cappuano übernimmt das Amt, an dem er, wie er kürzlich noch beteuert hat, gar kein Interesse hat'."

„Du hast gesagt, du willst nicht kandidieren, nicht, dass du nicht Präsident sein möchtest."

„Diesen Unterschied wird niemand begreifen. Man wird mich als Präsident wider Willen hinstellen."

„Bist du doch auch."

„Dieses Image droht leider, meine Autorität zu untergraben. Meine politischen Gegner werden meine Ablehnung einer Kandidatur ausschlachten. Sie werden mir meine Amtszeit von Anfang an zum Albtraum machen."

„Deine Partei hat die Mehrheit in beiden Häusern des Kongresses. Da ist es egal, was die Opposition sagt oder tut."

„Vielleicht, aber es wird auf jeden Fall hässlich werden – und das Repräsentantenhaus kontrollieren wir nur, weil zwei Abgeordnete aufgrund von ethischen Verfehlungen zurückgetreten sind."

„Du kriegst das in den Griff. Da habe ich gar keine Zweifel. Du solltest regieren wie jemand, der nie wieder für irgendein Amt zu kandidieren gedenkt. Wie jemand, der keine Rücksichten nehmen muss, sondern ausschließlich daran denkt, wie er das Leben anderer verbessern kann."

„Der Präsident, der keine Rücksichten nehmen muss. Irgendwie gefällt mir das."

Sam stützte sich auf einen Ellbogen, um ihn anschauen zu können. „So ist es doch, oder? Du willst jetzt nicht plötzlich doch bei der nächsten Wahl antreten, bloß weil Nelson gestorben ist und du Präsident geworden bist?"

„Nein, aber wenn du das Gefühl hattest, der Druck, zu kandidieren, sei hoch gewesen, als ich Vizepräsident war, dann warte mal ab, bis du mitbekommst, wie das jetzt aussieht, wo ich Amtsinhaber bin." Schon der Gedanke ließ ihn erschauern. „Die werden kein Nein akzeptieren."

„Werden sie aber müssen."

„Ich glaube, das wird nicht so einfach werden wie unlängst, als ich noch Vizepräsident war, und du hast ja aus nächster Nähe mitgekriegt, wie krass es da schon war."

„In drei Jahren kann viel passieren."

„Man wird vermutlich sofort Druck auf mich ausüben, denn der Vorwahlkampf beginnt in achtzehn Monaten."

„Darüber müssen wir glücklicherweise nicht heute Nacht nachdenken. Hast du eine Melatonin-Tablette genommen?"

Ohne konnte er nicht mehr schlafen. „Zwei."

„Gut. Du musst jetzt die Augen zumachen und an gar nichts

mehr denken, damit du Schlaf findest. Morgen kannst du dir dann überlegen, wie es weitergeht."

„Ist das deine Methode, damit du während laufender Ermittlungen schlafen kannst?"

„Ja." Sie küsste seine muskulöse Brust und dann sein Sixpack. Er liebte es, wenn sie die Linien mit der Zunge nachzeichnete. Nick fuhr mit den Fingern durch ihr seidiges Haar und atmete scharf ein, als ihr Kinn die Spitze seiner Erektion streifte. „Weißt du, was noch hilft?", fragte sie.

„Erzähl."

„Ich zeige es dir lieber."

Er schloss die Augen und überließ sich ihren Zärtlichkeiten. „Dagegen habe ich nicht das Geringste einzuwenden."

Sie liebkoste ihn mit ihrer Zunge, woraufhin er aufkeuchte. Ihm lief ein Schauer über den Rücken, und er hatte Gänsehaut, als sie ihn tief in den Mund saugte. Ganz langsam ließ sie ihn wieder herausgleiten, um die maximale Wirkung zu erzielen, und er wäre beinahe sofort gekommen.

Er schaffte es gerade noch so, sich zu beherrschen, als sie sich auf ihn setzte und ihn in sich aufnahm.

Sie war so verdammt heiß, sexy und perfekt, dass er sich oft fragte, was er in einem früheren Leben richtig gemacht hatte, um in diesem die Liebe einer so wunderbaren Frau zu verdienen. Besonders jetzt, wo er ihre Welt wieder einmal auf den Kopf gestellt hatte.

„Entspannst du dich schon?", fragte sie, während sie sich mit erotischer Präzision bewegte.

„Es wird langsam besser." Nick legte die Hände auf ihre Hüften und strich an ihren Seiten nach oben, um schließlich ihre Brüste zu umfassen. Sie fand ihre Oberweite zu groß. Er fand sie genau richtig. Nick hatte noch nie jemanden so geliebt wie sie, hatte zuvor gar nicht gewusst, dass das möglich war.

Er zog sie an sich und rollte sich mit ihr herum, bis sie unter ihm war, blickte ihr ins Gesicht und in die blauen Augen, die ihn ansahen, wie es zuvor noch nie jemand getan hatte. „Falls ich bisher vergessen haben sollte, das zu sagen: Ich bitte im Voraus um Entschuldigung für alles, was in den nächsten drei Jahren passieren wird."

Sam lachte und schlang ihm die Arme um den Hals, fuhr mit den Fingern in sein Haar, während er sich in ihr bewegte. „Ich verzeihe dir."

„Du solltest vielleicht abwarten, bis du weißt, wie schlimm es wird, ehe du mir vergibst."

„Drei Jahre sind im Vergleich zu einem ganzen gemeinsamen Leben ein Klacks." Als sie ihm die Beine um die Hüften legte, atmete er den Duft von Vanille und Lavendel ein, der ihn in eine Wolke des Verlangens hüllte und ein nie restlos stillbares Sehnen in ihm weckte.

„Ich liebe dich so sehr, Samantha. Mehr denn je."

Sie klammerte sich an ihn, während er sie beide dem Höhepunkt entgegentrieb. „Ich dich auch."

Er erstickte ihre Schreie mit Küssen, die zugleich sein eigenes Stöhnen dämpften. Vorsichtig, um sie nicht zu erdrücken, ließ er sich auf sie sinken. Beide atmeten schwer.

„Ich wollte schon immer mal einen Präsidenten vernaschen."

Nick lachte. „Ich hoffe, es wurde dem Hype gerecht."

„Es war sogar noch viel besser als erhofft."

„Stets zu Diensten."

„Es wird alles gut, Nick. Solange wir das hier und einander haben, kann nichts schiefgehen."

„Hör nicht auf, mir das zu sagen, okay?"

„Ich werde es wiederholen, wann immer es nötig ist."

KAPITEL 5

Am nächsten Morgen erwachte Sam allein im Bett, streckte sich und fragte sich, wo Nick war und warum sie die Zwillinge nicht gehört hatte. Kaum hatte sie das gedacht, schlug die Erinnerung an die Ereignisse des gestrigen Abends über ihr zusammen wie eine Woge, die ihr den Atem raubte.

Ihr Mann war Präsident der Vereinigten Staaten.

Sie war die Frau des Präsidenten.

Sie alle zusammen waren jetzt die Präsidentenfamilie.

An diesem Tag, wenn der Rest der Welt erwachte und die Nachrichten hörte, würde sich ihr Leben für immer verändern. Am liebsten hätte sie sich die Decke über den Kopf gezogen, sich im Bett verkrochen und wäre drei Jahre lang nicht herausgekommen. Aber da das nicht ging, griff sie zu ihrem Handy und fand dreihundertsechsundachtzig SMS vor.

Das war zweifellos rekordverdächtig.

Von ihrer Schwester Tracy: *Ach du Scheiße. Ruf mich an. Ich mein das ernst. RUF MICH AN!*

Von ihrer Schwester Angela: *Was zur Hölle??? Ruf mich an.*

Von ihrem Partner Freddie Cruz: *Ähm, okay. Heilige Scheiße. Heilige Scheiße!*

Von ihrem Vorgesetzten, Captain Malone: *Ich würde Ihnen beiden ja gratulieren, doch ich habe keine Ahnung, wie ich das in Worte fassen soll. Bei Gelegenheit müssen wir über einiges reden. Ich bin stolz, Sie beide zu kennen, wünsche Ihnen nur das Beste und drücke Ihnen die Daumen.*

Von ihrer Kollegin Dr. Lindsey McNamara, der leitenden

Gerichtsmedizinerin von Washington: *Ich weine wegen der Nelsons und vergieße Freudentränen für dich, Nick, und uns alle. Kann es kaum erwarten, dich zu sehen und alles persönlich erzählt zu bekommen. Hab euch lieb.*

Von Darren Tabor, dem Reporter des *Washington Star*, mit dem sie befreundet war: *Wenn Sie Exklusivinterviews geben möchten, haben Sie ja meine Nummer. Gratuliere!*

Von Chief Farnsworth: *Marti und ich sind unglaublich stolz auf euch. Dein Vater führt im Himmel sicher gerade ein Freudentänzchen auf. Das Land hat Glück, dass es euch beide hat.*

Diese liebevolle Nachricht von ihrem Polizeichef, den sie privat „Onkel Joe" nannte, und der Gedanke an ihren verstorbenen Vater und seine verrückten Tänze trieben ihr die Tränen in die Augen.

Von ihrer Freundin Roni Connolly: *Ich freue mich so unsäglich für euch beide. Kann mir lebhaft vorstellen, wie es euch damit gerade geht. Meine neue „schlechte Freundin" ist die Frau des Präsidenten! Die Frau des Präsidenten!*

Sam musste über Ronis SMS lachen. Als sie sich mit der jüngst verwitweten Frau angefreundet hatte, hatte sie sich selbst als „schlechte Freundin" bezeichnet, weil sie außer für ihren Beruf und ihre Familie für nichts Zeit hatte. Aber sie hatte sich Roni verbunden gefühlt und war froh, sie jetzt ihre Freundin nennen zu können.

Von Shelby Faircloth Hill, ihrer treuen Assistentin und Freundin: *Ich heule wie ein Schlosshund. Was soll ich sagen? Ich bin so verdammt stolz auf meine lieben Freunde, unseren neuen Präsidenten und seine Frau. Wenn das jemand hinkriegt, dann ihr. Lasst mich wissen, wie ich euch helfen kann. Ich bin zu jeder Schandtat bereit. Vermute, die Geburtstagsfeier der Zwillinge morgen steht trotzdem? Ihr müsst ja halb durchdrehen. Gib mir Bescheid, wenn du kannst. Ich habe euch so lieb! Alles Gute von Avery und mir.*

Sam antwortete Shelby: *Vielen Dank. Wir drehen definitiv durch. Die Party findet statt. Wir versuchen, für die Kinder so weit wie möglich die Normalität aufrechtzuerhalten. Ansonsten improvisieren wir. Wir werden dich mehr denn je brauchen, also halte dich bloß zur Verfügung.*

Shelby schrieb zurück: *Ich bin da und gehe ganz bestimmt nicht weg. Werde mich um die Party kümmern. Keine Sorge. Bei allem Respekt für die Nelsons, ich bin SO AUFGEREGT. Ihr werdet im Weissen Haus leben! Werde ich ebenfalls dort arbeiten? Was passiert hier gerade?!?!*

LOL, erwiderte Sam. *Mach dich locker. Bis nach der Beerdigung wohnen wir weiter in der Ninth Street. Mrs Nelson braucht Zeit zum Packen usw.*

Wirst du weiter arbeiten dürfen?

Wer sollte mich daran hindern?

Warum habe ich nur gewusst, dass du das schreiben würdest? Weiter so, Mädel.

Schauen wir mal, wie das läuft. Wünsch mir Glück.

Na klar. Jeder, den ich kenne, versucht gerade, mich anzurufen, um mir zu sagen, dass meine Chefs der neue POTUS und die neue FLOTUS sind. Als wüsste ich das noch nicht. LOL.

Mein Handy steht auch nicht mehr still.

Bin gleich da. Ich werde euch nach Kräften unterstützen!

Danke, Tinker Bell. Du bist die Beste.

Wir schaffen das! Küsschen.

Die letzte SMS wurde von einem Rosa-Feenstaub-Emoji begleitet, worüber Sam lachen musste, weil es so typisch für Shelby war.

Sie scrollte durch die endlos scheinende Nachrichtenliste und suchte nach Neuigkeiten von Gonzo, bis sie schließlich eine SMS von letzter Nacht fand. *Habe Carlucci und Dominguez gesehen, sie ist ziemlich übel zugerichtet. Suchen den Mistkerl noch immer.*

Es folgte eine zweite SMS vom frühen Morgen. *Flippst du gerade aus?*

Ich versuche, mich zu beherrschen.

Und wie klappt das?

Äh ...

Er antwortete mit Lach-Emojis. *Was wird aus deinem Job?*

Dazu gibt es noch keine Entscheidung, aber wenn es nach mir geht, wird sich nichts ändern. Ich muss mich vielleicht etwas mehr als früher auf meinen Sergeant verlassen ...

Kein Problem. Ich bin bereit, wieder voll einzusteigen und für dich und das Team zu tun, was ich kann.

Danke, Gonzo. Das hilft. Wie fühlt sich das Eheleben bisher an?

Fantastisch.

Das freut mich für euch. Ich melde mich.

Viel Glück bei allem. Sag Nick, ich meine, Mr President, dass wir furchtbar stolz auf ihn sind.

Mach ich – und nenn ihn ruhig weiter Nick.

Nachdem sein Partner ermordet und er als Folge davon von Schmerzmitteln abhängig geworden war, war Gonzo im zurückliegenden Jahr durch die Hölle gegangen, sodass es Sam sehr freute, dass ihr Sergeant wieder ganz gesund und bereit war, zum Team zu stoßen. Sie hatte ihren Tommy während seines Martyriums sehr vermisst.

Sie stand auf, duschte und zog Leggings und ein Jeanshemd an. Sie freute sich darauf, einen ihrer seltenen freien Tage mit ihren Kindern zu verbringen. Scotty schlief wahrscheinlich noch, aber die Zwillinge waren sicher schon wach. Dann fiel ihr wieder ein, dass sie am Vorabend das Babyphon zu Elijah gebracht hatten, weswegen sie nichts von ihnen gehört hatte. Sie lief nach unten und fand alle drei in der Küche vor, wo Elijah ihnen ein Frühstück aus Müsli und Orangensaft zubereitet hatte.

„Sam!" Aubrey sprang auf und verschüttete beinahe ihr Müsli, so eilig hatte sie es, zu Sam zu rennen und sie zu umarmen.

Diese hob die Kleine hoch und drückte sie an sich. „Wie geht es meinem liebsten kleinen Mädchen heute?"

„Super! Lijah sagt, wir fahren heute zum Zoo. Willst du mitkommen?"

Sam hätte die drei gerne begleitet, war sich jedoch nicht sicher, ob es klappen würde. Irgendwann musste sie Carlucci besuchen. „Lass mich das mal checken." Sie setzte Aubrey wieder auf ihren Platz und küsste Alden auf den Scheitel. „Und wie geht es meinem liebsten kleinen Jungen heute?"

„Gut", antwortete Alden, der den Mund voller Cornflakes hatte.

Die Kinder waren immer am besten drauf, wenn Elijah zu Hause war, und er widmete ihnen dann auch seine volle Aufmerksamkeit, das musste man ihm lassen. Über einen Monat nach dem tragischen Verlust ihrer Eltern gewöhnten sich die Zwillinge langsam an ihr neues Leben, aber Sam machte sich Sorgen darüber, wie sie die Information aufnehmen würden, dass sie schon wieder umziehen mussten.

„Wo ist Nick?", erkundigte sich Sam.

„Er ist vor etwa einer Stunde aufgebrochen." Elijah reichte ihr einen zusammengefalteten Zettel. „Das soll ich dir geben."

Wollte dich nicht wecken, weil du so selten ausschlafen kannst. Bin für ein paar Stunden im „Büro". Ich komme so schnell wie möglich wieder heim. Lass uns nachher etwas mit den Kindern unternehmen. Ich liebe dich.

Sam faltete den Zettel wieder und schob ihn in ihre Hemdtasche, um ihn später ihrer Andenkensammlung hinzuzufügen. „Er wird eine Weile weg sein, warum geht ihr also nicht am Vormittag in den

Zoo, und dann machen wir später alle zusammen etwas? Was auch immer ihr wollt."

„Soll ich Scotty für den Zoo wecken?", fragte Elijah.

„Ich glaube, er würde mitwollen." Scotty war immer total gern mit Elijah und den Zwillingen unterwegs.

„Geht es dir ... du weißt schon ... gut?", erkundigte sich Elijah mit besorgter Miene und blickte in die Richtung der Morgenausgaben der *Post* und des *Star*, die beide mit den Ereignissen der zurückliegenden Nacht aufmachten. Die Redaktionen mussten Himmel und Hölle in Bewegung gesetzt haben, um diese Nachrichten noch ins Blatt zu bringen.

„So lala."

Elijah schickte die Zwillinge nach oben, damit sie sich die Zähne putzten und die Gesichter wuschen. „Ich komme gleich hoch, dann können wir gemeinsam Kleidung für den Zoo aussuchen."

Die Kleinen trollten sich, und Sam blieb allein mit ihm zurück. „Geht es dir denn gut?", wollte sie wissen.

„Ich habe nachgedacht, nachdem ihr gestern aufgebrochen wart ... Ihr werdet jetzt so viel um die Ohren haben. Da wäre es mehr als verständlich, wenn ihr andere Pläne für die Kinder hättet."

„Was? Ausgeschlossen. Auf gar keinen Fall. Wir lieben sie, Elijah. Ich verspreche dir, dass wir uns weiterhin gut um sie kümmern werden, egal, wo wir wohnen oder was wir arbeiten."

„Das macht mir weniger Sorgen als die Belastung für dich und Nick. Ihr müsst euch schon um so vieles kümmern."

Sam zwang sich, ruhig zu bleiben, goss sich eine Tasse Kaffee ein und setzte sich zu ihm an den Tisch. „Ich weiß, ich spreche auch für Nick, wenn ich dir sage, dass wir euch vier – die Zwillinge, Scotty und dich – bei den unvermeidbaren Veränderungen, die uns erwarten, immer als Erstes bedenken werden. Wir werden alles in unserer Macht Stehende tun, damit das für uns alle glattläuft. Das verspreche ich dir. Es wäre uns beiden niemals in den Sinn gekommen, sie nicht mit ins Weiße Haus zu nehmen, Elijah. Nick würde eher zurücktreten, als sie freiwillig wieder herzugeben."

Er schien ein wenig in sich zusammenzusacken – vielleicht aus Erleichterung. „Sie haben das alles so gut weggesteckt, besser, als ich nach dem, was sie erlebt haben, je zu träumen gewagt hätte."

„Sie machen sich großartig. Natürlich gibt es nach wie vor auch Rückschläge, aber nur selten, und ihre Zeit mit der Therapeutin tut ihnen sehr gut. Sie hat gemeint, die beiden öffnen sich immer mehr."

„Ja, ich habe letzte Woche mit ihr gesprochen, und da hat sie mir das Gleiche gesagt. Sie findet, es geht den beiden so gut, wie man es sich nach einem solchen Trauma nur erhoffen kann. Mich stimmt der Gedanke traurig, dass sie sich kaum an meinen Vater und Cleo erinnern werden. Die beiden haben sie so geliebt." Elijah entstammte der ersten Ehe seines Vaters und hatte diesem und seiner Stiefmutter Cleo nahegestanden. Seine Beziehung zu seiner leiblichen Mutter war etwas angespannt.

„Sie werden sich an sie erinnern, Elijah. Ganz gewiss."

„Ich hoffe es."

„Bitte zerbrich dir nie den Kopf darüber, ob sie in unsere Familie passen. Sie sind genau wie du ein Teil davon. Daran wird sich niemals etwas ändern."

„Danke", flüsterte er. „Ich möchte gar nicht daran denken, was aus uns geworden wäre, wenn ihr euch nicht so für die Kinder eingesetzt hättet."

„Es war Schicksal, dass ich sie im schlimmsten Augenblick ihres Lebens kennengelernt habe. Das glauben wir beide, Nick genau wie ich. Wir lieben sie, Elijah. Euch alle."

Er schluckte schwer und antwortete: „Wir lieben euch auch." Elijah erhob sich, trug die Müslischalen der Kinder zur Spüle, wusch sie aus und stellte sie aufs Trockengestell. „Ich schaue besser mal, was die beiden da oben treiben."

„Wenn ich raten müsste, würde ich sagen, sie hüpfen gerade auf Scotty herum und versuchen, ihn zu wecken."

„Ah", erwiderte er lächelnd. „Gut zu wissen. Er hat echt ein Händchen für die beiden."

„Er liebt es, großer Bruder zu sein und selbst einen zu haben."

„Scotty ist ein toller Junge."

„Das bist du auch. Du bist ein hervorragender Vormund für die Kinder."

„Nur weil ihr mich so unterstützt. Ihr beide und Shelby, deine ganze Familie, deine Freunde … Ihr wart alle so gut zu uns."

„Dafür hat man Familie. Shelby hat sich heute Morgen schon gemeldet, der Kindergeburtstag für morgen steht. Sie kümmert sich um alles."

„Ihr seid großartig. Danke noch mal."

„Mach dir keine Sorgen, okay?"

„Ich versuch's. Aber jetzt gehe ich besser mal Scotty retten."

Nachdem er die Küche verlassen hatte, atmete Sam ein paarmal tief durch, um ihr rasendes Herz zu beruhigen. Der Gedanke, die Zwillinge wegzugeben, war unerträglich. Sie waren innerhalb weniger Tage zu einem wichtigen Teil ihrer Familie geworden.

Sam hörte laute Stimmen aus dem Wohnzimmer und erhob sich, um nachzusehen, was da los war. Ihre Schwestern standen vor der Tür und stritten mit Nate, einem der Secret-Service-Mitarbeiter.

„Wir stehen auf der Liste!", rief Tracy. „Sie müssen uns reinlassen."

„Es wird eine neue Liste geben", sagte Nate. „Im Moment darf ich niemanden hereinlassen."

„Schon okay, Nate. Meine Schwestern und Shelby werden auch auf der neuen Liste der Personen mit Zugangsberechtigung stehen."

Nate trat beiseite, um sie vorbeizulassen.

„Ich entschuldige mich für meine Schwester", meinte Angela zu Nate und deutete auf Tracy. „Sie erledigen ja nur Ihren Job."

„Kein Problem, Ma'am."

„Ich hasse es, wenn man mich ‚Ma'am' nennt", brummte Angela. „Dann fühle ich mich, als wäre ich neunhundert Jahre alt."

Sie traten zu Sam und umarmten sie gemeinsam.

„Kommt, wir gehen in die Küche", schlug Sam vor.

Dort konnten sie sich ungestört unterhalten. Sobald sich die Küchentür hinter Tracy geschlossen hatte, rissen die beiden in stummen Schreien den Mund auf und hüpften wie Idiotinnen auf und ab. Nun, vor allem hüpfte Tracy. Da Angela gerade ihr drittes Kind erwartete, war Hüpfen für sie keine Option.

„Heilige, heilige, heilige Scheiße", stieß Tracy aus. „Erzähl uns alles. Bis ins kleinste Detail."

Sam setzte neuen Kaffee auf, goss Angela Mineralwasser ein und nahm dann bei den beiden am Tisch Platz, um ihnen alles zu berichten, angefangen bei dem Anruf bei Nick letzte Nacht über den Amtseid bis hin zu ihrem morgendlichen Erwachen als Frau des neuen US-Präsidenten.

„Du siehst auf den Fotos so ruhig und gefasst aus", erklärte Angela. „Innerlich bist du doch sicher fast implodiert."

„Fast, aber ich konnte mich Gott sei Dank zusammenreißen."

„Celia hat uns erzählt, dass du dir die Bibel geholt hast", berichtete Tracy. „Das ist so furchterregend und aufregend und ungeheuer groß – alles auf einmal."

„Ja, das ist es."

„Was ist mit deinem Job?", fragte Angela vorsichtig.

„Ich arbeite weiter. Nick hab ich bereits gesagt, dass ich darauf bestehe."

„Äh, wie genau soll das laufen?", fragte Tracy.

„Über Einzelheiten haben wir uns bisher keine Gedanken gemacht. Es ist ja alles noch ganz frisch, trotzdem habe ich meine Wünsche klar zum Ausdruck gebracht. Nick hat geantwortet, er werde alles in seiner Macht Stehende tun, um sie mir zu erfüllen."

„Du wirst die erste Präsidentengattin sein, die außerhalb des Weißen Hauses arbeitet", gab Tracy zu bedenken.

„Möglich, aber sicher nicht die letzte. Es ist höchste Zeit, dass wir eine First Lady kriegen, die eben nicht nur das ist, sondern außerdem ihre eigene Karriere verfolgt."

„Sehen wir genauso", pflichtete ihr Angela bei. „Doch du weißt, dass viele Menschen das nicht tun."

„Mir egal. So wird es sein. Basta. Darüber diskutiere ich gar nicht erst."

Die Kinder kamen mit einem grummeligen Scotty in die Küche. Alle drei waren bereits für den Ausflug in den Zoo angezogen. Scotty strahlte, als er Angela und Tracy erblickte.

„Ich schätze, das bedeutet, ihr habt die Neuigkeiten gehört", sagte er.

„Äh, ja, wir und der Rest der Welt, Kumpel", erwiderte Angela.

Der Gedanke, dass ihr Mann und ihre Familie weltweit die Nachrichten beherrschten, verursachte Sam Magenschmerzen. Sie hasste es, im Mittelpunkt der Aufmerksamkeit zu stehen, aber daran musste sie sich jetzt, wo sie das berühmteste Paar des Planeten waren, wahrscheinlich gewöhnen.

Scotty schnappte sich noch schnell einen Müsliriegel, während die drei anderen sich bereits anschickten, in Begleitung des Secret Service zum Zoo aufzubrechen.

Sam entschuldigte sich kurz bei ihren Schwestern und folgte den Kids zur Tür, wo sie Debra, die Scottys Personenschutzteam leitete, beiseitenahm. „Ich habe Angst, die vier könnten belästigt werden", begann Sam.

„Wir sorgen dafür, dass sie immer genügend Abstand zu anderen Besucherinnen und Besuchern haben. Niemand wird sie belästigen."

„Danke, Debra."

Sam umarmte und küsste die Kinder und Scotty. „Elijah ist der Chef. Was er sagt, gilt."

„Da hört ihr's", meinte Elijah. „Ich bin ab jetzt euer Boss."

Sam beobachtete, wie sie die Rampe hinuntergingen und in einen der allgegenwärtigen schwarzen SUVs des Secret Service stiegen. Als er davonfuhr, steigerte sich ihre Sorge in bislang unerreichte Regionen. Sie konnte sie nur verdrängen und in die Küche zurückkehren, weil sie dem Secret Service blind vertraute.

„Warum siehst du so panisch aus?", fragte Tracy.

„Ich mache mir Sorgen wegen der Kinder und der Spinner."

„Sie sind ständig von den besten Wachleuten der Welt umgeben", tröstete Angela sie.

„Wenn Elijah aufs College zurückmuss, wird auch er Schutz brauchen", meinte Sam. „Das wird ihn sicher freuen." Sie schlug sich die Hände vors Gesicht. „So viel zu bedenken, so viel, worum wir uns kümmern müssen."

„Ihr kriegt das schon hin", erwiderte Angela. „Wenn das jemand schafft, dann ihr."

„Danke für den Vertrauensvorschuss. Nick befürchtet, die Leute könnten sich aufregen, weil er praktisch unmittelbar nach seiner Erklärung, er werde nicht kandidieren, Präsident geworden ist."

Tracy biss sich auf die Unterlippe, was stets verriet, dass sie etwas wusste, das sie lieber für sich behalten würde.

„Was?"

„Das passiert bereits", sagte sie. „Doch das wird sich legen, wenn er erst einmal bewiesen hat, dass er der Aufgabe mehr als gewachsen ist."

Sams Handy signalisierte, dass eine SMS von Nick eingetroffen war. *Ich rufe dich gleich an.* Dann klingelte das Mobiltelefon und zeigte eine unbekannte Nummer an. „Das ist Nick. Sorry, aber da muss ich ran."

„Mach nur", meinte Angela.

Im letzten Augenblick beschloss sie, eine der Lieblingsgesprächseröffnungen ihres Vaters zu nutzen. „Kelly's Pool Hall. Eight Ball hier. Wie kann ich Ihnen helfen?"

Nick lachte. „Ich möchte gern meine Frau sprechen. Eine heiße Blondine, etwa eins dreiundsiebzig, kurvenreich und höllisch sexy. Ist sie da?"

„Sie flirtet gerade mit so einem Biker. Soll ich sie mal ans Telefon holen?"

„Ja, sagen Sie ihr, ihr Mann liebt sie und braucht sie mehr als alles andere auf der Welt."

Er war einfach zum Niederknien. „Was gibt's?"

„Ich muss dich um einen Gefallen bitten …“

„Schon wieder? Ich habe dir gerade einen ziemlich großen Gefallen getan, indem ich First Lady geworden bin. Was willst du denn noch mehr?“

„Wie sich zeigt, war das erst der Anfang all der Dinge, die ich von dir brauche. Trevor und mein Kommunikationsteam drängen darauf, dass wir in den nächsten paar Tagen einem der großen Fernsehsender ein gemeinsames Interview geben. Wärst du dazu bereit?“

„Ist das wieder eine rhetorische Frage?“

„Es ist eine Frage, die du mit Ja oder Nein beantworten kannst.“

Sam stützte den Kopf in die Hand. „Wenn ich überlege, was du für mich tun wirst, schätze ich, ich sollte mich einverstanden erklären, oder?“

„Richtig. Am Dienstag haben wir um zwei einen Termin mit dem Chef des Secret Service. Schaffst du das?“

„Ich schau mal, ob ich es in meinem vollgepackten Zeitplan unterbringe.“

„Am späten Mittwochnachmittag werden wir die Familie Nelson im Kapitol empfangen, wo Präsident Nelson für die vierundzwanzig Stunden vor der Trauerfeier am Donnerstag aufgebahrt liegen wird. Natürlich werden wir bei alldem zugegen sein müssen.“

„Ich werde mal sehen, ob ich freikriege.“

„Danke.“

„Hör auf, so höflich zu mir zu sein.“

„Wie soll ich denn sonst sein, wenn ich dich bitte, dein ganzes Leben für mich auf den Kopf zu stellen?“

„Normal.“

„Ich weiß nicht mal mehr, was der Begriff bedeutet.“

„Du kannst bei dem Interview, der Trauerfeier und allem anderen, wofür du mich brauchst, mit mir rechnen.“

„Ich arbeite von hier aus daran, herauszufinden, was wir tun müssen, damit du so schnell wie möglich wieder arbeiten kannst.“

„Danke.“

„Hör auf, so höflich zu sein.“

Sam lachte und fühlte sich sofort besser. „Rufst du aus dem Oval Office an?“

„Zufälligerweise ja.“

„Ich hoffe, es macht jemand Fotos.“

„Einer der Fotografen des Weißen Hauses ist schon den ganzen Morgen hier, um Bilder für die Nachwelt aufzunehmen. Ich muss jetzt auflegen. In zwanzig Minuten treffe ich mich mit Nelsons Kabinett.“

„Behältst du alle Minister?“

„Ich lasse sie selbst entscheiden, ob sie gehen oder bleiben wollen.“

„Werden sie dir gegenüber loyal sein?“

„Zunächst vielleicht nicht, doch sie werden sich an mich gewöhnen, ansonsten müssen sie ihren Hut nehmen. Terry hat die ganze Nacht über nachgelesen, was Johnson nach Lincolns Tod getan hat, Truman nach dem von Roosevelt und Johnson nach Kennedys. Es gibt Präzedenzfälle, und an denen orientieren wir uns.“

„Sehr interessant. Viel Glück mit dem Kabinett.“

„Danke, Babe. Ich muss für später leider einen Rückzieher machen. Als ich dir diesen Zettel geschrieben habe, hatte ich noch keinen Kaffee getrunken. Ich halte ja um acht meine Rede an die Nation. Es ist entscheidend, dass ich rüberbringe, dass ich jetzt das Sagen habe und mich um alles kümmere. Danach komme ich heim, aber für die Zwillinge wird das zu spät sein.“

„Die haben Spaß mit Elijah und Scotty. Gerade sind sie zum Zoo aufgebrochen. Mach dir um uns keine Sorgen. Wir schauen uns die Ansprache heute Abend im Fernsehen an.“

„Ich liebe dich.“

„Ich dich auch.“

Sam beendete das Gespräch und fasste es in groben Zügen für ihre Schwestern zusammen.

„Du solltest hinfahren“, meinte Tracy. „Nach dem Abendessen mit den Kindern. Fahr hin, und sei bei ihm, wenn er diese Rede hält.“

„Sie hat recht“, pflichtete ihr Angela bei. „Er braucht dich.“

„Okay. Ihr werdet mir doch auch weiterhin sagen, was ich tun soll, oder?“

„So halten wir es schließlich schon dein ganzes Leben lang“, antwortete Tracy. „Warum sollten wir ausgerechnet jetzt damit aufhören?“

KAPITEL 6

Eine Stunde später war Sam bereit, Gigi Dominguez im Krankenhaus zu besuchen. Sie ging nach unten, zog ihren Mantel an und trat ins Freie wie an jedem anderen Tag auch. Doch die Secret-Service-Leute auf der Rampe, von Kopf bis Fuß in Schwarz gekleidet und mit Maschinengewehren in der Hand, waren eine unübersehbare Erinnerung daran, dass dies kein Tag wie jeder andere war.

„Meine Herren", wandte sie sich an die Männer, die sie nicht kannte. „Wenn Sie mich durchlassen, sind Sie mich erst mal los."

„Ich fürchte, das geht nicht, Ma'am."

„Warum nicht?"

„Sie dürfen hier nicht ohne Personenschutz weg, Ma'am."

„Wer hat das angeordnet?"

„Der Befehl kommt von oben, Ma'am. Von ganz oben."

Also von Nick. Hm. Das überraschte und enttäuschte sie ein wenig.

„Ich lasse Sie gern überall hinbringen, wo Sie hinmöchten, Ma'am."

Sam wurde klar, dass sie jetzt zwei Möglichkeiten hatte. Die eine war, den Personenschützern eine Szene zu machen, die allerdings im Grunde Kollegen waren und auch nur Befehle befolgten. Die andere war, fürs Erste einzulenken und sich später mit Nick auseinanderzusetzen. Sie entschied sich für Option B.

„Geben Sie uns zehn Minuten, Ma'am."

Sam kehrte ins Haus zurück und schluckte ihren Ärger herunter.

Niemand sollte merken, wie sauer sie war. Nick musste nicht über die Gerüchteküche erfahren, dass sie wütend war. Zumindest nicht an diesem Tag. Aber sie würden ihren Wunsch, sich frei bewegen zu können, so schnell wie möglich diskutieren müssen.

Zwölf Minuten nachdem der Mann um zehn gebeten hatte, wollte Sam gerade wieder hinausgehen, als sich die Tür öffnete und Vernon und Jimmy eintraten. Die beiden waren seit Nicks Ankündigung, bei der nächsten Wahl nicht kandidieren zu wollen, die zu einer verschärften Bedrohungslage für ihn und seine ganze Familie geführt hatte, für Sam zuständig.

„Gentlemen." Vernon war ein älterer Schwarzer mit ergrauendem Haar, sein Partner ein auf nervige Weise diensteifriger Blonder mit Kindergesicht. „Ich hatte eigentlich gehofft, Sie nie wiederzusehen."

„Dito, Ma'am", versetzte Vernon mit dem unbekümmerten Sarkasmus, den sie so an ihm mochte. Sie respektierte jeden, der Sarkasmus mit Sarkasmus konterte. „Bedauerlicherweise für alle Beteiligten hat unsere gemeinsame Zeit gerade erst begonnen."

„Das wird sich noch herausstellen."

„Ja, das wird es in der Tat, Ma'am. Sie möchten ins George Washington University Hospital?"

„Richtig. Dort liegt eine meiner Ermittlerinnen."

„Wir bringen Sie gern so sicher wie möglich hin und wieder zurück", sagte Vernon und gab Jimmy ein Zeichen.

Sam war nicht sicher, was die Geste bedeutete, Jimmy hingegen eindeutig schon.

„Hier entlang, Ma'am." Er lächelte breit, als sei dies der schönste Tag seines noch jungen Lebens. Wahrscheinlich war dem auch so. Er beschützte die Frau des Präsidenten. Vermutlich würde er von diesem Erlebnis für den Rest seiner Tage zehren.

Sam setzte sich auf den Rücksitz eines der schwarzen SUVs und schnallte sich an, entschlossen, sich auf alles einzulassen und Nick nicht noch mehr Kummer zu bereiten. Würde sie den Agenten die Hölle heißmachen, würde das zum Problem für ihn werden, und das konnte er gerade nicht gebrauchen. Also hielt sie die Klappe und tat, was man von ihr wollte.

Ausnahmsweise.

Wenn der Secret Service einen Vorteil hatte, dann dass man ihm Platz machte, was bedeutete, dass sie deutlich schneller ans Ziel kamen. Als jemand, der immer unter Zeitdruck stand, wusste Sam diese Form von Effizienz zu schätzen.

Jimmy öffnete ihr die Autotür, und die beiden Agenten folgten ihr ins Krankenhaus.

Die junge Frau am Empfang musste zweimal hinschauen, ehe sie Sam erkannte. „Mrs Cappuano … Ma'am. Ich freue mich, Sie zu sehen!"

„Danke. Ich bin hier, um eine Freundin zu besuchen. Giselle Dominguez. Können Sie mir bitte die Zimmernummer geben?"

„Natürlich."

Unter Sams aufmerksamem Blick gab die Frau Dominguez' Namen ein, und wenn Sams Augen sie nicht täuschten, zitterten ihre Hände dabei. *Verdammt noch mal.* Sie würde es niemals als normal empfinden, wenn Menschen so auf sie reagierten.

„Sie liegt in Zimmer 520. Nehmen Sie den Aufzug hier links bis in den fünften Stock, und fragen Sie im Schwesternzimmer noch einmal nach."

„Vielen Dank."

„Was ich noch sagen wollte …"

Sam, die sich bereits in Richtung Aufzug gewandt hatte, blieb stehen und drehte sich noch einmal zu ihr um.

„Ich bedaure, was Präsident Nelson widerfahren ist, aber ich freue mich sehr, dass Ihr Mann jetzt Präsident ist und Sie unsere First Lady sind."

„Danke. Ich werde das an meinen Mann weitergeben."

Bei diesen Worten wurde die Frau fast ohnmächtig. Sam eilte zum Aufzug, wobei sie sich der Tatsache sehr bewusst war, dass Vernon und Jimmy ihr folgten.

„Ma'am", erklärte Vernon, „lassen Sie mich vorausgehen."

Sam zwang sich, stehen zu bleiben und die Agenten ihr Ding machen zu lassen, ehe sie Vernon in den Aufzug folgte, die Zähne zusammenbiss und die ganze Fahrt über schwieg. Im fünften Stock fragte sie nach Dominguez und zeigte ihre Dienstmarke.

„Wir wissen, wer Sie sind." Die Schwester hatte kurzes graues Haar und trug eine Brille mit Goldrahmen. „Jeder tut das."

Der Unterton in ihrer Stimme ließ Sam hellhörig werden. „Deshalb kann ich trotzdem höflich darum bitten, meine Mitarbeiterin zu sehen."

„Sie wird nicht mehr lange Ihre Mitarbeiterin sein."

Sam sagte sich, sie solle sich auf dieses Wortgefecht besser nicht einlassen, konnte aber einfach nicht widerstehen. „Wieso?"

„Sie werden als Frau des Präsidenten kaum weiter Ihren Job ausüben können." Die Frau hielt inne, musterte Sam genauer und bemerkte vermutlich ihre Entschlossenheit. „Oder doch?"

„Das ist der Plan. Wenn Sie nichts dagegen haben, möchte ich jetzt zu Detective Dominguez."

„Den Gang runter rechts."

Sam entfernte sich, spürte aber die Blicke aller Anwesenden auf sich, als sie, flankiert von Vernon und Jimmy, auf Dominguez' Zimmer zuging. Manchmal wünschte sie, die Leute würden sich einfach um ihren eigenen Scheiß kümmern. Doch das war wohl zu viel verlangt, vor allem an diesem Tag, wo die Welt beim Aufwachen als Erstes von dem Machtwechsel in Washington erfahren hatte. Wenn sie sich gestattete, darüber nachzudenken, welche Folgen diese erdrutschartigen Veränderungen nach sich ziehen würden …

Nein. Damit durfte sie gar nicht erst anfangen. Verdrängung war ihre beste Verteidigung.

Vor Zimmer 520 warf sie Vernon einen Blick zu. „Sie müssen leider draußen bleiben."

„Einer von uns muss das Zimmer überprüfen, bevor Sie reinkönnen."

„Vergessen Sie's." Das Letzte, was Dominguez jetzt brauchte, waren fremde Männer in ihrem Zimmer. „Mir wird nichts passieren. Bitte warten Sie hier auf mich." Ohne ihnen Zeit für eine Antwort zu lassen, betrat Sam das abgedunkelte Zimmer, wo Carlucci, die groß, blond und kurvig war, am Bett ihrer Partnerin Wache stand. Sie trat zu Sam.

Die umarmte sie. „Ich bin so schnell wie möglich gekommen."

„Ihr müsst doch alle beide komplett durchdrehen."

Sam winkte ab. Sie wollte jetzt über Dominguez reden, nicht über das, was gerade in ihrem eigenen Leben geschah. „Wie geht es ihr?"

„Sie hatte eine schwierige Nacht mit starken Schmerzen. Der Dreckskerl hat ihr einen Milzriss zugefügt. Die haben sie heute Nacht operiert."

„Mein Gott. Haben wir schon eine Spur von ihm?"

„Bisher nicht. Ich würde am liebsten selbst nach ihm fahnden, möchte sie hier aber nicht allein lassen, vor allem nicht, solange er noch auf freiem Fuß ist."

„Wir können Leute vor der Tür postieren."

„Schon okay. Ich stehe in Kontakt mit den uniformierten Kollegen und tue an der Front, was ich kann. Sie will nicht, dass wir ihre Familie informieren, deshalb habe ich versprochen, hierzubleiben. Ich habe mir freigenommen."

Schließlich wagte Sam einen Blick auf Dominguez und unterdrückte ein Aufkeuchen, als sie ihr blutiges, von Hämatomen übersätes Gesicht sah. Die zierliche, dunkelhaarige Frau wirkte in dem Krankenhausbett wie verloren. „Dieser elende Mistkerl."

„Ich würde ihn am liebsten umbringen."

„Lass das lieber."

„Keine Sorge, ich halt mich zurück. Auch wenn ich es wirklich gern tun würde."

„Geht mir genauso. Was wissen wir über ihn?"

„Ezra Smith. Dominguez kennt ihn aus Fairfax, sie waren auf derselben Highschool. In den letzten Jahren waren sie immer mal wieder zusammen, und als sie versucht hat, endgültig mit ihm Schluss zu machen, hat er das nicht gut aufgenommen. Sie hatten einen großen Streit, bei dem es fast zu Handgreiflichkeiten gekommen wäre, aber sie war überzeugt, er hätte es kapiert."

Sie wussten bereits, dass der Mann eine geschlossene Jugendstrafakte hatte, als Erwachsener allerdings noch nicht mit dem Gesetz in Konflikt geraten war. Carlucci hatte überprüft, was es über ihn in den sozialen Medien gab, und ein ungutes Gefühl entwickelt, was seine früheren Beziehungen zu Frauen betraf, war jedoch auf dem schmalen Grat gewandelt, Dominguez einerseits darüber in Kenntnis zu setzen, andererseits aber nicht zu verraten, dass sie ihm auf den Zahn gefühlt hatte.

„War sie zwischendurch mal wach?"

„Ab und an. Sie müsste jetzt gleich wieder Schmerzmittel erhalten, also wird sie wahrscheinlich aufwachen. Ich habe sie noch nicht befragt …"

„Ich warte hier, bis sie wach wird, und übernehme das."

„Danke, dass du gekommen bist. Das wird ihr viel bedeuten, und mir ebenfalls."

„Ich wäre schon früher hier gewesen, aber es war ein seltsamer Tag."

„Ja, das kann ich mir vorstellen."

Eine halbe Stunde später standen Sam und Dani Carlucci am Bett, als Gigi Dominguez die sanften braunen Augen öffnete, in die beim Anblick ihrer Chefin sofort Tränen traten. „Du hättest doch nicht …“

„Sei still, natürlich musste ich herkommen.“ Sam legte sanft ihre Hand auf die von Dominguez. „Es tut mir so leid, dass das passiert ist.“

„Meine Schuld.“

„Absolut nicht.“

„Er hatte sich in jemanden verwandelt, den ich kaum wiedererkannt habe, aber ich habe mich immer wieder auf ihn eingelassen“, erklärte Dominguez, und Tränen rannen ihr über die Wangen.

Carlucci tupfte ihrer Partnerin die Tränen vorsichtig mit einem Taschentuch ab. „Ganz ruhig. Das ist nicht deine Schuld. Dass man jemanden liebt, gibt dieser Person nicht das Recht, einen so zu behandeln.“

„Ich hätte nie gedacht, dass er … Er hat doch gesagt, er liebt mich.“

„Kannst du uns einen Tipp geben, wo wir ihn finden können?“

Dominguez schloss die Augen, seufzte tief und verzog dann das Gesicht, als sie versuchte, sich bequemer hinzulegen. „Er hat eine Gruppe Freunde von ganz früher. Mit denen könntet ihr wahrscheinlich anfangen.“ Sie nannte die Namen, und Carlucci schrieb mit.

„Gib die Liste durch“, wies Sam sie an. „Und dann gönn dir eine Pause.“

„Ich bin gleich wieder da.“

„Solange halte ich hier die Stellung.“

„Sie ist sehr aufgebracht“, stellte Dominguez fest, nachdem Carlucci gegangen war. „Gibt sich die Schuld.“

„Es gibt in dieser Sache nur einen Schuldigen, und wir werden dafür sorgen, dass er für das bezahlt, was er dir angetan hat.“

Wieder standen Dominguez Tränen in den rot geweinten Augenwinkeln. „Ich kenne ihn schon mein ganzes Leben. Wir waren zusammen im Kindergarten.“

„Ein Grund mehr, warum er dir nie hätte wehtun dürfen.“

Ehe Dominguez darauf antworten konnte, öffnete sich die Tür, und Detective Cameron Green kam herein, Mordlust im Blick. Der blonde Detective, der immer perfekt gekleidet war, wirkte, als hätte er sich einfach irgendwelche Klamotten übergeworfen und wäre zum Krankenhaus gerannt, sobald er gehört hatte, was geschehen war. Er trug ausgebleichte Jeans und ein altes Sweatshirt. Seine

Haare standen wirr ab, und er war unrasiert. Sam hatte ihn noch nie so ungepflegt erlebt.

„Gigi …" In einiger Entfernung vom Bett blieb er stehen. „Verdammte Scheiße."

Sie brach wieder in Tränen aus, und unter ihren Schluchzern hob und senkte sich ihre Brust heftig.

Cameron trat zu ihr, nahm ihre Hand und strich ihr sanft das Haar aus dem Gesicht. „Dafür kriegen wir ihn dran."

Sam machte ihm etwas mehr Platz, fasziniert von der offensichtlich engen Bindung der beiden, die ihr völlig neu war.

„Was wissen wir?", fragte Cameron Sam mit wütender Miene.

„Dominguez hat uns eine Liste seiner Freunde gegeben. Carlucci kümmert sich gerade darum."

„Ich werde ihn persönlich suchen gehen", verkündete Cam, „und ich werde ihn finden."

„Das halte ich für keine besonders gute Idee", erwiderte Sam.

Er wirbelte zu ihr herum. „Warum nicht?"

„Du kommst mir … wie soll ich sagen … befangen vor?" Fragend hob sie eine Braue.

Cameron blinzelte und wirkte für eine Sekunde verwirrt, ehe er die Augen aufriss und den Mund öffnete, als wolle er etwas entgegnen. Aber er brachte kein Wort heraus. Dann schien er plötzlich in sich zusammenzusacken, als ihm die Wahrheit dämmerte. „Vielleicht."

Dieses eine Wort hatte ihn offenbar viel gekostet. Soweit Sam wusste, war er schon seit einer ganzen Weile mit einer anderen Frau zusammen. Sam hatte sie ein paarmal getroffen. „Dann überlassen wir die Sache den anderen." Ihr Handy klingelte, und sie verließ das Zimmer, um Gonzos Anruf entgegenzunehmen. „Was gibt's Neues?"

„Noch nichts. Carlucci hat mir seine Freundesliste durchgegeben, und ich habe McBride und O'Brien nach Fairfax geschickt, damit sie die Typen aufspüren. Wir haben sie alle überprüft und ein paar offene Haftbefehle gefunden, die wir als Druckmittel verwenden können, um sie zum Reden zu bringen."

„Immerhin. Green ist hier. Er wirkt extrem aufgebracht."

„Ach ja? Interessant."

„Das habe ich auch gedacht und es ihm gegenüber erwähnt, woraufhin er zum ersten Mal zu merken schien, dass er nicht nur kollegiale Gefühle für sie empfindet."

„Hat er nicht eine Freundin?"

„Doch."

„Hmm …"

„Ich habe ihm nahegelegt, es dem Rest des Teams zu überlassen und auf jegliche Form von Rache zu verzichten."

„Gute Idee. Apropos Rache, Lenore Worthington ist hier und bittet nach den Entwicklungen des gestrigen Abends um Informationen zum Fall ihres Sohnes."

Sam hatte versprochen, den fünfzehn Jahre alten Mordfall neu aufzurollen. „Ist sie noch da?"

„Ja."

„Gib sie mir."

„Bleib kurz dran."

Sam hörte Gonzo mit jemandem reden, dann meldete sich Lenore.

„Lieutenant, ich würde ja fragen, wie Ihr Thanksgiving war, aber …"

Sam lachte. „Bis gegen neun ziemlich toll."

„Ich weiß, Sie müssen heute völlig durch den Wind sein und haben so viel anderes im Kopf. Ich wollte eigentlich auch gar nicht zu Ihnen."

„Ich habe Ihnen ein Versprechen gegeben, das ich zu halten gedenke, Lenore. Mein Plan ist, mein Leben genau so fortzusetzen, wie es am Mittwoch war."

„Wirklich? Na, das wäre ja mal was."

„Was auch immer passiert, ich verspreche, den Mord an Calvin neu aufzurollen und alles in meiner Macht Stehende zu tun, um Ihnen ein paar längst überfällige Antworten zu verschaffen."

„Danke", sagte Lenore erleichtert. „Das bedeutet mir viel."

„Ich habe auch vor, mich weiter um die Selbsthilfegruppe zu kümmern." Zusammen mit dem Polizeipsychiater Dr. Trulo hatte Sam jüngst eine Selbsthilfegruppe für Hinterbliebene der Opfer von Gewaltverbrechen gegründet. Das erste Treffen war ein großer Erfolg gewesen, ein zweites war für Mitte Dezember geplant. „Wir sehen uns spätestens beim nächsten Treffen?"

„Ich werde da sein."

„Ihre Teilnahme hat den anderen so viel bedeutet, vor allem denen, die gerade erst die ersten Schritte auf dieser Reise in Angriff nehmen", meinte Sam.

„Und mir hilft es, anderen zu helfen. Danke, dass Sie mir das ermöglichen."

„Ich melde mich, okay?"

„Danke, Sam, und wenn ich das sagen darf … Gott segne Sie und Ihren Mann auf dem Weg in dieses neue Abenteuer. Ich drücke Ihnen beiden die Daumen."

„Danke. Das ist sehr nett von Ihnen. Bis bald."

Lenore reichte den Hörer an Gonzo zurück, und Sam bekam mit, wie sie sich von ihm verabschiedete.

„Was du gesagt hast, hat sie sehr glücklich gemacht."

„Ich habe ihr versichert, dass ich absolut vorhabe, mein Versprechen zu halten, Calvins Fall neu aufzurollen."

„Lass mich wissen, wie ich dir dabei behilflich sein kann."

„Werde ich. Aber erst mal finden wir jetzt den Typen, der Dominguez ins Krankenhaus gebracht hat."

„Ich bin dabei."

KAPITEL 7

Nick saß mittig an dem großen Konferenztisch, umgeben von Nelsons Kabinett und den Medienvertreterinnen und -vertretern, die sich am Rand des Raums drängten und Mikrofone an Galgen über den Tisch reckten, um jedes Wort aufzunehmen. „Haben wir den Außenminister?"

„Jawohl, Sir." Einer der Adjutanten brachte mithilfe einer Fernbedienung Minister Ruskin, der sich gerade im Flugzeug auf dem Weg in den Iran befand, über eine sichere Leitung auf einen Bildschirm.

„Danke, dass Sie an diesem Treffen teilnehmen, Herr Minister", sagte Nick. „Ich hoffe, Ihr Flug ist bislang störungsfrei verlaufen."

„Ja, bisher schon. In zwei Stunden sollten wir in Teheran landen."

„Danke, dass Sie diese Reise unternehmen. Und Ihnen allen danke ich, dass Sie sich heute hier eingefunden haben. Ich möchte gerne mit einer Schweigeminute für Präsident Nelson beginnen."

Es wurde ganz leise im Raum, und alle Anwesenden senkten in stillem Gedenken den Kopf.

„Möge er in Frieden ruhen, und möge sein Andenken ein Segen sein. Mir ist klar, dass der unerwartete Tod Präsident Nelsons für uns alle ein Schock war. Niemand von uns hat damit gerechnet, dass wir uns heute hier treffen würden, um die Fortführung der Regierungsgeschäfte zu diskutieren, am allerwenigsten ich. Wie Sie wissen, habe ich kürzlich bekannt gegeben, dass ich mich von meiner Partei nicht als nächsten Präsidentschaftskandidaten aufstellen lassen wollte. Nicht einmal eine Woche später habe ich nun den Amtseid geleistet, um siebenundvierzigster US-Präsident zu werden. Ich bin der jüngste Präsident aller Zeiten und erst der neunte, der nach dem Tod eines Amtsinhabers diesem vorzeitig nachfolgt. Das alles ist für die derzeitigen Kabinettsmitglieder sicher schwer zu verdauen. In der Summe könnten diese Fakten sogar zu einer Vertrauenskrise führen."

Während Nick sprach, blendeten ihn die Blitzlichter, und das unablässige Klacken der Kameraverschlüsse übertönte seine Worte fast, weil Fotografen jeden Moment für die Nachwelt festhalten wollten.

„Doch ich möchte Ihnen versichern, dass ich vorhabe, für die nächsten drei Jahre all meine Kraft in dieses Amt zu investieren, trotz aller Unzulänglichkeiten, die Sie bei mir finden mögen. Ich bin nach wie vor fest entschlossen, danach nicht für eine weitere Amtszeit zu kandidieren, was bedeutet, ich werde mich voll auf das Wohlergehen des amerikanischen Volkes und die Sicherheit und den Schutz unserer Nation konzentrieren können. Abgesehen davon ist niemand von Ihnen verpflichtet, im Amt zu bleiben, der das nicht möchte. Ich weiß, dass Präsident Nelson Ihre Loyalität zu schätzen wusste, und mir ist klar, dass diese nicht notwendigerweise auch mir gilt. Allerdings ziehe ich es aus naheliegenden Gründen vor, mit einem mir gegenüber loyalen Kabinett zu arbeiten. Jedem, der unter den gegebenen Umständen sein Amt zur Verfügung stellen möchte, gilt mein Dank für seinen Dienst an unserem Land. Wer bleibt, tut das hoffentlich mit Blick auf die Zukunft und nicht auf die Vergangenheit. Ich bin sicher, einige von Ihnen haben Fragen und Bedenken. Wir können gerne über alles reden."

Er nickte Trevor zu, der die Medienvertreter bat, jetzt, wo sie ausreichend Gelegenheit für Fotos und Filmaufnahmen gehabt hatten, den Raum zu verlassen.

Nachdem die Reporter der Bitte gefolgt waren, wartete Nick ab, ob jemand etwas sagen wollte. Nach einem langen Schweigen räusperte sich Verteidigungsminister Tobias Jennings. „Bei allem Respekt, Mr President, Sie mögen zwar in guter Absicht handeln, doch tatsächlich wird die Frage aufkommen, ob Sie als Präsident über die notwendigen Qualifikationen und die erforderliche Erfahrung für das Amt verfügen."

„Das verstehe ich." Nicks Miene blieb ausdruckslos, auch wenn er innerlich kochte. „Ich glaube, als Präsident Nelson mich zum Vizepräsidenten gemacht hat, tat er das im vollen Vertrauen darauf, dass ich ihn im Notfall würde ersetzen können, und insofern hoffe ich, das amerikanische Volk gibt mir eine Chance und setzt nicht auf eine vorgefasste Meinung. Ich werde natürlich genauso hart für die Menschen arbeiten, die mich nicht unterstützen, wie für meine Anhängerinnen und Anhänger. Mein gesamtes Erwachsenenleben über war ich im Staatsdienst tätig, und ich vertraue darauf, dass ich im Rahmen dessen ausreichend Erfahrung gesammelt habe, um ein dynamisches Team zusammenzustellen, das dem amerikanischen Volk dienen kann. Aber allein schaffe ich das nicht, und deshalb bitte ich Sie um Unterstützung."

„Ich habe eine Frage", meldete sich schließlich Justizminister Reginald Cox zu Wort, nachdem andere Nick über eine Stunde lang gelöchert hatten. „Ihre Frau … Ich gehe davon aus, dass sie ihre Stelle beim Metropolitan Police Department aufgeben wird?"

„Tatsächlich gedenkt sie weiterzuarbeiten."

Schockiertes Schweigen war die Antwort.

„Das ist zugegebenermaßen ziemlich überraschend", erwiderte Cox.

„Wir haben am Dienstag ein Treffen mit dem Secret Service, um die logistischen Details zu klären. Ich beabsichtige, ihr zu ermöglichen, ihren geliebten Beruf auch während meiner Amtszeit weiter auszuüben. Sie hat die Anforderungen ihres Jobs bisher schon sehr erfolgreich mit ihrer Position als Frau des Vizepräsidenten unter einen Hut gebracht, und ich vertraue voll und ganz darauf, dass ihr das auch als First Lady gelingen wird. Ich wüsste es allerdings sehr zu schätzen, wenn wir die Planung abschließen könnten, ehe publik wird, dass sie weiterzuarbeiten gedenkt."

„Ich mache mir Sorgen über mögliche Interessenkonflikte, wenn Ihre Frau Polizistin bleibt, solange Sie im Amt sind", erklärte Cox.

„Da sie für den District of Columbia arbeitet und nicht für die Bundesregierung, erwarte ich in dieser Hinsicht keine Probleme."

„Das FBI nimmt derzeit das Metropolitan Police Department unter die Lupe, und Lieutenant Holland spielt bei diesen Ermittlungen eine zentrale Rolle."

„Meinem Verständnis nach wurde sie bereits befragt und hat ihren Verpflichtungen der Untersuchung gegenüber Genüge getan."

Nick war dankbar, als Cox es dabei beließ, doch der Justizminister hatte berechtigte Bedenken angesprochen. Nick setzte sie in Gedanken auf die wachsende Liste von Themen, über die er mit Sam reden musste. „Wenn es sonst nichts mehr gibt, danke ich

Ihnen allen noch einmal für Ihre Anwesenheit heute. Terry und ich freuen uns darauf, von Ihnen zu hören, ob Sie im Amt bleiben möchten."

„Danke, Mr President", antworteten alle.

Als er sich erhob, folgten die anderen seinem Beispiel. Er verließ den Raum und begab sich mit Terry zurück ins Oval Office.

„Das ist ziemlich gut gelaufen", bemerkte Terry.

„Findest du? Ich habe einen durchaus feindseligen Unterton wahrgenommen."

„So würde ich das nicht nennen. Wahrscheinlich war es eher Unsicherheit. Niemand hat die Nachricht von Nelsons Tod bisher richtig verarbeitet. Geben wir ihnen ein paar Tage dafür, sich damit abzufinden, dass jetzt du der Chef bist. Ich glaube, die meisten von ihnen werden im Amt bleiben und dir treue Dienste leisten. Wenn nicht, werfen wir sie raus."

Als sie den Vorraum des Oval Office betraten, erwartete sie dort Terrys Vater, der frühere Senator Graham O'Connor. Graham sprang auf, um sie zu begrüßen. Nick merkte, dass sein Mentor und Ersatzvater sich Mühe gab, sich vor Präsident Nelsons Personal der Situation angemessen respektvoll zu verhalten. Aber sobald sich die Tür des Oval Office hinter ihnen geschlossen hatte, lachte Graham laut los. „Verdammt noch mal, Mr President!"

Nick lachte ebenfalls und umarmte den älteren Mann, der sich die Präsidentschaft für ihn schon immer sehr viel mehr gewünscht hatte als er selbst. „Dein Wunsch ist endlich erfüllt worden."

„Ja, doch das mit David bricht mir das Herz. Eine schockierende Nachricht." Graham war jahrzehntelang eng mit dem verstorbenen Präsidenten befreundet gewesen. „Weiß man schon, was passiert ist?"

„Ich habe bisher nichts gehört. Nach der Autopsie werden wir hoffentlich mehr wissen."

„Mir tut Gloria so leid", sagte Graham. „Es gab noch so viel Ungeklärtes zwischen den beiden, und jetzt das. Es muss schwer für sie gewesen zu sein, unter diesen Umständen wieder herzukommen."

„Ihre Anwesenheit war für eine friedliche Machtübergabe dringend erforderlich", antwortete Nick.

„Genau. Aber es hatte Größe, dass sie das nach allem, was zwischen den beiden vorgefallen war, getan hat. Ich hätte beinahe einen Herzinfarkt bekommen, als ich heute Morgen die Nachrichten gesehen habe. Ich kann mir gar nicht vorstellen, wie es gewesen sein muss, diesen Anruf zu kriegen …"

„Den werde ich definitiv niemals vergessen. Tut mir leid, dass ich dich heute Nacht nicht gleich kontaktiert habe, doch die Ereignisse haben sich überschlagen, und es war keine Zeit."

„Mach dir keine Gedanken. Laine und ich sind nach einem schönen Tag mit der Familie früh ins Bett gegangen und haben dann heute Morgen davon erfahren. Ich konnte es kaum erwarten, dich zu treffen."

„Es freut mich außerordentlich, dass du da bist. Schau dir nur deinen Sohn an – er ist jetzt der neue Stabschef des Weißen Hauses."

„Nick, ich könnte nicht stolzer auf euch beide sein. Ihr werdet das toll hinkriegen."

„Ich hätte dich gern als Senior-Berater mit im Team."

Grahams Gesichtsausdruck verriet, dass er damit nun wirklich nicht gerechnet hatte. „Ehrlich?"

„Ja, ehrlich", sagte Nick mit einem Grinsen. „Natürlich nur, falls ich dich aus dem Ruhestand zurücklocken kann."

„Aber ja, allerdings bloß in Teilzeit, sonst lässt sich Laine von mir scheiden."

„Das möchte ich nicht, und ich nehme, was ich kriegen kann."

„Ich bin unglaublich stolz auf dich."

Nick umarmte den Mann, der ihm so viel bedeutete. „Das ist alles deine Schuld."

Lachend klopfte Graham ihm auf den Rücken. „Diese Schuld trage ich gern, mein Freund."

„Du bist doch sicher sehr glücklich, wie üblich deinen Kopf durchgesetzt zu haben."

„Ich bin heute tatsächlich ziemlich zufrieden."

Nick freute sich, dass Grahams Augen so strahlten. Es war fast zwei Jahre her, dass sie seinen Sohn John verloren hatten, der seit dem College Nicks bester Freund gewesen war. Eine Zeit lang hatte Nick sich gefragt, ob Graham je wieder lächeln würde. „Was glaubst du, was John dazu sagen würde?"

„Wenn du mich fragst, hat er das zuwege gebracht", antwortete Graham. „Er überwacht von da oben alles und genießt es, mitzuverfolgen, wie seine Brüder zu den mächtigsten Männern der Welt werden."

„Das hoffe ich sehr." Nick vergaß nicht eine Sekunde lang, dass er seine Karriere und seine Position der Ermordung seines besten

Freundes verdankte. Seit dem Tag, an dem er John tot im Bett aufgefunden hatte, war sein Leben ein seltsamer, wilder Ritt gewesen – und dann war er just an demselben Tag auch noch Sam wiederbegegnet, sechs Jahre nach ihrem ersten Treffen.

„Ich kann es nicht glauben, dass wir hier im Oval Office stehen, das jetzt tatsächlich dein Büro ist", stellte Graham fest. „Natürlich musst du es komplett neu einrichten."

„Das ist meine geringste Sorge. Wir müssen eine Ansprache schreiben, und der Außenminister wird jede Minute im Iran landen."

„Bevor ich dich daran weiterarbeiten lasse, frage ich noch, was Sam tun wird", sagte Graham, wobei sein Lächeln verblasste. „Man wird sie auf keinen Fall weiter herumrennen und Mörder jagen lassen."

„Man wird sie lassen müssen, denn sie hat die feste Absicht, ganz normal weiterzuarbeiten."

„Nick … Das geht nicht. Wenn sie genau wie sonst auch auf der Straße unterwegs ist, ist sie hundertmal angreifbarer als jede andere Präsidentengattin zuvor. Jede Terrororganisation auf der Welt wird sie als leichtes Ziel betrachten."

Das so unverblümt zu hören war wie ein Messerstich ins Herz. „Sie wird Personenschutz haben."

„Das wird nicht reichen. Du musst versuchen, ihr das auszureden."

„Du kennst doch meine Frau. Wir wissen beide, wie sie ist."

„Ja, sie ist brillant in ihrem Job. Vielleicht lässt sie sich ja überzeugen, ein paar Jahre zu pausieren und danach wieder einzusteigen."

„Das kann ich nicht von ihr verlangen. Es würde ihr das Herz brechen. Das *werde* ich nicht von ihr verlangen. Sie hat einen Senator geheiratet. Zu dem hier hat sie niemals Ja gesagt." Er deutete auf das Oval Office, meinte aber im Grunde alles, wofür dieser Raum stand. „Ich kann nicht von ihr erwarten, dass sie sich derart verbiegt, selbst wenn ich sie lieber in Luftpolsterfolie einwickeln würde, damit ihr nichts passiert."

„Verstehe. Ich denke nur, du solltest dich auf mögliche Gegenwehr vonseiten der Geheimdienste und Sicherheitsbehörden vorbereiten."

Beim Gedanken an diesen Kampf fühlte sich Nick jetzt schon erschöpft, doch er würde für Sam in die Schlacht ziehen, wenn es so

weit kam. Sosehr er die Luftpolsterfolienlösung auch vorziehen würde, sie würde sie unglücklich machen.

„Ich werde deine Zeit jetzt nicht länger in Anspruch nehmen, Mr President. Ich bin bloß einen Anruf entfernt, wenn ich dir behilflich sein kann."

Nick umarmte Graham. „Ich werde dich oft anrufen."

„Stets zu Diensten."

Terry begleitete seinen Vater hinaus, während Nick zum Resolute Desk zurückkehrte, dem Schreibtisch, den vor ihm schon zahlreiche Präsidenten benutzt hatten, seit die Königin von England ihn 1880 Präsident Rutherford B. Hayes geschenkt hatte. Er sah sich die vielen Fotos der Familie Nelson auf dem Sideboard hinter dem Schreibtisch an. Als er ein Gruppenbild der Nelsons mit ihren zwölf Enkelkindern in die Hand nahm, überkam ihn erneut eine Welle der Traurigkeit wegen des plötzlichen Verlusts, den die Familie erlebt hatte.

Der Leiter der Oval Office Operations würde in Kürze eintreffen, um mit der Umgestaltung des Büros nach Nicks Vorstellungen zu beginnen.

Im Laufe des Tages hatten ihn die Premierminister von Kanada, Großbritannien und Israel, der mexikanische Staatspräsident, die deutsche Bundeskanzlerin und andere Staatsoberhäupter aus aller Welt angerufen und ihr Beileid zum Verlust von Präsident Nelson und ihre Unterstützung für Nick bei der Amtsübernahme bekundet.

Tom Hanigan erschien in der Tür, einen Karton in den Händen. „Entschuldigen Sie die Störung, Mr President. Ich dachte, ich könnte mich nützlich machen, indem ich schon mal einige von Präsident Nelsons Sachen zusammenräume."

„Immer herein. Tun Sie, was Sie tun müssen."

„Danke, Sir."

Nick stellte das Foto zurück und erhob sich, um Hanigan an den Schreibtisch zu lassen.

„Ich habe mich vorhin mit Terry und Trevor wegen der Rede an die Nation heute Abend besprochen."

„Danke für Ihre Hilfe dabei und auch bei allem anderen."

Hanigan nickte. „Die Menschen brauchen die Gewissheit, dass während der Übergangsphase alles beim Alten bleiben wird. Sie müssen bald einen Pressereferenten finden. Trevor kann das anfangs übernehmen, aber Sie werden einen fest angestellten benö-

tigen. Das ist von entscheidender Bedeutung. Neben zahlreichen anderen Dingen."

Der Übergang würde für Tom Hanigan ebenso schwierig werden wie für ihn, dachte Nick. Er erinnerte sich daran, wie es gewesen war, als Stabschef eines Senators unter ständigem Hochdruck zu agieren, nur um dann innerhalb von Minuten nach Johns Ermordung plötzlich quasi arbeitslos zu sein.

„Meine Tür steht Ihnen für alle Vorschläge stets offen, Tom."

„Sie werden mich nicht brauchen, Mr President, denn Sie haben bereits ein tolles Team. Man wird sich gut um Sie kümmern."

„Ihr Input wird immer willkommen sein."

„Vielen Dank." Hanigan packte die Fotos, den Füllfederhalter, die Erinnerungsstücke und persönlichen Akten ein, die alle in einen einzigen Karton passten, der für die spätere Nelson-Präsidentenbibliothek aufbewahrt werden würde. „Präsident Nelson hatte keine Gelegenheit, den traditionellen Brief an seinen Nachfolger zu verfassen, doch wenn ich eine Vermutung äußern müsste, würde ich meinen, er hätte Ihnen geraten, mit dem Herzen zu führen und auf keinen Fall die Menschen zu vergessen, die Ihnen am nächsten stehen. Er hätte gesagt, er habe es versäumt, das Wichtigste zu schützen – seine Ehe. Präsident Nelson bereute die Affäre und den Schmerz, den er Gloria und seinen Kindern zugefügt hat, zutiefst. Er war extrem niedergeschlagen, seit sie ausgezogen ist."

„Es gab keine Hinweise darauf, dass er sich das Leben genommen hat, oder?"

„Nein, aber es würde mich nicht überraschen. Er war in letzter Zeit sehr deprimiert. Präsident Nelson hatte begonnen, zu begreifen, dass er nicht nur seine Ehe, sondern auch sein Vermächtnis ruiniert hatte. Er hätte Ihnen geraten, mit beidem vorsichtig umzugehen."

Ein paar Minuten später erschien Terry mit dem ersten Entwurf für Nicks Ansprache an die Nation am Abend.

„Ich wünsche Ihnen und Ihrer Familie von Herzen alles Gute", erklärte Hanigan.

„Danke, Tom", antwortete Nick und schüttelte dem anderen Mann die Hand.

Hanigan nahm den Karton und verließ das Oval Office, wobei er einen letzten Blick zurückwarf.

„Ich fühle mit ihm", meinte Nick zu Terry.

„Du hast das Gleiche durchgemacht."

„Ja." Nick schob die schmerzlichen Erinnerungen an Johns viel zu frühen Tod beiseite und nahm Terry das Manuskript aus der Hand.

Den Rest des Tages über feilten sie an der Rede, bis Nick damit zufrieden war. Während sie arbeiteten, ging einer der Butler im Büro ein und aus und brachte Sandwiches und Getränke. Als Vizepräsident hatte Nick zwar schon etwas Kontakt mit den Butlern und dem sonstigen Hauspersonal gehabt, aber er bemerkte bereits, dass sie den Präsidenten mit ganz anderer Aufmerksamkeit behandelten.

„Danke", sagte Nick, als der Mann ihm ein Club-Sandwich mit Pommes frites und Terry einen Cheeseburger servierte.

„Ist mir ein Vergnügen, Sir."

„Ich habe Ihren Namen vorhin nicht mitbekommen."

„Anthony Jones, Sir."

Nick erhob sich und schüttelte dem Mann die Hand. „Freut mich, Sie kennenzulernen."

„Ganz meinerseits, Sir. Bitte lassen Sie es mich wissen, wenn Sie sonst noch etwas brauchen."

„Vielen Dank." Als er wieder mit Terry allein war, bemerkte Nick: „An diesen Service könnte ich mich gewöhnen."

„Man wird sich hier sehr gut um dich und deine Familie kümmern."

„Ich hatte vorher nie Hauspersonal. Fühlt sich irgendwie seltsam an."

„Das Personal des Weißen Hauses besteht aus unglaublich engagierten Profis. Viele davon arbeiten in zweiter oder gar dritter Generation hier. Sie sind sehr stolz auf ihre Tätigkeit und darauf, die Präsidentenfamilie versorgen zu dürfen."

„Ich versuche immer noch, mir klarzumachen, dass das alles gerade wirklich passiert", gestand Nick, ließ den Blick durch das Oval Office schweifen und dachte dabei daran, wofür dieser Raum stand. „Was hört man von Ruskin?"

„Bisher nichts."

„Ich hoffe, er kommt mit den Iranern weiter. Ich brauche am ersten Tag meiner Amtszeit keinen internationalen Zwischenfall."

„Er hat ein gutes Verhältnis zum iranischen Staatspräsidenten. Nelson hatte Probleme mit ihm. Ruskin hat während der gesamten Regierungszeit von Nelson die entsprechenden Gespräche geführt. Er ist im Moment genau der Richtige vor Ort."

„Kein Aber. Ich bin entschlossen, ihn auf jede mir mögliche Weise zu unterstützen."

„Nervt es dich, dass wir umziehen müssen?"

„Irgendwie schon. Immerhin verlassen wir nicht die Stadt. Wir können jederzeit hierher zurückkommen."

„Es wird seltsam sein, nicht mehr hier zu wohnen."

„Es ist ja nur vorübergehend", erinnerte ihn Sam, die nicht sicher war, wen sie zu überzeugen versuchte – ihn oder sich selbst. „Für drei Jahre."

„Ach bitte", sagte Scotty geringschätzig. „Es werden sieben werden. Er wird erneut antreten und einen Erdrutschsieg erringen. Du hast doch mitgekriegt, wie es die Leute genervt hat, dass er nicht kandidieren wollte."

Sam konnte in diesem Moment nur daran denken, dass Nick die letzten drei Jahre von Nelsons Amtszeit zu Ende bringen würde. Sie hatte gelernt, Dinge, die für ihr Gehirn zu groß waren, erst mal in handlichere Stücke zu zerlegen und in Schubladen zu packen, und das hier zählte ganz sicher dazu. „Er wird das nicht sofort entscheiden. Dad hat so schon genug zu tun, ohne sich um die nächste Legislaturperiode zu kümmern."

„Sag mir, dass du verstehst, dass sie ihn als Amtsinhaber nicht vom Haken lassen werden, egal wie oft er behauptet, er werde nicht kandidieren", verlangte Scotty mit ernstem, eindringlichem Blick.

„Ich habe das schon mehrfach gefragt: Wessen Idee war es eigentlich, dich in die Schule zu schicken?"

„Definitiv nicht meine", antwortete er wie üblich.

„Ich höre, was du sagst, aber darüber kann ich heute Abend nicht nachdenken." Nicht, wo Nick schon seit mehr als vierzehn Stunden im Weißen Haus war – an seinem ersten Tag als Präsident.

Eli scrollte durch die Meldungen auf seinem Handy. „Auf Twitter ist seine Ansprache gut angekommen. Größtenteils wenigstens."

„Was soll das denn heißen?", fragte Sam, obwohl sie es eigentlich nicht wissen wollte.

„Es gibt natürlich Kritiker. Die gibt es ja immer."

„Die sind mir unheimlich", gestand Sam. „Leute, die ihn einfach wegen des Amtes hassen, das er innehat. Sie geben ihm nicht mal eine Chance, weil er der gegnerischen Partei angehört oder Ideen vertritt, die ihnen nicht passen."

„Das nennt man Politik", versetzte Scotty. „Wie sehr man sich auch bemüht, man kann es nicht jedem recht machen."

Sam legte den Arm um ihn und küsste ihn auf den Scheitel. „Du bist sehr klug, Scott Cappuano."

„Hat Dad gesagt, warum er ins Lagezentrum muss?"

„Nein. Da passieren die geheimen Sachen."

„Ich hoffe, es ist nichts Schlimmes."

„Das hoffe ich auch."

Etwas riss Sam aus dem Tiefschlaf. Es war zehn nach drei. Sie begriff, dass sie davon wach geworden war, dass Nick ins Bett gekommen war. Sie drehte sich zu ihm um und schmiegte sich an ihn. „So spät."

„Tut mir leid, dass ich dich geweckt habe."

„Ich habe versucht, auf dich zu warten. Ist alles okay?"

„Nein. Es ist nicht alles okay."

„Kannst du darüber reden?"

„Darf ich nicht."

„Können wir an Tag eins eine Absprache treffen – beziehungsweise, eigentlich ist es ja schon Tag zwei."

„Was für eine Absprache?"

„Die, bei der wir uns darauf einigen, dass du mir alles erzählen kannst, und ich werde es niemals verraten, nicht einmal unter Androhung von Folter."

„Mein Gott, Sam. Pflanz mir nicht solche Schreckensbilder ins Gehirn, da sind schon genügend andere." Er fuhr sich wie so oft mit den Fingern durchs Haar, doch seine gesamte Muskulatur schien angespannt. „Einverstanden, dann erzähle ich dir hiermit, dass die Iraner den Außenminister und seine Delegation festhalten."

„Was heißt das?"

„Sie dürfen das Land nicht verlassen." Er ließ sich in die Kissen sinken. „Man hat den Piloten der Air Force befohlen, nach Hause zu fliegen, aber sie haben sich geweigert, ohne den Minister und seine Delegation zu starten, weswegen das Flugzeug mit zwei Dutzend Personen – militärisches Flugpersonal sowie einige zivile Mitarbeiter und die mitreisenden Journalistinnen und Journalisten – von iranischen Streitkräften umstellt ist und wir es mit einem ausgewachsenen internationalen Zwischenfall zu tun haben."

Mit jedem Wort von ihm bewegte sich der Zeiger auf Sams innerer Besorgnisanzeige weiter in den roten Bereich, und ihr Mund wurde trocken. Vor etwas mehr als vierundzwanzig Stunden wäre das noch Nelsons Problem gewesen. Jetzt war es Nicks. „Was sagen deine Berater?“

„Der Vorsitzende der Vereinigten Stabschefs hält es für einen Test. Die Iraner glauben wohl, Nelsons Tod stelle für sie eine Chance dar.“

„Was wirst du tun?“

„Wir treffen uns um sieben, um die Alternativen durchzusprechen, die die anderen über Nacht für mich vorbereiten. Es sind alle dabei, von den Nachrichtendiensten über das Militär bis hin zu Vertretern unserer Verbündeten. Ich muss vielleicht die Special Forces entsenden, was im schlimmsten Fall zu einem Krieg führen könnte. Natürlich ist es bereits eine kriegerische Handlung, dass sie unseren Außenminister festgesetzt haben, aber das Ziel ist, das nicht zu einem internationalen Zwischenfall eskalieren zu lassen.“

„Ach du lieber Gott. Am ersten Tag.“

„Oder? Einfach super.“

„Bist du panisch?“

„Ich versuche, es nicht zu sein. Das hilft auch nicht.“

„Wir könnten gemeinsam in Panik verfallen.“

„Danke, Babe. Ich wollte eigentlich im Oval Office bleiben, doch mir wurde geraten, nach Hause zu gehen und ein bisschen zu schlafen, solange das noch möglich ist. Uns stehen ein paar angespannte Tage bevor. Ich werde wahrscheinlich den Kindergeburtstag der Zwillinge verpassen, und das nervt mich total.“

„Hör auf damit. Sie werden einen Riesenspaß haben, und wir erzählen ihnen einfach, du musstest zur Arbeit. Das werden sie verstehen.“

„Ich will aber zu ihrer Geburtstagsparty kommen.“

„Das wissen sie doch, Nick. Wenn nicht, erklären wir es ihnen.“

„Warum genau wollen eigentlich so viele Leute dieses Amt?“

„Äh, wenn ich raten müsste, würde ich sagen, dass sie die Vorstellung anmacht, der mächtigste Mensch auf Erden zu sein.“

„Ich fühle mich im Moment nicht sehr mächtig, denn eine feindliche Regierung hat meinen Außenminister und sechs Agenten des Diplomatischen Sicherheitsdienstes als Geiseln genommen.“

„Du bist von den klügsten Köpfen der Welt umgeben. Die werden dir schon sagen, was du tun sollst.“

„Ich bin von Nelsons Leuten umgeben, die nicht wissen, ob sie mir gegenüber loyal sind oder ob sie – wie wahrscheinlich die große Mehrheit der Amerikaner – denken, sie hätten einen jungen, unerfahrenen Präsidenten am Hals, der den Job eigentlich gar nicht will."

„Tu das nicht. Rede keinen Ärger herbei. Wenn du deine Aufgabe erledigst und die Krisen meisterst, werden die sehen, dass du mehr als fähig bist. Du musst es ihnen einfach beweisen, einen Tag nach dem anderen." Sie küsste ihn auf die Wange und stand auf. „Nicht weggehen."

„Wo willst du hin?"

Sie verschwand im Bad, holte eine Melatonin-Tablette aus seinem Medizinschrank und kehrte ins Bett zurück, wo sie sie ihm zusammen mit dem Glas Wasser von ihrem Nachttisch reichte. Da er um sieben wieder im Weißen Haus sein musste, gab sie ihm nur eine. „Nimm die. Du musst schlafen, wenn du diesen Job überleben willst."

Er nahm die Tablette, schluckte sie mit etwas Wasser und reichte ihr das Glas zurück. „Ich weiß nicht, wie ich je wieder Schlaf finden soll."

„Das schaffst du schon. Nicht jeder Tag wird so verrückt sein wie dieser erste."

„Besser nicht, sonst fliehe ich noch aus dem Land."

„Das würdest du niemals tun."

„Nein, aber ich wünschte, ich könnte es."

„Das würdest du dir niemals verzeihen."

„Stimmt."

„Komm her." Sam streckte die Arme nach ihm aus, und er legte den Kopf an ihre Brust. Sie fuhr ihm mit den Fingern durchs Haar und wünschte, sie könnte irgendetwas sagen oder tun, um ihm zu helfen. Da ihm niemand diese Last abzunehmen vermochte, blieb ihr bloß, ihn so innig zu lieben, wie sie nur konnte, während er die große Verantwortung trug, die mit seinem neuen Amt einherging.

Mit der anderen Hand streichelte sie seinen Rücken, bis sie spürte, wie er sich langsam entspannte und tiefer atmete. Wenn sie die ganze Nacht aufbleiben musste, um seinen Rücken zu streicheln, würde sie das tun, wenn es dazu führte, dass er etwas dringend benötigten Schlaf fand.

Während sie wartete, bis sie sicher war, dass er wirklich schlief, zwang sie sich, an etwas anderes zu denken als daran, dass die Iraner den Außenminister gefangen hielten. Es fühlte sich immer noch unwirklich an, dass ihr Mann ein Problem von solchen Ausmaßen schultern sollte. *Aber es ist nicht* dein *Problem*, sagte sie sich. In dem Bemühen, sich von Nicks Schwierigkeiten abzulenken, damit sie ebenfalls schlafen konnte, dachte sie an Gigi Dominguez und daran, wie Cameron Green ausgesehen hatte, als er in ihr Krankenzimmer gekommen war.

Sie hätte sich Cam und Gigi niemals als Paar vorgestellt, wenn sie nicht Zeuge gewesen wäre, wie seine Miene sich verändert hatte, als er Gigi in diesem Krankenhausbett erblickt hatte. Das war weit mehr als kollegiale Sorge gewesen. Sam kramte in ihren Erinnerungen an die beiden bei der Arbeit und suchte nach Hinweisen, doch es gab einfach keine.

Wenn etwas zwischen ihnen gelaufen war, dann rein im privaten Umfeld. Beide waren Vollprofis, sodass Sam sich keine Sorgen darüber machte, ob sie in der Lage waren, mit einer Beziehung am Arbeitsplatz umzugehen. Es war nur seltsam, dass Cam und Gigi jeweils andere Partner hatten und er trotzdem so heftig darauf reagiert hatte, dass Gigi verletzt worden war. War die Anziehung – oder was auch immer es war – gegenseitig?

Unter normalen Umständen hätte Sam einer möglichen Romanze zwischen zweien ihrer Detectives nicht einmal zehn Minuten ihrer Aufmerksamkeit geschenkt, es sei denn, sie wäre persönlich davon betroffen gewesen. Da aber nichts an ihren derzeitigen Umständen „normal" war, war sie fast erleichtert, etwas anderes im Kopf zu haben als Nick als Präsident, die Iraner, den Aufenthaltsort des Mannes, der ihre Ermittlerin verletzt hatte, und ihr eigenes Versprechen an Lenore Worthington, den Fall ihres Sohnes wieder aufzurollen.

Sie war es gewohnt, dass ihr Terminkalender prall gefüllt war, aber in letzter Zeit war es geradezu lächerlich: das grausame Verbrechen, durch das die Zwillinge zu Waisen geworden waren, der Tod ihres eigenen Vaters und die darauffolgende Aufklärung der vier Jahre zurückliegenden Schüsse auf ihn, der Mord an Präsident Nelsons ehemaliger Geliebten und der sich daran anschließende Skandal, der Mord an der Frau, die ihre Freunde und ihre Familie betrogen hatte, die Gründung von Sams Trauergruppe … Es war viel, doch in ihrem Beruf war immer viel los.

Wie um alles in der Welt sollte sie ihre Arbeitsbelastung bewältigen, nebenher die Frau des Präsidenten sein und noch drei Kinder großziehen? Zugegeben, sie hatte viel Hilfe bei ihren drei „Berufen", aber würde sie in der Lage sein, auch nur einen davon richtig gut zu machen, wenn sie mit allen dreien jonglieren musste? Wahrscheinlich nicht, und das stimmte sie traurig und nahm sie mit. Die Presse würde sie beobachten, sie kritisieren und ihr vorwerfen, sie erfülle ihre Rolle als First Lady nicht.

Bei so viel Druck hätte sie nicht damit gerechnet, einschlafen zu können, aber sie musste wohl irgendwann weggedämmert sein, denn sie wachte mit einem schrecklichen Stechen im Nacken auf, als Nicks Wecker um sechs Uhr klingelte.

Er hob den Kopf von ihrer Brust und sah sie mit seinen haselnussbraunen Augen an, und wenn er sie mit so viel Liebe betrachtete, wurden ihr immer die Knie ganz weich. „Du hast magische Hände, Babe. Auf dem Heimweg dachte ich, ich würde auf keinen Fall einschlafen können."

Sam setzte sich auf und versuchte vorsichtig, den Kopf zu bewegen, doch ihr Nacken ließ das nicht zu.

„Wo bist du verspannt?"

„Ich habe mich irgendwie verlegen, und jetzt habe ich einen steifen Hals."

„Oh, verdammt. Soll ich dich massieren?"

„Du musst den Außenminister retten gehen."

„Ich habe noch etwas Zeit." Er richtete sich auf. „Wo tut es weh?"

Sie deutete auf den unteren linken Bereich ihres Nackens, und er schenkte der Stelle seine ganze Aufmerksamkeit.

„Wie fühlt sich das an?"

„Wunderbar."

Er machte so lange weiter, bis sie sich ohne Schmerzen bewegen konnte, und lehnte dann die Stirn an ihre Schulter.

Sam legte ihm eine Hand in den Nacken. „Als ich Berufsanfängerin war, hat mein Vater mir den Rat gegeben, ich solle auf mein Bauchgefühl und mein Herz hören und immer versuchen, das Richtige zu tun, egal, was passiert. Mehr kannst auch du nicht tun, Nick. Mehr kann keiner tun."

„Danke", erwiderte er und küsste sie. „Ein bisschen Skip Holland war genau das, was ich heute gebraucht habe."

„Er steht uns beiden jederzeit zur Verfügung. Ich weiß genau, was er in jeder Situation sagen würde." Sie streichelte sein Gesicht und sah ihm in die Augen. „Er wäre genauso stolz auf dich wie ich."

„Es ist gut, das zu wissen. Ich schätze, dann geh ich mal schauen, welche Hölle mich heute erwartet."

„Auf diesen Ausspruch habe ich das Urheberrecht, aber angesichts der gegenwärtigen Ereignisse stelle ich dir seine Benutzung frei."

„Danke. Ich glaube, in den nächsten drei Jahren werden meine Höllen schlimmer sein als deine, und das will was heißen."

Sam lachte und küsste ihn erneut, ehe er aufstand. „Ja, diesmal gewinnst du."

„Normalerweise gewinne ich gern, in diesem Fall allerdings eher weniger." Er ging unter die Dusche, während Sam den Fehler machte, auf ihrem Handy die morgendlichen Schlagzeilen zu überfliegen, die sich um die Lage im Iran drehten und ansonsten alle möglichen Spekulationen über ihren Mann und ihre Familie enthielten. Rasch legte sie das Handy weg, entschlossen, sich nicht mehr um die Nachrichten zu kümmern, sondern sich auf die Zwillinge und ihren Kindergeburtstag zu konzentrieren.

Eine Viertelstunde später kam Nick in einem marineblauen Anzug, einem weißen Hemd und mit einer blau-weiß gestreiften Krawatte aus dem Bad.

Sam war inzwischen aufgestanden und hatte einen Morgenmantel angezogen. Sie trat zu ihm, legte unter dem Jackett die Arme um seine Taille und drückte ihn an sich, während sie seinen frischen, sauberen Geruch einatmete. „Viel Glück heute. Ich denke an dich und den Außenminister und hoffe auf eine schnelle, friedliche Lösung."

„Dein Wort in Gottes Ohr."

„Folge deinem Herzen und deinem Bauchgefühl. Dein Herz ist das beste, das ich kenne. Es wird dich niemals irreleiten."

„Danke, Babe. Richte den Kindern aus ..." Er zog eine Grimasse.

Sam stellte sich auf die Zehenspitzen, um ihn zu küssen. „Ich sage es ihnen. Die kommen schon klar. Sie werden einen großartigen Tag haben."

„Heb mir etwas Kuchen auf."

„Unbedingt."

„Wenn wir irgendwann mal eine ruhige Minute haben, müssen wir mit den Zwillingen über den bevorstehenden Umzug reden. Am besten, bevor Eli wieder abreist."

„Das machen wir heute Abend oder morgen früh. Ich finde auch, er sollte dabei sein, um ihnen den Rücken zu stärken."

Sam brachte Nick ins Erdgeschoss, wo Brant und der Rest seiner jetzt viel zahlreicheren Personenschützer auf ihn warteten. „Haben Sie eigentlich je frei?", fragte sie Brant.

„Ich hatte an Thanksgiving fast den ganzen Tag frei, Ma'am. Sind Sie aufbruchsbereit, Mr President?"

Nick warf einen sehnsüchtigen Blick in Richtung Esszimmer, wo Shelby schon die ganze Woche über Vorbereitungen für die Party getroffen hatte. „Ich bin so weit", antwortete er Brant.

„Hab einen schönen Tag, Liebster", wünschte ihm Sam.

„Du auch."

Noch ein schneller Kuss, und er war fort. Nur Gott allein wusste, wann sie ihn wiedersehen würde.

KAPITEL 9

Nick war nicht einmal eine Minute weg, und Sam sehnte sich schon nach ihm und überlegte voller Sorge, womit er sich im Laufe des Tages noch würde herumschlagen müssen. Als er zugestimmt hatte, Nelsons neuer Vizepräsident zu werden, hätte sich keiner von ihnen einen Tag wie diesen vorstellen können, an dem er als Präsident ins Weiße Haus gehen würde, um über die Freilassung des US-Außenministers aus dem Iran zu verhandeln. Es klang eher wie der Plot eines Spionagefilms als wie etwas aus dem wirklichen Leben.

Sam begab sich in die Küche, um Kaffee zu kochen und sich die To-do-Liste anzusehen, die Shelby ihr dagelassen hatte, nachdem sie darauf bestanden hatte, bei der Party zu helfen. Ehe sie Kinder gehabt hatte, wäre Sam geneigt gewesen, die ganze Sache zu delegieren, aber jetzt wollte sie sich so weit wie möglich einbringen und war fest entschlossen, den Zwillingen diesen ersten Geburtstag ohne ihre geliebten Eltern so schön wie möglich zu gestalten.

Die nächsten anderthalb Stunden verbrachte sie damit, dreißig Geschenktüten mit den von Shelby bestellten Artikeln zusammenzustellen. Sie hatten alle Klassenkameraden der Zwillinge sowie einige frühere Nachbarskinder eingeladen – und deren Eltern, die alle schon vor Wochen vom Geheimdienst überprüft worden waren.

Natürlich hatten jeweils beide Elternteile aller Kinder ihre Teilnahme an einer Geburtstagsfeier im Haus des Vizepräsidenten zugesagt. Wie aufregend es jetzt erst sein musste, seinen Freunden erzählen zu können, dass man bei einer Geburtstagsparty im Haus des *Präsidenten* sein würde. Der Gedanke, sich mit sechzig Fremden herumschlagen zu müssen, die alle die neue First Lady begaffen wollten, reichte aus, dass bei ihr fast die Krätze ausbrach. Zum Glück hatten sie auch eigene Freunde und Familienmitglieder eingeladen, die hoffentlich einen Puffer zwischen ihr und den Schaulustigen bilden würden.

Shelby kam ein paar Minuten später mit ihrem Sohn Noah herein, ihren Mann Avery auf den Fersen, der mehrere Behälter schleppte. „Die bitte im Esszimmer abstellen", wies Shelby ihn an, die bereits im vollen Partyplanungsmodus war.

Sam hatte gelernt, Shelby in einem solchen Fall nicht im Weg rumzustehen, sondern sie am besten einfach machen zu lassen. Sie streckte die Hände aus, um Noah zu nehmen, und Shelby übergab ihn dankbar an Tante Sam, wie sie sie dem Kleinen gegenüber nannte.

„Plötzlich scheint er eine Tonne zu wiegen", sagte Shelby und schüttelte ihre Arme aus, während sie Avery ins Esszimmer folgte.

Als Sam mit den Lippen über das seidenweiche blonde Babyhaar strich, verspürte sie eine irrationale Sehnsucht. Es war schon eine Weile her, dass dieses Gefühl sich geregt und sie an die Fruchtbarkeitsprobleme erinnert hatte, mit denen sie zu kämpfen hatte. Was um alles in der Welt sollte sie inmitten des Wahnsinns, der ihr Leben war, mit einem Säugling anfangen? Besonders jetzt, wo sich alles veränderte. Aber die Sehnsucht war trotzdem da und unmöglich zu ignorieren, während sie mit dem süß duftenden Baby schmuste.

Avery kehrte in die Küche zurück. Er war groß und gut aussehend, mit goldbraunen Haaren und Augen und unglaublichen Wangenknochen. „Wie kommt ihr zurecht?", fragte er mit seinem unwiderstehlichen South-Carolina-Akzent.

„Großartig, vor allem, seit die Iraner beschlossen haben, den Außenminister gefangen zu nehmen."

„Was zum Teufel soll das eigentlich?"

„Ausgezeichnete Frage, Agent Hill. Wir glauben, sie wollen damit den neuen Präsidenten auf die Probe stellen oder so etwas in der Art."

„Indem sie einen Krieg riskieren?"

„Hoffen wir, dass das nicht passiert."

„Wie geht es Nick? Ich meine … Mein Gott, Sam. Ihr müsst doch völlig durch den Wind sein."

„Die letzten paar Tage waren interessant."

Avery lachte, weil das vermutlich die Untertreibung des Jahrzehnts war. „Hör zu, bevor Shelby zurückkommt … Sie war in letzter Zeit sehr müde. Diese Schwangerschaft macht sie fertig, auch wenn sie das nie zugeben würde. Behältst du sie heute bitte ein bisschen im Auge?"

„Ja, klar. Danke, dass du sie mit mir teilst. Ohne sie wäre ich nicht überlebensfähig."

„Ich auch nicht."

Seine aufrichtigen Worte waren ein Beweis dafür, wie weit sie die Zeit hinter sich gelassen hatten, als der FBI-Agent sich eingeredet hatte, er sei in Sam verliebt. Er war jetzt glücklich mit Shelby verheiratet, und die beiden erwarteten ihr zweites Kind.

„Ich nehme ihn", erklärte er und deutete auf Noah. „Wir sind bis zur Party wieder da." Zögernd reichte Sam das Baby seinem Vater. „Wir müssen uns am Montag mal unterhalten."

„Worüber?"

„Ich möchte dir nicht das Wochenende ruinieren."

Sam lachte. „Mein Mann ist gerade Präsident der Vereinigten Staaten geworden. Nichts, was du sagen könntest, könnte mein Wochenende noch mehr ruinieren."

„Es geht um die Ermittlungen, über die ich wahrscheinlich nicht einmal mit dir sprechen sollte, da das Justizministerium deines Mannes meine Behörde beaufsichtigt." Das FBI ermittelte nach einer Reihe von Verhaftungen hochrangiger Beamter gegen das Metropolitan Police Department. Zu den Verhafteten gehörte auch der stellvertretende Polizeichef, dem man zur Last legte, wichtige Informationen über die Erschießung von Sams Vater zurückgehalten zu haben.

„Ich höre."

„Bist du sicher, dass du das jetzt besprechen willst?"

„Was du heute kannst besorgen …"

„Wir sind uns des potenziellen Interessenkonflikts bewusst?"

„Absolut."

Avery verlagerte sein Gewicht, um das Baby besser halten zu können. „Jemand hat erwähnt, dass wir uns den Fall Johnson mal genauer ansehen sollten."

„Soso." Sam bemühte sich, die Wut zu verbergen, die sie verspürte, als sie erfuhr, dass einer ihrer Kollegen versuchte, diesen schmerzlichen Vorfall in die Untersuchung des FBI gegen das MPD hineinzuziehen. Vor zwei Jahren war ein Kind bei einer Schießerei zu Tode gekommen, nachdem Sam den Befehl zu einer Razzia in einer Crackküche gegeben hatte. Seitdem verfolgte sie dieser tragische Tod. „Ich bin sicher, das war einer meiner guten Freunde. Ramsey? Oder vielleicht Offenbach. Er ist immer noch sauer, weil ich seine Affäre öffentlich gemacht habe. Offenbar will die Mutter seiner fünf Kinder nicht mehr mit ihm verheiratet sein, und ich bin schuld, weil ich herausgefunden habe, dass er nicht da war, wo er sein sollte."

„Ich sage lediglich, dass der Fall im Zusammenhang mit den Leichen im Keller der Behörde aufkam."

„Eine interne Untersuchung hat bereits ergeben, dass Quentin Johnson starb, weil sein Vater ihn in diese Crackküche gebracht hatte, und nicht, weil ich unseren Leuten befohlen habe, dort einzudringen. Johnson hat auf uns geschossen. Wir haben das Feuer erwidert. Sein Sohn ist dabei gestorben."

„Mir ist klar, dass das ein wunder Punkt ist …"

„Ach ja? Wann hast du das letzte Mal einen Befehl gegeben, der zum Tod eines Kindes geführt hat? Ich habe monatelang verdeckt bei den Johnsons ermittelt, und ich habe dabei kein einziges Mal gesehen, dass einer von ihnen etwas getan hat, was Quentin gefährdet hätte. Warum in aller Welt hätte ich ihn spät in der Nacht in diesem Haus erwarten sollen, wo er noch nie zuvor gewesen war?"

Manchmal, wenn sie nachts die Augen schloss, hörte sie immer noch die verzweifelten Schreie von Marquis Johnson nach dem Tod seines Sohnes. „Werden wir diesen Fall wirklich wieder aufrollen? Ich könnte mir vorstellen, dass unsere Behörde nach den jüngsten Ereignissen viel größere Probleme hat als eine Crackküchen-Schießerei vor zwei Jahren, zumal alle Beteiligten bereits als unschuldig eingestuft wurden."

„Ich habe nicht vor, den Fall wieder aufzurollen", erklärte Avery. „Ich wollte dich nur vorwarnen, dass ihn jemand erwähnt hat."

„Okay, zur Kenntnis genommen. Es würde mich sehr stören, wenn dieser Fall erneut in den Medien auftaucht. Das erste Mal hat mir schon mehr als gereicht."

„Wir erhalten viele Presseanfragen zu den Ermittlungen, aber wir beantworten sie vorerst nicht. Unsere Aufgabe ist es, dem Staatsanwalt am Ende einen Bericht vorzulegen, und ich habe nicht die Absicht, den Fall Johnson in diesem Bericht zu erwähnen."

„Danke für die Info. Ich weiß das alles zu schätzen, auch wenn es vielleicht nicht so aussieht."

Shelby kam zurück in die Küche, eine Plastiktüte voll mit Tellern und anderen Papputensilien in der Hand.

„Ich lasse euch jetzt mal in Ruhe, meine Damen. Ruft mich an, wenn ich auf dem Rückweg etwas mitbringen soll, und übertreiben Sie es nicht, Mrs Hill." Er küsste seine Frau und hielt ihr das Baby hin, damit sie Noah einen Schmatz geben konnte.

„Viel Spaß im Park, Jungs", sagte Shelby, „und achte darauf, dass er ein Nickerchen kriegt, sonst ist er nachher auf der Party unerträglich."

„Okay."

„Wie kann ich helfen?", fragte Sam Shelby.

„Pack die Teller und Servietten aus, während ich die Geschenktüten fertig mache."

„Das habe ich schon erledigt."

„Äh, nein, du hast damit angefangen."

„Wie lautet das Geheimnis?"

„Welches Geheimnis?", fragte Shelby.

„Ich meine, woher kannst du das alles?"

„Du kannst Sachen, von denen ich nicht die geringste Ahnung habe. So hat jeder seine Talente. Du musst all diese Sachen hier nicht draufhaben, denn du hast mich, und ich kümmere mich für dich um solchen Kram."

„Du hast keine Ahnung, wie dankbar ich dir bin. Vor allem an Tagen wie heute. Du kommst doch mit ins Weiße Haus, oder?"

„Natürlich. Ich kann schließlich nicht zulassen, dass ihr dort ein totales Chaos anrichtet."

Darüber lachte Sam. „Übertreib es heute nicht. Sag mir, was ich machen soll, und ich tue es."

„Klingt gut. Ich habe mir die Freiheit genommen, mit Lilia zu besprechen, wie wir am besten mit den neugierigen Eltern umgehen, und sie hat vorgeschlagen, einen Text aufzusetzen, den wir allen bei ihrer Ankunft in die Hand drücken. Ich wollte ihn dir aber vorher noch zum Absegnen vorlegen."

Sam nahm das Blatt, das Shelby ihr reichte.

Vielen Dank für die Teilnahme an Aldens und Aubreys Geburtstagsparty! Wir hoffen, Sie und Ihre Kinder haben Spaß. Wir bitten Sie, sich auf unsere Geburtstagskinder zu konzentrieren und den Präsidenten oder Mrs Cappuano nicht um gemeinsame Selfies oder Autogramme zu bitten. Wir wissen die gute Nachbarschaft und die Unterstützung, die Alden und Aubrey in dieser schwierigen Zeit erfahren haben, sehr zu schätzen und danken Ihnen, dass Sie sich heute die Zeit nehmen, mit ihnen und uns zu feiern.

Herzlichst

Nick und Sam Cappuano

„Das ist perfekt", erklärte Sam. „Müssen wir das von Nicks Leuten absegnen lassen?"

„Lilia wollte sich darum kümmern und mich anrufen, falls es Probleme gibt."

„Vielen Dank, dass ihr daran gedacht habt. Ich gebe zu, ich hatte echte Schwierigkeiten mit dem Gedanken, dass sich ausgerechnet dieses Wochenende sechzig Fremde bei uns zu Hause herumdrücken werden."

„Dachte ich mir, deshalb habe ich auch SMS an deine Freundinnen und Freunde geschrieben, genauer gesagt an Freddie und Elin, Gonzo und Christina, Harry und Lilia, Jeannie und Michael, die O'Connors, Celia, deine Mutter, deine Schwestern und Nicks Vater, und sie informiert, dass wir sie als Pufferzone zwischen dir und den anderen Gästen brauchen."

„Danke."

„Wird Nick es zur Party schaffen?"

„Wahrscheinlich nicht. Die Iraner haben seine Wochenendplanung durchkreuzt."

„Ich habe es heute Morgen in den Nachrichten gesehen. Was wollen sie denn damit erreichen?"

„Ich weiß nicht, aber ich hoffe, das Problem wird bald gelöst sein."

Die Neuigkeiten aus dem Iran waren unerfreulich. Offenbar hatten die Iraner auf eine Bitte um Informationen über den Gesundheitszustand des Ministers und seiner Delegation nicht reagiert. Das Flugzeug des Ministers war noch immer von iranischen Streitkräften umstellt, an Bord befanden sich mehr als zwei Dutzend Amerikaner.

„Der Air Force zufolge haben sie Nahrung und Wasser für sechs

Tage an Bord", berichtete Terry bei der ersten Besprechung des Tages im Lagezentrum. „Doch wenn sie die WCs nicht abpumpen lassen können, wird es an der Stelle ziemlich schnell zu Engpässen kommen."

Nick nahm besorgte Anrufe und Hilfsangebote von Verbündeten der USA entgegen, die alle gleichermaßen Wert auf eine friedliche Beilegung der Krise legten.

In den nächsten paar Stunden erhielt Nick Informationen von Geheimdienst- und Militärvertretern, die seine Angst davor schürten, was die Iraner wohl vorhatten.

„Spekulieren die darauf, dass wir Truppen entsenden?", fragte er den Vorsitzenden der Vereinigten Stabschefs.

„Das vermuten wir, Sir", antwortete Army General Michael Wilson.

Nick seufzte tief. „Bis heute Abend brauche ich einen Überblick über meine Handlungsmöglichkeiten. Das kann nicht ewig so weitergehen."

„Wenn Sie gestatten, Sir", meldete sich Verteidigungsminister Jennings zu Wort, „würde ich lieber über Sanktionen als über die Entsendung von Truppen sprechen."

„Wir schließen nichts aus", erwiderte Nick, „auch nicht den Einsatz der Special Forces, wenn es erforderlich wird." Er hatte das Finanz- und das Wirtschaftsministerium mit der Ausarbeitung einer Liste von Sanktionen betraut, die dem Iran den größtmöglichen ökonomischen Schaden zufügen sollten. Allerdings würden vor allem die kleinen Leute darunter zu leiden haben, die nichts mit der Festsetzung eines der obersten Vertreter der Vereinigten Staaten zu tun hatten. Es gab keine guten Lösungen für ein Problem wie dieses, was die Iraner natürlich gewusst hatten, als sie beschlossen hatten, den Minister festzusetzen.

Nick kehrte ins Oval Office zurück und rief Marilyn an, die Frau von Minister Ruskin.

„Mr President", sagte sie. „Danke, dass Sie sich melden."

„Es tut mir sehr leid, dass ich Sie anrufen muss, um Ihnen zu versichern, dass wir alles in unserer Macht Stehende tun, um die sichere Rückkehr Ihres Mannes und der anderen Beteiligten zu gewährleisten."

„Das weiß ich zu schätzen", entgegnete sie mit tränenerstickter Stimme. „Marty würde wollen, dass Sie sich nicht auf ihn, sondern auf die Agenten und die anderen im Flugzeug konzentrieren."

„Wir konzentrieren uns darauf, sie alle sicher nach Hause zu holen. Ich werde dafür sorgen, dass Sie auf dem Laufenden bleiben."

„Danke noch mal für Ihren Anruf, Mr President. Er bedeutet meiner Familie und mir sehr viel."

„Wir bleiben in Kontakt."

Er telefonierte mit den verzweifelten Familien aller anderen Betroffenen, tat sein Bestes, um sie zu beruhigen, und als er fertig war, fühlte er sich ausgelaugt. Ein kurzer Blick auf die Uhr zeigte ihm, dass es schon fast Zeit für die Party war, auf die er sich so sehr gefreut hatte.

Terry betrat das Büro. „Bist du mit deinen Anrufen durch?"

„Ja, und du kannst dir gar nicht vorstellen, wie viel Spaß die gemacht haben."

„Doch, das kann ich mir denken."

„Ich möchte mit Sam sprechen. Darf ich mein Handy benutzen?"

„Nein, ich habe einen neuen, abhörsicheren BlackBerry für dich."

„O Mann, wieder ein BlackBerry, ja?"

„Ich fürchte schon. Der oder gar kein Handy, mein Freund. Sam wird auch einen benutzen müssen."

Nick musste lachen. „Na dann viel Glück. Sie benutzt ausschließlich Klapphandys."

„Es ist eines der wenigen Dinge, um die sie wahrscheinlich nicht herumkommen wird, da sie häufig mit dir sprechen wird."

„Das kriegen wir hin." Irgendwie. Vielleicht konnte sie ein abhörsicheres Handy für alles benutzen, was mit ihm und ihren Pflichten als Präsidentengattin zu tun hatte, und ihr normales für die Arbeit und persönliche Kontakte. Mit seinem neuen BlackBerry rief er Sams Handy an, in der Hoffnung, sie würde den Anruf von einer Nummer, die in der Anruferliste als unbekannt angezeigt wurde, überhaupt annehmen.

Es klingelte viermal, dann meldete sie sich mit einem atemlosen „Hallo".

„Hey, ich bin's."

„Hey! Wie geht's?"

Er war so verdammt froh, ihre Stimme zu hören. Niemand konnte ihn mit ein paar wenigen Worten so beruhigen wie sie. „So lala. Angespannt. Wie sieht es bei euch aus?"

„Die Aufregung unserer beiden Sechsjährigen kennt keine Grenzen. Eli hat prophezeit, dass die Zwillinge vermutlich explodieren werden, bevor der Tag zu Ende ist."

Nick grinste, als er sich die Szene vorstellte, und wünschte sich verzweifelt, er wäre dort. Dass er so etwas wie die Geburtstagsparty der Zwillinge verpassen könnte, war genau der Grund, warum er beschlossen hatte, bei der nächsten Wahl nicht für das Präsidentenamt zu kandidieren. Er wollte nichts versäumen, was er mit ihnen oder Scotty, der nächstes Jahr um diese Zeit Highschool-Eishockey spielen würde, erleben konnte. „Hast du ihnen erklärt, wie leid es mir tut, dass ich ihre Party verpasse?"

„Ja, und sie verstehen es. Ich habe gesagt, du wirst mit ihnen feiern, wenn du nach Hause kommst."

„Ich finde es furchtbar, dass ich nicht dabei sein kann."

„Es liegen noch so viele Jahre vor uns, Nick. Versuch, dir nichts daraus zu machen."

„Okay, ich geb mir Mühe." Während er mit ihr sprach, spielte er mit einem Stift herum. „Ich hab die Sorge, dass die anderen Eltern dich mit Selfies und so nerven."

„Daran haben Shelby und Lilia im Vorfeld gedacht. Lilia hat etwas vorbereitet, das sie jedem Elternteil aushändigen wird, der das Haus betritt. Lilia hat den Text mit Trevor und Terry abgesprochen."

„Ich bin froh, dass sie sich darum gekümmert haben", meinte er. Es beruhigte ihn, zu wissen, dass niemand sie in ihrem eigenen Haus wegen seines Amtes belästigen würde.

„Vernon und Jimmy haben gesagt, sie wollen auch heute in meiner Nähe bleiben, und ich werde von Freunden und Familie umgeben sein. Zerbrich dir nicht den Kopf. Tu einfach, was du tun musst, damit du zu uns nach Hause kommen kannst."

„Nirgends anders möchte ich sein. Ich hoffe, du weißt das."

„Ja, und einer der Vorteile, wenn wir erst im Weißen Haus wohnen, wird der sein, dass du, wenn so etwas im nächsten Jahr wieder passiert, kurz auf der Party erscheinen und dann gleich wieder zurück an die Arbeit eilen kannst."

„Stimmt." Plötzlich hatte er eine Idee, und er setzte sich aufrechter hin. „Macht viele Fotos und Videos für mich."

„Geht klar. Wir vermissen und lieben dich."

„Ich liebe dich auch, Babe."

Er beendete das Gespräch und rief nach Terry und Brant.

Sie traten gemeinsam ein.

„Sie haben geläutet, Sir?", fragte Terry mit hochgezogener Braue.

„Ich möchte für dreißig Minuten nach Hause." Er sah auf die Uhr. „Für die Besprechung um fünf bin ich rechtzeitig wieder da."

Er war verdammt noch mal der Präsident der Vereinigten Staaten und konnte tun und lassen, was immer er wollte, und was er mehr als alles andere wollte – außer dass die verdammten Iraner seinen Außenminister ausreisen ließen –, war, zu Hause bei seiner Familie zu sein, um den Geburtstag seiner Kinder zu feiern.

„Jawohl, Sir", sagte Brant. „Wir kümmern uns darum."

So muss es sein, wenn man in der Grundschulhölle gefangen ist, dachte Sam und bedankte sich im Geiste bei den Lehrkräften, die ihre Tage mit aufgeregten, lauten, kreischenden Kindern verbrachten und deren nervige Eltern ertragen mussten. Shelby hatte sich, ganz typisch für sie, ein rosa Feenkostüm angezogen und leitete die Kinder beim Basteln, Spielen und Kuchenessen an. Es überraschte Sam nicht, dass sie bei jedem Wort an ihren Lippen hingen.

Sam hatte mit Alden und Aubrey Masken aus Glitzer und Pailletten gebastelt, die sie nun bei einer Runde „Reise nach Jerusalem" trugen.

Trotz der schriftlichen Bitte, sie möglichst in Ruhe zu lassen, waren die Eltern recht aufdringlich und übertrieben freundlich, wahrscheinlich in der Hoffnung, eine Einladung ins Weiße Haus zu ergattern.

Freddie kam auf Sam zu, als sie gerade mit sechs anderen Müttern sprach, die sie mit Fragen über Nick, ihren Job, ihre Pläne und ihre Meinung zum Umzug ins Weiße Haus löcherten. „Entschuldigen Sie bitte die Störung, Lieutenant. Aber hätten Sie einen Moment Zeit für mich?"

„Wer ist denn dieses Sahneschnittchen?", fragte eine der kessen blonden Mommys und musterte Sams attraktiven Partner unverkennbar lüstern.

„Das ist mein Partner Detective Freddie Cruz. Er ist glücklich verheiratet – so wie Sie ja auch, oder?"

Die Frau errötete. „Man ist nie zu verheiratet, um sich an einem hübschen Mann zu erfreuen."

Sam hakte sich bei Freddie unter und fragte sich, ob er ihre Verzweiflung gespürt hatte. „Entschuldigen Sie uns einen Moment." Leise, sodass nur er es hören konnte, fügte sie hinzu: „Hol mich hier raus."

Freddie führte sie in die Küche.

Sam ging schnurstracks zum Barschrank, schenkte sich Wodka auf Eis ein und kippte ihn schnell hinunter – wahrscheinlich ein bisschen zu schnell.

„Trink noch einen", riet Freddie. „Damit du nicht aus Versehen doch dem Drang nachgibst, jemandem den Kehlkopf zu zerschmettern."

Sam goss sich einen weiteren Drink ein, nippte diesmal aber bloß daran. „Danke für die Rettung."

„Jederzeit." Er nahm sich eine Cola aus dem Kühlschrank und öffnete sie. „Wie kommst du zurecht?"

„Bestens. Einen Tag nachdem Nick unerwartet Präsident geworden ist, habe ich etwa sechzig Fremde im Haus. Er ist derweil im Weißen Haus und versucht, die Freilassung seines Außenministers auszuhandeln, den die Iraner ‚festhalten'. Ansonsten ist alles paletti."

Freddie musste sich sichtlich zusammenreißen, um nicht zu lachen.

Sie nahm einen weiteren Schluck aus ihrem Glas. „Keinen Mucks, sonst muss ich leider *dir* den Kehlkopf zerschmettern."

„Was gibt's Neues zum Thema Weiterarbeiten?"

„Keine Ahnung. Ich habe Nick gesagt, dass ich vorhabe, wie gewohnt weiterzumachen, und ich erwarte von ihm, dass er das durchdrückt."

„War er selbst denn damit einverstanden?"

„Schätze schon. Ich habe mich sehr klar ausgedrückt."

„Die Medien zerreißen sich das Maul darüber, dass wir noch nie eine First Lady hatten, die sich dafür entschieden hat, einen Job außerhalb des Weißen Hauses zu behalten."

„Dann wird es ja höchste Zeit, findest du nicht auch?"

„Doch, und viele andere sehen das genauso."

„Gut zu wissen." Sie nahm einen weiteren Schluck Wodka, bevor sie den Rest in den Abfluss kippte, um nicht in Versuchung zu geraten, das Glas in einem Zug zu leeren. „Ich muss zurück zu Aubrey und Alden."

„Alles klar, ich werde in der Nähe bleiben, um dir die Eltern vom Hals zu halten."

„Danke dir. Falls ich vergessen haben sollte, es zu erwähnen – du bist der Beste."

„Du kannst dich auf mich verlassen."

Plötzlich steckte Tracy den Kopf in die Küche. „Äh, Sam, komm besser mal."

Sam wechselte mit Freddie einen „Was ist denn jetzt schon wieder?"-Blick und verließ die Küche rechtzeitig, um Zeuge zu werden, wie Brant vor Nick das Haus betrat. Ein aufgeregtes Getuschel ging durch den Raum, als die Gäste ihn bemerkten.

Nick entdeckte Sam und steuerte direkt auf sie zu, legte den Arm um sie und küsste sie auf die Stirn. „Angeblich steigt hier eine Party, und die wollte ich nicht verpassen."

„Ich dachte, du könntest nicht weg."

„Das dachte ich auch, bis mir klar wurde, dass es einen Vorteil hat, Präsident zu sein: Ich kann frei entscheiden, was ich wann tue."

„Gute Erkenntnis, Lincoln."

„Eigentlich heiße ich Cappuano, mit zwei p."

Sam lächelte ihn an und wünschte, sie könnte ihn so küssen, wie sie es gerne getan hätte, aber angesichts der vielen Leute, die sie beobachteten, widerstand sie dem Drang und führte ihn ins Esszimmer, wo die Kinder das Eselschwanz-Spiel spielten.

Alden und Aubrey stießen Freudenschreie aus, als sie Nick sahen, ließen alles stehen und liegen und stürzten sich auf ihn.

Er ging in die Hocke und schloss sie beide gleichzeitig in die Arme.

Bei diesem Anblick vergaß Sam ihren Ärger und konzentrierte sich auf ihn und ihre Familie.

Gemeinsam sangen sie „Happy Birthday", halfen den Zwillingen beim Anschneiden der Torte, machten Fotos mit ihnen, Scotty und Elijah und beaufsichtigten das Auspacken der Unmenge von Geschenken, die sie später in ihr neues Zuhause schaffen mussten. Als die Schulfreunde schließlich mit ihren Eltern aufbrachen, wurden Geschenktüten verteilt, und endlich waren nur noch die Familie und enge Freunde anwesend.

„Was für eine tolle Party, Shelby", lobte Sam. „Ich danke dir sehr." Sie applaudierte ihrer Tinker Bell, ihrer Zauberfee.

Shelby verneigte sich und richtete die Krone auf ihrem Kopf, die im Laufe des Nachmittags verrutscht war.

„Setz dich", sagte Sam zu ihr und deutete auf das Sofa. „Wir räumen schon mal ein bisschen auf."

„Das ist mir sehr recht. Diese alte Fregatte ist auch nicht mehr das, was sie mal war."

„Wie kannst du es wagen, meine schöne Frau eine alte Fregatte zu nennen?", fragte Avery, während er den Arm um sie legte.

Sie griff nach Noah, der auf Averys Schoß saß, und zog ihn an sich.

„Ich sage es nur ungern, aber ich muss jetzt wieder los", meinte Nick.

„Was hört man aus dem Iran?", erkundigte sich Harry.

„Nichts", antwortete Nick bedrückt. „Man wird mir um fünf erklären, welche Optionen sich uns bieten, ich rechne allerdings mit lauter unschönen Alternativen."

„Darum beneide ich dich nicht", erwiderte Harry mit einer Grimasse.

„Warum wollen Menschen dieses Amt eigentlich so unbedingt?", wunderte sich Nick und rang sich um ihrer Freunde willen ein Lächeln ab.

Sam sah, dass er tief beunruhigt und gestresst war, so wie es jedem ginge, der in einer solchen Situation eine so schwerwiegende Entscheidung treffen musste.

Nick verabschiedete sich von den Kindern, die quasi mitten in ihrem eigenen Spielzeugladen saßen, während Scotty und Elijah ihnen mit den ganzen Verpackungen und beim Aufbauen halfen. „Ich bin froh, dass ihr so einen schönen Tag hattet. Vergesst nicht, euch bei Shelby zu bedanken."

„Danke, Shelby!", riefen beide im Chor.

„Gerne, ihr Süßen."

Nick verabschiedete sich von ihren Freunden und ihrer Familie, die ihm ausnahmslos gratuliert und ihm das Beste gewünscht hatten. Die Unterstützung derer, die ihm nahestanden, verlieh ihm die Kraft für sein anspruchsvolles Amt.

Sam begleitete ihn zur Tür. „Ich bin so froh, dass du hier sein konntest."

„Ich auch. Die beiden sind so unglaublich süß."

„Definitiv."

Nate, der Secret-Service-Mann, der Türdienst hatte, trat nach draußen, damit sie sich kurz ungestört unterhalten konnten.

„Geht es dir gut?", wollte sie wissen.

„Nun ja, ich nehme einfach immer eins nach dem anderen in Angriff. Großes Palaver um fünf. Danach sollte ich mehr wissen."

„Viel Glück. Wir beten alle um eine friedliche Lösung."

„Danke", sagte er und küsste sie. „Ich komme heim, sobald ich kann."

„Wir werden hier sein. Meinst du, ich sollte mit den Kleinen über den Umzug sprechen, solange ich noch die Gelegenheit habe, Eli dabeizuhaben?"

„Das befürworte ich nur ungern, weil ich wirklich gerne dabei wäre. Aber ich denke, es ist wichtiger, dass er hier ist, um ihnen die Angst zu nehmen."

„Keine Sorge. Eli, Scotty und ich kümmern uns darum. Pass du auf dich auf." Sie küsste ihn erneut. „Wir lieben dich."

„Ich euch auch."

Dann verließ er, bereits wieder umringt von Mitarbeitern des Secret Service, das Haus.

„Der arme Kerl trägt die Last der Welt auf seinen Schultern", meinte Graham O'Connor.

Sam wandte sich ihm zu. „Dabei wäre allein die Situation im Iran schon mehr als genug gewesen."

„In der Tat", pflichtete Graham ihr bei. „Tröste dich mit dem Wissen, dass er von großartigen Menschen umgeben ist, die ihm helfen werden, herauszufinden, was zu tun ist. Ich werde nachher selbst ins Weiße Haus gehen und so lange bleiben, wie er mich braucht."

„Das wird ihm viel bedeuten, Graham. Danke."

„Versuch, dir nicht zu viele Sorgen zu machen. Er ist einer der klügsten Menschen, die ich kenne, und ich habe volles Vertrauen in seine Fähigkeit, alle Schwierigkeiten zu meistern, denen er begegnet."

Sam zweifelte nicht daran, dass Nick über die nötige Intelligenz und das politische Geschick dafür verfügte, ein erfolgreicher Präsident zu werden, aber sie konnte nicht umhin, sich zu fragen, wie sich sein neues Amt auf ihre Ehe und ihre Familie auswirken würde.

Lilia kam mit ihrem Smartphone in der Hand zu ihr. „Mrs Nelsons Stabschef möchte den Termin für den Nachmittagstee und die Besichtigung der Wohnräume morgen um zwei bestätigen."

„Ist fest eingeplant." Nachdem Lilia das weitergegeben und das Gespräch beendet hatte, fragte Sam: „Was ziehe ich an, wenn ich die Frau des Präsidenten treffe?"

„Du meinst, die Witwe des ehemaligen Präsidenten? Denn die First Lady bist jetzt du."

Sam sah sie finster an. „Das vergesse ich immer wieder."

Lilia lachte. „Ich bin sicher, du hast ein hübsches Kleid und ein Paar hochhackige Schuhe. Es wird fotografiert werden, du musst also vorher zum Friseur und dich schminken lassen."

„Ich schaue mal, was ich tun kann, um nicht komplett verwildert auszusehen."

„Du wirst jede Menge neue Klamotten brauchen. Wir sollten dich ein paar Stylisten und Designern vorstellen, die dir da weiterhelfen können. Das erspart uns viel Rätselraten."

„Das ist das Einzige an der ganzen Sache, was mir Spaß bereitet – Klamotten und Schuhe."

„Wenn du mir grob sagen kannst, was dir gefällt, werde ich ein paar Anrufe tätigen."

„Ich denke darüber nach."

„Du musst dir außerdem überlegen, wen du als Privatsekretärin einstellen möchtest."

Sam zuckte zurück. „Ich brauche eine Privatsekretärin?"

„Ich fürchte schon." Lilia sah zu Shelby hinüber. „Ich glaube, es gibt da jemanden in deinem unmittelbaren Umfeld, der dafür bestens geeignet wäre."

„Ich ... äh ... Vielleicht."

Lilia drückte ihr den Arm. „Mach dich nicht verrückt. Wir bereiten dich entsprechend vor und sorgen dafür, dass du glänzt. Da ist allerdings noch etwas, woran du denken solltest."

„Nämlich?"

„Andrea hat mich informiert, dass sie im Frühjahr heiraten wird und plant, mit ihrem zukünftigen Ehemann nach dem Jahreswechsel zurück nach Boston zu ziehen."

Sam schämte sich fast, zuzugeben, dass sie die Frau, die während ihrer Amtszeit als Frau des Vizepräsidenten ihre Kommunikationschefin und Sprecherin gewesen war, kaum kannte. „Das sind doch gute Nachrichten."

„Sie und Brad sind sehr glücklich. Sie sind seit dem ersten College-Jahr zusammen."

„Sehr schön."

„Also brauchen wir nun eine neue Kommunikationschefin und Sprecherin. Bevor ich mein berufliches Netzwerk anzapfe, wollte ich fragen, ob du jemanden kennst, den du vielleicht fragen möchtest."

Sam dachte sofort an ihre neue Freundin Roni Connolly, die für den *Washington Star* die Nachrufe schrieb. „Ich kenne tatsächlich jemanden, mit dem ich gerne darüber sprechen würde, wenn das okay ist."

„Aber klar. Sie sind die Chefin, Ma'am."

„Nenn mich nicht Ma'am."

„Sehr wohl, Ma'am."

„Zankt ihr, meine Damen?", fragte Dr. Harry Flynn und legte den Arm um Lilia.

Sam hob eine Augenbraue. „Wir? Zanken?"

Harry lachte. „Was bringt mich nur auf diese Idee? Ihr habt ja gar keinen Grund dazu. Du wirst die anpassungsfähigste, sanftmütigste First Lady der Geschichte sein. Lilia wird kein Problem damit haben, mit dir zurechtzukommen."

Sam funkelte ihn finster an, während Lilia laut lachte. „Das ist alles überhaupt nicht witzig."

„O doch", widersprach Harry, und bei seinem Lächeln traten seine Grübchen zutage. „Das ist es total."

Eine Stunde später, nachdem alle gegangen waren, saß Sam mit Eli, Scotty und zwei glücklichen, müden Sechsjährigen zusammen, die immer noch mit ihren neuen Spielsachen beschäftigt waren. Ihr war klar, dass es keinen besseren Zeitpunkt mehr dafür geben würde, mit den Kindern zu sprechen, solange Eli noch bei ihnen war. Sie hatte Eli und Scotty vorgewarnt, dass sie vorhatte, mit den Kindern zu reden, während sie Pizza zum Abendessen futterten.

„Hey, ihr zwei", wandte sie sich an Alden und Aubrey. „Könnt ihr euch mal kurz zu mir setzen?"

Die Kinder standen auf, rannten zu ihr und stürzten sich begeistert auf sie. Sie hasste es, dass sie mit den beiden über etwas reden musste, was ihrem perfekten Tag etwas von seinem Glanz nehmen könnte.

„Hattet ihr heute Spaß?", fragte sie, die Arme voller blonder Kinder, die ihr Herz von der ersten Sekunde an erobert hatten.

Beide nickten.

„Das war toll", rief Aubrey. „Danke für die Party."

„Gerne, Süßer. Ich wollte mit euch über etwas sprechen, das gestern Abend passiert ist. Es ist nichts Schlimmes, keine Sorge. Aber als ihr an Thanksgiving schon im Bett wart, hat Nick einen Anruf aus dem Weißen Haus bekommen. Ihr wisst noch, dass er dort arbeitet, oder?"

„Er ist Vizepräsident", sagte Alden.

„Richtig. Wisst ihr, was eine der wichtigsten Aufgaben des Vizepräsidenten ist?"

Sie schüttelten die Köpfe.

„Wenn dem Präsidenten etwas zustößt, muss er bereit sein, das Amt zu übernehmen. Als das Weiße Haus vorgestern anrief, hat man Nick mitgeteilt, dass Präsident Nelson gestorben sei." Als die Zwillinge ihre Eltern verloren hatten, hatte man ihr und Nick geraten, Worte zu benutzen, die die Kinder verstanden. „Gestorben" statt „verschieden" zum Beispiel.

„Wie Mommy und Daddy?", wollte Alden wissen.

„Ja, Süßer."

„Ist er bei ihnen im Himmel?"

„Ganz bestimmt. Doch die Sache ist die: Weil Präsident Nelson tot ist, musste Nick der neue Präsident werden." Sie beobachtete die Zwillinge aufmerksam und sah, wie sich ihre kleinen Stirnen in Falten legten, als sie versuchten, sich einen Reim auf das zu machen, was sie ihnen erzählte. „Wisst ihr, wo der Präsident wohnt?"

„Im Weißen Haus!", antwortete Alden.

„Richtig, und das bedeutet, Nick wird ebenfalls dort wohnen müssen."

„Wird er sich da nicht einsam fühlen?", meinte Aubrey.

Sie war einfach das süßeste und mitfühlendste Kind der Welt.

„Nicht, wenn wir bei ihm sind", erklärte Sam. „Genau das wollte ich euch sagen: Wir werden ins Weiße Haus umziehen, um dort die nächsten drei Jahre mit ihm zu leben."

Alden nagte an seiner Unterlippe, während er darüber nachdachte. „Wir werden nicht mehr hier wohnen?"

„Das hier wird auch weiterhin unser Zuhause sein, aber wir werden die meiste Zeit im Weißen Haus verbringen. Es wird so sein, wie wenn man in ein Hotel geht – man hat immer noch sein Haus."

„Können wir nachts zum Schlafen heimfahren?", fragte Alden.

„Nein, Schatz, wir werden im Weißen Haus übernachten. Du

nimmst dein Bett, all deine Spielsachen und deine Kleidung mit, und das Wichtigste: Du hast dort uns – mich, Nick, Scotty und Eli, wenn er vom College nach Hause kommt. Er wird sein eigenes Zimmer im Weißen Haus haben, genau wie hier."

Aubreys Kinn bebte, und Tränen traten ihr in die Augen.

„Ihr müsst euch keine Sorgen machen", versicherte ihnen Elijah. „Sam, Nick und Scotty werden jeden Tag bei euch sein, und ich werde am Wochenende da sein, wann immer ich kann. Die wichtigsten Dinge werden sich nicht ändern."

„Ich will nicht umziehen", erklärte Aubrey.

„Ja, ich weiß, Süße." Sam drückte sie an sich. „Mir geht es genauso, aber ich möchte auch nicht, dass Nick im Weißen Haus einsam ist."

„Wisst ihr, was am Weißen Haus wirklich cool ist?", fragte Scotty.

Alden richtete seine Aufmerksamkeit auf ihn. „Was?"

„Wir werden einen Swimmingpool, eine Bowlingbahn und ein eigenes Kino haben!"

Alden riss die Augen auf. „Nicht im Ernst."

„Doch, im Ernst", versicherte Scotty. „Wir werden jede Menge Spaß haben."

Aubrey streckte die Ärmchen nach Elijah aus, der sie Sam abnahm.

„Alles wird gut", versicherte Elijah seinen Geschwistern. „Versprochen."

Sie redeten noch eine weitere halbe Stunde mit den Kindern über das Weiße Haus und beantworteten ihre Fragen über das Leben dort. Schließlich sagte Sam, es sei Zeit, zu baden und ins Bett zu gehen. Es fiel ihnen leichter als sonst, weil sie nach ihrem großen Tag erschöpft waren. Sam, Eli und Scotty deckten sie zu, und Eli las ihnen ein Geburtstagsbuch vor, das er für sie gekauft hatte und in dem ihre Namen vorkamen.

Nach der Gutenachtgeschichte ließen Sam und Scotty die drei ein paar Minuten allein.

Auf dem Flur meinte Scotty: „Ich finde, das ist ziemlich gut gelaufen."

Amüsiert wie immer von ihm erwiderte sie: „Ja, ich denke auch. Ich fühle mit ihnen. Sie haben sich hier gerade eingelebt, und jetzt reißen wir sie wieder raus."

„Die beiden werden sich wohlfühlen, solange wir alle bei ihnen sind. Das ist für sie das Wichtigste."

Sie legte einen Arm um ihn und küsste ihn auf den Scheitel. „Du warst ganz toll. Ihnen von den coolen Dingen im Weißen Haus zu erzählen war brillant."

„Das ist wichtig für Kinder – neben den Menschen, die sie lieben und die sie um sich haben wollen."

Ein paar Minuten später trat Elijah aus dem Schlafzimmer. Er sah ein wenig mitgenommen aus.

Sam verspürte eine Woge von Mutterliebe für den jungen Mann, der zusammen mit seinen Geschwistern ein so wichtiger Teil ihres Lebens geworden war. Sie ging zu ihm und umarmte ihn. „Alles wird gut. Mach dir keine Sorgen, Eli. Wir werden uns bestmöglich um sie kümmern."

Er erwiderte ihre Umarmung, die er ebenso dringend zu brauchen schien wie sie selbst. Dann fuhr er sich mit der Hand durchs dunkle Haar, was er immer tat, wenn er gestresst war, wie sie festgestellt hatte. „Ich werde jedes Wochenende herkommen, bis sie sich an die neuen Abläufe gewöhnt haben."

„Ich möchte, dass auch du dir keine Sorgen machst. Sie werden das prima hinkriegen. Dafür werden wir sorgen."

Die Jungs gingen nach unten, um am Computer zu spielen, während sie ins Schlafzimmer abbog, um Nick eine SMS zu schreiben.

Habe mit den Kleinen gesprochen. Ist ganz gut gelaufen. Ein bisschen Kinnbeben und viele Fragen, aber Scotty war großartig und hat ihnen vom Pool, von der Bowlingbahn und dem Kino erzählt, wodurch die Sache viel spannender für sie wurde. Er war brillant. Eli auch.

Dreißig Minuten später antwortete er.

Freut mich zu hören. Scotty als Retter! Es überrascht mich nicht, dass er gewusst hat, was er sagen muss, damit sie sich besser fühlen. Schade, dass ich nicht zur Unterstützung da sein konnte.

Keine Sorge. Es ist alles gut. Wir haben ihnen erklärt, wir könnten nicht zulassen, dass du einsam im Weißen Haus sitzt, und das wollen sie auch definitiv nicht.

Ich liebe die Kleinen so. Ich wünschte, ich wäre jetzt bei euch.

Wir werden hier sein, wenn du heimkommst. Küsschen.

KAPITEL 11

Viel später, lange nachdem sie und die Jungs zu Bett gegangen waren, hatte Sam Mühe, ohne Nick einzuschlafen. Ihr Telefon klingelte. Der Anruf, der sie aus dem Bett riss, kam von Gonzo.

„Hey, was gibt's?"

„Wir haben Dominguez' Ex aufgespürt."

„Das sind gute Neuigkeiten."

„Leider nicht. Er hält im Haus ihrer Mutter in Fairfax diese, ihre Schwester und zwei Neffen als Geiseln."

Sam wurde das Herz schwer. „Ist das dein Ernst?"

„Mein voller Ernst. Wir haben mit mehreren seiner Freunde gesprochen, die alle sagten, er sei in letzter Zeit immer unberechenbarer und labiler geworden. Und der Clou ist, dass er mit dir reden will."

„Mit mir? Was zum Teufel habe ich denn bitte damit zu tun?"

„Keine Ahnung, aber der SWAT-Captain von Fairfax County hat mich gebeten, dich so schnell wie möglich herzuschaffen. Kannst du kommen?"

„Schon unterwegs." Sam beendete das Telefonat, stieg aus dem Bett, huschte über den Flur in den begehbaren Kleiderschrank und zog sich Jeans, Pullover und Laufschuhe an. Sie würde diesen fantastischen Kleiderschrank vermissen, den Nick für sie gebaut hatte. Was für Schränke es wohl im Weißen Haus gab? Puh, darüber konnte sie jetzt nicht nachdenken.

Zurück im Schlafzimmer öffnete sie ihre Nachttischschublade, holte ihre Dienstwaffe heraus und steckte sie in das Holster an ihrer Hüfte. Sie ging ein Stockwerk höher, um Elijah das Babyphon zu bringen.

„Ich weiß nicht, wie lange ich weg sein werde", sagte sie.

„Schon gut. Ich achte auf die beiden, aber sie schlafen nach dem tollen Tag, den sie hatten, wahrscheinlich tief und fest. Noch mal vielen Dank für die grandiose Party."

„Es war mir ein Vergnügen, der Dank gebührt allerdings Shelby. Ich schreibe dir eine SMS, wenn ich wieder da bin."

„Okay."

Sie lief wieder nach unten, klopfte an Scottys Tür und steckte den Kopf in sein Zimmer. „Ich muss zur Arbeit. Eli ist hier, falls du irgendetwas brauchst."

„Nein, alles bestens. Ich sehe mir nur das Ende des Caps-Spiels an."

„Bis morgen früh."

„Darfst du denn überhaupt weg?"

„Ich schätze, das werden wir gleich herausfinden." Ihr Blick warnte alle Secret-Service-Mitarbeiter vor dem Versuch, sie aufzuhalten. Das Leben von Gigi Dominguez' Angehörigen stand auf dem Spiel, und wenn ihre Anwesenheit half, sie zu retten, würde sie gehen.

Unten traf sie auf Nate, der an der Tür stand. „Guten Abend noch mal, Mrs Cappuano. Kann ich Ihnen irgendwie behilflich sein?"

„Danke, ich habe alles im Griff. Wenn Sie mich einfach rauslassen könnten, wäre ich Ihnen sehr verbunden."

„Ich, äh, habe Anweisung …"

„Ich auch. Bitte treten Sie zur Seite."

Nach einem Moment, in dem sie einander regungslos anstarrten, tat er schließlich, was sie von ihm verlangte. Sam eilte die Rampe hinunter, war in Sekundenschnelle in ihrem Auto und fuhr los. Sie hielt auf den Kontrollpunkt zu und drosselte auch auf der Ausfahrtsspur nicht das Tempo.

Mit einem fröhlichen Lachen machte sie sich auf den Weg zur 14th Street Bridge und nach Northern Virginia. Vielleicht würden Nick und der Secret Service ihr dafür aufs Dach steigen, doch sie war fest entschlossen, ihr Leben auch zukünftig so ähnlich wie vor dem Donnerstag zu gestalten, wie sie nur konnte. In diesem Sinne packte sie ihr Blaulicht aufs Dach und trat das Gaspedal fast bis zum

Boden durch. Ihr Handy klingelte. Es war Captain Malone. Sie nahm den Anruf über die Bluetooth-Verbindung des Autos entgegen. „Hallo."

„Haben Sie von Dominguez' Familie gehört?"

„Ja, ich bin unterwegs dorthin."

„Oh, gut. Wir hatten schon befürchtet, der Secret Service könnte vielleicht versuchen, Sie aufzuhalten."

„Hat er, aber vergeblich." Sam wollte gar nicht daran denken, wie sauer Nick sein würde, weil sie ohne Personenschutz losgefahren war. Sie würde sich mit den Folgen befassen, nachdem sie getan hatte, was sie konnte, um zu verhindern, dass Dominguez' Albtraum sich noch weiter verschlimmerte. „Was hört man vom Tatort?"

„Das Fairfax-County-SWAT ist vor Ort und bereit, einzugreifen, doch die wollen Sie zuerst versuchen lassen, mit ihm zu reden. Ezra hat ausdrücklich darum gebeten, mit Ihnen sprechen zu dürfen."

„Irgendeine Ahnung, warum?"

„Man nimmt an, dass er sehr wohl weiß, wer Sie als Dominguez' Vorgesetzte und jetzt als First Lady sind. Er will die Aufmerksamkeit einer hochrangigen Beamtin."

„Nun, die werde ich ihm zuteilwerden lassen und ihn hoffentlich überreden, seine Geiseln freizulassen." Bei der Erinnerung an die beiden Male, als sie selbst in der Gewalt eines unberechenbaren Mannes gewesen war, zuerst bei Clarence Reese und dann bei Lieutenant Stahl, brach ihr der kalte Schweiß aus. Reese hatte sich nur wenige Meter von ihr entfernt erschossen, nachdem sie ihn fast dazu überredet hatte, die Waffe abzugeben, bevor das Sondereinsatzkommando den Diner gestürmt hatte, in dem er sie festgehalten hatte. Die Situation mit Stahl war für sie noch schlimmer gewesen, aber sie hatte nicht die Kapazitäten dafür, im Geiste an diesen schrecklichen Tag zurückzukehren.

Geiselnahmen waren das Schlimmste, und sie betete für Gigi – und ihre Familie – darum, dass sie diese Situation friedlich lösen konnten. Sams Handy klingelte. Der Anruf kam von Nick.

„Hey, ich weiß, dass du sauer bist, doch man hat mich hinzugerufen, weil es um Leben und Tod geht – nicht um mein Leben und meinen Tod –, und ich erzähle dir später mehr darüber. Alles ist in Ordnung, aber ich muss da jetzt hin."

„Das ist nicht okay, Samantha."

„Ich weiß. Tut mir leid. Ich rufe wieder an, so schnell ich kann."

„Mach das."

Als er den Anruf beendete, ohne ihr zu sagen, dass er sie liebte oder dass sie vorsichtig sein sollte, wuchs Sams Angst, wie immer, wenn sie sich stritten. Als sie in die Straße einbog, in der Dominguez' Mutter wohnte, musste sie sich auf die anstehende Aufgabe konzentrieren, bevor sie sich mit den Konsequenzen befasste, die zu Hause auf sie warteten.

Die Straße war voller Einsatzfahrzeuge, auf deren Dächern rot-blaue Lichter blinkten. Sam parkte und drückte den Knopf an der Tür, um den Kofferraum zu öffnen. Nachdem sie ihre kugelsichere Weste herausgeholt hatte, zog sie sie an und ging aufs Epizentrum des Geschehens zu.

Gonzo entdeckte sie und winkte sie zu sich. Er beriet sich gerade mit Mitgliedern des SWAT-Teams von Fairfax County.

„Lieutenant Holland, das sind Captain Bruce", stellte Gonzo vor, „und Lieutenant Dorsey, unser Verhandlungsspezialist."

„Schön, Sie beide kennenzulernen." Sam spürte sofort, dass ihr von beiden Männern Feindseligkeit entgegenschlug. Na toll. Sie würde nie verstehen, warum manche Beamte sie auf den ersten Blick hassten. Offenbar eilte ihr Ruf ihr voraus.

„Schön, dass Sie es geschafft haben, Lieutenant", sagte Dorsey. „Wir haben bereits mit dem Verdächtigen gesprochen, und er ist sehr interessiert daran, mit Ihnen persönlich zu reden."

„Das habe ich gehört. Dann gehe ich wohl mal rein."

„Sie wollen einfach so mir nichts, dir nichts da reinmarschie-ren?", fragte Bruce.

Sam betrachtete ihn perplex. „Er will mit mir reden. Ich will die Familienmitglieder meiner Ermittlerin da rausholen. Also ja, ich will da mir nichts, dir nichts rein. Stellt das ein Problem dar?"

„Für mich nicht", erwiderte Bruce.

„Captain, warum sagen Sie nicht einfach, was Ihnen auf der Zunge brennt, damit wir uns danach darum kümmern können, die Geiseln zu befreien?"

„Ich frage mich nur, was die Frau des Präsidenten an einem Tatort zu suchen hat und wie mir das Ganze hier um die Ohren fliegen wird, wenn sie bei einer Aktion getötet wird, bei der ich die Verantwortung habe."

Sam verkniff sich die bissige Antwort, die ihr auf der Zunge lag, und erklärte stattdessen: „Momentan bin ich nicht die Frau des Präsidenten. Ich bin eine leitende Polizeibeamtin, die gedenkt, den Angehörigen einer ihrer Ermittlerinnen das Leben zu retten. Wenn

Sie meine Zeit jetzt also lange genug verschwendet haben, wäre ich so weit."

Gonzo gab einen Laut von sich, der sich verdächtig so anhörte, als versuchte er, ein Lachen zu unterdrücken.

Bruce musterte Sam mit unverhohlener Feindseligkeit und sagte: „Gut. Dann rufen Sie ihn an."

Dorsey tat es. „Ezra, ich habe Lieutenant Holland hier, und sie möchte mit Ihnen sprechen." Er reichte Sam das Handy.

„Hey, Ezra. Sam Holland hier. Ich habe gehört, Sie möchten sich mit mir unterhalten."

„Wieso heißen Sie Holland, obwohl Sie mit dem Präsidenten verheiratet sind?"

Das war seine erste Frage? „In beruflichen Zusammenhängen benutze ich weiterhin meinen Mädchennamen. Sie wollten mit mir reden. Was kann ich für Sie tun?"

„Ich möchte, dass Sie mir helfen."

„Wobei?"

„Ich muss mit Gigi reden. Sie respektiert Sie sehr, und wenn Sie ihr sagen, dass sie mir zuhören muss, wird sie es tun."

„Ich fürchte, das kann ich ihr nicht empfehlen, solange Sie ihre Familie als Geiseln haben und sie mit Verletzungen im Krankenhaus liegt, die Sie ihr zugefügt haben."

„Das war nicht meine Schuld! Sie hat einfach nicht auf mich gehört. Ich habe versucht, ihr zu erklären …" Am anderen Ende der Leitung erklang ein unterdrücktes Geräusch, das ein Schluchzen sein mochte. „Ich liebe sie so sehr."

„Warum haben Sie ihr dann wehgetan?"

„Das wollte ich nicht. Ich hatte Angst, sie würde mich verlassen. Sie hat meine Anrufe nicht mehr entgegengenommen und meine SMS nicht beantwortet. Ich wusste nicht, was ich tun sollte."

„Ezra, Ihnen muss klar sein, dass Sie sie nie wiedersehen werden, wenn Sie ihrer Familie etwas tun. Sagen Sie mir, dass Sie das verstanden haben."

„Ich will ihnen nichts tun."

„Dann lassen Sie sie frei. Sie sind völlig unschuldig an dem, was passiert ist. Bitte lassen Sie sie gehen."

„Das kann ich nicht. Wenn sie hier bei mir sind, wird Gigi mit mir reden müssen."

„Sie ist im Krankenhaus, Ezra. Man musste ihr die Milz entfernen, die gerissen war, nachdem Sie ihr einen Schlag in den Bauch versetzt hatten. Wussten Sie von der OP?"

„Nein", schniefte er. „Ich liebe sie so sehr. Warum hat sie nur nicht auf mich gehört?"

„Wie kann ich Ihnen sonst helfen? Herschaffen kann ich sie nicht. Würden Sie ihre Familie freilassen, wenn ich sie Ihnen ans Telefon hole?"

„Ich ... ich weiß nicht."

„Aber ich brauche Zusagen, ehe ich Kontakt mit ihr aufnehme. Deshalb frage ich noch mal ... Lassen Sie Gigis Familienmitglieder frei, wenn ich Sie mit ihr telefonieren lasse?"

„Sie wollen mich doch nicht aufs Kreuz legen, oder?"

„Ich gebe Ihnen mein Wort, dass ich Ihnen Gigi ans Telefon hole, wenn Sie die Leute freilassen. Ich werde allerdings nicht die ganze Nacht warten, Ezra. Entweder gehen Sie darauf ein oder nicht."

„Ich ... ich möchte wirklich mit Gigi sprechen."

„Dann entlassen Sie die Geiseln aus Ihrer Gewalt, und ich hole sie Ihnen ans Telefon." Während sie auf seine Antwort wartete, rief Sam von ihrem eigenen Handy aus Dani an.

„Hey", meldete die sich.

„Weißt du, was im Haus der Familie Dominguez in Fairfax gerade läuft?"

„Was? Nein ..."

„Ezra hat Gigis Mutter, ihre Schwester und ihre Neffen als Geiseln genommen."

„O mein Gott."

„Ich bin vor Ort und habe ihn auf der anderen Leitung. Wenn er mit Gigi reden darf, lässt er sie vermutlich frei. Bist du noch im Krankenhaus?"

„Ja, ich bin bei ihr."

„Ich fürchte, du wirst ihr erzählen müssen, was hier passiert ist, und sie fragen, ob sie sich das zutraut."

„Bleib dran."

Im Hintergrund hörte Sam undeutliche Stimmen und Gigis gequältes Stöhnen, als sie erfuhr, was mit ihrer Familie los war.

„Sie macht es", sagte Dani schließlich. „Leite den Anruf auf mein Handy um."

„Es klingelt gleich." Sam legte auf und nahm das Gespräch mit Ezra wieder auf. „Gigi ist bereit, mit Ihnen zu reden, Ezra, aber nur, wenn Sie zunächst ihre Familie freilassen." Während sie auf seine

Antwort wartete, starrte sie das Haus so eindringlich an, dass sie kaum blinzelte. *Bitte*, dachte sie. *Bitte lass sie gehen.* „Ezra, sind Sie noch dran?"

„Ja, bin ich. Woher weiß ich, dass Sie die Wahrheit sagen?"

„Ich habe Ihnen mein Wort gegeben. Sind Sie bereit, mir auch Ihres zu geben? Entlassen Sie Gigis Familie aus Ihrer Gewalt?"

„Ich … Okay."

Sam merkte, dass sie die ganze Zeit die Luft angehalten hatte, seufzte und wandte sich an Dorsey. „Kann Ihr Handy Telefonkonferenzen?"

Er nahm ihr das Gerät aus der Hand. „Welche Nummer?"

Sam las ihm Danis Nummer aus ihrer Kontaktliste vor. „Noch nicht umleiten." Sie nahm Dorsey das Handy wieder aus der Hand. „Ezra, wir können Gigi jetzt zu diesem Anruf dazuschalten. Um mit ihr sprechen zu können, müssen Sie bloß Ihre Geiseln freilassen. Schicken Sie sie einfach raus. Gigi wartet in der Leitung auf Sie."

„Wirklich? Sagen Sie das auch nicht nur so?"

„Ich schwöre beim Leben meines Mannes und meiner Kinder, dass sie mit Ihnen reden wird, sobald Sie ihre Familie freigelassen haben. Mir fällt keine Garantie ein, die mir mehr bedeuten würde."

Nach einer längeren Pause brach hektische Aktivität am Eingang aus, und zwei Frauen traten in Begleitung zweier kleiner Jungen aus dem Haus.

„Nicht schießen", rief Sam den Beamten zu, die ihre Waffen auf das Haus gerichtet hatten.

Die Polizisten aus Fairfax County eilten den vieren entgegen und führten sie über den Rasen Richtung Einfahrt weg.

„Beginnen Sie mit der Telefonkonferenz", wies Sam Dorsey an.

Als er zögerte, warf sie ihm einen vernichtenden Blick zu. „Na los!"

Er wählte Danis Handynummer.

Sie nahm beim ersten Klingeln ab.

„Ezra", erläuterte Sam, „Gigi ist am Telefon."

„Hallo, Ezra", flüsterte Gigi.

„Gigi", sagte er, „es tut mir leid, dass ich dir wehgetan habe." Er schluchzte so laut, dass er fast nicht zu verstehen war. „Ich liebe dich so sehr. Das alles habe ich nicht gewollt."

„Du brauchst Hilfe."

„Ich brauche *dich*."

„Nein, ich kann nicht mehr, Ezra."

„Bitte sag das nicht. Das kannst du nicht so meinen."

Captain Bruce, der nach den ehemaligen Geiseln gesehen hatte, lehnte sich an Dorsey vorbei und wandte sich an Sam. „Wie lange soll das noch so weitergehen?"

Sam hob einen Finger, um ihn so hoffentlich zum Schweigen zu bringen. Gigi wusste, was zu tun war, und Sam wollte ihr die Chance geben, Ezra zum Aufgeben zu überreden, ehe das SWAT-Team das Haus stürmte.

„Ezra, du musst mir einen Gefallen tun", erklärte Gigi.

„Was immer du willst. Für dich tue ich alles."

„Ich möchte, dass du dich der Polizei stellst und dir von ihr helfen lässt. Wirst du das für mich tun?"

„Das geht nicht. Die sperren mich weg, und dann sehe ich dich nie wieder."

„Du wirst mich wiedersehen, aber nur, wenn du das Richtige tust. Leg deine Waffe weg, nimm die Hände hoch, und komm da raus. Niemand wird dir etwas tun, wenn du dich jetzt richtig verhältst. Tust du das für mich, Ezra? Bitte?"

„Sehe ich dich dann wirklich wieder?"

„Ganz bestimmt. Versprochen."

„Gigi …"

„Alles wird gut. Du musst bloß tun, was ich gesagt habe."

Gigis Stimme wurde vor Müdigkeit immer schwächer, und Sam hoffte, Ezra würde sich bald ergeben.

„Ich muss jetzt auflegen", verabschiedete sich Gigi. „Der Arzt ist hier und will mit mir reden."

„Gigi, nicht."

„Ich muss auflegen, und du auch. Du musst dich stellen, Ezra. Bitte tu mir den Gefallen."

„Gigi …" Ezra brach in haltloses Schluchzen aus, was Gigi allerdings nicht mehr hörte, denn sie hatte aufgelegt. Sie hatte getan, was sie konnte.

„Ezra", schaltete sich Sam ein. „Wir haben Sie wie verlangt mit Gigi reden lassen. Sie müssen jetzt Ihre Waffe im Haus lassen und mit erhobenen Händen rauskommen, genau wie Gigi gesagt hat. Niemand will Ihnen wehtun. Kommen Sie raus, und wir werden Ihnen Hilfe besorgen."

„Sie werden mich ins Gefängnis stecken."

„Wir besorgen Ihnen Hilfe und finden raus, was Sie brauchen."

„Ich glaube Ihnen nicht. Sie sind Gigis Freundin."

„Bis jetzt habe ich mein Wort gehalten. Warum sollte ich jetzt anfangen zu lügen?" Ihr Handy klingelte praktisch ununterbrochen, aber Sam ignorierte es, um sich auf Ezra konzentrieren und diese unschöne Angelegenheit zu einem guten Ende bringen zu können. Das bedeutete in diesem Fall, dass niemand verletzt wurde. „Ezra, sind Sie da?"

„Ja."

„Kommen Sie aus, dann finden wir gemeinsam eine Lösung."

„Sie sind die Frau des neuen Präsidenten. Wieso interessieren Sie sich für mich?"

„Ich bin außerdem nach wie vor Lieutenant des Metro PD, und das wird bis zu meiner Pensionierung so bleiben. Sie und Gigi sind mir wichtig. Ezra, Sie haben ihr so lange etwas bedeutet, dass Sie auch mir wichtig sind."

Aus dem Handy drang ein Schluchzen an ihr Ohr. „Ich liebe sie so sehr."

„Ich weiß, Ezra. Sie weiß das auch. Gigi weiß, dass Ihnen das nicht ähnlichsieht und dass Sie ihr so etwas normalerweise nicht angetan hätten."

„Das bin nicht ich. Ich würde ihr niemals wehtun. Lieber würde ich sterben."

„Sie will nicht, dass Sie sterben, Ezra. Das würde ihr nicht helfen."

„Ich will aber sterben, weil ich ihr wehgetan habe."

Captain Bruce beugte sich vor und flüsterte Sam zu: „Sie haben dreißig Sekunden. Dann schicke ich meine Leute da rein, ob Sie mit Plaudern fertig sind oder nicht."

Wieder hob sie die Hand, um ihn zum Schweigen zu bringen. „Ezra, kommen Sie raus?"

Bruce bedachte sie mit einem finsteren Blick.

Sam war egal, ob er sauer war. Für sie zählte nur, Ezra da unbeschadet herauszuholen, damit Gigi sich nicht für den Rest ihres Lebens Vorwürfe wegen seines Todes machen würde. Das alles war nicht ihre Schuld, aber Sam kannte Gigi und war sicher, dass ihre Ermittlerin es trotz allem, was Ezra getan hatte, nie verwinden würde, wenn dieser Vorfall mit seinem Tod endete.

In angespannter Stille verstrichen weitere zehn Minuten.

Sam wusste, dass Bruce und sein Team nicht mehr ewig darauf warten würden, dass Ezra aus eigenen Stücken das Haus verließ. Sie wollte ihn gerade erneut fragen, ob er dazu bereit sei, als sich die

Haustür öffnete und er mit erhobenen Händen auf die Schwelle trat. „Nicht schießen", befahl Sam für den Fall, dass es jemanden im Zeigefinger juckte.

Sie umrundete die Polizeiabsperrung.

„Lieutenant!", rief Bruce. „Kommen Sie zurück."

Da er ihr nichts zu sagen hatte, ignorierte ihn Sam und ging zum Bürgersteig, weil sie wollte, dass Ezra sie dort auf ihn warten sah. Vielleicht würden die anderen Cops weniger versucht sein zu schießen, wenn sie mitten auf der Bildfläche stand. Sie hielt die Hände vor ihrem Körper, damit er erkennen konnte, dass sie keine Waffe auf ihn richtete.

Als sie sich dem Haus näherte, schaute er sie an. Er machte einen Schritt vor die Tür.

„Ich bin hier, Ezra. Sie können rauskommen. Halten Sie die Hände nur so, dass wir sie sehen können."

Haltlos schluchzend lief er auf sie zu. Sam bemerkte, dass er ein außergewöhnlich attraktiver junger Mann mit dunklem Haar, ebensolchen Augen, kantigem Kinn und muskulösem Körperbau war.

Sie streckte ihm die Hand hin, und als er nahe genug war, ergriff er sie.

„Es tut mir leid", schluchzte er. „So furchtbar leid."

„Ich weiß, Ezra." Sie winkte Captain Bruce heran. „Der Captain wird Ihnen jetzt Handschellen anlegen und Sie in Gewahrsam nehmen. Ich werde mit ihm in Verbindung bleiben und dafür sorgen, dass ein komplettes psychiatrisches Gutachten über Sie erstellt wird und Sie anwaltlich vertreten werden. In Ordnung?"

Er nickte.

Bruce und Dorsey näherten sich ihnen. Dorsey las Ezra seine Rechte vor und legte ihm Handschellen an.

„Alles wird gut, Ezra", versprach Sam. „Haben Sie einen Anwalt, den ich für Sie verständigen kann?"

Kopfschüttelnd erwiderte er: „Nein."

„Ich kann Ihnen jemanden vorbeischicken. Er heißt Devon Sinclair. Reden Sie erst mit jemandem, wenn er dabei ist. Ich melde mich morgen bei Ihnen."

„Danke. Ich ... Bitte sagen Sie Gigi ... Sagen Sie ihr, dass ich sie liebe und dass es mir leidtut. Ganz furchtbar."

„Das werde ich ihr ausrichten."

Ein uniformierter Polizist führte ihn zu einem Streifenwagen.

„Gut gemacht, Lieutenant", lobte Bruce.

„Sie werden doch dafür sorgen, dass er psychologischen Beistand bekommt, oder? Nach allem, was ich gehört habe, ist sein Verhalten in jüngster Zeit völlig untypisch für ihn."

„Ich kümmere mich darum."

Sam streckte ihm die Hand hin. „Danke."

Er schüttelte sie. „Werden Sie wirklich weiterarbeiten?"

„Ich habe es vor."

„Dann viel Glück."

„Ist das Ihr Ernst?"

Er lachte. „Ja. Ich habe vier Töchter. Es wäre schön, wenn sie mitbekämen, dass Sie Ihre Karriere weiterverfolgen, während Sie gleichzeitig Ihre Pflichten als First Lady erfüllen."

„Dann danke für die guten Wünsche."

„Es hat mich hart getroffen, vom Tod Ihres Vaters zu hören. Ich habe ihn vor Jahren kennengelernt, als wir beide noch Streifenpolizisten waren. Auch die Richtung, die die Ermittlungen genommen haben, hat mir sehr zugesetzt."

„Danke, Captain. Ich werde jetzt meine Mitarbeiterin anrufen und sie wissen lassen, dass wir die Sache hier gewaltlos haben beenden können."

„Hier ist meine Karte, falls Sie irgendetwas brauchen."

Sam nahm sie entgegen. „Danke." Sie entfernte sich und rief Dani an.

„Wie steht's?", fragte diese gestresst.

„Er hat sich der Polizei von Fairfax County ergeben. Der Einsatzleiter hat versprochen, ein umfassendes psychologisches Gutachten einzuholen."

„Das sind doch gute Neuigkeiten."

„Alles in allem der bestmögliche Ausgang. Wie geht es Dominguez?"

„Besser, seit sie mit ihrer Mutter und ihrer Schwester hat sprechen können."

„Erzähl ihr bitte, dass Ezra beteuert hat, wie leid ihm das alles tut und dass er sie sehr liebt. Es war ihm wichtig, dass ich ihr das ausrichte, und ich halte hiermit mein Versprechen."

„Ich werde es sie wissen lassen."

„Du solltest heimgehen und dich ein bisschen ausruhen."

„Genau das habe ich vor. Green kommt in einer Stunde wieder und will dann bei ihr bleiben."

„Was ist denn da los?"

„Ich bin ehrlich gesagt nicht ganz sicher. Er war schon den ganzen Tag hier und wirkt ... Wie soll ich das ausdrücken? Hingebungsvoll."

„Das habe ich vorhin auch gespürt. Hat er nicht eine Freundin?"

„Soweit ich weiß, schon."

„Sehr interessant."

„In der Tat." Carlucci machte eine Pause. „Ich weiß, ich spreche auch für Gigi, wenn ich dir versichere, dass wir deinen persönlichen Einsatz in dieser Sache zu schätzen wissen."

„Das ist doch selbstverständlich. Ihr gehört beide zu meinem Team."

„Danke."

„Ich komme morgen vorbei, um nach Dominguez zu sehen."

„Bis dann."

Sam legte auf, blickte auf ihr Handy und stellte fest, dass sie zehn Anrufe von einer unbekannten Nummer verpasst hatte. Verdammt. Sie schaute noch kurz nach Gigis Mutter, Schwester und Neffen, um die sich Sanitäter kümmerten.

„Vielen Dank, Lieutenant", schluchzte Mrs Dominguez. „Meine Gigi ... Sie spricht immer in den höchsten Tönen von Ihnen."

„Ich bin so froh, dass Sie und Ihre Familie in Sicherheit sind."

KAPITEL 12

S obald Sam konnte, rief sie Nick an. Es klingelte ein paarmal, dann ging seine Mailbox dran. Sie legte auf und versuchte es bei Terry.

Er nahm beim dritten Klingeln ab. „Sam, äh, Mrs Cappuano."

„,Sam' passt schon. Ist Nick da?"

„Moment."

„Samantha."

„Ich habe versucht, dich anzurufen, bin aber nur auf der Mailbox gelandet."

„Weil ich dieses Handy nicht mehr benutzen darf. Es ist nicht abhörsicher."

„Oh. Sorry."

„Was gibt's?"

„Ich habe mich um einen Notfall mit Gigi Dominguez' Ex in Fairfax gekümmert. Er hatte ihre Mutter, ihre Schwester und ihre Neffen als Geiseln genommen, und es war keine Zeit dafür, auf Personenschutz für mich zu warten. Dankenswerterweise konnte ich ihn zum Aufgeben überreden, ohne dass jemand verletzt wurde."

An der Tatsache, dass er nicht antwortete, merkte Sam, dass er ernsthaft sauer war, was ihr einen Schauer über den Rücken jagte. Sie hasste es, wenn er wütend auf sie war, doch sie war nicht gewillt, sich zu entschuldigen, weil sie ihren Job erledigte und dabei Leben rettete.

„Wie ist die Lage?", fragte sie.

„Angespannt. Ich warte auf einen Anruf des iranischen Präsidenten, und angeblich hat jemand ein Foto von mir mit den Kindern von der Party gepostet. Es heißt, auf Twitter tobe ein Shitstorm darüber, dass ich Zeit für Geburtstagsfeiern habe, während die Iraner den Außenminister als Geisel haben, und dass *#unrechtmäßigerpräsident* trendet."

Sam lehnte sich an ihr Auto und seufzte tief. „Scheiße. Tut mir leid. Das mit dem Post muss jemand von diesen idiotischen Eltern gewesen sein."

„Ja, und offenbar mit größtem Vergnügen."

„Ich habe gewusst, wir hätten ihre Handys konfiszieren sollen, aber alle wollten Bilder von ihren Kindern machen, deshalb konnte ich mich nicht durchsetzen."

„Nächstes Mal muss jeder, der reinwill, sein Telefon abgeben."

„Tut mir leid, dass das passiert ist und dass du meinetwegen in Sorge warst."

„Wir müssen reden."

Wie er das betonte, bereitete ihr Magenschmerzen. „Okay …"

„Ich muss jetzt auflegen. Der iranische Staatspräsident ist am Telefon."

„Wann sehen wir uns?"

„Keine Ahnung. Ich rufe dich so bald wie möglich an."

Ehe sie antworten konnte, beendete er das Gespräch. Wieder hatte er sich nicht verabschiedet, hatte ihr nicht gesagt, dass er sie liebte, und sie nicht ermahnt, auf sich aufzupassen. „Drecksmistscheißkack."

Gonzo trat zu ihr. „Reife Leistung, Sam."

„Danke, nur kriege ich offenbar Riesenärger, weil ich ohne Personenschutz von zu Hause weg bin." Das Wissen, dass Nick nicht gut auf sie zu sprechen war, ruinierte das Hochgefühl, das auf die erfolgreiche Beendigung der Geiselnahme gefolgt war. „Geh heim zu deiner Frau, und erledige den Papierkram morgen."

Er bedachte sie mit einem anzüglichen Grinsen. „Das käme mir sehr gelegen."

Sam stieg wieder ins Auto und nahm dort einen Anruf von Captain Malone entgegen.

„Wie läuft's in Fairfax?"

Sam brachte ihn auf den neuesten Stand, was die Sache mit Ezra Smith betraf.

„Das erleichtert mich. Ihr Mann sucht Sie."

„Habe ich mitbekommen. Ich habe gerade mit ihm gesprochen."

„Er ist sehr wütend, weil Sie ohne Personenschutz aufgebrochen sind.“

„Ich hatte keine Zeit, zu warten, bis die so weit waren, weil Dominguez’ Ex ihre Familie als Geisel genommen hatte. Und genau das ist auch der Grund, weshalb niemand von mir erwarten kann, dass ich während der Arbeit Personenschutz akzeptiere. Das dauert einfach zu lange.“

„Er hat gesagt, am Dienstag findet eine Besprechung Ihrer Arbeitssituation statt. Aber ich habe noch etwas gehört, das Sie interessieren wird.“

„Nämlich?“

„Die Bürgermeisterin hat den Chief um einen Termin mit Ihnen gebeten.“

„Was? Mit mir? Was zum Teufel will die von mir?“

„Das wollte sie nicht verraten. Sie hat ihn nur gebeten, für sie einen Termin mit Ihnen irgendwann in den nächsten Tagen zu vereinbaren.“

„Als hätte ich nicht bereits genug um die Ohren.“

„Sie hat gesagt, sie verstehe, dass Sie sehr beschäftigt seien, aber sie würde Sie trotzdem gerne sehen, und da Sie technisch betrachtet für die Frau arbeiten, würde ich das lieber früher als später erledigen. Ich habe Ihnen gemailt, wen Sie anrufen müssen, um den Termin auszumachen.“

„Ich setze das ganz oben auf meine To-do-Liste“, versprach Sam in einem vor Sarkasmus triefenden Tonfall.

„Schauen Sie, dass Sie das erledigen. Der Chief will, dass man ihren Wünschen nachkommt, damit sie ihm nicht auf die Nerven geht.“

„Verstehe. Dann kümmere ich mich darum, auch wenn ich es nicht will.“

„So ist das Leben eben, Lieutenant. Voller Dinge, die wir nicht tun wollen und trotzdem tun müssen.“

„Das erzählen Sie mir tatsächlich nach dem, was mir gerade passiert ist?“

Sein schallendes Lachen brachte sie nur noch weiter auf. Was zum Teufel wollte die Bürgermeisterin von ihr? „Die Bürgermeisterin wird doch nicht verlangen, dass ich meine Marke abgebe, oder? Denn die müsste sie mir mit Gewalt entreißen.“

„Ich glaube nicht. Sie hat sich gegenüber dem Chief vage ausgedrückt, aber sie hat nichts davon erwähnt, dass sie Ihre Marke will oder dass Sie nicht mehr für die Stadt arbeiten dürfen."

„So etwas sollte sie auch besser nicht sagen." Schon der Gedanke daran reichte aus, um Sam krank zu machen. „Ich rolle ab Montag den Fall Calvin Worthington wieder auf. Am Dienstag habe ich ein Treffen mit dem Secret Service in La Casa Blanca, und am Donnerstag ist die Beerdigung von Nelson. Ansonsten bin ich hier. Für die Beerdigung, das Treffen und alles andere, was mit unserer neuen Situation zusammenhängt, werde ich meinen Jahresurlaub nehmen."

„Tun Sie, was Sie nicht lassen können, Lieutenant. Ich bin ziemlich sicher, dass wir Ihnen Tausende von Überstunden schulden, die Sie sich nicht auszahlen lassen können."

„Zehntausende."

„Wir werden eine formelle Absprache treffen müssen, die es Ihnen ermöglicht, Ihre verschiedenen Pflichten auf eine Weise miteinander in Einklang zu bringen, die allen gerecht wird."

„Igitt. Das ist mein Wort des Tages. Ich habe es heute schon hundert Mal gesagt."

„Krasses Feiertagswochenende, was?"

„Aber echt, Captain."

„Ich brauche einen Bericht über die Sache in Fairfax."

„Auch darum kümmere ich mich sofort." Sie hasste das Verfassen von Berichten fast so sehr, wie sie es hasste, bei Sitzungen im Rathaus und im Weißen Haus Thema zu sein. „Wir sprechen uns spätestens Montag."

„Darauf freue ich mich jetzt schon."

Sam lachte, während sie geräuschvoll das Handy zuklappte. Würde man auch von ihr verlangen, ein anderes Smartphone zu benutzen? Verdammt, sie hoffte nicht. Ihr Telefon klingelte erneut. Der Anruf kam von ihrem Partner. „Was gibt's?"

„Das wollte ich dich gerade fragen. Alle suchen dich."

„Ich hab's gehört. Gerade habe ich geholfen, eine Geiselnahme in Fairfax zu beenden. Gigis Ex hatte ihre Mutter, ihre Schwester und ihre Neffen in seine Gewalt gebracht. Er hat verlangt, mit mir zu sprechen, also bin ich hingefahren. Ich schätze, das gilt mittlerweile als Schwerverbrechen."

„Es geht wohl eher darum, dass du ohne Personenschutz losgezogen bist."

„Ich konnte nicht auf sie warten! Das Leben von Menschen,

Angehörigen eines meiner Detectives, stand auf dem Spiel. Würdest du wollen, dass ich herumtrödle, wenn deine Familie in Gefahr ist?“

„Nein.“

„Na also. Ich habe nur meinen Job gemacht, und jetzt sind alle sauer auf mich.“

„Auch dein Mann?“

„Der vor allem.“

„Was hat er gesagt?“

„‚Wir müssen reden.‘ Das bedeutet nie etwas Gutes.“

„Ich glaube, ihr kriegt das geregelt. Es dauert vielleicht ein Weilchen, aber ihr schafft das. Das erfordert natürlich Zugeständnisse von beiden Seiten, und du wirst Kompromisse eingehen müssen, Sam.“

„Dazu bin ich ja durchaus bereit, nur wie weit werde ich nachgeben müssen?“

„Du wirst dich beschützen lassen müssen.“

„Dagegen habe ich nichts, doch ich werde nicht auf sie warten, wenn Leben auf dem Spiel stehen. Das ist meine rote Linie.“

„Mir ist das klar. Nur wirst du es auch ihnen klarmachen müssen, und zwar auf eine Weise, die sie gleichzeitig auf deine Seite zieht.“

„Willst du damit sagen, ich muss sie mit meinem Charme blenden?“

„Äh, na ja … Charme ist nicht gerade deine starke Seite.“

„Genau! Wie soll ich das also hinkriegen?“

„Erklär ihnen, was der Job dir bedeutet, wie du den Menschen dienst, indem du sie beschützt, indem du Mörder hinter Gitter bringst. Nick weiß das, den anderen ist es vielleicht nicht so bewusst. Führ ihnen vor Augen, warum das für dich und andere wichtig ist.“

„Du hast recht. Er hat recht. Alle haben recht. Und das ist das Problem. Mir ist durchaus klar, dass es gefährlich für mich ist, wenn ich ohne Personenschutz unterwegs bin.“

„Mehr noch, du wärst leichte Beute für jeden, der versucht, die Aufmerksamkeit des Präsidenten zu gewinnen. Es ist nur zu offensichtlich, wie viel du ihm bedeutest.“

„Ich weiß“, seufzte sie. „Jemand, der auf der Party war, hat ein Bild von ihm gepostet, und jetzt macht auf Twitter die Runde, er hätte offenbar Zeit für eine Geburtstagsparty gehabt, während die Iraner den Außenminister als Geisel festhalten.“

„Was?", fragte Freddie. „Das kann nicht dein Ernst sein."

„Doch. Es war jemand von diesen verdammten Eltern. Nächstes Mal verbieten wir Handys und engagieren einen Profi, der allein für Fotos verantwortlich ist."

„Ihr werdet vermutlich einen der offiziellen Fotografen des Weißen Hauses zur Verfügung haben."

„Hm, das ist ein echter Pluspunkt."

„Ey, ihr werdet Butler haben."

„Ich bin mir nicht sicher, wie ich es finde, wenn Leute mich von vorn bis hinten bedienen. Da rebelliert meine Arbeiterseele."

Darüber musste Freddie lachen. „Ich bin sicher, du wirst dich daran gewöhnen – bedenke, dass es nun mal der Job der Butler ist, der Präsidentenfamilie zu dienen. Du musst sie ihre Arbeit machen lassen und dabei freundlich sein."

„Ich muss also charmant *und* freundlich sein?"

„Ich fürchte ja, und zumindest ich glaube, dass du eine fantastische und beliebte First Lady sein wirst."

„So weit würde ich nicht gehen."

„Ich werde meine Meinung diesbezüglich nicht ändern. Die Leute lieben euch jetzt schon, und sie werden euch sogar noch mehr lieben, wenn sie euch erst besser kennenlernen."

„Wir werden sehen. Am Montag nehmen wir den Fall Calvin Worthington wieder auf, also mach dich bereit, tief zu graben. Ich habe Lenore versprochen, dass wir ihrem Sohn Gerechtigkeit verschaffen, und dieses Versprechen werde ich halten."

„Ich bin bereit, und ich stehe bei dieser ganzen Geschichte an deiner und Nicks Seite. Sam, ich bin so unglaublich stolz auf euch. Meine Freunde sind das Präsidentenpaar. Es ist einfach unfassbar."

„Danke", sagte sie, tatsächlich gerührt von seinem Gefühlsausbruch. „Aber wenn du jetzt ‚Kumbaya' anstimmst, werde ich dir bei unserem nächsten Treffen die Kehle aufschlitzen müssen."

„Haha, meinen Gesang möchte ich dir nicht antun. Ruf an, wenn du vor Montag etwas brauchst."

„Schau dir die Worthington-Akte an. Ich habe dir vorhin eine Kopie von allem gemailt, was ich habe."

„Das habe ich gesehen, und ich werde mir morgen etwas Zeit dafür nehmen."

„Danke. Wir erledigen das für Lenore. Sie hat lange genug auf Gerechtigkeit für ihren Sohn gewartet."

„Genau. Ich lese mich ein."

„Hey, eine Sache noch. Würdest du Devon Sinclair anrufen und ihn bitten, sich bei Ezra Smith im Gefängnis von Fairfax County zu melden?"

„Bei Dominguez' Ex?"

„Ja."

„Äh, warum besorgen wir ihm nach allem, was er ihr angetan hat, einen Anwalt?"

„Weil er sich nach allem, was ich höre, in letzter Zeit völlig untypisch verhält. Ich glaube, er braucht psychologische Hilfe, und Gigi zuliebe will ich dafür sorgen, dass er einen ordentlichen Rechtsbeistand hat. Nachdem wir Devon neulich getroffen haben, habe ich an ihn gedacht." Devon war in einen ihrer früheren Fälle verwickelt gewesen, bei dem es um seinen verstorbenen Onkel Julian Sinclair gegangen war, der vor seiner Ermordung für den Obersten Gerichtshof nominiert worden war.

„In Ordnung. Ich suche seine Nummer heraus und rufe ihn an."

„Sag ihm, die Anfrage kommt von mir."

„Mach ich."

„Danke. Bis spätestens Montag."

„Hast du noch Rufbereitschaft, falls es einen Mord geben sollte?"

„Darauf kannst du deinen Hintern verwetten."

„Das ist leider ausgeschlossen. Elin steht auf meinen Hintern. Den kann ich nicht riskieren."

„Halt den Mund, und lass mich in Ruhe."

Lachend legte er auf, zufrieden mit sich und seinem dummen Witz.

„Blödmann", murmelte sie, als sie die 14th Street Bridge überquerte, die sie von Northern Virginia zurück nach Washington brachte, wo sie hingehörte. Bei dem Gedanken sehnte sie sich nach ihrem Vater, der es immer gehasst hatte, wenn er die Stadt aus irgendeinem Grund hatte verlassen müssen.

„Ach Skippy. Wo bist du, wenn ich dich brauche? Nick ist der gottverdammte Präsident. Ist das zu glauben? Ich kann nicht fassen, was in den letzten achtundvierzig Stunden alles geschehen ist." Ihre Augen füllten sich mit Tränen, die sie auf keinen Fall laufen lassen konnte. Wenn sie anfing zu weinen, würde sie höchstwahrscheinlich nie wieder damit aufhören. „Du fehlst mir wirklich, Dad. Ich könnte jetzt deine ruhige Stimme gebrauchen, die mir erklärt, wie ich mit dieser unerwarteten Entwicklung klarkommen soll. Du wüsstest es genau."

Spontan beschloss Sam, die Ausfahrt zu ihrem Lieblingsplatz in der Hauptstadt zu nehmen. Sie parkte am Straßenrand der 23rd Street, fand in ihrem Kofferraum eine MPD-Baseballkappe und zog sie sich in der Hoffnung, die Leute würden sie so nicht erkennen, tief ins Gesicht. Sie joggte zum Lincoln Memorial, zu dem es sie schon immer hingezogen hatte, wenn ihr das Leben zu viel wurde. Auf den weißen Marmorstufen nickte sie dem diensthabenden Wachmann zu, der nicht zu wissen schien, dass er die Gattin des neuen Präsidenten begrüßte.

Sie begab sich zu der von ihr bevorzugten Seite des Denkmals, die der Gettysburg-Rede gewidmet war, und ließ sich an der Wand des Monuments auf dem kalten Marmorboden nieder. Sogleich spürte sie, wie sie ein Gefühl des Friedens überkam, wie sie zum ersten Mal tief durchatmete, seit Nick „den Anruf", wie dieses Telefonat für sie beide für immer heißen würde, erhalten hatte.

Sie sah zu Mr Lincoln hoch und fragte sich, was er wohl zu dem neuen Präsidenten sagen würde. Wäre er mit Nick Cappuano aus Lowell, Massachusetts, einverstanden? Obwohl sie unterschiedlichen politischen Parteien angehörten, war Sam davon überzeugt, dass Lincoln die grundlegende Ehrenhaftigkeit und den Anstand billigen würde, die Nick in alles einbrachte, was er tat.

„Ich möchte nicht die First Lady sein, Abe", flüsterte sie. „Wirklich auf gar keinen Fall. Aber ich liebe ihn so. So, so sehr. Ich würde alles für ihn tun. Sogar das." Sie wischte sich die Tränen ab, die sie ärgerten. Normalerweise hatte sie nicht so dicht am Wasser gebaut, doch die schiere Tragweite der Ereignisse brachte ihre Gefühle völlig durcheinander, während sie versuchte, diese massive Veränderung in ihrem Leben zu verarbeiten.

Sie würden umziehen müssen. Zugegeben, nur innerhalb der Stadt, aber wegen der Veränderungen, die dieser Umzug mit sich bringen würde, könnte ihr neuer Wohnsitz genauso gut in Übersee sein. Sie würden im grellen Scheinwerferlicht der Welt stehen, und Leute, die sie nie getroffen hatten und die sie gar nicht wirklich kannten, würden jedes Wort und jede Tat von ihr bewerten. Ihr ohnehin schon hoher Bekanntheitsgrad würde noch weiter steigen, was ihre Angst verstärkte, die sie nicht mehr so intensiv empfunden hatte, seit Stahl sie in Klingendraht eingewickelt und ihr gedroht hatte, sie anzuzünden.

Dann lachte sie über den schieren Wahnsinn, die Rolle der First

Lady mit dem Einwickeln in Klingendraht zu vergleichen. Das war schlimmer gewesen. Klar. Trotzdem, das hier war …

Es war sehr viel auf einmal, und es würde etwas dauern, bis sie wusste, wie sie reagieren, sich verhalten, wie es weitergehen sollte. Ihr Handy klingelte, und sie überprüfte die Anrufer-ID. Da es ihre neue Freundin Roni Connolly war, beschloss sie, den Anruf anzunehmen.

„Hey."

„Ich hatte schon überlegt, was ich dir auf die Mailbox sprechen soll. Schließlich konnte ich nicht damit rechnen, dass du wirklich abnimmst."

„Tja, hab ich aber." Sie hatte Roni kennengelernt, nachdem ein Querschläger deren jungen Ehemann Patrick getötet hatte.

„Wie geht es dir?", erkundigte sich Roni.

„Ist das eine rhetorische Frage?"

Roni lachte. „Eigentlich nicht."

„Derzeit sitze ich an meinem liebsten Platz in ganz Washington, schaue zu Lincoln hoch und frage ihn, wie zum Teufel ich das alles schaffen soll."

„Bist du allein dort?"

„Ja."

„Wie hast du das denn geschafft?"

„Ich habe mein Haus verlassen, um mich um eine Geiselnahme in der Familie eines meiner Detectives zu kümmern."

„Geht es der Familie gut?"

„Jetzt wieder."

„Mann, dein Leben ist echt verrückt."

„Ja, und es wird mit jeder Minute schlimmer."

„Kann ich dir als deine neueste Freundin irgendwie behilflich sein?"

Sam lächelte. Sie mochte diese Frau – sehr –, und das wollte etwas heißen, denn normalerweise verabscheute sie die meisten Menschen. „Tatsächlich ja."

„Was immer du brauchst. Heraus damit."

Das brachte Sam erneut zum Lachen. „Du solltest dir erst mal anhören, was ich zu sagen habe."

„Vor dir hab ich keine Angst. Vor anderen Dingen schon, aber vor dir nicht."

„Dann mach ich offenbar etwas falsch."

„Wenn du meinst", antwortete Roni sarkastisch, und Sam

mochte sie sofort noch ein bisschen mehr. Sarkasmus war eine ihrer liebsten Eigenschaften bei potenziellen Freundinnen. „Raus damit."

„Als First Lady brauche ich eine Kommunikationschefin und Pressesprecherin und habe mich gefragt, ob du den Job vielleicht haben möchtest." Nach einer langen, totalen Stille fragte Sam: „Hallo? Roni? Bist du noch da?"

„Ja, bin ich."

„Ist es mir endlich gelungen, dich sprachlos zu machen?"

„Möglicherweise."

Sam lachte. „Ach, komm schon. So einfach ist das doch nicht, oder?"

„Äh, na ja … Das ist nicht dein Ernst, oder?"

„Aber so was von. Die Frau, die mir bislang in dieser Funktion zur Seite gestanden hat, wird heiraten und zieht weg. Als man mir gesagt hat, ich bräuchte eine Nachfolgerin für sie, habe ich sofort an dich gedacht."

„Sam, ich schreibe Nachrufe. Das ist nicht das Gleiche wie Pressesprecherin."

„Ich vermute, du hast für deinen derzeitigen Job eine Ausbildung gemacht?"

„Ja, ich habe an der University of Virginia Journalismus studiert."

„Na also. Du bist qualifiziert."

„Bin ich nicht!"

„Was mich betrifft, verfügst du über die wichtigste Qualifikation überhaupt."

„Jetzt bin ich aber gespannt."

„Ich gehe davon aus, dass du als meine neueste Freundin – und erste Freundin seit einer ganzen Weile – mir, meinem Mann und unserer Familie gegenüber loyal bist."

„Das bin ich. Natürlich bin ich das, doch ich habe keine Ahnung von den Aufgaben einer Pressesprecherin."

„Ich habe keine Ahnung, wie man sich als Frau des Präsidenten benimmt. Vielleicht könnten wir es zusammen rausfinden?"

„Darüber musst du gut nachdenken."

„Habe ich. Ich will dich. Noch Fragen?"

„Um Gottes willen, Sam. Du brauchst jemanden, der weiß, was er tut, und der kein gefühlsduseliges Wrack ist, du brauchst …"

„Ich brauche *dich*, Roni. Eine Freundin muss das für mich tun und mir den Rücken freihalten. Schaffst du das?"

„Ist das wirklich dein Ernst?", fragte sie. So schrill hatte Sam ihre Stimme noch nie klingen hören.

„Mein voller Ernst."

Roni seufzte tief.

„Benötigst du etwas Zeit, um darüber nachzudenken?", fragte Sam.

„Eher nicht."

Sam wurde angesichts der möglichen Notwendigkeit, einen Fremden mit der wichtigen Aufgabe zu betrauen, für sie zu sprechen, das Herz schwer. Sie könnte Darren Tabor fragen, der ebenfalls für den *Star* arbeitete, aber sie vermutete, dass er nicht die Seiten wechseln wollte. Er war Reporter durch und durch. „Schon okay. Ich verstehe das."

„Was verstehst du?"

„Dass du es nicht machen möchtest. Ich weiß, du hast eine Menge um die Ohren und trauerst noch. Es ist eine große Sache, und wahrscheinlich war es unsensibel von mir, dir das überhaupt vorzuschlagen, doch ich habe dich ja gewarnt, dass ich eine schlechte Freundin sein würde." Sam unterbrach sich, als sie merkte, dass Roni lachte. „Was ist denn bitte so witzig?"

„Du. Ich habe mit keinem Wort erklärt, dass ich es nicht machen will. Nur, dass ich keine Zeit benötige, um darüber nachzudenken."

„Dann sagst du Ja?"

„Habe ich gerade. Trotzdem – ich bin vermutlich eine schlechte Pressesprecherin."

„Ich bin ja auch eine schlechte Freundin, da nehmen wir uns also nichts."

„Moment. Ich bin vielleicht eine schlechte Pressesprecherin, aber ich werde immer deine Freundin sein und dich nach Kräften beschützen."

„Du hast den Job."

Ronis fröhliches Lachen erfüllte Sam mit tiefer Befriedigung. Sam hoffte, dass der neue Job Roni ablenken und ihr helfen würde, sich an ihren von Grund auf veränderten Alltag zu gewöhnen. „Ich kann nicht glauben, dass du mich gefragt hast."

„Glaub es ruhig. Abgesehen von deinen beruflichen Fähigkeiten verfügst du über die wichtigste Eigenschaft überhaupt."

„Ich habe beinahe Angst, nachzufragen …"

„Ich mag dich. Weißt du, wie selten das vorkommt?"

Roni lachte wieder. „Ich fühle mich ungeheuer geehrt."

„Solltest du auch. Da kannst du jeden fragen – ich gebe nur selten zu, jemanden zu mögen."

„Wann fange ich an?"

„Andrea ist noch bis Ende des Jahres hier. Wie wäre es zum Jahreswechsel?"

„Das klingt gut. Vermutlich sollte ich den *Star* rechtzeitig informieren."

„Wenn du mehr Zeit brauchst, kann meine Stabschefin Lilia für eine Weile einspringen, denke ich. Sie ist toll. Du wirst sie mögen."

„Damit gibt es schon zwei Leute, die du wirklich gut findest. Sei vorsichtig, sonst hast du bald den Ruf weg, ein echter Menschenfreund zu sein."

„Halt dein Schandmaul."

Roni lachte so laut, dass sie vorübergehend nicht antworten konnte. „Falls ich es noch nicht gesagt habe: Danke. Vielleicht ist das genau das, was ich gebraucht habe."

„Das glaubst du jetzt. Wir reden in ein paar Monaten noch mal, wenn du bereit bist, mich umlegen zu lassen."

„Nein, das würde ich dir nicht antun."

Sam zuckte innerlich zusammen, als ihr ihr Fehltritt bewusst wurde. „O mein Gott, Roni. Tut mir leid. Das war unglaublich unsensibel."

„Halt. Ich habe bei deinen Worten nicht mal an Patrick gedacht."

„Trotzdem … So hätte ich nicht reden sollen."

„Bitte keine Eiertänze im Umgang mit mir. Ich bin zäher, als ich aussehe."

„Das ist mir klar. Was glaubst du, warum ich dich gebeten habe, mir pressetechnisch den Rücken freizuhalten? Weil ich weiß, dass du das hinkriegst."

„Das bedeutet mir viel. Ich werde dich nicht enttäuschen."

„Davon gehe ich aus, aber ich möchte, dass du mir Bescheid sagst, wenn ich dich enttäusche, verstanden?"

„Jawohl, Ma'am."

„Bitte nenn mich nicht Ma'am."

„Sehr wohl, Sir."

Auch wenn sie sich nicht darauf freute, die First Lady zu sein, freute sich Sam auf die Zusammenarbeit mit Roni. Dass Roni, Lilia und der Rest ihres Stabes ihr bei ihren Aufgaben helfen würden, würde die Sache ein wenig erträglicher machen. So viel war sicher.

„Nun, ich sollte mal meinen eiskalten Hintern nach Hause schaffen, bevor der Secret Service einen Suchtrupp losschickt."

„Wahrscheinlich eine gute Idee."

„Lass mich wissen, wann du anfangen möchtest, und dann soll sich Lilia mit dir in Verbindung setzen, um die Details zu klären."

„Das werde ich, und danke noch mal, Sam. Du weißt gar nicht, wie viel mir das bedeutet."

„Mir bedeutet es viel, dass du Ja gesagt hast, obwohl du jede Menge gute Gründe hättest, Nein zu sagen."

„Witzig, mir würde kein einziger einfallen. Bis bald."

KAPITEL 13

Sam klappte ihr Handy zu und musste schmunzeln, als sie an Ronis Reaktion auf ihre Bitte, ihrem Team beizutreten, dachte. Sie war sich hundertprozentig sicher, dass Roni ihren neuen Job hervorragend machen würde.

Da ihr Hintern tatsächlich eiskalt war, stemmte sich Sam hoch und streckte sich, weil sie vom Sitzen auf dem kalten Marmor etwas steif geworden war. Sie sah zu Abraham Lincoln hoch. „Behalte die Dinge im Weißen Haus für mich im Auge, ja?"

Nach einem guten Gespräch mit Abe fühlte sie sich eigentlich immer besser, und obwohl sie weiter verunsichert war, hatten die Zeit mit ihm und das Telefonat mit Roni ihr geholfen. Als sie die Marmortreppe hinunterstieg, nickte ihr derselbe Wachmann zu, aber diesmal riss er überrascht die Augen auf. Offenbar hatte er sie jetzt erkannt.

Sam legte sich den Zeigefinger an die Lippen. „Pssst", sagte sie, ohne langsamer zu werden. Sie hoffte, in den sozialen Medien würde nicht gleich überall zu lesen sein, dass sie am Lincoln Memorial gewesen war. Es wäre schade, wenn sie Abe nicht mehr besuchen könnte, wann immer sie das brauchte.

Der Wachmann tat, als würde er einen Reißverschluss über seinem Mund zuziehen, und Sam fand schon wieder jemanden gut.

„Viel Glück für Sie und Ihren Mann", wünschte er. „Wir drücken Ihnen alle Daumen."

„Danke vielmals."

Ihr Telefon klingelte, als sie zu ihrem Auto ging, und auf dem

Display sah sie das Wort „Zentrale". Allein dieser Anblick versetzte ihr einen Adrenalinstoß. „Holland."

„Lieutenant, ich war mir nicht sicher, ob wir Sie weiter bei jedem potenziellen Mord benachrichtigen sollen."

„Warum denn nicht?"

„Oh, äh, nun ja …"

Da sie mit der Frau in der Zentrale nicht ihre Stellung als First Lady erörtern wollte, fragte sie schnell: „Was gibt's?"

„Uns wurde ein blutender Mann auf der Rhode Island Avenue gemeldet, der nicht ansprechbar ist." Die Zentrale nannte Sam die genaue Adresse.

„Ist er nicht ansprechbar oder tot?"

„Die Frau, die angerufen hat, hat gemeint, sie glaubt, er ist tot."

„War sie mit ihm unterwegs?"

„Nein, sie hat ihn gefunden, als sie mit ihrem Hund Gassi gegangen ist."

„Verstehe. Bitte rufen Sie Detective Cruz und Sergeant Gonzales an, und bitten Sie sie, sich vor Ort mit mir zu treffen."

„Jawohl, Ma'am."

„Lassen Sie alle Kolleginnen und Kollegen wissen, dass sie mich bei jedem Mordverdacht informieren sollen. Ist das klar?"

„Jawohl, Ma'am."

„Danke." Sam beendete den Anruf und joggte zum Auto, um so schnell wie möglich zum Tatort zu kommen. Zwar nagten in ihrem Hinterkopf Bedenken, aber sie weigerte sich, weiter darüber nachzudenken. Wenn sie am zweiten Tag schon Kompromisse machte, würde das die Richtung für die nächsten drei Jahre vorgeben. Nein, wie schon seit ihrem ersten Arbeitstag bei der Polizei vierzehn Jahre zuvor würde Sam ihren Job erledigen und auf das Beste hoffen.

Nick schäumte vor Wut, während er auf die Fortsetzung seines Gesprächs mit dem iranischen Präsidenten wartete, der kurzfristig „weggemusst" hatte. Sein Zorn galt dem iranischen Präsidenten, David Nelson, weil er gestorben war, den Eltern, die das Foto von der Geburtstagsfeier gepostet hatten, und Sam, weil sie zum denkbar ungünstigsten Zeitpunkt unbedingt mit dem Kopf durch die Wand musste. Sein ganzer Körper war starr vor Anspannung, seine Muskeln waren verkrampft, und sein Kiefer schmerzte, so fest biss er die Zähne zusammen.

„Hat man mich wirklich gerade in die Warteschleife geschaltet?", erkundigte sich Nick bei Terry und Teresa, die ihm beide im Lagezentrum gegenübersaßen. Zuvor war er über eine breite Palette militärischer Optionen zur Rettung des Außenministers und seiner Delegation unterrichtet worden. Über keine davon wollte er an seinem zweiten Tag im Amt – oder zu einem sonstigen Zeitpunkt – nachdenken.

„Sieht so aus", erwiderte Terry.

Nick legte auf. „Das ist irgendwie verrückt, oder? Wer schaltet denn den Präsidenten der Vereinigten Staaten in die Warteschleife?"

„Offenbar der iranische Staatspräsident", antwortete der Vorsitzende der Vereinigten Stabschefs.

„Rufen Sie ihn zurück", ordnete Nick an. „Sagen Sie ihm, in zehn Minuten werden wir mit einer militärischen Reaktion beginnen. Mir reicht es jetzt. Er muss Ruskin und die anderen ausreisen lassen, sonst holen wir sie da raus."

Es dauerte ein paar Minuten, aber die Nachricht, Präsident Cappuano sei mit seiner Geduld am Ende, holte Präsident Rajavi wieder ans Telefon.

„Entschuldigen Sie die Unterbrechung, Mr President." Rajavi sprach perfektes britisches Englisch. Vor dem Telefonat hatte Nick ein Dossier über den Präsidenten gelesen, das auch Informationen über seine Zeit als Student in Oxford enthielt. „Einer meiner Assistenten hatte zusätzliche Informationen, die ich mir anhören wollte, bevor wir fortfahren."

„Mich interessiert nur, wann mein Außenminister Teheran verlassen kann. Alle anderen Informationen sind irrelevant."

„Ich verstehe Ihre Sorgen, Mr President."

„Ach ja? Die militärische Führung unseres Landes hat mich soeben über mehrere Optionen in Bezug auf die Reaktion der Vereinigten Staaten in Kenntnis gesetzt, falls Sie Minister Ruskin und seine Personenschützer nicht sofort freilassen."

„Ich versichere Ihnen, der Minister und seine Leute sind bestmöglich in Luxussuiten in einem Fünfsternehotel untergebracht."

„Das ist mir egal! Sie sind in der Absicht zu Ihnen gekommen, die Spannungen zwischen unseren beiden Ländern abzubauen und Sie davon zu überzeugen, Ihre Atomtests einzustellen. Stattdessen haben Sie die Lage unnötig zugespitzt, indem Sie ihn grundlos festgenommen haben. Lassen Sie mich Ihnen versichern, dass er trotz Ihrer Fünf-Sterne-Luxussuiten gegen seinen Willen dort ist. Die Frist dafür, ihn freizulassen und seiner Maschine die Starterlaubnis zu erteilen, endet um Mitternacht Ostküstenzeit. Sollte er danach weiterhin von Ihnen festgehalten werden, sehen wir uns gezwungen, militärische Maßnahmen zu ergreifen."

„Nach unseren Besprechungen haben wir den Minister gebeten, noch etwas zu bleiben, um unsere Gastfreundschaft zu genießen. Ihr Minister lässt es sich im Spa-Bereich seines Hotels gut gehen. Ich glaube, Sie werden die Fotos, die wir Ihnen geschickt haben, sehr erhellend finden."

Nick blickte mit hochgezogenen Brauen zu Teresa hinüber.

Sie machte sich an ihrem Laptop zu schaffen und drehte ihn eine Minute später um, um Nick Fotos von einem lächelnden Ruskin in Badehose zu zeigen, der, umgeben von attraktiven, barbusigen Frauen, mit einem Drink in der Hand an einem Pool saß.

Nick schaltete die Telefonanlage stumm. „Was um alles in der Welt sehe ich da?"

Schockiertes Schweigen war die einzige Antwort.

Er drückte auf den Knopf, der die Stummschaltung aufhob. „Ich möchte den Minister sprechen."

„Ich fürchte, das ist nicht möglich. Er lässt sich gerade massieren."

Nick war sich ziemlich sicher, dass ihm gleich der Kopf platzen würde. „Holen Sie ihn von der Massageliege, und drücken Sie ihm das Telefon in die Hand. *Sofort.*"

„Bitte warten Sie."

„Er hat mich schon wieder in die beschissene Warteschleife gelegt. Was soll das? Wollen die ausprobieren, wie weit sie beim neuen amerikanischen Präsidenten gehen können?"

Der Verteidigungsminister starrte die Bilder auf dem Laptop an. Sein Mund stand in ungläubigem Staunen leicht offen. „Ich … ich weiß es nicht, Sir."

Nick wartete zehn quälende Minuten lang ungeduldig darauf, dass sich der Außenminister meldete.

„Mr President."

„Minister Ruskin, was bedeuten die Fotos, die man uns geschickt hat?"

„Das sind Fälschungen."

Nick hatte keine Ahnung, was er glauben sollte. „Dürfen Sie das Land verlassen?"

„Ich denke schon, aber zuvor durfte ich das nicht."

„Besteigen Sie das Flugzeug, und starten Sie sofort."

„Jawohl, Sir."

„Ich möchte gerne noch einmal mit dem Präsidenten sprechen."

„Moment bitte, Sir."

Nick hörte, wie sein Gesprächspartner das Telefon weiterreichte.

„Mr President."

„Ich habe keine Ahnung, was für ein Spiel Sie spielen, aber nur damit eins klar ist: Ich spiele nicht mit. Wenn Sie nicht mit neuen Sanktionen und möglichen Militäraktionen rechnen wollen, werden Sie dem Außenminister und den anderen sofort erlauben, den Iran zu verlassen, und Ihre Atomtests einstellen. Habe ich mich unmissverständlich ausgedrückt?"

„Absolut. Doch Sie sollten wissen, dass es dem Minister jederzeit freistand, abzureisen. Es war seine eigene Entscheidung, zu bleiben."

Nick würde sich mit dieser Möglichkeit befassen, wenn Ruskin und die anderen sicher auf dem Rückweg waren. „Ich warte auf die Nachricht, dass ihr Flugzeug gestartet ist." Er drückte einen Knopf und beendete damit das Telefonat. „Was zur Hölle läuft da?"

„Keine Ahnung, Sir", erwiderte der Verteidigungsminister.

„Wir arbeiten mit den Geheimdiensten daran, mehr über die Geschehnisse herauszufinden", erklärte Teresa. „Ich habe mich auch an den Direktor des Diplomatischen Sicherheitsdienstes gewandt, um nach der Rückkehr eine Nachbesprechung mit den Mitarbeitern des Ministers zu planen."

„Ich will in allen Einzelheiten wissen, was passiert ist", sagte Nick. Wenn das tatsächlich auf Ruskins Mist gewachsen war, würde Nick dafür sorgen, dass er die Konsequenzen trug.

„Jawohl, Sir", antworteten die anderen.

Sie standen am Rande eines Krieges, und der Außenminister vergnügte sich mit barbusigen Frauen? Er war nicht sicher, ob er dem Mann glaubte, dass die Fotos gefälscht waren. Ruskin wäre nicht seine erste, ja nicht einmal seine hundertste Wahl für das Amt des Außenministers gewesen. Nick missfiel seine Arroganz. Sein Ego war so übergroß wie der Cowboyhut, den er bei jeder Gelegenheit trug. Nicks Meinung nach ließ Ruskin die Würde vermissen, die nötig war, um die Vereinigten Staaten im Ausland als einer ihrer höchsten Repräsentanten angemessen zu vertreten.

Sie warteten angespannt eine weitere Stunde lang, dann erhielten sie die Meldung, das Flugzeug des Ministers sei gestartet.

„Ich habe eine Pressemitteilung vorbereitet“, bemerkte Trevor und reichte sie Nick, der sie rasch überflog.

„Dann mal los.“

Trevor wählte eine Nummer und bat seinen Gesprächspartner, den Text auf den Teleprompter zu legen.

Nick ging mit seinem Team in den Pressekonferenzraum, wo etliche Medienvertreter auf Neuigkeiten warteten, obwohl es nach zwei Uhr am Sonntagmorgen war. Die Spannungen im Iran, der plötzliche Tod eines Präsidenten und die Umstellung auf eine neue Regierung sorgten für ein volles Haus.

Das war ein weiterer Grund, warum Nick das Amt des Präsidenten nicht gereizt hatte. Er wollte am Sonntagmorgen nach Thanksgiving zu Hause bei seiner Familie sein und nicht im Weißen Haus Journalisten informieren müssen.

Bei seinem Eintreten erhoben sich alle, und es wurde still im Raum.

„Ich möchte eine Verlautbarung verlesen und werde im Anschluss einige Fragen beantworten. Kurz nach halb zwei Ostküstenzeit heute Morgen haben wir erfahren, dass das Flugzeug mit Außenminister Ruskin und seiner Delegation in Teheran gestartet ist, und inzwischen hat es den iranischen Luftraum verlassen. Ich habe Gespräche mit dem iranischen Präsidenten Rajavi geführt, der den Vorfall als ‚Missverständnis‘ bezeichnet hat. Es versteht sich von selbst, dass wir sehr daran interessiert sind, den Minister und seine Begleiter über die genauen Vorgänge zu befragen. Bis dahin werden wir keine Spekulationen über die Geschehnisse anstellen und auch keine Aussagen darüber machen, welche Konsequenzen – wenn überhaupt – wir in Betracht ziehen. Im Moment bin ich vor allem erleichtert, dass unsere amerikanischen Mitbürgerinnen und Mitbürger sicher nach Hause kommen werden. In diesem Punkt weiß ich die Kooperationsbereitschaft Präsident Rajavis zu schätzen, die dazu beigetragen hat, diesen Vorfall zu einem sicheren und erfolgreichen Abschluss zu bringen. Ich werde jetzt einige Fragen beantworten.“

Mehrere Anwesende schrien: „Mr President!“ Er entschied sich für einen Reporter, der schon lange für NBC aus dem Weißen Haus berichtete. „Peter."

„Mr President, hat Präsident Rajavi Ihnen gegenüber angedeutet, dass der Iran versucht, eine militärische oder diplomatische Reaktion zu provozieren?"

„Unser Hauptaugenmerk liegt derzeit darauf, den Minister und die anderen sicher nach Hause zu holen. Sobald wir mehr über die Geschehnisse wissen, werden wir Sie unterrichten."

Er gab Auskunft zu einer Reihe ähnlicher Fragen von anderen TV- und Zeitungsreportern, die sich nach Details erkundigten, die er ihnen einfach nicht liefern konnte. Dann wandte er sich an einen Journalisten, den er nicht kannte und der im hinteren Teil des Raumes saß.

„Mr President, können Sie uns mehr über die Party erzählen, die Sie heute inmitten der Krise mit dem Iran besucht haben?"

„Ich kann gerne bestätigen, dass ich zwischen den Sitzungen für dreißig Minuten nach Hause zurückgekehrt bin, um meine sechsjährigen Zwillinge an ihrem Geburtstag zu sehen."

„Glauben Sie, dass das die richtige Botschaft an das über die Situation im Iran besorgte amerikanische Volk war?"

„Es war keine Botschaft an das amerikanische Volk. Ich wollte meinen Kindern deutlich machen, dass ihr Geburtstag für mich wichtig ist. Zu keinem Zeitpunkt habe ich den Kontakt zu meinem Beraterstab verloren, und da wir erst Stunden später ein Update von den Iranern erwarteten, habe ich die Pause genutzt, um mich um meine Familie zu kümmern."

„Stimmt es nicht, dass die fraglichen Zwillinge technisch betrachtet nicht Ihre Kinder sind?"

Die Frage erboste ihn nicht zum ersten Mal. „Ich denke, die meisten Amerikaner sind in der Lage, zu verstehen, dass der Begriff ‚Familie' für verschiedene Menschen unterschiedliche Bedeutungen hat. Das ist für den Augenblick alles. Wir werden Sie informieren, sobald Minister Ruskin und die anderen wieder im Lande sind."

Als er das Podium und den Raum verließ, zitterte er vor Wut über die unverschämten Fragen am ganzen Körper. „Finden wir heraus, wer dieses Foto gepostet hat. Ich werde dem Betreffenden erläutern, was eine Verschwiegenheitserklärung bedeutet."

„Jawohl, Sir", antwortete Trevor. „Wir kümmern uns sofort darum."

„Brant, ich möchte nach Hause."

„Jawohl, Sir."
Nick hatte diesen Tag gründlich satt.

Auf dem Weg in die Rhode Island Avenue verfolgte Sam Nicks Pressekonferenz, die live im Radio übertragen wurde. Obwohl sie erleichtert war, als sie hörte, dass der Minister und die anderen Amerikaner auf dem Weg nach Hause waren, war sie wütend über die Fragen, die man ihm zu den Zwillingen gestellt hatte. Warum mussten die Leute in Bezug auf ihre Familie nur so unsensibel sein?

Familien gab es in den unterschiedlichsten Formen. Die Aufmerksamkeit auf die vielen Probleme im Zusammenhang mit Unfruchtbarkeit, Adoption, Leihmutterschaft, Pflegefamilien und anderen damit verbundenen Themen zu lenken würde ein Schwerpunkt von Sams Arbeit als First Lady sein. Sie hatte nicht um das riesige Medieninteresse gebeten, das mit ihrer neuen Rolle einherging, aber nun, da sie es hatte, würde sie es nutzen, um zu Sensibilität und Empathie aufzurufen und die amerikanische Familie in all ihren vielen Formen zu feiern.

Sie würde sich auch weiterhin für die Belange der Strafverfolgung und gegen Rassismus einsetzen, sich zu Ehren ihres Vaters für die Erforschung von Rückenmarksverletzungen engagieren und als Schirmherrin des Kampfs gegen Lernbehinderungen auftreten, da sie schon ihr Leben lang mit Dyslexie zu kämpfen hatte. Wenn es irgendetwas Gutes daran gab, dass Nick Präsident geworden und sie damit in eine herausgehobene Stellung befördert worden war, dann war es die Möglichkeit, auf Themen aufmerksam zu machen, die ihnen beiden am Herzen lagen.

Auf der Rhode Island Avenue sah sie die Einsatzfahrzeuge, parkte einen Block von ihnen entfernt und joggte zum Tatort, wo sie unter dem gelben Flatterband durchtauchte, das die Leiche eines Mannes auf dem Gehweg umgab. Schon aus ein paar Metern Entfernung erkannte sie, dass das Opfer ein junger Afroamerikaner war und in einer Blutlache lag, die aus einer Brustwunde stammte.

„Was wissen wir?", fragte Sam die Streifenpolizisten vor Ort.

„Wir haben einen Notruf bezüglich einer bewusstlosen, möglicherweise auch toten Person auf dem Bürgersteig erhalten, und als wir vor einer Minute hier ankamen, fanden wir das hier. Wir haben seinen Puls zu fühlen versucht, konnten aber keinen finden."

Sam kauerte sich nieder, um einen besseren Blick auf den jungen Mann und die Wunde zu werfen, die sein Leben beendet hatte. „Konnten Sie ihn schon identifizieren?"

„Wir haben ihn nur angefasst, um den Puls zu fühlen, wollten ansonsten warten, bis Sie hier sind."

„Zeugen?"

„Bisher keine."

„Ist die Gerichtsmedizin verständigt?"

„Ja, Ma'am."

„Haben wir die Tatwaffe?"

„Nein, allerdings haben wir auch noch nicht gesucht. Wir sind nur zwei Minuten vor Ihnen hier eingetroffen."

Sam zog Latexhandschuhe aus der Manteltasche und vergewisserte sich, dass der Mann tatsächlich keinen Puls mehr hatte. Ein leises Geräusch in der Gasse links von ihr erregte ihre Aufmerksamkeit. Sam erhob sich, zog ihre Dienstwaffe aus dem Holster an ihrer Hüfte und hielt sie vor sich, während sie den anderen Beamten signalisierte, dass sie ihr Rückendeckung geben sollten, während sie sich dem Geräusch näherte. „Taschenlampe?"

Einer von ihnen leuchtete in die Gasse, wo eine nackte junge Frau sie mit großen, gequälten Augen anschaute. Die Afroamerikanerin hatte überall Schürf- und Schnittwunden und blutete im Gesicht oder am Hals. Sam eilte zu ihr und versuchte zu erkennen, woher das Blut stammte. „Rufen Sie einen Krankenwagen, und besorgen Sie mir etwas, womit ich sie zudecken kann."

Ein blutiges Messer lag neben ihr auf dem Boden.

„Haben Sie eine Stichverletzung?"

Die Frau zuckte zusammen und drehte den Kopf, sodass Sam die Wunde an ihrem Hals sehen konnte.

Sam übte sofort Druck auf die Wunde aus, um die Blutung zu stoppen, und die Frau schrie vor Schmerz auf. „Sorry. Ich weiß, das tut weh. Wie heißen Sie?"

„Shanice Williams."

„Halten Sie noch einen Moment durch, Shanice. Hilfe ist auf dem Weg."

„Was haben wir?", fragte Freddie, der mit einem Laken zu ihr kam, mit dem sie die junge Frau zudeckten.

„Zwei Opfer, eins war bei unserer Ankunft vermutlich schon tot." Sie nickte in Richtung des Messers. „Pack das ein, und überprüf dann, ob er einen Ausweis bei sich hat."

Freddie verstaute das Messer in einem Beweisbeutel und ging zurück zu dem männlichen Opfer, um dessen Brieftasche zu suchen. Er fand sie, entnahm ihr den Führerschein des Mannes und machte ein Foto davon. „Eduardo Carter, dreiundzwanzig."

„Noch so jung."

Gleich darauf trafen die Sanitäter ein und arbeiteten fieberhaft daran, die Frau zu stabilisieren und für den Transport vorzubereiten.

Zu Freddie und Gonzo, der sich ebenfalls zu ihnen gesellt hatte, sagte Sam: „Lasst uns die Gegend abklappern und rausfinden, ob jemand etwas beobachtet oder gehört hat. Erkundigt euch, ob es in der Nähe Überwachungskameras gibt, und besorgt mir die Aufnahmen. Die Spurensicherung soll sich hier gründlich umsehen."

Ihre beiden Kollegen verließen die Gasse, um ihren Anweisungen Folge zu leisten, während Sam bei der jungen Frau blieb, bis die Sanitäter sie hinten in den Krankenwagen luden.

„Wo bringen Sie sie hin?", fragte Sam.

„In die Traumastation des GW."

„Wird sie durchkommen?"

„Sie hat viel Blut verloren, ist aber stabil."

Sam würde am nächsten Morgen mit Shanice sprechen, wenn ihre Verletzungen versorgt waren und sie sich ein wenig erholt hatte. Zusammen mit Cruz und Gonzo klopfte sie an die Türen in der Nachbarschaft, um nach Zeugen zu suchen, doch es war niemand dabei, der zugab, etwas gesehen zu haben. Nachdem sie eine Stunde lang beide Seiten der Straße abgeklappert und den Schock der Menschen ertragen hatte, wenn sie sie erkannten, meldete sie sich bei Lieutenant Haggerty, dem Leiter der Spurensicherung.

„Wir haben kaum was gefunden", sagte Haggerty. „Ich habe das Messer direkt zur Analyse ins Labor geschickt."

„Halten Sie mich über den Laborbericht auf dem Laufenden."

„Mach ich."

Sie warteten, bis Dr. Byron Tomlinson, einer der stellvertretenden Gerichtsmediziner, mit seinem Team eintraf.

Byron kauerte sich neben Eduardos Leiche, um dessen Wunde genauer in Augenschein zu nehmen. „Schön, Sie hier zu treffen", begrüßte er Sam.

„Was soll das denn heißen?"

„Ich hätte nicht gedacht, dass Sie sich weiterhin im Außeneinsatz blicken lassen."

„Tja, falsch gedacht."

„Das sehe ich. Kein Personenschutz?", fragte er und schaute sich nach den Secret-Service-Leuten um.

„Machen Sie einfach Ihren Job, Byron, und ich kümmere mich um meinen, okay?"

„Jawohl, Ma'am."

„Nennen Sie mich nicht so."

Er lachte über ihren gereizten Tonfall, während er mit der Untersuchung des Opfers fortfuhr. „Scheint eine Stichwunde direkt ins Herz zu sein. Keine Abwehrverletzungen an den Händen", fuhr er fort, während er Plastiktüten über die Finger des Opfers zog, um Beweise zu sichern. Byron und seine Kollegen legten die Leiche des jungen Mannes auf eine Bahre und luden sie hinten in ihren Kombi. „Sie kriegen den Bericht, sobald ich ihn habe."

„Danke."

„Tut mir leid, wenn ich einen wunden Punkt erwischt habe."

„Kein Problem." Es war nicht das erste und sicher auch nicht das letzte Mal, dass sie sich mit Kollegen auseinandersetzen musste, die Fragen zu ihrer neuen Rolle hatten – und zu Nicks. „Informieren wir die Familie", sagte sie zu Freddie und Gonzo.

„Wir können das übernehmen, wenn du heimwillst", bot Freddie an.

„Ich gehe erst, wenn wir hier fertig sind." Die Benachrichtigung der Familienangehörigen von Mordopfern war der schlimmste Teil ihrer Arbeit, und sie hatte nicht vor, diese Aufgabe an ihre Untergebenen zu delegieren, damit sie nach Hause fahren und sich mit Nick streiten konnte.

KAPITEL 14

S am, Freddie und Gonzo fuhren mit ihrem Auto zu einer
Adresse in Dupont Park im südöstlichen Quadranten der Stadt.

„Einer von euch checkt Carter", befahl Sam.

„Schon dabei", entgegnete Gonzo.

„Ich habe gehört, der Außenminister ist wieder frei", bemerkte
Freddie und sah sie vom Beifahrersitz aus an.

„Das habe ich auch gehört", bestätigte Sam.

„Bei der Pressekonferenz klang Nick sauer", meinte Gonzo.
„Hast du schon mit ihm geredet?"

„Bisher nicht." Sie fragte sich, ob er noch im Weißen Haus oder
schon nach Hause gefahren war. Unbehagen erfasste sie, als sie an
die Strafpredigt dachte, die sie vermutlich erwartete, wenn sie dort
eintraf.

Sie erreichten die auf Carters Führerschein angegebene Adresse,
ein frei stehendes Einfamilienhaus in der Minnesota Avenue.

„Ich habe früher viel Zeit in dieser Gegend verbracht", erzählte
Gonzo. „Dort im Park habe ich Ultimate Frisbee gespielt und mit
Jungs abgehangen, die ein paar Blocks von hier entfernt gewohnt
haben."

„In meiner Jugend war das ein echt heruntergekommenes Vier-
tel, aber jetzt ist es richtig schön geworden", stellte Sam fest, und ihr
Herz schmerzte, als sie das gepflegte zweistöckige Haus betrachtete.
Würde sie Eltern sagen müssen, dass ihr Sohn tot war? Oder hatte
Carter mit einer Freundin in diesem Haus gelebt? So oder so würde
es kein Spaß werden.

„Carters Vorstrafenregister ist ziemlich lang, hauptsächlich kleinere Drogenvergehen, dann, vor über einem Jahr, Anklage wegen schwerer Körperverletzung an seiner Mutter."

„Wie ist der Status bei diesem Fall?"

„Er war auf Kaution frei und hat auf seinen Prozess gewartet."

„Bringen wir es hinter uns. Cruz, mitkommen. Gonzo, du wartest draußen, damit wir nicht so einschüchternd wirken."

„Alles klar", erwiderte Gonzo.

Seit man durch eine geschlossene Tür auf sie und Freddie geschossen hatte, war Sam bei der Arbeit viel vorsichtiger geworden, wenn es darum ging, sich Türen zu nähern. Sie läutete, doch die Klingel war von draußen kaum zu hören. „So sollte sich eine Türklingel anhören." Viel zu häufig klangen sie in ihren Ohren wie Luftschutzsirenen. Wenn Sam in den dazugehörigen Häusern hätte wohnen müssen, hätte sie sich jedes Mal zu Tode erschreckt.

Während sie darauf wartete, dass jemand aufmachte, kam ihr der Gedanke, dass es vielleicht noch beängstigender war, im Weißen Haus zu wohnen, als in einem Gebäude mit einer unangenehmen Türklingel. Sie hämmerte mit der Faust gegen die Tür und hörte das unverwechselbare Geräusch des Entsicherns einer Waffe.

Freddie hatte es offenbar ebenfalls gehört.

Sie griffen beide nach ihren Dienstpistolen.

„Wer ist da?", fragte eine Männerstimme.

Sie hielten ihre Dienstmarken an den Spion. „Metro PD."

„Was wollen Sie?"

„Mit Eduardo Carter reden."

„Der wohnt hier nicht."

„Sind Sie mit ihm verwandt?"

„Nicht mehr."

„Sir, würden Sie bitte die Tür öffnen? Wir wollen Ihnen keinen Ärger machen."

„Wenn Sie wegen dieses Mistkerls hier sind, machen Sie mir Ärger."

„Bitte legen Sie die Waffe weg, und öffnen Sie die Tür."

„Sie zuerst."

Sam nickte Freddie zu, und beide senkten ihre Pistolen.

Der Mann öffnete eine Reihe von Schlössern und zog die Tür auf. Ein Afroamerikaner, Mitte bis Ende vierzig, stand dahinter und ließ keinen Zweifel daran aufkommen, dass sie in seinem Haus nicht erwünscht waren. „Was hat er jetzt schon wieder angestellt?"

„Sind Sie sein Vater?"

„Leider."

Sam sah Freddie an, ehe sie sich zu sagen zwang: „Es tut mir leid, Ihnen mitteilen zu müssen, dass man Ihren Sohn vor Kurzem tot auf der Rhode Island Avenue aufgefunden hat."

Der Gesichtsausdruck des Mannes veränderte sich nicht. „Ist das alles?"

„Können Sie uns etwas über seine Freunde oder Aktivitäten erzählen?"

Er lachte humorlos. „Nein, weil ich ihn hier rausgeschmissen habe, nachdem er seine Mutter verprügelt hatte, weil sie ihm kein Geld für Drogen geben wollte – und das, nachdem jeder von uns drei Jobs hatte, um ihm viermal einen Entzug zu finanzieren. Wir haben seit über einem Jahr keinen Kontakt mehr zu ihm."

„Ist Ihre Frau da?"

„Sie schläft, und ich werde sie für ein Gespräch über ihn nicht wecken."

„Es tut mir leid, aber ich muss fragen, ob Sie wissen, wo er gewohnt hat."

„Keine Ahnung."

„Wie steht es mit bekannten Kontakten?"

„Keine Ahnung. Mit den Jugendlichen, mit denen er zusammen aufgewachsen ist, hat er nichts mehr zu tun. Sie haben sich von ihm abgewandt, als er kriminell wurde, um seine Drogensucht zu finanzieren."

Sam erkannte, dass sie von dem Mann nichts Nützliches erfahren würden. Sie reichte ihm ihre Visitenkarte. „Wenn Ihnen noch etwas einfällt, das wir wissen sollten, rufen Sie mich bitte an. Meine Handynummer steht da auch drauf."

„Sind Sie nicht die Frau des neuen Präsidenten?"

„Ja."

„Und Sie arbeiten trotzdem weiter bei der Polizei?"

„Korrekt."

Sie spürte die Missbilligung, die ihr entgegenschlug, doch es interessierte sie nicht genug, um ihn zu fragen, was das Problem war. Auf dem Rückweg zum Auto kehrte Sam ihm und seiner Waffe nur ungern den Rücken zu. Ihre innere Anspannung bewegte sich im roten Bereich.

„Was nun?", fragte Freddie.

„Morgen früh werde ich meinen Freund, den Bewährungshelfer

Brendan Sullivan, anrufen und sehen, was ich über Carter und seinen Aufenthaltsort herausfinden kann." Sullivan war der Bewährungshelfer ihres Ex-Mannes Peter gewesen und hatte ihr in der Vergangenheit schon wiederholt geholfen. „Wir machen morgen um acht weiter. Ich habe einen halben Tag Zeit, bevor ich einen Termin im Weißen Haus habe …" Apropos innere Anspannung …

Freddies Lippen bebten.

„Wenn du lachst, steche ich mit dem rostigsten Steakmesser auf dich ein, das ich finden kann."

„Ich lache nicht."

Sam warf ihm ihren fiesesten Blick zu. „Steigt ein, ich setze euch an der Metro ab."

„Wirf uns bitte nicht in einen Topf", verlangte Gonzo. „Ich habe nicht gelacht."

Es tat so gut, ihn nach Monaten des Entzugs wieder an Bord zu haben. Nachdem sie gehört hatte, was Eduardo Carters Familie mit einem süchtigen Sohn durchgemacht hatte, war sie doppelt dankbar, dass Gonzo seine Probleme mit Schmerzmitteln hinter sich gelassen hatte.

„Was hat er gesagt?", fragte Gonzo, als sie im Auto saßen.

„Sie und Carter haben sich entfremdet, seit er seine Mutter verprügelt hat, weil sie ihm kein Geld für Drogen geben wollte."

„Oh, wow", seufzte er. „Die Leute, die ihre Kinder an Drogen verlieren, tun mir so unendlich leid. Ich habe im Entzug viele davon kennengelernt. Meine größte Angst als Vater ist, dass Alex da irgendwie reinrutscht."

„So weit wirst du es nicht kommen lassen." Sam schaute in den Rückspiegel, damit sie ihn ansehen konnte. „Du weißt, worauf du achten musst, und wirst aufpassen."

„Das hoffe ich."

Sam setzte ihre beiden Kollegen an der L'Enfant Plaza ab. „Wir sehen uns morgen."

„Ja, bis dann."

Sie verfolgte, wie die beiden Männer in Richtung Metro joggten, die sie zu ihren Autos zurückbringen würde, fädelte sich dann in den dichten Verkehr ein, um die kurze Strecke nach Capitol Hill zu fahren, und fragte sich dabei, was für ein Shitstorm sie wohl zu Hause erwartete. Am Kontrollpunkt war sie verblüfft von dem massiven Aufgebot an Sicherheitskräften, das locker fünfmal so groß war wie zu Nicks Zeiten als Vizepräsident. Agenten in Schutzanzügen und mit Maschinengewehren bewachten den Kontrollpunkt, wo man sie normalerweise durchwinkte. Diesmal nicht, was bedeutete, dass Nick daheim war.

Sam brachte den Wagen zum Stehen und ließ das Fenster herunter.

„Oh, Mrs Cappuano." Sam kannte die Frau nicht, die ein Maschinengewehr vor der Brust trug. „Entschuldigung. Bitte fahren Sie weiter."

„Danke."

Sam parkte auf dem ihr zugewiesenen Platz, wobei sie die Agenten auf beiden Seiten der Ninth Street und die Reihe schwarzer SUVs betrachtete, die in der Mitte der Straße standen. The Beast parkte in der Mitte der Fahrzeugreihe. Die Nachbarn konnten es vermutlich kaum erwarten, dass sie ins Weiße Haus umzogen, damit sie ihre Straße wieder normal benutzen konnten.

Sie wollte gerade aussteigen, als ein Bodyguard auftauchte und ihr die Tür öffnete. Sie biss sich auf die Zunge, um den Impuls zu unterdrücken, ihm zu sagen, sie könne sich die verdammte Tür selbst aufmachen, und nickte dem Mann stattdessen zu. Dann merkte sie, dass es sich um Vernon handelte.

„Oh, hey", grüßte sie.

„Ma'am."

Kannte sie ihn gut genug, um aus diesem einen Wort zu schließen, dass er sauer war? „Wie geht es Ihnen?"

„Die Person, der ich zugeteilt bin, hat ihre Personenschützer abgehängt und ist ohne Bewachung abgehauen, aber ansonsten ist alles bestens."

Ja, eindeutig sauer. „Sorry. Notfall auf der Arbeit."

„Davon habe ich gehört. Arbeiten Sie morgen auch?"

„Ja. Heute Nacht hat es einen Mord gegeben, und ich muss um acht im Hauptquartier sein."

„Wir werden bereitstehen, um Sie dorthin zu eskortieren." Vernon begleitete Sam die Rampe hinauf zur Haustür, die Nate, einer ihrer Lieblingspersonenschützer, bewachte.

„Guten Abend, Mrs Cappuano", begrüßte er sie.

„Hi, Nate. Danke, dass Sie mich in die Hundehütte lassen."

Nate lächelte und sagte nichts.

Sie zog sich ihren Mantel aus und hängte ihn an die Garderobe, damit Nick einen Grund weniger hatte, wütend auf sie zu sein. Wenn sie allein leben würde, hätte sie ihn übers Sofa geworfen.

Warum ihn aufhängen, wenn sie ihn am Morgen ohnehin wieder brauchen würde?

Brant kam aus dem Zimmer, das der Secret Service als Büro nutzte, und nickte ihr zu. „Ma'am."

„Ich habe eine Frage."

„Ja, Ma'am?"

Sie hatte ihn angewiesen, sie nicht so zu nennen, hatte bei dem gut aussehenden, ernsthaften Secret-Service-Mann aber auf Granit gebissen. „Bezeichnet mich der Secret Service weiter als ‚Politesse'?"

„Nein, Ma'am. Sie sind jetzt FLOTUS, und der Präsident ist POTUS."

„Nun, dann hat unser veränderter Status ja doch etwas Gutes." Sie zögerte, dann fuhr sie fort: „Darf ich Sie noch etwas fragen?"

„Natürlich."

„Sind wirklich alle sauer auf mich, oder wirkt das nur so?"

„Ich glaube, ‚besorgt' wäre treffender."

„Es tut mir leid, dass ich Ihnen allen einen Grund zur Sorge geliefert habe. Ich habe gehört, wir haben einen Termin am Dienstag, um einem Wiederholungsfall vorzubeugen."

„Jawohl, Ma'am."

„Gute Nacht, Brant."

„Ihnen auch, Ma'am."

Sam ging nach oben und schaute nach Scotty, der bei Licht und laufendem Fernseher schlief. Sie machte beides aus und zog die Bettdecke über ihn, bevor sie die Gelegenheit nutzte, um ihm mit den Fingern durch das weiche dunkle Haar zu fahren. Ihr kleiner Junge wurde viel zu schnell zum jungen Mann. Sie beugte sich vor, um ihn auf die Stirn zu küssen, überquerte dann den Flur, um nach den Zwillingen zu sehen, die sich wie immer aneinandergekuschelt hatten.

Als sie die beiden behutsam küsste, verspürte sie eine Liebe, wie sie sie bisher nur für Nick und Scotty empfunden hatte. Es war ihr gleichgültig, wer etwas anderes behauptete. Diese Kinder gehörten zu ihr – zu ihr, Nick und Scotty. Sollten die Leute doch behaupten, was sie wollten, sie drei kannten die Wahrheit. Draußen vor dem Zimmer der Zwillinge nickte sie Darcy zu, einem Personenschützer, der schon eine Weile bei ihnen war.

Sam betrat ihren begehbaren Kleiderschrank, schloss die Tür hinter sich und atmete tief durch, während sie in Pyjamahose und

T-Shirt schlüpfte. Als sie so gut wie möglich auf Nicks Zorn vorbereitet war, begab sie sich in ihr Schlafzimmer.

Nick saß mit nacktem Oberkörper im Bett, einen dicken Stapel Papiere auf dem Schoß.

Sam schloss die Tür und blieb stehen, um ihren attraktiven, sexy Ehemann ausgiebig zu betrachten.

„Was genau fasziniert dich so?", fragte er, ohne aufzublicken.

„Der sexyeste Präsident, den ich je gesehen habe."

„Ich persönlich finde, Millard Fillmore war deutlich sexyer."

Sam stieß ein Lachen aus, mit dem die Angst, die sie seit Stunden mit sich herumgetragen hatte, in einem einzigen Moment aus ihr herausfloss. Diese Art Angst gehörte in ihre erste Ehe, nicht in diese. Diese hier war so perfekt, wie sie es sich im Leben nie zu erhoffen gewagt hätte, und mit einer einzigen Bemerkung hatte er ihr zu verstehen gegeben, dass er zwar wegen ihres Verhaltens verärgert war, sie aber dennoch liebte. Darauf konnte sie sich immer verlassen, egal, was passierte. „Fillmore war nichts gegen Cappuano mit zwei p."

Nachdem sie ihre Dienstwaffe und die Handschellen im Nachttisch verstaut hatte, ging sie ins Bad, um sich die Zähne zu putzen und das Haar zu bürsten. Dann trug sie die Vanille-Lavendel-Lotion auf, die er so liebte. Obwohl sie erleichtert war, dass sie sich nicht streiten würden, gab sie sich keinen Illusionen darüber hin, dass sie mit dem, was sie heute Abend getan hatte, ungeschoren davonkommen würde. Sie würden darüber reden, und sie würde Zugeständnisse machen müssen. Wie viele, das blieb abzuwarten.

Sam kehrte ins Schlafzimmer zurück und legte sich ins Bett. „Ich habe gehört, der Minister ist auf dem Heimweg."

„Ja."

Sie schaute ihn an. „Wie ist es gelaufen?"

„Ich weiß es nicht so genau", erwiderte er und erzählte ihr, wie sich die Sache entwickelt hatte.

„Ach herrje. Was glaubst du, was passiert ist?"

„Ich wünschte, ich wüsste es. Ruskin sagt, es sei alles gefälscht gewesen, doch wir haben Informationen, die darauf hindeuten, dass er freiwillig mitgemacht haben könnte. Wir werden mehr wissen, sobald wir ihn und seine Delegation befragen können. Jedenfalls ist es eine große Erleichterung, dass sie in Sicherheit und auf dem Heimweg sind. Zumindest werden wir an meinem dritten Tag niemandem den Krieg erklären. Das würde ich als Erfolg bezeichnen."

Sam lachte über die schiere Verrücktheit dieser Untertreibung. „Gott sei Dank ist es nicht so weit gekommen."

„Allerdings."

„Was hast du da?", fragte sie und deutete auf die Unterlagen auf seinem Schoß.

„Briefings über weitere Albträume, die meiner harren."

„Mit anderen Worten, leichte Bettlektüre?"

„Genau."

Das war das Letzte, was er brauchte. „Warum legst du das Zeug nicht mal eine Weile weg und schläfst ein paar Stunden?"

„Ich weiß nicht, ob ich überhaupt wieder schlafen werde, bis ich nicht mehr im Amt bin, aber ich habe genug von diesem Tag." Er schloss die Akten und ließ sie zu Boden fallen. Sie landeten mit einem lauten Knall, der sie beide zum Lachen brachte.

„Das ist wirklich ein ganz schöner Albtraum", seufzte Sam.

„Absolut."

Sam streckte die Arme nach ihm aus. „Komm her."

„Gern."

Er schmiegte sich an sie, legte den Kopf an ihre Brust und einen Arm um sie.

Sam fuhr ihm mit den Fingern durchs Haar und streichelte seinen Rücken.

„Falls ich es noch nicht erwähnt habe, dies ist die beste Minute meines gesamten Tages."

„Geht mir genauso."

„Wo warst du heute Abend?"

„Gigi Dominguez' Ex hatte in Fairfax ihre Mutter, ihre Schwester und ihre Neffen als Geiseln genommen. Er wollte mit mir reden, also bin ich hingefahren. Zum Glück konnte ich ihn zum Aufgeben überreden."

„Mein Gott, was hat er sich dabei gedacht?"

„Keine Ahnung, doch hoffentlich kriegt er nun die Hilfe, die er braucht. Dani Carlucci zufolge hatte er wohl eine Art Zusammenbruch und benimmt sich schon seit einer ganzen Weile so seltsam. Er hat Gigi schwer verletzt, weswegen ich einfach froh bin, dass er in ihrem Leben keine Rolle mehr spielen wird. Zumindest nicht in nächster Zeit. Außerdem … ist Cameron Green ihr den ganzen Tag nicht von der Seite gewichen."

„Das ist interessant. Ich dachte, er hat eine Freundin.“

„Stimmt. Niemand weiß so recht, was da läuft.“ Sie spielte weiter mit seinem Haar. „Reden wir jetzt darüber, wie sauer du auf mich bist?“

„Ich bin nicht sauer.“

„Wirklich nicht?“

„Wirklich nicht. Ich habe Angst.“

Puh, dachte Sam. *Das ist ja noch schlimmer.* „Es tut mir leid, dass du dir um mich Sorgen gemacht hast, aber als ich gehört habe, dass Gigis Familie in Gefahr war und ich helfen konnte, musste ich reagieren. Ich konnte nicht warten, bis der Secret Service sich einen Plan zurechtgelegt hatte. Jede Sekunde hat gezählt.“

Er hob den Kopf, um sie mit seinen ausdrucksvollen haselnussbraunen Augen ansehen zu können. „Ich möchte, dass du weißt, dass ich verstehe, wie wichtig es war, dass du so schnell wie möglich da warst, um das Leben von Gigis Familienmitgliedern zu retten, und ich respektiere auch die Tatsache, dass du zu so etwas in der Lage bist. Was du jeden Tag tust und wie viel es den Menschen bedeutet, ist bewundernswert.“

„Du hättest mich heute Abend ohnehin rumgekriegt“, sagte sie und fächelte sich dramatisch Luft zu. „Jetzt jedoch könntest du Glück haben und den Geburtstags- oder Hochzeitstagsservice kriegen.“

Sein Lachen erhellte sein ganzes Gesicht, während er sich rüberbeugte, um sie zu küssen. Er lehnte die Stirn gegen ihre. „Allerdings gibt es natürlich trotzdem ein Problem. Ohne zusätzliche Sicherheitsvorkehrungen bist du im Einsatz extrem gefährdet.“

„Aber …“

Er küsste sie erneut. „Kein Aber. Du bist gefährdet, Samantha. Wir haben das alles nicht geplant, doch so ist es nun mal, und wir müssen damit klarkommen. Ich weiß, dass es nicht das ist, was du dir gewünscht hast, trotzdem ist es jetzt unsere Realität – und meine Realität ist, dass ich diesen Job nicht erledigen kann, wenn ich mir Sorgen machen muss, dass einer der vielen Feinde dieses Landes beschließt, ein Zeichen zu setzen, indem er meine Frau entführt oder ermordet. Du bist allein schon wegen meines Amtes gefährdet. Das warst du bereits, als ich Vizepräsident war, aber jetzt bist du es noch zehn Millionen Mal mehr.“

Sie seufzte. „Ich weiß.“

„Ich möchte, dass du dich mal in meine Lage versetzt.“

„Was meinst du damit?"

„Wenn du einen Job hättest, der per se mein Leben gefährdet, was würdest du dir für mich wünschen?"

„Ich würde wollen, dass du zum Schutz eine ganze Armee um dich herum hast."

„Genau. Mein Fazit lautet: Wenn du nicht damit klarkommst, zumindest eine kleine Armee um dich zu haben, kann ich diesen Job nicht machen. Und dann werde ich ihn auch nicht machen."

„Was meinst du damit?"

„Ich werde den Job aufgeben, wenn es darauf hinausläuft. Ich werde das Amt nicht ausüben, wenn ich nicht absolut sicher sein kann, dass du den erforderlichen Schutz hast."

„Das verstehe ich. Wirklich. Ich will, dass du der beste Präsident wirst, den wir je hatten, weil ich daran glaube, dass du genau das bist. Doch wir müssen uns etwas einfallen lassen, das es mir ermöglicht, kurzfristig aufzubrechen, wie ich es heute Abend tun musste. Ich bin damit einverstanden, Personenschutz zu haben, solange die betreffenden Bodyguards schnell reagieren können und nur für den absoluten Notfall da sind. Sie dürfen sich nicht in polizeiliche Angelegenheiten einmischen, selbst wenn sie sehen, dass mir gleich etwas zustoßen wird. Ich muss in der Lage sein, meinem Beruf nachzugehen, ohne befürchten zu müssen, dass sie mir in die Quere kommen."

„Wenn ich mich verpflichte, das beim Secret Service durchzusetzen, versprichst du mir dann, dieses Haus nie wieder ohne Personenschutz zu verlassen?"

Dies war der Augenblick der Wahrheit. Wenn sie ihm dieses Versprechen gab, würde sie es halten müssen. Sie seufzte tief. „Versprochen."

KAPITEL 15

„D anke." Er küsste sie und verweilte eine Sekunde lang bei ihren Lippen, bevor er zu ihrem Hals weiterwanderte. „Ich weiß, das ist sehr viel verlangt."

Sam legte den Kopf in den Nacken, um ihm einen besseren Zugang zu ermöglichen. „Ist es eigentlich nicht. Du hast schon mehr als genug Sorgen. Ich muss es dir nicht noch schwerer machen."

„Ich würde mich selbst dann um dich sorgen, wenn du von einer Armee umgeben wärst."

Sie schlang die Arme um ihn und atmete seinen frischen, sauberen, vertrauten Geruch ein, den Duft ihrer Liebe.

„Ich habe ein Geschenk für dich", verkündete er.

„Echt?"

„Freu dich nicht zu früh. Es glitzert nicht." Er streckte die Hand nach seinem Nachttisch aus, und als er sie wieder öffnete, lag ein schwarzer Gegenstand in seiner Handfläche.

„Was ist das?"

„Dein eigener abhörsicherer BlackBerry, mit dem du mich jederzeit anrufen oder mir eine SMS schicken kannst, ohne dass wir uns Sorgen um Sicherheitslücken machen müssen."

„Also muss ich ihn immer bei mir tragen?"

„Nur wenn du mit mir reden möchtest, wenn wir getrennt sind. Er ist voll aufgeladen und programmiert, und du musst nur eine zweistellige Zahl wählen, um mich zu erreichen."

„Welche?"

„Neunundsechzig."

151

Sam schüttete sich aus vor Lachen. „Hast du die ausgesucht?"

„Und wenn schon? Wir müssen doch inmitten von all dem Quatsch etwas zu lachen haben, oder?"

„Das ist nicht besonders präsidial."

„Ich wusste, es würde dich zum Lachen bringen und es dir erleichtern, ein zweites Handy mit dir herumschleppen zu müssen."

„Für andere Dinge muss ich es aber nicht verwenden, oder?"

„Nein. Solange du auf deinem anderen Handy nicht mit mir oder über mich sprichst, darfst du es weiterhin benutzen. Ich habe mich in diesem Punkt für dich starkgemacht. Die wollten, dass du immer nur den BlackBerry benutzt, doch ich habe ihnen erklärt, dass das nicht möglich ist, es sei denn, sie haben eine Klappversion, die du zuknallen kannst."

„Du weißt, wie ich ticke."

„Ich liebe dich." Er bewegte die Hand mit dem BlackBerry auf sie zu, bis sie nicht anders konnte, als ihm das Teil abzunehmen. „Wenn dieses Handy klingelt, bin ich es. Wirst du meine Anrufe entgegennehmen?"

„Immer."

„Dito, Liebste. Es sei denn, ich kann absolut nicht."

„Das gilt auch für mich."

„Ich habe das Ladegerät neben das andere auf deinen Nachttisch getan."

„Du bist mal wieder Mr Effizienz persönlich."

„Du darfst mich vielmehr Mr President nennen."

Sam lächelte und legte den BlackBerry auf ihren Nachttisch. Alles in ihr sträubte sich dagegen, ein zweites Handy bei sich zu tragen, aber wenn es bedeutete, dass sie eine direkte Leitung zu ihm hatte, würde sie es tun. „Ich wusste, du würdest mich dazu bringen, dich irgendwann Mr President zu nennen."

Nick gähnte, griff nach ihr und zog sie wieder in seine Arme. „Ich bestehe nur im Bett darauf."

„Haha. Träum weiter."

„Musst du morgen arbeiten?"

„Ja. Wir haben heute Nacht einen neuen Fall reingekriegt. Ich habe Vernon schon Bescheid gesagt, dass ich um acht im Hauptquartier sein muss."

„Das ist gut. Jetzt zu meinem versprochenen Geburtstagsservice …"

„Apropos Geburtstag – deiner und Scottys stehen ja beide bevor.

Wie willst du feiern?" Er würde im Dezember achtunddreißig und Scotty nächste Woche vierzehn werden.

„Mir völlig egal, solange wir den Tag mit den Kindern verbringen."

„Das lässt sich einrichten. Wir müssen auch über einen Besuch im Tierheim nachdenken, um einen Hund für unseren Sohn auszusuchen."

„Wir können uns aus den Tierheimen auch Hunde zur Probe bringen lassen."

„Das ist riskant. Er wird sie alle behalten wollen. Scotty wird nicht in der Lage sein, sie zurückzuschicken – und wir auch nicht."

„Stimmt. Schauen wir uns nach dem Umzug online um und grenzen die Auswahl ein."

„Erinnere mich nicht an unseren bevorstehenden Umzug."

„Okay, werde ich nicht." Er küsste sich ihren Hals und ihr Schlüsselbein entlang und schob dabei ihr T-Shirt beiseite. „Du hast viel zu viel an für den Geburtstagsservice."

„Ich dachte, ich stecke in großen Schwierigkeiten, also habe ich mich entsprechend angezogen."

„Nun, ich gebe zu, dass ich mich geärgert habe – ernsthaft sogar –, weil du von der Bildfläche verschwunden bist, aber nachdem ich gehört hatte, wo du warst und warum, konnte ich … Ich kann dir nicht böse sein, weil du bist, wer du bist, und tust, was du tust." Nick stützte sein Kinn auf ihre Brust und blickte sie an. „Ich weiß genau, wen ich geheiratet habe, Sam, und ich hasse es, was für Einschränkungen meine Karriere für deine bedeutet."

„Das tut sie nicht. Nicht wirklich."

„Doch. Man erkennt dich überall, wohin du auch kommst, und ich weiß, dass du das hasst. Mein gestiegener Bekanntheitsgrad hat auch deinen erhöht, was einen ohnehin schon gefährlichen Job noch gefährlicher macht."

„Das ist nicht so schlimm."

„Es ist *sehr* schlimm und noch dazu ein massives Sicherheitsproblem, das wir unbedingt in den Griff kriegen müssen."

„Ach, das wird schon. Wir werden eine Lösung finden, so wie immer. Ich kann dir gar nicht sagen, wie sehr ich es schätze, wie wir jedes Mal damit umgehen, wenn solcher Mist passiert. In meinem früheren Leben hätte ich als Strafe für meine Verfehlung tage- oder gar wochenlang passiv-aggressives Schweigen ertragen müssen."

„So kann man keine Ehe führen."

„Glaub mir, das weiß ich. Es war schrecklich, aber das hier … Das ist Magie."

Er schob ihr T-Shirt hoch und zog es ihr über den Kopf. „Mmm, so sexy."

Sam verschränkte die Arme vor ihrem Oberkörper.

Er schob ihre Arme beiseite, um ihre Brüste zu küssen und zu streicheln, bevor er schließlich die Spitze der einen in seinen heißen Mund sog und mit der Zunge darüberfuhr. Erregung durchzuckte sie und sammelte sich als heftiges Pochen zwischen ihren Beinen. „Nick", keuchte sie und wand sich unter ihm.

„Nicht so schnell, Liebste. Jetzt wirst du erst einmal bestraft, weil du mich hast leiden lassen."

„W… was? Bestraft?"

„Du hast richtig gehört."

Sie ließ sich auf die Matratze fallen. „Ich dachte, du wolltest den Service der Geburtstagsstufe."

„Dazu kommen wir noch. Später."

Sie hatte sich damit abgefunden, jetzt die köstlichste Form der Folter ertragen zu müssen, und krallte sich ins Laken. Wenn ihr Mann beschloss, sie auf sinnliche Weise zu quälen, hatte sie ihm nichts entgegenzusetzen.

Nick atmete erleichtert auf, weil sie dieses Gespräch ohne Streit hinter sich gebracht hatten. Als er nach Hause gekommen war und festgestellt hatte, dass sie immer noch irgendwo da draußen war, ungeschützt und angreifbar für alle, die ihr etwas antun wollten, nur weil sie mit ihm verheiratet war, hatte er zunächst unbedingt einen vom Zaun brechen wollen. Aufgrund seiner Sorgen um sie und des mysteriösen Vorfalls mit Ruskin war er so angespannt gewesen wie schon lange nicht mehr.

Bis sie den Raum betreten hatte, sicher, sexy und auf perfekte Weise unperfekt. Blitzschnell hatte ihn alle Streitlust verlassen und war tiefer Dankbarkeit für ihre Sicherheit gewichen. Diesmal war es gut gegangen. Er gab sich nicht der Illusion hin, dass sie das Problem vollständig gelöst hätten, aber er hatte es ihr abgenommen, als sie versprochen hatte, in Zukunft Personenschutz zuzulassen.

Er wollte sie nie so behandeln, wie es ihr erster Ehemann getan hatte, dennoch konnte er nicht nachgeben, wenn ihre Sicherheit auf dem Spiel stand. Doch über all das wollte er jetzt, wo sie nackt, weich und sexy bei ihm war und versuchte, ihn zur Eile zu bewegen, nicht nachdenken. Seine Samantha war immer ungeduldig. Je mehr sie versuchte, ihn zu drängen, desto langsamer wurde er. Er küsste ihren Unterleib und lächelte, als sich unter seinen Lippen Gänsehaut bildete.

Er liebte es, wie sie keuchte und sich gegen den Arm wehrte, den er ihr um die Hüften gelegt hatte und mit dem er sie festhielt, sodass sie nicht ausweichen konnte, während er sich ihre Beine auf die Schultern legte.

„Nick."

„Sch."

„Jetzt mach schon …"

Sie ärgerte sich so leicht, doch das störte ihn nicht. Ihre Ecken und Kanten waren für ihn genau das, was sie auszeichnete, und er liebte alles an ihr.

Er fuhr mit der Zunge über ihre empfindlichsten Hautpartien und brachte sie zum Beben, während er an ihr saugte und mit dem Finger in sie eindrang, bis sie heftig kam. Er ließ ihr keine Zeit, sich zu erholen, bevor er sie wieder dem Höhepunkt entgegentrieb und sie dieses Mal kurz davor hängen ließ. Dann zog er sich ganz zurück und küsste die Innenseiten ihrer Oberschenkel.

„Du bist so gemein", keuchte sie.

„Wieso?" Er musste gegen den Drang ankämpfen, über ihren entrüsteten Tonfall zu lachen. „Meiner Ansicht nach bist du mir etwas schuldig."

„Du weißt genau, was du tust – und du tust es mit Absicht."

„Ja, richtig, also sei still, und nimm es wie die knallharte Chefin, die du bist."

„Rache ist süß, und meine wird fürchterlich sein."

„Du jagst mir keine Angst ein."

„Jetzt ärgerst du mich langsam."

„Erst jetzt? Ich muss an meiner Technik arbeiten."

Ihr gedämpftes Knurren brachte ihn zum Lachen. Da sie die Augen geschlossen hatte, war das der perfekte Zeitpunkt dafür, sie in eine Brustspitze zu beißen, während er seine Finger wieder in sie hineinschob und so krümmte, dass sie die magische Stelle berührten, was sie jedes Mal die Kontrolle verlieren ließ. Er hatte sie kurz vor einem weiteren Höhepunkt, als er wieder aufhörte.

„Ich hasse dich."

„Nein."

„Doch."

„Das geht aber nicht." Nick brachte sich in Stellung und stieß tief in sie, woraufhin sie erneut heftig kam.

In ihrer Leidenschaft zerkratzte sie ihm den Rücken, und er liebte es.

„Genug", sagte sie, als sie wieder sprechen konnte.

„Noch lange nicht."

Sie schüttelte den Kopf.

Er küsste sie, bis sie ihm die Arme um den Hals und die Beine um die Hüften schlang. In diesem Augenblick wusste er, dass er sie hatte. Er besorgte es ihr hart und schnell, wie sie es am liebsten hatte, bis sie beide den Höhepunkt erreichten, sich in einem Moment, der ihn alles um sich herum vergessen ließ, aneinanderklammerten.

„Ich hoffe, du erwartest danach nicht immer noch den Geburtstagsservice. Ich bin geschafft."

„Dann ist mein Werk hier vollbracht."

„Du hast mich mit drei Orgasmen gründlich bestraft. Das ist allerdings nicht gerade eine Abschreckung gegen zukünftiges schlechtes Verhalten."

„Hmm, ich werde wohl an meiner Bestrafungstechnik arbeiten müssen."

„Wenn deine Technik noch besser wäre, wäre ich jetzt tot."

„Du darfst nicht sterben. Genau das habe ich dir vorhin zu erklären versucht."

„Ist angekommen. Apropos … Du hast gefragt, wie ich es empfinden würde, wenn mein Beruf per se dein Leben gefährden würde …"

Er hob den Kopf von ihrer Schulter und sah in hellblaue Augen, die voller Liebe auf ihn gerichtet waren. Sie war sein Ein und Alles. Das Wichtigste in seinem Leben. Ein Leben ohne sie schien ihm nicht lebenswert, und daraus resultierte dieser verzweifelte Wunsch, für ihre Sicherheit zu sorgen.

„Das könnte ich nicht ertragen. Deshalb möchte ich, dass du weißt, dass ich dich verstehe. Ich habe deinen Standpunkt schon immer verstanden, aber jetzt verstehe ich ihn wirklich. Rückhaltlos. Ich möchte, dass du Präsident bleibst und uns alle weiterhin so stolz machst. Ich möchte dir das nicht zerstören. Wirklich nicht."

„Das weiß ich, Babe. Ich möchte dir auch nicht deine Karriere zerstören. Das ist das Letzte, was ich will. Ich weiß, wie wichtig sie dir ist."

„Bevor ich dich kennengelernt habe, war mein Beruf das Einzige, was ich hatte. Das war nicht wirklich gesund, doch mein Job macht mich schon zu einem großen Teil aus. Ohne ihn wäre ich verloren."

„So schrecklich, aufwühlend und furchterregend er manchmal auch sein kann, ich weiß, wie sehr du ihn liebst."

„Das tue ich wirklich. Mich fasziniert die Herausforderung meiner Fälle, ich liebe die Menschen, mit denen ich arbeite – zumindest die meisten –, und die Genugtuung, für die Angehörigen der Opfer Gerechtigkeit zu erwirken. Ich liebe alles daran."

„Ich werde so entschlossen kämpfen, wie ich kann, damit du weiterhin tun kannst, was du liebst. Ich werde jeden erforderlichen politischen Schlag einstecken, damit das klappt."

Sie presste sich fester an ihn und unterdrückte ein Gähnen. „Und dafür liebe ich dich sehr. Mehr, als du ahnst. Du verstehst mich."

„Ich spreche fließend Samantha, und ich schwöre, dass ich dich nie bitten werde, jemand anders zu sein, als du bist, egal was auf diesem verrückten Trip, auf dem wir uns befinden, noch alles passiert."

„Danke."

Nick gelobte im Stillen, alles zu tun, um dieses Versprechen zu halten, koste es, was es wolle – und ungeachtet der öffentlichen Meinung.

～

Ehe sie am nächsten Morgen das Haus verließ, klopfte Sam bei Elijah.

„Herein."

„Tut mir leid, dass ich dich wecke, aber ich wollte mich verabschieden, bevor ich zur Arbeit aufbreche."

„Ich dachte, du hast ein freies Wochenende."

„Das dachte ich auch. Letzte Nacht hat es jedoch einen Mord gegeben, und damit werde ich mich ein paar Stunden lang beschäftigen, ehe ich mich mit Mrs Nelson treffe."

„Du schaust dir dein neues Heim an, ja?"

Sam lachte. „So was in der Art."

„Ich wollte dir noch mal für die unglaubliche Party für die Kinder danken. Sie waren ganz begeistert."

„Ach, das hat alles Shelby arrangiert."

„Das verdanken sie euch allen, und das wissen sie auch. Es tut mir wirklich leid, dass irgendein blöder Elternteil dieses Foto veröffentlicht und Nick Probleme bereitet hat."

„Zerbrich dir deswegen nicht den Kopf. Es ist ihm völlig egal, was andere sagen. Er war genau da, wo er sein wollte, während er sich gleichzeitig mit einer internationalen Krise herumgeschlagen hat. Du hast erklärt, du würdest eine Zeit lang jedes Wochenende nach Hause kommen, aber ich glaube nicht, dass du das musst. Konzentriere dich aufs College, und wir kümmern uns um die Zwillinge."

„Bist du sicher?"

„Absolut. Wir melden uns bei dir, wenn sie Eingewöhnungsprobleme haben, auch wenn ich glaube, dass sie das ganz prima schaffen werden."

„Wenn du meinst …"

„Ich bin mir sicher. Sehen wir uns in ein paar Wochen, an Weihnachten?"

„Ich bin auf jeden Fall hier. Wobei es ja eigentlich drüben sein wird, vermute ich."

„Egal wo wir wohnen, für dich gibt es dort immer einen Platz."

„Das bedeutet mir eine Menge, vor allem, wo ihr jetzt so viel um die Ohren habt. Meine Mutter hat verlangt, ich solle sie besuchen, aber ich habe ihr geantwortet, ich wolle bei den Kindern sein, also müsse sie schon zu mir kommen, wenn sie Zeit mit mir verbringen will." Vor deren Ermordung hatte er bei seinem Vater und seiner Stiefmutter Cleo gelebt, wenn er nicht am College gewesen war.

„Wir werden dafür sorgen, dass auch sie sich willkommen fühlt."

„Das ist wirklich nett von euch. Vielen Dank. Sie wird durchdrehen, wenn ich sie ins Weiße Haus einlade."

Sam lachte.

„Nick hat gesagt, ich müsse in Zukunft Personenschützer haben." Sein Gesichtsausdruck verriet, was er davon hielt. „Genau, was sich jeder College-Student wünscht."

„Das gilt auch für Lieutenants der Mordkommission. Es ist großer Mist, doch ich versuche mir immer vor Augen zu halten, dass es besser ist als die Alternative. Die Leute wissen, dass du jetzt zu unserer Familie gehörst, und deshalb bist du gefährdet, wie Nick es ausdrücken würde."

„Das hat er mir auch gesagt. Ich bin bereit, das zu akzeptieren, wenn es ihm zu mehr Seelenfrieden verhilft, aber …"

„Ich weiß. Vertrau mir. Ich verstehe das absolut."

„Das ist wohl der Preis, den man für eine eigene Bowlingbahn zahlen muss."

Lachend sagte Sam: „Genau. Ich habe gehört, wir werden auch Butler haben."

„Na, das ist doch super."

„Das soll sogar recht angenehm sein. Ich schätze, wir werden es bald herausfinden." Sie schaute auf die Uhr und sah, dass sie nur noch zwanzig Minuten hatte, bevor sie sich mit Freddie und Gonzo im Hauptquartier treffen musste. „Ich mach mich besser auf den Weg. Melde dich, wenn du etwas brauchst. Wir sind immer für dich da."

Er stand auf, um sie zu umarmen. „Danke, Sam. Ihr seid die Besten."

„Wir lieben dich. Pass auf dich auf."

„Du auch."

Sam lief die Treppe hinunter ins Erdgeschoss, wo Vernon und Jimmy bereits an der Tür auf sie warteten. „Morgen", begrüßte sie sie und den neuen Personenschützer, der Türdienst hatte. „Ich bin gleich so weit."

Sie eilte in die Küche, kochte sich einen Kaffee für unterwegs und nahm sich einen Müsliriegel mit, um die Zeit bis zu ihrer Frühstückspause zu überbrücken. Mit ihrer Tasse und ihrem Mantel in den Händen trat sie zu den Agenten an der Tür.

„Ich muss zum MPD."

„Wir werden direkt hinter Ihnen sein", verkündete Vernon.

„Danke." Sie merkte, dass sie die Männer mit ihrem Dank überrascht hatte. So ging das nicht. Als sie auf dem Bürgersteig und außer Hörweite der anderen waren, erklärte sie: „Hören Sie, ich weiß, ich bin eine totale Nervensäge, wobei manche behaupten, das mache einen Teil meines Charmes aus. Aber als Kollegin von einer anderen Behörde möchte ich Ihnen sagen, dass ich sehr zu schätzen weiß, was Sie auf sich nehmen, um mich und meine Familie zu schützen. Ich werde zukünftig nach besten Kräften mit Ihnen kooperieren."

„Wir wiederum werden unser Bestes tun, damit Sie ungestört arbeiten können", versprach Vernon. „Wir respektieren die Tatsache, dass Sie weiterarbeiten, obwohl Sie das sicher nicht müssten."

„O doch, das muss ich. Es liegt mir im Blut, verstehen Sie?"

„Das verstehe ich nur zu gut", antwortete Vernon. „Mein Vater und mein Großvater waren auch schon Bundesagenten."

„Das ist wirklich cool. Danke, dass Sie mir das erzählt haben. Tja, dann begebe ich mich wohl mal an die Arbeit."

Sam stieg in den schwarzen BMW, der früher Nick gehört hatte. Er hatte ihn so ausgerüstet, dass sie tagelang in diesem Auto überleben konnte, falls es je nötig werden sollte, und das war wahrscheinlich der einzige Grund, warum der Secret Service ihr ohne Einwände erlaubte, selbst zu fahren. Als sie den Kontrollpunkt passiert hatte, rief sie Brendan Sullivan an.

Beim dritten Klingeln nahm er ab. „Spreche ich mit unserer First Lady oder mit Lieutenant Holland?"

„Mit beiden, denke ich."

„Ich gratuliere. Das ist doch angebracht?"

Sam lachte. „Ich bin mir da immer noch nicht so sicher. Es tut mir leid, dass ich Sie an einem Sonntagmorgen stören muss, aber ein auf Bewährung Entlassener ist letzte Nacht im Leichenschauhaus gelandet, und ich brauche ein paar Informationen."

„Name?"

„Eduardo Carter."

Sein tiefes Seufzen war nicht zu überhören. „Warum bin ich nicht überrascht? Seit Jahren hat er immer wieder Ärger verursacht."

„Können Sie mir sagen, wo er gewohnt hat? Wir waren gestern Abend noch bei seinen Eltern, sind allerdings mit dem Vater nicht besonders weit gekommen."

„Die Eltern wollten nichts mehr mit ihm zu tun haben, nachdem er seine Mutter zusammengeschlagen hat. Sie haben es viel länger mit ihm ausgehalten, als ich es gekonnt hätte. Er hat ihnen das

Leben zur Hölle gemacht." Sie hörte Geraschel im Hintergrund. „Ich muss mich in meinen Arbeitscomputer einloggen, um seine Adresse nachzuschauen."

„Mailen Sie sie mir, zusammen mit allen bekannten Kontaktpersonen und einer Zusammenfassung dessen, was ich über ihn wissen muss?"

„Klar."

„Danke, Brendan."

„Gerne. Alles Gute für Sie und Ihren Mann."

„Danke. Wir wissen die guten Wünsche zu schätzen." Sie klappte ihr Handy zu und fuhr zum Hauptquartier. Unterwegs rief sie Dr. Anderson an, einen Freund im George Washington Hospital.

„Rufen Sie mich gerade absichtlich an, oder ist das ein Hosentaschenanruf?"

„Meine Tasche kann nicht selbstständig wählen."

„Haben Sie nicht einen neuen Job?"

„Nein. Es ist immer noch derselbe blöde alte Job, und genau deshalb rufe ich an."

„Sie arbeiten wirklich nach wie vor?"

„Ja."

„Wow. Ich habe mich schon gefragt, wie Sie das handhaben würden."

„Jetzt wissen Sie es. Ich brauche Informationen über Shanice Williams, die gestern Nacht per Krankenwagen eingeliefert worden ist. Sie hatte eine Stichwunde am Hals. Ich muss heute Morgen mit ihr reden und habe gehofft, Sie könnten mir helfen, den ganzen Datenschutzkram zu umgehen, und mir einfach sagen, wo ich sie finde."

„Moment."

Er tippte auf einer Tastatur herum.

„Sie ist auf der Intensivstation."

„Darf ich sie dort besuchen?"

„Lassen Sie mich wissen, wann Sie kommen, dann schaue ich mal, was ich tun kann."

„Danke, Doc."

„Wir haben einander schon eine ganze Weile nicht mehr gesehen. Eigentlich müsste bei Ihnen mittlerweile das nächste Desaster anstehen."

„Ach, halten Sie den Mund!"

Lachend legte er auf.

Sam drückte ebenfalls auf den roten Knopf. „Frecher Kerl." Trotz ihrer generellen Verachtung für Menschen hatte sie auf der Arbeit einige gute Freunde gefunden, die ihr oft sehr nützlich waren. Sie fuhr durch die an diesem Sonntagmorgen ruhigen Straßen und war zwölf Minuten später im Hauptquartier. Ausnahmsweise war es nicht von Medienfahrzeugen umringt, denn die Presse erwartete wahrscheinlich nicht, sie an einem Sonntag dort anzutreffen.

Dank der Abwesenheit der Journalistenmeute konnte sie das Gebäude durch den Haupteingang betreten, was ein seltenes Vergnügen war. Normalerweise musste sie sich durch die Gerichtsmedizin schleichen, um den Reporterinnen und Reportern zu entgehen, die darauf hofften, dass sie sich eines Tages zu ihrem Mann, seinem Amt, ihrem Privatleben und so weiter äußern würde. Dabei beschränkte sich ihre Bereitschaft – und „Bereitschaft" war da schon ein großes Wort –, allein auf ihre Fälle. Ansonsten konnten diese Medientypen sie mal gernhaben. Sie würde ihnen nie etwas über Nick sagen, egal wie oft sie danach fragten.

Der Erste, dem sie begegnete, war der Mann, mit dessen Anwesenheit im Hauptquartier sie an einem Sonntag am wenigsten gerechnet hätte – Chief Farnsworth.

„Schön, dich zu sehen", begrüßte sie ihn. „Kein Gottesdienst heute Morgen?" Solange sie ihn kannte – und sie kannte ihn schon ihr ganzes Leben lang –, hatte er noch nie die Sonntagsmesse versäumt.

„Wir waren gestern Abend in der Kirche. Ich habe dafür gebetet, dass du und dein Mann dieser neuen Herausforderung gewachsen seid."

„Danke", erwiderte sie. „Wir können jedes Gebet brauchen."

„Ihr werdet ein großartiges Präsidentenpaar sein. Daran habe ich nicht den geringsten Zweifel."

„Nick wird ein großartiger Präsident sein. Daran habe *ich* nicht den geringsten Zweifel. Aber bei der First Lady sind wir uns noch nicht ganz einig. Wie ich höre, ist sie eine knallharte Polizistin, die sich weigert, ihren Hauptberuf aufzugeben."

Er lächelte und antwortete: „Sie ist die beste Polizistin der Stadt, und ich bin sehr erleichtert, dass sie hartnäckig an ihrem Job festhält. Sie lässt mich nämlich in der Regel gut dastehen."

„Sie tut, was sie kann. Können wir jetzt aufhören, in der dritten Person von ihr zu reden?"

„Können wir. Wie geht es dir?"

„Merkwürdigerweise gut. Frag mich noch mal, wenn ich umziehen muss, was, wie ich gehört habe, möglicherweise schon Ende der Woche der Fall sein wird. Hast du gewusst, dass eine Umzugsfirma alles für einen ein- und dann dort wieder auspackt?"

„Ach ja? Das ist wohl das Mindeste, wenn man bedenkt, wie sich dein Leben im Dienst für das Land von Grund auf verändern wird."

„Ja, das stimmt. Was tust du heute hier?"

„Ich treffe mich später mit Agent Hill wegen der Untersuchung, und nein, es gibt nichts Neues. Außerdem ruft die Bürgermeisterin mich ständig an, weil sie mit mir reden will – und mit dir."

„Das habe ich gehört. Was will sie von mir?"

„Sie ist auf dem Weg hierher, das kannst du sie also gleich selbst fragen."

Sam schnitt eine Grimasse. „Jetzt sofort?"

Er schaute auf die Uhr. „Sie müsste jeden Moment hier sein. Eigentlich wollte sie mit mir sprechen, aber sie wird sich freuen zu hören, dass du ebenfalls hier bist."

„Ich bin nur hier, weil ich letzte Nacht einen neuen Fall auf den Tisch bekommen habe. Ich muss arbeiten."

„Die Bürgermeisterin möchte sich mit dir unterhalten. Das ist im Augenblick deine Aufgabe."

Sie verzog das Gesicht und sah ihn an. „Ich hätte heute nicht herkommen sollen."

„Hinterher ist man immer schlauer, Lieutenant."

„Sei nicht so schadenfroh. Stecke ich in Schwierigkeiten, von denen ich nichts weiß?"

„Nein, nicht dass ich wüsste. Ich glaube, sie will dir eine Beförderung anbieten."

Das überraschte Sam zutiefst. „Was denn für eine Beförderung?"

„Die Position meines Stellvertreters ist zurzeit offen."

„Ach, Blödsinn."

Farnsworth lachte. „Töte nicht den Boten."

„Die Stelle wird sie mir nicht anbieten."

„Was, wenn sie es doch tut?"

„Ich, äh … Dazu habe ich keine Meinung. Der Gedanke ist mir nie gekommen."

„Für die Meinungsbildung bleiben dir noch …", er sah wieder auf die Uhr, „rund zehn Minuten, schätze ich."

„Das kann nicht dein Ernst sein."

„Absolut … und ihrer wohl auch."

„Kann sie das einfach so?" Sams Stimme klang selbst in ihren eigenen Ohren hoch und piepsig. „Mich um zwei Dienstränge raufstufen und mir ein solches Amt antragen?"

„Sie kann tun, was immer sie will. Immerhin ist die Bürgermeisterin. Und nach allem, was man hört, mag sie dich sehr. Sie bewundert deine Karriere, deinen Elan, deinen Erfolg beim Abschluss der schwierigsten Fälle – und ihr gefällt, dass du eine Frau bist. Sie sagt, es sei längst überfällig, dass wir eine Frau an der Spitze der Abteilung haben, und ich stimme ihr in diesem Punkt zu."

„Ich auch, aber wenn sie das tut, werden mir die Leute, denen sie mich vor die Nase setzt, das Leben zur Hölle machen."

„Was ich ihr gegenüber erwähnt habe, als sie mir die Idee zum ersten Mal unterbreitet hat."

„Wann war das?"

„Letzten Mittwoch."

„Also bevor Nick Präsident wurde." In gewisser Weise war es eine Erleichterung, zu wissen, dass es nicht seine Beförderung war, die dazu geführt hatte, dass die Bürgermeisterin ihre in Erwägung zog.

„Es hat nichts mit ihm zu tun, sondern ausschließlich etwas mit dir."

„Hältst du das denn für eine gute Idee?"

„Für eine extrem interessante. Sie ist wegen des Mangels an Frauen in Führungspositionen in der Stadtverwaltung in die Kritik geraten, und ich glaube, sie sieht in dir eine hochkarätige Kandidatin, auf die sie sich berufen könnte, wenn man sie das nächste Mal für ihre Leistungen bei der Frauenförderung kritisiert. Also, wenn ich über den Grund spekulieren müsste. Das würde auch erklären, warum sie es so eilig hat, die Sache durchzuziehen."

„Das kann ich auf keinen Fall tun, Chief. Jeder einzelne andere Polizeibeamte in dieser Stadt würde mich hassen, und es würde wieder einmal heißen, ich hätte mich hochgeschlafen, verdankte meine Karriere meinem Vater oder der Tatsache, dass ich dich schon mein ganzes Leben lang kenne. Man wird mich als karrieregeile Mistzicke bezeichnen. Und das wird nur der Anfang sein. Man behauptet sogar, ich schliefe mit *dir*! Meinem verdammten *Nennonkel*."

Über sein lautes Lachen musste sie lächeln. Sie liebte ihn sehr, immer schon. Irgendwie hatten sie es geschafft, sich trotz ihrer beruflichen Verpflichtungen ihre enge persönliche Beziehung zu erhalten. Nicht, dass es nicht auch Probleme gegeben hätte. Das größte davon war das Gerede über ihr angebliches intimes Verhältnis. Widerlich.

„Wir wissen beide, wie du es bei der Polizei zu etwas gebracht hast, also lass dich von Klatsch, der jeder Grundlage entbehrt, nicht unterkriegen."

„Ich habe das Gefühl, dass der Klatsch nur noch schlimmer werden wird." Sie zog eine Grimasse, die ihn wieder zum Lachen brachte. „Lass mich noch schnell mein Team mit Aufgaben versorgen, ehe die Bürgermeisterin eintrifft."

„Du hast fünf Minuten, dann erwarte ich dich in meinem Büro."

„Nie wieder komme ich an einem Sonntag hierher." Sie stapfte in Richtung Großraumbüro davon und versuchte, nicht über diese neueste und komplett unvorhergesehene Entwicklung nachzudenken.

Stellvertretende Polizeichefin.

Sofort hatte sie wieder Tränen in den Augen, weil sie ihren Vater so vermisste. Er hätte gewusst, wie sie auf diese Nachricht reagieren sollte. Obwohl sie auf keinen Fall die Absicht hatte, den Job anzunehmen, musste sie das Angebot der Bürgermeisterin auf diplomatische Weise ablehnen. Die Frau war schließlich ihre oberste Dienstvorgesetzte, und es wäre nicht gut, ihr ins Gesicht zu lachen, wenn sie Sam ein gut gemeintes Angebot machte.

Gott sei Dank hatte der Chief sie vorgewarnt, sonst wäre sie vielleicht versucht gewesen, im entscheidenden Augenblick loszuprusten. Schon der Gedanke war völlig absurd. Sie war erst seit zwei Jahren Lieutenant und konnte noch nicht einmal die Prüfung zum Captain ablegen – nicht dass sie überhaupt den Wunsch dazu hatte. Nein, der einzige Job bei der Polizei, den sie wollte, war der, den sie bereits hatte.

Freddie, Gonzo und Jeannie waren im Großraumbüro, als sie es betrat.

„Ich habe gehört, wir haben einen neuen Fall", begrüßte Jeannie Sam. „Ich dachte, ich könnte vielleicht behilflich sein."

„Schön, dass du da bist, aber ich kann dir dafür keine Überstunden genehmigen. Jedenfalls aktuell nicht. Was ich so gerade verantworten kann, ist, hier und da ein paar Stunden von unserer regulären Arbeitszeit für diesen Fall abzuknapsen."

„Das ist in Ordnung", sagte sie. „Michael ist heute Morgen zu einer Konferenz gefahren, ich hatte also ohnehin nichts vor."

„Ich schaue mal in meinem E-Mail-Eingang nach, ob Brendan Sullivan sich gemeldet hat." Sie verbrauchte zwei der fünf Minuten, die der Chief ihr zugestanden hatte, damit, ihr Büro aufzuschließen und ihren Computer hochzufahren. Eine weitere Minute verging, während ihr veralteter Drucker die drei Seiten mit Informationen ausspuckte, die Brendan geschickt hatte. „Ich wette, der Drucker im Weißen Haus braucht nicht so lange", murmelte sie, nahm die Seiten mit in den Besprechungsraum und reichte sie Freddie. „Ich muss etwas mit dem Chief klären. Bin gleich wieder da."

„Was will der Chief denn?", fragte Gonzo.

„Nichts Wichtiges." Sie würde sich unter keinen Umständen auf diese Weise befördern lassen. Nicht so. „Ich bin sofort wieder zurück. Besorgt mir eine Spur."

„Schon dabei", erwiderte Freddie.

Sam überließ sie den Aufgaben, die sie lieber selbst erledigt hätte, und begab sich ins Vorzimmer des Chiefs. Normalerweise hätte seine Sekretärin Helen hier Wache gehalten, aber selbst die treue Seele hatte ab und zu einen freien Tag. Durch die Tür, die einen Spalt offen stand, hörte sie den Chief mit der Bürgermeisterin sprechen. Sie holte tief Luft, um ihre Nerven zu beruhigen, die plötzlich in höchster Alarmbereitschaft waren, und klopfte.

Die Bürgermeisterin, eine Afroamerikanerin namens Monique Brewster, erhob sich und begrüßte Sam mit einem freundlichen Lächeln und Handschlag. Sam bewunderte die Frau, die im Stadtrat aufgestiegen und drei Jahre zuvor im Alter von zweiundvierzig die erste schwarze Bürgermeisterin der Stadt geworden war, schon lange. Seitdem hatte Sam sie als hart, doch überwiegend fair erlebt. Die einzige Sache, bei der sie nicht mit ihr einig war, war ihre Kritik am Chief, wenn Dinge geschahen, die in keiner Weise seine Schuld waren – wie zum Beispiel, dass sein früherer Stellvertreter vier verdammte Jahre lang Beweise im Fall der Schüsse auf Sams Vater zurückgehalten oder dass Lieutenant Stahl sie mit Klingendraht umwickelt und gedroht hatte, sie in Brand zu setzen. Auch das war nicht die Schuld des Chiefs gewesen.

„Ich bin sehr froh über diesen Termin mit Ihnen", sagte Brewster. „Aber es überrascht mich, dass Sie dieses Wochenende Zeit haben, hier zu sein."

„Das liegt daran, dass ich die Mordkommission leite und wir letzte Nacht einen neuen Fall bekommen haben."

„Ich meinte, dass Sie doch sicher Besseres zu tun haben."

Sam fragte sich, ob das eine Art Test war, und sah den Chief an.

„Was Sie über Lieutenant Holland wissen müssen, Madam Mayor, ist, dass es außer ihrem Mann und ihren Kindern nichts Wichtigeres für sie gibt als ihre Pflicht der Polizei, ihrem Team und den Opfern der Verbrechen gegenüber, die sie aufzudecken versucht."

Sam hätte es nicht besser ausdrücken können.

„Nicht einmal ihre Rolle als First Lady?"

Der Chief räusperte sich, was bedeutete, dass er sich Mühe gab, nicht zu lachen. „Vor allem die nicht."

Sam nickte. „Er hat recht, aber ich möchte nicht, dass das öffentlich wird. Es ist mir wichtig, meinen Mann in seinem neuen Amt zu unterstützen, auch wenn ich nicht die Absicht habe, mein Leben um seines neuen Jobs willen komplett umzukrempeln."

Bildete sie sich das ein, oder betrachtete die Bürgermeisterin sie mit neuem Respekt?

„Nun, das passt ganz gut zu dem Grund unseres Treffens."

Sam spielte mit dem Gedanken, sie zu unterbrechen, ihr zu erklären, dass sie diesen Grund bereits kannte und nicht interessiert war, beschloss jedoch, zu warten und sie das Angebot machen zu lassen, bevor sie es ablehnte.

„Wie Sie wissen, ist die Position des stellvertretenden Polizeichefs frei, und vielleicht ist Ihnen auch bekannt, dass ich Chief Farnsworth gegenüber geäußert habe, es sei höchste Zeit, dass eine Frau in die Führungsriege des MPD aufsteigt. Vor diesem Hintergrund möchte ich Ihnen diese Position anbieten."

Obwohl Sams erster Impuls war, „Danke, aber nein danke" zu antworten und dann zu fragen, ob sie wieder an die Arbeit gehen könne, nahm sie sich einen Moment Zeit, um sich eine diplomatischere Erwiderung auszudenken, die für ihre Karriere auf lange Sicht vorteilhafter sein würde. „Danke, dass Sie an mich gedacht haben", sagte sie nach einer kurzen Pause. „Wie Sie wissen, bedeutet mir diese Position besonders viel, weil mein Vater stellvertretender Polizeichef war, als man im Dienst auf ihn geschossen hat."

„Das weiß ich. Darf ich Ihnen nochmals mein Beileid zu seinem Tod aussprechen? Ich hatte im Laufe der Jahre viele Male Gelegenheit, mit ihm zusammenzuarbeiten, und habe ihn immer als einen angenehmen Menschen und sehr engagierten Beamten erlebt."

„Das war er mit Sicherheit, und wir haben uns über die Blumen gefreut, die Sie zu seiner Trauerfeier geschickt haben."

„Es bedaure auch sehr, welche Rolle mein Kollege – und Ihrer – bei der schweren Verletzung gespielt hat, die ihn letztlich das Leben gekostet hat. Ich bin immer noch erschüttert über das, was nach seinem Tod ans Licht kam." Der langjährige Stadtrat Roy Gallagher war einer von drei Angeklagten im Zusammenhang mit dem Tod von Skip Holland. Der frühere stellvertretende MPD-Chief Paul Conklin saß wegen ähnlicher Vorwürfe ein, nachdem er Beweise unterschlagen hatte, mit denen der Fall Jahre zuvor hätte aufgeklärt werden können.

„Das haben wir gemeinsam", meinte Sam. „Es bedeutet mir wie gesagt sehr viel, dass Sie an mich gedacht haben, aber ich kann Ihr freundliches Angebot nicht annehmen."

„Wegen Ihrer neuen Pflichten als First Lady", mutmaßte die Bürgermeisterin. „Ich dachte eigentlich, Sie würden die Stelle gerne annehmen, weil Sie dann mehr administrative Aufgaben übernehmen könnten, während Sie mit Ihren diversen Verpflichtungen jonglieren müssen."

Der Chief hustete wieder, und Sam musste sich zwingen, ihn nicht anzusehen, um nicht zu riskieren, dass sie mit ihm zusammen in unkontrolliertes Gelächter ausbrach.

„Ich verstehe, dass das naheliegend erscheint. Doch wenn ich offen sprechen darf …"

„Bitte", antwortete die Bürgermeisterin. „Natürlich."

„Ich würde mich lieber an den Zehen aufhängen lassen, als in der Verwaltung zu arbeiten."

Der Chief konnte sein Lachen nicht mehr durch Hüsteln verbergen und lachte schallend. „Ich darf Ihnen die Spezies namens Lieutenant Holland vorstellen, Madam Mayor. Sie ist ein bisschen wild und unzivilisiert, aber wir haben sie trotzdem lieb."

Sam schaute ihn an und verdrehte die Augen. „Er kennt mich schon zu lange."

„Sie war schon immer so."

„Ein weiterer Grund, warum ich Ihr großzügiges Angebot ablehnen muss. So gern ich auch eine Frau im Büro des stellvertretenden Chiefs sähe, das kann nicht ich sein. Mein Nachname und die Tatsache, dass die Leute glauben, ich sei nur seinetwegen, wegen meines Vaters und der Tatsache, dass der Polizeichef mein geliebter Nennonkel ist, so weit gekommen, machen es mir ohnehin schon schwer genug, mich in diesem Altherrenclub zu behaupten. Wenn Sie mich zwei Rangstufen weiter zum stellvertretenden Chief befördern, besitze ich nicht mehr den Respekt der Leute, die mir unterstehen. Und der Chief wird mir beipflichten, wenn ich sage, dass dieser Respekt ein wesentliches Element dafür ist, in seinem Job genau wie in dem des Deputy Chief erfolgreich zu sein."

„Lieutenant Holland hat recht, was die Hackordnung hier angeht, und Sie haben recht, Madam Mayor, dass sie eine wunderbare stellvertretende Polizeichefin wäre – wenn sie sich die Beförderung auf die übliche Weise verdient hätte. Lieutenant Holland hat auch recht damit, dass sie den Job hassen würde. Als sie Lieutenant der Mordkommission wurde, hat sie etwas gesagt, was ich nie vergessen habe."

Sam versuchte, sich daran zu erinnern, was das gewesen sein mochte.

„Sie sagte, sie habe jetzt den Höhepunkt ihrer persönlichen Karriereplanung erreicht, da sie die einzige Führungsposition innehabe, die sie sich je gewünscht habe. Sie ist nicht nur glücklich als Leiterin der Mordkommission, sondern, wie Sie sicher zugeben werden, auch äußerst effektiv."

„Ich stimme Ihnen voll und ganz zu, und ich verstehe Sie beide", erwiderte die Bürgermeisterin. „Aber ich möchte, dass Sie noch ein oder zwei Tage darüber nachdenken, bevor Sie sich endgültig entscheiden."

Wieder sah Sam den Chief an.

„Sie wird ihre Meinung nicht ändern, Monique", sagte der in dem freundlichen, verbindlichen Tonfall, der ihn zu einem so hervorragenden Polizeichef machte.

Nicht dass sie voreingenommen gewesen wäre. Also fast nicht.

„Nun, ich gestehe, ich bin enttäuscht, denn ich hatte gehofft, Sie würden den Job genauso sehr wollen, wie ich mir gewünscht habe, dass Sie ihn übernehmen, doch wenn das nicht der Fall ist, werde ich Sie definitiv nicht unter Druck setzen."

Sam seufzte tief. „Vielen Dank noch mal, dass Sie an mich gedacht haben. Das ehrt mich. Aber jetzt muss ich zurück an die Arbeit, denn ich habe nachher noch einen nicht verschiebbaren Termin. Ich treffe mich um zwei mit Mrs Nelson zum Nachmittagstee und zu einem Rundgang durch den Wohnbereich des Weißen Hauses."

Der Chief hielt sich den Mund zu.

„Wenn Sie jetzt lachen, werde ich Ihnen das nie verzeihen. Sir."

„Ich versuche nur, Sie mir beim Nachmittagstee vorzustellen."

„Nun, ich werde Fotos machen lassen, damit Sie sich später amüsieren können."

„Darauf freue ich mich schon."

Zur Bürgermeisterin meinte Sam: „Dürfte ich Sie um einen Gefallen bitten?"

„Natürlich."

„Bitte lassen Sie nicht verlauten, dass Sie mir den Posten der stellvertretenden Polizeichefin angeboten haben. Ich habe auch ohne den Medienrummel, den das auslösen würde, genug um die Ohren."

„Ich verstehe. Von mir und aus meinem Büro wird niemand etwas erfahren. Alles Gute für Sie und Ihren Mann."

Sam schüttelte ihr die Hand. „Danke, Ma'am."

Sobald die Bürgermeisterin ihre Hand losgelassen hatte, ging Sam mit der gebotenen Eile aus dem Büro des Chiefs, denn sie hatte das Gefühl, dass sie gerade der gefährlichsten Kugel ausgewichen war, die im Rahmen ihres Jobs je auf sie abgefeuert worden war. In einem Bürojob festzusitzen wäre die Hölle für sie, und eine Sekunde lang hatte sie befürchtet, die Bürgermeisterin könnte ihr befehlen, den Job anzunehmen, weil sie eine Frau in dieser Position sehen wollte.

Was für ein Albtraum! Sie erschauerte beim bloßen Gedanken daran. Gott sei Dank war es nicht dazu gekommen.

KAPITEL 17

Immer noch stark unter dem Eindruck des Treffens mit der Bürgermeisterin begab sich Sam zu ihrem Team in den Besprechungsraum, wo die drei anderen an einer neuen Mordtafel arbeiteten. Ganz links war das Foto eines arrogant lächelnden Eduardo Carter zu sehen, das wahrscheinlich aus den sozialen Medien stammte, und eins aus dem Leichenschauhaus. Die Ermittler hatten begonnen, alle bisher vorhandenen Informationen über ihn sowie die verschiedenen Verbindungen zu anderen Personen aufzulisten.

„Was haben wir?", fragte sie.

„Mehrere Anzeigen wegen häuslicher Gewalt von seiner Freundin Shanice Williams. Offenbar ist das in letzter Zeit eskaliert."

„Wir müssen mit ihr reden", verkündete Sam. „Sie kann uns helfen, die weitere Marschrichtung der Ermittlung festzulegen."

„Das haben wir auch gedacht", pflichtete ihr Jeannie bei.

„Cruz, du kommst mit mir." Zu Jeannie und Gonzo sagte sie: „Ihr verbringt noch zwei Stunden an den Computern. Schickt mir alles, was ihr habt, ehe ihr geht."

„Wird gemacht", bestätigte Gonzo.

„Es ist seltsam, den Haupteingang zu benutzen", meinte Freddie, während er sich einen seiner allgegenwärtigen Trenchcoats überzog und ihr folgte. Im Laufen schob er sich mehrere Donuts mit Puderzucker in den Mund, sodass seine Worte deutlich gedämpft waren.

„Man muss Sonntage einfach lieben. Die Medienleute können sich vermutlich nicht vorstellen, dass ich heute arbeite."

„Die können sich nicht mal vorstellen, dass du deinen Job überhaupt behalten wirst. Das ist doch nach wie vor der Plan, oder?"

„Ich bin hier, oder nicht?"

„Ja, aber ich frage mich, ob dir demnächst jemand den Stecker ziehen wird."

„Das könnte nur Nick, und der wird es nicht tun."

„Bist du dir da sicher?"

Sam lächelte, als sie an das Gespräch vom Vorabend dachte. „Hundertprozentig. Keine Sorge. Wir kriegen das hin." Sie nickte Vernon und Jimmy zu, die an ihrem SUV lehnten und den Kopf hoben, als sie sie kommen sahen. „Ich werde allerdings von jetzt an Personenschutz haben. Das ist seine nicht verhandelbare Bedingung."

„Ich denke, es gibt Schlimmeres. Darfst du weiterhin selbst fahren?"

„Sie haben nichts Gegenteiliges gesagt. Vorhin habe ich gedacht, es liegt wahrscheinlich daran, dass Nick mein Auto in ein Mini-Beast verwandelt hat, das so sicher ist wie die Präsidentenlimousine."

„Vermutlich." Nachdem er sich angeschnallt hatte, fragte Freddie: „Was wollte der Chief?"

„Wenn ich es dir erzähle, musst du mir absolute Verschwiegenheit versprechen."

„Versprochen."

„Sogar bei Elin."

„Sogar bei Elin."

Sam fuhr Richtung George Washington Hospital. „Wir haben uns mit der Bürgermeisterin getroffen. Sie hat mir eine Beförderung angeboten."

Freddie blickte zu ihr herüber. „Was für eine?"

„Zur stellvertretenden Polizeichefin."

„Ernsthaft?"

„Ja."

„Was hast du gesagt?"

„Danke, aber nein danke."

„Wow. Du hast der Bürgermeisterin einen Korb gegeben."

„Ja."

„Wie hat sie das aufgenommen?"

„Sie war enttäuscht. Die Frau will eine weibliche Führungskraft und hatte sich in den Kopf gesetzt, dass ich das sein soll. Glücklicherweise konnten der Chief und ich sie überzeugen, dass ich die denkbar schlechteste Kandidatin für diesen Posten wäre."

„Ach was."

„Wenn ich das über mich selbst sage, geht das in Ordnung, du hingegen darfst das nicht."

„'tschuldigung." Er grinste.

„Ich habe sie außerdem darauf hingewiesen, dass mein Leben bei der Polizei nicht mehr lebenswert wäre, wenn sie mich um zwei Stufen befördern würde, zumal die Leute bereits denken, dass ich schon meinen aktuellen Rang nur wegen meines Nachnamens habe, ganz zu schweigen davon, dass es genau zu dem Zeitpunkt passiert, wo Nick Präsident wird. Das ist das Letzte, was ich will oder brauche."

„Trotzdem wäre es schon cool, den gleichen Job zu haben wie dein Vater früher."

„Das wäre aber auch das einzig Coole daran. Alles andere wäre Mist. Ich wäre weg von der Straße, müsste jede Menge Papierkram erledigen, mich mit dem Rathaus herumschlagen und hätte noch mehr mit Behörden zu tun als jetzt schon. Also bitte nicht."

„Wie steht der Chief dazu?"

„Er war ebenfalls der Auffassung, dass meine Talente, worin auch immer die bestehen, bei der Mordkommission nützlicher eingesetzt sind."

„Das stimmt auf jeden Fall."

„Ganz zu schweigen davon, dass ich sterben würde, wenn ich den ganzen Tag im Büro herumsitzen müsste."

„Auch das ist richtig."

„Ich hasse einfach das Gefühl, dass ich an allen Fronten um mein Recht kämpfen muss, das zu tun, was ich tue. Das ist furchtbar anstrengend."

„Als erste First Lady, die einen Job außerhalb des Weißen Hauses hat, betrittst du eben Neuland."

„Ich möchte ein Leben außerhalb der Schlagzeilen führen."

„Es wäre großartig, wenn du deine Arbeit fortsetzen und gleichzeitig das enorme öffentliche Interesse nutzen könntest, um die Themen voranzubringen, die dir am Herzen liegen."

„Das ist der Plan."

„Für dich ist es einfacher umzusetzen, weil du nicht in eine neue Stadt ziehen musst wie die meisten deiner Vorgängerinnen. Du bist also genau die Richtige dafür, diese neue Art moderner Präsidentengattinnen – und vielleicht sogar Präsidentinnengatten – einzuführen, die ihre eigene Karriere verfolgen, während ihr Ehemann – oder ihre Ehefrau – im Amt ist."

„Das wäre ganz in meinem Sinne. Wo steht geschrieben, dass eine Frau ihr ganzes Leben aufgeben muss, um ihren Mann zu unterstützen?"

„Nirgendwo. Es ist eine Tradition."

„Diese Tradition kann mich mal."

„Tu mir einen Gefallen, und sag das niemals laut zu anderen."

„Das ist nur für uns, und ich werde das niemandem sonst gegenüber erwähnen. Aber ich habe vor, es in den nächsten drei Jahren als mein Mantra zu leben."

„Ich freue mich schon auf die Live-Übertragung." Er aß den letzten Donut aus der ersten Packung und leerte eine Flasche Schokomilch, bevor er eine zweite Packung öffnete.

„Du bist widerlich."

Er rülpste laut. „Hm? Was habe ich denn gemacht?"

„Deine Ernährungsweise ist widerlich."

„Du bist ja nur neidisch. Wenn du alles essen könntest, was du wolltest, hättest du dich schon längst auf meine Donuts gestürzt."

„Nein, hätte ich nicht."

„Lügnerin."

„Schwein."

„Mistzicke."

Genau das brauchte sie, wenn alles um sie herum außer Kontrolle geriet. Sie brauchte ihn, ihren geliebten Partner, den kleinen Bruder, den sie nie gehabt hatte, um mithilfe des freundschaftlichen Gezänks, das ihre gemeinsamen Tage füllte, eine gewisse Normalität aufrechtzuerhalten. Sie brauchte dafür außerdem eine Leiche in der Gerichtsmedizin und Spuren, die sie verfolgen konnte, und da sie beides hatte, sah dieser Tag gut aus.

Nachdem sie am George Washington Hospital geparkt hatte, rief sie Dr. Anderson an. „Wir sind da."

„Kommen Sie durch die Notaufnahme rein. Ich hole Sie ab."

„Bis gleich."

Als sie ausstiegen und zum Eingang der Notaufnahme gingen, war Sam dankbar, dass sie einen Freund hatte, der ihr helfen konnte, sich einen Weg durch den Dschungel der Vorschriften zur Wahrung der Privatsphäre zu bahnen, der es schwierig machte, zu den Patienten zu gelangen.

Sam war bewusst, dass Vernon und Jimmy ihr folgten, aber sie ignorierte sie und konzentrierte sich auf ihren Fall. Das Hochgefühl, das sie bei der Arbeit empfand, war mit nichts zu vergleichen, außer vielleicht mit dem, das sie beim Sex mit ihrem Mann hatte. Sie brauchte den Job wie die Luft zum Atmen. Es nährte ihre Seele, für Gerechtigkeit für die zu kämpfen, die sie am meisten benötigten.

Als sie den belebten Warteraum der Notaufnahme betrat, wurde es ganz still, und die Leute starrten sie ungläubig an. Als ersten Schritt ihrer „Die Tradition kann mich mal"-Kampagne musste sie so tun, als störe die Aufmerksamkeit sie nicht. Sie zeigte der Frau am Empfang, die sie ebenso wie alle anderen anstarrte, ihre Dienstmarke.

„Lieutenant Holland für Dr. Anderson. Er erwartet mich."

„Ich … äh …"

Ehe die Rezeptionistin sich weiter in Verlegenheit bringen konnte, tauchte Anderson aus dem Hinterzimmer auf und bedeutete Sam und Freddie, ihm zu folgen.

„Ich bin ab jetzt mit Gefolge unterwegs", erklärte sie und gestikulierte in Richtung der Personenschützer, die ihr dicht auf den Fersen waren.

„Kommen Sie rein." Anderson führte sie zu einer Reihe von Aufzügen am anderen Ende der Notaufnahme. „Ich habe nachgesehen, sie liegt noch auf der Intensivstation. Zweiter Stock."

„Danke, Doc. Ich weiß die Hilfe zu schätzen."

„Ich tue, was ich kann, um Ihnen das Leben zu erleichtern, Lieutenant."

„Warum kann nicht jeder so kooperativ sein, Detective Cruz?"

„War das eine rhetorische Frage?", entgegnete Freddie.

Anderson lachte.

Sie drückte den Rufknopf. „Bitte lachen Sie nicht über sein freches Mundwerk. Das ermutigt ihn nur."

„Wir sollten uns bei Gelegenheit mal unterhalten, Detective", sagte Anderson zu Freddie. „Ich wette, wir könnten einander ein paar gute Geschichten erzählen."

Sam betrat den Aufzug. „Dafür hat er keine Zeit, denn er ist sehr damit beschäftigt, für mich zu arbeiten. Danke, dass Sie mir den Weg geebnet haben."

„Es ist mir stets ein Vergnügen, Ihnen behilflich zu sein, Lieutenant."

Als sich die Türen schlossen, winkte sie dem Doktor zum Abschied zu.

„Du verdirbst mir aber auch jeden Spaß", meinte Freddie.

„Das ist mein anderes Lebensziel."

Im zweiten Stock wandte sich Sam an Vernon und Jimmy. „Können Sie bitte hier auf uns warten?", bat sie und deutete auf den Wartebereich.

„Jawohl, Ma'am."

„Danke."

Sam ging zum Schwesternzimmer, zeigte ihre Dienstmarke vor und fragte nach Shanice. „Ich weiß, es ist nicht der günstigste Zeitpunkt, aber wir ermitteln in einem Mordfall und müssen unbedingt mit ihr reden."

„Lassen Sie mich mit ihrem Arzt Rücksprache halten. Moment bitte."

Sam rechnete es der Krankenschwester hoch an, dass sie ihren Job machte und nicht ausflippte, weil die Frau des Präsidenten an ihrem Arbeitsplatz auftauchte. Vielleicht würde es im Laufe der Zeit, wenn sich die Leute daran gewöhnten, dass sie weiterarbeitete wie immer, mehr Menschen wie sie geben und weniger von der Sorte aus der Notaufnahme.

„Was ist, wenn wir nicht mit ihr reden können?", fragte Freddie so leise, dass nur Sam es hören konnte.

„Dann wenden wir uns an ihre Familie und schauen mal, was die uns sagen kann."

Die Schwester kam sieben Minuten später zurück. Sam wusste das, denn sie vertrieb sich die Zeit mit der Beobachtung der großen schwarz-weißen Wanduhr. „Hier entlang bitte."

Sam warf Freddie einen zufriedenen Blick zu, während sie der Schwester in einen Raum mit Glaswänden folgten. Dort zerrte das unablässige Piepen der Maschinen, an die Shanice angeschlossen war, an Sams Nerven. Sie hatte keine Ahnung, wie medizinische Fachkräfte es aushielten, sich das den ganzen Tag lang anzuhören. Das Geräusch würde sie in den Wahnsinn treiben.

Shanice sah ihnen mit großen braunen Augen verängstigt entgegen.

Sam bemerkte, dass die Wunde an ihrem Hals dick verbunden war. Sie zeigte Shanice ihre Dienstmarke. „Mein Name ist Lieutenant Holland. Ich war gestern Nacht am Tatort."

Shanice leckte sich die trockenen Lippen. „Ich erinnere mich."

„Können Sie uns erzählen, was passiert ist?"

„Eddie … Seine Freunde … Sie sind bei uns aufgetaucht und wollten ihn mitnehmen." Sie holte ein paarmal tief Luft.

„Wo wohnen Sie?"

Shanice nannte die Adresse. Sam fiel auf, dass sie in Southeast lag, in der Nähe des Hauses, in dem Clarence Reese zwei Jahre zuvor seine Familie getötet hatte.

„Besorgen wir uns einen Durchsuchungsbeschluss. Die Spurensicherung soll sich dort umsehen", befahl Sam.

Freddie zückte sein Smartphone, um ihre Anweisungen auszuführen.

Die Krankenschwester hielt Shanice einen Strohhalm an die Lippen, damit sie einen Schluck Wasser trinken konnte.

„Er wollte nicht mitgehen. Sie … Einer von ihnen hat eine Pistole gezogen und sie auf mich gerichtet. Er … er hat gesagt, ich solle meine Sachen ausziehen. Eddie hat gemeint, sie sollen sich verpissen und mich da raushalten. Einer von ihnen hat mich gepackt und mir die Kleider vom Leib gerissen." Tränen rannen ihr übers Gesicht. „Sie haben ihn gezwungen zuzuschauen, wie sie mich abwechselnd vergewaltigt haben." Sie schluchzte, und als ihre Brust sich dabei hob und senkte, zuckte sie vor Schmerzen zusammen.

„Schh." Sanft wischte die Schwester der jungen Frau die Tränen ab. „Ganz ruhig."

„Wie viele Männer waren es?", erkundigte sich Sam.

„Fünf", flüsterte Shanice.

„Haben Sie einen Abstrich genommen?", fragte Sam, die vor Wut darüber, was die Männer dieser jungen Frau angetan hatten, kochte, die Krankenschwester.

„Ja."

„Wir müssen ihn in unser Labor bringen." Sie blickte Freddie an und gab ihm damit wortlos den Auftrag, dafür zu sorgen. „Kannten Sie die Männer?", wandte sie sich dann wieder an Shanice.

„Einen davon. Er heißt Kelvin Evans. Die anderen nicht."

Freddie würde Gonzo den Namen per SMS übermitteln.

„Können Sie sie beschreiben? Vor allem unveränderliche Kennzeichen würden uns weiterhelfen."

Shanice beschrieb die Männer, wobei ihre Stimme immer wieder stockte, wenn sie sich an die Schrecken der Vergewaltigung erinnerte.

Freddie tippte die Informationen, die sie ihnen gab, in sein Smartphone.

„Was geschah dann?"

„Sie haben uns aus der Wohnung gezerrt und gezwungen, in ein Auto zu steigen. Einer von ihnen hat mir ein Messer an den Hals gehalten, damit ich still bleibe."

Das war also der Grund für ihre Verletzungen.

„Im Auto hat einer von ihnen auf Eddie eingestochen, und dann haben sie uns aus dem Auto gestoßen."

„Könnten Sie den Täter identifizieren?"

„Nein, ich habe nicht mitgekriegt, wer genau es war. Die saßen vorne und ich hinten."

„Haben die Typen mit ihm gestritten, bevor sie ihn niedergestochen haben?"

„Nein. Danach haben sie das Messer und uns einfach aus dem Auto geworfen."

„Wieso haben wir es bei Ihnen gefunden?"

„Ich habe es ihm aus der Brust gezogen, ehe ich mich versteckt habe. Ich hatte Angst, die könnten zurückkommen, also habe ich es zu meinem Schutz an mich genommen."

„Wissen Sie, warum die Eddie und Ihnen das angetan haben?"

„Er hat ihnen Geld geschuldet."

„Wie viel?"

„Über fünfundzwanzigtausend." Sie leckte sich über die Lippen und holte tief Luft. „Er hat sie belogen, hat behauptet, er hätte das Geld, aber das stimmte nicht. Als Kelvin das herausgefunden hat, ist er sehr, sehr wütend geworden." Ihre Hände zitterten heftig, also faltete sie sie im Schoß.

Die Schwester behielt die blinkenden Monitore im Blick. „Wir müssen Schluss machen."

„Warum hat er ihnen Geld geschuldet?"

„Sie hatten ihm Drogen gegeben, die er für sie verkaufen sollte, und er sollte ihnen mindestens fünfundzwanzigtausend besorgen, doch er hatte nur die Hälfte."

„Können Sie uns noch etwas sagen, das uns helfen könnte, die Männer zu finden, die Sie vergewaltigt und Eddie getötet haben?"

„Nein, aber ich habe solche Angst vor ihnen. Wenn die herausfinden, dass ich mit Ihnen geredet habe, bringen sie mich um."

„Das werden wir nicht zulassen."

Freddie verließ das Zimmer, um Bewachung für sie zu organisieren.

„Wir werden ein paar Beamte vor Ihrem Zimmer postieren, und wenn Sie hier rausdürfen, werden wir Sie weiter beschützen. Die werden Ihnen nicht mehr wehtun. Gibt es jemanden, den wir wegen Eddies Tod benachrichtigen sollten?"

„Bloß seine Eltern, allerdings reden die nicht mehr mit ihm."

„Die wissen schon Bescheid."

„Sonst ist da niemand. Wir beide waren lange ganz auf uns allein gestellt."

„Was ist mit Ihrer Familie?"

Sie schloss kurz die Augen. „Wir haben keinen Kontakt."

„Sie müssen doch eine Freundin oder sonst jemanden haben, den wir für Sie anrufen können."

Als Sam die Krankenschwester ansah, zuckte diese die Achseln, als hätte sie ebenfalls vergeblich versucht, diese Information zu bekommen.

„Früher hatte ich Freunde, aber jetzt nicht mehr. Eddie und ich … Es gab nur uns beide."

„Hat Eddie das so gewollt?", fragte Sam, die eine Vermutung hatte, nachdem sie gehört hatte, dass Shanice mehrfach wegen häuslicher Gewalt die Polizei gerufen hatte.

„Er … er hat gesagt, es wäre besser, wenn wir nur einander hätten."

Er hatte sie also von ihrer Familie und ihren Freunden isoliert. Ein typisches Verhalten von Missbrauchstätern.

„Darf ich Ihnen einen Rat geben? Schließlich bin ich selbst Mutter."

„Okay."

„Wenn eins meiner Kinder irgendwo da draußen wäre und Hilfe bräuchte, würde ich wollen, dass es mich anruft, egal wie lange es her wäre, dass wir das letzte Mal miteinander gesprochen haben. Das wäre mir egal."

„Ich … ich schätze, Sie könnten meine Mutter informieren." Sie schluchzte auf. „Ich würde sie wirklich gern sehen."

Sam zog das Notizbuch aus ihrer Gesäßtasche. „Wie lautet ihre Nummer?"

Die junge Frau nannte sie ihr.

„Wie heißt sie?"

„Brandy Wilson."

„Ich werde sie für Sie anrufen."

„Sagen Sie ihr, es ist in Ordnung, wenn sie nicht herkommen will. Es ist eine Weile her …"

„Ich richte es ihr aus." Sie legte Shanice eine Hand auf den Arm. „Keine Sorge. Wir werden Ihnen helfen."

„Danke. Ich kann nicht glauben, dass die Frau des Präsidenten mir persönlich behilflich sein will."

„Im Augenblick bin ich nicht die Frau des Präsidenten. Für sie bin ich eine Polizistin, eine Mutter und eine Freundin, okay?"

Shanice biss sich auf die Unterlippe, nickte, zuckte zusammen und blinzelte, als ihr wieder Tränen in die Augen traten.

„Ich sehe später noch mal nach Ihnen."

KAPITEL 18

Sam begab sich in den Wartebereich der Intensivstation, der mit Ausnahme von Vernon, Jimmy und Freddie, der gerade telefonierte, zum Glück leer war. Sie rief Shanice' Mutter an.

Der Anruf landete auf der Mailbox. „Ms Wilson, hier spricht Lieutenant Sam Holland vom Metro Police Department. Es geht um Ihre Tochter. Shanice liegt derzeit im George Washington Hospital und hat mir Ihre Nummer gegeben. Ich soll Ihnen ausrichten, dass es in Ordnung ist, wenn Sie nicht kommen wollen, aber sie würde Sie wirklich gerne sehen." Sam hinterließ ihre Nummer, damit die Frau sie zurückrufen konnte, und klappte dann das Handy zu. Wenn sie nicht zeitnah von ihr hörte, würde sie es später noch einmal versuchen.

„Ich habe Captain Malone gebeten, den Durchsuchungsbeschluss zu besorgen, die Spurensicherung zu benachrichtigen, dass wir sie in der Wohnung brauchen, und Vorkehrungen getroffen, um den Abstrich ins Labor zu bringen", sagte Freddie. „Ich habe außerdem Shanice' Beschreibungen der Männer an Gonzo weitergegeben."

„Hervorragend. Danke."

„Was nun?"

„Wissen wir schon was über Kelvin Evans?"

„Ich warte darauf, dass Gonzo mich über ihn informiert."

Sams Mobiltelefon klingelte, und sie nahm den Anruf entgegen, denn sie erkannte die Nummer als die, die sie gerade angerufen hatte. „Lieutenant Holland."

„Hier spricht Shanice' Mutter. Ich … ich habe Ihre Nachricht erhalten. Was ist passiert?"

„Es tut mir leid, Ihnen mitteilen zu müssen, dass Ihre Tochter von mehreren Männern vergewaltigt worden ist."

Sie hörte die Frau durchs Telefon aufstöhnen. „Wegen dieses Mistkerls Eddie?"

„Es hatte mit ihm zu tun."

„Natürlich. Ich versuche schon seit Jahren, sie dazu zu bringen, dieses Ungeheuer zu verlassen. Ich hoffe, Sie haben ihn verhaftet."

„Er ist bei dem Vorfall zu Tode gekommen."

„Gut. Er hatte es nicht verdient, in einer Welt mit zivilisierten Menschen zu leben. Eddie ist der Grund, warum keiner von uns Shanice seit über einem Jahr mehr gesehen hat."

„Es tut mir leid, was Sie durchmachen müssen. Können Sie sie im Krankenhaus besuchen?"

„Hat sie wirklich nach mir verlangt?"

„Ja, sie hat mir Ihre Nummer gegeben."

Ms Wilson seufzte tief. „Ich bin sofort da. Danke, dass Sie mich benachrichtigt haben."

„Gern. Kein Problem."

„Ich habe lange auf diesen Anruf gewartet und darum gebetet, dass es nicht die schlimmste Nachricht sein möge."

„Shanice wird eine Weile brauchen, um sich davon zu erholen, aber sie wird es schaffen."

„Das hoffe ich."

Sie verabschiedeten sich, und Sam klappte ihr Handy zu, zufrieden, dass sie an diesem Tag etwas für eine Familie bewirkt hatte – einer der vielen Gründe, warum sie diesen Job so liebte.

„Gonzo hat mir Evans' Akte gemailt. Sie ist lang und hässlich." Freddie reichte ihr sein Smartphone. „Er war fast sein ganzes Leben lang immer wieder in Schwierigkeiten. Typischer Karrierekrimineller."

Sam überflog das lange Vorstrafenregister, das Diebstahl, Drogendelikte und Körperverletzung umfasste. „Wie kann dieser Kerl überhaupt auf freiem Fuß sein?"

„Eine sehr gute Frage."

Sie reichte ihm das Smartphone zurück und sah auf die Uhr, um sich zu vergewissern, dass sie vor ihrem Treffen mit Mrs Nelson noch genügend Zeit hatte. „Lass uns bei Dominguez vorbeischauen und ihn dann abholen. Sag Gonzo, er soll in dreißig Minuten mit Verstärkung vor Ort sein."

Gigi Dominguez schlief, als sie in ihr Zimmer spähten, also hinterließ Sam eine Nachricht, dass sie da gewesen waren und hofften, es ginge ihr besser. *Ich melde mich später wieder*, fügte sie hinzu, ehe sie mit ihrem und Freddies Namen unterschrieb.

Im Auto gab Freddie Kelvins Adresse in Anacostia ins Navi seines Smartphones ein, das ihnen daraufhin die schnellste Route anzeigte.

„Das ist ziemlich cool."

„Was?"

„Die Art, wie das Smartphone einem den schnellsten Weg dorthin berechnet."

„Auch du könntest Zugriff auf diese Technologie haben, wenn du von deinem Klapphandy auf ein anderes umsteigen würdest."

„Halt dein Schandmaul. Mein Klapphandy und ich sind eine Schicksalsgemeinschaft."

Aus dem Augenwinkel sah sie, wie er die Augen verdrehte. „Jetzt, wo Nick Präsident der Vereinigten Staaten ist, werden sie dir wahrscheinlich einen BlackBerry aufzwingen."

„Das ist möglicherweise bereits geschehen."

„Wirklich?", fragte er lachend. „Bei diesem Gespräch hätte ich gern Mäuschen gespielt."

„Wir waren nackt und im Bett. Insofern glaub ich das erst mal nicht."

„Igitt."

„Zum Glück muss ich ihn nur benutzen, wenn ich mit Nick spreche." Sie klopfte auf ihre Manteltasche, in der sich der direkte Draht zu ihrem geliebten Ehemann befand. „Das ist schon in Ordnung."

Freddie klappte die Sonnenblende herunter und öffnete den darin befindlichen Spiegel. „Du gehst mit alldem sehr erwachsen um."

„Ich erwarte, dass du stets auf meiner Seite stehst."

Lachend erwiderte er: „Ich stehe auf deiner Seite, aber ich darf das trotzdem lustig finden. Der BlackBerry hat sicher auch einen Hightech-GPS-Peilsender, damit du nicht verloren gehen kannst."

Sam war sich nicht sicher, was sie von dieser Art von Big-Brother-Überwachung halten sollte. „Ich bin so hin- und hergerissen zwischen wahnsinnigem Stolz auf Nick und unglaublichem

Genervtsein wegen all der Möglichkeiten, wie das mein Leben durcheinanderbringen kann." Kaum hatte sie diesen Gedanken ausgesprochen, fühlte sie sich schuldig. „Vergiss, dass ich das gesagt habe."

„Schon in Ordnung, Sam. Du weißt, du kannst offen mit mir reden, und es wird niemand erfahren."

„Das darf niemand mitbekommen. Nicht einmal Elin."

„Keine Sorge. Großes Ehrenwort. Egal, was in den nächsten Jahren passiert, ich möchte, dass du weißt, dass du mit mir darüber sprechen kannst, und ich werde dir immer gerne zuhören und dich am Selbstmord hindern."

„Danke. Das bedeutet mir viel. Ich möchte nicht, dass du den Eindruck hast, ich würde mich beschweren. Das tue ich nicht. Nicht wirklich …"

Er lachte. „Ich kann es dir nicht verdenken. Die meisten Präsidentengattinnen haben anderthalb Jahre Zeit dafür, sich mit der Möglichkeit vertraut zu machen, dass ihr Ehepartner Präsident wird und sie mit ins hellste Rampenlicht der Welt zieht. Du hattest etwa eine Stunde. Ich könnte es dir nicht verdenken, wenn du deswegen völlig durchdrehen würdest."

„Ich versuche, das nicht zu tun, aber ich fühle mich, als hätte man mich auf den Kopf gestellt und in etwas hineingestoßen, das so viel größer ist, als ich es mir ausmalen kann. Mein Mann ist der gottverdammte Präsident der Vereinigten Staaten. Mal ehrlich …"

„Sam, ich kann mir nicht einmal ansatzweise vorstellen, wie das ist. Ich kann es kaum fassen, dass mein Freund Präsident ist und du damit die First Lady bist. Jeder, den ich kenne, hat mich in den letzten Tagen angesprochen und gesagt: ‚Heilige Scheiße.‘ Sie alle wollen wissen, wie es euch geht, ob du weiterarbeiten wirst und eine Million anderer Dinge."

„Ich hasse es, dass die Leute so viele schmutzige Details über uns erfahren wollen. Beim Gedanken daran kriege ich echt die Krise."

„Ganz locker bleiben. Du hast doch morgen Abend das Fernsehinterview, oder?"

„O mein Gott. Das hatte ich ganz vergessen."

„Hatte ich dir nicht gesagt, du sollst den Namen des Herrn nicht missbrauchen?"

„Wir reden von einem Fernsehinterview, Frederico! Welchen besseren Anlass gibt es, den Namen des Herrn zu missbrauchen, verdammt noch mal?"

„Warum lässt du es nicht einfach ganz? Das wäre mir sehr recht. Außerdem – nenn mich nicht Frederico. Du weißt, wie sehr ich das hasse. So darf mich nur meine Mutter nennen – und die ist vollauf damit beschäftigt, halb durchzudrehen, weil Nick Präsident ist. Sie hat gesagt, sie kann nicht glauben, dass Leute, die wir kennen, im Weißen Haus wohnen werden."

„Sobald wir können, laden wir deine Eltern mal zu uns ein."

„Sie würde ausflippen. Im Ernst."

„Das machen wir. Wir müssen schließlich die Coolness unserer neuen Adresse ausnutzen, solange es geht, oder?"

„Wir können epische Partys feiern – und nach dem, was ich gelesen habe, gibt es genug Gästezimmer, sodass alle übernachten können. Ich will das Lincoln-Schlafzimmer."

„Einverstanden."

„Das wäre so verdammt cool. Davon könnte ich für den Rest meines Lebens zehren."

„Vielleicht wird es ja doch nicht total bescheuert."

„Ich fürchte, das wird es definitiv, aber es wird auch schöne Zeiten geben. Behalte einfach die Menschen, die dir am wichtigsten sind, in deiner Nähe, damit sie dir helfen, nicht die Bodenhaftung zu verlieren. Apropos, ich habe eine Idee."

„Nämlich?"

„Es gibt Präzedenzfälle, bei denen die Großeltern der Präsidentenfamilie mit ins Weiße Haus gezogen sind, damit sie für die Kinder da sein konnten, wenn das Präsidentenpaar auf Reisen war und so weiter."

„Okay …"

„Ihr solltet Celia bitten, bei euch einzuziehen, damit sie das für euch tun kann. Es wäre gut für sie, eine neue Aufgabe zu haben, jetzt, wo dein Vater gestorben ist, und es würde euch beruhigen, wenn ihr nicht bei den Kindern sein könnt."

„Das ist eine echt großartige Idee."

„Die ist mir ganz allein gekommen."

Sam lächelte. „Und ich freue mich, dir die volle Anerkennung dafür zuteilwerden zu lassen. Eine meiner größten Sorgen ist, wie ich das alles unter einen Hut kriegen soll. Es war schon schwierig genug, als ich die Frau des Vizepräsidenten war, aber jetzt scheint es einfach unschaffbar. Es ist mir sehr wichtig, weiterzuarbeiten, doch ich bin wirklich unsicher, wie ich beiden Jobs gerecht werden und gleichzeitig drei Kindern eine gute Mutter sein kann. Celia wäre eine große Hilfe."

„Du bist diesen Kindern eine wunderbare Mutter, Sam. Sie lieben dich sehr."

„Ich bin eine einigermaßen anständige Mutter, verbringe nur viel weniger Zeit mit ihnen, als ich sollte."

„Das sagen alle berufstätigen Mütter. Jeder, der einen Vollzeitjob hat, hat Gewissensbisse wegen der Zeit, in der er nicht bei seinen Kindern ist. Warum sollte es bei dir anders sein?"

„Stimmt vermutlich. Ich denke immer wieder daran, was für eine großartige Mutter Cleo Alden und Aubrey war. Sie war die Mutter mit der Heißklebepistole, die ständig etwas Tolles mit den beiden gemacht hat. Ich bin schon zufrieden, wenn alle gefüttert und gebadet sind."

Darüber musste er aus voller Kehle lachen.

„Das ist mein Ernst!"

„Ich weiß. Deshalb ist es ja so komisch. Als ich klein war, vielleicht sieben oder acht Jahre alt, habe ich zufällig gehört, wie meine Mutter zu meiner Großmutter gesagt hat, sie habe das Gefühl, dass sie als alleinerziehende Mutter versagt habe. Das war zu der Zeit, als sie noch zwei Jobs hatte, nachdem mein Vater uns verlassen hatte, und ich häufiger bei meiner Oma als bei ihr war. Meine Mutter meinte, ich würde in dem Glauben aufwachsen, meine Omi sei eigentlich meine Ma."

„Oh, verdammt. Was hat deine Oma darauf erwidert?"

„Sie hat geantwortet: ,Der Junge weiß genau, wer seine Mutter ist, und er betet dich an. Er wird sich daran erinnern, wie hart du geschuftet hast, um für ihn zu sorgen, und dass er alles hatte, was er gebraucht hat – Essen, Kleidung, ein Dach über dem Kopf und all die Liebe in deinem Herzen. Er führt nicht Buch darüber, wie viel Zeit er mit dir verbringt. Das tust nur du.'"

„Das ist schön. Danke, dass du mir das erzählt hast."

„Was meine Großmutter gesagt hat, stimmte. Rückblickend erinnere ich mich daran, wie hart meine Mutter gearbeitet hat, damit ich die richtigen Klamotten hatte, in der Little League spielen, bei den Pfadfindern sein und Schlittschuhlaufen lernen konnte. Sie hat mir all das ermöglicht. Hat es Zeiten gegeben, in denen ich mir gewünscht habe, sie müsste nicht so viel arbeiten? Sicher, aber das ist nicht meine vorherrschende Erinnerung an meine Kindheit. Ich erinnere mich, dass ich sehr viel mit ihr gelacht habe, und daran, wie ich mit ihr in der Kirche und sonntags mit ihr und meinen Großeltern essen gewesen bin, wie ich bei meinen Cousins und Cousinen übernachtet habe und dass sie es irgendwie geschafft hat, zu fast allem zu kommen, was in der Schule passiert ist. Hauptsächlich erinnere ich mich daran, wie sehr sie mich geliebt hat. Fast zu sehr, wie du ja weißt."

„Sie ist auch jetzt noch eine tolle Mutter. Sie liebt dich mehr als alles andere auf der Welt."

„Was manchmal ein bisschen übertrieben sein kann. Zum Beispiel, als sie beschlossen hat, Elin sei nicht die Richtige für mich, und mir das Leben zur Hölle gemacht hat."

„Zum Glück hat sie irgendwann eingesehen, dass man selbst entscheiden muss, wen man liebt."

„Ja, und jetzt sind die beiden beste Freundinnen. Wer hätte das gedacht? Unterm Strich werden sich deine Kinder daran erinnern, wie sehr du sie liebst. Sie werden sich an das unglaubliche Abenteuer erinnern, im Weißen Haus zu leben, und unfassbar stolz auf das sein, was du und Nick gemeinsam erreichen werdet."

„Vielen Dank. Das musste echt mal jemand zu mir sagen."

„Ich bin froh, dass ich helfen konnte."

„Hast du."

„Ich gehöre zum Team Sam und Nick. Was immer ihr braucht, meldet euch, und ich werde tun, was ich kann."

„Das bedeutet mir viel. Ich bin sicher, dass du in Zukunft mehr als nur deinen Anteil an Papierkram und dem ganzen Mist wirst schultern müssen."

„Dafür kriege ich dann ein oder zwei Nächte im Lincoln-Schlafzimmer."

„Abgemacht."

Ein paar Minuten später erreichten sie Anacostia und sahen zwei Streifenwagen und Gonzos Auto einen Block von Evans' Haus entfernt parken.

Sam stellte ihren Wagen hinter dem von Gonzo ab.

Sie und Freddie zogen kugelsichere Westen an und stellten sich zu ihm und den anderen Beamten auf den Bürgersteig.

„Ich habe zwei Leute an der Hintertür postiert und die anderen beiden hier bei uns", berichtete Gonzo.

„Klingt gut", sagte Sam. „Dann los."

Als die beiden Streifenpolizisten über Funk meldeten, dass sie hinter der Häuserreihe in Position waren, ging Sam zur Haustür und klingelte. Nachdem sie eine Minute lang keine Antwort erhalten hatte, hämmerte sie mit der Faust an die Tür. „Hier ist das MPD. Aufmachen."

Sie hörte, wie drinnen jemand Schlösser öffnete, und griff nach ihrer Waffe.

Die Tür wurde aufgezogen, und eine ängstliche junge Frau schaute hinaus.

„Wir sind auf der Suche nach Kelvin Evans", informierte Sam sie und zeigte ihre Dienstmarke und ihre Waffe.

„Er ist nicht da." Die Frau zuckte zusammen, als hätte sie Schmerzen, was Sam darauf hinwies, dass der Gesuchte wahrscheinlich eine Pistole auf sie gerichtet hatte.

„Können Sie bitte aus dem Haus treten?"

Am ganzen Körper zitternd sah die Frau nach links.

Mit der freien Hand öffnete Sam die Sturmtür. „Hände hoch und rauskommen. Auf der Stelle."

Die Frau gehorchte zögernd. Sobald sie über die Schwelle war, sprintete sie wie ein bedrohter Hase los. Da Sam wusste, dass sich einer der Streifenbeamten um die junge Frau kümmern würde, trat sie mit voller Wucht gegen die Tür und hörte, wie der Mann, der sich dahinter versteckt hatte, aufstöhnte, als sie gegen ihn prallte. „Legen Sie die Waffe weg, und kommen Sie mit erhobenen Händen raus, Kelvin."

Während sie darauf wartete, dass er ihren Befehl befolgte, raste ihr Herz, und Adrenalin schoss durch ihren Körper, wie immer, wenn es im Job richtig zur Sache ging. Es bereitete ihr ein perverses Vergnügen, Drecksäcke von der Straße zu holen, vor allem Vergewaltiger.

„Ich will einen Deal", verkündete er.

„Es gibt keinen Deal, ehe Sie mit erhobenen Händen das Haus verlassen."

„Ich weiß Dinge. Sie brauchen mich."

„Sie können hier draußen verhandeln. Vorher gibt es keinen Deal. Sie haben eine Minute dafür, zu tun, was ich gesagt habe, dann kommen wir rein." Sie zählte im Kopf rückwärts. „Noch dreißig Sekunden."

Als sie das Geräusch einer Pistole vernahm, die auf dem Boden landete, seufzte sie auf. „Ich will Ihre Hände sehen."

Er schob die Hände um die Türkante.

„Schön langsam."

Kelvin kam mit erhobenen Händen um die Tür herum auf sie zu. Er war etwa dreißig Jahre alt, schwarz, attraktiv genug, um ein Model zu sein, und stark tätowiert. Aber seine Augen glitzerten hart vor Feindseligkeit.

Als sie die Waffe senkte, nach ihren Handschellen griff und die Hand nach ihm ausstreckte, rammte er ihr plötzlich den Ellbogen ins Gesicht, sodass sie rückwärts von der Treppe in ein Gebüsch mit unangenehm spitzen Zweigen stürzte. Während sie sich aufrappelte, packten Freddie und die beiden Streifenbeamten Kelvin und legten ihm in der Zeit, die Sam brauchte, um aus dem Gesträuch zu kriechen, Handschellen an.

Freddie eilte herbei, um ihr die Hand zu reichen. „Du blutest ziemlich."

Als er an ihrer Hand zog, schrie sie vor Schmerz auf. Ihre Handflächen waren von dem Versuch, ihren Sturz in den Stechpalmenbusch aufzuhalten, total zerkratzt.

Sam wischte sich das Gesicht ab, und ihre Hand war voller Blut. Na großartig. Wie immer hatte der Täter perfektes Timing gehabt und schien gewusst zu haben, dass sie etwas Wichtiges vorhatte. In solchen Fällen zielten sie immer auf ihr Gesicht.

Vernon und Jimmy beobachteten das Treiben mit besorgter Miene, aber Sam wusste zu schätzen, dass sie auf ihre Bitte hin nicht zu ihrer Rettung herbeigeeilt waren.

„Das, äh, muss vielleicht genäht werden", meinte Freddie.

Fürs Nähen benutzte man Nadeln, und sie hasste Nadeln.

„Du musst vorsichtshalber zurück in die Notaufnahme."

„Dafür habe ich heute keine Zeit."

„Ich bin sicher, dass man dich gleich drannehmen wird. Bitte deine Bodyguards, dich zu fahren, während ich Evans ins Hauptquartier schaffe."

Sie fand sich mit der Notwendigkeit ab, sich ärztlich versorgen zu lassen, und gab ihm ihre Schlüssel. „Sieh zu, was du aus ihm herauskriegen kannst. Wir müssen seine Komplizen erwischen, bevor sie abtauchen."

„Wird erledigt. Vor morgen gibt es sowieso keine Anklageerhebung, und er wird nicht auf Kaution freikommen, da wir ihm Mord und schwere Körperverletzung zur Last legen. Du hast also genügend Zeit, zur Notaufnahme zu fahren und dir etwas Make-up zu besorgen, um das Blutbad zu überschminken." Er blickte auf die

Uhr. „Du hast noch drei Stunden bis zu deinem Treffen mit Mrs Nelson."

Sam stöhnte auf, als sie daran dachte, im Weißen Haus zu erscheinen, als hätte sie gerade einen Boxkampf verloren. „Kümmere dich auch um seine Freundin. Wir müssen herausfinden, was sie weiß."

„Mach ich. Kümmere du dich um dich. Ich melde mich später."

Sam war wütend darüber, dass sie den Fall in dieser kritischen Phase anderen überlassen musste, aber dem Schmerz, der von ihrem Gesicht und ihren Händen ausging, nach zu urteilen, hatte Freddie wohl recht damit, dass sie ein paar Stiche brauchte. Sie marschierte die Treppe zum Bürgersteig hinunter, wo Vernon ihr eine Packung Mullbinden reichte.

„Danke. Könnten Sie mich zurück zum George Washington Hospital fahren?"

„Es wäre mir ein Vergnügen, Ma'am."

„Hören Sie auf, nett zu mir zu sein. Das nervt."

„Jawohl, Ma'am." Er hielt ihr die rückwärtige Tür auf und reichte ihr dann einen Eisbeutel.

„Sie sind ein richtiger Pfadfinder, was?"

Seine Lippen zuckten – der Anflug eines Lächelns. „Ich habe mich über Sie informiert, ehe ich diesen Auftrag angenommen habe. Dabei habe ich erfahren, dass es sich als nützlich erweisen könnte, einen Erste-Hilfe-Kasten dabeizuhaben."

„Sehr witzig. Haha."

Grinsend schloss er die Tür.

Sam drückte sich den Eisbeutel auf die pochende Wange und benutzte den Verbandsmull, um etwas Blut von ihren Händen zu wischen, als ihr klar wurde, dass sie Nick anrufen musste, um ihm mitzuteilen, dass sie verletzt war. Schon wieder. Sie ignorierte den Schmerz in ihren Händen, fischte den BlackBerry aus ihrer Manteltasche und versuchte, sich daran zu erinnern, was sie tun musste. Ach ja. Neunundsechzig wählen. Er war echt ein Scherzbold.

Beim dritten Klingeln nahm er ab. „Samantha? Was gibt's?"

„Es ist alles in Ordnung, aber ich wollte dir sagen, dass ich einen Ellbogen ins Gesicht bekommen habe und auf dem Weg ins Krankenhaus bin, um mich untersuchen zu lassen, weil Freddie gemeint hat, ich bräuchte vielleicht ein paar Stiche, nachdem ich außerdem in einen Stechpalmenbusch gefallen bin."

„O nein, Babe. Dabei ist das mein allerliebstes Gesicht auf der Welt."

Sie lächelte und zuckte dann vor Schmerz zusammen. „Das Schlimmste ist, dass ich mich nachher mit Mrs Nelson treffen muss und dabei aussehen werde, als käme ich gerade aus dem Boxring. Es wird doch keine Fotos geben, oder?"

„Äh, nun ja …"

Sam stöhnte auf.

„Wir haben morgen auch das Fernsehinterview, vergiss das nicht."

Sie hätte vor Frustration am liebsten geschrien. „Ich werde wohl wieder Tracys Theaterschminke brauchen."

„Soll ich sie anrufen?"

„Nein, schon okay. Ich mach das. Was steht bei dir an?"

„Wir haben uns gerade von Elijah verabschiedet, und die Kleinen sind traurig, also beschäftigen Scotty und ich sie, während ich auf Terry warte. Wir treffen uns wegen möglicher Vizepräsidentschaftskandidaten."

„Ich komme heim, so schnell ich kann. Vernon und Jimmy bringen mich ins GW, und ich werde meinen Kumpel Dr. Anderson anrufen und ihm sagen, er kann meine Bonuskarte wieder stempeln. Er wird mich da diskret durchschleusen."

„Es ist nützlich, wenn man Freunde in hohen Positionen hat."

„Ich habe einen Freund in der höchsten Position überhaupt", bemerkte sie anzüglich. „Doch das ist eigentlich eher so eine Bettgeschichte."

Er schnaubte vor Lachen. „Dafür wirst du später bezahlen."

„Ich kann's kaum erwarten."

„Ist wirklich alles in Ordnung?"

„Mir geht es gut, aber meine Hände und mein Gesicht tun höllisch weh. Warum müssen die immer aufs Gesicht zielen?"

„Ich hoffe, du hast ihn verhaftet und eingebuchtet."

„Nick, ich finde es voll heiß, wenn du dich an Polizeijargon versuchst."

„Das ist mein voller Ernst! Er hat dich verletzt. Was hat er noch auf dem Kerbholz?"

„Gruppenvergewaltigung und Mord."

„Bah, entschuldige, dass ich gefragt habe. Sag Bescheid, wenn du auf dem Weg nach Hause bist."

„Okay, mach ich. Warn die Kinder vor, dass ich unheimlich aussehe."

„Das wird sie nicht stören. Sam, ich liebe dich."

„Ich dich auch."

Sie beendete das Gespräch und ließ den pochenden Kopf für eine Minute gegen die Nackenstütze sinken, um den Schmerz zu lindern. Dann fiel ihr wieder ein, dass sie Tracy anrufen musste. Hoffentlich hatte sie noch die Theaterschminke, mit der sie Sam schon früher geholfen hatte, die optischen Spuren ihres Jobs zu kaschieren. Von ihrem Klapphandy aus rief sie ihre älteste Schwester an.

„Madam First Lady, wie schön, von dir zu hören!"

„Hör mit diesem Scheiß auf."

„Ah, ich merke, deine neue Stellung hat deine Laune nicht unbedingt gehoben."

„Die ist tiefer im Keller als je zuvor."

„Ach du lieber Gott."

„Ich habe ein Problem, bei dem ich deine Hilfe brauchen könnte."

„Nämlich?"

„Ich habe drei Stunden vor einem Treffen mit Mrs Nelson – mit Fotos – und einen Tag vor einem Fernsehinterview einen Ellbogen ins Gesicht bekommen. Deshalb brauche ich das Bühnen-Make-up, das du mir beim letzten Mal verpasst hast."

„Ich kümmere mich darum. Schick mir eine SMS, wenn du auf dem Weg nach Hause bist."

„Okay."

„Geht es dir ansonsten gut?"

„Ja, schon, aber mein Gesicht und meine Hände sind ziemlich mitgenommen ..."

„Autsch."

„Es tut saumäßig weh."

„Ich werde dich für dein Treffen mit Mrs Nelson zurechtmachen. Ich kann nicht glauben, dass du ins Weiße Haus darfst, um dich darüber zu informieren, wie man sich als First Lady benimmt."

„Ich auch nicht." Sam kam ein Gedanke, der ihr eigentlich schon viel früher hätte kommen müssen. „Willst du mich vielleicht begleiten?"

„Was? Das ist nicht dein Ernst!"

„Doch, klar. Ang sollte ebenfalls dabei sein. Niemand hat gesagt, dass ich allein erscheinen muss. Wenn sie ein Gespräch unter vier

Augen will, dann machen wir das, während ihr euch meine neue Bude anseht. Was hältst du davon?"

„Oh, wow, Sam. Mein Ansatz ist noch nicht nachgefärbt. Ich kann nicht mit herausgewachsenem Ansatz ins Weiße Haus gehen."

„Ach was. Steck dein Haar einfach mit einer Spange hoch. Das kaschiert alles. Ich möchte, dass ihr mir Gesellschaft leistet. Ruf Ang an. Wir treffen uns in einer Stunde oder so bei mir daheim, okay?"

„Das ist verrückt", sagte Tracy, kicherte jedoch aufgeregt wie ein kleines Mädchen. „Ich kann nicht glauben, dass ihr im verdammten Weißen Haus wohnen werdet."

„Glaub es ruhig, und wir werden jede Menge Spaß haben, während wir dort sind." Wenn sie schon diese große Veränderung in ihrem Leben hinnehmen mussten, dann konnten sie sie auch nach Kräften genießen.

Sam beendete das Gespräch und drückte sich das Handy gegen die Brust, überwältigt von der Begeisterung ihrer Schwester. Tracy und Angela waren ihr ganzes Leben lang ihre Bezugspersonen gewesen, und sie bei diesem neuen Abenteuer an ihrer Seite zu haben würde alles erträglicher machen. Sie war froh, dass sie daran gedacht hatte, sie einzuladen, auch wenn sie die Idee schon früher hätte haben müssen. Vielleicht war es besser so, denn jetzt hatten sie keine Zeit mehr, deswegen komplett durchzudrehen.

Sie schrieb schnell eine SMS an Lilia, um ihr mitzuteilen, dass sie ihre Schwestern gebeten hatte, sie zu ihrem Treffen mit Mrs Nelson zu begleiten.

Lilia antwortete sofort. *Kein Problem. Ich sage Mrs Nelsons Team Bescheid.*

Danke dir. Du kommst doch auch, oder?

Das möchte ich um nichts in der Welt verpassen.

Sam fühlte sich sofort besser, da sie nun wusste, dass die unglaublich kompetente Lilia zugegen sein würde, um ihr den Weg zu ebnen.

Als sie sich dem GW näherten, rief sie Dr. Anderson an.

„Haben wir uns nicht gerade gesehen?"

„Nachdem ich Sie verlassen habe, ist etwas total Witziges passiert."

„Was denn?"

„Ich habe einen Ellbogen ins Gesicht gekriegt und mir die Hände aufgeschürft, und mein Kumpel Cruz meint, das muss vielleicht genäht werden. Könnten Sie mich unter Umständen kurz dazwischenschieben? Ich habe in zweieinhalb Stunden einen Termin mit Mrs Nelson, da darf ich nicht zu spät kommen."

„Das bringt zwei Stempel auf Ihrer Bonuskarte."

„Heute hat echt jeder einen Clown gefrühstückt."

Lachend fragte er: „Wann sind Sie hier?"

„In fünf Minuten."

„Kommen Sie zur Einfahrt der Krankenwagen. Ich hole Sie ab."

„Danke, Doc."

„Immer gern, FLOTUS."

„Nennen Sie mich nicht so, sonst werde ich gewalttätig."

„Dafür brauchen Sie mich viel zu sehr."

Sam überließ ihm das letzte Wort, klappte ihr Handy zu, schloss die Augen und versuchte, nicht daran zu denken, dass das Pochen in ihrem Gesicht eher schlimmer als besser wurde.

„War das Mom?", fragte Scotty, nachdem Nick aufgelegt hatte. Sie saßen auf dem Sofa und schauten Football, während die Kleinen auf dem Boden vor ihnen spielten. Sie hatten geweint, als Elijah gegangen war, waren aber die letzte Stunde über ganz ruhig gewesen.

„Ja."

„Ist sie wieder verletzt?"

„Jap. Sie hat bei der Festnahme eines Verdächtigen einen Ellbogen ins Gesicht bekommen."

„Autsch."

„Sie sorgt sich, sie könnte aussehen, als käme sie gerade aus dem Boxring, wenn sie später Mrs Nelson trifft."

Scotty versuchte vergeblich, sich ein Lachen zu verkneifen. „Ich weiß, das ist nicht komisch, doch natürlich musste das ausgerechnet dann passieren, wenn Fotos von ihr gemacht werden sollen."

„Ja, und im Fernsehen wird sie ja ebenfalls erscheinen."

„Stimmt. Ich kann nicht glauben, was an diesem Wochenende alles passiert ist. Danke noch mal, dass ich mitdurfte und bei der Vereidigung dabei sein konnte."

„Das war selbstverständlich. Du gehörst schließlich zu uns."

„Auch dafür bin ich dankbar. Wenn ich mir überlege, wie sehr sich mein Leben in den letzten beiden Jahren verändert hat ..."

„Geht mir genauso, Kumpel. Heute vor zwei Jahren war ich noch Johns Stabschef. Wahrscheinlich habe ich mit meinen Freunden Basketball gespielt, bin danach auf ein Bier und Nachos irgendwohin und dann allein nach Hause, um mich auf den nächsten Tag vorzubereiten. Das war mein Leben. Heute hingegen …"

„Jetzt bist du Präsident und hast eine Familie, die verhindert, dass du dich mit deinen Kumpels auf ein Bier und Nachos triffst."

„Das hatte ich viele Jahre lang, und das hier ist viel besser. Außer der Teil mit dem Präsidenten natürlich."

„Ich glaube, du wirst dich daran gewöhnen, Präsident zu sein."

„Meinst du?"

„Mhm. Du bist der mächtigste Mann der Welt. Das ist supercool."

„Ah, aber wie Spider-Mans Onkel Ben sagen würde: Aus großer Kraft folgt große Verantwortung."

„Spider-Mans Onkel hatte recht."

„Spider-Man war Johns Lieblingscomicfigur. Er hat ihn und seinen Onkel ständig zitiert."

„Es muss seltsam sein, zu wissen, dass all das nicht passiert wäre, wenn dein Freund nicht gestorben wäre."

„Sehr seltsam sogar. Wer weiß, ob ich Mom je wiedergesehen hätte, obwohl ich mir das jahrelang gewünscht habe – und dich hätte ich auch nie kennengelernt. Ich hätte heute keine Familie und wäre nicht Präsident."

„Ein einziges Ereignis hat zu alldem geführt."

„Ja, und ein anderes Ereignis hat uns Elijah und die Zwillinge beschert. Hast du schon mal vom Schmetterlingseffekt gehört?"

„Ich glaube schon, bin mir allerdings nicht sicher, was der Begriff bedeutet."

„Der Schmetterlingseffekt bedeutet, schon kleinste Veränderungen können dazu führen, dass sich ein System unvorhersehbar verändert. Das gilt genauso für das Leben. Ein winziges Ereignis kann alles verändern."

„So wie dein Besuch in dem Kinderheim in Richmond mein Leben verändert hat."

„Nicht nur deins, sondern auch meins und Moms."

Scotty nickte zu den Zwillingen hinüber, die mit ihrem Little-People-Dorf spielten, das Nick und Scotty mit ihnen aufgebaut hatten, nachdem Elijah aufgebrochen war. Es enthielt einige neue Teile, Geschenke von ihrer Geburtstagsparty. Wegen der Lautstärke des Fernsehers konnten die beiden nicht hören, worüber Nick und Scotty sprachen. „Meinst du, es geht ihnen wirklich gut?"

„Es wird zumindest besser. Und irgendwann wird es ihnen auch wieder richtig gut gehen. Ihrer Therapeutin zufolge machen sie den Umständen entsprechend gute Fortschritte. Die Tatsache, dass Elijah fast eine Woche lang hier war, war für sie wie eine Rückkehr in die gute alte Zeit, deshalb ist es nur natürlich, dass sie traurig sind, wenn er zurück ans College muss."

„Sie waren gestern auf der Party so glücklich. Ich hatte gehofft, das würde noch eine Weile länger anhalten."

„Die beiden kommen schon klar. Eli wird sich heute Abend per FaceTime bei ihnen melden, das wird ihnen helfen."

„Es tut mir nur so leid, was sie durchmachen müssen", meinte Scotty.

„Ich bin sicher, das hat auch bei dir einige Erinnerungen geweckt."

Scotty zuckte die Achseln. „Ein paar. Ich kann nachvollziehen, wie sie sich fühlen, und wünschte, wir könnten mehr tun, damit es ihnen bald besser geht."

„Wir können sie bloß lieb haben. Das brauchen sie im Moment am meisten."

„Ich habe sie sehr lieb. Sie sind erst einen Monat bei uns und fühlen sich für mich schon an wie Geschwister. Eli auch."

„Ich weiß, was du meinst, Kumpel. Es hat nicht lange gedauert, bis sie ein Teil von uns geworden sind."

„Ungefähr eine Stunde."

Nick lachte. „Das liegt daran, dass sie so verdammt liebenswert und süß sind." Er warf einen Blick auf seinen wunderbaren, aufmerksamen, sensiblen Sohn. „Du machst das wirklich toll mit ihnen. Dafür sind wir dir sehr dankbar."

„Müsst ihr nicht, nur weil ich euch mit ihnen helfe."

„Ich weiß, aber ich bin es trotzdem, und ich möchte außerdem, dass du weißt, es tut mir leid, dass du in der Highschool auf Schritt und Tritt von Mitarbeitern des Secret Service begleitet wirst. Sehr sogar."

„Ist schon in Ordnung. Ich hab mich daran gewöhnt. Ganz ehrlich, ich nehme sie kaum noch wahr."

Nick lachte. „Ja, klar."

„Es ist schwer zu glauben, dass wir nächste Woche um diese Zeit im Weißen Haus wohnen werden."

„Finde ich auch." Nick sah sich an dem Ort um, der sein erstes richtiges Zuhause geworden war, ein Gefühl, das er mit seinem Sohn teilte.

„Eigentlich will ich nicht weg von hier", gestand Scotty. „Auch wenn ich weiß, dass es cool sein wird, im Weißen Haus zu leben."

„Alles in mir wehrt sich gegen diesen Umzug. Ich hasse Umzüge, selbst wenn andere Leute die ganze Arbeit für uns erledigen. Wir müssen uns immer daran erinnern, dass unser Zuhause kein Ort ist, sondern die Menschen, mit denen wir zusammen sind. Solange wir uns haben, sind wir zu Hause, egal wo wir wohnen."

„Da hast du wohl recht. Trotzdem wird mir dieses Haus fehlen. Hier sind wir zu einer Familie geworden."

„Mir auch, aber wir können ja jederzeit hierher zurückkommen. Das geht uns nicht verloren."

„Das erleichtert mir den Umzug ein wenig."

„Ich möchte, dass du dir heute etwas Zeit für die Entscheidung nimmst, was du mitnehmen willst und was hierbleiben kann. Wir müssen nicht alles mitschleppen."

„Mom hat gemeint, ein Umzug sei eine gute Gelegenheit, mal auszumisten."

„Mom hat wie üblich recht."

Wenige Minuten später ließ der Personenschützer an der Haustür Terry ein.

„Die Pflicht ruft", sagte Nick zu Scotty. „Wir brauchen einen Vizepräsidenten."

„Darüber habe ich auch schon nachgedacht. Es sollte eine Frau sein. Dafür ist es höchste Zeit, findest du nicht?"

Amüsiert bestätigte Nick: „Allerhöchste. Da sind wir einer Meinung. Ich habe Terry um eine Liste von fünf oder sechs Frauen gebeten, die gute Kandidatinnen abgeben würden."

„Das ist klasse."

„Freut mich, dass du das findest. Behalte bitte die Kleinen im Auge, und wenn du mich brauchst, bin ich im Esszimmer."

„Okay."

„Jetzt mach deine Hausaufgaben."

„Ist das wirklich nötig?"

Er zerzauste Scotty das Haar und erntete dafür einen gespielt finsteren Blick von dem Jungen. Gott, er liebte ihn, und das schon von der ersten Minute an, als er ihm an jenem schicksalhaften Tag in Richmond während des Wahlkampfes für den Senatssitz, den er von John geerbt hatte, begegnet war. Das schien ewig her zu sein, wenn man bedachte, was seitdem alles passiert war.

„Mr President", sagte Terry. „Wie geht es Ihnen heute Morgen?"

„Gut, Terry, und das weißt du auch, weil wir uns heute schon dreimal unterhalten haben. Außerdem sollst du mich nicht Mr President nennen, wenn wir unter uns sind."

Terry lächelte. „Jawohl, Sir."

„Ich habe Derek dazugebeten. Er weiß über alle wichtigen Menschen dieser Stadt genauestens Bescheid."

„Gute Idee."

„Er wird gleich da sein. Kannst du mir solange etwas Neues über Ruskin berichten? Er wurde heute beim morgendlichen nachrichtendienstlichen Briefing gar nicht erwähnt."

„Wir versuchen noch herauszufinden, was da wirklich gelaufen ist", entgegnete Terry. „Wir haben ein Team losgeschickt, das das Flugzeug auf dem Luftwaffenstützpunkt Andrews in Empfang nehmen soll. Die Delegation wird für die Nacht an einen sicheren Ort und morgen zur Nachbesprechung ins Weiße Haus gebracht. Wir schicken Ruskin zu dir, sobald wir alle Informationen haben, die du brauchst."

„Danke, dass du dich darum gekümmert hast, Terry."

„Das ist mein Job. Der nächste Schritt ist die Überprüfung der Vizepräsidentschaftskandidatinnen." Terry legte fünf zwanzig mal fünfundzwanzig Zentimeter große Fotos vor Nick auf den Tisch, alle von Frauen, die er kannte. Die erste war Evelyn Hodges, die Verkehrsministerin, gefolgt von Michaela Johnson, einer Kongressabgeordneten aus Maryland, Inez Cortez, der Gouverneurin von New Mexico, Jessica Sanford, eine Senatorin aus Illinois, und Gretchen Henderson, einer angesehenen Politikerin, der es bei den letzten Präsidentschaftswahlen besonders gut gelungen war, die jungen Erwachsenen in der Wählerschaft zu mobilisieren.

„Nelsons Team hat Johnson, Hodges und Cortez gründlich geprüft, als er sie vor seiner ersten Wahl in Betracht zog. Am Ende entschied er sich mit Gooding für die sichere Alternative und dann für dich, weil er sich deine Beliebtheitswerte zunutze machen wollte. Wir wissen ja, wie das ausgegangen ist." Nick war als Vizepräsident sogar noch beliebter geworden, was Nelson verärgert und seinen Sohn Christopher zu einem Mordkomplott angestiftet hatte.

„Wir müssten also lediglich Sanford und Henderson durchleuchten?"

„Richtig. Meine Leute arbeiten im Moment daran, mit der Anweisung, die Prüfung geheim zu halten. Wir wollen uns nicht festlegen lassen, bevor wir eine Lieblingskandidatin haben."

„Meine erste Wahl wäre Michaela Johnson. Ich hätte gerne die erste Frau in diesem Amt und die erste schwarze Vizepräsidentin."

„Das ist eine ausgezeichnete Wahl, aber ich selbst bevorzuge ehrlich gesagt Henderson."

„Weswegen?"

„Deine Regierung wird den Leuten nicht zuletzt deswegen in Erinnerung bleiben, weil du noch so jung bist, und so, wie ich es sehe, haben wir eine enorme Chance, junge Menschen für den Staatsdienst, das Wählen, für politisches Engagement und so weiter zu gewinnen. Das passt gut zu deinen bereits begonnenen Bemühungen, Jugendliche und junge Erwachsene für die Regierung zu begeistern. Deshalb halte ich Gretchen Henderson für die ideale Wahl."

Nick nahm das Foto der dunkelhaarigen, dunkeläugigen Frau in die Hand, die Rhodes-Stipendiatin und ehemalige Miss New Jersey war und wie er selbst in Harvard studiert hatte. „Ich weiß nicht viel über sie, außer dass sie bei den letzten beiden Präsidentschaftswahlen erfolgreich Wählerstimmen gesammelt hat."

„Sie ist eine Frau der Tat", sagte Terry. „Ihre Geschichte unterscheidet sich gar nicht so sehr von deiner. Sie ist in einer Sozialwohnung in Newark aufgewachsen und hat ein Stipendium für Harvard bekommen. Henderson hat für eine Reihe von Gouverneuren und Kongressmitgliedern aus New Jersey gearbeitet und genießt bei allen, die sie kennen, hohes Ansehen."

Nick war sich darüber im Klaren, dass die Person, die er zu seiner Vizepräsidentin bestimmte, auch die Thronfolgerin der Partei sein würde, wie er als Vizepräsident der Thronfolger gewesen war. Ihm war ebenfalls schmerzlich bewusst, dass man seine erste große Entscheidung als Präsident ausführlich sezieren würde, was den Druck, das hier richtig zu machen, noch erhöhte.

Derek traf ein paar Minuten später ein. „Tut mir leid, dass ich zu spät komme. Meine Eltern hüten Maeve für ein paar Stunden, sie sind nur leider im Football-Verkehr stecken geblieben." Er war seit dem Mord an seiner Frau Victoria vor fast anderthalb Jahren alleinerziehender Vater einer Tochter, und das Washingtoner Football-Team hatte an diesem Nachmittag ein Heimspiel.

„Kein Problem", meinte Nick. „Wir haben gerade über Gretchen Henderson gesprochen. Hast du eine Meinung zu ihr?"

„Ich mag sie, aber ihr Privatleben ist problematisch."

„Woher weißt du das?", fragte Nick. „Wir haben sie doch offiziell noch gar nicht überprüft."

„Sie ist zweimal geschieden. Die zweite Scheidung war hässlich, habe ich gehört, mit beidseitigen Kontaktverboten."

Nick verzog das Gesicht. „Beidseitig, ja?"

„Ich kenne nicht alle Einzelheiten", antwortete Derek. „Aber das müssen wir uns genauer anschauen, bevor wir sie ernsthaft in Betracht ziehen. Ich meine, bevor *du* sie ernsthaft in Betracht ziehst."

Nick sah zu Terry, der lächelte und ihm nickend zustimmte, dass dies der perfekte Zeitpunkt dafür war, Derek mitzuteilen, dass sie ihn gerne mit in ihrem Team hätten. „Ich hatte gehofft, du würdest vielleicht bleiben."

„Oh", sagte Derek. „Wirklich?"

„Natürlich", erwiderte Nick lachend. „Es kann dich ja nicht so fürchterlich überraschen, dass ich dich an meiner Seite haben will."

„Ich wollte nicht von falschen Voraussetzungen ausgehen."

„Derek, ich hätte dich gern als stellvertretenden Stabschef, damit du uns weiterhin als Verbindungsmann zum Kongress dienen kannst", verkündete Nick. „Natürlich nur, wenn du willst."

„Es wäre mir eine Ehre." Nach einer kurzen Pause fügte Derek hinzu: „Mr President, Sir."

„Terry, wie lautet die Regel bezüglich ,Mr President', ,Sir' und dem ganzen Mist?"

„Der ganze Mist findet nicht statt, wenn wir allein sind", erklärte Terry.

Derek lachte. „Alles klar. Danke. Ich muss gestehen, es hat mich etwas aus der Bahn geworfen, als ich von Nelsons Tod erfahren habe und mir klar geworden ist, dass ich keinen Job mehr habe."

„Ich hatte dich für eine höhere Position in Betracht gezogen, aber ich hatte das Gefühl, du würdest lieber in einem Job bleiben, der es dir erlaubt, die meisten Abende mit Maeve zu Hause zu verbringen."

„Da hast du richtig gedacht. Nochmals danke, dass du mich gefragt hast."

„Da ich Nelsons Kabinett erbe, brauche ich so viele Freunde um mich herum wie möglich. Ich habe darüber nachgedacht, Christina zu bitten, wieder als Pressesprecherin mit ins Boot zu kommen." Seine langjährige Freundin und Mitarbeiterin hatte an Thanksgiving Sams Kollegen Tommy Gonzales geheiratet. „Was hältst du davon?"

„Ich bin mir nicht sicher, ob sie einen Vollzeitjob mit allem damit verbundenen Stress haben möchte, besonders nach dem, was sie und Tommy in letzter Zeit durchgemacht haben", sagte Terry.

„Das bin ich auch nicht, und es würde mich nicht wundern, wenn sie ablehnt. Aber Fragen kostet nichts. Es gibt ein paar Aufgaben, für die ich meine eigenen Leute brauche, und das ist definitiv eine davon." Auf keinen Fall würde er es Nelsons ehemaligen Mitarbeitern überlassen, für ihn zu sprechen. „Trevor wird mein Kommunikationschef sein. Ich habe ihm Christina bereits vorgeschlagen, und er ist einverstanden. Wir werden sehen, was sie davon hält. In der Zwischenzeit sollten wir die letzten beiden Vizepräsidentschaftskandidatinnen überprüfen und uns noch in der kommenden Woche mit ihnen treffen."

Sie arbeiteten sich gerade durch die Punkte auf Terrys Tagesordnung, die Nicks sofortige Aufmerksamkeit erforderten, als er hörte, wie Sam im Wohnzimmer mit den Kindern sprach. „Entschuldigt mich einen Moment."

Er ging nach nebenan, um sich anzuschauen, wie schlimm der Schaden im Gesicht seiner geliebten Frau war, und runzelte gequält die Stirn, als sein Blick auf sie fiel. Ihre eine Wange war stark geprellt, und beide Hände waren verbunden. „Au, Babe."

„Ich hab doch gesagt, es ist keine große Sache", wehrte sie ab, wobei ihr Lächeln etwas schief ausfiel.

„Mussten sie dich nähen?"

„Dankenswerterweise nicht, aber lass dir versichern, die Säuberung der Kratzer an meinen Händen war kein Spaß."

„Wie hast du das denn hingekriegt?"

„Bei dem Versuch, meinen Sturz in einen Stechpalmenstrauch abzufangen."

Sanft küsste er ihre Handrücken. „Hört sich schmerzhaft an. Möchtest du einen neuen Termin mit Mrs Nelson vereinbaren?"

„Auf keinen Fall. Ich schaffe das. Tracy kommt her, um mich zurechtzumachen."

„Babe ..."

„Es ist alles unter Kontrolle. Ich laufe rasch hoch, um mir das Blut abzuwaschen. Dann bin ich so weit, wenn Tracy hier eintrifft. Ich habe sie und Ang eingeladen, mich zu begleiten, und ja, ich habe Lilia gebeten, Mrs Nelsons Team vorzuwarnen, dass ich meine

Schwestern mitbringe." Sie warf einen Blick auf die Kinder, die alle auf dem Boden spielten. „Scotty sagt, es scheint ihnen wieder besser zu gehen?"

„Sie kommen klar. Ich habe die letzte Stunde mit Terry und Derek verbracht, aber Scotty hatte Anweisung, mich im Notfall zu holen." Er küsste sie auf die Stirn. „Geh duschen." Er wartete, bis sie oben war, bevor er Vernon aufsuchte, der mit Jimmy vor der Haustür stand. Die beiden und die anderen Agenten, die bei ihnen waren, nahmen Haltung an, als er an der Tür erschien.

„Mr President", sagte Vernon. „Können wir Ihnen irgendwie behilflich sein?"

„Kann ich mal kurz mit Ihnen sprechen, Vernon?"

„Natürlich, Sir." Er betrat das Haus und folgte Nick in die Küche, den einzigen Raum im Erdgeschoss, wo man sich ungestört unterhalten konnte.

„Kann ich Ihnen etwas anbieten?", fragte Nick und schenkte sich selbst eine Tasse Kaffee ein.

„Nein, danke, Sir."

„Ich wollte nur wissen, ob Sie bei dem Vorfall vorhin eingreifen mussten."

„Nein, Sir. Ihre Frau und ihr Team hatten die Situation voll im Griff. Der Täter hatte einfach Glück mit seinem Ellbogenstoß, und so wurde sie verletzt. Wir haben sie in die Notaufnahme gebracht, wurden aber ansonsten nicht gebraucht."

„Tja, ich schätze, das ist gut."

„Wenn ich dazu etwas anmerken darf, Sir …"

„Bitte, freiheraus."

„Ihre Frau ist sehr gut in ihrem Job."

„Ja, ich weiß."

„Es wäre eine Schande, wenn sie den Dienst quittieren müsste."

„Das wird nicht geschehen."

„Gut zu wissen."

„Wenn das alles ist, sollte ich jetzt weiterarbeiten. Eins noch", fuhr Nick dann nach einer kurzen Pause fort. „Bitte lassen Sie nicht zu, dass ihr etwas passiert. Sie ist mein Ein und Alles."

„Ich werde alles in meiner Macht Stehende tun, um ihre Sicherheit zu gewährleisten. Darauf haben Sie mein Wort. Aber wir versuchen, ihr bei der Arbeit nicht im Weg herumzustehen."

„Mir ist klar, dass das für Sie eine Gratwanderung ist."

„In der Tat, Sir."

„Danke, Vernon."

„Es ist mir ein Vergnügen, Sir."

Als Nick allein in der Küche stand, grübelte er darüber nach, auf wie viele Arten sein neues Amt seine geliebte Frau in Gefahr brachte, und wünschte, er könnte die Zeit bis zu dem Tag zurückdrehen, an dem Präsident Nelson ihn gebeten hatte, den schwer erkrankten Vizepräsidenten Gooding zu ersetzen. Hätte er damals geahnt, was auf ihn zukommen würde, seine Antwort hätte eindeutig Nein gelautet.

Sam duschte, bürstete sich das Haar mit Händen, die höllisch wehtaten, und machte sich so präsentabel wie möglich. Den Rest mussten Tracy und ihre Theaterschminke richten.

„Ich werde versuchen, dir nicht wehzutun", erklärte ihre Schwester, als sie mit einem dreieckigen Schwamm, der in Bühnenschminke getaucht war, vor Sam stand.

Obwohl Tracy sich nach Kräften bemühte, sanft zu sein, war es schmerzhaft, wenn etwas Sam Gesicht berührte. „So etwas kann auch nur mir passieren."

„Du hast einen gewissen Hang zu spektakulären Verletzungen zum denkbar ungünstigsten Zeitpunkt." Tracy arbeitete mit einer Konzentration, die Sam zum Lachen gebracht hätte, wenn das nicht so wehgetan hätte.

„Du siehst toll aus."

Ihre Schwester, die seit der Geburt des jüngsten ihrer drei Kinder mit Gewichtsproblemen kämpfte, trug ein schwarzes Wickelkleid mit einer schicken preiselbeerfarbenen Jacke und passendem Schmuck. „Das war das, was auf die Schnelle möglich war."

„Kompliment."

„Wenn du mich das nächste Mal ins Weiße Haus mitnehmen möchtest, sag etwas früher Bescheid, ja?"

„Ich werde tun, was ich kann."

„Ich glaube, Ang hat sich vor Aufregung in die Hose gemacht."

„Bring mich nicht zum Lachen."

„Das ist nicht witzig", beschwerte sich Angela, die gerade das Zimmer betrat. „Es war wirklich knapp, aber so ist das eben leider bei Baby Nummer drei."

„So genau wollte ich es gar nicht wissen", murrte Sam und unterdrückte den Neid, der jedes Mal in ihr aufstieg, wenn etwas sie daran erinnerte, dass ihre Schwestern einfach schwanger werden und Kinder kriegen konnten – beide bisher dreimal –, während sie es kein einziges Mal geschafft hatte. Das Gefühl war nicht mehr so heftig wie zu der Zeit, bevor Scotty, die Zwillinge und Elijah in ihr Leben getreten waren, doch es war weiter da und erinnerte sie an das schlimmste Problem ihres Erwachsenenlebens.

„Es ist so schlimm geworden, dass Spence mich schon ‚Tropfkessel' nennt – und ich bin erst im vierten Monat. Ich freue mich schon auf die nächsten fünf."

„Echt witzig", sagte Tracy.

Angela stellte sich auf Sams andere Seite. Wenn sie nicht schwanger war, war sie gertenschlank, was ihre Schwestern unendlich ärgerte. Die Schwangerschaft machte sie noch hübscher, als sie ohnehin schon war, und ließ sie strahlen. Sam war schon immer der Meinung gewesen, dass Angela die Hübscheste von ihnen dreien war. Nick behauptete zwar, anderer Ansicht zu sein, aber das musste er auch.

Angela betrachtete Sams Gesicht und meinte: „So schlimm sieht es gar nicht aus."

„Du musst nicht lügen. Ich weiß, dass es furchtbar ist."

„Trotzdem ist es schon viel besser als vorher", bemerkte Tracy. „Schau mal."

Sam wagte einen Blick in den Spiegel und stellte erstaunt fest, dass Tracy recht hatte. „Ich verneige mich vor dir und deinen Schminkkünsten."

„Wir brauchen bloß noch etwas Augen-Make-up und Lippenstift."

„Lass mich die Augen übernehmen", bat Angela. „Ich habe gestern Abend so ein cooles Video auf YouTube gesehen. Das möchte ich ausprobieren."

„Bitte nichts zu Wildes", warnte Sam. „Ich habe einen Termin im Weißen Haus."

„Schon klar. Keine Sorge."

„Ich habe hautfarbene Verbände für deine Hände gefunden", sagte Angela. „Niemand wird auch nur ahnen, dass du verletzt bist."

Eine halbe Stunde später kamen die drei die Treppe herunter, bereit, es mit dem gesamten Weißen Haus aufzunehmen. Sam wünschte sich von ganzem Herzen, ihr Vater wäre da, um sie zu verabschieden. Er würde vor Stolz auf seine drei Töchter aus allen Nähten platzen.

Sam trug ein schwarz-rot geblümtes Kleid mit einer schwarzen Jacke und ihren geliebten Louboutins. Als Frau des Präsidenten würde sie wahrscheinlich häufiger extravagante Schuhe tragen, und das war das Einzige, was ihr an dieser Rolle wirklich Freude bereiten würde.

Dazu hatte sie ihren wunderschönen Verlobungsring angesteckt, den sie bei der Arbeit nie anhatte, und sich die Kette mit dem schlüsselförmigen Diamantanhänger umgelegt. Trotz ihres lädierten Gesichts fühlte sie sich bestens darauf vorbereitet, die ehemalige First Lady im Weißen Haus zu besuchen, um zu lernen, was sie wissen musste, um diese Rolle selbst zu meistern. Der schiere Wahnsinn des Ganzen brachte sie trotz der Schmerzen, die sie dabei empfand, zum Grinsen. Sie hatte eine große schwarze Handtasche dabei, in der sich ein Geschenk befand, das sie ihrem Mann in seinem neuen Büro hinterlassen wollte.

Nick trat aus dem Esszimmer, als er sie auf der Treppe hörte, und stieß einen leisen Pfiff aus. „Drei heiße Frauen auf dem Weg ins Weiße Haus, und wow, Tracy, das Make-up ist unglaublich. Du siehst bezaubernd aus, Sam.“

„Hoffentlich blamiere ich uns nicht“, sagte sie und schnitt eine Grimasse.

„Du wirst wie immer unglaublich sein.“ Er küsste Sam auf die Stirn. „Ich kann's kaum erwarten, zu hören, was ihr hinterher zu erzählen habt.“

Sam nahm sich eine Minute Zeit, um sich zu den Kindern zu setzen, die an Scotty gekuschelt zum neunhundertsten Mal einen Minions-Film anschauten. „Wenn ich nach Hause komme, machen wir uns eine Pizza und spielen Candy Land, okay?“

Aubrey nickte lächelnd. „Okay, Sam. Wie geht es deinem Gesicht?“

„Es tut noch ein bisschen weh, ist aber nicht mehr so schlimm.“ Das stimmte nicht, doch sie wollte das kleine Mädchen nicht beunruhigen. Sie beugte sich vor und gab allen dreien einen Kuss.

„Viel Glück im Weißen Haus, Mom“, rief Scotty. „Such das beste Zimmer für mich aus.“

„Darauf kannst du dich verlassen, Kumpel."

Vernon und Jimmy führten sie zu einem schwarzen SUV, warteten, bis sie darin Platz genommen hatten, und schlossen dann die Tür.

„Das ist so unglaublich cool", erklärte Tracy.

„Freut mich, dass du das findest."

„Komm schon, Sam", meinte Angela. „Sogar du musst zugeben, dass das Leben im Weißen Haus für euch alle eine unglaubliche Erfahrung sein wird – und für den Rest von uns, der euch dort besuchen darf."

„Ja. Daran habe ich überhaupt keinen Zweifel. Mich beunruhigen nur das ständige öffentliche Interesse, die pausenlose Medienaufmerksamkeit und die Sicherheitsbedenken. So viele Leute sind verärgert darüber, wie Nick ins Amt gekommen ist. Sie finden ihn zu jung oder glauben, er wolle das Amt nicht, weil er das vor einer Woche gesagt hat. Die ganze Welt spricht über meinen Mann und meine Familie, und heute hat mich die Bürgermeisterin gefragt, ob ich die neue stellvertretende Polizeichefin werden möchte."

„Ernsthaft?", rief Tracy mit schriller Stimme. „Und das erzählst du uns erst jetzt?"

„Entspann dich. Ich habe dankend abgelehnt."

„Warum?", wollte Angela wissen.

„Warum wohl! Ich will dieses Amt nicht. Ich will den Job, den ich habe, und außerdem ist es schon schlimm genug, dass ich mir ständig anhören muss, ich sei bloß durch Vitamin B so weit gekommen und verdanke meinen Erfolg nur meinem Vater, meinem Onkel und all ihren Kumpels. Das Letzte, was ich brauche, ist eine Beförderung um zwei Ränge in derselben Woche, in der mein Mann das höchste Amt im Staate antritt. Das würde ich nie annehmen, und deshalb dürft ihr niemandem etwas davon erzählen, nicht mal Spencer und Mike."

„Natürlich nicht", versicherte Tracy. „Was hat Bürgermeisterin Brewster gesagt?"

„Dass sie enttäuscht sei, aber meine Beweggründe verstehe. Gott sei Dank war Onkel Joe da und hat ihr versichert, dass ich meine Meinung nicht ändern würde."

„Trotzdem ist es klasse, dass sie dir das angeboten hat, oder?", fragte Angela.

„Irgendwie schon. Mir ist klar, dass es toll wäre, den Job zu haben, den Dad einst hatte, doch ich liebe meinen derzeitigen

Aufgabenbereich. Ich kann mir nicht vorstellen, den ganzen Tag in einem Büro zu sitzen, Papierkram zu erledigen und mich mit dem Rathaus und der Gewerkschaft herumzuschlagen." Sie erschauerte. „Ich würde verrückt werden."

„Außerdem wären deine Talente damit verschwendet", sagte Tracy.

„Das kommt noch hinzu. Ich kann nur eine Sache wirklich gut. Schuster, bleib bei deinen Leisten."

„Du kannst vieles gut", widersprach Angela.

„Nenn mir etwas anderes", verlangte Sam und warf ihr einen vernichtenden Blick zu, der garantiert krasser ausgefallen wäre, wenn ihr Gesicht sie nicht halb umgebracht hätte.

„Du bist eine ganz tolle Mutter."

„Nein, ich bin als Mutter ganz okay. Sieh dir an, was meine Kinder heute machen, während ich arbeite und mich mit der Frau des ehemaligen Präsidenten treffe."

„Deine Kinder hatten gestern einen großen Tag", erinnerte Tracy sie. „Sie sind wahrscheinlich noch völlig erschöpft von all dem Spaß."

„Shelby sei Dank", sagte Sam.

„Dir, Nick *und* Shelby sei Dank", korrigierte Angela sie. „Mach dich mal locker. Es geht ihnen allen gut, und das liegt daran, dass sie wissen, wie sehr ihr sie liebt."

„Ich hoffe es. Hey, Freddie hatte eine Idee, über die ich noch mit euch sprechen wollte."

„Nämlich?", fragte Tracy.

„Er meint, wir sollten Celia bitten, zu uns ins Weiße Haus zu ziehen, damit sie auf die Kinder aufpassen kann, wenn wir nicht da sind."

„Das ist großartig!", rief Angela. „Sie ist seit Dads Tod so niedergeschlagen. Das würde ihr ein unglaubliches neues Abenteuer und einen Tapetenwechsel bescheren. Sie hat mir neulich erst erzählt, wie schwer es ist, allein in ihrem Haus zu sein."

Es brach Sam das Herz, das zu hören. „Glaubst du, sie wäre daran interessiert?"

„Ich glaube, sie wäre begeistert", antwortete Tracy. „Du solltest sie unbedingt fragen."

„Erst muss ich mit Nick darüber sprechen."

„Er wird die Idee auch lieben", sagte Angela voller Überzeugung. „Ganz sicher. Sie ist nämlich einfach toll."

„Ich bin froh, dass ihr das so seht.“

So, wie der Secret Service fuhr, dauerte es keine fünf Minuten, von der Ninth Street zur Pennsylvania Avenue zu gelangen. Als sie die Tore passierten, hatte Sam das Gefühl, sie würde gleich hyperventilieren, obwohl sie schon so oft dort gewesen war. Doch diesmal war alles anders. Dies war für die nächsten drei Jahre ihr Haus, eine Leihgabe des Volkes. Die Ungeheuerlichkeit des Ganzen schien in den Sekunden vor dem Öffnen der Autotür auf sie einzustürmen.

„Tief durchatmen, Sam“, flüsterte Tracy. „Einfach nur tief durchatmen.“

Sie war froh, dass ihre Schwestern bei ihr waren, als sie sich auf den Weg nach drinnen machten, wo Lilia sie bereits erwartete und begrüßte.

„Ich habe gehört, du hast dich verletzt“, sagte Lilia und betrachtete Sams Gesicht und die bandagierten Hände. „Geht es dir gut?“

„Schon okay. Ist keine große Sache.“

„Mrs Nelson hat mich gebeten, euch zum Tee und zu einer Führung durch die Residenz zu ihr zu bringen. Hier entlang, bitte.“ Sie begleitete sie durch Korridore mit roten Teppichen, vorbei an Porträts früherer Präsidenten und prächtigen Antiquitäten. „Heute fangen die Ehrenamtlichen mit der Weihnachtsdekoration an. Nächstes Jahr darfst du das Thema bestimmen.“

„Ich fühle mich jetzt schon überfordert“, sagte Sam.

„Wir werden dir helfen“, versprach Angela. „Bei allem.“

Sam lächelte ihre Schwester an. „Danke. Ich kann jede Hilfe gebrauchen, die ich kriegen kann.“

„Wir sind hier, um dich gut aussehen zu lassen“, ergänzte Lilia.

„An Tagen wie heute ist das gar nicht so einfach“, spöttelte Tracy.

Lachend folgten die drei Schwestern Lilia in den Aufzug, der sie in die zweite Etage brachte, wo Gloria Nelson sie erwartete. Sie trug einen roten Hosenanzug mit einer schwarz-rot geblümten Bluse und hohen schwarzen Pumps.

„Das wirkt ja so, als hätten wir telefonisch die Farben unserer Outfits abgestimmt“, begrüßte Gloria Sam mit einem Lächeln und umarmte sie.

„Das ist wirklich lustig“, bemerkte Sam, gerührt von Glorias Herzlichkeit.

„Ich habe gehört, Sie hätten sich vorhin verletzt. Ist alles in Ordnung?“

„Mit Ausnahme von meinem malträtierten Gesicht und meinen Händen geht es mir gut."

„Autsch."

Wissend, dass ein Fotograf den Moment dokumentierte, wich Sam zurück, hielt aber Glorias Hände fest und ignorierte den Schmerz. „Wie geht es Ihnen?"

„Ach, wissen Sie … mal so, mal so. Es hat mir geholfen, dass meine Töchter hier waren. Ich habe sie runter auf die Bowlingbahn geschickt, damit wir ein paar Minuten für uns haben."

„Ich würde Ihnen gerne meine Schwestern Tracy Hogan und Angela Radcliffe vorstellen. Mädels, das ist Gloria Nelson."

„Wie schön, Sie beide kennenzulernen", antwortete Gloria und schüttelte Tracy und Angela die Hand. „Ich freue mich sehr, dass Sie heute Zeit gefunden haben."

„Danke, dass wir hier sein dürfen", erwiderte Angela, die etwas überwältigt schien.

Sam war es mit Gloria ebenso gegangen, als sie sich zum ersten Mal auf John O'Connors Beerdigung getroffen hatten. Sie war eine beeindruckende, in sich ruhende Frau, und Sam hatte sie immer bewundert, vor allem ihren Umgang mit dem Skandal um die Affäre ihres Mannes.

„Unser herzliches Beileid", sagte Tracy.

„Danke. Das Ausmaß der Liebe und Unterstützung, die man uns entgegengebracht hat, war einfach überwältigend. Trotz allem haben die Menschen David nach wie vor geliebt." Sie führte sie in ein prachtvoll eingerichtetes Wohnzimmer mit roten Wänden, hohen Decken, kunstvollen Stuckarbeiten und unbezahlbaren Kunstwerken.

Sam war schon einmal in diesem Raum gewesen. Sie und Nick hatten sich hier mit dem Präsidenten und Mrs Nelson getroffen, nachdem deren Sohn Christopher einen finsteren Plan gegen sie in die Tat umgesetzt hatte, in dessen Folge er des Mordes an Sams Ex-Mann angeklagt worden war.

Hier hatten die Nelsons ihnen versichert, dass sie von den Machenschaften ihres Sohnes nichts geahnt und erst mit dem Rest der Welt davon erfahren hatten. „Bitte, nehmen Sie Platz, und machen Sie es sich bequem. Lilia, setzen Sie sich doch zu uns."

„Danke, Ma'am." Lilia nahm Sam gegenüber Platz.

Wie immer sah Gloria aus wie aus dem Ei gepellt, jedes einzelne blonde Haar war perfekt frisiert und ihr Make-up makellos. Sam kam sich in ihrer Gegenwart wie eine Hochstaplerin vor.

Ein älterer Afroamerikaner im Smoking erschien und rollte einen Wagen mit einem silbernen Teeservice und einer großen Auswahl an Gebäck herein, bei deren Anblick Sam das Wasser im Mund zusammenlief und sie sich daran erinnerte, dass sie in den letzten Stunden nur einen Müsliriegel gegessen hatte.

„Roland Daniels, darf ich vorstellen: Mrs Cappuano und ihre Schwestern Mrs Hogan und Mrs Radcliffe. Ich glaube, Mrs Cappuanos Stabschefin Lilia Van Nostrand kennen Sie bereits.“

„Es ist mir ein Vergnügen, Ihre Bekanntschaft zu machen“, erwiderte Roland. „Wir freuen uns schon darauf, Ihre Familie willkommen heißen zu dürfen, Ma’am.“

„Danke, Roland“, sagte Sam. „Ich freue mich auch sehr, Sie kennenzulernen.“

„Roland ist, wenn man die Ihres Mannes mitzählt, seit sechs Regierungen hier beschäftigt“, erzählte Gloria. „Sein Vater hat achtundzwanzig Jahre hier gearbeitet.“

„Das ist ja toll“, erklärte Sam. „Danke für Ihre Dienste.“

„Es ist mir eine Ehre und ein Privileg, Ma’am.“

Er goss ihnen Tee ein und reichte Teller und süße Teilchen herum.

„Ich sehe schon, dass das Leben hier nicht gut für meine Taille sein wird“, bemerkte Sam, während sie sich ein Himbeertörtchen und eine Zitronenschnitte nahm. *Nur aus Höflichkeit*, versicherte sie sich.

„Sie werden eigene Patissiers haben“, informierte Gloria sie.

Sam entschlüpfte ein genießerisches Stöhnen, als sie in das Törtchen biss. „Das kann nicht gut sein.“

Die anderen lachten, was dazu beitrug, dass Sam sich gleich viel lockerer fühlte.

„Ich werde die Patissiers darüber in Kenntnis setzen, dass Mrs Cappuano süße Teilchen mag“, versicherte Roland.

„Sie steht auf Süßigkeiten, Pizza und Nachos mit Salsa“, zählte Tracy an den Fingern auf. „Tatsächlich ist sie ziemlich verfressen.“

„Sei still“, verlangte Sam. „Verrate doch nicht gleich am ersten Tag all meine Schwächen.“

„Wir werden Sie umfassend informieren, Roland“, versprach Angela augenzwinkernd.

Belustigt entgegnete er: „Das ist gut, Ma'am. Bitte lassen Sie es uns auch wissen, wenn Sie sonst noch etwas benötigen."

„Das Personal ist großartig", stellte Gloria fest, nachdem Roland den Raum verlassen hatte. „Man wird Sie von vorne bis hinten bedienen. Das gesamte Personal tut sein Bestes, um einem das Leben zu erleichtern."

„Ich gebe zu, dass ich mich erst noch an den Gedanken gewöhnen muss, bedient zu werden."

„So ist es mir am Anfang auch gegangen. Ich war es gewohnt, alle Aufgaben im Zusammenhang mit meinem Haushalt und meiner Familie selbst zu erledigen, aber Mrs Harrigan hat mir damals etwas gesagt, das ich nie vergessen werde", erzählte Gloria und bezog sich dabei auf ihre Vorgängerin. „Sie hat mich darauf hingewiesen, dass es der Lebenszweck dieser Leute sei, die Familien der Präsidenten zu versorgen. Wir sollten das zu schätzen wissen und respektieren und ihnen gestatten, das so zu tun, wie sie es gelernt haben."

„Das ist eine sehr gute Formulierung", erwiderte Sam.

„Sie sind Ihretwegen hier. Wenn Sie sie nicht brauchen, haben sie auch keine Arbeit."

„Sie braucht sie", mischte sich Tracy ein. „Sie haben gar keine Ahnung, wie sehr."

„Wessen Idee war es noch mal, meine Schwestern mitzubringen?", fragte Sam.

Gloria lachte. „Ihre Schwestern nehmen kein Blatt vor den Mund."

„Ganz gewiss nicht. Doch wenn ich ehrlich bin, brauche ich tatsächlich jede Hilfe, die ich kriegen kann."

„Ich habe gehört, Sie wollen weiterarbeiten, und wenn die Bemerkung gestattet ist, das finde ich großartig."

„Es freut mich, dass Sie so denken. Es macht mich nervös, wenn ich mir vorstelle, dass die Augen der Welt auf mich, meinen Mann und unsere Familie gerichtet sein werden, sogar noch mehr als zu der Zeit, als er Vizepräsident war."

Gloria rührte Honig in ihren Tee. „Der einzige Rat, den ich Ihnen geben kann, ist, dem treu zu bleiben, was Ihnen am wichtigsten ist – Ihrem Mann, Ihrer Ehe, Ihren Kindern, Ihrer Arbeit. David und ich … Wir haben uns von dem Wahnsinn hier mitreißen lassen und dafür einen schrecklichen Preis gezahlt. Ich möchte nicht, dass Ihnen das auch passiert."

Sam schluckte schwer bei dem Gedanken, dass irgendetwas

zwischen sie und Nick geraten könnte, wie bei den Nelsons eine andere Frau.

„Nun", sagte Gloria und versuchte, sich zu sammeln. „Haben Sie schon darüber nachgedacht, wen Sie als Privatsekretärin haben möchten? Ich weiß, dass Cornelia den Job gern weiter ausüben würde, aber ich bin mir sicher, dass Sie lieber auf Ihre eigenen Leute zurückgreifen möchten."

„Ich habe jemanden im Sinn", antwortete Sam. „Doch ich habe noch nicht mit ihr darüber gesprochen, deshalb würden wir Cornelias Hilfe in der Übergangsphase zu schätzen wissen." Die Privatsekretärin aus der Nelson-Administration war eine Institution in Washington und würde für Shelby von unschätzbarem Wert sein, falls die sich bereit erklärte, an Bord zu kommen. Da Shelby einen bald halbjährigen Sohn hatte und ein weiteres Kind erwartete, war das alles andere als sicher.

„Ich werde dafür sorgen, dass Cornelia so lange wie nötig verfügbar ist. Für First Ladys gibt es keinen Leitfaden, an dem man sich orientieren kann, was Fluch und Segen zugleich ist. Jede von uns muss sich selbst zurechtfinden, andererseits gibt uns das die Möglichkeit, unseren eigenen Weg zu gehen. Jackie Kennedy mochte den Titel ‚First Lady' bekanntlich nicht, da sie fand, das klinge nach einem Rennpferd. ‚Ich habe mich gefühlt, als wäre ich gerade öffentliches Eigentum geworden', hat sie gesagt. In vielerlei Hinsicht hatte sie recht – man *wird* zum öffentlichen Eigentum. Aber es liegt an einem selbst, inwieweit man das zulässt."

„Das hilft mir", meinte Sam. „Ich muss zugeben, dass ich zwar entschlossen bin, meinen Job zu behalten, dass mich die Vorstellung, gleichzeitig Mutter und First Lady zu sein, jedoch auch einschüchtert."

„Sie werden jede Menge erstklassige Hilfe haben. Verlassen Sie sich ganz auf die Menschen, deren Aufgabe es ist, Ihnen das Leben zu erleichtern. Genug geredet. Lassen Sie sich jetzt von mir Ihr neues Zuhause zeigen."

KAPITEL 21

Sam, Tracy, Angela und Lilia folgten Gloria auf den Korridor. „Als Erstes ein paar Zahlen. Das Weiße Haus steht auf einem gut sieben Hektar großen Grundstück, und die Villa hat einhundertzweiunddreißig Zimmer, fünfunddreißig Badezimmer, achtundzwanzig Kamine, acht Treppenhäuser, drei Aufzüge und zwei versteckte Zwischengeschosse, also sechs Stockwerke, die sich in einem Gebäude befinden, das von außen nach dreien aussieht."

„Muss ich mir das alles merken?", fragte Sam beeindruckt und entsetzt zugleich.

Gloria lachte und drückte ihr beruhigend den Arm. „Ich sorge dafür, dass Sie einen Spickzettel bekommen."

„Das wüsste ich sehr zu schätzen."

„Sie werden so oft Leute hier durchführen, dass Sie das alles im Handumdrehen auswendig können."

Sam war sich da nicht so sicher, behielt das aber für sich.

„Das Weiße Haus verfügt über eine Belegschaft aus sechsundneunzig Vollzeit- und zweihundertfünfzig Teilzeitkräften, darunter Saaldiener, Butler, Fotografen, Floristen, Köche, Tischler, Klempner, Elektriker, Gärtner, Kalligrafen, Hausmeister, Zimmermädchen und Pförtner, die alle dem Chief Usher unterstehen, den Sie gleich kennenlernen werden."

„Ach du meine Güte", sagte Sam, der der Kopf schwirrte. „Ich wohne seit Jahren nur ein paar Blocks von hier entfernt, und ich habe mir noch nie Gedanken darüber gemacht, wie es hinter den Kulissen aussieht."

„Sie werden feststellen, dass alles wie eine gut geölte Maschine läuft, die aus wunderbaren Menschen besteht, von denen viele wie Roland in der zweiten oder dritten Generation hier arbeiten. Viele werden für Ihre Familie zu Freunden fürs Leben werden." Sie deutete auf eine kleine Küche. „Das ist die Familienküche, die Jackie Kennedy einbauen ließ, damit die Familie für sich selbst kochen kann, wenn das gewünscht ist. Sie hat auch dieses Esszimmer auf der Wohnebene eingerichtet, und ihr ist es zu verdanken, dass sich der Wohnbereich mehr wie ein richtiges Zuhause anfühlt. Das alte Esszimmer der Präsidentenfamilie befindet sich im ersten Stock neben dem Speisesaal. Auf dieser Etage gibt es sechzehn Zimmer und sechs Bäder, dazu kommen zwanzig Zimmer und neun weitere Bäder im dritten Stock, die Ihnen alle zur Verfügung stehen, sowie eine Bar und eine zweite Küche in der dritten Etage."

„Bist du nicht froh, dass es hier Personal gibt, nachdem du das gehört hast, Sam?", fragte Angela.

„Definitiv", antwortete Sam. „In die zwei Stockwerke, die uns hier zur Verfügung stehen werden, passen locker alle Häuser, in denen ich je gewohnt habe."

„Die Leute sind immer wieder erstaunt, wie viel größer das Weiße Haus innen ist, als es von außen aussieht. Ich sollte Sie vielleicht noch darauf aufmerksam machen, dass Sie am Ende jedes Monats eine Rechnung für Lebensmittel erhalten werden, weil Sie für den Verbrauch Ihrer Familie, genau wie für die Kosten von möglicherweise veranstalteten privaten Feierlichkeiten, selbst aufkommen müssen."

„Gut zu wissen."

„Den meisten Leuten ist gar nicht klar, dass die Präsidentenfamilie ihr Essen selbst bezahlt." Als Gloria eine Tür öffnete, bemerkte Sam den Fotografen, der ihnen folgte, um alles für die Nachwelt festzuhalten. „Dies wird Ihr Schlafzimmer sein."

Sam betrat das große Zimmer, das ein riesiges Himmelbett, eine Sitzecke und einen Kamin enthielt. „Es ist wunderschön."

„Sie können den Wohnbereich jederzeit nach Ihrem persönlichen Geschmack umgestalten. Der Chief Usher wird Ihnen dabei helfen, ebenso wie bei der Einrichtung des Büros Ihres Mannes, in Zusammenarbeit mit der Direktorin der Oval Office Operations."

Beim Gedanken ans Umdekorieren musste Sam schlucken. Das war so überhaupt nicht ihr Ding. „Nick ist auf diesem Gebiet bewanderter als ich. Da er ohnehin nichts Besseres zu tun hat, werde ich ihm das übertragen."

Die anderen lachten, und Gloria zeigte ihnen die Zimmer, die für Scotty, Eli und die Zwillinge infrage kamen, und führte sie dann zu einem anderen Raum am Ende des Korridors. „Dies ist das berühmte Lincoln-Schlafzimmer, das zu seiner Amtszeit das Büro von Lincoln war. Die Präsidenten haben im Weißen Haus Momente großer persönlicher Freude erlebt, darunter die Hochzeiten ihrer Kinder, aber auch furchtbare Tragödien, wie zum Beispiel den Tod von Willie Lincoln durch Typhus im Alter von elf Jahren. Er starb in diesem Bett, obwohl es damals nicht in diesem Zimmer stand."

„Das ist so traurig", seufzte Tracy.

„Man vermutet, dass er – und sein Bruder, der überlebte – sich durch verseuchtes Wasser im Weißen Haus infiziert haben", sagte Gloria.

„O Gott, das ist ja furchtbar", murmelte Sam.

„Seither hat sich vieles verändert." Gloria zeigte ihnen den berühmten Truman-Balkon, ehe sie sie zu einer weiteren Treppe führte. „Jetzt bringe ich Sie zu dem Wintergarten im dritten Stock."

Während sie ihr die Treppe hinauf folgten, dachte Sam an die Hauspartys, die sie für Familie und Freunde veranstalten könnten, mit all diesen Schlaf- und Badezimmern und einem wunderbaren Personal, das sich um die Verpflegung kümmern würde.

„Das ist einer meiner Lieblingsräume hier", sagte Gloria über den Wintergarten, von dem aus man einen weiten Blick auf Washington hatte. „Er hat eine erstaunliche Geschichte – unter anderem war er Roosevelts Lieblingsplatz für die Mittagspause. Präsident Eisenhower hat da vorne an der Balustrade gerne gegrillt. Außerdem diente er Caroline Kennedy als Kindergarten, und die Bush-Zwillinge haben ihn während ihrer Highschoolzeit viel benutzt. Wir haben hier einige unserer schönsten Stunden als Familie verbracht."

„Das ist unglaublich." Angela ging zur Fensterfront, um die Aussicht zu genießen. „Ich hatte keine Ahnung, dass es diesen Raum überhaupt gibt."

„Er ist ein verborgenes Juwel." Gloria schaute sich leicht melancholisch um, dachte wahrscheinlich an glücklichere Zeiten. „Nehmen wir den Aufzug in den ersten Stock."

In der nächsten halben Stunde besichtigten sie die Repräsentationsräumlichkeiten, darunter den Red Room, den Green Room und den Blue Room, den East Room und den Speisesaal. Dann fuhren sie eine Etage weiter nach unten, wo Sam Köche, Floristen, Kalligrafen und andere Mitarbeiter traf, deren Namen nur so an ihr vorbeirauschten. Gloria kannte alle persönlich und erkundigte sich nach ihren Familien. Augenscheinlich war sie bei der Belegschaft sehr beliebt, einige sprachen ihr ihr Beileid aus.

Sam konnte nicht umhin, sich zu fragen, was diese Leute wohl von ihr halten würden. Es war vermutlich besser, nicht darüber zu spekulieren. Ihr Rundgang endete im Büro des Chief Ushers Gideon Lawson, eines attraktiven Mannes von etwa fünfundvierzig Jahren, der sie mit einem herzlichen Händedruck begrüßte.

„Gideon ist sozusagen der Manager des gesamten Weißen Hauses", stellte Gloria ihn vor.

„Es ist mir ein Vergnügen, Sie kennenzulernen, Ma'am." Er hatte kurzes, strohblondes Haar und freundliche braune Augen, die funkelten, wenn er lächelte.

„Gideon wird in Zukunft Ihr bester Freund in diesem Haus sein", erklärte Gloria. „Er weiß alles, kann alles im Nu erledigen und ist Ihr Ansprechpartner für alle Fragen, das Weiße Haus betreffend."

„Sie schmeicheln mir, Ma'am", erwiderte Gideon mit unübersehbarer Sympathie für die scheidende First Lady.

„Ich werde versuchen, Ihnen das Leben nicht allzu schwer zu machen", versprach ihm Sam.

„Ach, zerbrechen Sie sich deswegen nicht den Kopf", beruhigte Gideon sie. „Meine Aufgabe besteht darin, Ihnen das Leben so angenehm wie möglich zu gestalten."

„Das wird nicht leicht werden", versetzte Tracy unverblümt. „Sie werden alle Hände voll zu tun haben."

Gideon lächelte. „Danke für die Vorwarnung, aber ich habe nur Gutes über Ihre Schwester und Ihren Schwager gehört." Zu Sam sagte er: „Mein Team und ich freuen uns darauf, Sie und Ihre Familie hier willkommen zu heißen. Es wird das erste Mal seit Jahren sein, dass wir kleine Kinder im Haus haben. Wir können es kaum erwarten."

„Die Kinder haben von der Bowlingbahn, dem Pool und dem Kino erfahren und sind ganz aus dem Häuschen", antwortete Sam.

„Wir werden natürlich dafür sorgen, dass alles einsatzbereit ist. Ihr Mann hat mit uns bereits über den Erwerb eines Spielgeräts für die Kleinen für den Südrasen gesprochen."

Gerührt bemerkte Sam: „Warum überrascht mich das nicht? Er denkt einfach an alles."

„Wir werden uns nächste Woche bei Ihnen melden, um die Pläne für Ihren Umzug abzustimmen." Gideon reichte ihr seine Visitenkarte und einen Schnellhefter. „Das ist der ausführliche Fragebogen, den wir alle neuen Familien ausfüllen lassen, damit wir die Dinge, die Sie brauchen, für Sie bereitstellen können. Darin fragen wir alles ab, vom bevorzugten Shampoo über die Lebensmittelauswahl bis hin zu den Größen für neue Bowlingschuhe für die einzelnen Familienmitglieder. Je früher wir diese Informationen erhalten, desto schneller können wir uns auf Ihre Ankunft vorbereiten."

„Ich lasse ihn Ihnen umgehend zukommen", versprach Sam und reichte ihn Tracy.

„Sie meint, eine von uns wird ihn Ihnen zukommen lassen", erläuterte die.

Gideon lachte. „Mir ist das recht. Wir hätten außerdem gern eine Auswahl an Familienfotos, mit denen wir das Haus schmücken können."

„Darum können wir uns ebenfalls kümmern", erbot sich Angela.

Er reichte Tracy und Angela Visitenkarten. „Ansonsten stehen wir Ihnen jederzeit zur Verfügung. Bitte rufen Sie mich an, wenn Sie irgendwelche Fragen oder Anliegen haben."

„Danke, Gideon", erwiderte Sam. „Ich freue mich auf unsere Zusammenarbeit."

„Ich mich auch, Ma'am. Sagen Sie Bescheid, und ich beauftrage Mitarbeiter damit, Ihre Siebensachen zu packen und alles für den Umzug vorzubereiten."

„Das kann ich tun? Einfach ein Wort sagen, und dann kümmern Sie sich darum?"

„Jawohl, Ma'am. Sie sind die First Lady. Wir arbeiten für Sie."

„Ich rede mit Nick … äh, dem Präsidenten darüber und melde mich morgen wieder bei Ihnen."

„Ich freue mich darauf, von Ihnen zu hören."

Gideon führte sie ins Erdgeschoss. „Dies ist der Vermeil Room, auch ‚das Goldzimmer' genannt." Er gab ihnen ein Zeichen, in den Raum zu treten, in dem Gloria bereits auf sie wartete.

Eine Mitarbeiterin erschien mit einer Geschenktüte, die sie Gloria überreichte. „Danke, Ariana." Gloria hielt sie Sam hin. „Die ist für Sie. Darin sind einige meiner Lieblingsbücher über das Weiße

Haus sowie ein Gästebuch. Sie werden hier viel Besuch empfangen. Darin können Sie Ihre Gäste alle für die Nachwelt festhalten."

„Danke für die Geschenke, die Großzügigkeit, die Informationen und vor allem für das gute Beispiel, das Sie mir und allen, die nach uns kommen, gegeben haben", sagte Sam. „Ich weiß Ihre Bereitschaft zu schätzen, mir in dieser für Sie und Ihre Familie so schwierigen Zeit zu helfen."

„Es war mir eine Freude, Sie heute zu empfangen und Sie und Ihren Mann im letzten Jahr kennenzulernen. Meine Tür steht für Sie beide immer offen, wenn ich Ihnen behilflich sein kann. Ich habe meine Kontaktinformationen in die Tüte getan."

„Danke, Mrs Nelson."

„Bitte, nennen Sie mich Gloria. Wir gehören beide einem sehr kleinen Club an und müssen daher zusammenhalten."

Sam schloss sie in die Arme. „Ich wünsche auch Ihnen und Ihrer Familie alles Gute."

„Ich werde für Ihren Erfolg beten."

„Bevor wir fahren, habe ich mir überlegt, würde ich Nick gern ein Geschenk in seinem neuen Büro hinterlassen."

„Da kann ich behilflich sein", erklärte Gideon. „Hier entlang."

„Noch mal vielen Dank", verabschiedete sich Sam von Gloria, bevor sie, ihre Schwestern und Lilia Gideon in den Westflügel folgten. Ihr wurde klar, dass sie den Weg nahm, den Nick jeden Tag zur Arbeit gehen würde.

„Nick hat Glück, dass er den Weg zur Arbeit zu Fuß zurücklegen kann", wiederholte Angela praktisch Sams Gedanken.

„Ich habe gerade das Gleiche gedacht."

„Frühere Präsidenten haben es als ‚Wohnen über dem Laden' bezeichnet", erzählte Gideon. „Viele von ihnen würden Ihnen versichern, dass das Arbeiten und Wohnen im Weißen Haus gut für die Familie ist, die sonst während des Wahlkampfs oder wegen der Aufgaben des Amtes getrennt wäre."

„Wir haben bisher nicht viel Zeit getrennt verbracht", sagte Sam, „aber ich erkenne definitiv den Vorteil darin, über dem Laden zu wohnen."

„Ich glaube, Sie werden feststellen, dass Ihr Mann mehr Zeit für seine Familie haben wird, als er als Vizepräsident hatte", prophezeite Gideon.

Das mag sein, dachte Sam, *doch wie sieht es bei mir aus? Werde ich am Ende weniger Zeit für sie haben?* Das wäre großer Mist.

Als sie den Westflügel betraten, stellte Sam fest, dass es ruhiger wirkte als bei ihren früheren Besuchen, vermutlich wegen des Todes des Präsidenten und der aktuellen Übergangsphase. Außerdem war es Sonntag und ein Feiertagswochenende.

Selbst die Schreibtische vor dem Büro des Präsidenten waren unbesetzt. „Was wird aus all den Leuten, die für Präsident Nelson gearbeitet haben?"

„Einige wenige werden bleiben, um zukünftig für Präsident Cappuano zu arbeiten, doch die meisten von ihnen werden sich eine neue Stelle suchen", antwortete Gideon. Zu dem Secret-Service-Agenten vor dem Oval Office sagte er: „Mrs Cappuano möchte für ihren Mann ein Geschenk in seinem Büro hinterlegen."

Der Agent nickte und öffnete Sam die Tür. „Ich komme gleich", meinte sie zu ihren Schwestern, denn sie wollte das allein erledigen. Im Oval Office stellte Sam fest, dass man Präsident Nelsons persönliche Gegenstände bereits entfernt hatte, um Platz für den neuen Amtsinhaber und seine Habseligkeiten zu schaffen.

Sam ging um den Resolute Desk herum, über den sie einst im Geschichtsunterricht an der Highschool ein Referat gehalten hatte, ohne zu ahnen, dass ihr Mann eines Tages einer der Nutzer dieses Schreibtischs, dieses Büros und dieses Hauses sein würde. Sie setzte sich auf seinen Platz und nahm die Erhabenheit des Raumes in sich auf, während sie sich bewusst machte, dass dies für die nächsten drei Jahre wirklich Nicks Arbeitsplatz und ihr Zuhause sein würde. Würden sie noch länger hierbleiben? Wenn ihn das heute jemand fragte, würde er sagen: *Auf keinen Fall.* In ein oder zwei Jahren würde er vielleicht anders denken, und sie war bereit, ihn zu unterstützen, egal welchen Weg er einschlagen würde.

Sie holte das silbern gerahmte Foto hervor, das sie an Thanksgiving mit Scotty, Elijah und den Zwillingen aufgenommen hatten, das erste Foto von ihnen als Familie. Sie hatte Tracy gebeten, es für sie ausdrucken und rahmen zu lassen, damit es das erste Foto wäre, das Präsident Cappuanos Schreibtisch zierte. Sie legte es auf den Schreibtisch und öffnete dann auf der Suche nach einem Stück Papier eine Schublade. Das einzige Papier in der Schublade trug am oberen Rand in Goldprägung den Schriftzug „Office of the President of the United States of America", dazu das Siegel des Präsidenten.

In der Hoffnung, dass er nichts dagegen hätte, wenn sie sich ein

Stück Papier auslieh, holte sie ihren Kuli aus der Tasche und schrieb ihm eine Nachricht.

Hallo, Nick, wir haben dich sehr lieb und sind unglaublich stolz auf dich. In Liebe, Sam, Scotty, Elijah, Alden und Aubrey.

Auf ein zweites Blatt schrieb sie: *Sam liebt Nick*, und malte ein Herz um die Worte herum. Sie faltete es einmal und legte es in die oberste Schublade. Da es sonst nichts gab, was sie auf dem makellosen Schreibtisch hätte anfassen können, machte sie sich daran, die wenigen anderen Dinge, die er bereits in die Schubladen gelegt hatte, umzuräumen, damit er wusste, dass sie da gewesen war. Sie lächelte, als sie sich vorstellte, wie er ihr auf die Schliche kam. Sie hatte alle seine früheren Schreibtische durcheinandergebracht, also musste sie die Tradition wahren.

Sie wusste, wie wichtig es war, dass die Beziehung zwischen ihnen auch in Zukunft echt blieb und dass sie den weisen Rat von Mrs Nelson befolgen mussten, sich nicht so sehr in ihre neuen Rollen zu verstricken, dass sie das wirklich Wichtige aus den Augen verloren. Außerdem konnte sie es kaum erwarten, ihm mitzuteilen, dass sie in ihrem neuen Haus mehr als genug Schlafzimmer hatten, die sie als behelfsmäßigen Dachboden nutzen konnten.

Nachdem sie sich noch einmal ausgiebig in dem Raum umgesehen hatte, der für die nächsten drei Jahre Nicks Büro sein würde, kehrte Sam zu ihren Schwestern in den Empfangsbereich zurück. Sie wandte sich an Vernon: „Wäre es möglich, auf dem Heimweg einen Zwischenstopp einzulegen?"

„Natürlich, Ma'am. Sagen Sie uns einfach, wo Sie hinwollen."

„Ich checke mal, ob sie zu Hause ist." Sam schickte Shelby eine SMS.

Kann ich kurz bei euch vorbeischauen, um mit dir über etwas zu reden?

O Gott, ich sehe völlig chaotisch aus, und hier ist nicht aufgeräumt.

Hör auf. Wir wissen beide, dass unsere Definitionen von Ordnung völlig unterschiedlich sind.

Haha. Wir sind zu Hause. Komm vorbei.

Bis gleich.

Sam nannte Vernon Shelbys Adresse in Adams Morgan. „Dort wohnt auch FBI Special Agent in Charge Avery Hill", fügte Sam hinzu.

„Gut zu wissen, Ma'am. Danke."

Sam umarmte Lilia. „Vielen Dank, dass du mir da durchgeholfen hast."

„Es war mir ein Vergnügen. Ich hoffe, du hast den Rundgang genossen."

„Ich bin beeindruckt und überwältigt."

„Das musst du nicht sein. Du schaffst das. *Wir* schaffen das."

„Was das angeht, bin ich tausendmal zuversichtlicher, einfach weil es dich gibt. Falls ich später vergesse, es zu sagen: Danke für alles, was du in den nächsten drei Jahren für mich tun wirst."

„Es ist mir eine Ehre, dir und deiner Familie zu Diensten zu sein." Sie beugte sich vor und flüsterte: „Wirst du Shelby den Job als deine Privatsekretärin anbieten?"

„Wie hast du das erraten?"

„Sie wäre genau die Richtige."

„In der Tat. Die Frage ist nur, ob sie den Job will, wo sie doch bald zwei kleine Kinder zu versorgen hat."

„Wenn jemand einen Weg finden kann, das zu schaffen, dann Shelby."

„Ich bin froh, dass du das auch so siehst. Sobald ich eine Antwort von ihr habe, geb ich dir Bescheid – und jetzt geh nach Hause zu deinem attraktiven Arzt, und grüß ihn von mir."

Lilia errötete bei der Erwähnung von Harry. „Wird gemacht."

Sam folgte Tracy und Angela in den schwarzen SUV und schnallte sich für die kurze Fahrt zu Shelby an.

„Das war echt faszinierend", erklärte Angela. „Danke, dass wir mitkommen durften."

„Genau", pflichtete ihr Tracy bei. „Das war toll."

„Danke, dass ihr mich begleitet habt. Ich möchte euch während Nicks gesamter Amtszeit an meiner Seite wissen."

„Wo sollten wir denn sonst sein?", fragte Tracy.

In diesem Moment rief Freddie auf Sams Handy an und bewahrte sie vor einer emotionalen Erwiderung auf die überschwänglichen Worte ihrer Schwestern.

„Hey", meldete sie sich. „Was gibt's Neues?"

„Ich hatte damit gerechnet, auf deine Mailbox sprechen zu müssen."

„Da muss ich dich leider enttäuschen. Du hast mich leibhaftig an der Strippe."

„Bleib mir mit deinem Leib vom Leib. Ich wollte dir nur sagen, dass einer von Gonzos Informanten uns zu Evans' bekannten Kumpanen geführt hat. Wir haben sie aufgetrieben und alle in

Gewahrsam genommen. Außerdem haben wir Byron Tomlinson beauftragt, DNA-Proben von allen zu nehmen."

„Hervorragende Arbeit, Leute", lobte Sam und wünschte, sie wäre dabei gewesen.

„Eine weitere sehr interessante Sache ist, dass einer von ihnen mit Calvin Worthington auf der Ballou High School war."

Sam blieb beinahe der Atem weg, als sie das hörte. „Wirklich?"

„Ich habe seinen Namen wiedererkannt, als ich nach Mitschülern gesucht habe, die vor oder nach Calvins Tod in Schwierigkeiten geraten sind."

„Das ist ein guter Gedanke und wirklich sehr interessant", meinte Sam. „Morgen früh gehen wir der Sache nach und checken, ob er Calvin gekannt hat. Sehr gute Arbeit, Cruz. Richte Gonzo aus, dass ich dasselbe über ihn gesagt habe."

„Okay, wird erledigt. Wir warten, bis sie alle erkennungsdienstlich behandelt sind, dann machen wir Schluss für heute."

„Bis morgen dann."

„Ja, bis dann."

Befriedigend laut klappte Sam ihr Handy zu. „Das war die beste Nachricht des Tages. Wir haben alle fünf Männer, die gestern Nacht gemeinsam eine Frau vergewaltigt und ihren Freund ermordet haben."

„Mein Gott", flüsterte Angela.

Sam schaute Tracy an und bedauerte, dass sie diese Bombe mitten in ihre Begeisterung hinein hatte platzen lassen. „Tut mir leid, Trace. Das war unsensibel." Vor etwas mehr als einem Jahr war Tracys Tochter Brooke das Opfer eines ähnlichen sexuellen Übergriffs geworden.

„Schon gut", antwortete Tracy mit einem angedeuteten Lächeln. „Sie hat sich wieder davon erholt, und das ist das Wichtigste."

„Diese Dinge sind für mich so alltäglich, dass ich ziemlich abgestumpft bin", gestand Sam. „Tut mir leid, dass ich so taktlos war."

„Ist schon gut. Wirklich. Ich weiß, dass du dich in deinem Job ständig mit solchen Dingen befassen musst, und ich frage mich oft, wie du das aushältst."

„Die Abstumpfung hilft, aber sie macht mich auch manchmal zur Vollidiotin."

„Lass es gut sein. Ich verstehe das. Wirklich."

Wenige Minuten später fuhren sie vor Shelbys und Averys Reihenhaus vor. „Kommt mit", sagte Sam.

KAPITEL 22

Die Schwestern gingen die Treppe zur Haustür hoch, wo Avery sie schon erwartete.

„Ich habe Freundinnen mitgebracht", erklärte Sam.

„Das sehe ich. Willkommen, Ladys. Wir hatten hier noch nie eine Präsidentengattin zu Gast", verkündete Avery mit ironisch funkelnden Augen. „Es ist uns eine Ehre."

„Halt die Klappe." Sam war zuletzt bei Shelbys und Averys Überraschungshochzeit an Shelbys vierundvierzigstem Geburtstag hier gewesen. „Entschuldigt, dass ich euch so überfalle, aber ich muss dringend mit meiner Lieblingsassistentin sprechen."

„Sie ist mit Noah im Wohnzimmer." Avery deutete den Flur entlang. „Fühlt euch wie zu Hause, und sofern möglich, würde ich vor eurem Aufbruch gerne kurz unter vier Augen mit dir reden, Sam."

„Klar." Sam fragte sich, ob Avery neue Informationen über Nicks Mutter hatte. Sie hatte ihn gebeten, die Frau, die Nick seit dem Tag seiner Geburt nichts als Ärger und Herzschmerz bescherte, einmal unter die Lupe zu nehmen. Seit Nick Vizepräsident geworden war, hatte sich das Problem verschlimmert, und Nicoletta nutzte seine Stellung immer unverschämter zu ihrem eigenen Vorteil aus. Sie war und blieb eben eine Gaunerin. Sam erschauerte bei dem Gedanken, welchen Schaden ihre Schwiegermutter jetzt, wo Nick Präsident war, anrichten mochte.

Sie folgte ihren Schwestern in Shelbys Wohnzimmer. „Bleib sitzen", befahl sie, als Shelby sich anschickte aufzustehen.

„Ich möchte aber dringend meine Freundin, die neue First Lady, umarmen."

„Deine Freundin kommt zu dir." Sam ließ sich auf die Knie nieder und beugte sich vor, um Shelby in die Arme zu schließen und Noah zu küssen. Wie üblich war Shelby von Kopf bis Fuß in Pink gekleidet, inklusive der Jogginghose und des karierten Flanellhemds, das ihren Babybauch eng umschloss.

„Entschuldigt die Unordnung."

„Ich sehe keine Unordnung. Nur einen kleinen Jungen, der mit seiner Mutter und seinem Spielzeug Spaß hat."

„Er liebt seine Spielsachen. Was machen meine anderen Lieblingskinder heute? Sind sie immer noch komplett überzuckert?"

„Sie lassen es ruhig angehen, genießen aber all ihre neuen Spielsachen. Nochmals vielen Dank für den tollsten Kindergeburtstag aller Zeiten."

„Er war schön, bis jemand von den bescheuerten Eltern ein Bild von der Party gepostet hat. Nächstes Mal konfiszieren wir ihre Handys und engagieren einen Fotografen."

„Nächstes Jahr können wir den offiziellen Fotografen des Weißen Hauses nutzen."

„Ich habe schon zu Avery gesagt, ich möchte, dass er denjenigen, der dieses Bild gepostet hat, findet und verhaftet."

„Das will ich auch, es wäre wohl allerdings nicht das Beste für die Kinder."

„Ich kann einfach nicht begreifen, dass Leute eure Privatsphäre auf diese Weise verletzen."

„Das beweist nur, dass Nick, so beliebt er auch bei den meisten ist, durchaus Kritiker hat."

„Aber das ist so gemein, besonders nachdem du sie in deinem Haus willkommen geheißen hast. Wir werden herausfinden, wer es war, und dafür sorgen, dass die betreffende Person nie wieder eine Einladung kriegt."

„Diese rachsüchtige Seite von dir kenne ich ja gar nicht", bemerkte Sam grinsend.

„Es macht sie wütend, wenn sich jemand mit ihren Lieben anlegt", erklärte Avery.

„Das ist richtig. Niemand legt sich mit meiner Familie an."

„Wir fühlen uns geehrt, dass du uns als Teil deiner Familie betrachtest, und hoffen, dass du uns immer noch liebst, wenn du hörst, was ich dich fragen möchte."

Shelby warf ihr einen misstrauischen Blick zu und dehnte diesen dann auf Avery, Tracy und Angela aus. „Jetzt habe ich beinahe Angst ...“

„Ich, nun ja, ich denke, wir brauchen eine Privatsekretärin im Weißen Haus, und wir hätten gern dich.“ Sam hatte keine Gelegenheit gehabt, Nick vorher dazu zu befragen, hatte jedoch keinen Zweifel daran, dass er ihre Wahl von Shelby für diese Schlüsselrolle voll unterstützen würde. Sie brauchten jemanden, der sich mit dem Protokoll und der offiziellen Seite von Washington auskannte, und Shelby war eine echte Insiderin.

Sie starrte Sam schockiert an.

„Hallo? Erde an Shelby?“

„Hat sie mich das wirklich gerade gefragt?“, erkundigte sich Shelby bei Tracy und Angela.

„Ja“, bestätigte Angela, „und wir sind uns alle einig, dass du die Beste für diesen Posten wärst.“

„Äh, ich weiß nicht, was ich sagen soll.“

„*Bitte*, Shelby? Du weißt, wie sehr ich dich für diese Aufgabe brauche und dass du mir in meiner Rolle als First Lady den Rücken freihalten musst. Als persönliche Sekretärin wärst du zugleich eine offizielle Beraterin des Präsidenten. Du hast dich dein ganzes Leben lang auf genau diese Rolle vorbereitet.“

Zu Sams großer Bestürzung brach Shelby in Tränen aus. Sie blickte Avery Hilfe suchend an.

„Keine Sorge“, beruhigte der sie mit seinem unwiderstehlichen South-Carolina-Akzent. „Im Moment weint sie bei jeder sich bietenden Gelegenheit. Gestern Abend war es eine Eiscreme-Werbung, und ich will gar nicht erst davon anfangen, was passiert, wenn sie diese Werbung vom Tierschutzbund mit den traurigen, zitternden Hunden sieht. Seit sie schwanger ist, hat sie denen die Hälfte unseres Nettovermögens gespendet.“

Nach Averys Erklärung fühlte sich Sam etwas besser, aber sie würde erst zufrieden sein, wenn Shelby wieder aufhörte zu weinen.

„Es tut mir so leid.“ Shelby wischte sich die Tränen ab. „Du hast mich einfach völlig überrumpelt. Einen Moment lang hab ich gedacht, du bittest mich, Privatsekretärin im Weißen Haus zu werden.“

Sam stieß sie leicht an der Schulter an. „Du hast richtig gehört.“

„Oh, Sam. Wie könnte ich mit zwei kleinen Kindern am Hals jemals so einen Job übernehmen?“

„Darüber denke ich auch schon nach, seit mir das eingefallen ist, und wie wäre es, wenn wir es so einrichten könnten, dass du hauptsächlich von zu Hause aus arbeitest und nur bei Bedarf reinkommst?"

Shelby nagte an ihrer Unterlippe, während sie darüber nachdachte. „Das könnte gehen, aber was ist mit deinen Kindern? Ich bin ihnen rettungslos verfallen, und ich kann mir nicht vorstellen, sie nicht jeden Tag zu sehen."

„Sie hängen auch sehr an dir. Wir können diese Details doch sicher befriedigend für uns alle regeln. Es gibt etwa eine Million Zimmer im Wohnbereich des Weißen Hauses. Warum kann nicht eins davon als Kinderzimmer für deine Kinder dienen, während du arbeitest? Das Entscheidende ist, dass wir dich brauchen. Wir nehmen dich, wie immer wir dich kriegen können. Ich fände es toll, wenn du meine Privatsekretärin wärst, weil ich davon überzeugt bin, dass du die perfekte Besetzung für diesen Posten bist. Aber wenn das für dich nicht funktioniert, dann lassen wir alles so, wie es jetzt ist. Denk in Ruhe darüber nach, besprich alles mit Avery, und teil mir deine Entscheidung mit. Kein Druck, keine Tränen."

Shelby lachte, während ihr weitere Tränen übers Gesicht liefen. „Die Frage allein ist zu viel der Ehre."

„Dir ist hoffentlich klar, dass ich das ohne dich niemals hinkriege", sagte Sam.

„Der Gedanke ist mir auch schon gekommen."

Alle lachten, und Sam fühlte sich nicht mehr ganz so mies, weil sie ihre liebe Freundin völlig durcheinandergebracht hatte.

„Wir werden dir nicht noch mehr von deiner kostbaren Freizeit rauben. Es war mir nur wichtig, dich persönlich zu fragen."

Mit Sams Hilfe gelang es Shelby, sich zu erheben und sie zu umarmen. „Danke, dass du an mich gedacht hast. Einige von denen, die diese Stellung vor mir innehatten, gehören zu meinen größten Heldinnen. Letitia Baldrige", hauchte sie ehrfürchtig. „Eine Meisterin ihres Fachs."

Sam hatte keine Ahnung, wer das war.

„Tish Baldrige war Jackie Kennedys Privatsekretärin. Sie hat das Profil dieses Berufs in der Neuzeit praktisch erfunden."

„Siehst du? Du weißt bereits mehr darüber als ich."

„Sogar Noah weiß mehr darüber als du", warf Tracy ein, woraufhin die anderen lachen mussten.

„Das ist absolut richtig", pflichtete ihr Sam bei. „Diese Dinge liegen ihm im Blut."

„Unserer Familie weniger", sagte Tracy unverblümt.

Sam lachte. „Deshalb brauche ich ja auch meine Tinker Bell."

„Ich werde gründlich und ausführlich darüber nachdenken", versprach Shelby, „und wenn es irgendwie geht, bin ich an Bord."

Sam umarmte sie. „Egal wie deine Entscheidung ausfällt, wir lieben dich. Du, dein Mann und deine Kinder, ihr werdet für uns immer zur Familie gehören."

Shelby schniefte. „Das gilt umgekehrt genauso."

„Ich muss noch kurz mit Avery reden, dann können wir heimfahren", erklärte Sam ihren Schwestern.

„Lass dir Zeit, Schwesterherz", meinte Angela. „So viel du brauchst."

Avery führte Sam nach nebenan in sein Arbeitszimmer, das mit raumhohen Bücherregalen und dunklen Holzmöbeln ausgestattet war. Ein Feuer, das im Kamin brannte, verlieh dem Raum eine gemütliche Atmosphäre. „Was für ein großartiger Raum."

„Danke."

„Hast du all diese Bücher gelesen?"

„Die meisten."

„Natürlich." Sam nahm auf dem Ledersofa Platz, er auf einem Stuhl ihr gegenüber. „Was gibt's?"

„Wir setzen die Durchleuchtung des MPD fort und sind auf ein Gerücht gestoßen, über das ich mit dir sprechen wollte."

„Nämlich?", fragte sie, und bei seinem Tonfall wurde ihr flau im Magen.

„Sagt dir der Name Hector Reese etwas?"

Sam leckte sich die plötzlich trockenen Lippen. „Was ist mit ihm?"

„Es heißt, du hättest ihn ziemlich aufgemischt, während er in Gewahrsam war. Stimmt das?"

Sam zwang sich, nicht zu blinzeln und sich nicht anmerken zu lassen, wie verunsichert sie war, als ihr diese Episode aus ihrer Vergangenheit plötzlich auf die Füße fiel. „Ja."

„Kannst du mir etwas mehr Kontext liefern?"

Ihr Gehirn wollte sich ausschalten und vor Erinnerungen fliehen, die sie lieber vergessen würde. „Hectors Bruder Clarence hatte seine Frau und seine Kinder ermordet. Es war einer der schlimmsten Tatorte, die wir je hatten untersuchen müssen. Es war der gleiche Tag, an dem ich den Diensteid als Lieutenant abgelegt habe und Nick Senator wurde. An Silvester, vor fast zwei Jahren. Clarence war tagelang untergetaucht. Irgendwann ist er zurück nach Hause gekommen und hat dabei auf Freddie geschossen."

Weil ihr plötzlich zu warm war, zog sie den Mantel aus, den sie für den kurzen Besuch angelassen hatte.

„Während unserer Ermittlungen hatten wir am Tatort Zeitungsausschnitte über die Schüsse auf meinen Vater entdeckt, woraufhin ich Clarence noch dringender finden wollte. Er war vorher schon einmal nach Hause zurückgekehrt, mit seinem Bruder, den wir festnehmen konnten, während es Clarence gelang, zu flüchten." An dieser Stelle wurde es problematisch für sie. „Ich gebe zu, dass ich den Mann, der auf Freddie geschossen hatte, unbedingt finden und wissen wollte, wer diese Zeitungsausschnitte gesammelt hatte. Die Schüsse auf meinen Vater lagen zwei Jahre zurück, und wir hatten nicht den geringsten Anhaltspunkt."

Sie schluckte schwer und zwang sich, die unschöne Geschichte zu Ende zu erzählen. „Ich habe ihn in einen Verhörraum bringen lassen und versucht, ihn dazu zu zwingen, mir zu verraten, was er über den Verbleib seines Bruders wusste. Während dieses Verhörs habe ich mehrere Grenzen überschritten."

„Ich habe gehört, du hättest ihn verprügelt, während er mit Handschellen gefesselt war. Stimmt das?"

Sam bereute das seither täglich. „Ja. Ich bin nicht stolz darauf."

„Wer weiß noch davon?"

„Brauche ich einen Anwalt, Agent Hill?" Im Laufe ihrer turbulenten beruflichen und privaten Beziehung hatte Sam irgendwann begonnen, Avery als Freund zu betrachten. Jetzt gerade war sie sich allerdings nicht sicher, ob er Freund oder Feind war.

„Momentan nicht. Für den Augenblick bleibt das unter uns."

„Für den Augenblick. Was bedeutet das?"

„Ich sammle Informationen, die für unsere Ermittlungen relevant sein können, aber nicht müssen."

„Ich habe einen Fehler begangen. Ich habe mich mitreißen lassen, nachdem mein Partner angeschossen worden war und ich möglicherweise eine Spur im Fall meines Vaters gefunden hatte."

„Hast du eine Ahnung, warum Hector Reese keine Anzeige gegen dich erstattet hat?"

„Vielleicht lag es daran, dass sein Bruder später in mein Auto eingedrungen ist, mich entführt und als Geisel festgehalten und die zehntausend Dollar in bar verlangt hat, die wir in dem Haus beschlagnahmt hatten. Wie du dich vielleicht erinnerst, hat sich Clarence das Leben genommen, was für mich wirklich niederschmetternd war, weil ich ihn, direkt bevor das SWAT-Team hereingeplatzt ist, überredet hatte, sich helfen zu lassen."

„Das verschafft mir eine gewisse Perspektive."

„Was fängst du mit dieser Information an?"

„Das weiß ich noch nicht."

„Sagst du mir Bescheid, wenn ich ins Visier gerate?"

„Wenn das möglich ist."

Sam wusste, dass er ihr mehr nicht versprechen konnte. „War das alles, worüber du reden wolltest?"

„Ich wollte dir außerdem mitteilen, dass wir uns weiter mit deiner Schwiegermutter beschäftigen und dabei ständig interessante Dinge herausfinden. Ich bin noch nicht bereit, darüber zu sprechen, aber du weißt, wo Rauch ist, ist oft auch Feuer."

„Warum nur überrascht mich das nicht?"

„Sie ist echt eine Nummer."

„Du machst dir keine Vorstellung." Sie zog ihren Mantel wieder an. „Ich muss los."

„Bevor du gehst, möchte ich dir noch dafür danken, dass du Shelby gebeten hast, deine Privatsekretärin zu werden. Ich weiß, dass ihr das sehr viel bedeutet."

„Ich hätte sonst niemanden auf der Welt fragen wollen, und ich weiß, an diesem Punkt in eurem Leben ist es extrem viel verlangt."

„Wenn sie das gerne möchte, werden wir einen Weg finden."

Er begleitete sie zurück zu ihren Schwestern. Sie verabschiedeten sich von Shelby und Noah, und während sie im SUV des Secret Service nach Hause fuhren, konnte Sam nicht umhin, sich zu fragen, ob ihr Fehlverhalten vor zwei Jahren sich jetzt rächen würde.

Als Nick am Montagmorgen im Oval Office eintraf, stellte er fest, dass seine reizende Frau dort gewesen war. Er grinste, als er ihre Nachricht las und das Foto der Familie betrachtete, die sie gemeinsam gegründet hatten. Da er seine Frau kannte, war er nicht überrascht, dass sie die Gegenstände, die er in die Schubladen gelegt hatte, umsortiert hatte. Er fand den zweiten Zettel, den sie hinterlassen hatte, und seufzte glücklich, weil er wusste, dass eine wirklich außergewöhnliche Frau ihn liebte.

Er verlangte viel von ihr. Das war ihm klar. Trotzdem hatte sie sich der Herausforderung mit bewundernswerter Haltung gestellt. Am Vorabend hatte er sie im Bett vorgefunden, wo sie eins der Bücher studiert hatte, die Mrs Nelson ihr geschenkt hatte.

„Wusstest du", hatte sie verkündet, „dass der Präsident gleichzeitig der Regierungschef, der Führer einer politischen Partei, der Hüter der Gesetze und der inneren Angelegenheiten der Nation, der Richtliniengeber der Außenpolitik und der Oberbefehlshaber der Streitkräfte ist?"

„Tatsächlich?", hatte er gefragt, wie immer amüsiert über sie. „War mir gar nicht klar."

„Das ist ein wichtiger Job, Nicholas."

„Ja, Samantha, das habe ich auch gehört."

„Weißt du, was echt heiß ist?"

„Was denn?"

„Du. Immer schon, aber noch mehr als Regierungschef, Führer einer politischen Partei, Hüter der Gesetze und inneren Angelegenheiten der Nation, Richtliniengeber der Außenpolitik und Oberbefehlshaber der Streitkräfte." Ihre Stimme hatte dramatisch gebebt. „Viel sexyer als Seersucker."

Nick lachte, als er sich daran erinnerte, wie sie „Der Kongress für Dummies" gelesen hatte, als er gerade Senator geworden war und sie seinen Job besser hatte verstehen wollen. Von der Tradition des Seersucker-Donnerstags im Senat war sie besonders fasziniert gewesen. Wie weit sie sich von seinen ersten Tagen im Senat entfernt hatten, den er damals schon für den Höhepunkt seiner Karriere gehalten hatte.

Terry klopfte an, ehe er das Oval Office betrat. „Man erwartet dich im Lagezentrum."

Nick begab sich mit Terry in den sichersten Raum des Weißen Hauses, wo das nationale Sicherheitsteam darauf wartete, ihn über den Vorfall mit Ruskin im Iran zu informieren.

„Mr President", begann Teresa. „Gemäß den Berichten, die Sie im Rahmen des Morgenbriefings erhalten haben, haben wir uns mit Minister Ruskin und dem Sicherheitsteam, das ihn begleitet hat, getroffen. Wir haben zwei sehr divergierende Berichte erhalten. Nach Aussage von Minister Ruskin hat man ihm erklärt, die Gespräche mit Präsident Rajavi würden in dem Luxushotel fortgesetzt. Dort habe man ihm dann jegliche Kommunikation nach außen verwehrt. Er behauptet, die Bilder seien gefälscht."

„Für einen Mann, den ein anderer Staat entführt, getäuscht und in die Irre geführt hat, hat er sehr aufgeräumt gewirkt", sagte Nick.

„Den Eindruck hatten wir auch, Sir. Das Sicherheitsteam erzählt eine ganz andere Geschichte. Der leitende Agent gab an, man habe Ruskin ein Wochenende voller Ausschweifungen angeboten und er habe diese Einladung bereitwillig angenommen."

„Warum konnten wir das Sicherheitsteam in den fraglichen Stunden nicht erreichen?", fragte Nick.

„Sie waren in Zimmern des Luxushotels untergebracht, von denen sie glauben, dass sie sich in einer Art toter Zone befanden, die es ihnen unmöglich machte, ihre Kommunikationsgeräte zu benutzen."

Nick nahm diese Informationen auf und suchte nach der Wahrheit in den verschiedenen Versionen. „Wem glauben Sie, Teresa?"

„Den Fakten", antwortete die Angesprochene wie aus der Pistole geschossen. „Es scheint, dass Ruskin sich einen Fehltritt erlaubt hat, vielleicht auch wegen der Wachablösung hier und weil er glaubte, niemand würde ihn zur Rechenschaft ziehen. Einer der Agenten hat zufällig gehört, wie er meinte, Sie hätten ‚gar nicht die Eier' dafür, ihn zu disziplinieren."

„Nun, das war ein großer Irrtum seinerseits." Nick warf Terry einen Blick zu. „Bitte den Minister her."

„Jawohl, Sir."

„Gib ihm dreißig Minuten Zeit."

„Jawohl, Sir."

Sie kehrten vom Lagezentrum ins Oval Office zurück, wo sich Nick unter vier Augen mit Terry besprach.

„Wie sieht dein Plan aus?"

„Ich werde seinen Rücktritt verlangen und im Gegenzug darauf verzichten, das Justizministerium aufzufordern, gegen ihn zu ermitteln und ihn möglicherweise anzuklagen."

„Genau das wollte ich dir empfehlen."

Ruskin an Nicks viertem Tag im Amt entlassen zu müssen war nicht toll, aber es musste sein.

„Ich habe außerdem vom Finanz-, vom Heimatschutz- und vom Bildungsminister offiziell erfahren, dass sie nicht vorhaben, im Amt zu bleiben. Sie werden in den nächsten Tagen ihre Rücktrittsgesuche einreichen."

„Wir werden bis zur endgültigen Ernennung kommissarische Minister einsetzen müssen."

„Ich arbeite daran."

„Trevor und das Kommunikationsteam hätten heute Nachmittag gerne ein wenig Zeit mit dir und deiner Frau, um euch auf das Interview heute Abend vorzubereiten."

„Ich kann nicht garantieren, dass Sam das einrichten kann."

„Wir empfehlen es sehr. Dieses Interview wird maßgeblich für deine gesamte Regierungszeit sein."

„Ich werde sehen, was ich tun kann, aber ich verspreche nichts." Nachdem Terry das Büro verlassen hatte, rief Nick Sam auf ihrem abhörsicheren Telefon an.

„Mr President. Was kann ich für Sie tun?"

Ihre Stimme reichte aus, um ihm einen Schauer über den Rücken zu jagen. Er wünschte, sie wäre an seiner Seite, wie immer, wenn er nicht bei ihr war. So war es seit dem Tag, an dem sie sich vor fast zwei Jahren wiedergetroffen hatten. Er hatte sich schon vorher nach ihr gesehnt, nachdem er sechs Jahre zuvor eine Nacht mit ihr verbracht hatte.

„Nick?"

„Ja, ich bin dran. Wie läuft dein Tag?"

„Bisher ganz gut. Ich setze mich gleich mit meinem Team zusammen. Deshalb habe ich auch nur zwei Minuten."

„Ich habe mich gefragt, ob du gegen fünf hier sein könntest, zur Vorbereitung auf das Interview heute Abend."

„Oh, äh …"

„Hast du das Interview vergessen?"

„Natürlich nicht."

„Schwindelst du mich gerade an?"

„Würde ich das jemals tun?"

Er lachte über die Art, wie sie das fragte. „Niemals."

„Ich werde da sein."

„Danke. Für das wunderbare Familienporträt, dafür, dass du meinen Schreibtisch umgeräumt hast, und für eine Million anderer Dinge, die du nicht tun willst und um die ich dich in den nächsten Jahren bitten werde."

„Du kannst gar nicht zu viel von mir verlangen."

Gerührt von ihrer unerschütterlichen Unterstützung erklärte er: „Doch, und ich bin sicher, dass es nicht mehr lange dauern wird, bis ich die Grenze überschreite. Du musst mir dann unbedingt Bescheid sagen."

„Du wirst es als Erster erfahren. Vor allem aber darfst du eine Sache nicht vergessen."

„Nämlich?"

„Ich liebe dich über alles, und es gibt keinen Ort, an dem ich lieber wäre als dort, wo du bist, selbst wenn du im verdammten Oval Office sitzt."

„Danke, Babe. Ich liebe dich auch. Mehr, als du ahnst."

„Ich kann es kaum erwarten, dich um fünf zu sehen."

„Bis dann. Sei bis dahin vorsichtig da draußen."

„Bin ich doch immer."

KAPITEL 23

Nick beendete das Gespräch mit einem breiten Lächeln. Nur Sam konnte ihn die unschöne Auseinandersetzung mit dem Außenminister, die sich anbahnte, für ein paar Minuten vergessen lassen. Diese schob sich allerdings wieder in den Vordergrund, als Ruskin eintrat, zerzaust und sichtlich verärgert darüber, dass Nick ihn herzitiert hatte. Er war Mitte sechzig und hatte graues Haar, das dringend einen Kamm hätte vertragen können. Der Minister trug Jeans und einen marineblauen Pullover mit V-Ausschnitt über einem Oberhemd. Offensichtlich hatte er den Ruf ins Weiße Haus nicht erwartet, was überraschend war.

„Verzeihen Sie meinen Aufzug, Mr President, aber ich war nicht darauf vorbereitet, so kurzfristig ins Weiße Haus beordert zu werden, nachdem ich erst heute früh nach Hause gekommen bin. Das ist alles höchst merkwürdig."

Nick stand auf, ging um den Resolute Desk herum und stellte sich vor den Minister. „Wollen Sie wissen, was *ich* höchst merkwürdig finde?"

„Was denn, Sir?"

„Dass sich einer der obersten Amtsträger dieses Landes in eine kompromittierende Lage bringen lässt, während er die Vereinigten Staaten bei überaus wichtigen Treffen mit einem unserer ärgsten Widersacher vertritt. Sie haben sich selbst und dieses Land blamiert."

„Moment mal", entrüstete sich Ruskin und setzte offenbar zu einer wortreichen Verteidigung an.

„Nein. Man hat mich umfassend informiert, und ich weiß genau, was passiert ist. Mir bleibt deshalb keine andere Wahl, als Sie um Ihren Rücktritt zu bitten."

„Was, wenn ich mich weigere?"

„Dann werde ich das amerikanische Volk darüber informieren, was Sie getrieben haben, während die Iraner zwei Dutzend unserer Bürger gegen ihren Willen festgehalten haben. Haben Sie eine Ahnung, was Sie diesen Menschen und ihren Familien angetan haben? Ich schon, denn ich habe mit den Familien gesprochen, während wir versucht haben, herauszufinden, was da eigentlich los war. Gleichzeitig habe ich mich mit den Generalstabschefs über unsere militärischen Handlungsmöglichkeiten beraten." Nick legte ihm die Ausdrucke der Fotos vor, die er für dieses Treffen angefordert hatte. „Derweil waren Sie hiermit beschäftigt." Er hielt das Foto hoch, das Minister Ruskin inmitten einer Gruppe barbusiger Frauen zeigte, mit einem Drink in der Hand und einem breiten Grinsen im Gesicht.

Ruskin starrte das Foto an und war anscheinend vorübergehend sprachlos.

„Ist es möglich, dass Sie nicht damit gerechnet haben, dass man Sie auf irgendeine Weise erpressen würde? Denn das hätte ein verdammter Pfadfinder kommen sehen müssen."

„Ich …"

„Herr Minister, ich erwarte Ihren Rücktritt bis heute Nachmittag um fünf Uhr."

„Was wird aus diesen Fotos?"

„Keine Ahnung. Ich habe sie nicht aufgenommen."

Ruskin hörte offensichtlich nicht gerne, dass Nick nicht vorhatte, ihn vor einem Skandal zu schützen. Aber warum sollte er, nachdem Ruskin mit seiner Dummheit fast einen Krieg verursacht hätte? „Wie wollen Sie meinen Rücktritt den Medien erklären?"

„Ich werde verlautbaren lassen, dass eine Reihe von Präsident Nelsons Kabinettsmitgliedern einschließlich des Außenministers beschlossen hat, ihre Positionen in der neuen Regierung nicht beizubehalten."

Ruskins Grinsen ließ sein Gesicht grimassenhaft erscheinen. „Ich verstehe, dass Sie sich an der Macht Ihres neuen Amtes berauschen, Mr President, aber ich fürchte, Sie sind ziemlich naiv, was die Abläufe in dieser Stadt betrifft."

„Ich bin lieber naiv als zynisch, und nach fünfzehn Jahren in der

Politik weiß ich ziemlich genau, wie die Dinge laufen. Sie haben genug von meiner Zeit und den Ressourcen der Regierung verschwendet. Diese Besprechung ist beendet. Ich erwarte Ihr Rücktrittsgesuch vor Ablauf der gesetzten Frist."

Nick erwiderte Ruskins Blick ungerührt, dann drehte der Minister sich um und stürmte aus dem Büro. „Na, das ist doch hervorragend gelaufen", murmelte Nick vor sich hin.

Ein paar Minuten später trat Terry ein. „Wie war's?"

„Offenbar bin ich naiv und habe keine Ahnung, wie die Dinge in dieser Stadt laufen."

„Ich hoffe, du hast ihm klargemacht, dass du das sehr genau weißt … und er inzwischen hoffentlich auch."

„Ich habe ihm gesagt, er hat für sein Rücktrittsgesuch Zeit bis um fünf. Wir packen ihn einfach zu der Gruppe von Ministern dazu, die ihr Amt ebenfalls aufgegeben haben."

„Ich arbeite bereits an Ersatz für sie alle. Senatorin Sanford kommt gleich." Terry sah auf die Uhr. „In zehn Minuten. Danach treffen wir uns mit dem Ausschuss für Wirtschaft und Haushalt und später mit der Kongressführung."

„Hier hört der Spaß echt nie auf."

„Das wusstest du doch."

„Gib mir einen Augenblick dafür, die Analyse über Sanford zu lesen, bevor sie eintrifft."

„Klar. Ich bringe sie dann her, sobald sie da ist."

Nick setzte sich hinter den Resolute Desk und ging die Akten über Sanford und Henderson durch, die er erhalten hatte. Die anderen potenziellen Kandidatinnen auf ihrer Liste hatten angegeben, aus verschiedenen Gründen nicht an der Stelle interessiert zu sein, etwa wegen familiärer Bedenken und Vorbehalten gegen die Rund-um-die-Uhr-Bewachung, sodass nur diese zwei Kandidatinnen übrig geblieben waren.

Sanford hatte ihre glanzvolle Karriere als Staatsanwältin in Chicago begonnen, gefolgt von zwei Amtszeiten als Generalstaatsanwältin von Illinois, bevor sie vor zehn Jahren für den Senat kandidiert hatte. Sie war ein einflussreiches Mitglied des Verteidigungsausschusses und des Ausschusses für auswärtige Beziehungen, und ihre Kenntnisse in beiden Bereichen würden ihm von Nutzen sein.

Da seine Partei im Senat bloß eine knappe Mehrheit hatte, zögerte er, das Amt der Vizepräsidentin mit einer Parteifreundin aus diesem

Gremium zu besetzen und damit den Verlust eines Sitzes zu riskieren. Deshalb tendierte er eher zu Gretchen Henderson, die derzeit kein Amt innehatte. Sie war die weitaus unkompliziertere Wahl, ganz zu schweigen davon, dass sie in der Partei sehr beliebt war und eine große Zukunft vor sich hatte. Der einzige Nachteil, abgesehen von dem ungeordneten Privatleben, das Derek erwähnt hatte, war, dass sie nur fünf Jahre älter war als er, was sie zur zweitjüngsten Person nach ihm machen würde, die dieses Amt je innegehabt hatte. Er hatte vor, sich mit beiden Frauen zu treffen, bevor er seine Entscheidung traf.

Wenige Minuten später führte Terry Senatorin Sanford ins Oval Office.

Nick erhob sich, knöpfte sein Jackett zu und ging um den Schreibtisch herum, um sie mit einem Händedruck zu begrüßen. Sie war groß, hatte kurzes braunes Haar und grüne Augen, was die dunkelgrüne Jacke, die sie über einer schwarzen Hose trug, noch betonte. „Willkommen, Senatorin."

„Danke für die Einladung, Mr President."

Als sie einen Schritt näher trat, um ihm die Hand zu schütteln, nahm er einen Hauch ihres Parfums wahr und musste sich beherrschen, um nicht vor dem Duft von Chanel No. 5 zurückzuweichen, das auch seine Mutter bevorzugte.

„Äh, bitte." Er versuchte verzweifelt, sich von der emotionalen Reaktion zu erholen, die dieser Geruch stets bei ihm hervorrief. „Nehmen Sie Platz."

„Danke, Sir."

Einer der Butler des Weißen Hauses brachte ein Tablett mit Getränken und Gebäck herein und goss Nick Kaffee und der Senatorin Tee ein.

Der offizielle Fotograf des Weißen Hauses war ebenfalls im Raum und hielt das Treffen diskret für die Nachwelt fest. Nick hätte am liebsten allen Anwesenden direkt gesagt, sie könnten es vergessen. Obwohl es der Senatorin gegenüber völlig unfair war, triggerte ihn der Geruch so sehr, dass er nicht sicher war, ob er es jeden Tag in ihrer Nähe aushalten könnte. Aber da er das nicht mit ihr besprechen konnte, plauderte er höflich mit ihr, während sie ihre Getränke und das Gebäck genossen.

„Ich bin geschmeichelt, dass Sie sich so bald mit mir treffen wollten, Mr President", erklärte Sanford. „Sie müssen doch jede Menge zu tun haben."

„Das habe ich, und ganz oben auf meiner Liste steht die Ernennung einer Vizepräsidentin."

„Ich verstehe", erwiderte Sanford und lächelte. „Heißt das, ich stehe auf Ihrer Auswahlliste?"

„Ja. Das heißt, wenn Sie möchten."

„Sie schmeicheln mir schon wieder, Mr President."

„Da ich dieses Amt vor Kurzem noch selbst innehatte, ist es mir wichtig, dass die Kandidatinnen die Vor- und Nachteile genau kennen." Er gab ihr einen Überblick über seine Sichtweise auf das Amt und beantwortete eine Reihe von Fragen, die sie dazu hatte, wie er sich die Zusammenarbeit mit seiner Vizepräsidentin vorstellte.

„Als Senatorin kann man sich einigermaßen frei bewegen, was sich ändern würde, wenn Sie Vizepräsidentin wären. Ich will nichts beschönigen, Senatorin. Es ist gewöhnungsbedürftig, ständig vom Secret Service umgeben zu sein."

„Das kann ich mir denken. Lassen Sie mich Ihnen die Sache erleichtern, Sir. Ich würde mich freuen, wenn Ihre Wahl auf mich fiele, und würde mich voll und ganz verpflichten, Sie und Ihre Agenda nach Kräften zu unterstützen."

„Es ist schön, das zu hören. Danke. Wäre Ihre Familie bereit, die Anwesenheit des Secret Service in Kauf zu nehmen?"

„Ich glaube schon, denn das wäre schließlich die Voraussetzung dafür, dass ich diese unglaubliche Chance wahrnehmen kann."

Sie unterhielten sich noch ein paar Minuten lang, ehe Nick aufstand und signalisierte, dass das Treffen beendet war. Er schüttelte der Senatorin die Hand, ließ sie wissen, dass man sich bei ihr melden würde, um weitere Punkte zu besprechen, und wartete darauf, dass Terry sie aus dem Raum begleitete.

Dann ging er direkt in die Toilette neben dem Oval Office, um sich die Hände zu waschen und den schrecklichen Geruch loszuwerden. Da war er nun Präsident der Vereinigten Staaten, und dieser Geruch erinnerte ihn immer noch an seine Kindheit, daran, dass er sich tagelang geweigert hatte zu baden, wenn einer der seltenen Besuche seiner Mutter ihren Duft auf ihm hinterlassen hatte. Er war erschüttert, dass ihn das weiter so fertigmachen konnte, und wütend auf seine Mutter, weil sie ihm mit ihrer gefühllosen Geringschätzung derartigen emotionalen Schaden zugefügt hatte.

Als er ins Oval Office zurückkehrte, wartete Terry dort auf ihn. „Ist etwas passiert?"

Da er nicht zugeben konnte, dass er eine spontane Abneigung gegen die Senatorin entwickelt hatte, weil sie wie seine Mutter roch, sagte Nick: „Ich habe keinen richtigen Draht zu ihr."

Terry musterte ihn aufmerksam. Er kannte Nick gut genug, um zu wissen, dass er äußerst selten jemanden traf, zu dem er nicht auf die eine oder andere Weise eine Verbindung aufbauen konnte.

„Was jetzt?", fragte Nick.

„Der Ausschuss für Wirtschaft und Haushalt hat sich im Kabinettssaal eingefunden … wenn du so weit bist."

Was verriet es über ihn, dass eine Sitzung mit dem Ausschuss für Wirtschaft und Haushalt besser klang, als in dem Raum zu bleiben, in dem noch immer ein Hauch von Chanel No. 5 in der Luft hing?

Sam erreichte das Weiße Haus um fünf nach fünf, was sie als Sieg betrachtete. Alles, was weniger als dreißig Minuten Verspätung war, zählte in ihren Augen als solcher. Sie war nach Hause gehetzt, um den einzigen schwarzen Hosenanzug anzuziehen, den sie besaß, und dazu eine pinkfarbene Seidenbluse. Da ihr die Zeit davongelaufen war, hatte sie sich notdürftig frisiert und mit dem Make-up, das Tracy ihr dagelassen hatte, getan, was sie konnte, um den schillernden Bluterguss in ihrem Gesicht zu überdecken, wobei sie den stechenden Schmerz in ihren Händen ignoriert hatte. Auch wenn es für das Fernsehen wahrscheinlich reichen würde, fühlte sie sich weiter unpassend angezogen und nicht vorzeigbar. Hoffentlich gab es im Weißen Haus jemanden, der das vor dem Interview richten konnte.

Lilia wartete auf sie, als sie durch den Eingang des Ostflügels eintrat und erschrocken feststellte, dass es für sie im Laufe des letzten Jahres zur Routine geworden war, sich in diesen geheiligten Hallen aufzuhalten. Wahrscheinlich war das gut so, denn es sollte ja auch ihr Zuhause sein.

„Willkommen." Lilia trug ein elegantes schwarzes Kostüm mit weißer Bordüre, eine schlichte weiße Bluse und ihre berühmte Perlenkette. Ihre dunklen Haare waren zu einem hinreißenden Bob frisiert, der ihr hübsches Gesicht umrahmte.

„Wie schaffst du es nur, immer so schick auszusehen? Was ist dein Geheimnis?"

„Ach, na ja … ich weiß es auch nicht."

„Doch, du weißt es ganz genau, und ich muss es ebenfalls wissen. Ich liebe Kleidung, Schuhe und Accessoires, aber ich bin schlecht darin, mühelos Klasse zu zeigen, was du hingegen aus dem Effeff beherrschst."

„Du siehst fantastisch aus."

„Ich sehe *okay* aus. *Du* siehst fantastisch aus. Vielleicht könntest du das Interview mit Nick bestreiten?"

Lilia lachte. „Ich fürchte, damit kommen wir nicht durch. Es wird dich allerdings freuen, zu hören, dass du als Frau des Präsidenten Zugang zu deinem eigenen Friseur- und Make-up-Team hast."

„Nein!" Während sie sich unterhielten, gingen sie durch mit rotem Teppich ausgelegte Flure voller Kunstwerke, die die amerikanische Geschichte vom Revolutionskrieg über den Wiederaufbau nach dem Bürgerkrieg bis hin zur Mondlandung erzählten, Richtung Westflügel.

„O doch. Ich habe mir erlaubt, die Damen vor dem Interview zu buchen, falls du an ihrer Hilfe interessiert bist."

„Und wie ich interessiert bin."

Lachend meinte Lilia: „Das habe ich mir schon gedacht. Der Präsident wartet im Oval Office auf dich. Wenn du so weit bist, wird euch das Kommunikationsteam auf das Interview vorbereiten, das um halb sieben im East Room stattfindet."

Sam rieb sich den Bauch. „Ich habe Magenschmerzen."

„Kann ich dir irgendwas dagegen holen?"

„Nur wenn du mich vor diesem landesweit ausgestrahlten Interview bewahren kannst, das sich darum dreht, dass mein Mann Präsident wird und ich First Lady werde."

„Ich wünschte, das könnte ich. Leider reichen meine Superkräfte nicht aus, um die Geschichte umzuschreiben."

„Warum habe ich bloß geahnt, dass du das erwidern würdest?"

Eine Frau, die Sam schon aus Nicks Zeit als Vizepräsident kannte, winkte sie in den Empfangsbereich vor dem Oval Office. „Schön, Sie zu sehen, Mrs Cappuano", sagte sie.

„Gleichfalls", antwortete Sam.

„Jennifer", flüsterte Lilia.

„Ich liebe dich."

Als sie das Oval Office betraten, blieb Sam beim Anblick ihres attraktiven Mannes, der hinter dem Resolute Desk saß, kurz stehen. Ihr Mann, ihr Nick, war Präsident der Vereinigten Staaten. Wie lange würde es dauern, bis ihr das nicht mehr völlig verrückt vorkam? Vermutlich noch eine Weile.

„Alles in Ordnung?", fragte Lilia.

„Ja, aber das ist einfach … *Wow*."

„Das denke ich mir."

Nick schaute auf, entdeckte sie und erhob sich lächelnd, um sie zu begrüßen, und ganz plötzlich war er wieder ihr Ehemann und nicht das Oberhaupt der freien Welt.

„Ich lasse euch beiden vor eurem Treffen mit dem Kommunikationsteam noch kurz allein", verkündete Lilia.

„Kannst du bei der Besprechung nachher dabei sein?", bat Sam sie.

„Klar. Bin gleich wieder da." Lilia schloss die Tür hinter sich und verließ das Oval Office.

„Du siehst umwerfend aus, Babe." Nick beugte sich vor, um Sam zu küssen. „Ich dachte, Brooke hätte dir untersagt, Pink zu tragen?"

Ihre Nichte hatte etwas dagegen, wenn Frauen, die älter als vier waren, Pink trugen, weshalb Brooke und Shelby, die Königin aller Rosatöne, sich oft genug in die Haare gerieten.

„Shelby hat sie mir letztes Jahr zu Weihnachten geschenkt, und ich fand, sie passt zu dem Anlass, also habe ich eine Ausnahme gemacht. Ich rechne fest damit, dass Brooke mich wegen dieser Entgleisung zur Rede stellen wird."

„Wenn dich meine Meinung interessiert: Mir gefällt die Farbe sehr an dir."

Sie legte den Arm um ihn. „Deine Meinung interessiert mich definitiv."

Sie setzten sich auf eins der Sofas in der Mitte des Raums. „Ich habe gehört, wir müssen dieses Büro neu einrichten", bemerkte Sam.

„Ja, ich habe mich vorhin mit der Direktorin der Oval Office Operations getroffen und ihr ein paar Richtlinien an die Hand gegeben."

„Ich kann nicht glauben, dass es wirklich einen Direktor der Oval Office Operations gibt."

„Geht mir genauso."

„Wofür hast du dich entschieden?"

„Um die Botschaft einer überparteilichen Zusammenarbeit zu vermitteln, verwende ich den Teppich aus Ronald Reagans und die Vorhänge aus George H. W. Bushs Büro, kombiniert mit Fotos von Roosevelt, Kennedy, Lincoln und John McCain. Ich habe um Büsten von Harriet Tubman, Martin Luther King Jr. und Susan B. Anthony gebeten."

„Ich liebe diese Zusammenstellung – und dass du eine Suffragette dazugenommen hast."

„Vor etwas mehr als hundert Jahren haben Frauen endlich das Wahlrecht erhalten, und in diesem Monat könnten wir die erste Vizepräsidentin kriegen."

„Oh, wirklich, Nick? Das wäre großartig."

„So lautet zumindest der Plan. Wir haben noch zwei auf der Auswahlliste, aber eine davon ..." Er schüttelte stirnrunzelnd den Kopf. „Ich glaube nicht, dass das mit ihr etwas wird."

„Warum nicht?", fragte Sam, die allein an der Art und Weise, wie sich seine Körpersprache verändert hatte, erkannt hatte, dass hinter diesen schlichten Worten mehr steckte.

„Du wirst es lächerlich finden. Verdammt, vermutlich *ist* es lächerlich."

„Erzähl es mir trotzdem."

„Sie benutzt Chanel No. 5."

Sam verzog das Gesicht, denn sie begriff sofort, worauf er hinauswollte. „Das ist nicht lächerlich, sondern Selbstschutz. Wenn du sie mochtest, gibt es sicher etwas, das du tun kannst, etwa ihr sagen, dass du allergisch gegen Parfum bist, oder so."

„Das stimmt. Ich denke, das könnte ich tun, wenn sie am Ende die beste Kandidatin ist. Ich mochte sie wirklich, und es wäre unfair, sie wegen etwas von unserer Liste zu streichen, das nicht ihre Schuld ist."

„Wenn ich irgendetwas tun kann, um es dir leichter zu machen, bin ich für dich da."

Er legte den Arm um sie und lehnte seine Stirn an ihre. „Wie immer."

So standen sie da, verloren in einem Augenblick, der nur ihnen gehörte, als ein Klopfen an der Tür sie auseinanderfahren ließ.

„Herein", rief Nick. „Jemand muss mein Team vorgewarnt haben, dass du hier bist, und sie wissen, dass sie nicht hereinplatzen sollten, wenn du bei mir bist."

Das brachte Sam zum Lachen. „Wahrscheinlich."

Trevor kam mit mehreren anderen Personen herein, darunter Christina Billings, die jetzt Christina Gonzales hieß.

„Habe ich dir erzählt, dass Christina den Job als meine Pressesprecherin angenommen hat?", fragte Nick.

„Nein. Gratuliere, Christina."

„Danke. Ich hoffe, es gibt Grund zur Gratulation. Wie ihr sicher auch versuche ich immer noch, die letzten Tage zu verarbeiten."

„Uns schwirrt der Kopf", gestand Sam, während die anderen auf den Sofas und Stühlen Platz nahmen. „Was macht ihr mit Alex?"

„Er ist ab morgen wieder bei Angela", antwortete Christina. Alex war ihr und Gonzos Sohn. „Gott sei Dank kann sie ihn nehmen."

„Ich bin mir sicher, sie freut sich", meinte Sam. „Sie hat ihn vermisst."

„Alle mal herhören", sorgte Trevor, dessen Locken wie üblich in alle Richtungen abstanden, für Ruhe. Nachdem er Sam das Kommunikationsteam vorgestellt hatte, sagte er: „Wir sollten Sie jetzt auf das Interview vorbereiten. Das wichtigste Thema der Medien seit Ihrer Vereidigung ist, dass Sie der bisher jüngste Präsident überhaupt sind."

„Ich finde es schwer vorstellbar, dass das bei all den Problemen, die dieses Land hat, die wichtigste Frage ist", entgegnete Nick.

„Uns geht es genauso, aber Sie müssen auf Fragen zu Ihren Qualifikationen und Erfahrungen gefasst sein."

„Wäre es in Ordnung, wenn ich daran erinnere, dass mich der damalige Präsident in dem vollen Bewusstsein ausgewählt hat, dass ich der jüngste Präsident der USA sein würde, wenn ich für ihn einspringen müsste?"

Trevor blickte die anderen fragend an.

„Darin sehe ich kein Problem", sagte Christina. „Es ist schließlich die Wahrheit. Nelson hat es dir zugetraut, als er dich gebeten hat, Gooding zu ersetzen. Die Menschen, die Nelson zweimal gewählt haben, sollten darauf vertrauen, dass er gewusst hat, was er tut."

„Ich habe keine Angst, die Leute daran zu erinnern, wenn es nötig ist", erklärte Nick, obwohl er sich durchaus bewusst war, dass Nelsons Wahl vor allem deshalb auf ihn gefallen war, weil er von Nicks Popularität als Senator zu profitieren gehofft hatte.

„Die andere dringende Frage, die wir erhalten", fuhr Trevor mit einem nervösen Blick in Richtung Sam fort, „betrifft die Entscheidung darüber, ob Mrs Cappuano weiterhin als Lieutenant beim Metro PD tätig sein wird."

„Ist die Medienmeinung dafür oder dagegen?", fragte Sam.

„Die beiden Lager sind ziemlich gleichmäßig verteilt", erwiderte Trevor. „Frauen sind dem gegenüber im Allgemeinen weitaus positiver eingestellt als Männer."

„Warum überrascht mich das nicht?", fragte Sam genervt. „Die finden, ich sollte barfuß und schwanger in der Küche stehen. Weiß eigentlich irgendjemand da draußen noch nicht, dass das mit der Schwangerschaft ein Problem für mich ist?"

„Was andere Leute denken, ist uns egal", warf Nick ein. „Wichtig ist, was wir denken, und wir finden, dass du eine hervorragende Ermittlerin bist, die den Beruf ausübt, für den sie geboren ist."

Wie machte er das nur immer? Wie schaffte er es, ihre Stimmungslage mit ein paar geschickt gewählten Worten von „wutschäumend" in „hingerissen" zu verwandeln? Sie schmiegte sich an ihn, und er drückte ihr die Schulter, wohl wissend, dass er Superkräfte hatte, was sie betraf.

„Worauf müssen wir noch vorbereitet sein, Trevor?", erkundigte sich Nick.

„Auf viele Fragen zum Thema Ruskin und zu den Geschehnissen im Iran."

„Darum kümmere ich mich." Von Terry wollte Nick wissen: „Ist das Schreiben des Ministers eingetroffen?"

„Ja."

„Hervorragend. Ich werde im Rahmen des Interviews seinen Rücktritt bekannt geben. Das wird sicher viral gehen."

Ein paar Minuten später verließ das Team den Raum, und Lilia brachte Sam in den hauseigenen Friseursalon, wo man sich um ihr Haar und ihr Make-up für das Interview kümmern würde.

„Daran könnte ich mich echt gewöhnen", sagte Sam zu Davida, der Friseurin.

„Wir sind stets für Sie da, Ma'am. Nutzen Sie das ruhig."

Eine andere Frau namens Kendra kümmerte sich um Sams Nägel, während Davida ihr die Haare föhnte, bis sie glatt und glänzend aussahen.

„Warum kriege ich das nie so hin, wenn ich es selbst mache?"

„Das werden wir dauernd gefragt", antwortete Davida lachend.

Die Visagistin Ginger war ebenso talentiert, und als die drei mit ihr fertig waren, fühlte sich Sam so bereit für ihren großen Auftritt, wie sie nur sein konnte.

KAPITEL 24

Peter Wagner, eine Fernsehikone, die für ihre Interviews mit berühmten und berüchtigten Menschen bekannt war, hatte das Rennen um das begehrte Interview mit dem neuen Präsidentenpaar gewonnen. Nick erzählte Sam, Wagner sei ausgewählt worden, weil man wusste, dass er gründlich war und ihnen die Fragen stellen würde, die die meisten Leute interessierten, aber andererseits nicht mit ausgefahrenen Krallen auf sie losgehen würde.

Nick traf Sam im Blue Room, der in ein Fernsehstudio verwandelt worden war, inklusive Scheinwerfern, Kameras und Kabeln, die quer über den Teppichboden lagen.

„Wow", entfuhr es Nick. „Du siehst großartig aus. Dein Haar ist so …"

„Gebürstet?"

Er lachte. „Glänzend und glatt, wollte ich eigentlich sagen."

„Dank unseres neuen hauseigenen Friseursalons. Du solltest dich vielleicht besser nicht zu sehr daran gewöhnen. Wenn wir zur Normalität zurückkehren, wird mein Haar das auch tun."

„Du weißt doch, dass ich dich immer wunderschön finde." Um seinen Standpunkt zu verdeutlichen, griff er ihr an den Hintern, so, dass es niemand sehen konnte.

Man führte sie zu zwei blauen Polstersesseln, die nebeneinanderstanden.

Nick wollte sich neben Sam setzen, hielt aber kurz inne. „Diese Sessel passen mir nicht. Haben wir so etwas wie eine Couch?"

„Jawohl, Sir, Mr President", antwortete einer der Mitarbeiter des Weißen Hauses.

„Ich möchte neben meiner Frau sitzen, nicht auf einem getrennten Sessel."

Sam lächelte ihn an. Ging es eigentlich noch süßer?

„Sonst kann ich ja nicht deine Hand halten."

Sie reichte ihm ihre Rechte, die er ergriff und aus Rücksicht auf ihre Verletzungen nur vorsichtig drückte. „Du verrätst all unsere Geheimnisse, Liebster."

„Die werden eh früher oder später ans Tageslicht kommen."

Umgeben von Fremden standen sie in der Mitte des eleganten historischen Raums, doch es gab nur sie beide.

Aus einem anderen Zimmer wurde eine Couch hereingetragen und nach den Wünschen des Fernsehproduzenten positioniert. Dann wurden Sam und Nick verkabelt.

Nick beobachtete mit finsterer Miene den jungen Mann, der das Mikrofon an Sams Revers anbrachte.

„Hör auf", flüsterte sie. „Er macht bloß seinen Job."

„Er soll die Finger von meiner Frau lassen."

Sam verdrehte die Augen.

Wagner trat ein. Die dicke Schicht Make-up in seinem Gesicht wirkte lächerlich.

Nick brauchte das nicht, er sah auch ohne perfekt aus. Sein olivfarbener Teint war wie geschaffen für das Hauptabendprogramm.

Wagner schüttelte ihnen beiden die Hand. „Mr President, Mrs Cappuano, vielen Dank für dieses Interview. Es ist mir eine Ehre, der Erste sein zu dürfen, der Sie in Ihrer neuen Rolle befragt."

Sam war darauf eingestellt gewesen, ihn nicht zu mögen, aber so schlimm schien er gar nicht zu sein. Sie erwartete von Medienvertretern grundsätzlich nichts Gutes, und die meisten erfüllten diese Erwartungen, mit wenigen Ausnahmen, zu denen beispielsweise ihr Freund Darren gehörte. Nicht dass sie ihn je hätte wissen lassen, dass sie ihn als Freund betrachtete.

Als die Kameras liefen, begann Wagner mit einer vorbereiteten Einführung. „Ich fühle mich geehrt, dass ich diese Woche das begehrteste Interview der Welt ergattern konnte, nämlich das mit Amerikas neuem Präsidentenpaar, Nick und Samantha Cappuano. Es ist mir eine große Ehre, Sie heute Abend in meiner Sendung zu haben."

„Danke für die Einladung", sagte Nick, höflich wie immer.

„Als Erstes möchte ich gern über die Frage sprechen, die sich vermutlich jeder stellt: Wie war es für Sie, als Sie in der Nacht von Thanksgiving der Anruf aus dem Weißen Haus erreichte?"

„Natürlich in vielerlei Hinsicht schockierend. Unabhängig davon, was das Ganze für uns und unsere Familie bedeutet, waren wir sehr traurig über die Nachricht von Präsident Nelsons Tod. Ich war am Tag zuvor gerade bei ihm gewesen, und da ging es ihm gut. Der Präsident war noch relativ jung, und sein Tod kam zur Unzeit und ist eine Tragödie für seine Familie und unser Land."

„In der Tat. Gibt es neue Informationen zur Ursache seines Todes?"

„Wir haben heute erfahren, dass Präsident Nelson an einer Lungenembolie gestorben ist. Mrs Nelson wird weitere Details bekannt geben, wenn sie sich dazu imstande sieht."

„Es ist kein Geheimnis, dass Sie Probleme mit Präsident Nelson hatten, in Gestalt seines Sohns Christopher, der derzeit wegen versuchten Mordes an Ihnen beiden und der Ermordung von Mrs Cappuanos Ex-Mann Peter Gibson im Gefängnis sitzt. Wie beeinflusst das, was Sie in der Vergangenheit mit der Familie Nelson erlebt haben, Ihre Eindrücke von den Ereignissen der letzten Tage?"

Mein Gott, dachte Sam. *Was sollen wir denn dazu sagen?*

„Eigentlich gar nicht. Der Präsident und seine Frau haben uns versichert, dass sie nichts von dem geahnt haben, was Christopher vorhatte, und wir haben ihnen geglaubt. Als Eltern konnten wir ihren Schmerz über das Geschehene nachempfinden und waren nicht daran interessiert, die Situation für sie noch schlimmer zu machen."

Ich sollte mich einfach darauf verlassen, dass Nick mit solchen Fragen umzugehen weiß.

„Mrs Cappuano, Sie haben kürzlich die Ermittlungen zum Mord an der Geliebten von Präsident Nelson, Tara Weber, geleitet. Hat es die Untersuchung erschwert, dass dabei für Ihren Mann so viel auf dem Spiel stand?"

Ja, hätte sie am liebsten gesagt, unterließ es aber. „Jede Mordermittlung ist aus unterschiedlichen Gründen kompliziert. In diesem Fall war das öffentliche Interesse besonders groß, weil der Präsident zuvor mit dem Opfer zu tun gehabt hatte, und natürlich hatte ich im Hinterkopf immer die Sorge darum, wie es sich auf Nick und unsere Familie auswirken würde, wenn der Präsident aus freien Stücken zurücktreten oder von außen dazu gezwungen werden würde.

Dennoch habe ich mich voll und ganz darauf konzentriert, der Gerechtigkeit zum Sieg zu verhelfen – für Tara Weber, ihren neugeborenen Sohn und ihre anderen Hinterbliebenen."

„Während dieser Ermittlung kam ans Licht, dass sich Mrs Nelson insgeheim einer Behandlung wegen Eierstockkrebs unterzogen hatte, während der Präsident eine Affäre mit einer Mitarbeiterin seines Wahlkampfteams gehabt hatte. Zwei Fragen: Erstens, wussten Sie zu diesem Zeitpunkt, dass sie krank gewesen war, und zweitens, wie haben Sie sich gefühlt, als Sie vom Zeitpunkt der Affäre erfahren haben?"

Das ist ausschließlich ein Thema für Nick.

„Wir wussten, dass Mrs Nelson krank gewesen war, und haben ihr wie viele andere in dieser schwierigen Zeit nur das Beste gewünscht. Wie die meisten Amerikaner empfinden wir großen Respekt und Achtung für Gloria Nelson. Sie war uns gegenüber stets freundlich und liebenswürdig, obwohl ihre Familie gerade den schockierenden Verlust ihres Mannes, Vaters und Großvaters verkraften musste."

„Mr President, vor etwas mehr als einer Woche haben Sie eine Erklärung abgegeben, in der Sie angekündigt haben, bei den nächsten Wahlen nicht kandidieren zu wollen. Ich bin sicher, dass Sie die Bedenken der Menschen im Land verstehen, sie könnten nun einen Präsidenten wider Willen haben. Was antworten Sie auf diese Bedenken?"

„Wie ich bereits in meiner Ansprache am Freitagabend ausgeführt habe, habe ich die Einladung Präsident Nelsons, sein neuer Vizepräsident zu werden, im vollen Verständnis der Tatsache angenommen, dass ich für ihn würde einspringen müssen, wenn sich die Notwendigkeit ergäbe. Nachdem ich die Nachricht von Präsident Nelsons Tod erhalten hatte, habe ich den Amtseid in der Absicht abgelegt, für den Rest seiner Amtszeit mein Bestes für das amerikanische Volk zu geben. Ich habe nie gesagt, ich wolle nicht Präsident werden, sondern lediglich, dass ich nicht fast achtzehn Monate von meiner jungen Familie getrennt sein möchte, um Wahlkampf zu machen."

„Werden Sie sich in der nächsten Legislaturperiode erneut zur Wahl stellen?"

„In den letzten Tagen hat sich viel in unserem Leben geändert, aber eins ist eindeutig gleich geblieben: Wir sind immer noch eine junge Familie. Der Gedanke, monatelang von meiner Frau und meinen Kindern getrennt zu sein, reizt mich nicht. Doch ich denke im Moment nicht an Wahlkampf oder Wahlen. Ich konzentriere mich voll und ganz darauf, den Übergang zu einer neuen Regierung zu vollziehen, mit einem Auge auf kritische nationale Sicherheits- und Verteidigungsangelegenheiten sowie auf die Fortführung der Arbeit, die Präsident Nelson in den Bereichen Infrastruktur, Einwanderung, Wirtschaftspolitik und Finanzen begonnen hat, und gleichzeitig meiner Familie zu helfen, einen reibungslosen Umzug in unser neues Zuhause zu schaffen."

„Mrs Cappuano, Sie sind Lieutenant beim Metropolitan Police Department in Washington, D. C. Das amerikanische Volk möchte wissen, ob Sie als Präsidentengattin diesen Beruf weiter ausüben werden."

„Ich beabsichtige nicht, meinen Job aufzugeben, und plane, ihm auch als First Lady nachzugehen."

„Da drängt sich die Frage auf, wie das angesichts des großen öffentlichen Interesses an Ihrer Person möglich sein soll."

„Genau so, wie ich das als Gattin des Vizepräsidenten getan habe, werde ich die Aufgaben erledigen, für die mich die Steuerzahler dieser Stadt bezahlen."

„Vom Sicherheitsstandpunkt aus gesehen ..."

„Ich werde bei der Arbeit von Personenschützern des Secret Service begleitet werden."

„Was nicht der Fall war, solange Sie noch Vizepräsidentengattin waren, richtig?"

„Das ist korrekt", beschränkte sich Sam auf das Nötigste.

„Mr President, was halten Sie davon, dass Ihre Frau die erste First Lady sein wird, die außerhalb des Weißen Hauses arbeitet?"

„Ich bin sehr stolz auf sie und ihre Arbeit, mit der sie Mordopfern und ihren Familien Gerechtigkeit verschafft, und ich finde es toll, dass sie auf diese Weise Geschichte schreiben wird."

„Machen Sie sich Sorgen um die Sicherheit Ihrer Frau bei dieser Tätigkeit, Mr President?"

Sam unterdrückte ein genervtes Stöhnen. *Verdammt.*

„Ich sorge mich immer um ihre Sicherheit, wenn sie arbeitet, doch sie ist eine hoch qualifizierte Polizistin und umgeben von anderen hoch qualifizierten Polizisten. Es käme mir nie in den Sinn, sie zu bitten, den Beruf aufzugeben, der ihr und vielen anderen so viel bedeutet."

Sam drückte ihm lächelnd die Hand. „Es ist unschwer zu erkennen, warum ich ihn so sehr liebe."

Nick errötete leicht, was außer ihr aber niemand bemerkte.

Sie liebte es, ihn zum Erröten zu bringen, was nur ihr gelang.

„Mr President, Sie sind der jüngste Präsident in der Geschichte der USA. Haben Sie das Gefühl, dass damit ein gewisser Leistungsdruck verbunden ist?"

„Eigentlich nicht. Ich werde demnächst achtunddreißig, bin also kein Kind mehr. Mein gesamtes Erwachsenenleben – über fünfzehn Jahre – lang habe ich auf den höchsten Ebenen der Legislative und Exekutive gearbeitet. Ich behaupte, dass meine Zeit im Kongress und mein Verständnis dafür, wie diese Stadt tickt, für meine Regierung und das, was wir für das amerikanische Volk zu erreichen hoffen, von großem Nutzen sein werden."

„Man hat Sie kritisiert, weil Sie das Weiße Haus inmitten des Konflikts mit dem Iran verlassen haben, um an der Geburtstagsfeier Ihrer Kinder teilzunehmen. Was haben Sie dazu anzumerken?"

„Ich war an jenem Tag genau dort, wo ich hingehörte. Ich war am Freitag vierzehn Stunden lang im Weißen Haus, am Samstag seit dem frühen Morgen und habe auf das nächste Briefing zur Lage im Iran gewartet, das erst um siebzehn Uhr stattfinden sollte. Während dieser Zeit bin ich nach Hause gefahren, um bei der Geburtstagsparty meiner Kinder vorbeizuschauen. Ich hatte stets Kontakt zu meinem nationalen Sicherheitsteam und dem Rest der Gruppe, die fieberhaft daran gearbeitet hat, die Angelegenheit im Iran zu einem erfolgreichen Abschluss zu bringen."

„Ich vermute, Sie haben sich seit seiner Rückkehr aus dem Iran mit Minister Ruskin getroffen?"

„Ja, und er hat heute um fünf Uhr seinen Rücktritt erklärt."

Eine solche Exklusivmeldung hatte Wagner offenbar nicht erwartet.

„Er ist einer von mehreren Ministern aus der Regierung Nelson, die sich entschieden haben, nicht länger im Amt zu bleiben. Für alle Betroffenen werden wir in den nächsten Wochen die Nachfolger ernennen."

„Hat Minister Ruskins Rücktritt mit den Ereignissen im Iran zu tun?"

„Das müssen Sie ihn fragen."

„Die iranische Regierung hat den Vorfall als Missverständnis bezeichnet. Würden Sie sich dieser Formulierung anschließen?"

„Mein Team prüft gegenwärtig eingehend, was sich von der Landung des Ministers und seines Gefolges in Teheran bis zu ihrer Abreise ereignet hat. Sobald wir mehr wissen, werden wir dem amerikanischen Volk und der internationalen Staatengemeinschaft unsere Erkenntnisse mitteilen. Ich war erleichtert, dass es uns gelungen ist, den Minister und die anderen sicher nach Hause zu bringen, ohne dass die Spannungen weiter eskaliert sind. Mehrere unserer internationalen Verbündeten haben uns entscheidend geholfen, die Angelegenheit zu einem friedlichen Abschluss zu bringen."

Sam war so verdammt stolz auf ihren Mann. Das amerikanische Volk ahnte bisher gar nicht, wie viel Glück es hatte, ihn zu haben, aber nach diesem Interview würde es sicher allen klar sein.

„Können Sie uns sagen, wen Sie für die Nachfolge im Amt des Vizepräsidenten im Auge haben?"

„Wir ziehen eine Reihe qualifizierter Kandidaten in Betracht und werden in den nächsten ein oder zwei Wochen weitere Informationen dazu verlautbaren."

„Es heißt, Sie seien auf der Suche nach einer Frau für dieses Amt. Stimmt das?"

„Ja. Ich finde, es ist höchste Zeit, dass wir Frauen mit den höchsten Regierungsämtern betrauen. So bleibe ich wenigstens dadurch in Erinnerung, dass meine Regierungsmannschaft eine der integrativsten und diversesten in der Geschichte unseres Landes war."

Danach stellte Wagner mehrere Fragen zu Nicks nationaler und internationaler Agenda und seinen Plänen sowie zu seiner ersten Auslandsreise.

„Wir arbeiten noch am Zeitplan für die nächsten Monate, doch sobald wir mehr wissen, werden wir ihn und unsere detailliertere Agenda veröffentlichen."

„Während Ihrer Amtszeit als Vizepräsident waren Sie ein Befürworter verstärkter Informationen für Schulkinder über Berufe im öffentlichen Dienst. Haben Sie jetzt, wo Sie Präsident sind, vor, diese Initiative fortzusetzen?"

„Unbedingt. Ich denke, es ist für die Zukunft unseres Landes von entscheidender Bedeutung, dass Kinder und junge Menschen sich vorstellen können, eines Tages Teil der Regierung zu sein. Unser Land ist auf gut ausgebildete Beamtinnen und Beamte angewiesen, die Zehntausende von Programmen und politischen Maßnahmen durchführen, die sich direkt auf das tägliche Leben des Volkes auswirken. Wir brauchen kluge, besonnene Menschen, die bei unseren Streitkräften dienen und an den zahlreichen Herausforderungen arbeiten, denen sich unser Land und die Welt gegenübersehen, sowie die Aufgaben im Bereich der nationalen Sicherheit bewältigen, insbesondere im immer komplexer werdenden Bereich der Cybersicherheit. Die nächste Generation von Diplomatinnen und Diplomaten und Friedenskorps-Freiwilligen ist jetzt auf der Highschool, und es ist mir wichtig, dass sie sich der vielen Möglichkeiten bewusst sind, die sie haben, ihr Land weiterzubringen."

„Sind das auch Ihre Erwartungen an Ihre eigenen Kinder?"

„Ich hoffe, sie werden das tun, wozu sie sich berufen fühlen, so wie Sam und ich es getan haben. Im Augenblick ist es das vordringlichste Ziel unseres dreizehnjährigen Sohnes Scotty, so bald wie möglich einen vierbeinigen Freund in unsere Familie aufzunehmen."

„Wie stehen Sie dazu, Mr President?"

„Wir freuen uns darauf, in Kürze eins der örtlichen Tierheime aufzusuchen, damit Scotty sich einen Freund auswählen kann, der mit uns im Weißen Haus leben wird. Aber verraten Sie ihm nicht, dass wir das gesagt haben."

„Ihr Geheimnis ist bei mir sicher. Da ich selbst Vater bin, möchte ich Sie warnen, dass Sie in dem Moment, in dem wir dieses Interview ausstrahlen, unter Druck stehen werden, Ihr Versprechen zu halten."

Sam und Nick lachten.

„Dazu sind wir bereit", versicherte Nick.

„Ihre Familie lebt in Washington und hat während Ihrer Amtszeit als Vizepräsident nicht die offizielle Residenz genutzt, um in der Nähe von Mrs Cappuanos behindertem Vater zu bleiben. Wissen Sie schon, wann Sie ins Weiße Haus umziehen werden?"

„Sam und ich werden den verstorbenen Präsidenten und Mrs Nelson sowie ihre Familie am Donnerstag nach der Trauerfeier in der Air Force One nach Pierre begleiten."

Sam war es neu, dass sie nach South Dakota reisen würden …

„Danach werden wir ins Weiße Haus ziehen, doch wir wissen noch nicht genau, zu welchem Termin. Der Secret Service ist sehr darauf bedacht, dass wir uns hier möglichst bald einleben, also wahrscheinlich eher früher als später."

„Mrs Cappuano, Sie haben mit Skip Holland unlängst Ihren

Vater, den pensionierten stellvertretenden Leiter des Metro PD, verloren."

Sam war sofort auf der Hut davor, worauf er wohl hinauswollte. „Richtig."

„Was würde er wohl dazu sagen, dass seine Tochter und sein Schwiegersohn das Präsidentenpaar der USA sind?"

„Ich denke, er wäre begeistert. Er hat Nick wie einen Sohn geliebt und war hocherfreut, als er Vizepräsident wurde. Es tut mir nur leid, dass er nicht dabei sein kann. Als stolzer Bürger von D. C. hätte er es geliebt, uns im Weißen Haus zu besuchen."

„Er ist ein Teil von alldem", ergänzte Nick mit liebevollem Blick zu ihr. „Skip ist immer in unseren Herzen. Er ist so etwas wie ein moralischer Maßstab für unsere ganze Familie."

Verdammt, mit diesen Worten rührte er sie fast zu Tränen.

„Abschließend möchte ich Ihnen nochmals dafür danken, dass Sie uns heute Abend Ihr erstes Interview als Präsidentenpaar gegeben haben. Ich weiß, dass ich für viele Amerikanerinnen und Amerikaner spreche, wenn ich Ihnen alles Gute und viel Glück wünsche. Ihr Erfolg ist auch der unsere, und wir drücken Ihnen alle Daumen."

„Danke, Peter", antwortete Nick. „Das wissen wir sehr zu schätzen."

„Wir sind raus", verkündete der Produzent.

„Das war ganz wunderbar, Mr President, Mrs Cappuano." Wagner schüttelte ihnen beiden die Hand, und Sam versuchte, nicht vor Schmerz das Gesicht zu verziehen. „Ich fühle mich sehr geehrt, dass Sie mir Ihr erstes Interview gegeben haben."

„*Wir* danken *Ihnen*", verabschiedete sich Nick. Sobald die Fernsehleute außer Hörweite waren, sagte er zu Sam: „Nichts wie weg hier. Ich will meine Kinder sehen."

„Ganz deiner Meinung, Mr President."

KAPITEL 25

Da Sam am Abend mit Nick im Beast nach Hause gefahren war, ließ sie sich am nächsten Morgen von Vernon und Jimmy zum Weißen Haus bringen, wo ihr Auto stand. Sie hatte Nick geholfen, die Kinder für die Schule fertig zu machen, und mit ihnen gefrühstückt, ehe sie aufgebrochen war. Die Zwillinge waren völlig durch den Wind, seit sie ihnen vom bevorstehenden Umzug erzählt hatten, und Sam hatte vor, sich mit ihrer Therapeutin zusammenzusetzen, um herauszufinden, wie sie ihnen am besten helfen konnten, diesen erneuten Umbruch in ihrem Leben zu meistern.

Während sie sich auf dem Weg zum Hauptquartier durch den dichten Montagmorgenverkehr kämpfte, rief Sam Gideon Lawson an. Als er ranging, meldete sie sich mit: „Hier spricht, äh, Sam Cappuano."

„Mrs Cappuano", antwortete Gideon. „Wie schön, von Ihnen zu hören."

„Das werden Sie bald nicht mehr sagen."

Gideon lachte. „Wenn mir die Bemerkung gestattet ist, Ma'am, ich liebe Ironie. Ich vermute, wir werden schnell beste Freunde werden."

„,Ironie' ist mein zweiter Vorname. Der erste ist ‚Sarkasmus'."

„Eine überaus unterhaltsame Kombination."

„Ich mag Sie, Gideon, und andere Menschen in meinem Leben werden Ihnen bestätigen, wie selten das vorkommt." In der Tat mochte sie in letzter Zeit viel mehr Leute als sonst, was eine ziemlich besorgniserregende Entwicklung war.

„Dann bin ich froh und glücklich, dass ich eine Ausnahme bilde. Was kann ich für Sie tun?"

„Ich habe den Umzug ins Weiße Haus mit Nick besprochen, und es tut mir leid, aber ich muss ihn so nennen."

„Ich verstehe", sagte er mit einem Lachen.

„Wir würden gerne Ihr großzügiges Angebot annehmen, uns bei der Durchführung des Ganzen zur Hand zu gehen. Wir sind beide wahnsinnig beschäftigt – sogar noch mehr als sonst – und haben einfach keine Zeit, uns darum zu kümmern. Wir verstehen aber, dass der Secret Service ihn so schnell wie möglich erledigt sehen will."

„Natürlich. Wir kümmern uns sofort darum. Wen sollen wir kontaktieren, um ins Haus zu kommen?"

„Shelby Hill, unsere persönliche Assistentin." Sam nannte ihm Shelbys Nummer. „Ich habe gestern Abend mit ihr besprochen, was wir alles mitnehmen wollen. Es wird wenig sein, da wir ja nicht weit weg sind, falls wir etwas brauchen."

„Wir werden uns um alles kümmern. Mrs Nelson plant, am Donnerstag nach der Trauerfeier hier in D. C. nach South Dakota zurückzukehren, wo unter anderem die Totenmesse stattfinden wird. Sie könnten am Freitag einziehen, wenn es Ihnen und dem Präsidenten recht ist."

„Äh, ja, ich denke, das passt uns. Darf ich meinem neuen besten Freund gestehen, dass ich immer noch nicht glauben kann, dass das alles wirklich passiert?"

„Ich verstehe sehr gut, dass Sie unter Schock stehen. Das wird vermutlich auch ein Weilchen so bleiben. Uns geht es genauso. Vor ein paar Tagen haben wir noch für einen völlig gesunden Präsidenten Nelson gearbeitet, und jetzt ist er tot. Ich bin seit zwanzig Jahren hier, und es ist das erste Mal, dass ich den Tod eines Präsidenten im Amt erlebt habe. Das war für alle Beteiligten ziemlich erschütternd."

„Ja, und ich bin mir durchaus bewusst, dass sich nicht alles nur um uns dreht."

„Nun ja, unser Hauptaugenmerk liegt schon auf Ihnen und Ihrem Mann. Wir bemühen uns, einen nahtlosen Übergang zu gewährleisten und Ihrer Familie zu helfen, sich in Ihrem neuen Zuhause schnell einzuleben."

„Danke, Gideon. Das meine ich ganz ernst. Ich bin für Ihre Unterstützung dankbarer, als Sie sich vorstellen können."

„Ich freue mich sehr auf die Zusammenarbeit mit Ihnen, Ma'am. Ich melde mich, wenn wir Fragen haben."

„Gut, ich werde mein Bestes tun, um Ihren Anruf entgegenzunehmen."

„Wenn die Bemerkung gestattet ist ..."

„Immer freiheraus, bitte."

„Ich mag Sie auch, Ma'am, und ich möchte nur sagen, wie großartig wir es alle finden, dass Sie Ihren Job bei der Polizei behalten wollen, obwohl Sie jetzt die First Lady sind. Sie haben keine Ahnung, was das ganz vielen Frauen bedeutet."

„Das ist wahnsinnig nett von Ihnen. Ich habe das Gefühl, die halbe Welt hält mich für verrückt, aber mein Job ... Mein Job definiert mich."

„Wir werden alles in unserer Macht Stehende tun, um Sie bei Ihren Bemühungen, Superwoman zu sein, zu unterstützen."

Sam lachte. „Es wäre toll, wenn Sie mir einen Umhang und ein Set Superkräfte besorgen könnten."

„Ich schaue mich mal im Lagerhaus um."

Ja, sie mochte diesen Mann sehr. „Wir haben ein Lagerhaus?"

„Ein riesiges, in Maryland, voller unbezahlbarer Kunstschätze. Wir können mal einen Ausflug dorthin unternehmen, wenn Sie möchten, und nachsehen, ob Sie irgendetwas von dort in Ihrer Version des Weißen Hauses haben möchten."

„Das wäre wirklich klasse. Gern. Übrigens habe ich immer noch einen Lagerraum voller Kram aus der Zeit zwischen meinen beiden Ehen. Zu erfahren, dass es auch ein Lagerhaus gibt, ist ein bisschen entmutigend."

„Auf keinen Fall. Sie haben hier immerhin eine eigene Armee von Leuten, die Ihnen nach Kräften helfen werden."

„Und dafür werde ich Ihnen ewig dankbar sein. Ich melde mich."

„Dann freue ich mich darauf, bald wieder mit Ihnen zu sprechen, Ma'am."

Sam legte auf und merkte, dass sie lächelte. Nach vier der überwältigendsten Tage ihres Lebens atmete sie tief durch und gewöhnte sich allmählich an den Gedanken, dass sie nicht alles allein machen musste. Sowohl bei der Arbeit als auch in ihrem neuen Zuhause war sie von einem unglaublichen Team umgeben, und sie würde lernen zu delegieren.

Sie hatte noch keine Gelegenheit gehabt, Celia dazu zu befragen, ob sie eventuell bereit wäre, mit ihnen ins Weiße Haus zu ziehen. Hoffentlich würde sie das bald nachholen können.

Als sie die letzte Kurve vor dem Hauptquartier nahm, war sie erstaunt, die größte Medienpräsenz aller Zeiten vor dem Gebäude zu entdecken. Die gesamte Straße war bis auf den letzten Platz von Ü-Wagen mit den Logos aller großen Fernsehsender gesäumt. Was war denn da los? War etwas passiert, wovon sie bisher nichts gehört hatte? Dann begriff sie, dass sie ihretwegen da waren. *Sie* war passiert.

Sam stöhnte. „Verdammt." Warum tauchten die immer noch hier auf, wo sie doch wussten, dass sie bei ihr auf Granit beißen würden? Alle, die hier arbeiteten, mussten wegen dieses Rummels sauer sein, ein Gedanke, der ihr Unbehagen nur steigerte. Eine massive Medienpräsenz vor dem Eingang war das Letzte, was hier irgendjemand brauchte.

Sie fuhr um das Gebäude herum zur Gerichtsmedizin, in der Hoffnung, dort ungestört reinzukommen. Zu ihrem Entsetzen wurde auch diese Tür von einer Schar von Reportern belagert. Einer ihrer schlimmsten Albträume war wahr geworden. Nachdem sie ihren Wagen abgestellt hatte, schaute sie zu Vernon hinüber, der neben ihr geparkt hatte.

Er hob einen Finger, um ihr zu bedeuten, sie solle einen Augenblick warten.

Da sie nie Lust hatte, sich mit Reportern auseinanderzusetzen, und schon gar nicht jetzt, nahm sie sich die Minute, damit er und Jimmy ihr den Weg frei machen konnten, und ärgerte sich die ganze Zeit, dass die Presse sie davon abhielt, ihren Job zu erledigen. Sie schickte Nick vom BlackBerry aus eine SMS.

Riesenmedienrummel vor dem Hauptquartier, Batman.

Sie hatte keine Ahnung, ob sie eine Antwort von ihm bekommen oder ob er die SMS überhaupt sehen würde.

Als ihr Telefon den Eingang einer Nachricht vermeldete, lächelte sie, denn sie wusste, es sollte sie eigentlich nicht überraschen, dass er selbst jetzt jederzeit für sie verfügbar war.

Kümmern Vernon und Jimmy sich darum?

So gut sie können. Es ist das reinste Chaos.

Ich kann mehr Leute vom Secret Service schicken, damit sie den Parkplatz räumen, wenn du willst.

Könnte notwendig werden, auch wenn ich das nur ungern zugebe. Die anderen hier haben schon genügend Gründe, mich zu hassen.

Wir können heute bei der Besprechung darüber reden.

„Verfluchter Drecksmist." Die Besprechung hatte sie komplett vergessen. Also schrieb sie Nick: *Sag noch mal, wann genau das Treffen ist …*

LOL, ich habe gewusst, du würdest es vergessen.

Hab ich gar nicht. Ich brauche nur die Uhrzeit.

Wer einmal lügt, dem glaubt man nicht.

Das war nicht sehr präsidial.

Es ist um zwei. Wie wäre es danach mit einem Schäferstündchen in meinem Arbeitszimmer?

Du hast ein Arbeitszimmer? Ich freu mich schon darauf.

Kann's kaum erwarten. Ich liebe dich. Sei vorsichtig da draußen.

Bin ich doch immer. Ich liebe dich auch.

Kaum hatte sie die letzte SMS abgeschickt, da klopfte Vernon an ihr Fenster und bedeutete ihr mitzukommen.

Drinnen führte sie ihr erster Weg zu Lindsey McNamara in die Gerichtsmedizin.

„Morgen, Doc."

„Da ist ja die Frau der Stunde. Wie geht es dir?"

„Einfach toll. Die verdammten Medien verfolgen mich noch mehr als früher, einer meiner Detectives ist im Krankenhaus, eine Leiche liegt auf Eis, ein traumatisiertes Vergewaltigungsopfer ist ebenfalls im Krankenhaus, und ich muss diese Woche einen unerwarteten Umzug über die Bühne bringen. Aber sonst …"

Lindseys grüne Augen blitzten amüsiert. Wie immer bei der Arbeit hatte sie ihr langes rotes Haar zu einem hohen Pferdeschwanz zusammengebunden. „Ich kann nicht glauben, dass du hier bist, als wäre das heute ein ganz normaler Arbeitstag."

„Es *ist* ein ganz normaler Arbeitstag, nur dass ich außerdem eine Besprechung im Weißen Haus habe, die sich darum dreht, wie der Secret Service meinem Wunsch nach einer Weiterbeschäftigung bei der Mordkommission nachkommen kann."

„Ist es in Ordnung, wenn ich dir als Freundin und Kollegin sage, dass ich verdammt stolz auf dich bin, weil du keinen Millimeter nachgibst und dir treu bleibst?"

„Klar, und ich danke dir dafür. Ein Teil von mir fragt sich allerdings, ob ich verrückt bin, wenn ich glaube, dass ich das durchziehen könnte."

„Wenn es jemand hinkriegt, dann du."

„Wir werden sehen."

„Wie geht es Dominguez?"

„Körperlich besser. Emotional wird sie das noch eine Weile beschäftigen. Ihr Freund ist gerade zur psychologischen Begutachtung in Richmond."

„Ich bin froh, dass es ihr besser geht. Nach allem, was man hört, hast du gestern Abend in Fairfax einen großartigen Job gemacht."

„Mich freut vor allem, dass niemand sonst verletzt worden ist. Was kannst du mir zu Eduardo Carter sagen?"

„Komm in mein Büro." Sie führte Sam in den Sezierraum, wo Carter auf dem Tisch lag. Der markante Y-Schnitt auf seinem Oberkörper war das Zeichen einer kürzlich durchgeführten Autopsie. Lindsey zeigte auf die kleine Stichwunde an seiner Brust. „Ein tödlicher Stich, der seine Aorta durchtrennt hat. Er war sofort tot. Ich habe Blutergüsse an seinen Armen und auf der Brust festgestellt, außerdem Abschürfungen, die er sich beim Sturz aus dem Auto geholt haben dürfte."

„Was hat der Drogentest ergeben?"

„Clean."

„Interessant. Wir haben Informationen, nach denen er früher abhängig war. Seine Eltern haben den Kontakt zu ihm abgebrochen, weil er seine Mutter verprügelt hat, als sie ihm kein Geld für Drogen geben wollte."

„Was für ein Albtraum. Die armen Eltern."

„Ja, oder?"

„Ist alles in Ordnung, Sam?"

„Na ja, ich nehm mir immer schön eins nach dem anderen vor. Wie sieht es bei dir aus? Was gibt's Neues in Sachen Hochzeitspläne?"

„Nein, darüber reden wir jetzt nicht. Auf absehbare Zeit geht es hier nur um dich."

„Ich habe es aber satt, dass sich alles um mich dreht. Mich interessiert wirklich, wie es um eure Hochzeit steht."

„Alles ist großartig, dank Shelby, der Wundertäterin, die alles so einfach macht, dass ich bloß auf etwas zeigen und sagen muss: ‚Das da.'"

„Ja, sie ist wirklich die Beste."

„Der Kindergeburtstag der Zwillinge war der Hammer. Danke, dass wir dabei sein durften."

„Aber natürlich. Schließlich gehört ihr für uns zur Familie."

„Das gilt umgekehrt genauso, Sam. Wenn ich irgendetwas für

euch tun kann – egal was –, dann gebt bitte Bescheid. Wir sind alle so verdammt stolz auf euch und wollen helfen, wo wir können."

Sam umarmte die andere Frau. „Ich danke dir. Das weiß ich zu schätzen. Ich melde mich im Zweifelsfall. Aber jetzt schick mir erst mal den Bericht zu Carter."

„Schon erledigt."

„Bis später, Doc."

Sam verließ die Gerichtsmedizin in Richtung Großraumbüro. Unterwegs wäre sie beinahe mit Sergeant Ramsey zusammengestoßen, der Person, der sie gerade am wenigsten begegnen wollte.

„Na schau mal einer an. Das kleine Fräulein ‚Ich arbeite weiter, egal wie sehr das meine Kollegen stört'."

„Verdammt, machen Sie Platz, Ramsey."

Sam ging an ihm vorbei, doch er sprach weiter.

„Heute reden alle über Sie, Holland, darüber, dass Sie das Richtige für den Rest von uns tun und Ihren Job an den Nagel hängen sollten, um sich auf Ihr schickes neues Leben im Weißen Haus zu konzentrieren. Ich habe sogar gehört, dass die Gewerkschaft bei der nächsten Sitzung die Störungen durch Ihren Verbleib hier aufgreifen wird. Sie sind hier unerwünscht, Sie egoistische Zicke."

Sie sagte sich, dass er wie immer Mist faselte, dennoch nahm das den harschen Worten nicht den Stachel. „Vergiss nicht, wer diesen Quatsch von sich gegeben hat", murmelte sie vor sich hin, während sie das Großraumbüro betrat, wo ihre Detectives konzentriert bei der Arbeit waren.

„Bringt mich auf den neuesten Stand", ordnete Sam an, die ihr Team mit ihrer plötzlichen Anwesenheit überrascht hatte. Sie liebte es, wenn ihr das gelang.

„Wir haben die fünf Verdächtigen, die an der Vergewaltigung und dem Mord beteiligt gewesen sind, in Gewahrsam", berichtete Freddie. „Was den Mord angeht, bezichtigen alle die jeweils anderen. Hoffentlich bekommen wir heute das DNA-Ergebnis von dem Abstrich, damit wir mit dem Abgleich mit den Proben beginnen können, die wir gestern Abend genommen haben."

„Wir haben wahrscheinlich genug, um sie alle wegen Tötung infolge eines anderen Verbrechens und Vergewaltigung anzuklagen", meinte Sam. „Holen wir einen Staatsanwalt her, damit er Anklage erhebt."

„Ich rufe bei der Staatsanwaltschaft an", erbot sich Gonzo, stand auf und verließ den Raum.

„Wer von denen hatte die Verbindung zu Calvin Worthington?",
fragte Sam Freddie.

Freddie legte das Foto eines Latinos auf den Tisch und schob es
ihr zu. „Javier Lopez."

„Was wissen wir über den Mann?"

„Geschlossene Jugendstrafakte, wurde vor neun Jahren bei
einem bewaffneten Einbruch geschnappt und saß drei Jahre in
Jessup. In der Highschool war er ein Jahr über Calvin."

„Haben wir je mit ihm darüber gesprochen?"

„Interessanterweise haben wir nie mit einem der Mitschüler
gesprochen, die damals in Schwierigkeiten waren."

Lieutenant Stahl war der leitende Ermittler gewesen. Sein dama-
liger Partner Detective Morse hatte inzwischen den Dienst
quittiert.

„Finden wir Stahls Partner. Ich möchte mir einen Überblick
verschaffen, bevor ich mit Lopez spreche."

„Darum kümmere ich mich", sagte Jeannie.

„Captain, könnten Sie dem Labor Druck machen, damit die sich
mit dem Abstrich ein bisschen beeilen?", bat Sam Captain Malone,
der unmittelbar nach ihr eingetreten war.

„Habe ich heute Morgen schon. Man hat mir Ergebnisse bis
heute Mittag versprochen."

„In der Zwischenzeit füllt ihr beide, Cam und Matt, unser
Whiteboard mit dem, was wir über unsere fünf Verdächtigen
wissen", trug Sam Green und O'Brien auf. „Schickt mir alles, was
euch auffällt. Lasst uns von allen Seiten an dem Fall arbeiten."

Während ihre Detectives ihre Anweisungen befolgten, bat sie
Malone mit einer Geste, noch eine Minute zu bleiben. Sie führte ihn
in ihr Büro, schaltete das Licht ein und bedeutete ihm, die Tür zu
schließen. „Ich hatte gestern ein interessantes Gespräch mit Agent
Hill." Sam ging um ihren Schreibtisch herum und stellte sich so hin,
dass sie dem Captain gegenüberstand.

„Worüber denn?", fragte Malone.

Sam zwang sich, Blickkontakt mit ihrem Mentor, Vorgesetzten
und Freund zu halten. „Über Hector Reese." Sie ließ ihm eine
Minute Zeit, sich daran zu erinnern, woher er diesen Namen
kannte, und beobachtete, wie sich seine Augen weiteten, als es ihm
wieder einfiel. „Hill hat mich gefragt, wer noch weiß, was damals im
Verhörraum passiert ist. Ich bin der Frage ausgewichen, aber ich
wollte Sie vorwarnen, dass er Witterung aufgenommen hat."

„Wahrscheinlich hat ihm jemand einen Tipp gegeben", erwiderte Malone bitter.

„Zweifelsohne. Wenn alles herauskommt, nehme ich die volle Schuld auf mich. Ich habe es getan, obwohl ich es nicht hätte tun sollen. Das war mir damals so klar wie heute. Meine einzige Entschuldigung ist, dass ich mich von meinem Wunsch habe leiten lassen, die Person zu finden, die Freddie angeschossen hatte, und die Möglichkeit eines Durchbruchs im Fall meines Vaters gesehen habe."

„Ich lasse Sie nicht allein die Schuld auf sich nehmen. Mir war klar, was Sie vorhatten. Ich hätte es verhindern können und habe es nicht getan."

„Hoffen wir, dass keiner von uns beiden darüber stolpert. Ich hatte gerade eine unschöne Begegnung mit meinem besten Freund, Sergeant Ramsey. Er behauptet, die Gewerkschaft werde die Probleme, die meine fortgesetzte Anwesenheit hier verursacht, bei ihrer nächsten Sitzung erörtern. Anscheinend, und ich zitiere, bin ich hier ‚unerwünscht'."

„Sie wissen natürlich, dass das völliger Quatsch ist."

„Der Presseandrang ist ein Riesenproblem. Ich verstehe, dass das die Leute nervt. Es macht mich ja auch wütend. Nick hat gemeint, er könnte mehr Leute vom Secret Service herschicken, um sie zu vertreiben."

„Der Chief hat gerade die uniformierten Kollegen darauf angesetzt. Keine Sorge. Der Rummel wird sich legen, wenn die merken, dass sie nichts von Ihnen kriegen."

„Wie können sie darauf überhaupt noch hoffen? Ich habe diesen Aasgeiern nie auch nur ein Wort über Nick gesagt. Warum glauben sie, dass ich jetzt, wo er Präsident ist, plötzlich damit anfangen werde?"

„Die Hoffnung stirbt zuletzt."

„Ich könnte deren Job niemals machen – den ganzen Tag herumstehen und auf etwas warten, das eh nie passiert."

„Zum Glück haben Sie in Ihrem Job genug zu tun und müssen nicht den Beruf wechseln."

Sam hätte nicht gedacht, dass sie in diesem Moment lachen könnte, aber der Captain brachte sie mit seiner Bemerkung dazu. „Was hört man von Dominguez? Ich habe gestern Abend versucht, sie anzurufen, jedoch lediglich ihren Anrufbeantworter erreicht. Auch Carlucci habe ich eine Nachricht hinterlassen." Es war in der

Tat seltsam, dass Carlucci noch nicht zurückgerufen hatte, was Sam eigentlich schon hätte auffallen müssen.

„Anscheinend hat man Dominguez gestern Nachmittag aus dem Krankenhaus entlassen, und sie ist nach Hause zu ihrer Mutter gefahren, um sich zu erholen."

„Haben Sie etwas von Carlucci gehört?", fragte Sam.

„Seit gestern nicht mehr."

„Das ist merkwürdig. Mir fällt gerade ein, dass ich sie gestern zweimal angerufen habe, aber sie hat sich nicht zurückgemeldet."

„Was denken Sie?"

„Ich weiß nicht, was ich denken soll. Bitten Sie mal Green zu uns?"

Malone ging zur Tür und rief Detective Green herein, dann schloss er die Tür hinter ihm.

„Was gibt's?", fragte Green.

„Ich verspreche, dass ich dir keinen Ärger machen will, aber ich nehme an, du hast Gigi Dominguez gestern gesehen?"

„Äh, ja. Ich habe sie zu ihrer Mutter gefahren und bin ein bisschen dortgeblieben. Warum?"

„War Dani Carlucci ebenfalls dort?"

„Wir haben Gigi zusammen heimgefahren, aber sie musste dann zur Geburtstagsparty ihrer Nichte. Seitdem habe ich nicht mehr mit ihr gesprochen."

„Wann war das?"

„Gegen drei."

„Seither habe ich ihr zwei Nachrichten hinterlassen. Sie hat auf beide nicht reagiert." Sam merkte, dass Cam das auch seltsam fand. Wenn Polizisten einen Anruf von einem Vorgesetzten bekamen, nahmen sie ihn an oder riefen zumindest sofort zurück. „Lass uns nachschauen, ob es ihr gut geht. Wir brauchen ihre Adresse."

„Ich weiß, wo sie wohnt", meinte Cam.

„Nehmen Sie Verstärkung mit", ordnete Malone an. „Nur vorsichtshalber."

Sam hatte ein mulmiges Gefühl, als sie Cruz bedeutete, sich ihr und Green anzuschließen, und in Richtung Ausgang durch die Gerichtsmedizin marschierte.

„Ich bin sicher, mit ihr ist alles in Ordnung", meinte Cam.

„Was ist los?", fragte Freddie und schlüpfte in seinen Trenchcoat, während er versuchte, mit ihnen Schritt zu halten.

Cameron informierte ihn und ersparte es Sam so, ihre Befürchtungen in Worte zu fassen.

„Verdammt", fluchte Freddie. „Das sieht ihr überhaupt nicht ähnlich."

„Cam, ruf Gigi an", verlangte Sam. „Frag sie, ob sie seit gestern etwas von Dani gehört hat."

Cameron gehorchte. „Hey, ich bin es. Wie geht's?" Er hörte eine Sekunde lang zu, sagte ein paar Worte und fragte dann: „Hast du seit ihrem Aufbruch gestern etwas von Dani gehört?"

Sam beobachtete ihn genau.

Er schüttelte den Kopf, während er weiter mit Gigi sprach.

Sam bekam massive Magenschmerzen. Was zum Teufel lief hier, und wo um alles in der Welt war ihre Mitarbeiterin?

KAPITEL 26

„ o wohnt sie?", fragte Sam Cam, als sie in ihr Auto stiegen und vom Parkplatz fuhren.

„Arlington."

„Drecksmistscheißkack. Das bedeutet, wir müssen beim Arlington PD um Verstärkung bitten. Ruf dort an, Cam."

Während er sich darum kümmerte, schaltete Sam Blaulicht und Sirene ein und machte sich auf den Weg zur Memorial Bridge. Sie hatte Vernon gesagt, sie würden sich beeilen. Sam hoffte, dass die Agenten des Secret Service mithalten konnten. Auf der Fahrt über den Potomac nach Northern Virginia versuchte Sam, nicht an die vielen Dinge zu denken, die Dani Carlucci zugestoßen sein konnten.

„Hast du Angst?", erkundigte sich Freddie leise, während Cam auf dem Rücksitz telefonierte.

„Ich bin beunruhigt. Es stimmt definitiv etwas nicht, wenn sie meine Anrufe nicht beantwortet. Wenn ich nicht so tief in meinem eigenen Mist stecken würde, hätte ich es schon längst gemerkt."

„Mach dir keine Vorwürfe. Du hast ein paar harte Tage hinter dir."

„Nichts darf so hart sein, dass ich es nicht mitbekomme, wenn eine meiner Ermittlerinnen verschwindet."

„Du weißt doch noch gar nicht, ob sie verschwunden ist. Es könnte alles Mögliche passiert sein."

„Genau das befürchte ich."

Ein Gedanke ließ sie nicht mehr los und jagte ihr einen Schauer nach dem anderen über den Rücken. Was, wenn ein Verrückter es auf sie abgesehen hatte, aber wegen des Secret Service nicht an sie herangekommen war und sich deshalb jemanden aus ihrem Umfeld gesucht hatte? Sams Mund wurde trocken, und ihr Puls raste. Hatte Ramsey etwa recht? War es egoistisch von ihr, wenn sie glaubte, sie könne weitermachen, als hätte sich nichts geändert? Gefährdete sie ihr Team allein dadurch, dass sie zur Arbeit erschien?

Ihr war schon vorher übel gewesen, doch jetzt verspürte sie regelrechten Brechreiz.

Dass sie eine von den Detectives, die sie wie Mitglieder ihrer Familie liebte, in Gefahr gebracht haben könnte, war unvorstellbar.

„Du drehst am Rad", sagte Freddie. „Reiß dich zusammen, bis wir wissen, was los ist."

„Das fällt mir schwer. Wenn das was mit mir und Nick zu tun hat …"

„Sam. Stopp. Atme mal tief durch."

„Arlington schickt Verstärkung", meldete Cameron.

Sie verbrachten zwölf weitere endlose Minuten in angespanntem Schweigen, bis sie eine Reihenhaussiedlung erreichten, die kaum anderthalb Kilometer von dem Ort entfernt war, an dem Nick zum Zeitpunkt ihrer ersten gemeinsamen Nacht nach dem Wiedersehen vor zwei Jahren gewohnt hatte. Daran zu denken war viel besser, als sich vorzustellen, was sie in Danis Wohnung vorfinden würden.

„Da ist ihr Auto", sagte Cam und deutete auf einen dunkelblauen Honda Accord.

Das Wissen, dass Carluccis Auto vor Ort war, steigerte Sams Angst nur. Hieß das, sie konnten ausschließen, dass sie sich eine Auszeit gönnte und bloß vergessen hatte, sich zu melden? Sie hatte erst am Abend wieder Dienst, also war sie technisch gesehen nicht unerlaubt abwesend, aber sie alle wussten, dass jederzeit Not am Mann sein konnte. Sam hatte ihren Mitarbeiterinnen und Mitarbeitern immer wieder gepredigt, dass ein Mord sich nicht an Dienstzeiten hielt. Ihre privaten Pläne konnten jederzeit von einem aktuellen Fall durchkreuzt werden, und Dani hatte ihr nie Grund zu der Annahme gegeben, dass ihr die Rahmenbedingungen ihres Jobs nicht klar wären.

Zwei Streifenwagen aus Arlington warteten bereits auf dem Parkplatz, als sie eintrafen.

Sam ging hinüber, um die Beamten über die Situation zu informieren, und bat sie, sich bereitzuhalten, um bei Bedarf einzugreifen.

Cameron klopfte an Danis glänzend schwarz lackierte Haustür. Das Reihenhaus selbst war weiß mit zur Tür passenden schwarzen Fensterläden. „Dani, mach auf! Ich bin es, Cam." Er klopfte erneut, doch alles blieb still.

Hinter ihnen ertönte ein Schrei, der Sam veranlasste, nach ihrer Waffe zu greifen und sich umzudrehen. Eine große, verzweifelt wirkende blonde Frau war gerade dabei, einen älteren Mann praktisch über den Parkplatz hinter sich herzuschleifen.

„Sie sind ihr Lieutenant", rief die Frau ihr zu. „Ich kann meine Schwester nicht erreichen und habe den Hausmeister gebeten, mich in die Wohnung zu lassen. Es sieht Dani nicht ähnlich, nicht ans Telefon zu gehen. Da stimmt etwas nicht. Sind Sie deswegen hier?"

„Wir haben uns ebenfalls Sorgen gemacht", räumte Sam ein und erkannte, dass die Anwesenheit der Schwester und des Hausmeisters den Vorgang sicher beschleunigen würde.

Die Frau, die, wie Sam nun bemerkte, Ähnlichkeit mit Dani hatte, begann zu schluchzen. „Ich habe solche Angst, dass etwas Furchtbares passiert ist."

Sie trat zu der Frau, um sie zu trösten, so wie sie es sich von Dani gewünscht hätte, wenn ihre Schwestern panische Angst um sie gehabt hätten. „Ziehen wir keine voreiligen Schlüsse."

„Dani hält große Stücke auf Sie", flüsterte die Frau.

„Ich auch auf sie." Zu dem Hausmeister sagte Sam: „Können Sie uns bitte aufsperren?" Sie zeigte ihm ihre Dienstmarke, die oft viel dazu beitrug, dass Dinge zügig über die Bühne gingen.

„Äh, ja, Ma'am, Mrs Cappuano", stotterte er, sichtlich aufgeregt darüber, mit der Frau des Präsidenten zu sprechen.

„Lieutenant Holland. Und könnten Sie sich bitte beeilen? Wir machen uns große Sorgen um Detective Carlucci."

„Jawohl, Ma'am." Er fummelte mit einem großen Schlüsselbund herum. „Hübsch ist sie, diese Polizistin."

Sam hätte ihn am liebsten zurechtgewiesen, aber das hätte sie auch nicht schneller ins Haus gebracht.

Freddie legte ihr eine Hand auf den Arm, wahrscheinlich um sie von einer unüberlegten Aktion abzuhalten.

Sie ließ es zu, weil die Gefahr tatsächlich bestand, und schüttelte seine Hand nicht ab, wie sie es normalerweise getan hätte.

Schließlich fand der Mann den passenden Schlüssel, und eine Minute später war die Tür offen.

„Warten Sie hier", verlangte Sam von Danis Schwester. „Lassen Sie uns erst mal nachsehen."

„Bitte …"

„Ich weiß. Cam, bleib bei ihr."

Mit gezogenen Waffen betraten Sam und Freddie das Haus. Ein säuerlicher Geruch schlug ihnen entgegen. Sie erkannte nicht sofort, was es war, aber zumindest roch es nicht nach Blut, wofür sie ausgesprochen dankbar war. „Dani!"

Keine Antwort.

Sie schauten sich im Erdgeschoss des Reihenhauses um, das in dem eleganten, modernen Stil eingerichtet war, der Dani gefiel, bevor sie sich ins Obergeschoss wagten, wo der Geruch deutlich schlimmer war.

Sam stieß eine Tür auf. Dahinter lag ein Gästezimmer. Ein zweites Zimmer war ein Büro, das dritte ein großes Badezimmer mit Wanne. Am Ende des Flurs betrat sie das Schlafzimmer, von wo ihr der faulige Geruch entgegenschlug. „Dani?"

Ein leises Stöhnen aus einem angrenzenden Raum veranlasste Sam, schnell dorthin zu gehen.

Dani lag auf dem Boden des Badezimmers, inmitten von Erbrochenem und anderen Körperflüssigkeiten.

„Dani! O mein Gott! Was ist passiert?"

„Lebensmittelvergiftung", flüsterte sie. „Glaube ich."

„Ruf einen Krankenwagen", wies Sam Freddie an, der aus dem Zimmer rannte.

Der Gestank war hier so intensiv, dass Sam sich fast auch übergeben musste, doch sie beherrschte sich, nahm ein Handtuch vom Regal, machte es nass und wischte Dani damit das Gesicht ab.

„Sorry."

„Sch, du musst dich nicht entschuldigen. Solange du unverletzt und am Leben bist, ist alles in Ordnung."

Zwanzig Minuten später waren Dani und ihre Schwester im Krankenwagen auf dem Weg zur nächsten Klinik, und Sam betrachtete nachdenklich den SUV des Secret Service, ehe sie Freddie ihre Autoschlüssel reichte. „Ich lasse mich nach Hause chauffieren und ziehe mich um. Fahrt zurück zum Hauptquartier, und macht mit

Lopez weiter. Ich will alles, was ihr über ihn herausfinden könnt, bevor ich mit ihm über Calvin spreche."

„In Ordnung", antwortete Green für sie beide.

Während sie zum SUV ging, konnte Sam nicht glauben, dass sie das wirklich tun wollte, aber so war sie schneller wieder bei der Arbeit, als wenn sie Freddie und Cam erst ins Hauptquartier gebracht hätte und dann nach Hause gefahren wäre. Sie marschierte quer über den Rasen des Nachbarn und wischte im Gras das Erbrochene von ihren Schuhsohlen. Die arme Carlucci hatte es schwer erwischt, und Sam hoffte nur, dass sie sich bald davon erholt haben würde.

Vernon ließ das Fenster herunter und hob eine Braue. „Kann ich Ihnen helfen, Ma'am?"

„Ich müsste nach Hause, um mich umzuziehen."

Er stieg aus dem Wagen und öffnete die Fondtür für sie.

„Sorry, ich rieche ein wenig streng. Meine Kollegin hat eine schwere Lebensmittelvergiftung."

„Geht es ihr gut?"

„Sie wird wieder." Gott sei Dank.

Als sie auf dem Rücksitz des SUV Platz nahm, musste Sam wieder daran denken, dass sie ihre Kollegen möglicherweise in Gefahr brachte, indem sie weiterarbeitete. Das war ihr bisher noch nicht in den Sinn gekommen. Es war kein Problem gewesen, als sie die Frau des Vizepräsidenten gewesen war, aber würde ihre neue, exponiertere Position für ihre Kollegen ein Risiko darstellen? Diesen Gedanken ertrug sie nicht.

„He, Vernon", sagte sie, als sie auf dem Weg zurück in die Stadt waren.

Er blickte sie im Rückspiegel an. „Ma'am?"

„Darf ich Sie was fragen?"

„Natürlich."

Sie zögerte eine Sekunde, wagte es nicht, ihre Angst in Worte zu fassen. „Glauben Sie, ich gefährde mein Team, indem ich weiter-arbeite?"

„Wie meinen Sie das?"

„Macht meine Stellung als First Lady auch die anderen MPD-Beschäftigten in meiner Abteilung zu Zielscheiben? Auf dem Herweg habe ich die ganze Zeit überlegt, was wäre, wenn ihr jemand wegen ihrer Nähe zu mir etwas angetan hätte."

„Ich glaube nicht, dass die Gefahr für Ihre Kolleginnen und

Kollegen jetzt größer ist als zu dem Zeitpunkt, als Sie noch die Frau des Vizepräsidenten waren."

„Gab es denn damals Drohungen gegen mich?", fragte Sam und war entsetzt, dass sie nie daran gedacht hatte, diese Frage zu stellen.

„Nicht dass ich wüsste, Ma'am."

„Und Sie wüssten das, oder? Weil Sie mir zugeteilt sind."

„Ja, Ma'am."

„Na, das erleichtert mich." Nach einer längeren Pause erkundigte sie sich: „Halten Sie mich für verrückt, weil ich das mache? Weiterarbeiten, obwohl ich die First Lady bin?"

„Ich halte Sie nicht für verrückt, Ma'am. Sie haben Ihr Leben Ihrem Beruf gewidmet, und Ihr Einsatz bedeutet Ihnen – und zahlreichen anderen Menschen – viel."

„Danke", sagte Sam, seltsam berührt von den freundlichen Worten des Personenschützers.

„Auch wenn Sie mich nicht gefragt haben", meldete sich Jimmy zu Wort, „meine Frau und ich finden es toll, dass Sie Ihren Job weiter ausüben wollen, Ma'am."

„Sie sind verheiratet? Wie kann das sein? Sie sind doch höchstens zwölf."

Jimmy lachte. „Tatsächlich, Ma'am, bin ich dreißig und bereits seit fünf Jahren verheiratet."

„Wow. Das hätte ich nicht erwartet."

„Er hat ein Kindergesicht", warf Vernon ein.

„Das höre ich häufig", ergänzte Jimmy.

„Würden Sie mir einen großen Gefallen tun?"

„Wenn es in unserer Macht steht, Ma'am", antwortete Vernon.

„Würden Sie es mir bitte mitteilen, wenn Sie je von konkreten Drohungen gegen ein Mitglied meines Teams hören?"

„Wir werden alles tun, was wir können, um Ihnen zu helfen, Ihr Team zu beschützen, Ma'am."

Mit diesen schlichten Worten hatte Vernon in Sam eine Freundin fürs Leben gefunden. Es hätte sie nicht überraschen sollen, dass er als Kollege im weitesten Sinne ihre Sorgen verstand.

„Größtenteils bin ich mir ziemlich sicher, dass es verrückt von mir ist, zu versuchen, das hier hinzukriegen."

„Tja, und ich bin mir größtenteils sicher, dass, wenn es überhaupt jemand schaffen kann, Sie das sind, Ma'am", erwiderte Vernon.

Sam begegnete seinem Blick im Spiegel und las darin Respekt,

Bewunderung und vielleicht sogar ein wenig Zuneigung. „Danke, Vernon. Ich möchte Ihnen beiden für Ihre Dienste danken."

„Es ist uns eine Ehre und ein Privileg, Ma'am."

„Sie müssen mich nicht ‚Ma'am' nennen, wenn wir unter uns sind. Da komme ich mir vor wie achtzig."

„Wir werden versuchen, daran zu denken, Ma'am."

„Ich fürchte, Sie werden sich ein bisschen mehr Mühe geben müssen."

Als sie den Kontrollpunkt in der Ninth Street erreichten, war Sam schockiert, dort eine noch größere Medienpräsenz als zuvor vorzufinden. Der Secret Service hatte die Straße mit einem Metallzaun abgeriegelt.

„Ich wette, die Nachbarn können es kaum erwarten, uns loszuwerden", seufzte Sam. „Bin gleich wieder da."

Als sie ausstieg, hätte sie sich angesichts der Reporterinnen und Reporter, die ihr Fragen zubrüllten, am liebsten die Ohren zugehalten. Nate hatte Wachdienst und öffnete ihr die Haustür.

Drinnen blieb Sam beim Anblick eines Raums voller Kisten und Menschen wie erstarrt stehen. Shelby befand sich im Mittelpunkt des Chaos, Noah vor die Brust geschnallt, und gab mit lauter Stimme Anweisungen.

„Was zum Teufel ist denn hier los?", fragte Sam.

„Das Weiße Haus macht keine Gefangenen. Dreißig Minuten nach Gideons Anruf waren die hier."

„Wow." Inmitten des Packwahns führte Sam eine weitere kurze Realitätsprüfung durch. Sie zogen um. Ins verdammte Weiße Haus. War das wirklich ihr Leben?

„Was willst du hier, und wonach riechst du?"

„Ich musste zu einer meiner Ermittlerinnen, die eine schreckliche Lebensmittelvergiftung hat, und bin nach Hause gekommen, um mich umzuziehen."

Shelby rümpfte die Nase. „Stopf deine Klamotten direkt in die Waschmaschine."

„Ja, Mom. Darfst du überhaupt mit Noah in der Babytrage herumrennen?"

„Es geht mir gut. Keine Sorge."

„Ich mach mir aber Sorgen. Du sollst es nicht übertreiben."

„Ja, Mom."

Lächelnd sagte Sam: „Ich laufe rasch hoch, dusche und zieh mich um. Bin gleich wieder da."

„He, Sam?"

Sam wandte sich zu ihr um. „Ja?"

„War das dein Ernst mit dem Angebot, deine Privatsekretärin zu werden?"

„Hallo? Natürlich. Wen sollte ich denn sonst fragen?"

„Ich kann nur …" Shelby blinzelte heftig, als wolle sie unter gar keinen Umständen weinen. „Ich kann nicht glauben, was seit dem Tag, an dem ihr mich gebeten habt, eure Hochzeit zu planen, alles passiert ist. Privatsekretärin im Weißen Haus, Sam. Besser geht es nicht. Das ist die absolute Spitze, und solange ich mich weiter um Scotty und die beiden Kleinen kümmern kann, nehme ich dein freundliches Angebot dankbar an."

„Wirklich?"

Nickend tupfte sich Shelby die Augen trocken. „Avery und ich haben darüber gesprochen, und wir werden eine Nanny einstellen, die sich um meine zwei Babys kümmert, und vielleicht eins der Gästezimmer im Wohnbereich des Weißen Hauses, die du erwähnt hast, als Kinderzimmer nutzen, damit sie in meiner Nähe sind, während ich arbeite."

„Was immer du brauchst. Danke. Ohne dich wäre ich aufgeschmissen."

„Das stimmt."

„Haha, und natürlich möchten wir, dass du dich weiter um die Kinder kümmerst. Alles andere kommt nicht infrage."

„Du wirst definitiv mehr Hilfe brauchen, als ich dir als Privatsekretärin zusätzlich noch bieten kann."

„Ich weiß, aber ich habe bereits einen Plan."

„Wie lautet der?"

„Celia."

„O ja. Brillant."

„Ich werde bei ihr reinschauen, bevor ich wieder zum Hauptquartier fahre. Drück die Daumen, dass sie es macht."

„Das wird sie. Sie hat mir gesagt, dass ihr ohne Skip im Haus die Decke auf den Kopf fällt. Sie wird die Chance, etwas zu verändern, mit beiden Händen ergreifen."

„Das hoffe ich sehr. Ich bin gleich wieder da." Da ihr die Zeit davonlief, duschte Sam schnell und zog sich um, brachte dann die schmutzigen Sachen wie von Shelby verlangt zur Waschmaschine im Erdgeschoss. Zum Glück war das Umzugsteam des Weißen

Hauses noch nicht im ersten Stock angekommen. Nachdem sie die Waschmaschine gestartet hatte, suchte sie Shelby in der Küche auf.

„Lass nicht zu, dass sie unsere Betten und das Bettzeug einpacken. Die brauchen wir noch für zwei Nächte."

„Alles klar. Keine Sorge."

„Danke für alles, Tinker Bell. Wir lieben dich."

„Ich euch auch."

Sam verließ das Haus und gab Vernon ein Zeichen, dass sie kurz bei ihrer Stiefmutter vorbeischauen wollte. Sie eilte die Rampe hinauf, die sie nach dem Tod von Skip eigentlich nicht mehr brauchten, und klopfte kurz an die Tür, ehe sie den Kopf ins Haus steckte. Das Betreten des vertrauten Raums, in dem ihr Vater gewohnt hatte, weckte ihre Trauer erneut. Der Schmerz über seinen Verlust war noch so frisch wie am Tag seines plötzlichen Todes.

„Celia? Bist du daheim?"

„Hier oben, Süße."

Sam folgte dem Klang der Stimme ihrer Stiefmutter ins Obergeschoss und fand sie in dem Zimmer vor, das Skip benutzt hatte, bevor man ihn angeschossen hatte. „Was ist los?", fragte Sam und war überrascht, Stapel von Kleidung auf dem Bett und Kartons auf dem Boden zu sehen.

„Ich packe die Sachen deines Vaters weg. Er würde wollen, dass ich sie spende, damit jemand sie noch benutzen kann. Ich habe ein paar Sachen für euch Mädchen und die Enkelkinder beiseitegelegt." Sie deutete auf einen Stapel Hemden und Sweatshirts. „Dinge, von denen ich dachte, ihr wollt sie vielleicht haben."

„Du … du musst das nicht alles allein machen, Celia."

„Kein Problem. So habe ich wenigstens etwas zu tun. Dein Vater hat Verschwendung gehasst und hätte gewollt, dass seine Sachen an Bedürftige gehen."

„Das stimmt." Sam hatte plötzlich einen riesigen Kloß im Hals. „Hier riecht es immer noch ein bisschen nach seinem Aftershave. Polo."

„Ja, ich rieche es auch. Als wir frisch zusammen waren, musste ich ihm sagen, dass die Hälfte von dem, was er normalerweise benutzt hat, völlig ausreichte."

Sam lachte und wischte sich eine Träne weg, die ihr über die Wange lief. „Wir haben ihm das jahrelang beizubringen versucht."

„Dankenswerterweise hat er auf mich gehört, sodass ich weiter mit ihm zusammen sein konnte."

„Dafür sind wir alle dankbar."

„Ich vermisse ihn so."

„Ich auch", pflichtete ihr Sam bei. „Vor allem diese Woche. Er wäre ausgerastet, wenn er gehört hätte, dass Nick Präsident wird."

„Und wie! Er hätte unbedingt euer erster Besucher im Weißen Haus sein wollen."

„Ich bin so traurig, dass er das alles nicht mehr mitbekommt."

„Oh, das tut er, Süße. Ich stelle mir gerne vor, dass er ganz in der Nähe ist, seine neue Freiheit von den Einschränkungen seiner Verletzung genießt und im Himmel Partys für seine Freunde und Verwandten schmeißt, während er das Geschehen hier im Auge behält."

„Tanzt er in deiner Vision?"

„Wie ein Irrer."

Sie lachten beide und umarmten einander unter Tränen.

Als sie Sam wieder losließ, wischte sich Celia mit dem Ärmel übers Gesicht. „Was gibt's Neues?"

„Wir ziehen am Freitag ins Weiße Haus um."

„Oh, wow. Das ist einfach … Wow."

„Finde ich auch, und ich habe mich gefragt … Würdest du vielleicht mitkommen? Ich könnte dringend deine Hilfe bei den Kindern und, nun ja, allem anderen gebrauchen."

Celias hübsches Gesicht wurde vor Überraschung ganz ausdruckslos. „Was?"

Sam knuffte sie. „Du hast richtig gehört, Celia. Du brauchst einen Tapetenwechsel, und ich brauche Hilfe, denn Shelby wird in Zukunft meine Privatsekretärin sein. Nick und ich werden gelegentlich verreisen müssen, und die Kleinen müssen sich noch an das Leben mit uns gewöhnen. Wir werden uns größte Mühe geben, die Dinge für sie und Scotty so normal wie möglich zu halten. Du hättest dein eigenes Zimmer mit Bad im dritten Obergeschoss, müsstest also nicht direkt mit bei uns wohnen und … Celia, bitte sag Ja. Ich brauche dich so dringend."

„Du willst, dass ich bei euch im Weißen Haus wohne?"

„Ich möchte, dass du bei uns im Weißen Haus wohnst."

„O mein Gott, Sam."

„Ist das ein Ja?"

„Natürlich. Ich kann es gar nicht glauben. Neulich erst habe ich darüber nachgedacht, mir einen Job zu suchen, um etwas zu tun zu haben, aber das …"

Sam legte einen Arm um Celia. „Das ist so viel besser als irgendein Job, oder?"

„Unendlich viel besser. Ich war so traurig, dass ihr nicht mehr hier wohnen werdet und ich Scotty und die Kinder nicht mehr jeden Tag nach der Schule würde sehen können."

„Tja, jetzt kannst du es. Das ist das Wichtigste – jemand, der für sie da ist, wenn sie von der Schule nach Hause kommen."

„Ich würde diese Aufgabe unglaublich gern übernehmen."

Sie umarmten einander noch einmal. „Danke. Du hast keine Ahnung, wie sehr ich dich brauche."

„Das gilt umgekehrt genauso, Süße. Vielen Dank, dass du mich gefragt hast. So aufgeregt war ich schon lange nicht mehr. Warte, bis ich das meinen Schwestern erzähle!"

„Die dürfen jederzeit zu Besuch kommen. Wir haben rund zwanzig Gästezimmer. Sie haben die freie Auswahl."

„Sie werden *sterben* vor Begeisterung."

So lebhaft hatte Sam ihre geliebte Stiefmutter seit dem Tod ihres Vaters nicht mehr gesehen. „Ich muss wieder an die Arbeit. Fang an zu packen, Celia! Bei uns drüben ist die Umzugsfirma schon am Werk."

„Soll ich rübergehen und helfen?"

„Möchtest du das denn?"

„Viel lieber, als die Sachen deines Vaters auszusortieren."

„Dann nur zu. Shelby hat die Aufsicht, aber ich fürchte, dass sie es übertreibt. Ich bin sicher, sie würde sich über deine Hilfe sehr freuen."

„Ich kümmere mich sofort darum. Das hier kann ich auch ein andermal fertig machen."

Sam hob ein rot-blau gestreiftes Rugby-Shirt auf, das ihr Vater in ihrer Kindheit immer getragen hatte, hielt es sich vors Gesicht und atmete tief ein, um nach seinem Duft zu suchen. Doch sie roch nur Waschmittel. „Legst du das bitte zu meinen Sachen? Es ist das Shirt, an das ich mich am besten erinnere, weil er es früher immer getragen hat."

„Gerne, Schatz."

„Okay, ich bin dann weg. Ich werde meinen neuen besten Freund Gideon, den Chief Usher im Weißen Haus, bitten, sich wegen der Details mit dir in Verbindung zu setzen, okay?"

Celia fächelte sich Luft zu. „Das wäre nett. Ich versuche immer noch zu begreifen, dass das alles wirklich passiert."

Sam gab ihrer Stiefmutter einen liebevollen Kuss auf die Wange. „Wir brauchen dich, Celia, und du brauchst uns. Es ist einfach perfekt. Bis später."

„Danke noch mal, Sam. Du hast mir was gegeben, worauf ich mich freuen kann, und das habe ich dringend gebraucht."

„Das Wissen, dass du für die Kinder da sein wirst, wenn ich es nicht kann, ist eine große Erleichterung." Mit einer letzten Kusshand lief Sam die Treppe runter. Sie war froh, dass Celia mit ihnen kommen würde – und dass sie sich so sehr über die Anfrage gefreut hatte.

KAPITEL 27

Auf dem Rückweg zum Hauptquartier rief Sam von ihrem abhörsicheren BlackBerry aus Nick an, bereit, ihm eine Nachricht zu hinterlassen, falls er nicht drangehen würde. Zu ihrer Überraschung nahm er den Anruf entgegen.

„Bist du nicht zu sehr mit der Weltherrschaft beschäftigt, um mit deiner Ehefrau zu reden?"

Sein leises Lachen entlockte ihr ein Lächeln. „Für meine reizende Frau bin ich nie zu beschäftigt."

„Das ist gelogen, aber ich bin froh, dass du rangegangen bist."

„Du hast mich genau zwischen zwei Besprechungen erwischt. Was gibt's?"

„Ich habe ein paar wichtige Entscheidungen für uns getroffen und dachte, ich sollte dir davon erzählen, weil du immer so zickig wirst, wenn ich dir etwas vorenthalte."

„Samantha, wann war ich dir gegenüber je zickig?"

„Immer wenn ich dir etwas verheimlicht habe. Jedenfalls lautet Shelbys Antwort Ja. Sie will unsere Privatsekretärin werden."

„Das ist großartig. Ich kann mir niemand Besseren für diese Rolle vorstellen."

„Ich auch nicht. Außerdem hab ich mit Gideon gesprochen, dem Chief Usher, der mein neuer bester Freund ist, und er hat Leute geschickt, die schon angefangen haben, bei uns zu Hause zu packen. Shelby beaufsichtigt sie."

„Moment, du hast einen neuen besten Freund? Normalerweise hasst du Menschen."

„Nicht ablenken lassen, Nick. Drittens habe ich Celia gebeten, mit uns im Weißen Haus zu wohnen, damit sie bei den Kindern sein kann, wenn wir mal nicht da sind."

„Das ist eine ausgezeichnete Idee, zumal Shelby nicht beides machen kann."

„Genau. Shelby will sich weiterhin um die Kinder kümmern, und das wollen wir natürlich auch, aber das schafft sie nicht allein."

„Das klingt, als hättest du alles bestens im Griff, Babe."

„Nicht alles, allerdings ist es ein guter Anfang. Außerdem hab ich Roni gebeten, meine Kommunikationschefin und Pressesprecherin zu werden, und sie ist ganz begeistert. Ich weiß noch nicht, wann sie anfangen kann. Falls ich bis morgen nichts von ihr höre, hake ich mal nach."

„Es beeindruckt mich tief, was du alles tust, damit das Ganze funktioniert. Zumal ich weiß, dass es eigentlich nicht das ist, womit du dich beschäftigen möchtest."

„In guten wie in schlechten Zeiten", sagte sie trocken.

„Und was sind das gerade für welche?"

„Kann ich die Frage in ein oder zwei Jahren beantworten?"

„Klar", erwiderte er und lachte. „Es ist mir wichtig, dass du in unserem neuen Leben glücklich bist. Lass es mich wissen, wenn es dir zu viel wird."

„Ich beiße mich durch und finde neue Freunde. Wir sehen uns um zwei."

„Ja, ich kann es kaum erwarten. Ich liebe dich. Sei bitte vorsichtig da draußen."

„Bin ich doch immer. Ich liebe dich auch." Sie drückte drei Tasten, bis es ihr gelang, das Gespräch zu beenden. Als sie den BlackBerry in ihre Manteltasche gleiten ließ, sehnte sie sich nach der simplen Benutzerführung ihres schönen Klapphandys. Wenn man es zuschnappen ließ, hatte man aufgelegt. Man musste keine dummen Knöpfe drücken.

Bei ihrer Rückkehr ins Hauptquartier wartete im Großraumbüro Jeannie mit einem Zettel auf sie. „Morses Telefonnummer."

„Danke dir, Jeannie."

„Bitte."

Sie bedeutete Captain Malone, ihr in ihr Büro zu folgen. Nachdem sie sich ihres Mantels entledigt hatte, nahm sie auf dem Stuhl hinter dem Schreibtisch Platz und bemühte sich, nach ihrer First-Lady-Zeit wieder in den Polizeimodus zu wechseln. So würde es in Zukunft immer sein, dachte sie, ständig die Rolle wechseln, um den Bereich zu bedienen, der gerade am dringendsten ihrer Aufmerksamkeit bedurfte. Allein der Gedanke daran erschöpfte sie, und das war erst der Anfang. „Was wissen Sie über Dan Morse?"

„Die Frage stelle ich mir schon, seit Sie ihn vorhin erwähnt haben. Ich habe ihn seit Jahren nicht mehr gesehen oder an ihn gedacht. Er hat kurz nach seiner Beförderung zum Detective aufgehört, ohne einen großen Eindruck zu hinterlassen."

„Spricht etwas dagegen, dass ich mich im Fall Calvin an ihn wende?"

„Nicht von meiner Seite, und ich kann mir kaum vorstellen, dass jemand anders etwas dagegen hätte. Es würde mich überraschen, wenn sich auch nur zwanzig Leute in der Polizeibehörde an ihn erinnern würden."

Sam schaute auf den Zettel, den Jeannie ihr gegeben hatte. „Vorwahl 305. Wo ist das denn?"

„Miami."

„Möchten Sie mithören?"

„Ich hätte nichts dagegen."

Sie stellte das Telefon auf Lautsprecher und wählte. Es klingelte viermal, ehe ein Mann abnahm, der außer Atem klang.

„Spreche ich mit Dan Morse?", erkundigte sich Sam.

„Wer will das wissen?"

„Lieutenant Holland vom MPD in D. C."

Nach einer kurzen Pause fragte er: „Die Frau des Präsidenten?"

Sam schaute Malone an, der sich ein Lachen zu verbeißen versuchte, und verdrehte die Augen. „Ja."

„Na, das ist ja mal eine Überraschung. Was kann ich für Sie tun?"

„Ich sitze hier mit Captain Jake Malone, und Ihr Name tauchte unter denen der Beamten auf, die in einem ungelösten Fall ermittelt haben, den wir gerade neu aufrollen."

„Hey, Jake."

„Wie geht's, Dan?", fragte Malone.

„Kann mich nicht beklagen. Welchen Fall meinen Sie?"

„Calvin Worthington, ein Teenager, der vor fünfzehn Jahren in Southeast in seiner Auffahrt getötet wurde."

„Ja, ich erinnere mich. Ein schwieriger Fall, von Anfang an. Ein toller Junge, nach allem, was wir gehört haben."

„Ja, das war er, und seine Mutter hat nie aufgehört, Gerechtigkeit für ihn zu fordern."

„An die erinnere ich mich auch. Solche Trauer vergisst man nicht so leicht.“

„Das stimmt. Was können Sie mir über die Ermittlungen und die Art und Weise, wie der damalige Detective Stahl sie geleitet hat, erzählen?“

Er lachte geringschätzig. „Der Typ ... Ich habe über Ihre Probleme mit ihm gelesen.“

„Sie meinen, dass er mich mit Klingendraht umwickelt und versucht hat, mich anzuzünden?“

„Er war schon immer ein kranker Hurensohn. Stahl ist einer der Gründe, warum ich den Job an den Nagel gehängt habe. Er drohte, in Kürze befördert zu werden, und ich wollte nicht für jemanden wie ihn arbeiten. Ich wusste, was das bedeuten würde.“

„Das Gefühl kenne ich. Aber zurück zum Fall Worthington. Wie ist er damit umgegangen?“

„Gar nicht. Wieso sollte ihn ein weiterer toter schwarzer Junge interessieren?“

Seufzend blickte Sam Malone an. „Ich habe befürchtet, dass Sie das sagen würden.“

„Ich habe versucht, ihn zu einer ernsthaften Untersuchung zu bewegen, weil es viele Ungereimtheiten gab, doch er hat sich geweigert, den Fall mehr als nur oberflächlich zu behandeln, und da er ranghöher war als ich, konnte ich nicht viel tun.“

„Detective Morse, ich habe früher mal unter seinem Befehl gearbeitet. Ich kann mir sehr genau vorstellen, wie das gelaufen ist. Können Sie uns etwas mehr zu den Ungereimtheiten erzählen, wie Sie es nannten?“

„Zum einen hatte Calvin nichts mit Jugendlichen zu tun, die in Schwierigkeiten waren. Man traf ihn eher in der Theatergruppe oder bei Bandproben an als auf der Straße. Seine Mutter hat sich wirklich sehr bemüht, ihn von Ärger fernzuhalten, und allem Anschein nach ist ihr das auch gelungen.“

„Es war also nie die Rede davon, dass es ein Mord im Bandenmilieu war?“

„Nein.“

„Zur falschen Zeit am falschen Ort? Eine Verwechslung?“

„Ich habe damals beides für möglich gehalten. Calvin hatte einen Cousin, der das genaue Gegenteil von ihm war. Er war in einer Gang, ist immer wieder in Schwierigkeiten geraten und hatte ein langes Vorstrafenregister.“

„Wie alt war er?“

„Ich weiß es nicht mehr genau – ein paar Jahre älter als Calvin.“

„Erinnern Sie sich an den Namen?“

„Nein, aber den kann Ihnen Calvins Mutter nennen.“

„Detective Morse, sagt Ihnen der Name Javier Lopez etwas?“

Er dachte eine Sekunde nach. „Nicht dass ich wüsste. Warum?“

„Lopez war ein Mitschüler von Calvin, und sein Name ist bei einer anderen Untersuchung aufgetaucht.“

„Bei dem Namen klingelt nichts bei mir.“

„Haben Sie gehört, dass das FBI das MPD durchleuchtet?“

„Ich habe es in der *Post* gelesen.“

„Wären Sie bereit, zu bezeugen, was Sie mir über Stahls Minderleistung im Fall Calvin erzählt haben?“

„Ja, verdammt, dazu wäre ich bereit. Es hat mich immer geärgert, dass er mit dem Mist, den er gebaut hat, durchgekommen ist, und auch wenn er bereits im Gefängnis sitzt, würde ich das FBI gerne wissen lassen, wie er sich damals verhalten hat. Er ist die Art von Cop, die uns allen den schlechten Ruf eingebracht hat.“

„Ich werde Ihren Namen an Agent Avery Hill weitergeben, der die Ermittlungen leitet. Eine andere Frage: Welche Erinnerungen haben Sie an Paul Conklin?“

„Ich habe von seiner Verwicklung in den Fall Ihres Vaters und den von Skips erstem Partner Steven Coyne gehört. Das war ein furchtbarer Schock für mich. Ich kann mir vorstellen, wie das für Sie und alle anderen Kolleginnen und Kollegen gewesen sein muss.“

„Es war ziemlich schrecklich, zu erfahren, dass jemand, den mein Vater für einen engen Freund gehalten hat, vier Jahre lang auf dieser Information gesessen hat.“

„Ihr Vater war ein toller Kerl. Es hat mir so leidgetan, zu hören, dass er gestorben ist. Was Paul angeht, so ist er mir immer wie ein anständiger Typ vorgekommen. Früher hatte er Alkoholprobleme, aber soweit ich weiß, hat er die überwunden und sich wieder gefangen.“

Dank meines Vaters, hätte Sam beinahe gesagt, doch sie verkniff es sich. „Ich bin Ihnen sehr dankbar für diese Informationen.“

„Ich helfe gern und bin froh, dass Sie den Fall Worthington wieder aufrollen. Er hat mir jahrelang auf der Seele gelegen, und ich habe mir immer gewünscht, ich hätte den Mut gehabt, Stahl die Stirn zu bieten. Aber Sie wissen wahrscheinlich noch, wie es ist, ein kleiner Polizist – oder eine kleine Polizistin – zu sein, und wie schwer es ist, sich mit vorgesetzten Beamten anzulegen."

„Ja." Sie hätte einen Weg um Stahl herum gefunden, so wie sie es unter seinem unerfreulichen Kommando jahrelang getan hatte. Schon früher hatte sie wegen Calvins Fall keine Ruhe gegeben, lange bevor sie überhaupt dazu berechtigt gewesen war, doch ihre Bemühungen hatten zu nichts geführt. Alle Spuren waren erkaltet, und fünfzehn Jahre waren ohne neue Hinweise vergangen.

„Ich denke, der Cousin ist auf jeden Fall einen zweiten Blick wert. Er war damals in alles Mögliche verwickelt. Ich bin nicht sicher, ob er in letzter Zeit aktiv war, aber das können Sie ja herausfinden."

„Sie haben mir einen Hinweis gegeben, den ich vorher nicht hatte, dafür danke."

„Der Cousin hieß D'Andre. Eben ist es mir wieder eingefallen."

„Super." Sam notierte sich den Namen. „Sagen Sie Bescheid, wenn Sie sich noch an etwas erinnern, das hilfreich sein könnte."

„Das werde ich, und wenn Sie mir die Anmerkung erlauben … Ich bin ein Fan Ihres Mannes. Ich mag seine Art. Ich wünsche ihm – und Ihnen – alles Gute bei Ihrer neuen Aufgabe."

„Danke. Wir freuen uns über jeden guten Wunsch."

„Sie arbeiten weiter?"

„Ich habe es vor."

„Das finde ich gut. Sie haben viel von Ihrem alten Herrn in sich."

„Das ist … Das ist das größte Kompliment, das Sie mir machen könnten. Danke noch mal, Detective Morse."

„Ich habe gern geholfen."

Sam legte auf und sah Malone an. „Ich hätte diesen Fall neu aufrollen sollen, sobald ich die Leitung der Mordkommission übernommen hatte."

„Es ist ja nicht so, dass Sie in den letzten zwei Jahren Däumchen gedreht hätten, ganz zu schweigen davon, dass Sie in jeder freien Minute im Fall Ihres Vaters ermittelt haben."

„Trotzdem wusste ich, wie Stahl arbeitet, und hätte etwas unternehmen sollen, schon bevor Lenore aufgetaucht ist, um mich an offene Fragen zu erinnern." Sie nahm sich einen Moment Zeit, um ihre Gedanken zu ordnen, ehe sie Lenore Worthington anrief. „Lieutenant Holland hier", meldete sie sich, als Calvins Mutter atemlos abnahm.

„Oh, hallo. Ich war mir nicht sicher, ob ich nach allem, was passiert ist, wieder von Ihnen hören würde."

„Was ist denn passiert?"

Lenore lachte. „Außer dass Ihr Mann jetzt Präsident ist?"

„Ach das."

„Ein Wochenende wie jedes andere, was?"

„So versuche ich es zumindest zu behandeln."

„Klappt das?"

„Äh, nun ja …"

Lenore lachte erneut. „Ich bin froh, dass Sie angerufen haben. Danke noch mal, dass Sie die Selbsthilfegruppe ins Leben gerufen haben. Ich habe dort bereits einige nette Leute kennengelernt, und wir freuen uns alle auf das nächste Treffen."

„Es ist schön, das zu hören. Ich bin so froh, dass es hilfreich ist, und wir stehen ja erst am Anfang."

„Das ist eine wahrhaft gute Sache für Menschen, deren Leben durch einen Mord für immer verändert wurde."

„Die Arbeit fühlt sich auch für mich gut an. Ich hoffe, dass ich diese Bemühungen zu einem Teil meiner Agenda als First Lady machen kann."

„Hervorragende Idee."

„Der Grund für meinen Anruf ist, dass ich mich mit Calvins Fall befasst habe und jetzt ein paar Fragen an Sie habe. Könnte ich in einer Stunde vorbeischauen?"

„Meine Tochter und meine Enkelkinder haben sich zum Mittagessen angekündigt, aber Sie können gerne mitessen."

„Ich möchte nicht stören."

„Lieutenant, ich habe fünfzehn Jahre auf Gerechtigkeit für meinen Sohn gewartet. Bitte kommen Sie her."

„Danke. Bis gleich." Sam wollte mit Lenore reden, bevor sie mit Javier Lopez sprach. Sie schnappte sich ihren Mantel und die Autoschlüssel, die Freddie ihr auf den Schreibtisch gelegt hatte, und machte sich auf den Weg ins Großraumbüro. „Wo ist Cruz?", fragte sie Green.

„Hat offenbar eine Autopanne."

„Ich rufe ihn an. Gibt es etwas Neues von Carlucci?"

„Bisher nicht. Ich habe Gigi angerufen und sie informiert. Sie war erleichtert, dass Dani nur krank ist."

„Das bin ich auch. Ich gehe jetzt mit Calvin Worthingtons

Mutter reden. In ein, zwei Stunden bin ich wieder da. Sag Bescheid, wenn du etwas von Carlucci hörst."

„Okay."

Sam setzte sich in Bewegung, blieb allerdings noch einmal kurz stehen, da sie bloß selten die Gelegenheit hatte, unter vier Augen mit Green zu sprechen. „Was du neulich über Dominguez gesagt hast …"

Er verzog das Gesicht. „Ein Moment der Schwäche, Lieutenant. Ich wollte keine Grenzen übertreten."

„Hast du nicht. Du hast die Wahrheit gesagt. Doch ich frage mich jetzt, wie du damit umgehen willst."

„Weil Gigi und ich zusammenarbeiten." Er nickte. „Ich verstehe, dass das ein Problem darstellt …"

„Cameron. Hör auf. Ich frage das nicht, weil ihr zusammenarbeitet, sondern weil du, soweit ich weiß, eine Freundin hast, und es schien etwas Ernstes zu sein. Das ist deine persönliche Angelegenheit, also wenn jetzt ich eine Grenze überschreite, kannst du es ruhig sagen. Es ist nur so, dass ich im Krankenhaus dabei war und weiß, was ich gesehen habe."

Er war so angespannt, dass ein Muskel an seiner Wange zuckte. „Was denn?"

„Einen Mann, der sehr viel für eine Frau empfindet, selbst wenn er das nicht sollte."

Er atmete tief aus, ließ die Schultern hängen. „Ich bin verrückt nach ihr, auch wenn ich mich eine Million Mal ermahnt habe, damit aufzuhören."

Sam lehnte sich gegen Freddies Schreibtisch. „Warum das?"

„Sie war mit Ezra zusammen, der ihr eine Zeit lang Probleme bereitet hat, bevor er restlos durchgedreht ist und sie krankenhausreif geschlagen hat. Ich bin seit fast einem Jahr mit Jaycee zusammen, und ich weiß, sie glaubt, wir steuern auf ein Happy End zu. Jaycee ist toll, und ich mag sie sehr, nur …"

„Du liebst sie nicht."

Er schüttelte den Kopf.

„Dafür aber vielleicht Gigi?"

„Ich halte es durchaus für möglich."

„Willst du meinen Rat?"

„O Gott, ja. Ich habe keine Ahnung, was ich tun soll, und es macht mich seit Monaten fertig, zu wissen, dass sie mit einem Mann zusammen ist, der sie überhaupt nicht verdient hat."

„Du hast mich vor meiner Ehe mit Nick nicht gekannt, doch du warst hier, als mein Ex-Mann Peter ermordet wurde, also weißt du, dass ich schon einmal verheiratet war. Nick habe ich davor kennengelernt, sechs Jahre bevor wir schließlich zusammengekommen sind. Damals lebte ich mit Peter zusammen. Peter war einfach mein WG-Mitbewohner, zumindest dachte ich, das wäre alles. Erst später hat sich herausgestellt, dass er Nachrichten von Nick an mich unterschlagen hat, weil er selbst an mir interessiert war. Die ganze Zeit, in der ich mit Peter zusammen war, hab ich an diesen tollen Typen denken müssen, mit dem ich diese eine Nacht verbracht hatte, und hab mich gewundert, dass ich nie wieder von ihm gehört habe. Am meisten bedaure ich, dass ich nicht zu ihm gegangen bin und ihn gefragt habe, warum er mich nicht anruft. Hätte ich das getan, hätte ich mir vier unglückliche Jahre erspart, in denen ich mit dem falschen Mann verheiratet war. Kapierst du, warum ich dir das erzähle?"

„Ich denke schon."

„Ich habe Peter geheiratet, obwohl ich wusste, dass ich in einen anderen verliebt war. Daran, dass unsere Ehe ein Desaster war, bin ich mehr schuld als er. Es gibt nichts Besseres, als mit dem Richtigen zusammen zu sein. Du weißt bereits, was du tun musst, was Jaycee betrifft. Das muss ich dir ja wohl nicht erklären."

„Nein, musst du nicht." Er seufzte.

„Wenn du sie lieben würdest, Cam, wärst du jetzt nicht in dieser Lage."

Er nickte. „Du hast recht, und ich weiß deinen Rat wirklich zu schätzen. Muss ich mir Sorgen um berufliche Konsequenzen machen, wenn etwas mit Gigi läuft?"

„Wir werden euch für unterschiedliche Schichten einteilen. Das sollte klappen."

„Weißt du, was mein erster Gedanke war, als ich gehört habe, dass Nick Präsident ist?"

„Nein, was?"

„Wie traurig es ist, dass du nicht mehr meine Chefin sein wirst."

„Nun, noch bist du mich nicht los."

„Darüber bin ich sehr froh. Wie wir alle."

„Lass es mich wissen, wenn ich sonst noch irgendwas für dich tun kann."

„Du warst mir bereits eine große Hilfe. Danke für die Denkanstöße."

„Folge deinem Herzen, Cam. Es wird dich auf den richtigen Weg führen. Bis nachher." Sam verließ das Großraumbüro mit dem Gefühl, jemandem geholfen zu haben, der nicht bloß ein Kollege, sondern ein Freund war. Green war einer der besten Detectives, mit denen sie je zusammengearbeitet hatte. Er war immer professionell und gab hundert Prozent für den Job. Sie hoffte, dass er seine Probleme lösen und etwas Seelenfrieden finden konnte. Leider wusste sie nur zu gut, wie es war, wenn persönliche Belange der Arbeit im Weg standen.

Vor der Tür der Gerichtsmedizin gab sie Vernon, der am SUV lehnte, ein Zeichen, dass sie wegmusste. „Nach Congress Heights in Southeast."

„Allein?", fragte Vernon und blickte sich nach Freddie um.

„Ich treffe mich mit einer Frau, deren Sohn vor fünfzehn Jahren ermordet worden ist. Nichts Gefährliches."

Vernon akzeptierte ihre Antwort, aber sie sah, dass er nicht glücklich darüber war, als er und Jimmy in den SUV stiegen, um ihr zu folgen.

Hätte sie mit den beiden fahren und Benzin sparen sollen? Vielleicht, doch sie wollte bei der Arbeit weiterhin selbst hinter dem Steuer sitzen, und wenn sie jetzt nachgab, würde sie dieses Privileg womöglich irgendwann verlieren. Sie erinnerte sich an etwas, das ihr Vater einmal gesagt hatte, als sie ganz neu bei der Polizei gewesen war. *Wie man anfängt, so hört man auf* oder so was in der Art. Mit anderen Worten: Tu heute nichts, was du nicht auch in ein oder zwei Jahren noch tun willst. Zumindest war das die Art und Weise, wie sie Skips weisen Ratschlag in diesem Fall interpretierte.

Er fehlte ihr tagtäglich. Wie oft hätte sie ihn gern angerufen, um ihn nach seiner Meinung zu fragen? Zum Beispiel darüber, wie sie mit dem umgehen sollte, was Morse ihr über Stahl und den Fall Calvin Worthington erzählt hatte. Das Letzte, was der Chief oder das Department im Moment gebrauchen konnten, war mehr schlechte Presse, aber sie konnte diese Information auf keinen Fall unter den Teppich kehren. Eine weitere von Skips Perlen der Weisheit lautete, dass man niemals etwas zurückhalten solle, was ein Vorgesetzter wissen sollte.

Malone würde Chief Farnsworth darüber informieren, was Morse ihnen berichtet hatte, und sie würde die Lücken füllen, sobald sie mehr Informationen hatte.

Ihr Telefon klingelte, und sie nahm Freddies Anruf über die Freisprecheinrichtung entgegen. „Hey, was gibt's?"

„Du wirst es nicht glauben, doch ich fürchte, der Mustang ist unwiderruflich tot."

„Gepriesen sei der Herr. Endlich bin ich von meinem Elend erlöst."

„Das ist nicht nett. Er war mein Baby."

„Herzliches Beileid."

„Hör auf zu heucheln. Jedenfalls warte ich noch auf den Abschleppdienst, und dann komme ich zur Arbeit. Tut mir leid."

„Ist kein Problem."

„Was verpasse ich gerade?", fragte er.

„Du meinst, außer einem kostenlosen Mittagessen?"

„Nicht im Ernst."

„O doch." Sein Appetit war legendär. „Ich esse deine Portion einfach mit."

„Wo findet dieses Mittagessen denn statt?"

„Ich besuche Lenore Worthington, und sie hat mir angeboten, mich zu verköstigen."

„Das ist unfair. Wenn ich dabei bin, bietet uns nie jemand an, uns zu füttern."

„Ich genieße das gerade viel mehr, als ich sollte."

„Soll ich lieber dahin fahren?"

„Besser nicht. Ich denke, ich sollte da allein hin, denn wir haben eine Art Bindung aufgebaut, die bis zum Tag von Calvins Ermordung zurückreicht, als ich ihren Anruf entgegengenommen habe. Vielleicht ist sie ein bisschen offener, wenn ich allein mit ihr rede."

„Alles klar. Wir sehen uns im Hauptquartier."

„Bis dann. Und Freddie? Das mit dem Mustang tut mir wirklich leid."

„Nein, tut es nicht, aber trotzdem danke."

Lachend beendete Sam das Telefonat und trat das Gaspedal durch. Sie wollte so schnell wie möglich nach Southeast und danach mit Lopez sprechen. Ihr lief die Zeit davon. Dann fiel ihr das Treffen mit dem Direktor des Secret Service um zwei Uhr wieder ein, und sie war auf der Stelle sauer.

KAPITEL 28

Sam war fast bei Lenore angekommen, als Lilia sie anrief.

„Hey, ich bin gerade unterwegs. Ich habe fünf Minuten."

„Ich habe mir erlaubt, die Designerin zu kontaktieren, deren Kleid du bei Präsident Cappuanos Benefizveranstaltung getragen hast, als er noch Senator war."

„Ah, ja, das champagnerfarbene Seidenkleid, von dem Shelby fälschlicherweise behauptet hat, es sei pink."

„Genau. Ich habe sie nach Kleidung für den Besuch im Kapitol morgen und die Trauerfeier am Donnerstag gefragt."

„Was verrät es über mich, dass ich mir bisher keine Gedanken darüber gemacht habe, was ich zu diesen beiden Anlässen tragen soll?"

„Es verrät mir, dass du viel zu tun hast und es meine Aufgabe ist, mich um diese Dinge zu kümmern."

„Du meinst, es ist dein Job, mich anzuziehen?"

„Es ist mein Job, dafür zu sorgen, dass du in jeder Hinsicht strahlst."

„Habe ich dir je gesagt, dass ich entschlossen war, dich nicht zu mögen, als wir uns das erste Mal getroffen haben?"

Lilia gab ein für sie sehr untypisches schnaubendes Lachen von sich. „Das überrascht mich nicht."

„Ich habe dich ‚Lilly von Nudel' genannt, weil ich mir deinen richtigen Namen nicht merken konnte."

„Urkomisch. Du solltest mal sehen, was andere Leute aus

meinem Namen machen. Als ich es am College auf die Jahrgangs-bestenliste geschafft hatte, stand ich in der Zeitung mal als ‚Lillian van Nordstrand‘. Danach hatte ich im College natürlich den Spitz-namen ‚Nordstrand‘ weg."

„Das ist witzig. Ich bin froh, dass es nicht nur mir so geht."

„Keineswegs."

„Der Grund, warum ich dir das erzähle, ist, dass du mir auf Schritt und Tritt das Gegenteil bewiesen hast, ich dich absolut bewundere und für alles so dankbar bin, was du tust, um mich strahlen zu lassen."

„Die Bewunderung beruht auf Gegenseitigkeit, und es ist mir ein Vergnügen. Ich werde die Designerin bitten, dir ein paar Sachen zu schicken, unter denen du auswählen kannst."

„Ich würde jetzt gern einen sehr unpolizistinnenhaften spitzen Mädchenschrei ausstoßen."

„Nur zu. Es bleibt unter uns."

„Ich kreische mental, das reicht. Danke noch mal, Lilia. Du bist echt ’ne Bombe."

„Sag bloß nicht das Wort ‚Bombe‘. Das löst sofort einen Alarm aus."

Schockiert fragte Sam: „Wirklich?"

„Nein, das war bloß ein Witz."

Sam lachte. „Ich bin darauf reingefallen – und das passiert mir nicht oft. Bis später."

„Ja, bis dann."

In Anbetracht all der neuen Freunde, die sie in letzter Zeit gefunden hatte, war sie vielleicht wirklich weich geworden. Das erinnerte Sam an Roni, mit der sie auch noch reden musste. Vor Lenores ordentlichem Einfamilienhaus gab Sam Vernon ein Zeichen, dass sie hineingehen wollte. Nach einem Blick auf die Einfahrt, in der Calvins Leben geendet hatte, stieg sie die Stufen hinauf und klopfte an, wobei sie sich fragte, wie Lenore es ertragen konnte, da weiterzuleben, wo ihr Sohn gestorben war.

Lenore öffnete und begrüßte Sam mit einem einladenden Lächeln. Wie schon bei ihrer ersten Begegnung fühlte sich Sam neben Lenores mühelos wirkender Anmut wie ein Trampeltier. „Immer herein mit Ihnen. Herzlich willkommen."

„Danke, dass Sie Zeit für mich haben."

„Ich freue mich immer, Sie zu sehen, Lieutenant. Kommen Sie mit in die Küche. Sie erinnern sich noch an meine Tochter Ayana?"

„Natürlich. Schön, Sie wiederzusehen."

„Gleichfalls. Gratuliere zur großen Beförderung."

„Ich bin ja eigentlich gar nicht befördert worden, sondern mein Mann. Ich habe jetzt nur einen zweiten Vollzeitjob am Hals."

Beide Frauen lachten.

„Ich finde es großartig, dass Sie Ihren Job nicht aufgeben wollen", erklärte Lenore.

„Freut mich, dass Sie das so sehen. Nach ein paar Tagen zweifle ich langsam an meinem Verstand, wenn ich versuche, drei Jobs gerecht zu werden, wenn man die Mutterrolle mitzählt."

„Die zählt auf jeden Fall", meinte Lenore. „Das sind meine Enkelkinder, Calvin junior und Layla. Kinder, das ist meine Freundin Lieutenant Holland. Und wisst ihr, was? Sie ist noch dazu die neue First Lady!"

„Wohnen Sie im Weißen Haus?", fragte Layla. Sie war etwa sechs, ihr Bruder vielleicht acht.

„Noch nicht, aber am Freitag ziehen wir dort ein. Ihr könnt mich Sam nennen."

„Ms Sam", sagte Lenore.

Die Kinder saßen am Tisch und aßen gegrillte Käsesandwiches und Karottensticks.

„Nehmen Sie Platz", lud Lenore Sam ein. „Was möchten Sie trinken?"

„Wasser wäre toll."

Lenore kam mit dem Gewünschten, einem Tablett mit einer Schüssel Tomatensuppe und einem Stapel gegrillter Käsesandwiches zurück. „Um diese Jahreszeit sind wir hier ganz versessen auf einfache Hausmannskost."

„Das ist super. Danke, dass ich mitessen darf. Mein Partner ist neidisch, weil uns, wenn er dabei ist, nie jemand etwas zu essen anbietet."

„Er ist herzlich eingeladen, dazuzustoßen", antwortete Lenore. „Freddie, nicht wahr? Er ist nett. Ist er Single? Meine Ayana ist wieder zu haben."

„Mom! Hör auf."

Sam lachte. „Nein, er ist glücklich verheiratet und hat im Moment mit einer Autopanne zu kämpfen."

Als die Kinder mit dem Essen fertig waren, räumten sie ihre Teller in die Spülmaschine und gingen dann zum Spielen in einen Nebenraum, der von der Küche aus zu sehen war.

„Wie kriegen Sie sie dazu, das zu tun?", fragte Sam, erstaunt über die Aktion mit der Spülmaschine.

„Man lässt sie das einfach nach jeder Mahlzeit tun", erwiderte Lenore. „So lernen sie frühzeitig, sich im Haushalt nützlich zu machen."

„Guter Tipp. Werde ich mir merken. Das ist die beste Tomatensuppe, die ich je gegessen habe."

„Mom ist dafür berühmt", sagte Ayana. „Sie stellt jede Menge davon her."

„Wirklich köstlich." Sam zog ihr Notizbuch aus der Gesäßtasche, legte es auf den Tisch und schlug die Seite auf, die sie zuvor beschrieben hatte. „Ich würde gern über Calvins Cousin D'Andre sprechen."

Bei der Erwähnung seines Namens schienen beide Frauen zu erschrecken.

„Was ist mit ihm?", fragte Lenore.

„Sein Name ist uns ins Auge gesprungen, als wir die Ermittlungsakten über Calvins Fall durchgeschaut haben, und als ich mit dem früheren Detective Morse darüber gesprochen habe, hat er D'Andre auch erwähnt."

„Detective Morse wollte weiter ermitteln, aber man hat es ihm untersagt", berichtete Lenore. „Er war sehr freundlich zu uns. Das werde ich ihm niemals vergessen."

„Ich kenne ihn nicht persönlich, doch er war sehr hilfsbereit, als ich mit ihm telefoniert habe."

„Damals interessierte sich die Polizei nicht besonders für tote schwarze Kinder. In vielen Fällen ist das immer noch so. Ich konnte niemanden, der etwas zu entscheiden hatte, dazu bringen, sich des Falls meines Sohnes anzunehmen."

„Es tut mir sehr leid, dass Sie diese Erfahrung machen mussten."

„Oh, es ist nicht nur mir so gegangen. Ich kenne viele andere Menschen, bei denen es ebenso war – und es ist bisweilen auch heute noch so. Wir wissen beide, dass das Thema Rassismus viel größer ist als dieser eine Fall."

„Ja." Sam seufzte. „Das stimmt leider."

„Deshalb schätze ich Sie so. Von den ersten Minuten dieses Albtraums an, schon mit Ihrer ersten Reaktion auf Calvins Ermordung, haben Sie mir Ihr Herz gezeigt. Ich hatte nie einen Grund, zu glauben, dass Sie irgendwie doppelzüngig wären."

„Danke. Es tut mir sehr leid, dass Calvins Fall nicht von Anfang an die Aufmerksamkeit bekommen hat, die er verdient."

„Ich habe gelesen, was Stahl Ihnen angetan hat. Das war schlimm."

„Er ist jetzt da, wo er hingehört, und ich werde mein Bestes tun, um Ihnen zu helfen, Gerechtigkeit für Calvin zu erwirken. Das wird vielleicht nicht sofort passieren. Vielleicht passiert es nach der langen Zeit auch gar nicht. Aber ich werde niemals aufhören, es zu versuchen. Versprochen."

Lenore legte ihre Hand auf Sams. „Sie können sich gar nicht vorstellen, was es mir bedeutet, jemanden Ihres Kalibers an Calvins Fall arbeiten zu sehen."

„Können wir jetzt über D'Andre sprechen?", fragte Sam, gerührt von Lenores Vertrauen in sie. „Wie ist er mit Ihnen verwandt?"

„Er ist der Neffe meines verstorbenen Mannes", antwortete Lenore. „Bis zu seinem dreizehnten Lebensjahr war er ein richtiger Sonnenschein. Dann wurde sein Vater bei einem bewaffneten Überfall auf das Haus eines Freundes erschossen. Er war zur falschen Zeit am falschen Ort, und D'Andre … war furchtbar verbittert, weil er seinen Vater auf diese Weise verloren hatte. Mein Mann war genauso am Boden zerstört wegen des Todes seines kleinen Bruders. Keine vier Monate später ist er einfach tot umgefallen, und ich bin überzeugt, er ist an gebrochenem Herzen gestorben."

Während Lenore erzählte, schrieb Sam hastig mit. „Wie alt war Calvin beim Tod seines Onkels und seines Vaters?"

„Elf, also zwei Jahre jünger als D'Andre, aber bis zur Ermordung von D'Andres Vater hatten sie einander sehr nahegestanden. Danach haben wir D'Andre nur noch selten gesehen. Es war, als hätte jemand einen Schalter umgelegt, und dieser tolle Junge hat sich in jemanden verwandelt, den wir kaum wiedererkannten. Er verbrachte Zeit mit den falschen Kids und tat alles, was er konnte, um seiner armen Mutter das Herz zu brechen. Dann geriet er ernsthaft in Schwierigkeiten. Zuerst waren es Bagatelldelikte – Ladendiebstahl, Alkoholkonsum bei Minderjährigen, zu schnelles Fahren. Bald eskalierte das Ganze zu Drogenbesitz und Körperverletzung. Eine Freundin beschuldigte ihn, sie misshandelt zu haben. Er saß immer wieder im Jugendgefängnis, und dann, mit einundzwanzig, verbüßte er zwei Jahre wegen Heroinbesitzes in Jessup."

„Wo ist er heute?"

„Jetzt wird es erst richtig interessant. In seiner Zeit in Jessup hat er durch einen Bibelkreis zu Jesus gefunden und sein Leben komplett umgekrempelt. Er ist Pastor in der First Baptist Church in Capitol Hill."

„Ich fahre jeden Tag auf dem Weg zur Arbeit an dieser Kirche vorbei. Wenn Sie mich gebeten hätten, zu wetten, was er jetzt macht, hätte ich darauf ganz sicher nicht getippt."

Lenore lachte. „Nicht wahr? Die beiden Jahre im Gefängnis haben ihn von Grund auf verändert. Es war, als ob ihn jemand ordentlich durchgeschüttelt und er sich daraufhin daran erinnert hätte, wer er vor der Ermordung seines Vaters gewesen war. Das Traurige daran ist, dass seine Mutter diesen Wandel nicht mehr miterlebt hat. Sie starb an Brustkrebs, während er im Gefängnis war."

„Es tut mir leid, das zu hören."

„Wir hatten einander", meinte Ayana. „Er ist wie ein Bruder für mich. Niemand kann den Platz meines Bruders einnehmen, aber D'Andre war für mich da und umgekehrt. Unsere Kinder wachsen wie Geschwister auf, nicht wie Cousins zweiten Grades. Ich hatte solche Angst, Sie würden sagen, dass er etwas mit Calvins Tod zu tun hat, denn das hätte keiner von uns hören wollen."

Sam hasste es, eine Frage stellen zu müssen, die die beiden Frauen aufwühlen würde, doch wenn sie Antworten wollte, würde sie darum nicht herumkommen. „Besteht die Möglichkeit, dass Calvins Erschießung in irgendeiner Weise mit dem zu tun hat, was D'Andre damals getrieben hat?"

Mutter und Tochter sahen einander an.

„Natürlich ist uns dieser Gedanke auch gekommen", gestand Lenore. „Aber D'Andre hat immer gesagt, er hätte es erfahren, wenn es in irgendeiner Weise mit ihm zu tun gehabt hätte. Calvins Tod hat ihm genauso das Herz gebrochen wie uns anderen. Danach wurde er noch distanzierter und aggressiver."

„Haben Sie Fotos von beiden Jungen aus der Zeit von Calvins Ermordung?"

„Ich habe oben ein paar Schulfotos", sagte Lenore. „Kleinen Augenblick."

Nachdem sie den Raum verlassen hatte, erklärte Ayana: „Sie ist immer so aufgeregt, wenn sich jemand für den Fall interessiert, und am Ende unweigerlich wieder am Boden zerstört. Bitte tun Sie ihr das nicht an, Sam. Ich glaube, sie würde es nicht überleben, wenn Sie sie auch enttäuschen."

„Ich verspreche, das werde ich nicht. Vielleicht kann ich den Fall nicht lösen, trotzdem werde ich es versuchen, solange ich eine Dienstmarke trage. Sie haben mein Wort."

„Danke."

Wenige Minuten später kam Lenore mit zwei gerahmten Bildern im Postkartenformat zurück. „Das ist Calvin und das D'Andre. Tut mir leid, dass sie so eingestaubt sind."

Sam nahm ihr die Fotos ab und betrachtete die beiden jungen Männer, deren Familienähnlichkeit unverkennbar war. „Sie sehen einander sehr ähnlich."

„Mein Mann und sein Bruder sind oft für Zwillinge gehalten worden. Die Jungs kamen nach ihren Vätern."

Je mehr sie sich mit diesem Fall beschäftigte, desto überzeugter war Sam, dass Calvin das Opfer einer Verwechslung geworden war. Der Cousin, der ihm von Alter und Aussehen her so geglichen hatte, hatte viele Schwierigkeiten gehabt. Hatten diese Schwierigkeiten Calvin das Leben gekostet? Nachdem sie gehört hatte, was D'Andre diesen Frauen bedeutete, hoffte sie wirklich, dass der Fall sich nicht in diese Richtung bewegte.

„Wer stand Calvin in dem Jahr vor seinem Tod noch nahe und kann vielleicht etwas Licht ins Dunkel bringen?"

„Clarissa", antwortete Ayana wie aus der Pistole geschossen. „Sie war ab der achten Klasse seine Freundin. Ich schwöre, die beiden hätten geheiratet, wenn er nicht umgebracht worden wäre. Sie waren total verrückt nacheinander."

„Wo kann ich sie heute finden?"

„Immer noch hier im Viertel, verheiratet, drei kleine Kinder." Lenore nannte Sam eine Adresse ein paar Straßen weiter. „Wir treffen sie weiter regelmäßig. Sie ist uns und der Erinnerung an Calvin sehr treu geblieben."

„Ob sie wohl etwas dagegen hätte, wenn ich mal bei ihr vorbeischaue?"

„Kann ich mir nicht vorstellen. Sie will genau wie wir Gerechtigkeit für Calvin."

Sam warf einen Blick auf die Uhr über dem Kamin. „Ich habe in einer halben Stunde ein dämliches Treffen im blöden Weißen Haus." Als sie merkte, was sie da laut gesagt hatte, grinste sie. „Bitte verraten Sie niemandem, was Sie gerade von mir gehört haben."

„Würden wir nie tun", beruhigte Lenore sie lächelnd.

„Ich werde nach meinem Termin zu Clarissa fahren. Könnten Sie sie vielleicht vorwarnen? Aber sie soll bitte nicht all ihre Freunde einladen, damit sie die First Lady treffen können oder so."

„Keine Sorge, das richten wir ihr aus", erwiderte Lenore und erhob sich, um Sam hinauszubegleiten.

„Danke für das Essen und die Informationen."

„Es hilft mir, wenn ich Ihnen helfen kann. Wann immer Sie in der Gegend sind und Hunger haben, meine Tür steht Ihnen und Ihrem netten Partner immer offen."

Sam umarmte sie kurz. „Ich melde mich."

„Ich werde für Sie und Ihren Mann beten, und ich werde Gottes Beistand für Sie erbitten, damit Sie Antworten für uns finden."

„Vielen Dank. Ich kann jede Hilfe gebrauchen, die ich kriegen kann, an beiden Fronten."

„Sie werden eine wunderbare Präsidentenfamilie sein. Daran habe ich nicht den geringsten Zweifel."

„Da bin ich aber froh", meinte Sam und ließ Lenore lachend zurück.

Vernon und Jimmy warteten an ihrem Auto auf sie.

„Zum Weißen Haus." Sie verzog das Gesicht, als ihr klar wurde, dass sie unterwegs bei Clarissa vorbeikommen würden. Besprechungen waren eine unglaubliche Zeitverschwendung, vor allem solche mit Männern, die zu wissen glaubten, was das Beste für sie war.

„Ah ja, die große Besprechung zum Thema ‚Sicherheit unserer neuen First Lady'", sagte Vernon lächelnd.

„Wenn Ihnen das solchen Spaß macht, werde ich sofort wieder aufhören, Sie zu mögen."

„Ich wusste gar nicht, dass ich in diese Liga aufgestiegen bin."

„Sie befinden sich aktuell noch in der Schwebe. Die Entscheidung kann so oder so ausfallen. Ihre Leistung bei dieser Besprechung wird über Ihr Weiterkommen entscheiden."

Er hielt ihr die Autotür auf. „Gut zu wissen."

„Sie müssen mir nicht die Tür aufhalten."

„Tun Sie mir doch den Gefallen."

„Ich tue Ihnen schon jede Menge Gefallen! Sie sind hier, oder etwa nicht?"

Lachend schloss er die Tür.

Pah! Was erwarteten diese Leute von ihr? Die Fahrt ins Stadtzentrum führte sie tatsächlich an Clarissas Haus vorbei, und Sam stöhnte über dieses blöde Treffen im Weißen Haus. Reine Zeitverschwendung, wo sie doch dringend mit D'Andre reden musste.

KAPITEL 29

Bis sie bei ihrem neuen Zuhause eintraf, war Sam stinksauer.
Am Kontrollpunkt zuckte der junge diensthabende Beamte zusammen, als er bemerkte, dass die First Lady selbst hinter dem Steuer saß. Vielleicht war es aber auch der Dampf, der ihr aus den Ohren kam, der den jungen Mann einen Schritt zurücktreten ließ, ehe er sie durchwinkte.

Lilia wartete in der Tür auf sie, gepflegt und perfekt bis hin zu ihrer eleganten Perlenkette und der Ledermappe. Sie sah aus, wie es sich für eine Präsidentengattin gehört hätte, während Sam eher den Eindruck erweckte, rückwärts durch ein Gebüsch gezogen worden zu sein.

Sie schritten durch die mit rotem Teppich ausgelegten Gänge vom Ost- zum Westflügel. Allein die Tatsache, dass sie gleich bei Nick sein würde, hielt Sam davon ab, völlig durchzudrehen. „Schade, dass wir dich nicht für mich ausgeben können, Lilia. Du wärst viel besser für solche Aufgaben geeignet, als ich es je sein werde."

„Wie bitte?"

„Du hast mich schon richtig verstanden. Was muss ich tun, damit du hier tagsüber die Rolle der First Lady spielst? Ich übernehme die Nachtschicht, also wäre der Sex vom Tisch. Nur Interviews, öffentliche Auftritte und verdammte Meetings. Was sagst du dazu?"

„Äh, hast du gerade einen Schlaganfall oder so?"

„Nein, aber gleich. Ich müsste eigentlich in einem fünfzehn Jahre alten ungelösten Fall jeder Menge Hinweise nachgehen, und wo bin ich gerade?"

Lilia warf ihr einen Blick zu, als sei sie nicht sicher, ob diese Frage rhetorisch gemeint war oder nicht.

„Ich werde dir sagen, wo ich bin. Auf dem Weg zu einer sinnlosen Besprechung, bei der mir ein Haufen grauhaariger Typen darlegen will, warum ich umfassende Bewachung brauche und nicht mehr selbst Auto fahren darf."

„Ah, jetzt verstehe ich."

„Was verstehst du?"

„Du bist wegen der Besprechung genervt."

„Genervt", wiederholte Sam und lachte auf. „So kann man es natürlich auch ausdrücken. Ich habe mich damit einverstanden erklärt, dass mir Vernon und Jimmy auf Schritt und Tritt folgen, und versprochen, so nett wie möglich zu ihnen zu sein. Was wollen die denn noch von mir? Wozu brauchen wir eine verdammte Besprechung mitten an einem Werktag? Dafür muss ich Urlaub nehmen."

Während sie durch die Korridore schritten, nickten ihr verschiedene Leute, die hier arbeiteten, zu und murmelten: „Guten Tag, Mrs Cappuano."

Sam hatte sich immer noch nicht daran gewöhnt, dass alle Welt wusste, wer sie war, und sehnte sich nach der Anonymität, die sie einst für selbstverständlich gehalten hatte. Was würde sie nicht dafür geben … Doch das würde bedeuten, nicht mit Nick zusammen zu sein, und da das keine Option war, die sie in Betracht ziehen wollte, würde sie sich damit und mit der verhassten Bekanntheit abfinden müssen, die es mit sich brachte, eine Hälfte eines der berühmtesten Paare der Welt zu sein. Aber mögen musste sie es deshalb noch lange nicht.

Zum Glück kannte Lilia den Grundriss des Weißen Hauses in- und auswendig, denn Sam wollte gerade rechts abbiegen, als ihre Stabschefin sich nach links wandte und sie direkt zum Oval Office brachte. Sam merkte sich den Weg für das nächste Mal, wenn sie ihn gehen musste.

Der Vorzimmerdame des Oval Office teilte Lilia mit: „Mrs Cappuano möchte zum Präsidenten."

„Er hat gesagt, ich soll sie gleich reinschicken", antwortete die Frau mit einem Lächeln für Sam.

Die erkundigte sich flüsternd bei Lilia: „Ich dachte, er hätte seinen Stab aus der Zeit als Vizepräsident mit hierhergebracht."

„Das kommt noch. Momentan läuft für Nelsons Angestellte die Suche nach anderen Jobs in der Regierung. Viele waren über zwanzig Jahre lang für ihn tätig."

„Ah, ich verstehe." Auch das erinnerte Sam wieder daran, dass David Nelsons unerwarteter Tod viele Leben auf den Kopf gestellt hatte.

„Geh schon rein zu deinem Mann. Ich warte hier draußen auf die anderen."

„Danke, dass ich bei dir Dampf ablassen durfte. Tut mir leid, dass ich so eine elende Nörglerin bin."

„Bist du nicht, und ich verstehe das. In der Regel hat man Monate Zeit, sich auf die Möglichkeit vorzubereiten, dass so etwas eintreten könnte, ganz zu schweigen von einer tatsächlichen Amts-übernahme. Du hattest bloß ein paar Minuten Eingewöhnungszeit. Es ist nur natürlich, dass es etwas dauert, bis du dich eingefunden hast."

„Du bist zu nett zu mir. Ich bin sehr wohl eine elende Nörglerin. Ich verspreche, das nicht allzu oft an dir auszulassen."

„Was auch immer du brauchst, ich bin für dich da."

„Du bist einfach die Beste. Ich möchte mich schon im Voraus bei dir bedanken und dir versichern, dass es mir leidtut, falls ich dich in den nächsten drei Jahren in den Wahnsinn treibe."

„Ich bin zäh. Das halte ich aus."

„Oh, ich habe eine Privatsekretärin eingestellt, und ihr Name ist Shelby Faircloth Hill."

„Fantastische Entscheidung. Ich freue mich auf die Zusammen-arbeit mit ihr. Wie sieht es mit dem Posten der Kommunikations-chefin aus?"

„Den übernimmt meine Freundin Roni Connolly, aber ich weiß noch nicht, wann sie anfangen kann. Allerdings werde ich das bald erfahren."

„Lass es mich wissen, wenn ich dir irgendwie behilflich sein kann."

Die Tür des Oval Office öffnete sich, und da war er, der Mann, den sie liebte. Und der zufällig auch Präsident der Vereinigten Staaten war. O Gott. Wie um alles in der Welt war das passiert? Doch bevor sie dieser Frage weiter nachgehen konnte, hielt er ihr die Hand hin.

Als sie sie ergriff, legte sich der Sturm in ihr sofort.

„Komm rein."

Sie hätte schwören können, dass sie die Frau am Empfang seufzen hörte, als Nick Sam ins wichtigste Büro der Welt führte und die Tür hinter ihnen schloss.

„Was ist los?", fragte er, nahm ihr den Mantel ab, warf ihn über einen Stuhl und legte die Arme um sie – alles in Sekundenschnelle.

Sam entspannte sich in seiner Umarmung, atmete seinen vertrauten Duft ein und musste dem Drang widerstehen, wie ein zufriedenes Kätzchen zu schnurren. „Nichts. Jetzt nicht mehr." Sie schlang ihm ihrerseits die Arme um die Taille und hielt sich fest. „Wie immer machst du alles besser."

„Was war denn vorher nicht in Ordnung?"

„Wenn ich dir das erzähle, wirst du bloß sauer. Das ist der bisher schönste Moment meines Tages, und den möchte ich nicht ruinieren."

„Sag's mir trotzdem."

Er fuhr ihr mit den Fingern durchs Haar, das sie nicht wie sonst bei der Arbeit hochgesteckt hatte, und streichelte ihr den Rücken. „Ich habe mich bei Lilia darüber ausgekotzt, dass diese blöde Besprechung mit dem Secret Service mir den ganzen Tag durcheinanderbringt. Tatsächlich habe ich ziemlich gemeckert. Ich habe jede Menge Hinweise bei einem fünfzehn Jahre alten ungelösten Fall und will eigentlich nur …"

„Ermitteln. Richtig?"

„Absolut richtig."

Er lehnte sich ein Stück zurück und schaute sie mit den ausdrucksstarken Augen an, die ihr Kryptonit waren. „Diese Spuren werden auch noch da sein, wenn wir hier fertig sind, oder?"

„Lass das."

Seine Augen funkelten, als müsste er gleich loslachen. „Was denn?"

„Sprich nicht in diesem vernünftigen Tonfall mit mir, wenn ich so schön sauer bin. Das nervt."

„Werden sie nach der Besprechung noch da sein oder nicht?"

„Werden sie, aber das macht die Besprechung nicht weniger überflüssig."

„Meiner Meinung nach ist dies die wichtigste Besprechung seit meinem Amtsantritt."

„Wie kann das sein? Du wärst beinahe gegen den Iran in den Krieg gezogen, um deinen Außenminister zurückzubekommen."

„Meinen Ex-Außenminister – und meine liebenswerte, streitsüchtige, sexy, nervtötende Frau ist mir viel wichtiger als diese Geschichte. Doch pssst, verrate niemandem, dass ich das gesagt habe, sonst zerreißt uns die Presse in der Luft."

Sam klimperte mit den Wimpern. „Ich bin wichtiger als ein internationaler Zwischenfall?"

„Liebste, du bist mir wichtiger als alles andere, und die ganze Welt weiß das, was dich so angreifbar macht. Genau deshalb ist diese Besprechung die wichtigste, die ich als Präsident je haben werde."

Sie sah ihn finster an. „Du hältst dich wohl für besonders schlau."

„Wieso?", fragte er lachend, während er sie zu einem der beiden Sofas zog.

„Du glaubst, wenn du mich mit den romantischsten Worten aller Zeiten beeindruckst, bin ich Wachs in deinen Händen und lasse zu, dass du mich mit einer Armada von Secret-Service-Mitarbeitern umgibst."

„Also erstens ist eine Armada eine Kriegsflotte …"

Ihr Ellbogen traf seine Rippen, was ein Aufkeuchen und ein weiteres Lachen von ihm zur Folge hatte.

„Du weißt, was ich meine."

„Zweitens: Die Vorstellung, du könntest Wachs in jemandes Händen sein, ist das Lustigste, was ich je gehört habe."

„Ich bin Wachs in deinen Händen, und das weißt du. Nutz das bei der Besprechung gleich nicht aus. Verstanden?"

„Verstanden. Drittens liebe ich dich und weiß es zu schätzen, dass du deinen Arbeitstag unterbrichst und deinen ungelösten Fall kurzzeitig ruhen lässt, um an dieser bescheuerten wichtigsten Besprechung aller Zeiten teilzunehmen."

„Bla, bla." Sie verschränkte die Arme und bedachte ihn mit ihrem besten übellaunigen Blick, obwohl sie bei Weitem nicht mehr so übellaunig war wie noch vor ein paar Minuten. Seine Superkraft war es, sie zu erden, und er war sehr, sehr gut darin.

„Wollen wir rumknutschen, bis die anderen hier sind?"

„Wie viel Zeit haben wir?"

Er sah auf die Armbanduhr, die ihrem Vater gehört hatte. „Zwölf Minuten."

„In zwölf Minuten kann viel passieren."

„Behalt diesen Gedanken bis nach der Besprechung im Kopf, und küss mich."

Da Sam nichts lieber wollte, schlang sie ihm die Arme um den Hals und ließ sich darauf ein. Fünf Minuten später waren sie immer noch dabei, als etwas vor der Tür zu Boden fiel, woraufhin sie hastig auseinanderfuhren, als hätten ihre Eltern sie gerade beim Petting erwischt.

Nick schaute in die Richtung, aus der das Geräusch gekommen war, nämlich von einer der Türen, die nach draußen führten. „Wenn ich im Oval Office bin, steht ein Marine vor dieser Tür. Daran kannst du immer erkennen, ob ich hier bin."

Sam legte den Kopf in den Nacken, damit er ihre Kehle besser erreichen konnte. „Das ist eine sehr wichtige Information."

„Du darfst jederzeit herkommen, wenn du willst. Egal, was gerade los ist, ich freue mich." Während er durch das Shirt hindurch eine ihrer Brüste umfasste und mit dem Daumen über die Spitze strich, sagte er: „Ich liebe Homeoffice."

Sam lachte und drehte den Kopf, um ihn erneut zu küssen, wobei sie bemerkte, dass seine Wangen gerötet waren, wie immer, wenn er erregt war. „Wir hören jetzt besser auf, sonst wird jeder auf den ersten Blick erkennen, dass wir hier drin rumgemacht haben."

„Ist mir egal."

Widerstrebend löste sich Sam von ihm. „Auszeit. Vorübergehend. Fortsetzung folgt."

Er stöhnte und lehnte sich auf dem Sofa zurück.

„Das ist allein deine Schuld. Du hast diese dämliche Besprechung angesetzt."

„Mein ganzes Leben besteht nur noch aus dämlichen Besprechungen. Aber ich schätze, das habe ich mir selbst zuzuschreiben."

„Ich könnte das nicht. Den ganzen Tag Besprechungen zu haben würde mich in den Wahnsinn treiben."

„Na ja, sie sind ja nicht komplett sinnlos."

„Trotzdem." Sie sah auf seinen Schritt. „Vielleicht möchtest du dagegen etwas tun, bevor man dich mit einer Erektion im Oval Office ertappt."

Er seufzte tief, erhob sich und verschwand in einem Nebenraum. „Guck mal hier."

„Ist das der Code für ,Komm her, und hol mir einen runter'?"

Lachend entgegnete er: „Diesmal nicht, aber das könnten wir nach der Besprechung spielen."

Sam erhob sich, um nachzuschauen, was er ihr zeigen wollte. Die Tür führte in einen Wohnraum mit angrenzendem Badezimmer. „Das ist ja cool. Du hast ein ganz privates Versteck."

Nick trat aus dem Bad, wo er sich kaltes Wasser ins Gesicht gespritzt hatte. Er hatte sich auch die Haare gekämmt, die sie ihm beim Knutschen zerwühlt hatte. „Sie können mich immer finden", sagte er und deutete auf das amtlich wirkende Telefon auf einem Tisch.

Sam ging zu einem der eleganten Polstersessel und strich über die Rückenlehne. „Der hier hat keine Armlehnen."

„Das sehe ich."

„Weißt du, was daran gut ist?"

„Vielleicht kannst du es mir nach der Besprechung zeigen."

Sie stellte sich vor ihn, fuhr mit einem Finger über seine Krawatte nach unten und hakte ihn in seinen Hosenbund. „Wenn ich Zeit dazu habe. Je schneller die Besprechung endet, desto mehr Zeit werde ich haben."

„Wenn du so weitermachst, habe ich dasselbe Problem gleich wieder."

Es klopfte an der Tür des Oval Office.

Er küsste sie extra lang. „Kümmern wir uns darum, damit wir diese Unterredung so schnell wie möglich weiterführen können."

„So schnell wie möglich – ich liebe diesen Ausdruck." Sie ließ sich von ihm wieder ins Büro geleiten. „Am meisten in Sätzen wie ‚Werde diese Leute so schnell wie möglich los'. Oder ‚Sorg dafür, dass ich so schnell wie möglich weiterarbeiten kann'."

Er lächelte sie an und sagte: „Herein."

Wie erwartet betrat eine Gruppe ernster älterer Herren in Anzügen den Raum.

Sam freute sich, dass auch eine streng wirkende Frau im schwarzen Hosenanzug dabei war, die ihr Haar zu einem so straffen Zopf zurückgebunden hatte, dass es wehtun musste. Sie erkannte Ambrose Pierce, den Direktor des Secret Service, den sie schon einmal getroffen hatte, und Nick stellte ihr alle anderen vor, deren Namen sie allerdings sofort wieder vergaß.

Vernon und Jimmy gehörten ebenfalls zu der Gruppe, die auf Sesseln und Sofas um einen Kaffeetisch herumsaß, auf den jemand Getränke und Snacks gestellt hatte.

Sie sprach dem Personal des Weißen Hauses in Gedanken ein Lob aus. Man hatte perfekt alle Speise- und Getränkewünsche aus dem Fragebogen berücksichtigt. Da sie hier technisch gesehen zu Hause war, nahm sie sich ein Glas Wasser und ein paar Weintrauben. Eigentlich hätte sie lieber Käse und Cracker gegessen, doch sie musste aufpassen, was sie zu sich nahm, wenn sie zukünftig rund um die Uhr gefüttert wurde.

„Sam?" Nicks Stimme riss sie aus ihren Überlegungen.

Sie hob den Kopf und stellte fest, dass alle sie anschauten. „Ja?"

Nicks Augen funkelten amüsiert, wahrscheinlich weil er merkte, dass sie mit den Gedanken ganz woanders gewesen war. „Direktor Pierce hat gefragt, wie es mit deinen Personenschützern läuft."

„Oh. Sorry. Bislang gibt es keinen Grund zur Klage. Vernon und Jimmy sind sehr gut darin, mich meiner Arbeit nachgehen zu lassen, während sie ihre machen."

„Sie haben mir berichtet, dass bisher alles reibungslos läuft und dass Sie drei ein System entwickelt haben", erklärte Pierce. „Die beiden werden von Montag bis Freitag von acht Uhr morgens bis achtzehn Uhr bei Ihnen sein, also während Ihrer gesamten Arbeitszeit."

Sam hätte dem Direktor am liebsten ins Gesicht gelacht. „Das ist nur theoretisch meine Arbeitszeit. Ich fange oft viel früher an und höre viel später auf, außerdem arbeite ich häufig am Wochenende."

„Wir werden nach Bedarf zusätzliche Bewachung zur Verfügung stellen", kündigte Pierce an.

Das war besser, als wenn er gesagt hätte, dass sie bloß innerhalb dieser Zeit arbeiten dürfe. Zum Glück wagte er sich nicht auf dieses dünne Brett.

„Wir haben vor, zwei zusätzliche Agenten für Ihre Arbeitszeit abzuordnen", ergänzte Pierce.

Sam musterte ihn ausdruckslos. „Warum das?"

„Wir schätzen die Bedrohungslage als hoch genug ein, um den zusätzlichen Personalaufwand zu rechtfertigen."

„Ich halte das für nicht notwendig. Bei der Arbeit begleitet mich in der Regel mindestens ein weiterer Beamter des Metro PD, wenn nicht gar mehrere."

Pierce konsultierte seine Notizen. „Heute Morgen haben Sie eine Befragung in Congress Heights allein durchgeführt." Er sah sie mit scharfen Augen an, die sie an Skip erinnerten – und daran, wie er sie stets durchschaut hatte, selbst wenn sie versucht hatte, ihn anzuschwindeln. „Ist das korrekt?"

Sie konnte es nicht glauben, dass Vernon sie verpfiffen hatte, auch wenn er wahrscheinlich nur seine Dienstvorschriften befolgt hatte. „Das ist richtig, aber ich wollte eine Frau besuchen, mit der ich mich in den fünfzehn Jahren seit der Ermordung ihres Sohnes angefreundet habe. Wir haben kürzlich diesen alten Fall wieder aufgerollt. Ich war zum Mittagessen eingeladen, um bei der Gelegenheit eine Liste von Fragen durchzugehen. Ich befand mich zu keinem Zeitpunkt in Gefahr."

„Soweit Sie wissen."

Sie warf einen Blick zu Vernon, der mit Jimmy und Brant hinter dem Sofa stand. „Was soll das denn heißen?"

„Das heißt, dass die Bedrohungen für Sie und Ihr Team möglicherweise nicht sichtbar sind", antwortete Pierce.

„Wenn Sie etwas wissen, müssen Sie es uns nur sagen, damit wir besonders wachsam sind. Wir müssen es nicht übertreiben. Wir können einfach Informationen austauschen und entsprechend reagieren. Es gibt wirklich keinen Grund für einen Sicherheits-Overkill."

Pierce sah Nick fragend an.

„Ich finde, Sam hat recht. Wenn Sie sie informiert halten, können sie und ihr Team wachsamer sein."

Dafür hätte Sam Nick am liebsten geküsst, hielt sich aber zurück, bis sie allein waren – dann würde sie ihn fürstlich dafür belohnen, dass er sie unterstützt hatte.

„Nun gut", erwiderte Pierce, unverkennbar verstimmt darüber, dass der Präsident seine Empfehlung abgelehnt hatte. „Wir belassen es erst mal bei zwei Agenten und schauen mal."

„Ich möchte etwas sagen." Während Sam kurz ihre Gedanken sortierte, griff sie nach Nicks Hand. „Ich habe sehr viel, wofür es sich zu leben lohnt." Sie lächelte Nick an, der zurücklächelte. „Ich habe endlich die Familie, die ich mir immer gewünscht habe, und einen Mann, den ich anbete. Bei der Arbeit bin ich stets vorsichtig und wachsam. Ja, manchmal läuft was schief. Manchmal ergeben sich verrückte, unerwartete Situationen, aber ich bin sehr gut darin geschult, damit umzugehen. Ich weiß, dass Sie es alle lieber sähen, wenn ich eine traditionelle Präsidentengattin wäre, doch so bin ich einfach nicht. Trotzdem werde ich alles tun, was in meiner Macht steht, um meinen Mann in seinem neuen Amt zu unterstützen und in Zukunft bei der Arbeit besonders vorsichtig zu sein. Ich weiß um die Gefahren. Mir ist auch klar, dass es Ihre Aufgabe ist, unsere Familie zu schützen, und wir wissen es sehr zu schätzen, was die

Agenten jeden Tag für uns tun. Meine Absicht ist es nicht, Ihnen die Arbeit zu erschweren. Mein Ziel ist es, weiter meinen Job zu machen, während Sie Ihren erledigen. Wenn der Tag kommt, an dem das nicht mehr klappt, werden wir diese Vereinbarung noch einmal überdenken. Aber bis dahin haben Sie Ihre Sorgfaltspflicht erfüllt, indem Sie mir Ihre Bedenken mitgeteilt haben. Ich übernehme die volle Verantwortung für die Entscheidung, mein Team nicht um zwei weitere Personenschützer aufzustocken und weiter selbst zu fahren. Ich bitte nur darum, dass Ihre Leute sich lediglich für den Ernstfall bereithalten und sich ansonsten nicht in polizeiliche Maßnahmen einmischen."

„Wir wissen Ihre Kooperation zu schätzen und werden alles tun, was wir können, um es Ihnen zu ermöglichen, im Dienst zu bleiben, während Ihr Mann Präsident ist", sagte Pierce. „Ich möchte, dass Sie wissen, dass wir als Kollegen Ihren Entschluss, weiterzuarbeiten, bewundern."

„Obwohl er Ihnen allen das Leben schwer macht?", fragte Sam mit einem Lächeln.

„Ja, trotzdem. Wir werden für Sie tun, was wir können."

„Danke."

„Mr President, Sie haben darum gebeten, dass Agent Brantley der Leiter Ihrer Personenschützer bleibt."

„Ja", sagte Nick. „Er hat bisher hervorragende Arbeit geleistet, und wir sind alle sehr zufrieden mit ihm."

„Ich habe seine Ernennung zum Leiter Ihrer Einheit genehmigt."

„Das ist ganz wunderbar." Nick sah den jungen Agenten an, der seit seinem Amtsantritt als Vizepräsident ein so wichtiger Teil ihres Lebens war. „Gratuliere, Brant."

„Danke für Ihr Vertrauen in mich, Sir. Es ist mir eine Ehre, weiterhin für Sie und Ihre Familie zu arbeiten."

Sie verbrachten die nächste Viertelstunde damit, die Maßnahmen für jedes der Kinder zu besprechen, auch für Elijah, der jetzt unter dem Schutz einer Einheit in Princeton stand.

„Wir hatten einige Probleme, die Logistik für ihn so kurzfristig zu regeln, doch es ist uns gelungen, eine Unterkunft außerhalb des Campus zu finden und mit der Campus-Polizei von Princeton zusammenzuarbeiten", erläuterte Pierce. „Wir rechnen mit gewissen Anpassungsschwierigkeiten bei einem College-Anfänger, der es nicht gewohnt ist, von Sicherheitskräften umgeben zu sein. Aber bis jetzt ist er kooperativ und versteht die Notwendigkeit des Personenschutzes."

„Wenn sich das ändert, lassen Sie es mich bitte wissen", bat Nick. „Dann kümmere ich mich darum."

„Jawohl, Sir, Mr President."

Die Sitzung endete einige Minuten später, und die anderen verließen das Oval Office.

Sam seufzte erleichtert. „Das war gar nicht so schlimm."

„Du warst so sexy, als du Ambrose klargemacht hast, wie die Sache zu laufen hat."

„Hör auf. War ich nicht."

„Doch. Jeder Mann in diesem Raum fand das verdammt heiß."

„Du bist wahnsinnig."

„Ich bin wahnsinnig heiß auf dich." Er schaffte es irgendwie, sie mit einer einzigen geschmeidigen Bewegung in seine Arme und auf seinen Schoß zu ziehen. „Hi", sagte er und lächelte sie an.

„Habe ich dir nicht gesagt, dass du mich nicht herumwuchten sollst, als wäre ich eine Rinderhälfte?"

Er küsste sie auf Stirn, Nase und Lippen. „Ich kann mich nicht erinnern."

Sie legte ihm eine Hand auf die Wange, um ihn zu ermutigen, mit dem Küssen fortzufahren. „Komisch, ich auch nicht." Obwohl sie Hinweise überprüfen musste und mehr zu tun hatte, als sie in einem Jahr erledigen konnte, ließ sie sich noch zehn Minuten Zeit, um sich von ihm halten und küssen zu lassen. „Ich fürchte, ich muss langsam aufbrechen."

„Ich weiß." Er machte keine Anstalten, sie loszulassen. „Danke, dass du das tust, dass du das alles erträgst, dass du dir ein Bein ausreißt, damit es funktioniert, auch wenn alles superstressig ist, und dass du mich nicht verlässt."

Sam löste sich von ihm, um ihm ins Gesicht sehen zu können. „Dich verlassen? Wo sollte ich denn hin, wo ich doch nur bei dir sein will?"

„Selbst hier?", fragte er und ließ den Blick durch den Raum schweifen.

„Egal wo. Wo du bist, geht es mir gut."

„So einfach ist das?"

„Ja, so einfach ist das, und das weißt du genau. Zerbrich dir nicht darüber den Kopf, dass ich total gestresst bin oder dich verlassen könnte. Ich komme klar, und ich gehe nirgendwohin. Die Kinder werden auch gut mit allem fertig. Es wird toll werden. Ich denke ständig an die wunderbaren Hauspartys, bei denen alle, die wir lieben, bei uns übernachten, Filme schauen, bowlen und schwimmen können, und dabei haben wir noch nicht über Camp David gesprochen."

„Das klingt gut."

„Oder? Wir werden es uns schön machen. Wir bringen den Glamour, die Kunst, die Promis und die Musik ins Weiße Haus zurück."

„Das klingt großartig, Babe."

„Wenn wir schon mal hier sind, können wir es doch auch richtig genießen, oder?"

„Denke ich auch. Du weißt, dass dein Glück mein Glück ist."

„Mir geht es gut. Nach dieser Besprechung und mit dem Wissen, dass es keinen Druck wegen meines Jobs geben wird, sogar viel besser. Mir ist bewusst, dass ich das dir zu verdanken habe, weil du Ambrose klargemacht hast, dass der Versuch, mir den Job auszureden, nichts bringt."

„Wir hatten ein Vorgespräch vor dem Meeting."

„So was hab ich schon geahnt." Sie küsste ihn erneut, und der Kuss verhieß viel für später. „Du bist der Beste, und ich liebe dich. Apropos sexy, dich in diesem Raum als Anführer der freien Welt zu sehen …" Sie fächelte sich Luft zu. „*Das* ist verdammt heiß."

„Wenn du es sagst."

„Das sage ich, und wir reden später weiter darüber. Aber jetzt muss ich wieder an die Arbeit."

Nick erhob sich, um sie zur Tür zu begleiten. „Das mit den unsichtbaren Bedrohungen, die Ambrose erwähnt hat … Behalt es im Hinterkopf, okay? Es gibt so viele Möglichkeiten, wie jemand versuchen könnte, dir etwas anzutun, Babe. Das ist der Stoff, aus dem meine Albträume sind."

Sie legte ihm eine Hand auf die Brust und spürte seinen schnellen Herzschlag. „Tu das nicht. Denk nicht immer gleich an das Schlimmste. Ich war eine gute Vizepräsidentengattin, und ich werde eine gute Präsidentengattin sein. Versprochen."

„Ich nehme dich beim Wort."

„Bitte."

Er küsste sie ein letztes Mal, bevor er sie losließ.

Auf dem Weg zum Empfang kam Sam eine auffallend schöne, dunkelhaarige Frau in einem roten Hosenanzug und mit passenden

Acht-Zentimeter-Absätzen entgegen. Sam sah sie und hasste sie sofort, ohne guten Grund. Ihre Reaktion war rein instinktiv.

„Oh, Sam", sagte Nick. „Das ist Gretchen Henderson. Gretchen, das ist meine Frau Sam."

Sam hätte Nick am liebsten gefragt, wer diese Frau war und warum sie hier war, doch sie zügelte ihre bissige Zunge und schüttelte ihr die Hand.

„Es ist mir ein großes Vergnügen, Sie kennenzulernen", meinte Gretchen. „Ich bewundere Sie sehr."

„Danke", erwiderte Sam. An Nick gewandt fügte sie hinzu: „Wir sehen uns später."

„Ja."

Sam spürte seinen Blick im Nacken, bis sie um die Ecke bog.

KAPITEL 30

„Kommen Sie herein." Da Terry und Derek noch zu ihnen stoßen würden, ließ Nick die Tür offen und führte Gretchen ins Oval Office. „Danke, dass Sie Zeit für uns haben."

Sie lachte. „Wenn der Präsident anruft, nimmt man sich die Zeit."

„Setzen Sie sich doch."

Nick war erleichtert, als Terry und Derek hereinkamen. Etwas an der Frau machte ihn nervös, auch wenn er nicht den Finger darauf legen konnte, was genau es war. Einer der Butler folgte Nicks Mitarbeitern mit Kaffee und Keksen. „Bitte", sagte Nick und deutete auf die Erfrischungen. „Bedienen Sie sich." Um ihr die Befangenheit zu nehmen, griff er selbst zu und biss in einen der Schokokekse. Verdammt, war der gut!

Gretchen schenkte sich eine Tasse Kaffee ein und rührte etwas Milch hinein. „Ich gestehe, ich bin nicht ganz sicher, warum ich hier bin, Mr President."

„Wir treffen uns mit potenziellen Kandidatinnen für das Amt der Vizepräsidentin."

Ihr Gesicht wurde ausdruckslos vor Schreck. „Ernsthaft?"

„Ganz ernsthaft. Ihr Name steht auf unserer Auswahlliste."

„Ich, äh, nun …" Sie bemühte sich sichtlich um Fassung. „Es ist mir eine Ehre, dass Sie mich in Betracht ziehen, Mr President."

Er wusste, sie war dreiundvierzig, zweifache Mutter und Harvard- und Oxford-Absolventin. Sie war eine aufstrebende Politikerin, die die Partei für größere Aufgaben ausersehen hatte, und genau aus diesem Grund war sie auf seiner Liste für das Amt der Vizepräsidentin gelandet.

„Ehe wir weiterreden, muss ich Sie fragen, ob Sie überhaupt an dem Amt interessiert sind. Als letzter Amtsinhaber fühle ich mich verpflichtet, Ihnen auch die Schattenseiten zu nennen. Dazu gehört in erster Linie, dass man plötzlich pausenlos vom Secret Service umgeben ist, was das eigene Leben und das der Familie komplett auf den Kopf stellt. Ich weiß, Sie haben Kinder …"

„Ja, Sir. Ich habe eine zwölfjährige Tochter und einen vierzehnjährigen Sohn."

„Der Secret Service würde sie in der Schule, bei Besuchen bei Freunden und bei allen Freizeitaktivitäten begleiten. Das ist eine große Umstellung, besonders für Kinder, die auf die Highschool gehen. Ich versuche nicht, Ihnen das Amt auszureden, sondern Sie darauf aufmerksam zu machen, dass es eine Sache ist, den Secret Service nur abstrakt zu betrachten, aber etwas ganz anderes, selbst unter seinem Schutz zu stehen."

„Das ist mir klar, Sir, und ich weiß es zu schätzen, dass Sie Ihre persönlichen Erfahrungen mit mir teilen."

„Gretchen, ich suche eine Vizepräsidentin, die mich beim Regieren partnerschaftlich unterstützt, auf die ich mich verlassen kann, die mir den Rücken freihält und einen Teil der Reisen übernimmt. Ich wäre lieber die meiste Zeit hier, daher suche ich eine Kandidatin, die bei Bedarf reisen kann."

„Das lässt sich bei mir einrichten. Meine Mutter wohnt bei uns und kann sich in solchen Fällen um meine Kinder kümmern. Ihr Vater wohnt fünf Kilometer von uns entfernt und ist ebenfalls für sie da."

„Es tut mir leid, dass ich das fragen muss, doch bei der Überprüfung sind beidseitige Kontaktverbote im Rahmen Ihrer zweiten Scheidung aufgefallen."

Die Frage schien Gretchen zu überraschen. „Ich bin nicht stolz darauf, wie wir uns in dieser schwierigen Zeit verhalten haben, aber jetzt verstehen wir uns wieder viel besser und sind in der Lage, unsere Kinder an die erste Stelle zu setzen, und das ist es, was zählt."

„Diese Informationen würden den Medien zur Verfügung stehen, wenn wir bekannt geben würden, dass Sie unsere Wunschkandidatin sind. Ich habe kein Interesse daran, dass sich diese erste wichtige Entscheidung in einen Zirkus verwandelt, deshalb würde ich gerne wissen, welche anderen Details herauskommen könnten, wenn die Medien tiefer graben."

„Er hat mich beschuldigt, ihn geschlagen zu haben, was jedoch nicht der Wahrheit entspricht." Sie errötete. „Er ist Alkoholiker, und als er auf Entzug war, haben die Ärzte bei ihm auch eine bipolare Störung diagnostiziert. Das ist, gelinde gesagt, eine schwierige Kombination, und wir haben einige Jahre lang darum gekämpft, unsere Ehe zu retten. Am Ende sind wir gescheitert. Er hat hart daran gearbeitet, trocken zu werden und seine psychische Stabilität zu verbessern, und es geht ihm jetzt gut. Dafür bin ich wirklich dankbar, denn die Kinder lieben ihn sehr."

„Es freut mich, zu hören, dass es ihm jetzt besser geht. Tut mir leid, aber ich muss fragen, ob es noch etwas gibt, das wir beachten müssen, irgendwelche potenziellen Landminen, die explodieren könnten, wenn wir Sie als unsere Kandidatin vorschlagen."

„Nicht dass ich wüsste."

„Dann frage ich hiermit offiziell, ob Sie an dem Amt interessiert sind."

„Ja, Mr President. Es wäre mir eine Ehre, Ihre Vizepräsidentin zu sein und das Land mit Ihnen zu regieren."

Nick erhob sich, um ihr anzudeuten, dass das Gespräch beendet war. Er schüttelte ihr die Hand. „Vielen Dank, dass Sie sich die Zeit genommen haben. Wir melden uns."

„Danke, Mr President."

Terry begleitete sie nach draußen und kehrte dann zurück, wobei er die Tür hinter sich schloss. „Eindrücke?"

„Ich mag sie und schätze ihre Offenheit, was die Schwierigkeiten mit ihrem Ex-Mann betrifft. Doch wir müssen tiefer graben und uns vergewissern, dass wir alle Fakten kennen."

„Ich habe bereits weitere Nachforschungen angestellt", vermeldete Derek, „und nach dem, was ich in Erfahrung bringen konnte, stimmt ihre Geschichte. Der Ehemann hat in den sozialen Medien sehr öffentlich über seine Probleme und seine Genesung berichtet. Er gesteht seine Schuld am Scheitern ihrer Ehe ein und spricht respektvoll und mit Bewunderung von seiner Ex-Frau."

„Nun, das ist gut, finde ich", sagte Nick. „Wollen wir sie als VP?"

Terry zögerte eine Sekunde, dann antwortete er: „Ich mag sie auch, und sie hat sicherlich das politische Wissen und Geschick dafür, diese Rolle zu übernehmen. Ich bevorzuge allerdings Sanford."

Als Nick ihren Namen hörte, erinnerte er sich an Chanel No. 5 und seine Reaktion auf das Parfum, das seine Mutter schon sein ganzes Leben lang bevorzugte.

„Was ich nicht verstehe", erklärte Terry, „ist, warum du nicht begeistert von ihr bist."

„Der Grund ist total dumm", gestand Nick, dem es unfassbar peinlich war, das laut aussprechen zu müssen.

„Was ist es denn?", fragte Terry.

Nick seufzte tief. „Sie trägt dasselbe Parfum wie meine Mutter. Das weckt bei mir … nun, vorsichtig ausgedrückt, negative Assoziationen. Wie gesagt … es ist dumm."

„Nein", widersprach Derek entschieden. „Ist es nicht. Da ich weiß, dass deine Mutter dir schon, seit ich dich kenne, das Leben zur Hölle macht, verstehe ich das vollkommen."

„Sam meint, wir sollten sie einfach bitten, es in meiner Gegenwart nicht zu benutzen, aber ich kann mir nicht vorstellen, das von ihr zu verlangen."

„Wir werden sie darum bitten", erwiderte Terry. „Wenn du sie als Vizepräsidentin willst, werden wir ihr die Wahrheit über das Parfum erzählen und sie fragen, ob es ein Problem wäre, in Zukunft darauf zu verzichten. Sie wird sagen: ‚Natürlich nicht.' Problem gelöst."

Dass etwas, das ihm so kompliziert erschienen war, in Wirklichkeit so einfach sein konnte …

„Du lässt uns wissen, was du brauchst oder willst, und wir kümmern uns um die Umsetzung", verkündete Terry. „Auch Dinge, die dir dumm vorkommen."

„Danke, Terry. Ich danke euch beiden, dass ihr mich in diesem Punkt so unterstützt."

„Immer", versicherte ihm Terry, dann erhoben er und Derek sich und schickten sich an zu gehen. „Wenn du eine Entscheidung getroffen hast, gibst du uns Bescheid, und wir werden den Stein ins Rollen bringen."

„Einverstanden. Danke noch mal."

Sie ließen ihn allein, damit er über die größte Entscheidung nachdenken konnte, die er seit Langem zu treffen hatte. Nachdem er eine halbe Stunde damit verbracht hatte, die beiden Finalistinnen, die Ergebnisse ihrer Überprüfungen und seine persönlichen Eindrücke gegeneinander abzuwägen, war Nick einer Entscheidung keinen Schritt näher. Also tat er, was er immer tat, wenn er einen externen Berater brauchte. Er rief Graham O'Connor an.

„Mr President", meldete sich der und klang überglücklich. „Wie komme ich zu der Ehre?"

Nick lächelte, wie immer erfreut über die Reaktion seines väterlichen Freundes. „Ich benötige einen Rat von einem meiner erfahrensten Berater."

„Was kann ich für dich tun?"

„Ich habe die Auswahl für das Amt der Vizepräsidentin auf zwei Kandidatinnen eingeschränkt."

„Sanford und Henderson, richtig?"

„Richtig."

„Was sagt dein Bauchgefühl?"

„Sanford ist die erfahrenere D.-C.-Insiderin und die naheliegende Wahl, aber Henderson hat den Finger am Puls der jungen Leute, was, wie du weißt, ein Bereich ist, der mich interessiert."

„Lass sie uns beide durchgehen und zu einer Entscheidung kommen."

Nick lehnte sich zurück, legte die Füße hoch und machte es sich bequem. Wenn ihm jemand helfen konnte, die bestmögliche Entscheidung zu treffen, dann Graham.

Vom Weißen Haus fuhr Sam sofort zurück nach Congress Heights, um mit Calvins Freundin Clarissa zu sprechen. Im Rückspiegel sah sie, dass Vernon und Jimmy ihr in dem schwarzen SUV folgten, der sie in Zukunft ständig begleiten würde. Sie redete sich ein, dass dies ein geringer Preis dafür war, Nick und ihr selbst ein wenig mehr Sicherheit zu geben, aber es störte sie trotzdem.

Sie war stolz auf ihre Fähigkeit, auf sich selbst aufzupassen, doch nach dem Treffen musste sie sich eingestehen, dass ihre Vorstellungskraft, selbst nachdem sie jahrelang Mörder gejagt hatte, wahrscheinlich nicht lebhaft genug war, um sich all die Szenarien auszumalen, mit denen der Secret Service jeden Tag zu tun hatte. Es war wahrscheinlich besser für ihre geistige Gesundheit und das Ausmaß ihrer Angst, wenn sie diese Dinge nicht wusste.

Vor Clarissas Haus fand sie am Straßenrand einen freien Parkplatz. Sie spürte Aufregung angesichts der Möglichkeit, diesen Fall abschließen zu können, wobei ihr klar war, dass es so einfach vermutlich nicht sein würde. Aber sie waren schon weiter gekommen als je zuvor, und das war immerhin etwas.

Sie klopfte an und hörte drinnen Kinderstimmen.

Die Tür schwang auf, und Sam sah eine junge Schwarze mit langen Zöpfen und einem Kind auf der Hüfte. Durch die Sturmtür winkte sie Sam herein.

„Entschuldigen Sie das Chaos und die Unordnung", bat sie.

„Keine Sorge. Ich habe selbst Kinder. Sie haben mein volles Verständnis." Vor einiger Zeit noch hatte Sam sich gefragt, ob sie diese Worte je würde sagen können, und jetzt hatte sie drei Kinder in ihrem Leben und einen Studenten, den sie wie einen Sohn liebte. Sie folgte Clarissa in einen gemütlichen, aber unordentlichen Raum, den Kinder und Spielzeug dominierten, so wie es sein sollte.

Clarissa setzte die Kleine ab, damit sie mit ihren Geschwistern spielen konnte. „Ich habe Kaffee gemacht. Möchten Sie eine Tasse?"

„Das wäre toll. Danke, dass Sie mich empfangen."

„Als Lenore angerufen und gesagt hat, Sie kommen vorbei, um über Calvins Fall zu reden …" Sie seufzte tief. „Ich muss zugeben, ich habe ein bisschen geweint. Wir haben so lange auf Antworten gewartet. So furchtbar lange."

Sam nahm bei ihr am Küchentisch Platz. „Zu lange."

Clarissa setzte sich so, dass sie das Wohnzimmer im Blick hatte, wo die Kinder spielten und fernsahen.

„Was ich vor allem brauche, sind Gedanken oder Eindrücke aus dieser Zeit. Wir haben festgestellt, dass bei Fällen, bei denen wie in diesem die Spuren kalt geworden sind, die kleinste Erinnerung einen Durchbruch bringen kann."

„Wenn Sie wüssten, wie oft ich im Laufe der Jahre an Calvin und jene Nacht gedacht habe! Obwohl ich inzwischen einen Mann geheiratet habe, den ich sehr liebe, sehnt sich mein Herz immer noch nach Cal. Wir waren die besten Freunde, lange bevor wir ab der achten Klasse miteinander gegangen sind. Und damit meine ich, dass wir mit unserer Clique unterwegs waren, im Kino, im Park und in der Spielhalle. Typischer Kinderkram eben. Doch meine Gefühle für ihn – und seine für mich – waren nicht die typische Schwärmerei von Dreizehnjährigen. Wir haben einander sehr geliebt."

Ihre Worte brachen Sam das Herz. „Es tut mir sehr leid, dass Sie ihn auf diese Weise verloren haben."

„Das war der schlimmste Tag meines Lebens. Den Anruf von Ayana werde ich niemals vergessen." Sie wischte sich die Tränen ab und versuchte, sich zusammenzureißen. Als ihr Kleiner ins Zimmer getappt kam, hob sie ihn hoch und nahm ihn auf den Schoß.

„Woran erinnern Sie sich aus den Tagen und Wochen vor Calvins Tod?"

„Zum ersten Mal seit dem Tod seines Vaters und seines Onkels war er wieder richtig glücklich. Er hatte sich entschlossen, Chemieingenieurwesen zu studieren, und hatte die Kurse für sein erstes College-Jahr mit diesem Ziel vor Augen gewählt. Es war schön, ihn wieder von etwas begeistert zu sehen. Nach dem Tod seines Vaters hat er eine wirklich schwere Zeit durchgemacht." Unauffällig wischte sie sich weitere Tränen ab. „Er war so intelligent. Er hätte alles werden können."

„War er in seinem Umfeld beliebt?"

„Sehr. Es war unmöglich, ihn nicht zu mögen. Sein Tod hat viele Leben zerstört. Viele von uns haben sich danach grundlegend verändert."

„Woran erinnern Sie sich noch in Bezug auf seinen Cousin D'Andre zum Zeitpunkt von Calvins Tod?"

„Wir haben versucht, uns von ihm und seinen Freunden fernzuhalten."

„Auch Calvin?"

Sie zögerte nur kurz, aber Sam bemerkte es. „Er war hin- und hergerissen. Er wusste, was D'Andre trieb, doch sie waren wie Geschwister aufgewachsen, die Söhne zweier einander sehr nahestehender Brüder, die innerhalb weniger Monate gestorben sind. Cal und D'Andre verband etwas, selbst wenn sie unterschiedlicher nicht hätten sein können."

„Calvin hatte also Kontakt mit ihm?"

„Ab und zu. Es war nicht mehr so wie früher, als sie jeden Tag zusammen gewesen waren. Sie hatten sehr unterschiedliche Wege gewählt. Calvin hat nie die Hoffnung aufgegeben, D'Andre vor Augen führen zu können, dass er mit seinem Mist nicht weit kommen würde, aber D'Andre hat nicht auf ihn gehört, bis er dann im Gefängnis zu Gott gefunden hat."

Sam machte sich ausführliche Notizen. „Lenore hat mir Fotos der beiden Jungen aus dieser Zeit gezeigt, und mir ist die Ähnlichkeit zwischen ihnen aufgefallen."

Clarissa nickte. „Als sie jünger waren, wurden sie oft für Zwillinge gehalten. Die Leute konnten gar nicht glauben, dass sie keine

Brüder waren, sondern nur Cousins. Calvin sagte immer, sie seien Brüder mit zwei unterschiedlichen Müttern."

„Halten Sie es für möglich, dass Calvin am Tag seiner Ermordung mit D'Andre verwechselt worden ist?"

„Darüber habe ich auch schon nachgedacht. Natürlich. D'Andre hatte sich zu diesem Zeitpunkt allerdings schon lange nicht mehr bei Lenore blicken lassen. Es war ganz klar, dass sie sein Treiben nicht guthieß, und deshalb ist er ihr aus dem Weg gegangen. Jeder wusste, dass dies der letzte Ort war, an dem er sich aufhalten würde."

„Ist es möglich, dass jemand D'Andre mit dem Mord an seinem Cousin eine Botschaft senden wollte?"

„Das ist viel wahrscheinlicher, als dass jemand Calvin mit D'Andre verwechselt hat. Glauben Sie, Cal wurde wegen seines Cousins getötet?"

„Es erscheint eigentlich zu simpel, zu sagen: Sein Cousin steckte in Schwierigkeiten, also gibt es da natürlich einen Zusammenhang. Ich bin schon lang genug in diesem Job, um zu wissen, dass ich über das Offensichtliche hinausschauen muss. Deshalb frage ich ja, ob Ihnen in dieser Zeit noch etwas anderes aufgefallen ist. Selbst die kleinste Kleinigkeit kann von Bedeutung sein."

„Das einzig Außergewöhnliche war, dass Cal zwei Wochen davor zum ersten Mal in seinem Leben in eine Schlägerei verwickelt war."

Sam lief ein Schauer über den Rücken, was immer ein gutes Zeichen dafür war, dass sie einer neuen Erkenntnis auf der Spur war. Dieses Kribbeln irrte selten. „Worum ging es dabei?"

„Da war dieses Mädchen in der Schule, das gemobbt wurde. Wir wussten eigentlich gar nicht, warum sie zur Zielscheibe geworden ist. Sie war wirklich nett. Dieser eine Typ beschloss, so zu tun, als stünde er auf sie. Er hat sie um ein Date gebeten, ihr das Gefühl gegeben, was Besonderes zu sein. Er war nett zu ihr, und dann fand sie heraus, dass das alles nur ein großer Scherz war. Er und seine Freunde machten sich deswegen die ganze Zeit über sie lustig. Calvin war stinksauer. Einfach unfassbar wütend. Ich hab ihn gebeten, er solle sich da raushalten, doch eines Tages beim Mittagessen stand er in der Schlange in der Schulkantine hinter dem Typen und hat ihm erklärt, er sei ein Idiot, weil er sie so behandelt hatte."

„Was hat der Typ darauf erwidert?"

„Calvin solle aufpassen, was er sagt. Cal hat geantwortet, er solle sich erst mal ein paar Manieren zulegen, und dann ist es aus dem

Ruder gelaufen. Als Nächstes lagen sie auf dem Boden und schlugen aufeinander ein. Zwei Lehrer haben sie getrennt. Calvin wurde wegen der Schlägerei für zwei Tage suspendiert. Es war das erste Mal, dass er in Schwierigkeiten geraten ist. Der andere Junge ist von der Schule geflogen, weil es sein sechstes Vergehen in dem Jahr gewesen war."

„Ist das danach noch weiter hochgekocht?"

„Es gab viele Gerüchte, aber soweit ich weiß, nicht."

„Hätte Calvin es Ihnen erzählt, wenn da mehr passiert wäre?"

Sie überlegte eine Sekunde. „Möglicherweise nicht. Ich war ohnehin schon sauer, weil er sich geprügelt hatte. Ich war besorgt, dass er irgendetwas tun könnte, was seine Chancen aufs College schmälern könnte. Das war alles, worüber er damals gesprochen hat – dass er aufs College wollte."

„Erinnern Sie sich noch an den Namen des Typen, mit dem er sich geprügelt hat?"

„Javier Lopez."

Sam war, als hätte ein Taser sie getroffen. Das konnte kein Zufall sein. Außerdem glaubte sie nicht an Zufälle. „Das war unglaublich hilfreich. Danke, dass Sie sich Zeit für mich genommen haben."

„Ich muss Ihnen danken. Wir haben seit Jahren gehofft, jemand würde Cals Fall wieder aufrollen."

„Ich bitte noch einmal um Entschuldigung, dass es so lange gedauert hat. Das hätte nicht passieren dürfen. Ich werde Sie auf dem Laufenden halten."

„Das würde mich freuen."

„Sie haben ein wunderschönes Zuhause und eine großartige Familie, Clarissa. Ich glaube ganz sicher, Calvin wäre stolz auf Sie."

„Das hoffe ich", flüsterte sie.

„Ich melde mich."

Als Sam wieder in ihr Auto stieg, sah sie Clarissa in der Tür stehen, ihre Jüngste auf dem Arm. Ihr tat das Herz weh beim Gedanken an die Menschen, die Calvin geliebt und die infolge seines Todes gelitten hatten, auch weil sie nicht die Antworten bekommen hatten, die sie verdienten.

Nachdem sie Clarissas Haus verlassen hatte, rief Sam Captain Malone an.

„Hey", meldete der sich. „Was gibt's?"

„Also, Calvin Worthington …"

„Was ist mit ihm?"

„Cap …" Sam empfand Bedauern, Wut und Traurigkeit zugleich. „Ich denke, ich habe eine Ahnung, was passiert ist. Es ist noch nicht ganz sicher, aber Stahl … hat keinerlei Anstrengungen unternommen und diese Leute die ganze Zeit im Regen stehen lassen. Wenn das rauskommt …"

„Ich weiß." Er seufzte. „Mehr schlechte Presse für die Polizei."

„Richtig, und das ist das Letzte, was wir brauchen, wenn das FBI uns auf die Pelle rückt. Ich habe jetzt einen halben Tag lang recherchiert, und ich glaube, ich weiß, was geschehen ist. Einen halben Tag! Ich bin gerade so unsagbar wütend, dass diese armen Leute so lange auf Antworten warten mussten."

„Geht mir genauso. Zu meiner Schande muss ich gestehen, dass ich mich kaum an den Fall erinnern kann."

„Ich erinnere mich noch lebhaft daran. Damals war ich im Streifendienst und habe die Erstmeldung entgegengenommen. Ich habe Lenore und ihre furchtbare Trauer nie vergessen, und ich ärgere mich über mich selbst, weil ich diesen Fall nicht sofort wieder aufgerollt habe, nachdem ich die Leitung der Mordkommission übertragen bekommen hatte."

„Das verstehe ich, doch wie ich schon sagte: Die letzten zwei Jahre waren für Sie beruflich und persönlich der reine Irrsinn."

„Trotzdem mache ich mir Vorwürfe." Sie nahm einen Umweg Richtung Capitol Hill und wich so dem schlimmsten Mittagsverkehr aus.

„Wir alle tun, was wir können."

„Nein, das stimmt nicht. Die meisten von uns tun das, aber die wenigen, die es nicht tun, schaden unser aller Ruf. Stahl hat praktisch überhaupt nicht ermittelt. Ich möchte mir noch einmal alle Fälle aus seiner Zeit als frischgebackener Detective vornehmen. Wenn es andere wie diesen gibt, will ich das wissen."

„Das ist eine Mammutaufgabe."

„Die definitiv erledigt werden muss. Es ist mir egal, wie lange es dauert, wir werden uns jede einzelne seiner Akten ansehen. Wahrscheinlich sollten wir auch einen Blick auf Conklins werfen."

„Mein Gott, Sam."

„Ich bin so sauer auf mich selbst. Mir war völlig klar, dass Stahl sich im Fall Worthington kein Bein ausgerissen hat. Das war das erste Mal, dass ich mit ihm aneinandergeraten bin. Ich habe ihn aufgesucht, um zu erfahren, wie die Ermittlungen in dem Fall stehen, weil ich Lenores schrecklichen Kummer nicht vergessen konnte. Er hat gemeint, ich solle mich um meine eigenen Angelegenheiten kümmern. Was hätte ich da machen sollen? Ich war Streifenpolizistin und er Detective auf dem Weg zum Sergeant."

„Sie hätten gar nichts tun können."

„Das stimmt nicht. Ich hätte zu meinem Vater gehen und ihn bitten können, sich das mal anzuschauen."

„Aber hätte Ihnen das nicht jede Menge Ärger bereitet?"

„Unfassbar viel." Sam seufzte. Sie hatte sich nicht an ihren Vater gewandt, weil sie genau gewusst hatte, was für einen Shitstorm das für sie – und ihren Vater – bedeutet hätte. „Ich bin wirklich sauer deswegen, auf mehreren Ebenen."

„Das merke ich, und nicht ohne Grund. Wenn sich die Lage für Sie etwas beruhigt hat, setzen wir uns mal zusammen und arbeiten einen Plan aus."

„Einverstanden. Ich mache das notfalls auch in meiner Freizeit. Wir werden alle Fälle überprüfen, und die Ergebnisse bleiben erst mal bei uns."

„Sie müssen den Chief einweihen."

„Das werde ich." Sam hatte keinerlei Zweifel daran, dass ihr geliebter Onkel Joe genauso denken würde wie sie. Es gab nichts, was gute Polizisten mehr hassten als schlechte. „Die Sache geht wahrscheinlich weit über Stahl und Conklin hinaus."

„Mag sein, doch im Großen und Ganzen betrifft es wohl nur einen kleinen Prozentsatz."

„Ein schwacher Trost für jemanden wie Lenore Worthington, die fünfzehn Jahre warten musste, um zu erfahren, warum ihr Sohn sein Leben verloren hat."

„Da haben Sie recht."

„Wir können nicht so tun, als wüssten wir nicht, dass das ein großes Problem ist. Bitte sagen Sie mir, dass Sie darin mit mir einer Meinung sind."

„Das tue ich, aber wir müssen einen Weg finden, das zu klären, ohne die Lage für den Chief und den Rest von uns noch schlimmer zu machen. Wir dürfen uns nicht benehmen wie der Elefant im Porzellanladen."

„Ich vermute, der Elefant bin in diesem Fall ich."

„Das haben Sie gesagt."

Sam lachte. „Wohl wahr. Ich verstehe, was Sie meinen. Es ist einfach so erschütternd, wie viel Arbeit man sich gespart hat, die dringend erforderlich gewesen wäre."

„Ich wünschte, wir hätten ausschließlich Polizistinnen und Polizisten, die den Job so angehen wie Sie, aber Tatsache ist, wir sind eine riesige Behörde voller Menschen, die nicht frei von Fehlern sind. Einige davon sind fehlerbehafteter als andere. Wir korrigieren, was wir können, und finden einen Weg, mit dem klarzukommen, was wir nicht ändern können."

„Damit kann ich leben."

„Ich spreche mit dem Chief, und wenn Sie im Weißen Haus eingezogen sind, setzen wir uns zusammen."

„Das mussten Sie jetzt sagen, oder?"

Er lachte laut. „Ziehen Sie ins Weiße Haus ein oder nicht?"

„Erinnern Sie mich bloß nicht daran."

„Wissen Sie, wem das unfassbar gut gefallen würde?"

„Das habe ich vorhin auch gerade gedacht. Er würde sich diebisch freuen." Sie blinzelte heftig, um die plötzlichen Tränen zu unterdrücken. „Es macht mich so traurig, dass er uns dort nicht besuchen kann."

„Oh, Skip wird da sein. Mittendrin. Das wissen Sie doch, Sam."

„Ja, das weiß ich. So, jetzt muss ich mit einem ehemaligen Kriminellen sprechen, der im Gefängnis zu Gott gefunden hat und mittlerweile Pastor in einer Baptistengemeinde ist."

„Interessant. Hat er eine Verbindung zum Fall Worthington?"

„Er ist sein ihm sehr ähnlich sehender Cousin, der zu der Zeit, als Calvin getötet wurde, in Schwierigkeiten gesteckt hat."

„Denken Sie an eine Verwechslung?"

„Das habe ich getan, bis Calvins Freundin mir einen anderen Hinweis gegeben hat: Javier Lopez, den wir wegen des Mordes an Carter in Gewahrsam haben ..."

„Was ist mit ihm?"

„Er hat sich zwei Wochen vor Calvins Tod mit ihm geprügelt, und das ist offenbar eskaliert. Natürlich stand davon kein Wort in Stahls Bericht, weil er sich nie die Mühe gemacht hat, mit der Freundin oder dem Cousin zu sprechen."

„Ich hasse diesen Mistkerl aus vielen Gründen, aber wenn sich herausstellt, dass dies bloß die Spitze eines Eisbergs bei seinen Fällen ist ..."

„Ich würde meine Dienstmarke darauf verwetten."

Malone seufzte tief. „Ich spreche mit dem Chief und gebe Ihnen Bescheid."

„Nur zur Erinnerung: Ich fahre am Mittwoch um vier Uhr zur Aufbahrung im Kapitol, und am Donnerstag bin ich den ganzen Tag unterwegs, wegen der Trauerfeier und des Flugs nach Scheiß-South-Dakota. Am Freitag werde ich vermutlich umziehen. Ich bin schon jetzt stinksauer, und die Woche hat gerade erst angefangen."

„Fliegen Sie mit der Air Force One?"

„Ja, ich denke schon."

„Das ist so unglaublich cool."

„Wollen Sie tauschen?"

„Würde ich sofort. Das ist ein Kindheitstraum von mir."

„Dann schau ich mal, was ich tun kann, um Ihnen seine Verwirklichung zu ermöglichen."

„Das wäre wirklich fantastisch. Und ich bin auf jeden Fall vorgewarnt, und wenn Sie mir diese Woche doch noch über den Weg laufen, mache ich einen schönen großen Bogen um Sie."

„Gute Idee. Bis später."

Nach dem Gespräch hatte Sam Bauchschmerzen. Ihr wurde übel, wenn sie daran dachte, dass Polizisten auf Kosten der Opfer von Gewaltverbrechen an der falschen Stelle Zeit und Mühe sparten. Sie parkte vor der Kirche, näherte sich dem angeschlossenen Büro und traf nach dem Eintreten auf eins ihrer Lieblingshassobjekte – eine Empfangsdame. Es handelte sich um eine ältere Frau mit einem zuvorkommenden Lächeln. Während sie ihre Dienstmarke zeigte, hoffte Sam, sie wäre tatsächlich zuvorkommend.

Das Gesicht der Frau wurde vor Überraschung völlig ausdruckslos. „Sie … Sie sind … O Gott im Himmel!"

„Hi, ich bin Lieutenant Holland vom Metro PD und möchte zur D'Andre Worthington. Ist er zu sprechen?"

„Er … Ich … Sie sind die First Lady!"

Ach, Mist. „Ja. Ist Pastor Worthington zu sprechen?"

„Er …" Sie erhob sich so schnell, dass sie ihren Bürostuhl umwarf, der mit lautem Knall zu Boden fiel, sodass der Mann, den Sam suchte, aus einem angrenzenden Büro trat, um nachzuschauen, was passiert war. D'Andre trug einen dunklen Anzug mit weißem Hemd, doch ohne Krawatte. Selbst jetzt, nach so vielen Jahren, fiel Sam die verblüffende Ähnlichkeit mit seinem verstorbenen Cousin auf.

„Alles in Ordnung?" Er kümmerte sich um seine Empfangsdame, ehe er Sam bemerkte. Als er sie erkannte, zuckte auch er zusammen.

Sie stellte sich vor und bat um eine Minute seiner Zeit.

D'Andre zögerte nur eine Sekunde, aber er zögerte. „Natürlich. Kommen Sie mit in mein Büro." Er führte sie nach hinten in einen Raum, in dem die Wände mit Büchern und der Schreibtisch mit Papieren übersät war. „Verzeihen Sie die Unordnung. Das passiert manchmal, wenn ich meine Predigten schreibe."

„Kein Problem. In meinem Büro sieht es auch immer so aus."

„Sie müssen entschuldigen, dass ich etwas verblüfft war, als die First Lady vor mir stand."

„Ich bin nicht als First Lady hier, sondern als Leiterin der Mordkommission des MPD."

„Sie sind wegen Calvin hier."

„Richtig."

„Warum jetzt, nach all der Zeit?"

„Lenore hat mich kürzlich daran erinnert, dass wir in Bezug auf Ihren Cousin noch eine Rechnung offen haben."

„Die Polizei hat sich nie dafür interessiert, was mit meinem Cousin passiert ist", sagte D'Andre mit einem Hauch von Bitterkeit, den Sam durchaus verstehen konnte.

„Sie haben absolut recht, und dafür entschuldige ich mich. Ich war die Streifenbeamtin, die zuerst am Tatort war. Lenore und ihn habe ich nie vergessen."

„Was kann ich also für Sie tun, außer zu bestätigen, dass ich zu dieser Zeit zwar eine Menge Ärger hatte, aber sicher nicht den Cousin, den ich wie einen Bruder geliebt habe, umgebracht habe?"

„Hat man Sie verdächtigt?"

„Es gab Gerüchte, dass ich etwas damit zu tun hätte oder dass es in irgendeiner Weise mit mir zusammenhängen würde, doch ich habe nie etwas Handfestes gehört, das seinen Tod mit mir oder meinen damaligen Freunden in Verbindung gebracht hätte. Ich habe ihn geliebt, hätte mich vor ihn geworfen, um diese Kugel abzufangen, wenn ich gekonnt hätte."

„Kennen Sie Javier Lopez?"

D'Andre riss die Augen auf. „Was hat der denn damit zu tun?"

„Ich habe gefragt, ob Sie ihn kennen."

„Wir sind mit ihm zusammen zur Schule gegangen. Er war in der Klasse zwischen Cal und mir."

„Welchen Eindruck hatten Sie von ihm?"

„Er war ein mieser Typ, der immer auf Schwächeren herumgetrampelt ist. Sie kennen die Sorte. Niemand mochte ihn, aber jeder hatte Angst vor ihm." Er lachte leise. „Außer Cal natürlich. Er hat Javier ins Gesicht gesagt, dass er ein Idiot sei, weil er diesem Mädchen – sie hieß Maisy – vorgespielt hatte, er würde auf sie stehen, obwohl er sich bloß über sie lustig gemacht hat."

„Sie wussten also von dem Streit der beiden?"

„Jeder hier in der Gegend wusste davon. Die Leute fanden Cal ziemlich mutig, weil er Javier zur Rede gestellt hat."

„Wie hat der darauf reagiert?"

„Ich weiß es nicht so genau. Von dem habe ich mich ferngehalten. Ich war kein Chorknabe und habe viele Fehler begangen, die ich aufrichtig bereue, aber Javier war wirklich eine harte Nummer. Seit er ein kleines Kind war, war er einfach nur ein ekelhafter Mistkerl, und ich sage diese Worte in diesem Gotteshaus nicht leichtfertig. Doch sie sind die Wahrheit."

„Haben Sie je in Betracht gezogen, dass er hinter dem Mord an Cal stecken könnte?"

„Ich glaube, die meisten Leute dachten damals, er hätte etwas damit zu tun."

Sam ertrug es kaum, das zu hören. Die meisten hatten also geglaubt, Javier könne etwas damit zu tun haben, aber irgendwie hatte die Polizei nie mit ihm über den Fall gesprochen. Sie gab D'Andre ihre Karte. „Wenn Ihnen noch etwas einfällt, das relevant sein könnte, rufen Sie mich bitte an."

„Ich hoffe wirklich, Sie können Lenore und Ayana ein paar Antworten liefern. Sie haben lange genug darauf gewartet."

„Das sehe ich ganz genauso. Danke für Ihre Zeit."

Im Auto rief sie Freddie an.

„Hey", meldete er sich. „Wo steckst du?"

„Auf dem Weg zurück zum Hauptquartier, und du?"

„Schon dort, nachdem ich erfahren habe, dass mein Baby eine kaputte Zylinderkopfdichtung hat und es keinen Sinn hat, sie reparieren zu lassen."

„Herzliches Beileid."

„Ja, ja, schon gut."

„Es tut mir wirklich leid, weil du deswegen traurig bist."

„Danke."

„Die Fehlzündungen, die mir immer das Gefühl gegeben haben, unter Beschuss zu sein, werde ich jedoch nicht vermissen."

„Jetzt zeigst du dein wahres Gesicht", erwiderte er lachend.

„Tu mir einen Gefallen, und bitte eine der Millers, mich wenn möglich in zwanzig Minuten im Hauptquartier zu treffen. Bring Javier Lopez in einen Verhörraum, und richte Green aus, dass ich eine Liste von Lopez' bekannten Komplizen vor fünfzehn Jahren brauche. Zwei oder drei Namen reichen mir."

„Wird erledigt. Was ist denn passiert?"

„Ich glaube, ich habe den Worthington-Fall gelöst."

„Wirklich? Schon?"

„Ja, und es war tatsächlich widerwärtig einfach. Unser guter Freund Stahl hat offenbar nicht mal ansatzweise ermittelt. Hätte er seine Pflicht getan, hätten Lenore und ihre Familie nicht fünfzehn Jahre auf Gerechtigkeit für Calvin warten müssen."

„Das ist ja schrecklich."

„Und wie. Ich habe Malone angekündigt, dass ich mir jeden einzelnen von Stahls ungelösten Fällen ein weiteres Mal ansehen werde, um herauszufinden, an welchen Stellen er sich noch jegliche Mühe gespart hat. Aber zuerst möchte ich diesen Fall für Lenore abschließen."

Freddie seufzte tief. „Wir werden bereit sein, wenn du eintriffst."

Sie legte auf und gab Gas, um zügig zum Hauptquartier zu kommen. Sam konnte die Vergangenheit nicht ändern, doch sie konnte ein schreckliches Unrecht korrigieren, indem sie Calvins Fall aufklärte. Jetzt musste sie sich nur noch überlegen, wie sie das mit Javier anstellen wollte.

Deshalb wollte sie dringend mit einer von den Miller-Drillingen sprechen, die alle als stellvertretende Staatsanwältinnen arbeiteten. Als Sam ein paar Minuten später am Polizeigebäude eintraf, musste sie feststellen, dass eine deutlich gewachsene Präsenz des Secret Service den Medienmob aus dem Weg geräumt hatte. „Sieh an, wie nützlich die Jungs und Mädels sind." Sie parkte an ihrem üblichen Platz vor der Gerichtsmedizin und ging nach drinnen, wo sie sich zuerst bei Lindsey meldete. „Haben wir schon die DNA aus dem Abstrich von Shanice Williams?"

„Der Bericht ist gerade eben gekommen." Lindsey reichte ihr einen Ausdruck. „Übereinstimmungen mit allen fünf Verdächtigen."

„Ekelhaft."

„Außerordentlich."

„Die Arme." Nach so vielen Jahren in diesem Beruf war Sam fast immun gegen die Schrecken, die sie tagtäglich erlebte. Aber manche waren schlimmer als andere. „Ich habe einen von ihnen höchstwahrscheinlich mit einem fünfzehn Jahre alten ungelösten Mordfall in Verbindung gebracht."

„Wow."

„Ich überlege gerade, wie ich weiter vorgehen soll. Vielleicht lasse ich ihn glauben, ich würde die Anklage wegen Mord und Körperverletzung im Fall Carter gegen Informationen über Worthington eintauschen."

„Viel Glück. Ich hoffe, du förderst ein paar Antworten für die Worthingtons zutage."

„Ich auch."

„Also, äh, Terry hat mich eingeladen, in der Air Force One nach South Dakota mitzufliegen."

„Wenn du jetzt kreischst wie ein Mädchen, kann ich für nichts garantieren."

Lindsey lachte haltlos. „Es ist die Air Force One, Sam."

„Geh arbeiten, Lindsey."

Sam verließ die Gerichtsmedizin und machte sich auf den Weg zu ihrem Großraumbüro. Das würde immer mehr ihr Zuhause sein als die Air Force One oder das Weiße Haus. Dies war ihre Welt, hier fühlte sie sich wohl. Ja, vielleicht war sie etwas seltsam, weil sie nicht das Bedürfnis hatte, wegen der positiven Nebenaspekte der

Präsidentschaft wie ein Mädchen zu kreischen. Doch andererseits war sie auch nie ein besonders mädchenhaftes Mädchen gewesen und hatte sich nie für die Dinge interessiert, für die sich andere Frauen begeisterten. Sicher, sie liebte Schuhe und Kleider wie jede andere auch, aber bei Gekreische hörte der Spaß auf.

Freddie wartete schon auf sie. „Faith wird in zehn Minuten hier sein, Lopez ist in Befragungsraum eins, und Dr. Trulo wartet in deinem Büro auf dich."

„Toll, danke. Ist der Laborbericht über die Fingerabdrücke auf dem Messer schon da, mit dem Carter getötet wurde?"

Freddie sah in seinem Computer nach. „Gerade gekommen. Es gab Fingerabdrücke von zwei Personen – einmal von Shanice Williams und dann von Fernando Toppa, einem der fünf Verdächtigen."

„Hervorragend." Das passte perfekt zu ihrer Überzeugung, dass Lopez Eduardo Carter nicht erstochen hatte. „Schick Faith rein, wenn sie kommt, und bitte Captain Malone auch gleich dazu."

„Mach ich."

KAPITEL 32

Sam ging in ihr Büro, wo Trulo in ihrem Besucherstuhl saß und durch die Nachrichten auf seinem Handy scrollte, während er auf sie wartete. „Sie machen mit dem Ding rum wie ein Teenager", stellte sie mit einem Lächeln fest. Nachdem sie sich anfangs mit Händen und Füßen gegen eine Therapie gewehrt hatte, war Sam inzwischen der größte Fan des Polizeipsychiaters, der in einigen schwierigen Momenten ihrer Karriere – und ihres Lebens – so gut zu ihr gewesen war.

„Das sagen meine Töchter auch. Sie behaupten, ich sei süchtig danach."

Sam war beschämt, weil sie nicht gewusst hatte, dass er Töchter hatte. „Wie alt sind sie?"

„Neunundzwanzig, siebenundzwanzig und dreiundzwanzig, und bisher haben sie mir vier Enkel geschenkt, zwei Jungs und zwei Mädchen."

„Ah, süß." Sie setzte sich hinter ihren Schreibtisch und steckte sich das Haar hoch. „Was gibt's?"

„Ich wollte nur mal sehen, wie es Ihnen bei allem, was gerade los ist, so geht."

Sam warf ihm ihren besten ausdruckslosen Blick zu. „Was ist denn gerade los?"

Er brach in Gelächter aus. „Sie sind echt 'ne Nummer."

„Das höre ich häufiger", erwiderte sie belustigt. „Mir geht's gut, Doc. Ich komme klar. Wissen Sie, ich mache mein Ding und Nick seins. Es ist alles bestens. Zumindest im Augenblick."

„Freut mich zu hören. Mein erster Gedanke, als ich die Nachricht von Präsident Nelsons tragischem Tod hörte, hat Ihnen gegolten."

„Warum mir?"

„Nun, ich habe das Gefühl, wir sind im Laufe der Jahre Freunde geworden, und deshalb habe ich mich gesorgt, wie meine Freundin und Kollegin mit dieser ziemlich großen Veränderung in ihrem Leben und dem ihrer Familie zurechtkommen würde."

„Danke, aber ich bin fest entschlossen, die Dinge für mich und die Kinder so normal wie möglich zu halten, und bis jetzt habe ich das auch geschafft."

„Gut. Es bedeutet anderen Frauen so viel, wenn sie sehen, dass Sie weiterarbeiten, sich um Ihre Kinder kümmern und Ihren Mann unterstützen. Das Land kann sich glücklich schätzen, dass es Sie beide hat."

„Ich freue mich, dass Sie das denken. Die Ansicht teilt nicht jeder."

„Damit war wohl zu rechnen."

„Das Einzige, was mich wirklich beunruhigt, ist, dass jemand versuchen könnte, Nick etwas anzutun, nur weil er dieses Amt innehat."

„Eine begründete Sorge, doch er ist von den besten Sicherheitsleuten der Welt umgeben, wie Sie ja aus seiner Zeit als Vizepräsident wissen."

„Klar, aber ich mache mir trotzdem Sorgen."

„Ich bin für Sie da, wenn ich Ihnen irgendwie helfen kann."

„Wenn es mir zu viel wird, werden Sie es als Erster erfahren."

„Meine Tür steht für Sie immer offen, Lieutenant Holland. Der andere Grund, warum ich gekommen bin, ist, dass ich einen Anruf von einem Produzenten der *Today*-Show erhalten habe. Die möchten uns in den nächsten Wochen zu unserer Selbsthilfegruppe interviewen."

„Ehrlich?"

„Ja. Wissen Sie noch, wie wir darüber gesprochen haben, dass Sie Ihre Reichweite nutzen wollen, um solche Gruppen landesweit zu gründen? Das ist unsere Gelegenheit dazu. Wenn Sie mitspielen, meine ich natürlich. Die wollen mich selbstverständlich nur, wenn Sie ebenfalls dabei sind."

Sam grinste. „Sie würden auch ohne mich klarkommen."

„Vielleicht, doch Sie bringen die Starpower mit, meine Liebe."

„Ein schlimmes Wort. Aber wenn Sie meinen.“

Er lachte. „Ich würde gerne zusagen, wenn ich Sie überreden kann, mit mir zusammen aufzutreten. Zumindest wären meine Mädchen dann beeindruckt, mich bei *Today* zu sehen, und die sind ein schwieriges Publikum. Ich brauche alle Hilfe, die ich kriegen kann.“

„Wenn Sie sie damit beeindrucken können, mach ich das gerne – allerdings nur, wenn wir es von hier aus erledigen können. Ich reise dafür nicht nach New York. Dafür habe ich im Moment zu viel anderes zu tun.“

Er erhob sich. „Ich werde mal sehen, was ich aushandeln kann, und sage dann Bescheid.“

„Sie sollten das vermutlich auch mit dem Chief abstimmen.“

„Hab ich schon. Er ist Feuer und Flamme.“

„Natürlich.“

„Die Polizei könnte etwas gute Presse vertragen.“

„Definitiv.“

Faith Miller erschien in der Tür, perfekt gekleidet wie immer.

„Ich lasse Sie mal weiterarbeiten“, erklärte Trulo und nickte Faith zu, als er ging.

„Kommen Sie rein“, forderte Sam die stellvertretende Staatsanwältin auf. „Freddie! Wo ist der Captain?“

„Hier“, antwortete Malone und trat ein.

„Schließen Sie die Tür.“

Als alle Beteiligten anwesend waren, begann Sam: „Ich habe den ganzen Tag mit dem Fall Worthington verbracht, und ich glaube, ich weiß, wer Calvin getötet hat.“

„Schon?“, fragte Faith. „Haben Sie den Fall nicht gerade erst wieder aufgerollt?“

„Ja, und ich habe herausgefunden, dass Detective Stahl es versäumt hat, auch nur die grundlegendsten Ermittlungen durchzuführen, in seinem Bericht aber vermerkt hat, es habe keine verwertbaren Spuren gegeben.“

Faith verzog das Gesicht und seufzte. „Verdammt.“ Sie schüttelte den Kopf und begegnete Sams Blick mit der ruhigen Entschlossenheit, die sie so gut in ihrem Job machte. „Was haben Sie?“

Sam erläuterte die Einzelheiten des Falls, die sie im Laufe des Tages recherchiert hatte.

„Sie sagen also, Javier Lopez hat Calvin getötet, nachdem der ihn in der Schule blamiert hatte“, fasste Faith zusammen.

„Das ist meine Theorie.“

„Wie wollen Sie ihn dazu bringen, das zuzugeben?“

„Ich möchte ihm einen Deal im Mordfall Carter anbieten, im Austausch für Informationen zu Calvin.“

„Warum sollte Lopez plötzlich einen fünfzehn Jahre alten Mord gestehen?“

„Ich dachte, ich könnte versuchen, ihn davon zu überzeugen, dass ich mit alten Bekannten über ihn gesprochen habe, die bereit sind, auszusagen, dass er Calvin getötet hat.“

„Das ist riskant. Wenn er Ihren Bluff durchschaut und Ihnen nichts zum Thema Calvin liefert, ist er wegen des Mordes an Carter trotzdem vom Haken.“

„Keine Info über Calvin, kein Deal im Fall Carter. Wir werden ihn in jedem Fall wegen der Beteiligung an der Gruppenvergewaltigung von Shanice Williams anklagen, und wir haben seine DNA in ihr gefunden – da kommt er nicht mehr raus. Außerdem haben wir vier weitere Angeklagte, die sich wegen des Mordes an Carter verantworten müssen, also gibt es auch für ihn Gerechtigkeit.“

„Ich denke, das ist unsere beste Chance, Lopez für den Mord an Worthington dranzukriegen“, sagte Malone. „Mir gefällt der Plan des Lieutenants, ihn glauben zu lassen, andere hätten ihn verpfiffen. Haben wir eine Liste seiner bekannten Kontakte aus der Zeit des Worthington-Mordes?“

„Green arbeitet daran.“

Malone öffnete die Tür und rief nach Green. „Was haben Sie aus der Zeit vor fünfzehn Jahren über Lopez?“

„Moment.“ Green ging zu seinem Arbeitsplatz und kam mit einem Aktenordner zurück. „Ich habe in seinem Highschool-Jahrbuch mehrere Fotos von ihm mit drei anderen Jungen gefunden.“ Er reichte Sam die Liste. „Ich konnte nicht auf seine geschlossene Jugendstrafakte zugreifen, doch ich weiß, dass die drei anderen auch alle eine haben.“

Sam überflog die Liste. „Gute Arbeit, Green. Genau das habe ich gebraucht.“

„Immer gern“, erwiderte Cam und verließ den Raum.

Malone schloss die Tür hinter ihm.

„Ich könnte mir die Zeit nehmen, diese Männer zu befragen, aber die Chance, dass sie ihn tatsächlich verraten, ist gering, vor allem weil sie vielleicht selbst beteiligt waren. Sind Sie beide mit der

Strategie einverstanden, ihn glauben zu lassen, wir hätten mit ihnen gesprochen und sie hätten ihn verpfiffen?"

„Ich finde, es ist einen Versuch wert", sagte Faith. „Solange er weiß, dass wir ihn wegen der Vergewaltigung von Shanice Williams anklagen werden und keine Informationen über Worthington zusätzlich eine Mordanklage im Fall Carter bedeuten. Das ist nicht verhandelbar."

„Einverstanden." Sam sammelte ihre Notizen und die Liste ein, die Green ihr gegeben hatte. „Bringen wir's hinter uns." Auf dem Weg über die Korridore, die zu den Verhörräumen führten, lief ihr ein Schauer über den Rücken, wie immer, wenn sie kurz davor war, einen dreckigen Mörder festzunageln. Nach allem, was sie von Lopez gesehen und über ihn gehört hatte, ganz zu schweigen von dem, was er Shanice angetan hatte, war er dreckiger als die meisten ihrer sonstigen Kunden. Ihn für Shanice, Calvin und Lenore dranzukriegen würde ihr tiefe Befriedigung verschaffen. Menschen wie ihnen zu Gerechtigkeit zu verhelfen und gefährliche Kriminelle von der Straße zu holen war der beste Teil eines ansonsten beschissenen Berufs.

Nachdem Faith und Malone in den Beobachtungsraum gegangen waren, stürmte Sam in den Verhörraum. Die beiden Männer, die dort warteten, zuckten erschreckt zusammen, was Sam mit großer Genugtuung erfüllte. Lopez hatte hellbraune Haut, dunkle Haare und Augen und Tattoos am Hals und im Gesicht.

Er verzog die Lippen zu einem Grinsen. „Sie haben mir nicht gesagt, dass ich eine VIP-Behandlung kriege."

„Halten Sie die Klappe, Javier", knurrte der Anwalt.

„Die haben das Bückstück des Präsidenten geschickt."

„Halten Sie die Klappe", wiederholte der Anwalt mit zusammengebissenen Zähnen.

Sam schaltete das Aufnahmegerät ein und gab zu Protokoll, wer im Raum war, bevor sie sich den beiden auf einem Stuhl gegenübersetzte. „O bitte, Mr Kincaid. Lassen Sie Ihren Mandanten ruhig loswerden, was er auf dem Herzen hat."

„Er möchte nichts loswerden."

„Gut, dass wenigstens ich etwas loswerden will, sonst wäre das Treffen vielleicht etwas peinlich geworden." Sam öffnete die Akte, sortierte einige Papiere und schien ihre Notizen zu überprüfen, obwohl sie in Wirklichkeit keine brauchte. „Sind Sie sich der Anklage bewusst, die gegen Sie erhoben wird, Mr Lopez?"

„Ich habe diesen Leuten nichts getan."

„Das hören wir sehr oft. ‚Ich war das nicht. Ich habe nichts getan.' Aber wissen Sie, was daran so lustig ist? Sie können mir hier frech ins Gesicht lügen, doch die DNA lügt nicht. Sie sagt immer die Wahrheit, und wir haben Ihre DNA in Shanice Williams' Vagina und auf ihrer Haut gefunden."

Lopez warf einen nervösen Blick zu seinem Anwalt, der ihn allerdings ignorierte.

„Ist Ihnen bewusst, dass die bloße Anwesenheit bei der Ermordung von Mr Carter Sie zum Mittäter macht, auch wenn Sie ihn nicht erstochen haben?"

„Ich war das nicht!"

„Egal. Sie waren dabei, als der Mord geschah, und haben schwere Körperverletzung und Entführung begangen, weswegen Sie genauso schuldig sind wie derjenige, der ihm das Messer in die Brust gestoßen hat."

„Das ist unfair. Ich habe ihn nicht angefasst."

„Nein, aber Sie haben Shanice mehr als angefasst, oder?"

Dazu hatte er nichts zu sagen.

„Ich bin bereit, Ihnen einen Deal zum Thema Mordanklage anzubieten."

An dieser Stelle wurden beide Männer hellhörig.

„Was für einen Deal?", fragte Kincaid.

„Wir lassen die Mordanklage fallen."

„Im Austausch wofür?"

Adrenalin durchflutete Sam, als sich die Mosaiksteinchen ihrer Strategie zusammenfügten. „Informationen über einen anderen Fall."

Lopez blickte seinen Anwalt an. „Welchen anderen Fall?"

„Calvin Worthington."

Für eine Sekunde sah Sam die Wahrheit in Javiers Augen, dann fing er sich und brachte seine Miene unter Kontrolle. Diese Sekunde reichte ihr jedoch, um sicher zu sein, dass sie mit ihrer Annahme darüber, was mit Calvin passiert war, richtiglag. „Klingelt da was?"

„Ich kenne niemanden dieses Namens."

„Das ist eine offenkundige Lüge, Javier. Ich weiß mit Sicherheit, dass Sie mit ihm auf die Highschool gegangen sind, sich mit ihm geprügelt haben, von der Schule geflogen sind, weil das Ihre sechste Prügelei in jenem Jahr war, und einen großen Streit mit ihm hatten, nachdem er Sie vor Ihren Freunden zurechtgewiesen hatte."

„Sie haben nicht die geringste Ahnung."

„Wirklich? Was von dem, was ich gerade aufgezählt habe, war denn unwahr? Waren Sie mit Calvin Worthington auf der Highschool?"

Er zuckte die Achseln.

Sam wühlte in ihren Unterlagen nach dem DNA-Bericht über die Gruppenvergewaltigung. Aber er brauchte nicht zu wissen, wonach sie suchte. „Ich habe hier eine Bescheinigung der Ballou High School, die besagt, dass Sie und Calvin ein Jahr auseinander waren. Wollen Sie immer noch leugnen, mit ihm zur Schule gegangen zu sein?"

„Ich erinnere mich nicht an ihn."

„Sie erinnern sich nicht, dass er Sie in der Schulkantine einen Vollidioten genannt hat, nachdem Sie fies zu einer Freundin von ihm gewesen waren, einem Mädchen namens Maisy? Erinnern Sie sich auch nicht daran, ihm ins Gesicht geschlagen zu haben, nachdem er das gesagt hatte, oder dass er sich daraufhin gewehrt hat und Sie beide deswegen Ärger bekommen haben? Mir scheint, dass ich so was nicht vergessen würde, aber ich habe gehört, Sie wurden so oft suspendiert, dass Sie sich wahrscheinlich nicht an jedes einzelne Mal erinnern können. Letzte Chance ... Haben Sie Calvin gekannt?"

„Beantworten Sie die Frage, Javier", riet Kincaid. „Haben Sie den jungen Mann gekannt?"

„Und wenn?"

„Es muss Sie doch wütend gemacht haben, dass er Sie vor der ganzen Schule so bloßgestellt hat."

Javier zuckte die Achseln, als sei das keine große Sache gewesen, aber seine angespannten Schultern und zusammengebissenen Zähne verrieten ihr, wie er sich wirklich fühlte.

„Ich habe mit einigen Ihrer Kumpels gesprochen." Sie las die Namensliste vor, die Green ihr gegeben hatte. „Sie haben ausgesagt, Sie hätten ziemlich aufgebracht reagiert. ‚Stinksauer' war das Wort, das einer von ihnen benutzt hat."

„Das ist Blödsinn", widersprach Javier, klang allerdings schon weniger entspannt, nachdem er die Namen seiner Freunde gehört hatte. „So etwas würden die Ihnen nie erzählen."

„Warum denn nicht? Waren sie vielleicht dabei, als Sie

beschlossen haben, etwas gegen den Jungen zu unternehmen, der Sie vor Ihren Freunden blamiert hatte?"

„Ich habe nichts getan. Verdammt, ich habe den Kerl nicht angerührt."

„Da sagen Ihre Freunde etwas anderes. Die meinen, es habe Sie hart getroffen, dass er Sie so respektlos behandelt hat, vor allem wegen eines Mädchens wie dieser Maisy."

„Sie war der totale Loser. Das wusste jeder."

„Nein, nicht jeder. Calvin hat sie gemocht, sie als Freundin betrachtet. Ihm hat nicht gepasst, wie Sie sie behandelt haben, und das hat er Ihnen auch gesagt, oder? Das muss Sie wirklich wütend gemacht haben. Ein Junge wie er hat Sie zur Rede gestellt und seine Nase in Dinge gesteckt, die nichts mit ihm zu tun hatten." Sam fuhr fort, während Javier leise vor sich hin murrte: „Was fiel ihm ein, so mit Ihnen zu reden?"

„Das Ganze ging ihn überhaupt nichts an." Die Worte brachen geradezu aus Javier heraus.

„So etwas … Ich meine, das ist doch sicher eine Frage der Ehre. Sie konnten nicht zulassen, dass er Sie vor allen Leuten so behandelt. Was hätten die anderen über Sie gedacht, wenn Sie das zugelassen hätten? Sie mussten einfach etwas gegen ihn unternehmen, oder? Sie hatten keine andere Wahl." Sam zog die Daumenschrauben immer fester an. Die ganze Zeit über raste ihr Puls. Das waren die Momente, für die sie lebte. *Komm schon, Javier, sprich es aus.* „Wenn ein Schlappschwanz wie er so etwas über Sie sagte, war das sein Todesurteil. War es nicht so, Javier?"

Sie ließ ihn eine Sekunde lang darüber nachdenken und fürchtete schon, dass sie ihn nicht würde brechen können. „Ihr Freund Monty … Er hat gemeint, er habe Sie noch nie so wütend gesehen wie nach Calvins Zurechtweisung. Er hat behauptet, Sie hätten ihn töten wollen. Wollten Sie das, Javier?"

„Beantworten Sie das nicht, Javier", warf Kincaid ein.

„Sie haben verdammt recht, das wollte ich!", explodierte Javier. „Dieser Wichser hatte keine Ahnung, mit wem er sich anlegt, als er mich so blöd angemacht hat."

„Javier …"

„Halten Sie die Fresse", fuhr er seinen Anwalt an. „Sie haben doch keine Ahnung." Wut drang aus jeder Pore von Javiers Körper, war regelrecht im Raum spürbar.

„Was ist damals passiert, Javier? Was haben Sie mit Calvin getan?"

Er verzog mürrisch das Gesicht. „Ich muss Ihnen einen Scheiß erzählen."

„Das stimmt, aber ich habe genug, um Sie des Mordes an Eduardo Carter anzuklagen, ob Sie mir nun etwas über Calvin Worthington erzählen oder nicht." Sie sammelte ihren Papierkram ein, steckte ihn in den Aktenordner und erhob sich, um den Raum zu verlassen.

„Was ist mit meinem Deal?", rief Javier ihr nach.

Sam drehte sich noch einmal zu ihm um. „Es gibt keinen Deal, es sei denn, Sie verraten mir, was mit Calvin passiert ist."

Mit verschränkten Armen sah er sie hasserfüllt an. „Calvin war ein Weichei."

„Deshalb hatte er es noch lange nicht verdient, zu sterben."

„Doch."

„Also, was meinen Sie?"

„Wenn ich Ihnen sage, was mit Calvin passiert ist, werden Sie mich wegen Carter nicht anklagen? Ich habe ihn nicht angefasst."

„Richtig."

„Javier, Sie müssen sofort aufhören zu reden", drängte Kincaid.

„Ich will jetzt meinen Scheißdeal. Ja, ich habe auf Calvin geschossen, aber ich wollte ihn nicht töten. Ich wollte ihm nur Angst einjagen."

„Sie haben ihn also versehentlich erschossen."

Javier zuckte die Achseln. „Irgendwie schon."

Es war zwar kein volles Geständnis, reichte allerdings für eine Anklage. „Ich nehme Sie fest wegen des Mordes an Calvin Worthington."

Javier richtete sich ein wenig auf. „Was ist mit meinem Deal?"

„Wir legen Ihnen den Mord an Carter nicht zur Last."

„Das ist doch kein Deal, wenn ich trotzdem in den Knast muss."

„Es ist nicht meine Schuld, dass Sie Calvin vor fünfzehn Jahren ermordet und sich an der Gruppenvergewaltigung einer Frau beteiligt haben. Ich kann in beiden Fällen nichts tun, also machen Sie es sich bequem, Javier. Sie werden noch eine Weile hier sein."

„Verfluchte Bullenfotze."

„Oh, sind Sie aufgebracht, Javier? Stellen Sie sich vor, wie aufgebracht Calvins Mutter fünfzehn Jahre lang darüber war, dass ihr Sohn unter der Erde liegt, während Sie am Leben waren."

Als er darauf nichts erwiderte, beschloss Sam, dass das Gespräch beendet war. Zwar hatte er den Mord nicht direkt gestanden, trotzdem hatte er ihr genug geliefert, dass sie Anklage erheben konnte. Sie verließ den Raum und traf Faith und Malone auf dem Flur.

„Sehr gut, Lieutenant", lobte Malone.

„Ich erhebe Anklage wegen Mordes an Calvin Worthington", kündigte Faith an.

„Gott sei Dank reicht das, was er gesagt hat, dafür."

„Es reicht, ja, aber ich möchte, dass Sie seine Freunde befragen und sehen, ob Sie einen Zeugen auftreiben können, und ich möchte einen Durchsuchungsbeschluss für Javiers Haus. Vielleicht hat er noch die Waffe, mit der er Calvin ermordet hat. Wir sollten sicher-gehen, dass wir den Fall bis zum Prozess wasserdicht haben."

„Darum kümmert sich mein Team morgen."

„Ich nehme an, Sie werden Mrs Worthington mitteilen wollen, dass es im Fall ihres Sohnes eine Verhaftung gegeben hat?", fragte Malone.

„Das erledige ich auf dem Heimweg." Auf dem Weg zurück ins Großraumbüro wurde Sams Freude über den Abschluss des Falles nur davon getrübt, dass die Antworten, nach denen Lenore sich gesehnt hatte, schon die ganze Zeit da gewesen waren. Es hätte nur jemand danach fragen müssen.

„Wie ist es gelaufen?", erkundigte sich Freddie.

„Wir legen Javier den Mord an Calvin Worthington zur Last."

„Das ist doch toll. Gratuliere."

„Es war eine Teamleistung. Ich danke euch allen für eure Hilfe. Ab morgen werden wir jeden einzelnen ungelösten Fall von Stahl überprüfen, um herauszufinden, wo er sonst noch Dienst nach Vorschrift gemacht hat. Ihr könnt alle schon mal anfangen, euch die Akten zu besorgen, während ich Lenore erzähle, dass wir Calvins Fall an einem Nachmittag gelöst haben. Ich bin nicht sicher, ob ich erleichtert oder entsetzt sein soll."

„Eine Mischung aus beidem ist völlig okay", sagte Green. „Letzt-lich lieferst du ihr die Antworten, auf die sie so lange gewartet hat, selbst wenn das schon viel früher hätte geschehen sollen."

Sam nickte, denn sie wusste die Unterstützung ihrer Kollegen zu schätzen, auch wenn ihr Herz beim Gedanken an Lenore, Ayana, Clarissa, D'Andre und all die Menschen schmerzte, die Calvin geliebt und wegen etwas so Sinnlosem verloren hatten. Plötzlich wollte sie nur noch weg. Sie wollte nach Hause, zu ihren Kindern und Nick, und diese beiden schmerzhaften Fälle hinter sich lassen. „Ich rede jetzt noch einmal mit Lenore und fahre dann heim. Wir sehen uns alle morgen früh."

„Gute Nacht", wünschte ihr Green.

„Euch auch."

KAPITEL 33

Da Lindsey nicht in ihrem Büro war, als Sam an der Gerichtsmedizin vorbeikam, ging sie direkt weiter nach draußen. Lindsey und alle anderen würden noch früh genug erfahren, dass sie Javier wegen Calvins Mord verhaftet hatten. Vom Auto aus rief sie Lenore an.

„Hallo", meldete diese sich. „Ich hätte nicht erwartet, so bald wieder von Ihnen zu hören."

„Wir haben im Fall Ihres Sohnes einen Durchbruch erzielt."

„Jetzt schon?"

„Ja. Ist Ayana bei Ihnen?"

„Nein, sie ist mit den Kindern bei einer Freundin."

„Könnten Sie sie bitten, ohne die Kinder noch einmal zurück-zukommen?"

„Sam …"

„Bitte, Lenore. Ich bin in fünfzehn Minuten da."

„Gut, ich rufe sie an."

„Ich bin unterwegs."

Sam zwang sich, auf den Verkehr zu achten, auch wenn Bedauern und Vorwürfe sie plagten, die nichts mit Stahl zu tun hatten. Sie hätte diesen Fall sofort wieder aufrollen sollen, als sie die Leitung der Mordkommission übernommen hatte. Ein emotionaler Tsunami drohte, sie zu überrollen, aber sie drängte ihn zurück, um sich mit Lenore treffen zu können. Für Gefühle war nach getaner Arbeit noch Zeit.

Natürlich war der Verkehr eine Zumutung, was die Qual nur

weiter in die Länge zog. Als Sam vor Lenores Haus anhielt, stieg Ayana auf der anderen Straßenseite aus einem Auto. Sam erwartete sie auf dem Bürgersteig und bemerkte, dass Vernon und Jimmy hinter ihr geparkt hatten und sie beobachteten.

„Was ist los?", fragte Ayana, eindeutig argwöhnisch.

„Lassen Sie uns reingehen, dann bringe ich Sie und Ihre Mutter auf den neuesten Stand."

Ayana stieg vor ihr die Stufen hinauf und betrat das Haus. Lenore saß am Küchentisch, die Hände um einen Becher Tee gelegt.

„Kann ich Ihnen etwas anbieten?", fragte sie.

„Nein, danke." Sam setzte sich zu ihr an den Tisch. Als die beiden Frauen sie erwartungsvoll ansahen, sagte sie: „Wir haben in Calvins Fall jemanden festgenommen."

Lenore rang nach Luft und hielt sich die Hand vor den Mund, während ihr Tränen in die Augen schossen und über die Wangen liefen.

„Bevor ich weiterrede, möchte ich mich persönlich dafür entschuldigen, dass Sie so lange auf Antworten warten mussten. Das hätte nie passieren dürfen, und ich mache mich und andere dafür verantwortlich, Dinge schleifen gelassen zu haben, die eigentlich nicht warten konnten." Sie nahm sich einen Moment Zeit, um sich zu sammeln, bevor sie fortfuhr: „Der Festgenommene ist ein Mann namens Javier Lopez, der an der Ballou ein Jahr über Calvin war."

„Woher kenne ich den Namen?", fragte Lenore ihre Tochter.

„Er war der Typ, mit dem Cal sich geprügelt hat, weswegen er vorübergehend vom Unterricht ausgeschlossen wurde."

„Das stimmt." Sam schilderte ihnen die Ereignisse – dass Calvin Javier wegen seines Verhaltens Maisy gegenüber zur Rede gestellt hatte, dass es zu dem Streit gekommen war, der zu Calvins Suspendierung und Javiers Schulausschluss geführt hatte, und Javiers Wut darüber, dass Lenores Sohn ihn vor seinen Freunden seiner Ansicht nach respektlos behandelt hatte. „Javier hat zugegeben, auf Calvin geschossen zu haben. Er behauptet, er habe ihn nicht töten, sondern nur einschüchtern wollen. Seine Aussage reicht aus, um Anklage gegen ihn zu erheben, und die stellvertretende Staatsanwältin, die dafür zuständig ist, hat sie mit angehört. Wir glauben, dass wir gute Chancen darauf haben, dass der Fall vor Gericht Bestand haben wird. Natürlich werden wir diesmal alles tun, was wir können, um sicherzustellen, dass er für das, was er Calvin angetan hat, und für seine Rolle bei der Gruppenvergewaltigung einer jungen Frau Ende letzter Woche den Rest seines Lebens im Gefängnis verbringt."

Lenore brach in Schluchzen aus.

Ayana umarmte ihre Mutter und hielt sie fest.

„Das ist alles so sinnlos", stieß Lenore hervor, als sie nach einer Weile wieder sprechen konnte.

„Sie können stolz darauf sein, wie Ihr Sohn sich für seine Freundin eingesetzt und einen Mobber zurechtgewiesen hat."

„Auch wenn es ihn das Leben gekostet hat?", fragte Lenore.

„Sie haben einen tollen Jungen großgezogen, aus dem ein wunderbarer Mann geworden wäre. Ich habe ihn nicht gekannt, doch ich bin stolz auf das, was er getan hat."

„Danke", flüsterte sie.

„Bitte danken Sie mir nicht. Wir hätten diesen Fall schon vor Jahren abschließen sollen. Nun werden wir uns jeden einzelnen von Detective Stahls ungelösten Fällen noch einmal ansehen. Ihretwegen und wegen Calvin können wir vielleicht auch anderen Familien zu längst überfälliger Gerechtigkeit verhelfen. Dabei werde ich nicht alle Schuld auf diesen Detective schieben. Ich hätte schon vor zwei Jahren etwas unternehmen können, als ich die Leitung der Mordkommission übernommen habe, und ich werde es immer bereuen, das nicht getan zu haben."

„Ich mache Ihnen keine Vorwürfe. Schuld hat dieser Stahl. Er hätte diesen Fall an einem Nachmittag lösen können, so wie Sie."

„Trotzdem ... Ich hätte ihn früher wieder aufrollen müssen."

„Für mich zählt, dass Sie mir etwas verschafft haben, was ich seit fünfzehn Jahren wollte – Antworten. Ich wollte wissen, was der Grund für Calvins Tod war, und das habe ich jetzt gehört. Das bringt mir meinen Jungen zwar nicht zurück, aber durchaus ein gewisses Maß an Frieden, das ich bisher nicht hatte."

Sam nickte. Sie fand Trost in Lenores Worten. „Wir werden daraus lernen. Ich schwöre Ihnen, wir werden uns in Erinnerung an Calvin bessern."

„Danke für Ihre Anteilnahme. Das bedeutet mir sehr viel."

Lenore und Ayana begleiteten Sam zur Tür. Sie umarmte beide. „Ich werde Sie über den weiteren Verlauf des Falls auf dem Laufenden halten."

„Das wäre sehr nett. Ich habe vor, an jedem Verhandlungstag anwesend zu sein."

Sam ging hinaus, drehte sich jedoch noch einmal zu Lenore um.

„Ich hoffe, ich kann, sollte ich jemals mit einem so verheerenden Verlust konfrontiert sein, die gleiche Klasse und Würde an den Tag legen, die Sie von Anfang an gezeigt haben. Ich bewundere Sie mehr, als ich Ihnen sagen kann."

„Ihre Bewunderung ist mir eine Ehre, Lieutenant."

„Danke." Sam verließ das Haus mit dem Gefühl, ihre Arbeit erledigt zu haben, aber innerlich ausgehöhlt wegen des Ausmaßes, in dem sie und die Polizei allgemein diese Familie im Stich gelassen hatten. Sie würde alles tun, was sie konnte, um weitere Fälle wie den von Calvin aufzuklären. So wie sie Leonard Stahl kannte, würde es noch mehr davon geben, daran hatte sie keinen Zweifel.

„Genug", sagte sie, als sie Richtung Capitol Hill fuhr. „Für heute langt es."

Sie verbrachten den größten Teil des Mittwochs damit, Javiers Highschool-Freunde ausfindig zu machen. Bis zum Nachmittag hatten sie zwei gefunden, die seinen Zorn auf Calvin nach dem Vorfall in der Schule bezeugen würden. Sie hatten auch mit der Ex-Freundin eines von Javiers Freunden gesprochen, die bereit war, auszusagen, dass der Schulverweis wegen des Streits Javiers Wut nur gesteigert hatte, was sein Motiv verstärkte und den Fall noch wasserdichter werden ließ. Offenbar hatte er nicht damit gerechnet, tatsächlich von der Schule zu fliegen.

Als die Spurensicherung Javiers Wohnung untersuchte, entdeckten die Ermittler eine Neun-Millimeter-Pistole, vermutlich die Mordwaffe.

Sam hoffte, dass das Labor in der Lage sein würde, die Kugel, die Calvin getötet hatte, mit Javiers Waffe in Verbindung zu bringen. Sie hatten auch ohne diesen Beweis genug, aber die Waffe würde die Sache besiegeln.

Um vier diktierte sie ihrem Team eine lange Erledigungsliste für die nächsten zwei Tage und ging nach Hause, um sich für den Besuch im Kapitol umzuziehen, wo Nelson aufgebahrt war. Zwar hätte sie lieber gearbeitet, als an einer Beerdigung teilzunehmen und in den nächsten Tagen ins Weiße Haus umzuziehen, doch wenigstens konnte sie diese Tage mit ihrem Mann verbringen.

„Wir werden nicht meinetwegen zu spät kommen", das war das Erste, was sie zu Nick sagte, als sie im Schlafzimmer einlief, wo er gerade vor dem Spiegel seine Krawatte zurechtrückte. Das Zimmer war voller Umzugskartons, wie auch das gesamte Erdgeschoss.

Er lächelte sie aus dem Spiegel an. „Das hatte ich gar nicht befürchtet."

„Schwindle nicht so schamlos."

„Das käme mir im Traum nicht in den Sinn."

Sie duschte hastig, flocht sich das Haar zu einem eleganten Zopf und trug so viel Make-up auf, dass sie vorzeigbar aussah, wobei sie besonders darauf achtete, den immer noch bunt schillernden Bluterguss in ihrem Gesicht zu überschminken. In Anbetracht der vielen Secret-Service-Leute überall im Haus hüllte sie sich in einen Bademantel, ehe sie den begehbaren Kleiderschrank auf der anderen Seite des Flurs betrat, wo bereits fast alles eingepackt war, bis auf ein wunderschönes schwarzes Kostüm mit Rüschen am Revers, dessen Anblick dafür sorgte, dass sie unwillkürlich aufkreischte.

Bis sie sich daran erinnerte, dass sie Lindsey genau deswegen ermahnt hatte. Knallharte Polizistinnen kreischten nicht, außer bei wunderschönen Seidenkostümen. Für den nächsten Tag hatte sie ein schwarzes Kleid aus demselben Stoff. Die Designerin hatte Notizen und Unterwäsche für beide Outfits hinterlassen. Als Sam sich anzog, versuchte sie, sich nicht zu sehr über die Sachen zu freuen, denn schließlich bereitete sie sich auf Trauerfeierlichkeiten vor.

Als sie fertig war, schlüpfte sie in ihre schwarzen Louboutins, legte ihren Verlobungsring und ihre Kette mit dem Diamantanhänger in Schlüsselform an, trug Parfum auf und lief die Treppe hinunter, wobei sie sich den schwarz-weiß karierten Mantel überstreifte, den die Designerin geschickt hatte, um ihr Ensemble zu vervollständigen. Der Mantel für den nächsten Tag, für die Trauerfeier, war ganz schwarz. Es war wunderbar, jemanden zu haben, der ihr das Rätselraten bei solchen Dingen abnahm.

Unten fand sie Nick und Scotty, die beide für den Besuch im Kapitol angezogen waren, und warf Nick einen neugierigen Blick zu.

„Er wollte mitkommen. Ich wüsste nicht, was dagegenspricht."

„Schließlich habe ich ihn ein bisschen gekannt", sagte Scotty. „Ich möchte ihm die letzte Ehre erweisen."

„Natürlich kannst du mit. Ich habe mich nur gefragt, wessen Idee das war. Jetzt weiß ich es."

Nick half ihr in den Mantel. „Du siehst super aus, Babe."

„Kein Geknutsche", mahnte Scotty. „Das ist pietätlos."

Sam lachte. „Wenn du meinst, Kumpel. Wo sind die Kleinen?"

„Mit Shelby und Noah auf dem Spielplatz", antwortete Nick. „Ich habe ihnen gesagt, wir würden rechtzeitig zu Hause sein, um mit ihnen zu Abend zu essen. Der Secret Service meint, wir müssen nur kurz rein und wieder raus."

Da Scotty bereits zur Tür ging und außer Hörweite war, bemerkte Sam: „Das alte Rein-raus-Spiel."

Nicks Lachen folgte ihr aus dem Haus und ins Beast. In der Fahrzeugkolonne befanden sich mindestens zwanzig weitere Wagen, was Sam für übertrieben hielt, aber niemand hatte sie nach ihrer Meinung gefragt.

„Ich muss zugeben, dass es einige Vorteile hat, nicht selbst zu fahren", meinte Sam, während sie sich an Nick schmiegte.

Er legte den Arm um sie und zog sie an sich. „Ja, auf jeden Fall."

Scotty, der ihnen gegenübersaß, verdrehte die Augen. „Was passiert denn da jetzt gleich?"

Sam hörte eine Unsicherheit in seiner Stimme, die sie süß fand.

„Der Präsident ist im Kapitol aufgebahrt, eine Ehre, die nur wenigen zuteilwird", antwortete Nick.

„Was bedeutet ‚aufgebahrt'?"

„Sein Sarg wird am Sitz der Regierung der Vereinigten Staaten aufgestellt, und wenn die VIPs durch sind, erhält die Öffentlichkeit Zugang zum Kapitol, um ihm die letzte Ehre zu erweisen. Nach der Trauerfeier werden wir ihn mit der Air Force One nach Hause fliegen, und er wird vor seiner Beisetzung in Pierre noch einmal im South Dakota State Capitol aufgebahrt. Das ist eine interessante Info zum Thema Präsidentschaft: Wenn wir im Kapitol ankommen, wird der Sarg in der großen Rotunde unter der Kuppel stehen. Auf einem sogenannten Katafalk, was ein Fremdwort für ‚Gestell' ist. Es ist derselbe Katafalk, der auch bei den Präsidenten Lincoln und Kennedy verwendet wurde, nachdem sie im Amt verstorben waren."

„Das ist echt cool", sagte Scotty. „Woher weißt du so was?"

„Es stand in den Infos, die ich zu dem Begräbnis erhalten habe."

„Oh, gut. Einen Moment lang hatte ich Angst, du hättest das vor hundert Jahren in der Schule gelernt und könntest dich tatsächlich noch daran erinnern."

Über diese Bemerkung mussten seine Eltern lachen.

„Ach was. Ich habe das heute früh erst erfahren."

„Das erleichtert mich. Ich wusste ja, dass du wahnsinnig schlau bist, aber das wäre zu viel des Guten gewesen."

„Da stimme ich dir zu, Scotty", pflichtete ihm Sam bei, was ihr einen spielerisch tadelnden Blick ihres Mannes eintrug.

„Wenn wir im Kapitol ankommen, werden wir die Ersten sein, die die Familie Nelson begrüßen", erläuterte Nick. „Hinter uns folgen frühere Präsidenten, Kongressmitglieder, die Richter des Obersten Gerichtshofs, die Mitarbeiter und das Kabinett von Präsident Nelson sowie ausländische Würdenträger. Ich werde morgen vor der Trauerfeier einen Frühstücksempfang für die VIPs und Familie Nelson im Weißen Haus ausrichten."

„Zum Glück musst du nicht kochen", scherzte Sam.

„Das kannst du laut sagen, Babe. Wir müssen nur auftauchen, ein paar Hände schütteln und frühstücken."

„Ich mache mir wirklich Sorgen, dass wir uns an den Service im Weißen Haus gewöhnen", gestand Sam. „Wie sollen wir danach je wieder für uns selbst sorgen?"

„Das wird nicht leicht werden", gab ihr Nick recht. „Ich habe gelesen, dass ehemalige Präsidenten das Personal mehr vermissen als alle anderen Annehmlichkeiten, wenn sie aus dem Amt scheiden."

„Wir wohnen noch nicht mal offiziell dort, und ich glaube dir das jetzt schon aufs Wort."

Im Kapitol geleitete man sie mit der Effizienz, die das Markenzeichen des Secret Service war, ins Innere.

Gloria umarmte sie, und sie gaben ihren Töchtern die Hand, die sie ebenfalls willkommen hießen.

Sam fragte sich, was sie über ihren Bruder Christopher dachten, der unter anderem wegen Mordes an Sams Ex-Mann in Haft saß. Nachdem sie die Familie begrüßt und ihr Beileid bekundet hatten, standen Sam, Nick und Scotty vor dem mit einer Flagge bedeckten Sarg, während Fotografen Bilder machten, die in wenigen Minuten online sein und am nächsten Tag auf den Titelseiten von Zeitungen überall auf der Welt prangen würden. Diese Fotos waren Teil der Bilder, die die friedliche Machtübergabe symbolisierten.

Da Sam nicht daran denken wollte, in Zeitungen auf der ganzen Welt zu erscheinen, erinnerte sie sich an ihre Begegnungen mit David Nelson, angefangen bei der Beerdigung von John O'Connor bis hin zu Nicks Amtszeit als Nelsons Vizepräsident. Trotz der

Differenzen, die sie mit ihm gehabt hatte, war Sam über seinen viel zu frühen Tod traurig.

Nick drückte sanft ihre langsam abheilende Hand, was ihre Gedanken direkt zu dem Mann zurückbrachte, der ihre Gegenwart und ihre Zukunft war. Seine andere Hand legte er Scotty auf den Rücken, um ihn zum Ausgang zu dirigieren, wo Brant wartete, um sie zurück zum Auto zu eskortieren. Alles in allem waren sie etwa zwanzig Minuten im Gebäude gewesen. Nicht schlecht.

Als sie das Kapitol verließen, machte Nick sie auf die langen Menschenschlangen aufmerksam, die auf Einlass warteten. Obwohl man sie im Beast von außen nicht sehen konnte, winkten die Leute ihnen zu, als sie an ihnen vorbeifuhren.

„Das war cool", sagte Scotty. „Danke, dass ich mitdurfte."

„Du warst Zeuge eines historischen Ereignisses", erklärte Nick. „Du darfst gerne morgen auch zur Trauerfeier mitkommen."

Scotty überlegte kurz. „Sosehr ich auch jede Ausrede dafür liebe, die Schule zu schwänzen, werde ich darauf wohl verzichten, wenn es für dich okay ist. Es ist ein bisschen früh nach Opa und allem."

„Du hast recht, mein Junge", pflichtete ihm Nick bei. „Ist es."

„Schaffst du das, Mom?"

Was für ein Glück sie doch hatten, einen so einfühlsamen, sensiblen Sohn zu haben! „Das kriege ich schon hin, Kumpel. Keine Sorge. Aber danke der Nachfrage."

Daheim aßen sie mit den Zwillingen zu Abend und spielten mit ihnen Candy Land, bis sie die Augen nicht mehr offen halten konnten. Sam und Nick trugen jeweils eins der Kinder die Treppe hinauf ins Bett und deckten sie zu. Sie waren so müde, dass sie nicht einmal nach einer Gutenachtgeschichte fragten.

„Shelby wird morgen früh bei euch und Scotty sein", erinnerte Nick sie.

„Wir sind vielleicht erst abends zurück, wenn ihr schon schlaft, aber wir schleichen uns rein und geben euch trotzdem noch einen Gutenachtkuss", ergänzte Sam. „Scotty wird hier sein, und Celia kommt auch rüber. Wir rufen euch am späten Nachmittag an, um zu hören, wie euer Tag war, okay?"

Aubrey nickte. „Okay." Sie drehte sich auf die Seite und schmiegte sich an ihren Bruder.

„Ich hasse es, einen ganzen Tag mit den beiden zu verpassen", meinte Sam, nachdem sie das Zimmer verlassen hatten.

„Ich auch. Aber es muss sein."

„Weiß ich, aber deswegen muss es mir noch lange nicht gefallen. Wann muss ich morgen bereitstehen?"

„Wir brechen um halb acht auf."

„Oh, toll, dann müssen wir also endlich mal nicht so früh aus den Federn."

Kurze Zeit später kroch sie zu Nick ins Bett und schlief ein, unmittelbar nachdem ihr Kopf das Kissen berührt hatte.

KAPITEL 34

Das Nächste, was Sam mitbekam, war das Klingeln von Nicks Wecker. „Verdammt, ich habe geschlafen wie eine Tote."

„Das kannst du laut sagen. Du bist mitten in unserem Gespräch eingeschlafen."

„Sorry. Ich mache es heute Nacht wieder gut."

„Darauf werde ich mich den ganzen Tag freuen. Du musst den Schlaf gebraucht haben."

„Äh, eigentlich nicht. Diese Woche war nicht viel los."

Lachend folgte ihr Nick unter die Dusche.

Eine halbe Stunde später brachen sie zum Frühstücksempfang im East Room des Weißen Hauses auf. Sam lernte eine erstaunliche Anzahl von ausländischen Würdenträgern kennen, darunter die Premierminister von England und Kanada, die deutsche Bundeskanzlerin, die Präsidenten von Mexiko und Frankreich, sowie die Richter des Obersten Gerichtshofs.

In einem ergreifenden Moment überreichte das Personal der Residenz des Weißen Hauses Mrs Nelson einen Rahmen mit den Flaggen, die am ersten und am letzten Tag von Präsident Nelsons Amtszeit über dem Weißen Haus geweht hatten. Die Rahmen waren aus Holz, das bei früheren Renovierungen des Weißen Hauses übrig geblieben war. Gloria umarmte jeden einzelnen Mitarbeiter, bevor sie das Weiße Haus zum letzten Mal verließ.

Jeder wollte kurz mit Nick sprechen, und er kam kaum dazu, etwas zu essen, bevor man sie in der Wagenkolonne vom Weißen Haus zum Kapitol brachte. Eine Militäreinheit würde den Sarg zu einer Pferdekutsche tragen, die ihn zur eigentlichen Trauerfeier in die National Cathedral bringen würde. Die Straßen der Innenstadt waren von Menschen gesäumt, die die Prozession beobachteten.

Alle anderen Mitglieder der Polizei waren an diesem Tag im Einsatz und sorgten für Sicherheit und Straßensperren, um einen reibungslosen Ablauf der Veranstaltung zu gewährleisten. Es war Sam unangenehm, von etwas, bei dem alle im Dienst waren, ausgenommen zu sein. Sie war zwar dort, wo sie sein musste, aber im Geiste war sie auch bei ihren Kollegen.

„Ich habe ein schlechtes Gewissen", platzte sie plötzlich heraus, bevor sie Zeit hatte, zu überlegen, ob sie das wirklich laut sagen sollte.

„Alle wissen, warum du heute nicht bei ihnen sein kannst, und verstehen das."

„Wirklich? Oder denken sie, das sei nur ein weiteres besonderes Privileg für eine Frau, der sowieso ständig Extrawürste gebraten werden?"

„Du hast jede Extrawurst dieser Welt verdient, Liebste."

„Ich hoffe, du weißt, dass nichts, was andere sagen oder tun, für mich so wichtig ist, wie dich zu unterstützen. Es ist mir egal, was andere davon halten. Mir geht es allein um dich, unsere Familie und darum, in meinem Job mein Bestes zu geben. Das ist alles."

„Ich weiß, Babe, und ich bin dir sehr dankbar für das, was du tust, damit das alles für uns möglichst reibungslos verläuft. Es war eine geniale Idee, Celia zu bitten, mit uns ins Weiße Haus zu ziehen. So können wir ruhig schlafen, wenn wir einmal nicht bei den Kindern sein können, und für sie ist es eine neue Lebensaufgabe."

„Das hoffe ich sehr."

Er legte den Arm um sie und küsste sie auf die Schläfe. „Kein Ehemann hat jemals mehr von seiner Frau verlangt als ich in dieser Woche, und du hast dich dieser Aufgabe ganz wunderbar und mit unglaublicher Anmut gewidmet."

„Findest du?", fragte sie, gerührt von seinem Lob. „Ich fühle mich wie ein Bauerntrampel, der sich plötzlich auf internationalem Parkett durchschlagen muss."

„Ach was. Du machst das toll. Inmitten des größten Umbruchs unseres Lebens hast du es auch noch geschafft, einen Mord, eine Gruppenvergewaltigung und einen fünfzehn Jahre alten Fall aufzuklären, ganz zu schweigen von der erfolgreichen Beendigung einer Geiselnahme. Du bist meine ganz persönliche Wonder Woman."

„Du streichelst gerade bilderbuchmäßig das Ego einer frischge-
backenen First Lady, mein Freund."

„Dein Ego darf zu Recht sehr, sehr robust sein. Nach dem
morgigen Tag werden sich die Dinge hoffentlich etwas beruhigen,
und wir können versuchen, so was wie Normalität einkehren zu
lassen."

Sam lachte laut. „Wir warten nun schon seit zwei Jahren darauf,
dass sich ‚die Dinge etwas beruhigen'. Wie sieht deine Zwischenbi-
lanz aus?"

Er stimmte in ihr Lachen ein, was ihn daran erinnerte, dass sich
zwar Dinge verändert hatten, das Wichtigste aber gleich geblieben
war.

„Was gibt's Neues zum Thema Carlucci und Dominguez?"

„Carlucci geht es nach einer Infusion schon viel besser. Sie darf
heute nach Hause, und Dominguez ist auch auf dem Wege der
Besserung. In etwa drei Wochen müsste sie wieder zur Arbeit
kommen können."

„Das sind gute Neuigkeiten."

„Hast du dich schon für eine Vizepräsidentin entschieden?"

„Ich kann es mir nicht leisten, einen Sitz im Senat zu verlieren,
deshalb werde ich wohl Henderson nehmen."

„Oh. Gut."

„Was ist los?"

„Hm? Gar nichts."

„Samantha, probier das bei jemandem, der dich nicht so gut
kennt wie ich. Was willst du mir sagen?"

„Ich hatte bloß … Ach, ich weiß auch nicht. Ich hatte bei meiner
kurzen Begegnung mit ihr ein seltsames Gefühl."

„Was für ein seltsames Gefühl?"

„Ich kann es nicht erklären. Es war einfach … seltsam."

„Nun, ich hatte auch nicht das beste Gefühl bei ihr, und ich habe
gelernt, auf dein Bauchgefühl zu vertrauen. Dann frage ich wohl
besser Jessica Sanford."

„Ernsthaft? Nur weil ich ein komisches Gefühl hatte?"

„Ja."

„Nick, du kannst die Vizepräsidentin nicht aufgrund meines
komischen Gefühls auswählen."

„Das Letzte, was ich brauche, ist eine schlechte Wahl bei
meiner ersten wichtigen Entscheidung als Präsident. Ich vertraue
deinem Bauchgefühl, und das warnt dich vor Henderson, also

werde ich Sanford fragen und es im Senat drauf ankommen lassen."

„Was ist mit dem Parfum?"

„Terry wird es ihr erklären und sie bitten, es nicht zu tragen."

„Perfekt, aber ich kann immer noch nicht glauben, dass du eine Entscheidung triffst, die auf meinem Bauchgefühl beruht."

„Glaub es ruhig. Es ist das beste Bauchgefühl, das ich kenne. Sag mir bitte immer Bescheid, wenn du während meiner Amtszeit irgendwie ein merkwürdiges Gefühl hast. Du bist meine beste Beraterin."

„Ich teile meine Bauchgefühle gerne mit dir." Sie blickte zu der Menschenmenge, die die Straßen säumte, um Abschied von dem verstorbenen Präsidenten zu nehmen. „Hat Gloria dich gebeten, einen Nachruf zu halten?"

„Nein, und ich bin froh darüber. Es wäre seltsam gewesen, nach allem, was zwischen Nelson und uns war."

„Definitiv."

„Tom Hanigan hält die Trauerrede zusammen mit Nelsons Tochter und dessen Enkelin."

In der National Cathedral erwartete sie die ganze Pracht und Feierlichkeit eines Präsidentenbegräbnisses. Vor der Beerdigung von John O'Connor war Sam noch nie in dieser Kirche gewesen, und es war ein seltsamer Gedanke, dass sie die Nelsons an diesem Tag zum ersten Mal getroffen hatte. Während sie dem Gottesdienst folgte und den bewegenden Erinnerungen von Tom Hanigan, Amanda Nelson und ihrer Tochter lauschte, wurde ihr klar, dass Scotty recht damit hatte, dass es nach Skips Beerdigung noch zu früh war, um an einer weiteren teilzunehmen.

Sie war völlig aufgewühlt, was sie im Zusammenhang mit David Nelsons Trauerfeier nicht erwartet hatte. Er hatte in ihrem Leben allenfalls eine Nebenrolle gespielt.

Nick hielt während des gesamten Gottesdienstes und als sie die Kathedrale in Richtung Joint Base Andrews verließen, um die Nelsons nach Hause zu fliegen, ihre Hand.

Auf der Fahrt nach Andrews rief Sam Roni Connolly an und erreichte ihre Mailbox.

„Hey, Roni, Sam hier. Ich wollte mich noch mal melden. Ich fliege heute mit den Nelsons nach South Dakota, aber du kannst mich morgen anrufen, wenn du Zeit hast, oder mir eine SMS schicken. Ich hoffe, wir sprechen uns bald."

Sam beendete das Gespräch und beschloss, Darren Tabor, Ronis Kollegen vom *Washington Star*, eine SMS zu schreiben. *Hey, Sam hier. Wollte nur wissen, ob Sie in den letzten Tagen mit Roni gesprochen haben. Bitte melden Sie sich.*

Ein paar Minuten später hatte sie seine Antwort. *Madam First Lady, wie schön, von Ihnen zu hören. Ich habe diese Woche noch gar nicht mit Roni gesprochen. Sie hat Urlaub genommen und auf meine SMS nicht geantwortet. Ich werde nach der Arbeit bei ihr vorbeischauen und Ihnen Bescheid sagen, wenn ich sie sehe. Sie haben heute im Fernsehen eine gute Figur gemacht. Wie ist die AF One?*

Sam schrieb lächelnd zurück: *Sind noch auf dem Hinweg. Es ist sicher supercool, aber es ist und bleibt ein Flugzeug und für mich damit der meistgehasste Ort der Welt. Danke, dass Sie zu Roni Kontakt halten. Geben Sie mir Bescheid, wenn Sie von ihr hören.*

In Ordnung. Gute Reise, und behalten Sie Ihren alten Kumpel im Hinterkopf, wenn es um Exklusivinterviews geht oder wenn Sie mal jemanden brauchen, der Ihnen in der AF One die Hand hält.

Sam antwortete schmunzelnd mit drei lachenden Emojis.

„Was ist denn so witzig?", erkundigte sich Nick.

„Darren bietet sich für alle eventuellen Exklusivinterviews und Flüge mit der Air Force One an."

„Wir nehmen ihn irgendwann mal mit. Erinnere mich daran."

„Er wird sterben vor Glück."

Nach der Landung in Andrews standen sie auf der Rollbahn, während man Nelsons Sarg in die Air Force One verlud, und begleiteten dann Familie Nelson die Gangway hinauf, um das Flugzeug zu besteigen. Sam und Nick standen bei Gloria, als sie sich umdrehte, um der versammelten Menge und der Presse zuzuwinken, die sich eingefunden hatten, um sie zu verabschieden.

Sam hatte Gänsehaut, als sie verfolgte, welche Würde die ehemalige First Lady in einer Zeit großer Trauer an den Tag legte.

Sobald sie das Flugzeug betraten, setzte Sams übliche Flugangst ein, mit kalten Schweißausbrüchen und dem dringenden Bedürfnis, ihre Blase zu leeren. Das passierte ihr jedes Mal, wenn sie in einem Flugzeug saß. Man führte sie zu einem WC, das anders war als alle anderen Flugzeugtoiletten, die sie je gesehen hatte. Das ganze Flugzeug war purer Luxus, vom Sitzbereich über das Schlafzimmer des Präsidenten bis hin zu Nicks Büro, sodass man leicht vergaß, wo man sich befand, bis ein Wackeln des Flugzeugs oder eine Turbulenz sie daran erinnerte, warum sie das Fliegen so sehr hasste.

Da die gesamte Familie Nelson und ein Großteil des Personals des verstorbenen Präsidenten während des dreistündigen Flugs nach South Dakota an Bord waren, gab es ausreichend Leute, die sie von der Tatsache ablenken konnten, dass sie in der Luft war. Sam hatte nicht viel Zeit allein mit Nick, der die meiste Zeit mit Terry und anderen Mitarbeitern in seinem Büro verbrachte.

„Das ist so cool", flüsterte Lindsey Sam zu, als man ihnen zum Mittagessen Roastbeef, neue Kartoffeln, gedünsteten Spinat und köstlichen Schokoladenkuchen servierte. „Es lohnt sich, dafür einen Tag freizunehmen, auch wenn es für eine Beerdigung ist."

„Ich kann nicht glauben, dass du heute freiwillig sechs Stunden in einem Flugzeug verbringst. Das ist der letzte Ort, an den ich mich aus freien Stücken begeben würde."

„Sam, es ist die *Air Force One*."

„Lindsey, es ist ein bescheuertes *Flugzeug*."

Ihre Freundin lachte leise. „Stell dir einfach vor, dass du vielleicht irgendwann dem Mile-High-Club beitreten wirst. Das lenkt dich sicher von der Tatsache ab, dass du in einem Flugzeug sitzt."

„Sehr wahr. Im Übrigen werde ich massiv zunehmen, wenn ich eine Weile mit eigenen Konditoren im Weißen Haus gelebt habe. Gegen die bin ich machtlos, ganz zu schweigen von all den anderen Köchen, die ihren Ehrgeiz dareinsetzen werden, mich zu mästen."

„Genieße jede Minute. Wenn Nicks Amtszeit vorbei ist, hast du noch genug Zeit zum Fasten."

Sam nahm einen weiteren Bissen von dem köstlichen Schokokuchen. „Auch wieder wahr."

Terry betrat die Kabine, lächelte Lindsey an und informierte Sam: „Mrs Nelson bittet um ein Gespräch unter sechs Augen mit dir und Nick, ehe wir landen."

„Die Pflicht ruft", sagte Sam zu Lindsey, während sie sich die Lippen mit einer weißen Stoffserviette abtupfte. „Habe ich Schokolade irgendwo im Gesicht?"

Lindsey nahm sie genau in Augenschein. „Nein, alles perfekt."

„Wie gefällt dir der Flug bisher, Linds?", fragte Terry seine Verlobte.

„Ach, nichts Besonderes."

Er lachte und beugte sich vor, um sie zu küssen. „Bin gleich wieder da." Terry führte Sam zu Nicks Büro. „Mrs Nelson kommt gleich." Er verließ den Raum und schloss die Tür hinter sich.

„Worum geht es hier?", wollte Sam von Nick wissen, der um den Schreibtisch herum zu ihr kam.

„Ich bin nicht sicher, aber ich vermute, wir werden es gleich erfahren."

Ein leises Klopfen ertönte an der Tür, dann führte Terry Gloria herein.

„Tut mir leid, Sie zu stören, Mr President, Sam", entschuldigte sie sich.

„Sie stören nicht", versicherte ihr Nick. „Bitte nehmen Sie Platz, Gloria." Er drehte ihr einen Sessel hin.

Als sie saß, sagte Gloria: „Ich wollte Ihnen persönlich mitteilen, dass ich, nachdem die Autopsie ergeben hatte, dass David an einer Lungenembolie gestorben war, mit dem Arzt des Weißen Hauses gesprochen habe, der mir bestätigt hat, dass David keinerlei Brustschmerzen oder andere Symptome erwähnt hatte. Das legt die Vermutung nahe, dass die Embolie plötzlich auftrat. Früher hatte er mal eine Thrombose im Bein, doch er hatte seit Jahrzehnten keine Beschwerden dieser Art. Ich schätze, wir werden nie erfahren, ob er sich vorher unwohl gefühlt hat." Sie senkte den Blick auf ihre gefalteten Hände. „Vielleicht, wenn ich da gewesen wäre ..."

„Sie haben getan, was das Beste für Sie war, Gloria", erklärte Sam. „Und wenn Sie mich fragen, ich hätte genauso gehandelt."

Die Präsidentenwitwe lächelte leicht und tupfte sich mit einem Taschentuch die Augen ab. „Es war das erste Thanksgiving seit dreiundvierzig Jahren, das wir nicht zusammen verbracht haben. Ich glaube, es hat ihm das Herz gebrochen, als ich ihn verlassen habe. Damit hatte er nicht gerechnet. Nun, ich nehme an, das ist alles Teil von Gottes Plan. Ich werde wohl nie verstehen, warum es so enden musste."

„Wir hoffen, dass Sie etwas Frieden finden können", erwiderte Nick.

„Es wird eine Weile dauern, aber irgendwann sicher. Ich wollte nur, dass Sie die weiteren Details über das, was passiert ist, von mir erfahren."

„Das wissen wir zu schätzen", versicherte Nick.

„Ich gehe mal besser zurück zu meinen Enkeln, bevor sie das gesamte Eis an Bord vertilgen."

Nick begleitete sie zur Tür. „Wenn es etwas gibt, was wir für Sie und Ihre Familie tun können, wissen Sie ja, wie Sie uns erreichen können."

„Dito." Gloria sah zu ihm. „Sie sind einer von den Guten, Mr President. Machen Sie mich stolz."

„Danke, Ma'am. Ich werde mein Bestes geben."

„Sie hat recht", sagte Sam, als sie allein waren. „Du bist wirklich einer von den Guten."

Er umarmte sie und zog sie an sich. „Solange du das findest, bin ich zufrieden."

„Das tue ich definitiv."

Als sie in Pierre landeten, stiegen Sam und Nick zusammen mit den Nelsons aus und standen mit ihnen auf dem Rollfeld, als Vertreter sämtlicher Waffengattungen den Sarg des verstorbenen Präsidenten aus dem Flugzeug trugen.

Nachdem der Sarg in einen Leichenwagen verladen worden war, wandte sich Gloria an Nick. „Vielen Dank für alles, Mr President. Ich werde für Sie und Ihre Familie beten und wünsche Ihnen alles Gute. Genießen Sie jede Minute. Die Zeit vergeht so schnell."

Nick zog sie an sich. „Nochmals vielen Dank, dass Sie uns in dieser für Ihre Familie schwierigen Zeit so wohlwollend begegnet sind."

Gloria umarmte Sam. „Wenn ich Ihnen irgendwie helfen kann, bin ich immer nur einen Anruf entfernt."

„Danke für Ihren Rat und Ihre weisen Worte. Wir wissen das sehr zu schätzen."

Gloria trat zurück und reichte ihnen beiden die Hände, während Fotografen und Fernsehkameras den Augenblick festhielten. „Passen Sie gut aufeinander auf. Lassen Sie nicht zu, dass das Amt Sie auffrisst. Vertrauen Sie mir – es ist das Opfer nicht wert. Gottes Segen für Sie beide." Sie ließ Sams und Nicks Hände los und setzte sich zu ihrer Familie in das Auto, das dem Leichenwagen zum South Dakota State Capitol folgen würde.

Nick schüttelte Tom Hanigan, dem Gouverneur von South Dakota und den beiden Senatoren des Bundesstaates die Hand, die alle mit der Air Force One nach Hause geflogen waren und an der Beerdigung Nelsons teilnehmen würden.

Insgesamt waren sie eine Stunde lang in Pierre, bevor sie sich auf den Rückweg nach Washington machten.

Als sie ihre Reiseflughöhe erreicht hatten, fand Sam Nick im Schlafzimmer des Präsidenten, wo er aus dem Fenster starrte. Sie schlang von hinten die Arme um ihn. „Worüber denkst du nach, Liebster?"

„Darüber, dass ich Präsident von allem bin, was man da unten sieht, und weit darüber hinaus."

„Das ist ein ziemlich einschüchternder Gedanke."

„Es ist eine ziemlich einschüchternde Realität."

„Du wirst ein wunderbarer Präsident sein. Daran habe ich nicht den geringsten Zweifel."

Er drehte sich um, legte die Arme um sie und hielt sie lange fest. „Heute ist für eine Weile unser letzter Abend in der Ninth Street. Ich habe die Möbelpacker gebeten, den Dachboden zuletzt auszuräumen, damit wir dort vor dem Umzug noch etwas Zeit miteinander verbringen können."

„Perfekt. Vielleicht sind wir sogar rechtzeitig zu Hause, um die Kinder vor dem Zubettgehen zu sehen."

„Das wäre schön." Er küsste Sam auf den Hals und dann auf die Lippen. „Was Gloria Nelson gesagt hat, über das Festhalten an dem, was wichtig ist … Du bist das Wichtigste. Du und die Kinder. Bleib in den nächsten Jahren in meiner Nähe, okay?"

„Ich habe vor, die nächsten fünfzig oder sechzig Jahre in deiner Nähe zu bleiben."

„Das wird nicht reichen, aber es ist ein guter Anfang."

Lächelnd schmiegte sich Sam in seine Arme, entschlossen, alles zu tun, was sie konnte, um ihm während ihrer Jahre im Weißen Haus Trost zu spenden, und ihn auch dann noch zu lieben, wenn diese Jahre längst eine ferne Erinnerung waren.

Der Umzug ins Weiße Haus erfolgte mit der Präzision und Effizienz, die Sam vom Secret Service gewohnt war. Gideon und Shelby hatten erwartungsgemäß alles voll im Griff, und Sam musste kaum mehr tun, als ein paar Kisten auszupacken und den Kindern zu helfen, sich in ihren neuen Zimmern einzurichten. Mit dem Ziel, die Zwillinge irgendwann an das Leben in einem jeweils eigenen Zimmer zu gewöhnen, hatte sie ihnen je ein Kinderzimmer zugewiesen, aber sie hatten entschieden, noch eine Weile im selben zu schlafen. Was auch immer ihnen guttat, war für Sam und Nick in Ordnung.

Nicks Überraschung mit den Spielgeräten auf dem Südrasen war ein großer Erfolg, und die Kinder blieben dort stundenlang, bis die Kälte sie ins Haus trieb.

Wie Scotty vorausgesagt hatte, machten das Kino, die Bowlingbahn und das Schwimmbad den Übergang für die Kleinen viel spannender, als es sonst der Fall gewesen wäre. Am ersten Tag wollten sie alles ausprobieren und sehen, bis Scotty ihnen riet, sich auch etwas für später aufzuheben.

Als sie am ersten Abend ins Bett gingen, meldeten die Kleinen sich per FaceTime bei Elijah, um ihm ihre neuen Zimmer zu zeigen und ihm alles über das bisherige Leben im Weißen Haus zu erzählen. Sie waren so aufgedreht, dass Sam insgeheim schon fürchtete, sie würden in dieser Nacht überhaupt nicht zur Ruhe kommen. Sam hatte die drei Kinder an einem Ende des Flurs untergebracht, damit sie so nah wie möglich beieinander waren, und nachdem sie sie alle zugedeckt hatten, begaben sie und Nick sich in ihr Schlafzimmer und schlossen die Tür.

„Guck, es ist genauso wie zu Hause", erklärte Sam. „Wir bringen die Kinder ins Bett und verstecken uns dann zu zweit vor der Welt. Nur müssen wir hier lediglich zum Telefon greifen, wenn wir einen Mitternachtssnack wollen. Das ist gar nicht so übel."

„Das Personal ist großartig. Das Essen ist großartig. Das Kino, die Bowlingbahn … alles."

„Die Kinder waren so aufgeregt, dass ich Angst hatte, sie würden nicht einschlafen können."

„Ich habe bisher keinen Mucks von ihnen gehört", antwortete Nick und deutete auf das Babyphon auf dem Nachttisch.

„Das ist gut." Sam reckte sich, streifte sich den Pullover über den Kopf und ließ ihn auf den Boden fallen. „Umziehen ist anstrengend, selbst wenn man gar nichts tun muss."

„Komm her, und lass mich deine Muskeln massieren, die schmerzen, weil du anderen Leuten beim Umziehen zugeschaut hast."

„Ich liebe es, wie du mich verstehst. Merk dir diesen Gedanken kurz." Sie ging in das angrenzende Bad, wo ihre Zahnbürste auf einem silbernen Tablett bereitstand. Das Personal hatte sich um jedes Detail gekümmert, bis hin zu ihrem Lieblingsshampoo und der nach Lavendel und Vanille duftenden Lotion, die sie bevorzugte. Trotz ihrer erheblichen Vorbehalte gegen die Rolle der First Lady könnte Sam sich durchaus an den damit verbundenen Lebensstil gewöhnen.

„Sam, unser Interview läuft", rief Nick aus dem Schlafzimmer.

Sie schlüpfte in einen Bademantel mit dem Wappen des Weißen Hauses, den sie im Schrank gefunden hatte, der deutlich geräumiger war als erwartet, und trat zu ihm. „O Gott", sagte sie nach einem kurzen Blick auf den Bildschirm. „Ich sehe aus wie das Kaninchen vor der Schlange."

„Das tun wir beide. Da war der Schock noch frisch."

„Das ist er immer noch."

Sie lachten gemeinsam, während sie sich im Bett an ihn schmiegte, um sich selbst im landesweiten Fernsehen zuzuschauen – etwas, das niemals zur Routine werden würde, zumindest hoffte sie das.

„Ich klinge total blöd", stellte sie fest.

„Nein."

„Du klingst total sexy."

„Halt den Mund."

„Was? Es stimmt."

„Halt den Mund."

„Bring mich doch zum Schweigen."

„Mit Vergnügen." Er drehte sich zu ihr um, schlang die Arme um sie und küsste sie.

„Ich wette, Sex im Weißen Haus ist extraheiß. Sollen wir es mal ausprobieren?"

Er rieb mit seinen Lippen über ihre Wange und übersäte ihr Gesicht und ihren Hals mit Küssen. „Mhm."

„Glaubst du, dieses alte Bett quietscht, wenn wir es mal ein bisschen strapazieren?"

„Wahrscheinlich."

„Willst du es herausfinden?"

„Du sollst doch den Mund halten."

„Siehst du?" Sie lächelte zu ihm empor, während er sie mit seinen unglaublichen Augen betrachtete. „Selbe Ehe, anderes Haus."

„Gott sei Dank. Was hältst du davon, wenn wir den Laden jetzt einweihen?"

„Worauf warten wir?"

Lachend küsste er sie, und als sie miteinander schliefen, stellte sich heraus, dass das alte Bett tatsächlich knarrte, wenn man es ein bisschen strapazierte.

~

Am nächsten Tag warteten Nick und Sam zusammen mit Scotty an der Tür des South Portico, während der Secret Service die Zwillinge vom Kindergarten abholte. Sie stürmten direkt aus dem Auto und Sam und Nick in die Arme, während der Fotograf des Weißen Hauses den Moment für die Nachwelt festhielt.

„Dad hat noch eine Überraschung für uns, aber er wollte mir nicht verraten, was es ist, solange ihr noch nicht zu Hause wart", erzählte Scotty den Zwillingen. Er schaute zu seinem Vater. „Kannst du es uns jetzt sagen?"

„Beinahe", antwortete Nick mit geheimnisvollem Lächeln. „Alle, die wissen wollen, worin die Überraschung besteht, sollten sich mal kurz ins Beast schwingen."

Stöhnend ging Scotty vor ihnen die Treppe runter und stieg in die Präsidentenlimousine. Bis Sam und Nick ebenfalls am Auto waren, hatte er die Zwillinge in den Kindersitzen angeschnallt. Scotty würde an diesem Wochenende vierzehn werden und hatte seine Klassenkameraden zu einer Pool-und-Bowling-Party ins Weiße Haus eingeladen. Er tat, als wäre es keine große Sache, doch sie wussten natürlich, wie sehr er sich darauf freute, sein neues Zuhause mit seinen Freunden zu teilen.

Auf der kurzen Fahrt waren die Kinder ganz aufgeregt. Sie hatten sich mit dem Tierheim beraten, bis sie sich schließlich für einen weiblichen Labrador-Mischlingswelpen entschieden hatten, den Passanten ein paar Wochen zuvor auf der Straße gefunden hatten. Die kleine Hündin war unterernährt und verdreckt gewesen, aber im Tierheim hatte man sie wieder aufgepäppelt und war erfreut, dass die Familie des Präsidenten sie adoptieren wollte.

Sie hatten überlegt, ob sie hinfahren oder den Hund ins Weiße Haus bringen lassen sollten, waren jedoch der Ansicht, dass Scotty die Erfahrung machen sollte, ins Tierheim zu gehen und den Papierkram zu unterschreiben, mit dem der Welpe zu seinem Hund wurde.

Ein kleines Aufgebot an Presseleuten und der allgegenwärtige Fotograf des Weißen Hauses begleiteten sie.

Sam schaute zu Nick, der fast so aufgeregt war wie die Kinder. Er hatte sich das für Scotty beinahe so sehr gewünscht wie der selbst.

Sie hatten ihr Ziel fast erreicht, als Sam eine SMS von Darren erhielt, die sie beunruhigte.

Habe gehört, dass Roni Urlaub genommen hat. Niemand hat mit ihr gesprochen, aber sie hat mir eine kryptische Antwort geschickt, dass sie sich „eine Auszeit nimmt". Ich bin mir nicht sicher, was das bedeutet, und mehr weiß ich nicht.

Danke für das Update. Ich hoffe, es geht ihr gut.

Das hoffe ich auch.

Sam schickte Roni eine SMS. *Habe erfahren, dass du dir eine Auszeit gönnst. Ich hoffe, es ist so weit alles in Ordnung. Außerdem wollte ich dir noch zwei Dinge sagen: Du kannst deine Stelle antreten, wann immer du willst, und wenn du etwas brauchst, ruf mich bitte an. Ich bin da.*

Die arme Roni hatte so viel durchgemacht, seit ihr Mann als unbeteiligtes Opfer einer Schießerei umgekommen war. Sam hoffte, dass Roni etwas tat, das ihr Trost spendete.

Die Präsidentenlimousine hielt vor dem Tierheim an.

Als Scotty erkannte, wo sie waren, stieß er einen aufgeregten Schrei aus, der Sam von ihrem Handy und den Sorgen um ihre neue Freundin ablenkte.

„Wir sind beim Tierheim! O mein Gott, es ist so weit!"

Sam hatte ihn noch nie so glücklich gesehen.

„Was ist ein Tierheim?", fragte Alden.

„Ein Ort, der Hunde und Katzen aufnimmt, die kein Zuhause haben, und ihnen hilft, eine Familie zu finden." Scotty befreite die Zwillinge aus ihren Kindersitzen und beugte sich nach draußen, um zu schauen, was der Secret Service trieb. „Können die sich mal beeilen? Wissen die nicht, dass ich darauf schon mein ganzes Leben lang gewartet habe?"

Sam lächelte Nick zu, der sich auch über Scottys Reaktion auf ihre große Überraschung freute.

„Ehe ich es in der ganzen Aufregung vergesse ..." Er blickte sie mit leuchtenden Augen an. „Vielen Dank."

„Für dich würden wir alles tun, Kumpel", erwiderte Nick.

„Na ja, vielleicht nicht *alles*", schränkte Sam ein.

„Aber fast", beharrte Nick und machte mit seinem Sohn eine Gettofaust.

„Haben wir gerade eine komplette Rollenumkehrung gehabt, oder was?", fragte Sam.

„Er ist der Präsident", erinnerte Scotty sie. „Er kann tun, was immer er will."

„Äh, nein, eigentlich nicht."

„Aber fast", wiederholte Scotty Nicks Worte mit einem frechen Grinsen, das dem von Nick so ähnelte, dass niemand auf die Idee gekommen wäre, er könnte nicht sein leiblicher Vater sein. Sie waren in jeder Hinsicht, die zählte, Vater und Sohn.

Scotty war kurz vor einer spontanen Selbstentzündung, als sich endlich die Türen öffneten und der Secret Service sie ins Gebäude eskortierte, wo sie vom aufgeregten Personal erwartet wurden. Sam genoss es, zu beobachten, wie Scotty sich bemühte, höflich zu bleiben, obwohl er eigentlich zur Eile drängen wollte. In dieser Hinsicht war er ganz ihr Sohn.

„Kommen Sie herein", sagte der Leiter des Tierheims und führte sie in einen im Vorfeld für sie reservierten Raum.

Als sie dort waren und der Secret Service grünes Licht gegeben hatte, öffnete sich eine weitere Tür, und eine Mitarbeiterin kam mit dem kleinen gelben Fellknäuel herein. Sam hatte den Welpen auf der Internetseite des Tierheims entdeckt und darum gebeten, dass man ihn für Scotty reservierte. Sie hatte die örtlichen Tierheime schon länger im Auge behalten, als der kleine gelbe Goldschatz auf der Homepage dieses Heims aufgetaucht war, und sie hatte wieder mal so ein Bauchgefühl gehabt: Dies war der richtige Hund für sie.

Die Mitarbeiterin drückte Scotty den Welpen in die Arme, und er fiel auf die Knie und lachte vor lauter Freude, als der kleine Hund auf ihm herumkletterte und ihm begeistert das Gesicht leckte. „O mein Gott, sie ist großartig!" Er sah zu seinen Eltern hoch und versicherte sich: „Gehört sie wirklich mir?"

„Wenn du versprichst, gut für sie zu sorgen."

„Das werde ich. Natürlich."

Das würde er tatsächlich, dachte Sam, denn er wusste, wie es war, allein auf der Welt zu sein und jemanden zu brauchen, der sich um einen kümmerte. Sie tupfte sich unauffällig die Tränen ab und merkte, dass Nick das ebenfalls tat.

„Wie soll sie heißen?", fragte Nick.

„Skippy", antwortete Scotty ohne Zögern. „Ihr Name ist Skippy."

„Du meine Güte", sagte Sam gerührt und legte sich die Hand auf die Brust.

„Glaubt ihr, Opa wäre das recht?", fragte Scotty, während er versuchte, den Welpen im Freudentaumel zu bändigen.

„O ja, Kumpel. Er wäre begeistert – und geehrt."

„Ich vermisse ihn so sehr. Wenn er sie doch nur sehen könnte!"

„Er ist hier, beobachtet uns und freut sich, dass du glücklich bist."

Skippy war so hingerissen von ihrer neuen Familie, dass sie Scotty anpinkelte, woraufhin dieser in Gelächter ausbrach. So hatte Sam ihn noch nie lachen hören.

Die drei Kinder jagten den Welpen gerade unter großem Hallo und Gekreische durch den Raum, als Brant zu Nick trat, das Handy ans Ohr gepresst. „Mr President, wir haben einen Anruf von Elijahs Personenschützern in New Jersey."

Sam drehte sich der Magen um. „Was ist passiert?"

Brant reichte Nick das Handy. „Elijah muss mit Ihnen reden."

Nicks ganzer Körper versteifte sich vor Anspannung. „Eli? Was gibt's?"

Er hielt das Handy so, dass Sam mithören konnte.

„O mein Gott, Nick. Ich habe Post von Cleos Eltern bekommen. Sie versuchen, das Sorgerecht für die Zwillinge gerichtlich zu erstreiten."

~

Jawohl, mit diesem Cliffhanger müssen Sie jetzt bis zu „State of Grace – Für alle Ewigkeit", dem nächsten Buch in der Geschichte von Sam und Nick, leben, in dem es um das erste Weihnachten der Familie Cappuano im Weißen Haus geht. Allerdings möchte ich nicht, dass Sie sich wegen des Schicksals der Kleinen zu sehr sorgen. Es handelt sich immer noch um eine Liebesromanreihe, und die Dinge entwickeln sich fast immer so, wie wir es wollen. Das heißt nicht, dass es leicht sein wird, aber ich verspreche, dass ich Ihnen nicht das Herz brechen werde – und auch Sam und Nick nicht.

Bestellen Sie „State of Grace – Für alle Ewigkeit" schon mal vor!

Vielen Dank für Ihre Vorfreude auf Sams und Nicks neues Abenteuer als Präsidentenpaar. Ich habe noch nie so viel Resonanz von meinen Leserinnen erlebt wie bei „Fatal Fraud – Nur in deinen Armen" und dem Wechsel zur neuen First-Family-Reihe. Ihre Begeisterung hat mich beim Schreiben dieses Buches angespornt.

Es war faszinierend, in die Geschichte des Weißen Hauses und der Präsidenten einzutauchen, um die Bühne für die Regierung Cappuano in „State of Affairs – Liebe in Gefahr" zu bereiten. Beim Schreiben dieses Buches habe ich eine ähnliche Erfahrung gemacht wie bei dem von „Fatal Affair – Nur mit dir". Damals habe ich schnell gemerkt, dass ich dem riesigen Umfang des Metropolitan Police Department niemals würde gerecht werden können. Also schuf ich meinen eigenen Mikrokosmos innerhalb des MPD, der für die Geschichte, die ich erzählen wollte, Sinn ergab.

Das gilt auch für das Weiße Haus und das Amt des amerikanischen Präsidenten. Ich habe absichtlich nicht jedem Mitglied der Administration einen Namen gegeben, sondern sie manchmal nur bei ihrem Titel genannt, um die Lesbarkeit zu verbessern und meine Leserinnen nicht mit neuen Personen und Namen zu überfordern. Am Ende dieses Nachworts habe ich einen Spickzettel angefügt, der einige der neuen Personen auflistet, die wir in diesem Buch kennenlernen.

Die folgenden Quellen waren für mich beim Erschaffen von Sams und Nicks neuer Welt im Weißen Haus hilfreich:

Andersen Brower, Kate: *The Residence*

Angelo, Bonnie: *First Families: The Impact of the White House on Their Lives*

Califano, Joseph A. Jr.: *The Triumph and Tragedy of Lyndon Johnson: The White House Years, A Personal Memoir by President Johnson's Top Domestic Adviser*, speziell die Einzelheiten im Zusammenhang mit der Ermordung von Präsident John F. Kennedy und dem Übergang zur Regierung Johnson

Giorgione, Michael: *Inside Camp David: The Private World of the Presidential Retreat.*

Obama, Michelle: *Becoming: Meine Geschichte*, speziell der Abschnitt über die Jahre im Weißen Haus, der die neuesten verfügbaren Informationen über das Leben der Präsidentenfamilie ebendort enthält

West, J. B.: *Upstairs at the White House: My Life with the First Ladies*

DANKSAGUNGEN

Ich habe mir ein paar Freiheiten in Bezug auf die Geschichte
erlaubt, indem ich die letzten Präsidenten fiktiv benannt habe und
Nick als Nummer siebenundvierzig präsentiere, sodass die Tages-
politik, die uns spaltet, in dieser Reihe weitgehend außen vor bleibt.
Ich denke, davon haben wir im Alltag alle mehr als genug!

Ein großes Lob an die Fotografin Regina Wamba und die Models
Robert John und Ellie Dulac, die als Nick und Sam auf dem Cover
des ersten Bandes der neuen Reihe zu sehen sind. Wir hatten viel
Spaß dabei, ein Paar zu suchen, das unserer Meinung nach die
Charaktere, die wir so sehr lieben, treffend verkörpert, und ich
danke Regina für ihre harte Arbeit bei der Umsetzung meiner
Vision und Kristina Brinton für das wunderschöne Cover von „State
of Affairs – Liebe in Gefahr".

Wie immer möchte ich mich bei dem wunderbaren Team bedanken, das mich tagtäglich unterstützt: Julie Cupp, Lisa Cafferty, Nikki
Haley, Tia Kelly, Jean Mello und Ashley Lopez. Diese Bücher
entstehen nicht im Alleingang, und ich bin meinen Lektorinnen
Joyce Lamb und Linda Ingmanson, meinen Testleserinnen Anne
Woodall, Kara Conrad, Tia Kelly und Tracey Suppo sowie denen der
Fatal-Reihe und der neuen Reihe um die First Family unendlich
dankbar: Karina, Gwen, Jenny, Sarah, Mona, Irene, Jennifer, Mari-
anne, Isabel, Kelley, Juliane, Sheri, Ellen, Tiffany, Marti, Viki, Eliza-
beth, Heidi, Phuong und Gina.

Mein besonderer Dank gilt dem pensionierten Captain Russell
Hayes von der Polizei von Newport, RI, der jedes Buch gelesen und

für mich auf die Stimmigkeit der polizeilichen Details hin überprüft hat. Ich weiß seine Hilfe bei den bisher siebzehn Bänden sehr zu schätzen, und es werden noch viele weitere folgen!

Auch den treuen Leserinnen, die Sams und Nicks Reise seit elf Jahren begleiten, bin ich unendlich dankbar. Ihre Begeisterung für jeden neuen Band hat mir geholfen, zu beweisen, dass man eine Liebesromanserie schreiben kann, bei der in jedem Buch das gleiche Paar vorkommt. Sams und Nicks Geschichte hat gerade erst begonnen, und ich kann es kaum erwarten, was als Nächstes passiert.

xoxo
Marie

Teresa Howard, Nationale Sicherheitsberaterin
Martin Ruskin, Außenminister
Tobias Jennings, Verteidigungsminister
Reginald Cox, Justizminister
LeRoy Chastain, Butler im Weißen Haus
Lieutenant Commander der US-Marine Juan Rodriguez, Adjutant
mit dem Atomkoffer
Vernon, Mitarbeiter des Secret Service, Personenschützer für Sam
Jimmy, Mitarbeiter des Secret Service, Personenschützer für Sam
Jessica Sanford, Kandidatin für das Amt der Vizepräsidentin
Gretchen Henderson, Kandidatin für das Amt der Vizepräsidentin
Anthony Jones, Butler im Weißen Haus
Army General Michael Wilson, Vorsitzender der Vereinigten
Stabschefs
Roland Daniels, Butler im Weißen Haus
Cornelia, Privatsekretärin der Nelsons
Gideon Lawson, Chief Usher des Weißen Hauses
Davida, Friseurin im Weißen Haus
Kendra, Maniküristin im Weißen Haus
Ginger, Visagistin im Weißen Haus

Die Fatal Serie

One Night With You – Wie alles begann (Fatal Serie Novelle)

Fatal Affair – Nur mit dir (Fatal Serie 1)

Fatal Justice – Wenn du mich liebst (Fatal Serie 2)

Fatal Consequences – Halt mich fest (Fatal Serie 3)

Fatal Destiny – Die Liebe in uns (Fatal Serie 3.5)

Fatal Flaw – Für immer die Deine (Fatal Serie 4)

Fatal Deception – Verlasse mich nicht (Fatal Serie 5)

Fatal Mistake – Dein und mein Herz (Fatal Serie 6)

Fatal Jeopardy – Lass mich nicht los (Fatal Serie 7)

Fatal Scandal – Du an meiner Seite (Fatal Serie 8)

Fatal Frenzy – Liebe mich jetzt (Fatal Serie 9)

Fatal Identity – Nichts kann uns trennen (Fatal Serie 10)

Fatal Threat – Ich glaub an dich (Fatal Serie 11)

Fatal Chaos – Allein unsere Liebe (Fatal Series 12)

Fatal Invasion – Wir gehören zusammen (Fatal Serie 13)

Fatal Reckoning – Solange wir uns lieben (Fatal Serie 14)

Fatal Accusation – Mein Glück bist du (Fatal Serie 15)

Fatal Fraud – Nur in deinen Armen (Fatal Serie 16)

Fatal Serie Bände 1-6

Fatal Serie Bände 7-11

Die McCarthys

Liebe auf Gansett Island (Die McCarthys 1)

Mac & Maddie

Sehnsucht auf Gansett Island (Die McCarthys 2)

Joe & Janey

Hoffnung auf Gansett Island (Die McCarthys 3)

Luke & Sydney

Sommernächte auf Gansett Island (Die McCarthys 20)

Finn & Chloe

Verführung auf Gansett Island (Die McCarthys 21)

Deacon & Julia

Magie auf Gansett Island (Die McCarthys 22)

Jordan & Mason

Sonnige Tage auf Gansett Island (Die McCarthys 23)

Andere Bücher

Sex Machine – Blake und Honey

Sex God – Garret und Lauren

Five Years Gone – Ein Traum von Liebe

One Year Home – Ein Traum von Glück

Mein Herz für dich

Nicht nur für eine Nacht

Take-off ins Glück

The Fall – Du und keine andere

Dieses Mal für immer

Helden küsst man nicht

Küsse für den Quarterback

Miami Nights

Bis du mich küsst

Bis du mich berührst

Bis du mich liebst

Die Green Mountain Serie

Alles was du suchst (Green Mountain Serie 1)

Endlich zu dir (Green Mountain Serie 1/Story *1*)

Kein Tag ohne dich (Green Mountain Serie 2)

Ein Picknick zu zweit (Green-Mountain-Serie/Story 2)

Mein Herz gehört dir (Green Mountain Serie 3)

Ein Ausflug ins Glück (Green-Mountain-Serie/Story 3)

Schenk mir deine Träume (Green-Mountain Serie 4)

Der Takt unserer Herzen (Green-Mountain-Serie/Story 4)

Sehnsucht nach dir (Green-Mountain Serie 5)

Ein Fest für alle (Green-Mountain-Serie 5/Story 5)

Öffne mir dein Herz (Green-Mountain-Serie 6/Story 6)

Jede Minute mit dir (Green-Mountain-Serie 7)

Ein Traum für Uns, (Green-Mountain-Serie 8)

Meine Hand in Deiner, (Green-Mountain-Serie 9)

Mein Glück mit dir, (Green-Mountain-Serie 10)

Nur Augen für dich, (Green-Mountain-Serie 11)

Die Neuengland-Reihe

Vergiss die Liebe nicht (Neuengland-Reihe 1)

Wohin das Herz mich führt (Neuengland-Reihe 2)

Wenn das Glück uns findet (Neuengland-Reihe 3)

Und wenn es Liebe ist (Neuengland-Reihe 4)

Für immer und ewig du (Neuengland-Reihe 5)

Die Quantum Serie

Tugendhaft (Quantum-Serie 1)

Furchtlos (Quantum-Serie 2)

Vereint (Quantum-Serie 3)

Befreit (Quantum-Serie 4)

Verlockend (Quantum-Serie 5)

Überwältigend (Quantum-Serie 6)

Unfassbar (Quantum-Serie 7)

Berühmt (Quantum-Serie 8)

Gilded Serie

Die getäuschte Herzogin

Eine betörende Braut

ÜBER DIE AUTORIN

Marie Force ist die New-York-Times-Bestseller-Autorin von über fünfzig zeitgenössischen Liebesromanen, unter anderem den beliebten Romanserien »Gansett Island«, »Green Mountain« und der erotischen Quantum-Serie. Sie hat unterdessen weltweit über sechs Millionen Bücher verkauft. Die Autorin lebt zusammen mit ihrem Mann, zwei fast erwachsenen Kindern und zwei Hunden in Rhode Island.

Tragen Sie sich in Maries Mailingliste ein, um alles Wichtige über neue Bücher und Veranstaltungen zu erfahren. Folgen Sie ihr auf Facebook und auf Instagram.

www.ingramcontent.com/pod-product-compliance
Lightning Source LLC
Chambersburg PA
CBHW061039190726
48286CB00006B/1532